KB235854

열하일기 여정도
중 국
요 녕 성
하 북 성
열하(승덕)
熱河(承德)
고북구古北口
밀운密雲
북경
北京
통주
通州
삼하
三河
계주
薊州
옥전
玉田
풍윤
豊潤
영평
永平
무령
撫寧
산해관
山海關
영원주 寧遠州
고교보高橋堡
금주錦州
발 해
천진天津

길 림 성
송화강
)
개원開原
요하
철령鐵嶺
거류하巨流河
무순撫順
신민新民
성경(심양)
盛京(瀋陽)
흥경興京
산小黑山
백탑보
白塔堡
청하淸河
태자하
요양
遼陽
연산관連山關
압록강
조 선
통원보 通遠堡
봉성鳳城
책문 柵門
구련성九連城
의주 義州
박천
博川
대동강
평양
平壤
대련
大連
한양
漢陽

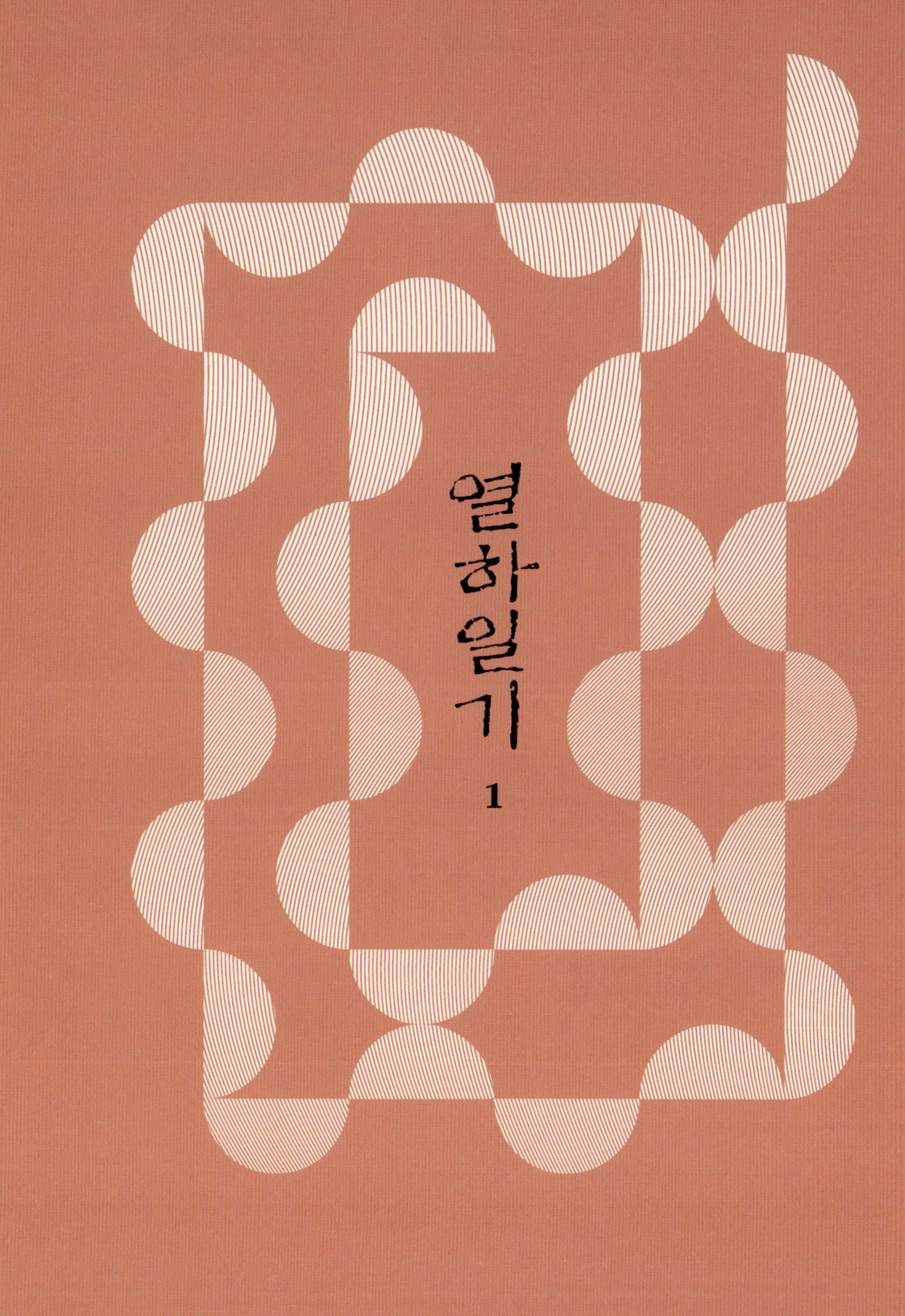

열하일기

1

개정2판 열하일기 1

박지원 지음, 김혈조 옮김

개정2판 1쇄 2025년 6월 9일
개정1판 1쇄 2017년 11월 6일 - 6쇄 2022년 11월 30일
초판 1쇄 2009년 9월 21일 - 9쇄 2015년 11월 15일

펴낸이 한철희 | 펴낸곳 돌베개 | 등록 1979년 8월 25일 제406-2003-000018호
주소 (10881) 경기도 파주시 회동길 77-20 (문발동)
전화 (031) 955-5020 | 팩스 (031) 955-5050
홈페이지 www.dolbegae.co.kr | 전자우편 book@dolbegae.co.kr
블로그 blog.naver.com/imdol79 | 트위터 @Dolbegae79 | 페이스북 /dolbegae

편집 이경아
표지디자인 민진기 | 본문디자인 김민해·이연경·이은정
마케팅 고운성·김영수 | 제작·관리 윤국중·이수민·한누리
인쇄·제본 상지사 P&B

ISBN 979-11-94442-21-9 (94810)
ISBN 979-11-94442-20-2 (세트)

개정2판

열하일기

1

박지원 지음

김혈조 옮김

돌베개

역자 서문 1
개정판 서문

개정판을 펴내며

2009년에 번역 출판한 『열하일기』의 개정판을 이제 세상에 내놓는다. 초판 출판 이후 8년 만의 일이다. 인문학의 침체라는 사회적 여건 속에서도 그동안 9쇄를 찍었으니 참으로 독자들의 과분한 사랑을 받은 것인데, 박지원과 『열하일기』의 저력을 새삼 실감한다. 9쇄에 이르는 동안 매쇄마다 약간의 수정 보완을 더했지만, 이렇게 개정판까지 출판하려는 데는 나름의 이유가 있다. 여기 그 이유를 간략하게 언급한다. 『열하일기』라는 책의 성격을 정확하게 이해하는 데 필요하리라 생각하기 때문이다.

박지원이 『열하일기』를 탈고한 이후, 책은 장안에 화제를 불러일으키며 독서계에 급속도로 퍼져 나갔다. 책은 필사본 형태로 유통되었고, 수많은 필사본이 근대로 넘어왔다. 그런데 필사의 과정을 거치면서 책은 본래 모습과 다르게 조금씩 윤색되어 나갔다. 이 윤색은 좋지 않은 쪽으로의 변질이고 훼손이었다. 이 점은 중대한 의미를 지닌다. 당시 사회의 경직되고 폐쇄적인 사상과 문화적 풍토에 의한 자기 검열의 윤색이었기 때문이다.

박지원의 손자로 우의정을 지낸 구한말의 박규수朴珪壽(1807

~1877)가 조부의 문집을 간행하자는 아우의 건의를 받았을 때, 유림儒林의 비판이 여전하므로 간행할 수 없다고 거절한 일화는 『열하일기』에 대한 보수층의 인식이 어떠했는가를 단적으로 보여 준다. 본래의 모습이 아닌 윤색된 책으로도 정식 출판을 거부한 까닭은 눈에 보이지 않는 금압을 의식한 때문일 것이다.

이가원李家源(1917~2000) 선생이 소장하다가 단국대에 기증된 『열하일기』의 초고본, 혹은 초고본 계열(제자, 후배 등이 필사한 책)의 책이 2012년 영인되어 학계에 공개되었다. 『열하일기』 최초의 모습, 즉 친필본 저작의 실체를 어느 정도 살펴볼 수 있게 되었는바, 그동안 필사본의 형태로 존재해 왔던 수많은 이본들이 본래의 모습에서 어떻게 변질되고 훼손되었는가를 생생하게 확인할 수 있었다.

당초 필자가 번역의 저본으로 사용한 책은 1932년 공간公刊된 『연암집』에 들어 있던 『열하일기』였다. 이 『연암집』은 '자연경실본'自然經室本을 저본으로 해서 만든 박지원의 문집으로, 박영철朴榮喆(1879~1939)이 출판했으므로 종래 '박영철본'이라고 불렀다. 박지원의 저작이 거의 망라되어 있다는 장점을 가지고 있으며, 동시에 활자로 공간된 책이어서 학계에 광범하게 유포되어 있고 누구나 쉽게 원문을 볼 수 있다는 점 때문에 번역의 저본으로 삼았다. 그런데 이 '자연경실본' 『열하일기』는 초고본의 계열에서도 몇 걸음 더 나간, 말하자면 몇 차례의 윤색을 거친 책이었다.

역자가 2009년에 『열하일기』를 번역 출판할 당시에도 당연히 여러 종의 필사본을 대조했지만, 친필본 혹은 그 계열의 책은 미공개된 상태였으므로 참고하거나 대조할 수 없었다. 결국 박영철본을 번역의 저본으로 삼았다는 것은 윤색된 『열하일기』를 번역했다는 문제를 태생적으로 가질 수밖에 없었다. 이제 『열하일기』의 친필본 혹은 그 계열의 책이 세상에 공개되었으므로, 번역의 저본 역시 달라져야 할 것이다.

『열하일기』의 실체적 모습은 물론, 박지원의 생생한 숨소리 하나조차 놓치지 않고 함께 호흡하려고 할진대 부득이 판을 바꾸어 본래의 모습을 보이는 것이 마땅할 터이다. 그것이 비록 학술 연구로 제공될 성격이 아니고 일반 독자의 읽을거리로 제공된다고 하더라도, 역자로서는 독자에게 그리고 원저자인 박지원에게 취해야 할 의무이고 바른 도리일 것이다. 개정판을 내지 않을 수 없는 소이연이다.

필사본들의 윤색과 왜곡은 몇 가지 유형으로 가해졌는데, 전체적으로는 『열하일기』만의 개성과 참신성을 몰각하는 쪽으로 진행되었다고 말할 수 있다. 『열하일기』만의 개성과 참신성은 바로 그 문체에 있다. 『열하일기』의 미덕은 책의 내용에 달려 있음이 물론이지만, 그 내용은 이를 전달하는 문체와 불가분의 관계에 있다. 문체는 작가 의식의 반영이므로, 문체를 건드린다는 것은 작가 정신을 왜곡하는 행위이다. 『열하일기』의 문체는 당시 국왕 정조에 의해 독특한 '연암체'로까지 명명되었을 정도로 문단에 새로운 기운을 불어넣었다. 이 '연암체'로서의 중요한 특징을 제거한 윤색과 왜곡은 문학과 사상의 신기운에 된서리를 내린 이데올로기적 만행이고, 사상 탄압이었다. 결국 민족의 위대한 고전을 범속하게 만드는 결과를 초래하였다.

이제 윤색과 왜곡의 실제를 몇 가지 지적해 둔다.

첫째, 명明 · 청淸의 국호와 연호를 어떻게 쓰느냐에 관한 문제이다. 초고본은 날짜를 표기하면서 건륭이라는 청나라 연호를 사용하였다. 또 명明이라는 국호를 쓸 때 특별히 글자를 한 칸 띄우거나 혹은 '황명'皇明 '유명'有明 등으로 표기하여 명을 존숭하는 표현을 쓰지 않았다. 명·청에 대한 표현 문제는 북학北學과 북벌北伐의 대청對淸 의식을 가늠할 수 있는 척도인바, 저자의 인식을 은연중 드러내는 중대한 의미를 내포하고 있다. 당시 숭명반청崇明反淸 의식이 하나의 국시로 통용되어 민족의 건전한 이성을 마비시키던 상황을 감안하면, 국호에 대한 표현은 일종의 사상 검증 수단이 된다는 점에서 대단히 예민한 문제이다.

『열하일기』에 청나라의 연호인 건륭을 썼다는 이유로 오랑캐 연호를 쓴 책이라는 뜻의 '노호지고'虜號之稿라고 폄하·지척되었던바, 필사본들은 이 연호를 삭제하는 반면 명에 대해서는 '황명' '유명' 등으로 표현함으로써 숭명반청 의식을 노골적으로 드러냈다. 망한 지 150년이 지난 명나라를 오매불망하고 극존칭을 쓰는 태도는 '알아서 긴다'라는 말처럼 시대착오적 허위의식이고, 이는 숭명반청의 이데올로기에 스스로를 가둔 것이다. 명을 존숭하는 표현을 쓰지 않고 또 청의 연호를 썼던 연암은 당대의 시각에서 본다면 대단히 위험하고 불온한 인물인 것이다.

둘째, 우리말을 살려서 이를 한자화하여 표현한 문제이다. 연암은 우리의 일상어, 속담 등 우리말을 한자화하여 과감하게 한문 문장에 섞어서 사용하였다. 술이 달린 모자인 상모를 '象毛'로 음차해서 표현하고, 물건을 파는 상점을 '假家'(가게)로 표현한 것 등이 그러한 예이다. 이는 정통 한문, 곧 고문 문장에서 금기로 여기는 것이다. 오로지 중국의 정통 문어적 표현만을 문장 미의 절대적 기준으로 삼는 처지에서 본다면 한문 문장에 우리말이

끼어드는 것 자체가 이미 바른 한문 문장이 안 되는 것이다. 그것은 한문 구사가 능하지 못한 사람이 구사하는 일종의 '콩글리쉬'이며, 한문의 품격을 떨어트리는 것으로 인식했으므로 정통 한문의 표현으로 바로잡아야 된다고 생각했다. 그리하여 '상모'와 '가가'를 '모모'毦毛와 '항사'巷肆 등의 중국 고문식의 표현으로 바꾸었다.

문학사에서 한자에 대한 문자학적 고민을 많이 한 사람, 그리고 그 원리에 정통했던 사람으로 연암만 한 사람도 드물 것이다. 한자를 몇 글자 정도 아느냐는 연암의 당돌한 질문에 소론 출신의 이광려李匡呂(1720~1783)가 대략 30자 정도 안다고 답을 했고, 노론 출신의 연암이 그 한마디 답변으로 당색을 초월하여 그와 지기를 맺었다는 일화는 연암이 한자에 대해서 얼마나 고뇌를 했고 또한 고수였던가를 단적으로 보여 준다. 한자 한문을 떡 주무르듯 자유자재로 구사할 최고의 능력을 지닌 연암이 우리말을 한자화해서 썼던 데에는 그럴 이유가 있었다. 정통 한문의 완강한 벽에 반기를 들고 도전한 실험 정신, 거기에는 민족 문학의 미학에 대한 깊은 고뇌가 있었기 때문이다. 정통 한문의 자장에만 갇혀서 맴돌고 있던 당대 문인들의 수준은 이를 따라잡을 수 없었다.

셋째, 천주교 및 서양과 관련한 용어나 관심에 관한 문제이다. 1801년 신유사옥으로 대대적인 탄압과 처벌이 있었던바, 『열하일기』도 이 문제와 관련하여 자유로울 수 없었다. 초고본에 있던 천주교 교리에 대한 언급은 물론, 천주교에 연루되어 사형을 당한 사람의 성명을 그대로 쓸 수 없었다. 즉 삭제하거나 바꿀 수밖에 없었다. 북경 천주당과 관련한 일체의 용어나 항목을 다른 것으로 바꾸었으며, 음악을 논한 「망양록」편에서 서양의 악기인 양금(구라철현금)을 언급한 항목이 순서가 바뀌기도 했으며, 심지어 연암 자신이 양금을 연주할 줄 알아서 중국인 앞에서 연주하려고 했던 내용 등은 모두 삭제하였다. 사상 탄압의 불똥이 튀는 것을 사전에 차단하려는 조치였다. 천주교 관련 내용의 개변·삭제는 필사자에 의해서 이루어진 것만은 아니지만, 어쨌든 초고본과는 달라진 모습이다.

넷째, 연암의 자유분방한 사고와 행동, 풍속이나 사회적 통념에 맞지 않는 내용에 대한 문제이다. 성적性的인 문제, 중국인의 동성애, 여성에 대한 인물 묘사, 이를 훔쳐보려는 연암의 호기심, 투전판에 끼어든 연암의 무용담 혹은 음식의 기호에 대한 언급 등은 점잖은 양반 체통과 어긋난다는 이유에서인지 모두 다른 내용으로 바꿔치기하였고, 고약한 중국인을 골려 주는 장난기와 관광에 들떠서 호들갑스러운 모습 등 솔직하고 좌충우돌하는 연암의 모습은 적당하게 다른 내용으로 갈아 치웠다.

그리하여 연암이라는 인물의 연암다운 개성을 몰각시키고 오직 점잖고 교양 있는 양반의 모습으로 분식했다. 봉건 유교 윤리 속으로 연암의 실제 모습을 숨기는 분식은 연암의 개성을 말살하여 평범한 인간 형상으로 조작하는 행위이다. 이 조작은 창조적 인간 유형인 연암을 고루하고 퇴영적인 양반의 전형으로 만들었다. 문맥 속에서 살아 숨 쉬는 인물이 아니고, 박제된 인물로만 남게 된다.

이 밖에도 원작의 글쓰기, 특히 문자학적 고려를 무시하고 함부로 글자를 바꾼다든지, 임의로 책의 이름을 바꾼다든지 하는 등의 개변이 수없이 이루어졌다. 물론 연암의 친필 초고본이 진선진미한 완벽한 책이 아니므로, 필사본이 그 오류를 바로잡은 예들도 있다. 명백한 오자는 바로잡기도 한 것이 그러한 예이다.

이상의 내용이 필사본들이 초고본과 달라진 주요 내용들인데, 이번 개정판에서는 초고본의 내용을 그대로 살려서 번역하였다. 윤색된 저본에서 느낄 수 없는 것, 초고본이 가지는 생생한 모습 그리고 나아가서 연암이 『열하일기』를 통해서 드러내려고 했던 숨은 의도 등이 살아나고 포착되도록 하였다. 독자들이 유의해서 살펴볼 대목이다.

아울러 이번 개정판에서는 그동안 책의 이름이나 글의 제목만 알려져 있었을 뿐 기왕의 『열하일기』에는 수록되지 못했던 몇 편의 글을 번역하여 새롭게 수록하였다. 최근 영인 공개된 책에 포함되어 있기 때문에 가능했는데, 『양매시화』楊梅詩話, 『천애결린집』天涯結隣集, 「태학기」太學記 등이 그것이다. 이에 대한 짧은 해제는 매 편에 붙여 두었으므로 여기서는 언급하지 않는다. 또한 「피서록」편의 경우도 '삼한총서본' 「피서록」을 번역하여 보유편으로 수록함으로써, 보다 내용을 풍부하게 하였다.

개정판에서 또 하나 달라진 점은 초판본에 비해서 수록된 도판 역시 많이 바꾸었다는 것이다. 그동안 여러 번의 현지 답사를 통해 관련 유적이나 유물을 틈나는 대로 촬영하고 확보하여, 가능한 본문의 내용과 직접적으로 관련된 것으로 수록하였다.

사실 초판에서도 관련 도판이 책의 가독성에 방해가 될 수도 있으므로 수록 여부를 두고 고심하기도 했지만, 관련 도판이 본문의 이해를 돕기도 하겠거니와 무엇보다도 어떤 유적이나 유물의 실제적 모습을 통해서 작가 연암의 세밀한 관찰력이나 탁월한 표현력을 보일 수 있다는 생각에 도판을 싣기로 결정했다. 개정판에서 사진이 달라진 현상을 유의미한 것으로 해석해 주었으면 좋겠다. 독자들의 이해를 구한다.

이밖에도 개정판을 내면서 번역에 역자 나름의 유의한 점이 있다. 연암이 저작했던 원래의 『열하일기』를 가능한 살리려고 글자 한 자도 놓치지 않고 번역하려고 하였다. 그리고 친필 초고본이든 필사본이든 간에 『열하일기』 자체에 오류가 있던 부분은 관련 자료를 찾아서 이를 수정하여 번역하였다. 이는 역자 나름으로 『열하일기』 원문을 재구성한 작업이라고 할 수 있는데, 완벽한 『열하일기』를 만들려는 일종의 소명의식의 발로이다. 그러나 세상에는 무결점의 완벽이란 있을 수 없는 법, 독자들의 따가운 비판과 질정을 구한다.

2017년 10월

법고창신재法古創新齋에서 역자 쓰다

역자 서문 2
초판 서문

왜 다시 『열하일기』인가?

『열하일기』는 연암 박지원(1737~1805)의 중국 기행문이다. 그는 1780년 청나라 건륭 황제의 70회 생일을 축하하는 사절단에 끼어 중국에 다녀왔다. 공적인 소임이 없어 자유롭게 여행할 수 있었던 연암은 북경과 전인미답의 열하 지방을 체험하고, 귀국한 뒤에 견문한 내용을 정리하여 『열하일기』라는 기념비적 저술을 내놓았다.

『열하일기』는 초고가 완성되기도 전에 그 일부가 주변 지인에게 알려지고 전사되어 조선 독서계에 큰 반향을 불러일으켰다. 대체로 부정과 긍정 양극단의 평가가 있었다. 책에 대한 정당한 평가는 접어 둔 채, 청나라 연호인 '건륭'乾隆을 썼다는 이유로 오랑캐 연호를 쓴 원고라는 뜻의 '노호지고'虜號之稿라며 헐뜯고 비방하는 사람이 있는가 하면, 그 문체에 매력을 느껴 이를 모방할 정도로 적극적으로 환영한 문인 지식층도 있었다. 일파만파의 영향력을 끼치며 급속도로 확산된 『열하일기』는 급기야 당시 최고 권력자인 국왕 정조까지 주목하게 되었고, 일부 계층을 위해서 한글로 번역되기도 하였다.

그럼에도 불구하고 『열하일기』에 대한 당시 사회의 전반적인 분위기는 부정적인 쪽으로 흘렀다. 특히 보수적 성향의 유림과 문단에서는 대단히 마뜩지 않게 여겼다. 당대 사회에 대한 풍자와 비판, 문체가 그들의 심기를 불편하게 만들었던 것이다. 구한말 정승을 지낸 연암의 손자 환재瓛齋 박규수朴珪壽(1807~1877)가 조부의 문집을 간행하자는 동생의 요청에 대해, "조부의 문집을 간행하는 일은 유림에 공연히 말썽을 불러일으킬 염려가 있다"라며 거절했다는 사실에서 저간의 사정을 읽을 수 있다. 이 때문에 『열하일기』는 몇몇 필사본으로 전승되었을 뿐 공간公刊되지 못했다. 결국 근대에 이르기까지 사실상 불온서적으로 낙인이 찍힌 셈이었다. 근대의 문턱인 20세기 초, 1911년에 와서야 『열하일기』는 활자로 간행되었다.

조선 시대 중국 기행문을 조천록朝天錄 혹은 연행록燕行錄이라고 불렀다. 이러한 기행문의 전통은 기왕에도 있었으며, 조선 말까지의 그런 기록을 통산하면 대략 500여 편이 된다. 『열하일기』도 그런 수많은 연행록 중의 하나이다. 그런데 하필 『열하일기』를 연행록의 백미로 꼽아 높이 평가하고 주목하는 이유는 무엇인가? 뿐만 아니라 민족 최고의 고전, 나아가 세계 유수의 고전 반열에 편입시켜야 한다는 주장까지 나오고 있다. 왜일까?

그것은 작가로서의 역량, 연행의 동기, 창작 방법 등에 따른 결과일 것이다. 연행 당시 연암의 나이는 44세였다. 연행에 참여한 일행 중 한 사람은 중국인에게 조선 최고의 문장가라고 연암을 소개한 바 있거니와, 그의 학문과 문학은 당대를 대표할 수 있는 원숙한 경지에 들어가 있었다. 실로 『열하일기』는 그의 참신하고 비판적인 창조적 역량에서 나온 것이다.

게다가 중국 여행의 목적이 단순 관광이 아니라 뚜렷한 목적을 가진 여행이었고, 오랜 준비 과정을 거쳐 실현된 여행이었다. 앞서 연행을 경험한 선후배 혹은 그들의 연행록을 통해서 중국에 대한 정보를 숙지하고 있었던 연암은 거기서 그치지 않고, "매양 말고삐를 잡고 안장에 앉은 채 졸아 가면서 이리저리 생각을 풀어냈다. 무려 수십만 마디의 말이 가슴속에 문자로 쓰지 못하는 글자를 쓰고, 허공에는 소리가 없는 문장을 썼으니, 매일 여러 권이나 되었다"라는 그의 고백처럼 연행 도중에도 머릿속에서 『열하일기』에 대한 구상이 떠나지 않았다. 이런 준비와 기획이야말로 『열하일기』가 연암의 저작을 대표하는 야심작이 될 수 있었던 까닭일 터이다.

이 『열하일기』는 진작부터 한글로 번역되어 독서 대중에게 제공되었다. 18세기를 전후하여 비록 부분 번역이긴 하나 이미 한글본 『열하일기』가 있었거니와 근대 이후 수많은 번역물이 쏟아져 나왔다. 1915년 일본인에 의해 완역본이 출간된 이래로 최근에 이르기까지 셀 수조차 없는 번역물이 나왔다. 완역, 초역(다이제스트), 편역, '리라이팅', 소설식 개작 등 번역의 형태도 각각이어서, 이제 더 이상의 번역은 필요 없다고 말할 정도에 이르렀다.

사정이 그러함에도 불구하고, 역자가 번역서를 다시 보태려는 까닭은 무엇이고, 『열하일기』를 새삼 주목하는 이유는 무엇인가?

기존의 번역서에는 오역과 밝히지 못한 전고가 많아서 원작의 내용을 왜곡한 경우가 있다. 또한 주석 없이 그대로 사용한 생경한 단어나 시대 감각이 떨어지는 낡은 표현 등은 한글 세대와 전문가 모두를 아우르는 고전이 될 수 없게 만든 요인이다. 이는 연암의 진정한 모습을 만나지 못하게 하고, 그와의 소통을 방해할 뿐이다. 원작에 충실하면서 완성도 높은 번역서를 만드는 일은 학자에게 주어진 의무일 터이다.

한편 새로운 번역서의 출현은 텍스트를 어떻게 읽고, 거기서 무엇을 찾을 것인가 하는 현재적 물음에 답해야 한다.

『열하일기』를 어떻게 읽을 것인가? 오늘의 시점에서 우리는 무엇을 찾을 것인가? 저자의 고심처를 읽어 내는 것이 바른 독서라고 말한 연암은 피상적 독서를 가리켜 '살강 밑에서 숟가락 줍기'라고 하여, 그 안이한 태도를 비판한 바 있다. 그동안 우리는 연암이 말한 올바른 독서의 방법으로 『열하일기』를 읽었던가? 딱히 그렇다고 대답하기 어려울 것이다.

연암과 인간적으로도 가까울 뿐 아니라 그의 문학 세계에 가장 정통했던 처남 이재성은 연암이 죽자 제문을 지어 애도하면서 "연암을 높이 평가한 사람이나 비방한 사람 모두 연암의 진정한 속내를 아는 사람은 없었다"고 말한 바 있다. 연암의 문학 작품을 제대로 읽은 사람이 없다는 말인데, 이는 특히 연암 생전에 일어났던 『열하일기』에 대한 비방과 찬사를 염두에 둔 발언이다. 요컨대 『열하일기』에 대한 올바른 독서는 진작부터 제기된 문제였다.

사실 『열하일기』를 읽다 보면, 저자의 의도를 쉽게 파악하기 어려운 글을 종종 만나게 된다. 어떤 경우에는 그 내용이 너무도 번쇄하고 지엽적이어서 지루한 느낌이 들 때도 있다. 전고典故나 음악, 시화, 우주론 등의 문제를 전문적으로 다룬 내용 등에 이르면, 저자의 집필 의도가 자신의 지식을 자랑하는 데 있나 하는 의구심이 들기도 한다. 이는 『열하일기』를 피상적으로 읽히게 만드는 부분이다. 그러나 여기에도 연암의 진정한 고뇌가 들어 있으며, 이것이 그의 고심처이기도 하다.

"저 옛날 사람들은 다른 이야기를 주고받고 무엇을 문답하는 그 밖에서 항상 실정實情을 얻었다. 예컨대 교량이나 시간의 제도를 통해 관리의 등급 같은 것을 알아맞히기도 하였으며, 시와 음악을 감상하면서 시장 물가의 비싸고 헐한 것을 증험해 맞출 수 있었다"라는 연암의 발언을 통해서, 우리는 『열하일기』 안에 다소 지루한 내용 혹은 절실하지 않은 문제, 주제와 빗겨나 있는 것 같은 내용 등도 사실은 연암의 의도된 글쓰기임을 깨닫게 된다.

연암은 중국인과의 필담을 통해 "지묵紙墨의 밖에서 그림자와 메아리를 얻는 수법"을 제시하고, 필담하는 인물의 행동과 심리 상태까지 세밀하게 묘사하거나, 성동격서와 같은 방법으로 필담을 유도하기도 하였다. 이런 방식의 글쓰기에서는 저작의 의도가 쉽게 간취되지 않는다. 주제에 대한 형상화 수법이 그러할진대, 『열하일기』를 읽는 방법 역시 그에 상응해야 할 것이다. 그것이 연암의 진정성, 곧 『열하일기』의 진정한 주제를 찾는 독서법일 것이다.

이제 『열하일기』에서 주목할 내용 몇 가지를 추려서 제시한다. 각 편마다 역자가 간단한 해제를 달아서 중점 내용을 언급하였는바, 여기서는 전체적으로 조망한다.

첫째, 미지의 세계에 대한 정보의 제공이다. 이 땅에 태어나서 생로병사한 조선의 선비들에게 『열하일기』에 수록된 방대한 내용은 그 자체로 지적 호기심을 충족시키는 새로운 정보였다. 북경에 이르기까지의 견문은 물론, 전인미답의 열하 지방에서의 체험은 18세기 조선의 선비에게만 읽을거리로 제공되었을 뿐 아니라, 여성 독자에게도 흥미의 대상이었다. 한글본 『열하일기』가 열하 지방의 체험을 위주로 번역된 것은 그러한 이유에서이다. 정보 제공의 가치는 현재까지 여전히 진행형이다.

둘째, 선진 문화 문물을 본받아야 한다는 북학北學의 내용이다. 당시 고루한 선비처럼 북벌北伐의 대상으로서 되놈의 청나라로 인식하지 않고, 중국을 있는 그대로 객관적으로 인정했다. 여기서 청나라는 조선의 낙후한 문화나 만성적 빈곤을 타개할 수 있는 이용후생의 관점에서 북학의 대상이었다. 연암은 북학을 선비가 해야 할 역할로 파악하였는바, 이 주제는 『열하일기』 전편에 가장 비중 있게 다루어진 내용 중의 하나이다. 깨진 기왓장과 똥거름에 진정 중국의 장관이 있다는 연암의 말은 주요 관심사를 극명하게 드러낸 반어이다.

셋째, 천하대세를 어떻게 전망했는가? 하는 주제이다. 당시 세계의 중심부인 중국 천하의 변화는 곧 주변부 조선의 정세와 직결되는 문제였다. 답답한 조선의 현실에서 벗어나 세계를 호흡하려는 것이 연행의 목적이었다. 여기서 연암은 중국의 통치 현실을 비판적 시각으로 통찰할 수 있었으며, 아울러 천하가 어떻게 변화할 것인가를 예의 주시했다. 서적 간행, 주자학 장려와 같은 문화 사업과 정책, 문자옥文字獄 같은 지식인 탄압, 주변 국가와 민족에 대한 통치술, 황제의 고뇌, 중국 민족 사이의 갈등, 경제 정책, 백성의 풍속 등등을 통해서 천하대세를 전망하고, 조선에 대한 청의 정책을 예리하게 분석했다. 때로는 분석적인 단편 산문을 통해서, 때로는 역사·음악·풍속·종교 문제 등의 필담에 가탁하여 그 주제를 드러냈다. 이는 북학의 주제와 함께 『열하일기』 전체에 저류하는 주제이다.

넷째, 각계각층의 다양한 인간 유형에 대한 묘사와 인물 형상의 창조이다. 역사를 움직여 나가는 활동 주체는 바로 인간이다. 이 인간들이 무엇을 사고하고 어떻게 행동하는가를 관찰하고 이를 묘사하는 것은 역사의 흐름을 전망하려는 주제와 마주 닿아 있다. 최고 통치자 황제에서 종교 지도자, 고위 관료, 정치적 실세, 지식인, 하급 관료, 서민 대중, 하천인에 이르기까지 실로 다양한 인간들의 행동 양태가 그려져 있는데, 이들의 호흡을 통해 청조 통치의 현실, 민정의 향배 등을 드러냈다. 특히 하층 민중들에 대한 경쾌한 묘사는 소설을 읽는 즐거움을 주는바, 이 역시 연암의 의도된 창작 수법이다. 인물 형상의 창조에서 그 누구보다도 돋보이는 인물은 바로 작가 연암이다. 사상가, 학자, 지식인으로서의 모습뿐 아니라, 한 자연인으로서 때로 경쾌 발랄하기도 하고, 진솔하고 구김살 없는 모습의 매력적 캐릭터로 자신을 창조했다. 기실 『열하일기』는 위대한 주인공 연암이 끌어 나가는 한 편의 서사극인 셈이다.

다섯째, 선비 곧 지식인의 역할과 처신에 관한 문제이다. 선비란 독서하는 사람인데, 그 사회적 역할은 독서의 내용을 실천하는 데에 있다. "조선의 지독한 가난은 따지고 보면 그 원인이 전적으로 선비가 제 역할을 못한 데에 있다"라고 한 연암의 발언은 선비의 역할을 지적한 것이거니와, 이 주제는 이용후생의 북학으로 실천되었음을 앞서 지적하였다. 여기서 주목할 점은 선비의 처신에 관한 문제이다. 곧 역사적 전환기에 처한 선비의 출처대절出處大節에 관한 것이다. 왕조 교체기에 처하여 곡학아세로 부당한 정권에 자신을 팔 것인가? 아니면 세상을 피하여 자존을 지킬 것인가? 혹은 부당한 현실을 죽음으로써 거부할 것인가? 이는 인간으로서 자기 가치를 실현하는 중요한 문제이다. 이 주제 역시 『열하일기』 전편에 깔아 놓은 문제의식인데, 특히 한족 지식인과 만주인의 갈등, 중국 역대 왕조 교체기의 인물에 대한 탐구와 논쟁, 시화집을 방불케 하는 번다한 시의 인용 등에서 집중적으로 드러냈다.

이상에서 제시한 몇 가지 사항은 어디까지나 역자가 편의로 제시한 것에 불과하거니와, 중요한 점은 독자가 이 시대 현실에 맞는 주제를 찾아내고 음미할 일이다. 요컨대 고전의 현재적 가치를 찾는 문제는 전적으로 독자의 몫인데, 우리는 텍스트의 정독을 통해 "있었던 세계 그리고 있는 세계에 대한 비판과 통찰을 통해서 있어야 할 세계를 전망하고 모색한 것"이 『열하일기』의 진정한 주제라는 사실에 동의할 것이다.

이 책이 인문·사회과학 서적 전문 출판사인 돌베개에서 출판되어 그 의미가 깊다. 특히 민족 고전에 대해 남다른 애정을 가진 한철희 사장은 여러 종의 『열하일기』의 번역서가 기왕 있음에도 불구하고 필자의 번역을 흔쾌히 출판하기로 결정하였다. 인문고전팀 팀장을 맡고 있는 이경아 동학은 교정은 물론, 역자의 손이 미치지 못한 부분까지 세심하게 신경을 쓰는 수고를 아끼지 않았다. 두 분을 포함하여, 돌베개 식구들에게 이 자리를 통해 고마운 뜻을 표한다.

2009년 9월

김혈조

차 례

역참을 지나며 쓴 수필 일신수필馹汛隨筆

산해관에서 북경까지의 이야기 관내정사關內程史

북경에서 북으로 열하를 향해 막북행정록漢北行程錄

2권 차례

3권 차례

일러두기

이 책은 다음과 같은 요령으로 엮었다.

1 이 책의 초판(돌베개, 2009)은 박영철본을 저본으로 하였고, 개정1판(돌베개, 2017)은 박영철본의 오류와 삭제된 부분을 보완하여 번역한 것이다.

2 본서는 『定本 熱河日記』(돌베개, 2025)를 번역의 저본으로 한다.

3 번역의 저본인 『定本 熱河日記』는 박영철본 및 국내외의 『열하일기』 필사본 30여 종을 교감하여 정본화한 책이다.

4 본서와 『定本 熱河日記』 사이에는 수록 위치가 다른 부분이 있다. 이는 번역본이 내용의 흐름을 중시한다면, 정본은 본래의 모습을 최대한 구현하는 데 목표를 두기 때문이다. 수록 순서가 다른 부분은 다음과 같다.

① 본서 1권 「막북행정록」 편에 수록된 '승덕태학기'는 '야출고북구기'의 예에 따라서 정본에서는 「산장잡기」 편에 수록하였다.

② 본서 2권 「망양록」 편에 서술된 구라철현금에 대한 내용은 정본에서는 「망양록」 편의 첫부분에 수록하였다.

③ 본서 3권 「피서록 보유」 편은 본래 박영철본에 없는 글이므로 정본에서는 「보유」 편에 수록하고, 제목은 '열하피서록'으로 하였다.

5 본서 3권의 「피서록 보유」는 『삼한총서』의 「열하피서록」 중 「피서록」과 중복되지 않는 것을 수록하였다.

6 제목만 있던 「승덕태학기」(본서 1권에 수록)와 「열하궁전기」(본서 2권에 수록)를 찾아 새롭게 수록하였다.

7 한자의 음이 두 가지 이상이 있을 경우에 가능한 최근 출판된 자전의 음을 따랐다.
예: 鵠(혹→곡), 懶(난→나)

8 한자는 이해를 돕기 위해 필요한 경우 병기했으며, 운문이나 기타 필요한 경우 원문을 병기했다.

9 글의 제목은 필요한 경우 이를 번역했고, 한문 제목을 함께 제시했다.

10 주석은 간단한 내용은 간주間注로 괄호 처리하고, 긴 내용은 번역문 좌우 여백에 처리했다.

11 맞춤법과 띄어쓰기는 한글 맞춤법과 표준어 규정을 따랐다.

12 중국어 발음의 한글 표기는 정해진 규정을 따랐다.

13 이 책에 사용된 부호는 다음과 같다.
『 』→ 서명 「 」→ 편명
' '→ 강조 혹은 간접인용 " "→ 직접인용
〈 〉→ 그림 《 》→ 화첩

열하일기

熱河日記

머리말

「열하일기서」熱河日記序[1]

문장을 써서 교훈을 남긴 책 중에, 신령스럽고 밝은 일에 통달하고 사물의 법칙을 꿰뚫은 책으로 『주역』周易이나 『춘추』春秋보다 더 훌륭한 저술은 없을 터이다. 『주역』은 은밀하게 감추려 했고 『춘추』는 들춰내어 드러내려 했다.

은밀하게 감추는 방법은 이치를 말하는 것을 위주로 하니, 이런 방법이 발전하여 어떤 사물에 의탁하여 뜻을 전하는 우언寓言이 된다. 들춰내어 드러내는 방법은 실제의 사적事跡을 기록하는 것을 위주로 하니, 이런 방법이 변하여 정사正史에서 누락된 사적을 기록하는 외전外傳이 된다.

저서의 방법은 이 두 가지 길이 있을 뿐인데, 언젠가 이 문제를 시험 삼아 논의해 본 바 있었다.

『주역』의 64괘에서 말한 동물, 곧 용·말·사슴·돼지·소·양·호랑이·여우·쥐·꿩·매·거북이·붕어 등이 실제로 그 괘와 관련

1 박영철본 『연암집』에는 이 서문이 없고, 『열하일기』 필사본의 한 종류인 연암산방본燕巖山房本에만 유일하게 실려 있다. 최근 발견된 유득공의 문집 『영재서종』泠齋書種에 이 서문이 수록되어 있는 것으로 보아서, 이 서문의 작자는 유득공으로 보아야 할 것이다. 비록 연암의 글은 아니지만, 『열하일기』의 전체 내용을 잘 파악하고 쓴 서문이라고 생각하여 여기에 수록한다.

있는 동물이라고 말할 수 있겠는가? 아마 없을 것이다. 『주역』에 나오는 사람의 경우에도, 웃는 사람, 눈물을 흘리는 사람, 우는 사람, 노래하는 사람, 애꾸눈, 절름발이, 볼기에 살갗이 없는 사람, 등의 살이 벌어진 사람 등이 과연 실제로 그 괘와 관련이 있는 인물이라고 말할 수 있겠는가? 없을 것이다. 그런데도 산가지[2]를 뽑아서 괘를 놓고 보면 그런 형상들이 즉시 나타나고, 길흉이나 재화가 마치 북채로 북을 치듯 신속하게 응답함은 무슨 까닭인가? 은밀히 숨기는 방법으로 사실을 드러내고 까발렸기 때문일 것이다. 우언의 문장을 쓰는 사람들이 이 방법을 이용한다.

『춘추』에 기록된 242년 동안의 각종 제사, 사냥과 순수巡狩, 조회와 사신, 회맹會盟, 침략과 정벌, 포위와 침입 등은 모두 실제로 있었던 사실이다. 그런데도 역대에 『춘추』를 주석한 좌구명左丘明, 공양고公羊高, 곡량적穀梁赤, 추덕부鄒德溥, 협씨夾氏[3] 등등은 그러한 실제 사실을 가지고도 의견이 서로 달랐다. 설명을 하는 사람도 남들이 틀렸다고 반박하면 자기의 주장이 옳다고 고집하며, 지금까지도 논쟁이 그치지 않음은 무슨 이유인가? 들춰진 사실을 가지고 은밀한 뜻을 부여하려 했기 때문일 것이다. 외전의 글을 쓰는 사람들은 이 방법을 이용한다.

이 때문에 『장자』莊子를 지은 장주莊周를 일러서 저서를 잘한 사람이라고 말하는 것이다. 『장자』에 나오는 황제와 왕, 현인과 성인, 당대의 임금과 재상, 처사와 변론가 등에 관한 일과 언행에 대한 기록은, 혹 정사正史의 부족한 점을 보충할 수 있을 것이다.

『장자』의 등장인물인 기술자 장석匠石과 윤편輪扁[4]은 실제로 있었던 사람일 것이다. 장자 자신이 직접 이야기를 들었다는 가공의 인물인 부묵副墨의 아들이나 낙송洛誦의 손자[5]와 같은 인물

2 산가지는 수효를 셈하거나 점을 칠 때 사용하는 막대기.

3 좌구명, 공양고, 곡량적은 춘추시대의 학자로 소위 춘추삼전을 지은 인물이고, 추덕부는 명나라 학자로 『춘추광해』春秋匡解를 지은 사람이다. 협씨는 미상이다.

4 장석은 자귀를 휘둘러 물건을 잘 조각했던 인물로, 석石은 그의 이름이다. 윤편은 수레바퀴를 잘 만들었던 인물로, 편扁은 그의 이름이다.

5 부묵은 문자를 의인칭한 용어이고, 낙송은 문장을 반복해서 암송하는 것을 의인칭한 용어이다.

은 대체 어떤 사람이었던가? 또 『장자』에 나오는 도깨비 망량魍魎과 물귀신 하백河伯은 과연 정말로 있었던 존재라고 말할 수 있겠는가?

『장자』라는 책을 외전이라고 여긴다면 실제와 가짜가 서로 섞여 있으며, 우언이라고 생각한다면 은밀하게 숨기는 방법과 들추어 까발리는 방법이 번갈아 바뀌니, 사람들이 그 실마리를 도저히 예측할 수 없어서 궤변이라 부르기도 하였다. 그러나 그 이야기를 끝내 폐할 수 없었던 까닭은 어떤 이치를 잘 말하고 있기 때문이니, 장주는 가히 책을 짓는 작가로서 으뜸이라고 평가할 만하다.

지금 저 연암씨燕巖氏의 『열하일기』熱河日記는, 나는 그게 무슨 책인지 모르겠다. 요동 벌판을 건너서 산해관山海關으로 들어가고, 황금대黃金臺의 옛터에서 서성거리며, 밀운성密雲城을 경유하여 고북구古北口 장성을 빠져나가, 난하灤河의 북쪽과 열하가 있는 백단현白檀縣의 북쪽에서 마음대로 구경했다 하니, 진실로 그런 땅이 있었을 것이다. 또 청나라의 큰 학자들이나 운치 있는 선비들과 교유했다고 하니, 실제로 그런 사람이 있었을 것이다.

생김새가 사뭇 다르고 옷차림이 다른 사방의 외국인들, 칼과 불을 입으로 삼키는 요술쟁이들, 라마 불교인 황교黃敎와 그 승려인 반선班禪, 난쟁이들 등 『열하일기』에 나오는 인물들은 비록 괴상망측하게 생긴 사람들이기는 하지만, 『장자』에서 말하는 도깨비나 물귀신과 같은 그런 부류는 아니다. 『열하일기』에는 진기한 새나 짐승, 아름답고 특이한 나무에 대해서도 그 생긴 모습과 특징을 완벽하게 묘사하지 않은 것이 없다. 그러나 몸통의 등이 천 리가 되는 새가 있다든지, 8천 년이나 묵은 신령한 참죽나무가 있다는 등과 같은 『장자』의 황당한 과장이나 거짓말을 어찌 이야기 했으랴!

이제야 알겠다. 장자가 지은 외전에는 실제도 있고 거짓도 있지만, 연암씨가 지은 외전에는 실제만 있고 거짓이 없다는 사실을. 그리고 우언을 겸하면서도 끝내 이치를 이야기하는 것으로 귀결시킨 방법은 서로 동일하다는 사실을. 춘추시대의 오패五霸[6]에 비유한다면, 장자가 진문공晉文公처럼 거짓과 권모술수에 능하다고 한다면, 연암씨는 제환공齊桓公처럼 정도正道를 걸었던 인물이라고나 할까? 소위 이치를 말했다고 하는 것도, 어찌 흐릿하여 분명치 않은 내용을 부질없이 이야기하고 있는 것일 뿐이겠는가.

6 오패는 춘추시대의 제후 가운데서 우두머리가 되어 패업霸業을 이룬 다섯 사람. 제齊나라 환공桓公, 진晉나라 문공文公, 진秦나라 목공穆公, 송宋나라 양공襄公, 초楚나라 장왕莊王 등을 말한다.

중국의 노래나 가요에 관한 것, 풍습에 관한 기록도 사실은 나라의 치란治亂에 관련된 것들이고, 성곽과 궁실에 대한 묘사라든지, 농사짓고 목축하며 도자기 굽고 쇠를 다루는 것들에 대한 내용은, 그 일체가 기구를 과학적으로 편리하게 사용하여 민생을 두텁게 하자는 이용후생利用厚生의 길이 되는 내용으로 모두 『열하일기』에 들어 있다. 그리하여 『열하일기』는 글을 써서 교훈을 남기려는 취지에 어긋나지 않는 책이 되었다.

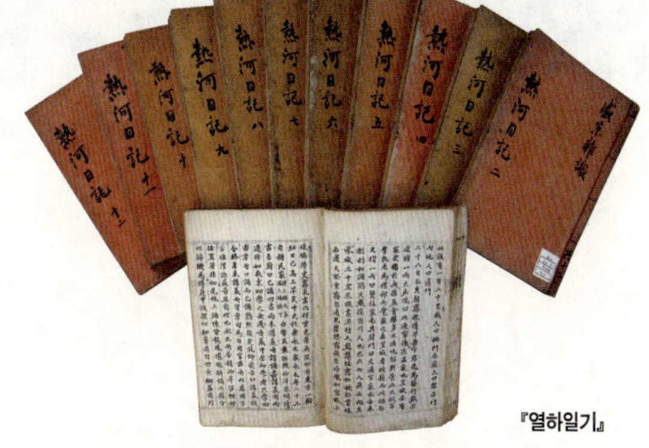

『열하일기』

압록강을 건너며

도강록
渡江錄

6월 24일 신미일부터 7월 9일 을유일까지의 일을 기록했다.
압록강을 출발하여 요양遼陽에 이르기까지 15일이 걸렸다.

⊙ — **도강록**

「도강록」은 1780년 6월 24일(음력)부터 7월 9일까지의 일기이다. 연암이 사신 일행을 따라 중국에 들어가 겪은 첫 번째 체험을 기록한 것이다. 의주를 출발하여 압록강을 건너 청나라의 요양까지 이르는 도중에서 일어난 일과 자신이 직접 보고 듣고 체험한 것을 중심으로 일기체로 서술하였다.

'도강록'이란 말은 압록강을 건너며 기록한 글이라는 의미이긴 하지만, 그 말 자체에 이미 강을 건너서 남의 나라에 들어간다는 뜻이 담겨 있다. 길에서 마주치는 이역의 풍경과 중국의 앞선 문화 문물 등을 범상히 넘기지 않고 붓끝으로 담아냈다. 중국의 선진 문화를 예리하게 관찰·분석·비판한 대목에서 붓끝은 자못 진지하게 돌아가다가도, 연도에서 벌어지는 갖가지 견문과 체험의 대목에서는 붓끝이 경쾌하게 돌아간다. 옛날 분들이 이 「도강록」의 문체를 두고 이른바 소설식의 패사체稗史體라고 한 것도 그런 이유일 것이다.

압록강을 건너는 배 안에서 도道가 강물과 언덕의 중간에 있다고 설파한 대목은 보기에 따라서는 대단히 뜬금없다. 그러나 이 뜬금없는 이야기를 하필 책의 머리에 얹어 놓은 데에는 저자의 숨은 의도가 있었던 것으로 보인다. 곧 청나라에 대한 연암의 의식과 『열하일기』의 집필 원리 및 주제 사상을 비유적으로 표현한 것이라고 생각된다. 이 밖에 조선의 강토에 대한 관심과 그 논변, 넓디넓은 요동 벌판을 마주하며 한바탕 통곡하기 좋겠다는 이른바 '호곡장'好哭場 대목 등은 깊이 음미할 부분이다.

머리말

「도강록서」渡江錄序

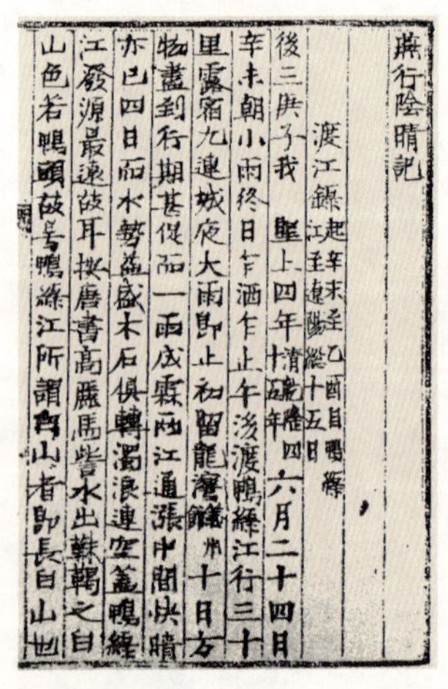

燕行陰晴記

渡江錄

後三庚子我 聖上四年六月二十四日

辛未朝小雨終日乍洒乍止午後渡鴨綠江行三十

里露宿九連城夜大雨即止初留龍灣十日方

物盡到行期甚促而一雨成霖兩江通漲中間快晴

亦已四日而水勢益盛木石俱轉濁浪連空蓋鴨綠

江發源最遠故耳按唐書高麗馬訾水出靺鞨之白

山色若鴨頭故號鴨綠江所謂白山者即長白山也

친필 초고본의 「도강록」 부분
서명이 '열하일기'라고 되어 있지 않고 '연행음청기'라고 되어 있다.

무엇 때문에 이 글의 첫머리에 후삼경자後三庚子라는 간지干支를 쓰는가? 여행의 일정과 날씨를 기록하며, 연도를 기준으로 삼아서 달과 날짜를 기록하려는 것이다.

후삼경자의 후後는 무엇의 뒤라는 말인가? 숭정崇禎[1]을 연호로 삼은 연도인 1628년의 뒤라는 말이다.

무엇 때문에 삼경자라 했는가? 숭정을 연호로 삼은 뒤 세번째로 돌아온 경자년(1660년, 1720년, 1780년)을 말하기 위해서이다.

무엇 때문에 숭정이란 연호를 사용하지 않는가? 장차 압록강을 건너가려 하기 때문에 이를 꺼려 해서 숨기려는 까닭이다.

무엇 때문에 숭정이란 연호를 꺼려 숨기는가? 압록강을 건너면 청清나라 사람이 살기 때문이다. 천하의 사람들이 모두 청나라의 역법曆法을 받들어 사용하고 있기 때문에 감히 명明나라의 연호인 숭정을 사용할 수 없다.

무엇 때문에 드러내지 못하고 몰래 숭정이란 연호를 일컫는가? 위대한 명나라야말로 진정한 중국의 주인이고, 우리 조선을 처음 국가로 승인한 큰 나라이기 때문이다.

박지원 초상 박지원의 손자인 박주수의 그림

숭정 17년(1644) 명나라 의종毅宗 열황제烈皇帝[2]가 종묘사직을 위해 순국하고 명나라 왕실이 멸망한 지 140여 년이 되었건만, 어찌하여 지금까지 숭정이란 연호를 일컫는가? 청나라 사람이 중국에 들어가 그 주인이 되니 훌륭한 전통 문화 제도가 변하여 오랑캐 문화로 바뀌었지만, 한반도를 둘러싼 수천 리의 우리나라는 압록강을 경계로 나라를 다스리며 홀로 과거의 문화 제도를 지키고 있다. 이는 명나라 왕실이 오히려 압록강 동쪽에 존재함을 밝히는 셈이다. 우리나라의 힘이 약해서 비록 저 오랑캐를 물리쳐 중원 땅을 깨끗하게 청소하여 전통의 문화 제도를 빛내고 회복할 수야 없겠지만, 모두가 숭정이라는 연호라도 능히 존숭하여 중국을 보존하려는 까닭이다.

숭정 156년 계묘년(1783) 열상외사洌上外史[3] 쓰다.

1 숭정은 중국 명나라의 마지막 황제 의종毅宗 때(재위 1628~1644) 사용한 연호이다. 명나라가 망한 뒤에 조선은 청나라의 연호를 쓰기 꺼려해 이 연호를 계속 사용했다.

2 의종의 본명은 주유검朱由檢(1611~1644)이다. 이자성의 농민군과 청나라가 북경을 공략하자 매산煤山(북경의 경산景山 공원)의 수황정壽皇亭에서 목을 매달아 자살하였다. 처음의 묘호廟號는 사종思宗이었으나, 의종으로 바뀌었다. 시호도 처음에는 민제愍帝였으나, 건륭 때 장열제莊烈帝로 바뀌었다.

3 열상외사는 연암의 또 다른 호이다.

후삼경자後三庚子(1780)
우리나라 정조 임금 4년(청나라 건륭乾隆 45년)

6월 24일 신미일

아침에 가랑비가 오더니 종일토록 오락가락하였다.
오후에 압록강을 건넌 뒤 30리를 나아가 구련성에서 노숙하였다.
밤중에는 큰비가 퍼붓더니 이내 그쳤다.

처음에 용만龍灣, 곧 의주義州의 의주관義州館에서 열흘을 머물고서야 중국에 보낼 방물方物[4]이 모두 도착하여 떠날 일정이 매우 촉박해졌다. 그러나 큰비가 장맛비가 되고 두 강물이 합하여 넘쳐흘렀다. 그사이에 쾌청한 날이 나흘이나 지났건만 물살은 더욱 거세져 나무와 돌이 함께 휩쓸려 내려오고 탁한 물결이 하늘과 마주 닿았다. 아마도 압록강의 발원지가 아주 멀기 때문일 것이다.

『당서』唐書를 살펴보면,[5]

"고려의 마자수馬訾水는 말갈靺鞨의 백산白山에서 나오는데, 그 색깔이 마치 오리〔鴨〕의 머리처럼 푸르러 압록수鴨渌水라고 부른다."

라고 하였으니, 이른바 백산이란 곧 장백산長白山이다.

『산해경』山海經[6]에는 장백산을 불함산不咸山이라 일컬었고,

4 방물은 중국 황실에 선물로 보낼 우리나라의 특산품.

5 『신당서』 권220 열전 145 「동이」東夷에 나온다.

6 『산해경』은 저자 미상의 책. 고대 중국의 지리·신화·민속 등을 방대하게 다루었다. 황당무계한 내용이 많이 담긴 책으로 알려져 있다.

우리나라에서는 백두산이라 부른다. 백두산은 여러 강이 발원하는 시초가 되는 곳이고, 서남쪽으로 흐르는 물이 압록강이다.

명나라 장천복張天復[7]이 지은 『황여고』皇輿考에 말하기를,

"천하에 큰 강물이 셋 있으니 황하, 양자강, 압록강이다."

하였고 명나라 진정陳霆[8]이 지은 『양산묵담』兩山墨談에는,

"회수淮水 이북부터 물줄기의 가닥이 북쪽으로 흘러, 무릇 모든 물은 황하를 으뜸으로 삼으며 강이라고 이름을 지을 만한 물이 없는데, 북쪽의 고려에 있는 것만은 압록강이라고 말한다."

라고 하였으니, 이 압록강이 천하의 큰 강임을 말한 것이다.

그 발원지가 바야흐로 가뭄이 들었는지 장마가 졌는지는 천 리 밖에서 짐작하기 어려운데, 지금 불어난 물의 형세로 살펴보아서는 백두산에 긴 장마가 들었음을 미루어 알 수 있겠다. 하물며 여기 나루터는 보통의 나루터가 아님에랴.

지금 큰 장마를 만나, 물가 나루터와 배가 정박하는 본래의 장소가 모두 유실되고 강 중류의 모래톱도 살피기 어려운 형편이니, 뱃사공이 조금이라도 그 형세를 놓친다면 사람의 힘으로는 되돌릴 수 없는 일이 생길 지경이다. 일행 중 역관들은 예전의 경험을 번갈아 들이대며 강을 건널 날짜를 뒤로 물리자고 떼를 쓰고, 용만의 부윤府尹[9]인 이재학李在學[10]도 측근의 비장裨將[11]을 보내 며칠을 더 묵도록 만류했다. 그러나 정사正使[12]는 기어이 이날을 강 건널 기일로 정하고는, 조정에 올릴 장계狀啓에도 이미 압록강을 건너는 날짜를 써넣어 버렸다.

아침에 일어나 창문을 여니 짙은 구름이 잔뜩 끼었고, 비 올 기세가 산에 그득했다. 세면을 하고 머리를 빗은 다음에 행장을 정돈했다. 집에 보낼 편지와 여기저기 보낼 답장을 손수 봉하여

7 장천복은 명나라 가정嘉靖 연간의 학자로, 호는 내산內山이다.

8 진정(1477~1550)의 자는 성백聲伯이고, 호는 수남거사水南居士다. 『수남고』 등 많은 저서를 남겼다.

9 부윤은 조선 시대 지방 관아인 부府의 우두머리 벼슬로, 종2품 문관이 맡는 외직이다. 유수留守라고도 한다.

10 이재학(1745~1806)의 자는 성중聖中, 호는 지포芝浦이다. 1780년 대사간으로 재직하다가 의주부윤으로 부임하였고, 1793년에는 사은부사로 중국을 다녀왔다.

11 비장은 조선 시대에 사신, 유수, 병사를 측근에서 보좌하는 무관 벼슬이다.

12 당시에 정사는 연암의 팔촌 형인 박명원朴明源(1725~1790)이었다. 박명원은 조선 후기의 학자로 본관은 반남, 자는 회보晦甫, 호는 만보정晩葆亭이다. 영조의 셋째 딸 화평 옹주和平翁主에게 장가들어 금성위錦城尉에 봉해졌다. 1776년부터 세 차례에 걸쳐 중국에 정사로 파견되었다. 글씨를 잘 쓰고, 몸가짐에 절도가 있었다고 한다.

파발 편에 부치고 나서야, 아침 죽을 대충 먹고 일행이 머무는 숙소로 천천히 걸어갔다.

여러 비장들은 벌써 군복과 전립戰笠(무관이 쓰는 모자)을 차려입고 있었다. 이마 정수리에는 은화銀花와 운월雲月을 세우고 공작의 깃을 달았으며, 허리에는 쪽빛의 비단을 묶었다. 허리띠에는 환도를 차고 손에는 짧은 채찍을 잡았다. 자기들끼리 서로 마주 보고 웃으면서,

"모양이 어떤가?"

하였다.

정사의 시중을 드는 상방上房[13] 비장인 참봉 노이점盧以漸[14]은 철릭을 입었을 때보다 더 호탕하고 건장해 보였다. (비장은 우리나라에 있을 때는 철릭을 입지만, 압록강을 건너서는 소매 좁은 옷으로 갈아입는다. — 원주) 상방 비장인 진사 정각鄭珏[15]이 웃으며 나를 맞이하면서,

"오늘은 정말 강을 건널 수 있겠습니다."

라고 하자 노 참봉이 곁에서 끼어들면서,

"이제야 장차 강을 건너겠습니다."

라고 한다. 나는 그들에게,

"응, 그렇고말고."

라고 대꾸하였다.

아마도 열흘을 숙소에서 꼼짝 못하고 묵었던 터라, 모두들 지루한 생각이 마음에 그득하여 훌쩍 날아가고 싶은 충동이 울컥 생겼을 것이다. 게다가 장

13 상방은 정사, 부방副房은 부사副使, 삼방三房은 서장관書狀官이 각각 통솔하고 거느렸다.

14 노이점(1720~1788)의 자는 사홍士鴻, 호는 추산楸山이다. 연암과 함께 연행에 참여하여 『수사록』隨槎錄이라는 연행기를 별도로 남겼다. 이외에 『유고』遺稿 21권이 있다.

15 정각(1721~?)은 본관이 창원 정씨로 1744년에 진사시에 합격하였다. 자는 계명季明이다.

철릭 조선 시대 무관 복장의 하나로,
당상관의 철릭은 남색이고 당하관은 붉은색이다.

맛비로 강물이 불어나서 더더욱 조울증이 생겼을 것이다.

그러나 떠날 날이 갑자기 닥치고 보니, 비록 강을 건너고 싶지 않아도 이젠 어쩔 수 없게 되었다. 가야 할 앞길을 멀리 바라보니 습하고 무더운 날씨가 사람을 찌는 듯하고, 고향 집을 돌이켜 상상해 보지만 구름과 산으로 아득히 막혀 있다. 사람의 상황이 이렇게까지 되면 크게 낙심이 되어 되돌아가고 싶은 후회가 어찌 없을 수 있으랴.

이른바 장대한 뜻을 품고 멀리 여행하기를 평생 기다리며 항시 입버릇처럼 '반드시 한번은 구경을 해야지' 하던 말도 이쯤 되면 별것이 아닌 두 번째로 밀려날 것이다.

그들이 '오늘은 강을 건넌다'라고 한 말도, 실상은 통쾌하고 신이 나서 하는 말이 아니라, 이제는 어쩔 수 없구나 하는 자포자기의 심정에서 나온 말일 것이다.

역관 김진하金震夏[16]는 2품 당상관으로 늙고 병이 덧나 뒤에 처져 돌아가게 되었는데, 그의 정중한 하직 인사에 나도 모르게 서글퍼졌다.

아침 식사를 한 뒤에 나는 홀로 먼저 말을 타고 나섰다. 내가 탄 말은 자주색의 월따말[17]인데, 이마가 희고 정강이는 날씬했다. 발굽은 높고 머리는 뾰족하며 허리는 짧고 두 귀는 쫑긋 세워, 정말 만 리라도 뛰어갈 모습을 갖추었다.

마부 창대昌大는 앞에서 견마를 잡고, 하인 장복張福은 뒤에서 분부를 받들었다.[18] 말안장에 달린 두 개의 주머니에는, 왼쪽은 벼루, 오른쪽은 거울, 붓 두 자루, 먹 하나, 작은 공책 네 권, 이정里程(거리의 이수里數)을 기록한 두루마리가 들었다. 행장이 이렇게도 가벼우니 국경의 짐 검사가 제아무리 까다롭다 하더라도 염려

16 金震夏는 金振夏(?~?)의 오자이다. 그는 영조·정조 연간에 활동한 역관으로 동지중추부사同知中樞府事를 지냈다. 만주어와 청나라 학문에 능통하여 역관이 되었다. 1774년에 만주어 학습 교재인 『삼역총해』三譯總解, 『신역소아론』新譯小兒論, 1777년에 어린이 만주어 학습서인 『팔세아』八歲兒를 편찬했다.

17 월따말은 털빛이 붉고 갈기가 검다.

18 8월 5일 일기에 "장복은 나의 마두로 곽산 사람이고, 창대는 나의 마부로 선천 사람인데 금남군 정충신의 얼손이다"라는 주석이 있다. 두 사람은 한양에서 데려간 하인이 아님을 알 수 있다.

할 것이 없겠다.

성문에 채 이르지 못했는데 한 줄기 소낙비가 동쪽에서 몰아쳐 오기에 채찍으로 말을 급히 몰아 달려갔다. 말에서 내려 성 안으로 들어가 홀로 성의 누각에 올랐다. 밑을 굽어보니 창대가 혼자 말을 붙잡고 서 있고, 장복은 보이지 않는다. 조금 뒤에 장복이 나와 길옆에 세운 작은 샛문에 서서 아래위를 두리번거리며 살핀다. 삿갓을 비껴들어 비를 가리고 손에는 까만 도자기로 된 작은 호리병을 들고 재바르게 오고 있었다.

사정인즉 두 사람이 주머니를 털어 보니 합쳐서 돈 스물여섯 푼[19]이 나왔는데, 우리 돈을 가지고는 국경을 나갈 수 없는 금법禁法이 있기 때문에 길에 버리자니 아깝고 해서 술을 사 왔단다.

"너희는 술을 얼마나 마시느냐?"

고 물었더니 모두,

"입 근처에도 대지 못합니다."

라고 한다. 나는 야단을 치며,

"애송이가 어찌 술을 마실 수 있겠느냐!"

하고는 또 한편으로는 스스로 위안을 삼으며,

"먼 길 떠나는 데 해롭지는 않겠구나."

했다.

그러고는 쓸쓸히 술을 따라 홀로 마시며 동쪽으로 용만과 철산鐵山의 여러 봉우리를 바라보니, 여러 산들이 모두 첩첩의 구름 속에 들어 있었다. 한 잔을 가득 따라서 첫 번째 기둥에 부어 이번 여행이 무사하길 스스로 빌고, 또 한 잔을 채워 둘째 기둥에 부어 장복과 창대를 위해 빌었다. 호리병을 흔들어 보니 아직 몇 잔이 남았기에 창대를 시켜 땅에 붓고 말을 위해 빌게 했다.

19 푼은 닢과 같은 말로, 엽전을 세는 단위이다.

성벽에 기대어 동쪽을 바라보니 피어오르는 구름이 언뜻언뜻 솟아올라 백마산성白馬山城의 서편 한 봉우리가 홀연히 반쯤 드러났다. 그 짙은 색깔이 흡사 나의 연암서당燕巖書堂[20]에서 멀리 불일산佛日山 뒤의 봉우리를 보는 듯했다.

20 연암서당은 황해도 금천군 연암협에 있던 집으로, 연암이 저술을 하던 곳이다. 연암협은 개성과 30리 떨어진 두메산골이다.

붉게 칠한 누각에서 미녀와 이별하고
가을바람 맞으며 말을 타고 변방으로 떠나간다.
그림 같은 배의 피리소리 북소리 소식조차 없으니[21]
청천강 이남 첫째 고을(평양)에서 애간장 끊어지네.

紅粉樓中別莫愁 秋風數騎出邊頭
畵船簫鼓無消息 腸斷淸南第一州

21 원문의 '無消息'은 유득공 문집 『영재집』泠齋集에는 '知何處'로 되어 있다.

이 시는 영재泠齋 유득공柳得恭[22]이 심양에 들어갈 때 지은 것이다. 나는 크게 몇 차례 읊조리고 혼자 한바탕 웃고는 이런 생각을 했다.

22 유득공(1748~1807)은 조선 후기의 실학자로 자는 혜보惠甫·혜풍, 호는 영재·영암泠菴·가상루歌商樓·고운당古芸堂·고운거사古芸居士·은휘당恩暉堂이다. 저서에 『영재집』泠齋集, 『발해고』渤海考, 『고운당필기』古芸堂筆記 등이 있다.

이는 국경을 나가는 사람이 부질없이 무료한 말을 뱉어 낸 것일 뿐이다. 어찌 그림 같은 배와 피리소리 북소리를 얻어 이별할 수 있단 말인가?[23]

23 그림 같은 배에서 피리소리 북소리의 연주는 명나라 사신이 올 때 환영하는 행사장의 음악이다.

옛날 연燕나라의 자객 형가荊軻[24]가 진시황을 죽이러 역수易水라는 강을 건널 때 한참 동안을 건너지 않고 있었다. 그를 자객으로 보내려던 연나라 태자 단丹은 혹시 형가가 마음이 바뀌어 후회를 하고 있나 부쩍 의심이 들어 그에게 진무양秦舞陽[25]을 먼저 보내자고 청하였다. 형가는 버럭 화를 내고 태자를 꾸짖으며, "내가 여기 머무는 까닭은 친구를 기다려 함께 가려고 하는 것이다"

24 형가는 전국시대 위衛나라 자객으로, 연나라 태자의 부탁을 받고 진시황을 죽이려다 실패했다.
25 진무양은 형가가 진시황을 죽이러 갈 때 연나라 지도를 들고 따라갔던 인물이다.

라고 했다.

이는 형가가 진짜 누구를 기다린다는 말이 아니고, 부질없이 무료한 말을 내뱉은 것일 뿐이다. 형가가 마음이 바뀌어 후회하지는 않나 의심을 한다면, 이는 형가를 몰라도 한참을 모른다고 말할 수 있으며, 형가가 기다린다는 친구 역시 정말 성명을 가진 그런 사람이 있었던 것은 아닐 것이다.

대저 한 자루 비수를 가지고 어떠한 상황이 벌어질지도 모를 강대한 진나라에 들어감에 진무양 한 사람으로도 이미 충분하거늘, 다시 무슨 사람이 더 필요하리오. 찬바람을 맞으며 축筑을 켜고 노래를 하였으니, 애오라지 그날 할 수 있는 즐거움을 다 풀어 버렸을 뿐이다. 그럼에도 이 글을 쓴 작자 사마천司馬遷[26]은, '그 사람 사는 곳이 멀어서 아직 오지 않았다'고 말하였으니, 사는 곳이 멀다고 한 말은 참으로 교묘한 표현이다.

26 사마천(BC145?~BC86?)은 서한 사람으로 자는 자장子長이다. 사관인 태사령이 되었고, 중국 최고의 역사책인 『사기』史記를 저술했다.

그 사람은 천하에 둘도 없는 벗일 터이고, 그 기약은 천하에 둘도 없는 중대한 약속일 것이다. 천하에 둘도 없는 친구로서, 한 번 가면 돌아오지 못할 약속에 임해 도대체 날이 저물었다고 어찌 오지 않았으랴. 그러므로 그 사람이 산다는 곳도 반드시 저 남쪽 초나라나 오나라 혹은 삼진三晉(한韓·조趙·위魏)같이 먼 나라만은 아니었을 터이다.

한편, 이날을 진나라에 반드시 들어갈 날짜로 정하여 서로 손을 잡고 거듭거듭 약속을 한 일도 딱히 없었을 것이다. 다만 형가가 마음속에서만 이 벗을 기다린다고 홀연히 생각한 것이거늘,

축 가야금과 비슷하게 생긴 5줄의 현악기

작가가 곧 형가의 마음속에만 있는 벗을 끌어다가 이를 부연하여 '그 사람'이라고 표현하였던 것이다.

역주易州에 있는 형가 동상과 탑

그 사람이란 어떤 사람인지 알지도 못하는 사람이고, 어떤 사람인지도 모르는 사람을 가지고 사는 곳이 멀다고 말함은 형가를 위로하려 함이다. 또 형가가 혹 그 사람이 올까 걱정을 할 것 같기에 '아직 오지 않았다'고 말함으로써 형가에게 다행으로 여기게 하려는 것일 뿐이다.

천하에 정말 그런 사람이 있다면 나도 그를 보았을 터이다. 그 사람은 신장이 7척尺 2촌寸[27]이요, 짙은 눈썹에 푸른 수염, 아래가 풍만하고 위가 갸름한 사람이었을 것이다.

어떻게 그렇게 생긴 사람인지 알았냐고? 나는 혜풍惠風의 이 시를 읽고서 알았다. (영재의 자는 혜풍이고 이름은 득공得恭이다. — 원주)

27 척과 촌은 길이의 단위로 자와 치라고도 하는데, 시대마다 그 길이가 달랐다. 대략 1척은 30cm이고, 1촌은 3cm이다.

정사 행렬은 깃발과 곤봉 등을 선두에 열을 지워 펄럭거리며 성을 나섰다. 상방 비장인 박래원朴來源[28]과 주부主簿 주명신周命新[29]이 나란히 온다. 채찍을 옆구리에 끼고 상체를 꼿꼿이 세우고 안장에 앉았는데, 어깨는 높고 목이 길어서 날쌔고 용맹스럽게 보이지 않는 것은 아니나, 깔고 앉은 이불 보따리가 지나치게 크고 비복들의 짚신이 안장 뒤에 주렁주렁 매달려 있다.

박래원의 군복은 푸른 모시옷인데, 오래된 옷을 새로 빨아 입어서인지 너무 헐렁하고 버석거리는 것이 지나치게 검소함을 숭상하는 듯했다. 조금 기다리니 부사副使[30]가 성을 나선다. 그제야

28 박래원(1745~1799)은 박지원의 8촌 동생이고, 정사 박명원의 4촌 동생이다. 자는 청여淸如이고, 첨지僉知 겸 오위장五衛將을 지냈다.

29 주명신(1729~1798)의 자는 문재文哉, 호는 기하岐下이다. 의학책 『의문보감』醫門寶鑑을 편찬한 의원으로, 1780년과 1784년 두 차례 중국을 다녀왔다. 『옥진재시고』玉振齋詩稿를 남겼으며, 여기에 연암의 연행시를 차운한 한시가 수록되어 있다.

30 당시의 부사는 정원시鄭元始(1735~1782)였다.

의주와 압록강 주변을 그린 옛 지도 《해동지도》海東地圖(부분), 18C 제작

나는 말고삐를 잡고 천천히 가서 맨 뒤에 구룡정九龍亭에 도착하니, 여기가 바로 배가 출발하는 곳이다.

20세기 초 구룡정의 모습

용만의 부윤은 이미 장막을 치고 나와서 기다리고 있었다. 서장관書狀官[31]이 이른 새벽에 먼저 나와서 용만의 부윤과 합동으로 짐을 수색하는 것이 관례이다. 바야흐로 사람과 말을 검열하는데, 사람은 이름, 거주지, 나이, 수염과 흉터의 유무, 키의 장단을 적고, 말은 털 빛깔을 기록한다.

31 당시의 서장관은 조정진趙鼎鎭(1732~1792)이었다.

깃발 세 개를 세워 문으로 삼고 국가에서 금하는 물품을 수색한다. 금하는 물품 중 크고 중요한 것으로는 황금, 진주, 인삼, 초피(담비의 모피) 그리고 공식적으로 가지고 갈 수 있는 은銀 이외의 불법 은이 있으며, 소소한 것으로는 새로 정한 것과 예전부터 있던 품목을 합하면 수십여 종이 되어 번쇄하여 일일이 셀 수조차 없다.

종들의 옷을 풀어 헤치고 바지의 가랑이를 더듬어 보기도 하고, 비장이나 역관의 행장을 풀어서 살펴보기도 한다. 이불 보따리와 옷 꾸러미가 강 언덕에 풀어 헤쳐지고, 가죽 상자나 종이 문갑이 풀숲에 여기저기 낭자하게 흩어져 있다. 사람들은 앞을 다투어 각자 짐을 챙기며 서로 힐끔거리며 돌아다보곤 한다.

오늘날의 압록강 나루터

대저 짐을 검색하지 않으면 간사한 짓을 막을 수 없고, 뒤지자니 체통을 손상시키게 마련이다. 그러나 이런 검색

도 실상은 그저 부질없는 겉치레일 뿐이다. 용만의 장사치들이 강을 건너는 날짜보다 먼저 몰래 넘어간다면, 누가 이를 막을 수 있으랴.

국가에서 금하는 물건을 소지하고 있다가 첫 번째 깃발에서 발각되면 중곤重棍[32]을 치고 물건은 압수되며, 가운데 깃발에서 적발되면 귀양을 가고, 마지막 세 번째 깃발에서 걸리면 효수梟首를 하여 조리를 돌린다 하니, 법을 세움이 대단히 엄격하다. 그러나 금번 사행에는 공식적으로 가지고 갈 수 있는 은의 양(팔포八包)을 절반도 못 채우고 대부분 빈 포대자루이니, 몰래 가지고 갈 은이 있고 없음을 어찌 따지랴.

다담상茶啖床[33]을 조촐하게 차려 내왔으나 그나마 곧 거둬 갔으니 아마도 강을 건너려는 마음이 급해 아무도 젓가락질을 하는 사람이 없었던 모양이다. 타고 건널 배는 단지 다섯 척인데, 한강의 나룻배와 같으나 규모는 약간 큰 편이다. 예물과 인마를 먼저 건너가게 하는데, 정사가 탄 배에는 중국에 올릴 공문서와 수역首譯(수석 역관) 이하 상방上房(정사)에 딸린 권솔들이 탔고, 부사와 서장관 및 딸린 권솔들이 한 배에 탔다.

그러자 용만의 아전과 장교, 기생(房妓: 손님 접대를 위해 관아에서 기른 창기)과 통인通引, 평양에서 따라온 감영의 아전과 계서啓書(임금께 올릴 글을 쓰는 감영의 아전) 등이 뱃머리에서 차례로 하직 인사를 한다. 상방上房(사행의 정사가 집무하는 방)의 마두馬頭(우두머리 마부)인 종복 시대時大가 아뢰는 창唱 소리가 채 끝나기도 전에 사공은 상앗대[34]를 들어 한 번 땅을 찌른다.

물살이 빨랐으나 사공들이 일제히 뱃노래를 부르며 힘을 쓰고 공을 들이는 바람에 배가 유성처럼 번개처럼 빠르게 나아가자

32 중곤은 큰 곤장보다 더 큰 곤장으로, 그 길이가 다섯 자 여덟 치(약 174cm), 넓이가 다섯 치(약 15cm), 두께가 여덟 푼(약 2.4cm)이다.

33 다담상은 손님을 대접하기 위하여 음식을 차린 상.

34 상앗대는 배를 댈 때나 띄울 때, 또는 얕은 물에서 배를 밀어 나갈 때 쓰는 긴 막대.

중국 호산장성虎山長城에서 바라본 압록강 건너의 통군정 통군정은 관서팔경의 하나로, 의주성의 제일 높은 곳에 자리잡고 있어서 압록강 일대가 한눈에 조망된다고 한다. 나무숲 위로 통군정의 지붕이 보인다.

마치 황홀하기가 어제 아침 일 같았다. 멀리 통군정統軍亭의 기둥과 난간이 팔방으로 앞다투어 빙빙 도는 것 같고, 배웅 나온 사람들은 아직 모래언덕에 서 있는데 아득하여 마치 콩알처럼 보였다.

나는 수역인 홍명복洪命福[35] 군에게,

"자네, 도道를 아는가?"

라고 물으니 홍군은 두 손을 마주 잡고는,

"아니, 그게 무슨 말씀이신지요?"

하기에 나는,

"도란 알기 어려운 게 아닐세. 바로 저기 강 언덕에 있네."

라고 했다. 홍군은,

"이른바 『시경』에, '먼저 저 언덕에 오른다'라는 말을 이르는 것입니까?"[36]

하고 묻는다. 나는,

"그것을 말하는 게 아닐세. 압록강은 바로 우리나라와 중국의 경계가 되는 곳이야. 그 경계란 언덕이 아니면 강물이네. 무릇 천하 인민의 떳떳한 윤리와 사물의 법칙은 마치 강물이 언덕과 서로 만나는 피차의 중간과 같은 걸세. 도라고 하는 것은 다른 데가 아니라 바로 강물과 언덕의 중간 경계에 있네."

라고 일러 주었다. 홍군은,

"무슨 말씀이신지 감히 묻습니다."

하기에 내가,

"『서경』에, '인심人心은 오직 위태롭게 되고 도심道心은 오직 희미해진다'고 했네.[37] 서양 사람들은 기하학에서 하나의 획을 분별하여 하나의 선으로 깨우치기는 했으나, 그 미약한 부분까지 논변하고 증명할 수는 없어서 '빛이 있고 없는 그 사이'(有光無光

35 홍명복(1733~?)은 본관이 남양이며 자는 경수敬受이다. 1753년에 중국어 역과에 급제한 이후 여러 차례 연행에 참여했다. 1765년에 홍대용과 함께 연행에 참여했다. 저서로 『방언집석』方言集釋이 있다.

36 『시경』 대아大雅의 「황의」皇矣편에 나오는 말이다.

37 『서경』 「대우모」大禹謨편에 나오는 말이다.

之際)라고 말했고,[38] 불교에서는 그 즈음(사이)에 임하는 것을, '붙지도 않고 떨어지지도 않았다'(不卽不離)고 말했다네.[39] 그러므로 그 경계〔際〕에 잘 처신함은 오직 도를 아는 사람만이 능히 할 수 있으니, 정鄭나라 자산子産[40]이란 사람이……."

배가 벌써 건너편 언덕에 닿았다. 갈대와 억새가 마치 베를 짜 놓은 듯 촘촘하여 그 아래로 흙이 보이지 않을 정도였다. 하인들이 다투어 배에서 내려 갈대와 억새를 꺾고 서둘러 선상에 깔았던 멍석과 자리를 거두어 들여 깔개를 만들려고 하였다. 그러나 갈대의 뿌리가 마치 창처럼 날카롭고 시커먼 흙이 질척거려 정사 이하 사람들이 어쩔 줄을 모르고 우두커니 갈대와 억새 사이에 그냥 서 있었다.

"먼저 건너간 인마는 어디로 갔느냐?"

물어도 곁에 있는 사람들이,

"모르옵니다."

라고 대답하고 또,

"방물은 어디 있느냐?"

하고 물어도 또,

"알지 못하옵니다."

라고 대답하며 멀리 구룡정 모래언덕을 가리키고,

"일행과 인마가 아직 태반은 건너지 못했으니, 저기 개미집처럼 옹기종기 모여 있는 것이 그들 같사옵니다."

라고 말한다.

멀리 용만을 바라보니, 한 조각 외로운 성곽이 마치 한 필의 비단을 햇볕에 널어놓은 듯하고, 성문은 마치 바늘구멍과 같으며, 그 사이로 새어 나오는 햇살은 한 점의 새벽별과 같았다.[41]

38 유클리드 『기하원본』의 「선」을 정의한 부분에 나오는 말이다.

39 『원각경』圓覺經 「보안보살」普眼菩薩장에 나오는 말이다.

40 자산은 춘추시대 정나라 대부 공손교公孫僑의 자字이다. 그는 40여 년간 국정에 참여하여, 정도와 중용의 도로 나라를 다스렸다. 강대국의 틈바구니에서도 나라를 지킨 자산을 가리켜 공자는 혜인惠人이라고 평가했다.

41 용만의 성을 바라본 소감을 쓴 한시가 「도압록강회망용만성」渡鴨綠江回望龍灣城이라는 제목으로 『연암집』에 수록되어 있다.

그때 큰 뗏목이 물살을 타고 내려온다. 마두 시대가 멀리서,

"웨이."

라고 고함을 질렀다. 이는 남을 부르는 소리이고, 같은 발음인 '웨이'位는 존칭으로 부르는 중국말이다.[42] 한 사람이 뗏목에서 일어나며 중국말로 응답하기를,

42 『열하일기』의 해당 원문을 보면 '웨이'의 한자어 표기가 '位'로 되어 있다. 위位와 위喂의 중국어 발음은 모두 '웨이'이지만, 여기서 사람을 부르는 웨이는 위喂이고, 존칭을 나타내는 웨이는 위位이다.

"당신들은 사신 갈 시절도 아닌데 무슨 연유로 대국에 조공을 가시오? 더운 날씨에 먼 길을 가자니 고생깨나 하겠구려."

라고 한다. 시대가 또 나서서,

"당신들은 어느 지방의 인민이며, 어디에서 나무를 베어 오는 게요?"

하고 물었더니,

"우리는 모두 봉성鳳城에 거주하며 장백산에 가서 나무를 베어 옵니다."

라고 답하는데, 말이 채 끝나기도 전에 뗏목은 벌써 아득히 멀어져 떠내려갔다.

이때에 두 강물이 합하여 넘쳐흐르며 중간에 외딴 섬을 만들었는데, 먼저 건너간 인마는 이곳을 건너편 언덕으로 오인하고 내렸다. 그 사이의 거리가 비록 5리밖에 되지 않지만 다시 건너갈 배가 없다. 그래서 먼저 건너간 뱃사공들에게 속히 인마를 건너오게 하도록 다그쳤으나, 그들은 물살을 거슬러 배를 몰아야 하므로 때맞추어 건널 수 없다고 대답한다.

사신들이 모두 조바심과 화가 나서 뱃일을 맡은 용만의 장교를 치죄하려고 했으나, 그를 치죄할 군뢰軍牢(군에서 죄인을 다스리는 병졸)가 없었다. 군뢰 역시 먼저 건너가다가 중간 섬에 잘못 내렸기 때문이다. 부사의 비장 이서구李瑞龜가 분을 참지 못하고 마

두를 야단쳐서 용만의 장교를 잡아들이기는 했으나 엎어 놓고 볼기를 칠 장소가 마땅치 않았다. 그의 볼기를 반쯤 벗기고 채찍으로 네댓 번 때린 뒤, 어서 뱃사공들을 데리고 나가 속히 거행하라고 꾸짖고 호령을 하였다.

관제묘 연암 일행이 최초로 도착한 곳으로 추정되는 마시촌馬市村이며, 현재 관제묘가 있다.

용만의 장교는 한 손으로 삿갓을 쥐고 다른 한 손으로 고의춤을 잡은 채 연신 '예이, 예이' 하면서 두 배의 사공들을 몰아내어 배에서 내리게 하였다. 물에 들어가 배를 끌도록 하였으나, 물살이 워낙 사납고 빨라 한 치를 앞으로 가면 한 자나 뒤로 밀리곤 하니, 아무리 엄중하게 명령을 내린들 소용이 없었다.

잠시 뒤에 배 한 척이 언덕을 따라서 나는 듯이 내려오는데, 군뢰들이 서장관의 가마꾼과 말을 거느리고 오는 것이었다. 장복이 창대를 부르며,

"너도 왔구나."

라고 하니, 다행으로 여긴다는 말이다.

장복과 창대 두 놈에게 행장을 점검해 보라고 하니 모든 것이 이상이 없었다. 비장과 역관이 타는 말은 온 것도 있고 아직 안 온 것도 있었으나 정사는 먼저 출발했다. 군뢰 한 쌍이 말을 타고 뿔피리를 불며 앞길을 트고, 다른 한 쌍은 걸어서 앞을 인도하며 '쉬이, 쉬이' 바람 소리를 내면서 갈대와 억새를 뚫고 나아갔다.

나는 말 위에서 패도佩刀를 뽑아 갈대 하나를 베었다. 껍질이 단단하고 속살은 두터워 화살을 만들기에는 적당하지 않았지만, 붓의 대롱으로 쓰기에는 적합했다. 사슴 한 마리가 놀라서 벌떡 일어나 갈대를 뛰어넘어 달아나는데, 마치 보리밭 사이로 새가

삼강(애라하)

날아가듯 빨라서 일행이 모두 깜짝 놀랐다.

10리를 가서 삼강三江에 이르렀다. 강이 맑아서 비단결 같고, 강 이름은 애라하愛剌河[43]라고도 하는데 어디에서 발원하는지는 모르겠다. 압록강과 불과 10리 정도 떨어져 있건만, 장마가 나서 물이 넘친 자국이 없는 것으로 보아 물의 발원지가 각기 다름을 알겠다.

배 두 척이 있는데 우리나라 놀잇배와 닮았다. 길이나 넓이는 모두 우리 배에 미치지 못하지만, 만든 모양이 튼실하고 치밀해 보였다. 배를 부리는 사람들은 다들 봉성 사람으로, 여기서 우리를 기다린 지 사흘이나 되어 양식이 떨어져서 배를 굶았다고 한다.

대체로 애라하라는 강은 우리나 중국이 서로 왕래할 수 없는 곳이지만, 우리나라의 역관[44]과 중국의 외교문서가 불시에 왕래해야 할 일이 있기에 봉성의 장군이 배를 비치해 둔다고 한다.

배를 대어 둔 곳이 매우 질척거리기에 나는,

"웨이."位

하고 되놈 하나를 불렀다. 조금 전 시대가 하는 것을 보고서 방금

43 애라하는 천산千山에서 흘러내리는 물로 압록강의 한 지류이며, 지금은 애하靉河(愛河)라고 부른다. 애靉는 만주어인 애합靉哈의 축약어로, 투명하고 깨끗하다는 뜻이다. 소서강小西江, 중강中江, 애라하를 합쳐서 삼강三江이라고 했다.

44 '역관'의 해당 원문은 '역학'譯學인데, 여기서 역학은 외국과의 교통이 많은 지역에 주재하며 통역에 종사하는 관원을 말한다.

배운 말이다. 그가 선뜻 상앗대를 놓고 건너왔다. 나는 몸을 날려 그의 등에 업혔는데, 그는 '히히' 웃으며 나를 배에 들여놓고 숨을 내쉬며 길게 탄식하고는,

"흑선풍黑旋風[45]의 어미가 이처럼 무거웠더라면 기풍령沂風嶺을 업어서 오르지는 못했을 겁니다."

했다. 이 말을 들은 주부主簿 조명회趙明會[46]가 껄껄 웃기에 나는,

"이 미련한 놈이 난리 통에 어미를 업고 피란을 다녔던 효자 강혁江革[47]은 모르고, 다만 『수호지』의 흑선풍 이규李逵만 아는 모양이구먼."

하니 조군이 말하기를,

"그놈 말 속에는 여러 가지 뜻이 담겨 있소이다. 본래 그 말은 이규의 어미가 이처럼 무거웠다면 비록 이규 같은 괴력이라도 어미를 등에 업고 고개를 넘지 못했을 것이란 뜻이오. 게다가 이규의 어미는 나중에 기풍령에서 범에게 잡아먹혔으니, 이렇게 좋은 고깃덩이는 범에게나 던져 주었으면 하는 뜻이 담긴 말이외다."

라고 한다. 내가 크게 웃으며,

"저놈이 어찌 말을 하면서 쉬이 그런 문자를 쓸 줄 안단 말이오?"[48]

했더니 조군은,

"이른바 눈을 뜨고도 고무래 정丁자를 모른다고 하더니, 바로 저런 놈들을 두고 하는 말입니다. 그러나 패관기서稗官奇書[49]가 모두 그들의 입으로 상용하는 일반적 말이니, 이른바 관화官話[50]라는 게 이것입니다."

애라하의 강폭은 우리나라의 임진강과 비슷하다. 즉시 구련성九連城으로 향했다. 무성한 푸른 숲에는 장막이 둘러 있고 호랑

45 흑선풍은 『수호지』에 나오는 인물인 이규의 별명이다. 이규가 눈먼 홀어머니를 업고 기풍령을 넘어서 양산박으로 가던 중, 물을 뜨러 간 사이에 어머니가 호랑이에게 화를 당했다.

46 조명회(1731~?)는 평양 조씨로 자는 자량子良이다. 중국어 역관으로 여러 차례 연행에 참가했고, 홍대용의 연행 때에도 함께 북경에 갔다.

47 강혁은 후한後漢 때의 인물로 자가 차옹次翁이다. '강혁부모'江革負母라는 고사성어가 있다.

48 "그놈 말 속에는 여러 가지~그런 문자를 쓸 줄 안단 말이오?" 부분은 박영철본에는 없는 내용이다.

49 패관기서는 민간에 떠도는 이야기 등을 모아서 만든 소설과 기이한 책을 말한다.

50 관화는 관官을 중심으로 사용하는 말로 북경어, 혹은 보통화라고 일컫는다.

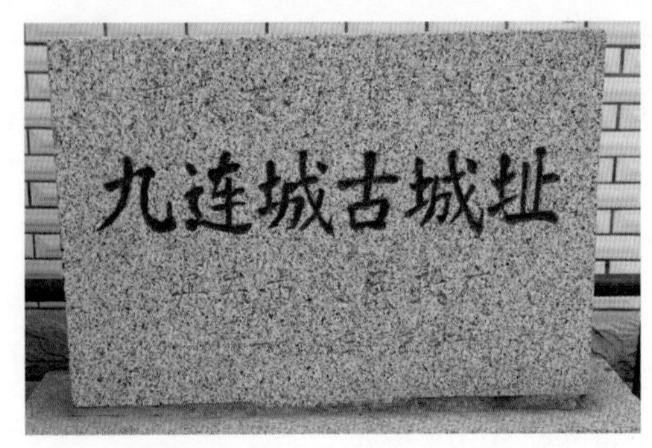

구련성의 옛 터 현재 성은 없고, 그곳에 옛 성터임을 알리는 작은 표지석만 있다.

이를 막는 그물이 사방에 쳐졌다. 의주의 창을 쓰는 군관들이 곳곳에서 나무를 찍으니, 그 소리가 언덕과 들판에 진동했다.

높은 언덕에 홀로 서서 사방을 둘러보니 산수가 청명하고, 바둑판처럼 펼쳐진 평평하고 너른 들판에 수목이 하늘까지 마주 닿아 있다. 언뜻언뜻 보이는 큰 촌락이 있어서 마치 개와 닭 소리가 들려오는 듯하고, 토지는 비옥하여 개간하고 경작할 수 있어 보였다. 패강浿江(대동강) 서쪽과 압록강 동쪽에는 이와 비교할 만한 땅이 없다. 의당 큰 고을과 웅장한 관청이 들어설 수 있는 땅이거늘, 두 나라가 모두 내팽개쳐 두어 드디어 빈 땅이 되고 말았다.

어떤 사람은 말하기를,

"고구려 시대에도 언젠가 이 땅에 도읍을 했는데, 이른바 국내성國內城이다. 명나라 시절에는 진강부鎭江府를 두었으나 지금 청나라가 요동을 함락하고 나니 진강부의 인민들이 청나라 풍의 체두 변발로 머리를 깎지 않으려고, 어떤 자들은 명의 장수 모문룡毛文龍[51]에게 몸을 의탁하고 어떤 자들은 우리나라로 투신하였다. 우리나라에 온 자들은 뒷날 청나라 사람들에게 적발되어 잡혀갔고, 모문룡에게 간 자들은 유해劉海[52]의 난리에 많이들 죽었다. 그 때문에 이곳은 빈 땅이 되어 근 100여 년 동안 한갓 산 높고 물 맑은 곳만 보이는 곳이 되었다."

라고 한다.

노숙하는 처소를 여럿 둘러보았다. 역관은 세 사람이 한 막사

51 모문룡(?~1629)은 자가 진남鎭南이다. 명나라 말년에 요동을 지킨 장수로, 피도皮島(가도椵島)에 웅거하며 청나라에 저항했는데 후에 교만 방종하여 절도사의 명을 받지 않다가 원숭환에게 피살되었다.

52 유해는 명나라 개평開平 사람으로 여러 번 전공을 세웠다. 조선에서 유해라고 불렀고, 중국에서는 유흥조劉興祚(?~1630)라고 한다.

를 혹은 다섯 사람이 한 장막을 쳤고, 역졸과 마부는 다섯 명씩 혹은 열 명씩 시냇가에 나무를 얽어매어 자리를 잡았다. 밥 짓는 연기가 서로 이어졌고, 사람들 떠드는 소리, 말 울음소리로 어엿하게 마을 하나를 이루었다. 용만에서 온 장사치인 만상灣商[53]패거리는 자기들끼리 한곳에 자리를 잡았는데, 시냇가에서 닭 수십 마리를 씻고 투망으로 물고기를 잡아 국을 끓이고 나물을 볶으며 밥알은 윤기가 자르르 나는 것이 일행 중에서 가장 푸짐하고 기름졌다.

53 만상은 청나라와 무역 활동을 한 의주의 상인을 이른다. 사신을 따라가서 대외 무역을 하였다.

한참 뒤에 부사와 서장관이 차례로 도착했다. 해는 이미 저물어 30여 곳에 화톳불을 지폈는데, 모두 아름드리 거목을 벤 것으로 먼동이 틀 무렵까지 환하게 밝혀 놓았다. 군뢰들이 뿔피리를 한 번씩 불면 300여 명이 일제히 소리를 냅다 질러댔다. 호랑이를 가까이 오지 못하게 경비하는 것으로 밤이 샐 때까지 그렇게 했다.

군뢰들은 용만의 관아에서 선발해 온 가장 건장한 자들로, 일행의 아랫것들 중에서는 일도 제일 많이 하고 음식도 제일 많이 먹는다고 한다. 게다가 차리고 나온 장식과 용모가 아주 포복절도하게 만든다. 쪽빛 구름무늬 비단을 받치고 속에 털을 깐 모자에는 술을 높이 달았고, 정수리엔 운월雲月과 붉은 털로 된 상모(삭모)를 달아매었다.[54] 털벙거지의 앞에는 금빛으로 새긴 날랠 용勇자가 붙어 있고, 아청빛 삼베로 만든 소매 좁은 전투복에 붉은빛의 속적삼을 꿰었다. 허리에는 쪽빛 전대를 둘렀고, 어깨에는 주홍빛 무명실로 만든 겉옷을 걸쳤으며, 발에는 묶는 매듭이 많은 미투리인 다이마혜多耳麻鞋를 꿰어 찼다.

다이마혜

54 상모는 붉은 털실로 모자의 술을 만들어 붙인 것을 뜻하는 우리말이다. 초고본에는 우리말 상모를 한자음을 빌려 象毛라고 썼으나, 후대 필사본들은 중국식 표현인 모모旄毛로 바꾸었다.

그 행색을 보면 한 벌 잘 차려 입은 건장한 사내들이다. 다만 앉아 있는 말이 이른바 반부담半駙擔[55]인데, 안장을 하지 않고 짐

55 반부담은 물건을 담아서 말에 실어 운반하는 자그마한 농짝이나 짐짝. 또는 그 말.

을 실었으며, 말을 타지 않고 걸터앉았다. 등에는 진한 쪽빛의 작은 깃발을 꽂고 한 손에는 군령을 적는 판을 쥐고, 다른 한 손에는 붓·벼루·파리채·팔뚝 크기의 마가목馬家木[56] 지팡이 하나와 짧은 채찍을 잡았다. 입으로는 나발을 불고, 앉은 자리 밑에는 붉은 칠을 한 나무 곤봉 10여 개를 비스듬히 차고 있다.

56 마가목은 장미과의 교목으로, 재목이 단단하여 세공물이나 지팡이를 만드는 데 쓴다.

각 방房(삼사가 머무는 숙소)에 조금이라도 무슨 호령할 일이 있어서 문득 군뢰를 불러대지만, 군뢰들은 일부러 못 들은 척한다. 연달아 십 수어 차례나 부르면 입으로 궁시렁거리다가 꾸중과 욕을 먹고서야 부르는 소리를 처음 듣는 것처럼 하며 큰 소리로 대답한다. 한번 말에서 뛰어내리면 돼지처럼 내달리고 소처럼 헐떡이며, 나발·군령판軍令板·붓·벼루 등속의 물건을 한쪽 어깨에 걸고 곤봉 하나를 끌며 대령한다.

한밤중이 못 되어 큰비가 갑자기 쏟아져 장막 위로는 빗물이 새고, 풀 냄새가 진동하는 땅바닥은 축축하여 어디 피할 곳이 없었다. 잠시 뒤에 비가 개고 하늘엔 별이 사방에 드리웠는데 손을 뻗치면 잡을 수 있을 것 같았다.[57]

57 노숙할 때의 소감을 쓴 한시가 「노숙구련성」露宿九連城이란 제목으로 『연암집』에 수록되어 있다.

6월 25일 임신일

아침에 가랑비가 내리더니 낮에는 맑았다.

여기저기 노숙한 곳곳에서 각 방房 관속들과 역관들이 옷가지와 이부자리를 햇볕에 내다 말렸다. 간밤의 큰비에 젖었기 때문이다. 말을 관리하고 모는 사람 중에 술을 지고 와서 서로 매매하는 사람이 있었다. 대종戴宗이 한 병을 사서 내게 바친다. 대종은 선천宣川 지방의 관노로 어의御醫 변 주부卞主簿[58]의 마두이다.

드디어 서로 손을 잡고 시냇가로 나가서 술을 마셨다. 압록강을 건넌 뒤로 우리나라 술을 마시리라곤 생각지도 못했다가, 지금 홀연히 마실 수 있게 되니 비단 술맛이 썩 좋을 뿐만 아니라 한가한 시간을 내어 냇가에서 술을 마시니 그 운치가 말할 수 없이 좋았다.

마두들이 다투어 낚싯대를 던져 물고기를 낚고 있다. 나도 술김에 낚싯대 하나를 빼앗아서 금방 작은 놈 두 마리를 잡았다. 아마 물고기들이 낚시에 아직 습관이 되지 않아 약삭빠르지 못한

58 변 주부는 이름이 변관해卞觀海이고, 자는 계함季涵이다. 의약동참醫藥同參, 지추知樞의 관직을 지낸 의원이다.

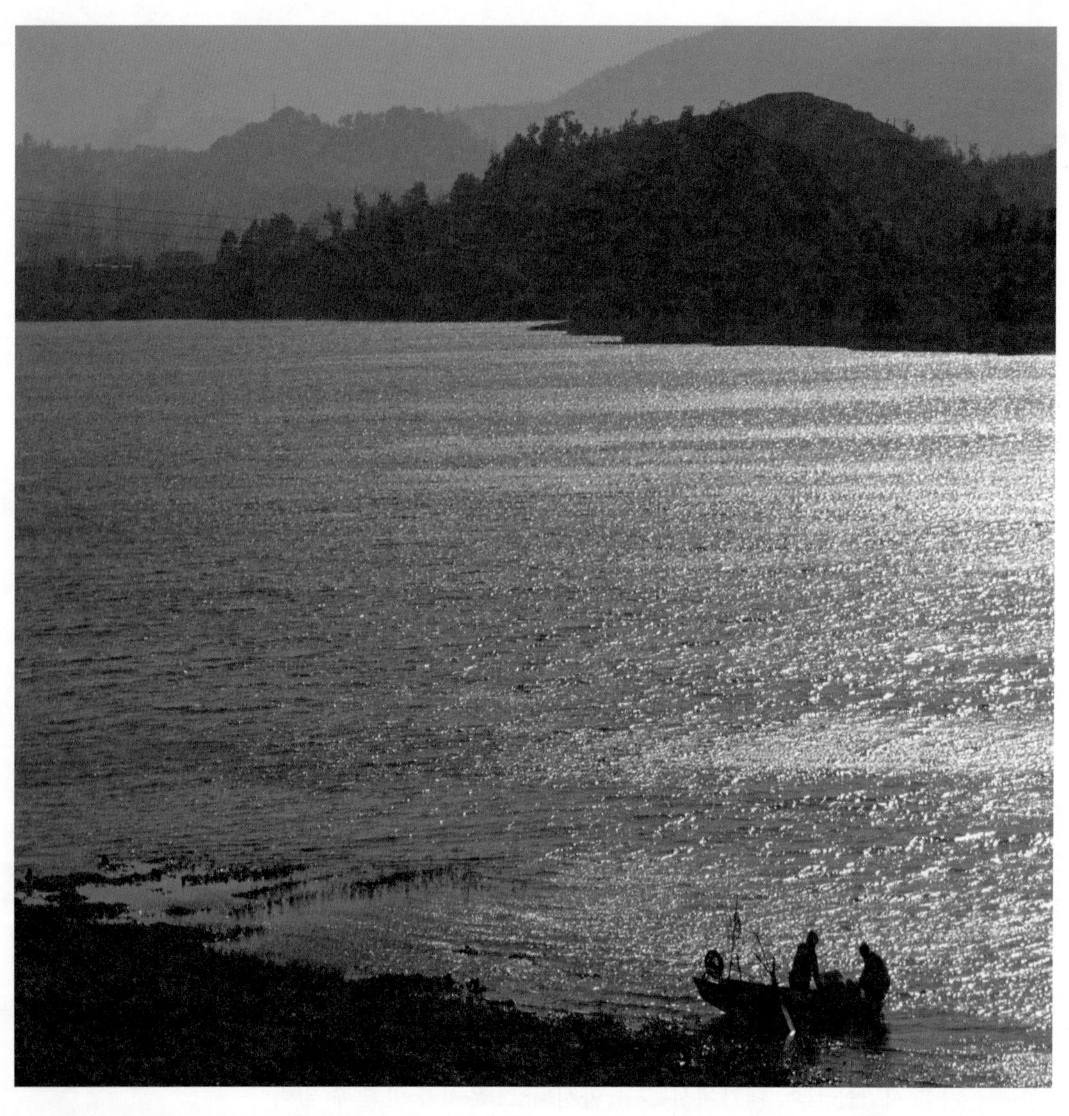

구련성에서 본 압록강

까닭인 것 같다. 중국에 보낼 예물이 아직도 도착하지 않아, 또 구련성에서 노숙을 하였다.

6월 26일 계유일

아침에 안개가 끼더니 늦게 개었다.
구련성을 출발하여 30리를 가서 금석산 아래 도착하여 점심을 먹고,
다시 30리를 가서 총수에서 노숙하였다.

새벽이 되자 안개를 무릅쓰고 출발을 강행했다. 상판사上判事[59]의 마두 득룡得龍이란 놈이 말몰이꾼들에게 강세작康世爵의 고사를 이야기한다. 멀리 안개 속에 보이는 금석산金石山을 가리키며,

"저기가 형주荊州 사람인 강세작의 은신처라네."

라고 말하는데, 그 얘기가 흥미진진하여 들을 만했다.

59 상판사는 사행을 할 때 잡무를 맡은 임시 직책.

60 양호(?~1629)는 명나라 장군으로, 임진왜란 때 구원병으로 조선에 왔다.

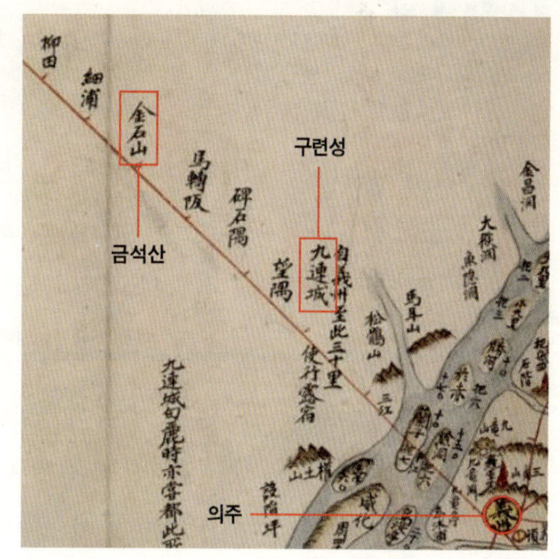

의주에서 구련성, 금석산에 이르는 연행의 이정
김정호, 《동여도》(부분)

강세작의 조부 강림康霖은 임진왜란 때 장군 양호楊鎬[60]를 따라서 우리나라

를 도우러 왔다가 황해도 평산平山에서 전사했다. 세작의 아버지 강국태康國泰는 청주靑州 통판通判을 지냈는데, 만력萬曆 정사년(1617)에 어떤 일에 연좌되어 요양遼陽으로 귀양 왔다. 그때 세작의 나이가 열여덟 살이었는데, 아버지를 따라 요양에 와 있었다.

그 이듬해에 청나라 사람들이 무순撫順 지방을 함락하자[61] 명나라 유격장군 이영방李永芳이 항복했다. 경략經略[62] 양호는 여러 장수들을 나누어 파견했는데, 총병總兵(군무를 총괄하는 장수) 두송杜松은 개원開原 땅으로, 총병 왕상건王尙乾은 무순으로, 총병 이여백李如栢은 청하淸河로, 도독都督 유정劉綎은 우모령牛毛嶺 땅으로 각각 출병시켰다. 강국태 부자는 유정의 군에 소속되어 있었는데, 청나라의 복병을 협곡에서 만나 대군이 앞뒤로 나뉘어 서로 구원하지 못하게 되자, 도독 유정은 스스로 분신해 죽고 국태는 화살을 맞고 쓰러졌다. 세작은 날이 저물자 아비의 시신을 찾아 골짜기에 묻고 돌을 모아 표시해 두었다.

이때 조선의 도원수 강홍립姜弘立[63]과 부원수 김경서金景瑞는 산 위에 진을 치고 좌우 진영의 장수들은 각각 산 아래에 진을 쳤는데, 세작은 도원수의 진영에 몸을 맡겼다. 다음 날 청병이 조선의 좌영左營을 공격하여 한 명도 살아 나오지 못하게 되자, 산 위의 병사들이 멀리 바라보고 모두 오금이 저려 벌벌 떨었다. 강홍립은 싸워 보지도 못하고 항복을 했다. 청병이 강홍립의 군사를 몇 겹으로 포위하고는 조선 군사들 속으로 숨어든 명나라 군사를 수색했는데, 발각된 사람은 등 뒤로 양손을 결박하고 몰고 가서는 모두 칼로 목을 쳤다.

강세작도 결박이 되어 큰 돌 아래에 꿇렸는데 목을 베는 자가 깜박 잊고 그냥 가 버렸다. 세작은 조선 병사에게 눈짓을 하여 결

61 1618년에 있었던 이른바 살이호薩爾滸 전투이다. 살이호는 무순 부근의 지명으로, 이 전투를 계기로 명과 청의 운명이 바뀌었다.

62 경략은 군사의 중요 임무를 맡는 벼슬로, 총독 위의 지위이다.

63 강홍립(1560~1627)은 조선 중기의 무신으로, 본관은 진주이다. 자는 군신君臣, 호는 내촌耐村이다. 후금後金의 세력이 확장되자, 명나라는 후금을 치기 위해 조선에 원병을 청했다. 조정에서는 강홍립을 오도원수五道元帥로 삼아 부원수인 김경서와 함께 1만 3천여 군사를 이끌고 출병케 했다. 전세가 불리하자 강홍립은 후금군에 투항했다. 이는 "형세를 보아 향배를 정하라"고 한 광해군의 밀명에 의한 것이었다. 이러한 사정을 모르는 조선 조정에서는 강홍립의 관직을 박탈했다. 투항한 이듬해 조선 포로들은 석방되어 돌아왔으나, 강홍립은 김경서 등 10여 명과 계속 억류당하다가 1627년 정묘호란 때 후금군의 선도先導로서 입국하여 강화에서의 화의를 주선한 뒤 국내에 머물게 되었다. 그러나 역신으로 몰려 관직을 삭탈당했고, 죽은 뒤에 복관되었다.

박을 풀어 달라고 애걸했으나 병사들은 서로 흘깃거리며 보기만 할 뿐 감히 움직이려는 사람이 없었다. 세작은 스스로 등 뒤의 돌에다 포승줄을 비벼서 결박을 끊고, 죽은 조선 병사의 옷을 벗겨 입고는 조선 병사 틈으로 몰래 숨어들어 화를 면했다. 그러고는 그 길로 요양으로 달아났다. 명나라 장군 웅정필熊廷弼이 요양에 주둔하자 강세작을 불러서 아비의 원수를 갚으라고 하였다.

이 해에 청나라 사람들이 개원과 철령鐵嶺을 연달아 함락하매 명나라는 웅정필을 체포하고 그 자리를 설국용薛國用이 대신하게 되었는데, 세작은 설국용의 군대에 그대로 눌러앉았다. 심양이 함락되자, 강세작은 낮에는 숨고 밤에는 걸어서 봉황성鳳凰城에 이르렀다. 세작은 광녕廣寧 사람 유광한劉光漢과 함께 요양의 흩어진 병졸들을 모아서 성을 지켰다. 얼마 뒤에 광한이 전사하고 세작도 창에 10여 군데 찔렸다.

세작은 중원으로 들어가는 길이 끊어졌으니 차라리 동쪽 조선 땅으로 탈출하여 되놈의 머리로 머리를 깎고 되놈의 옷을 입는 치욕이나 면하는 것이 더 낫겠다고 판단하여, 드디어 달아나 변문을 거쳐 여기 금석산에 은신하였다. 양가죽 옷을 불에 구워 나뭇잎에 싸서 삼켜 가며 몇 달을 죽지 않고 버티다가, 드디어 압록강을 건너와서 관서 지방을 두루 돌아다녔다. 회령會寧 지방에 굴러들어 가서는 조선 여자에게 장가를 들어, 아들 둘을 낳고 나이 80여 세까지 살다가 죽었다. 그 자손들이 번성하여 100여 명에 이르렀으나 아직도 모두 함께 모여서 산다.[64]

득룡은 가산嘉山[65] 사람이다. 열네 살 때부터 북경을 출입하기 시작하여 지금까지 30여 차례 중국을 드나든 사람으로 중국말

64 강세작 관련 자료로 남구만과 박세당의 「강세작전」과 최창대의 「강세작묘지명」, 성해응의 「강세작피병기」 등이 있다. 특히 「자술」自述이라는 제목의 글은 강세작 자신이 쓴 장편의 일대기인데, 연암의 필사본 『양매시화』楊梅詩話에 수록되어 있다.

65 가산은 평안북도 박천군博川郡에 있는 지명.

금석산의 전경 중국은 오룡산五龍山이라고 부른다.

을 제일 잘했다. 여행을 하는 동안에 크고 작은 일이 생기면 으레 그가 아니면 감당할 사람이 없을 정도였다. 가산군과 용만과 철산 등의 고을에서 이미 중군中軍(지방 수령 아래의 무관)을 지냈고 품계는 가선嘉善(종2품 문무관의 품계)에 이르렀다.

매번 사행이 있을 때면 미리 가산군에 공문을 보내 그 가족들을 감금시켜 그가 달아나지 못하도록 방비했으니, 그 위인의 재간을 알 수 있겠다. 강세작이 바야흐로 처음 조선 땅으로 나왔을 무렵 득룡의 집에 묵게 되어 득룡의 조부와 친하게 지냈고, 서로 조선말과 중국말을 배우게 되었다. 득룡이 중국말을 잘할 수 있게 된 까닭도 바로 그런 집안 내력에서 나온 것이라 한다.

날이 저물어서야 총수葱秀에 이르렀는데 황해도 서흥瑞興의 총수와 흡사했다.[66] 아마도 우리나라 사람이 붙인 이름으로, 혹 서흥의 총수와 모양이 닮았다고 해서 붙인 이름인가?

66 총수는 우리나라 사람이 붙인 이름으로 현재 탕산성湯山城 마을에서 서쪽으로 1km 정도 떨어진 청채구靑菜溝라는 개울가로 추정되는 곳이다. 당시에도 인가가 없었으므로, 이곳 총수에서 노숙하였다.

6월 27일 갑술일

아침에 안개가 끼었다가 늦게 날이 개었다.

날이 밝아 올 무렵에 출발했다. 길에서 되놈 대여섯 명을 만났다. 모두 작은 나귀를 탔는데, 모자와 옷차림이 볼품없이 남루하고 얼굴은 피곤하고 쇠잔해 보였다. 이들은 봉성의 병사들로 애라하까지 가서 수자리(국경을 지키는 일)를 사는데, 남에게 고용되어 품팔이 수자리를 살러 간다고 한다. 우리나라에는 정말 이런 염려는 없지만, 중국 변방의 수비는 가히 허술하다고 말할 만하다.

변발한 사람들

마두와 쇄마刷馬(방물을 실은 말) 말몰이꾼 들이 되놈들에게 나귀에서 내리지 못하느냐고 꾸짖으며 호령하니, 앞서 가던 두 놈은 나귀에서 내려 갓길로 비켜서 가는데, 뒤에 오

는 세 놈은 안장에 걸터앉아 말다래(障泥)를 두들기며 선뜻 내리려 하지 않았다. 마두들이 일제히 소리를 지르며 내리라고 호통을 치자 되놈들은 성난 눈을 치켜뜨고 노려보며,

"너희 상전이 우리와 무슨 상관이 있느냐?"

하고 대든다. 마두가 곧바로 앞으로 나가서 채찍을 빼앗아 그의 맨다리를 후려치고, 또 한 놈을 붙잡아 일제히 그를 엎어놓고 그 볼기를 까서 여러 차례 때리며,

"우리 상전들을 너희가 감히 조금이라도 얕본단 말이냐. 받들고 가는 것이 도대체 어떤 물건이며, 가져가는 것이 어떤 문서인 줄 아느냐? 저 누런 깃발에 분명하게 만세야萬歲爺(황제) 어전에 올리는 용품이라고 쓰여 있거늘, 도대체 너희가 대단히 눈이 삐지 않고서야 어찌 어전에 올리는 용품도 몰라본단 말이냐?"

라고 으름장을 놓았다.

그중에 한 사람은 나귀에서 내려 땅바닥에 엎드려 죽을죄를 지었다고 하고, 한 사람은 공문서를 가지고 가는 마두의 허리를 끌어안고 만면에 웃음을 그득 담아,

"나으리, 그만 화를 푸십시오. 쇤네들을 응당 죽여 주십시오."

라고 하는데, 마두들은 큰 소리로 웃으면서 머리를 박고 사죄하라고 꾸짖었다. 모두들 진흙에 꿇어 엎드려 머리를 조아리느라 이마는 진흙으로 칠갑을 하였다. 일행이 큰 소리로 웃고는 물러가라고 꾸짖었다. 내가,

"듣자하니 너희가 중국에 들어가 여러 가지 시끄러운 사단을 일으킨다고 하더니, 지금 눈으로 보니 과연 듣던 대로구나. 아까의 일은 부질없는 짓이니, 다음부터는 아예 장난으로라도 시끄러운 짓을 하지 말도록 해라."

봉황산의 전경

라고 말하니 모두들,

"머나먼 길과 기나긴 날에 이런 장난이라도 치지 않는다면 시간을 보낼 수 없답니다."

라고 대꾸한다.

멀리 봉황산을 바라보니 흡사 순전히 돌로 만들어 땅에서 우뚝 뽑아 올린 것 같았다. 손바닥 위에 손가락을 세운 듯, 부용芙蓉이 반쯤 피어 있는 듯, 하늘 끝에 여름 구름인 듯, 빼어나게 깎아 세운 모양은 이름 짓거나 형용할 수 없을 정도로 뛰어난 경관이지만, 다만 맑고 윤택한 맛이 없는 것이 흠이라면 흠이다.

나는 언젠가 우리 한양의 도봉산과 삼각산이 금강산보다 낫다고 말한 적이 있다. 왜냐하면 금강산은 골짜기가 모여 있어서 소위 일만이천 봉우리라고 불리어, 기이하고 높고 웅장하고 깊지 않음이 없어서 마치 짐승이 발로 붙잡고 있는 듯, 날짐승이 날아오르는 듯, 신선이 하늘로 솟는 듯, 부처님이 가부좌를 틀고 있는 듯한 모습이다. 그러나 그윽하고 침침하며 아득하고 컴컴하여, 마치 귀신 소굴로 들어가는 것 같은 기분이 든다.

내가 일찍이 신원발申元發[67]과 함께 단발령에 올라 멀리 금강산을 바라봤는데, 바야흐로 가을 날씨가 매우 푸르고 석양빛이 비끼어 비추었으나, 하늘을 덮을 만한 빼어난 기색이나 산에서 풍기는 윤기 나는 자태가 없었기에 미상불 금강산을 위해 한번 탄식하지 않을 수 없었다.

67 원발은 신광온申光蘊(1735~1785)의 자이다. 1765년 연암이 스물아홉 살 때 그와 함께 금강산을 유람했다.

그러다가 한강 상류에서 배를 타고 내려오며 두미강頭尾江[68] 입구를 벗어나서 서쪽으로 멀리 삼각산 여러 봉우리를 바라보니, 하늘에 닿을 듯이 풍기는 푸르름과 엷고 담담한 산 아지랑이가 맑고 아름답게 어른거리고 있었다. 또 언젠가 남한산성 남문에 앉아서 북쪽으로 한양을 바라보니, 마치 물에 비친 연꽃과 거울 속의 달과 같은 모습이었다.

68 두미강은 하남시 검단산과 남양주시 예봉산 사이를 흐르는 강.

어떤 사람은 "빛의 기운이 공중에 떠 있는 것이 바로 왕성한 기운이다"라고 말하는데, 왕성한 기운이란 바로 왕이 나타나는 기운이다. 우리의 한양은 억만 년 동안 용이 서리고 범이 걸터앉은 기세이니, 그 영험하고 밝은 기운이 여타 산과는 마땅히 다르다고 하겠다. 지금 여기 봉황산의 기이하게 깎아 세우고 뽑아 올린 것 같은 모습이 비록 도봉산과 삼각산보다 뛰어나기는 하지만, 빛나는 왕기王氣를 공중에 풍기는 것은 한양의 여러 산에 크게 미치지 못한다.

들판이 평평하고 넓게 트였다. 비록 개간하거나 경작하지는 않았지만, 곳곳에 나무를 베어 낸 뿌리가 어지러이 흩어져 있고, 소 발자국과 수레바퀴 자취가 풀 사이로 이리저리 나 있는 것을 보니 이미 책문柵門[69]에 가까워졌음을 알겠고, 거주하는 인민들이

69 책문은 목책을 쌓은 국경의 출입문.

대수롭지 않게 책문을 넘나들고 있음을 증험할 수 있겠다.

다급히 말을 몰아 7, 8리를 더 가서 책문 밖에 이르렀다. 양과 돼지가 산을 가득 메우고 있고 아침밥 짓는 연기가 푸르게 감돌았다. 나무를 짜개서 책문을 만들어 대략 국경의 경계를 표시해 놓았으니, 『시경』에 "버드나무를 꺾어 세워 채소밭의 울타리로 삼아도 엉뚱한 놈이 넘보지 못한다"라는 말이 곧 이를 두고 한 말인 듯하다.[70]

책문은 위를 이엉으로 덮었고, 널빤지 문짝은 굳게 걸어 잠갔다. 책문과 수십 보 떨어진 곳에 정사, 부사, 서장관 등 삼사의 막사를 치고 잠시 쉬고 있는 사이에 예물이 일제히 도착하여 책문 밖에 쌓아 두었다.

되놈들이 구경한다고 떼거리를 지어 책문 안에 늘어섰는데, 모두들 입에는 담뱃대를 물고 번들거리는 머리에 부채를 부치지 않는 놈이 없었다. 어떤 놈은 흑공단黑貢緞 윗옷을, 어떤 놈은 수화주秀花紬 윗옷을, 어떤 놈들은 생포生布·생저生苧 혹은 삼승포三升布, 야견사野繭絲 윗옷을 입었는데 바지도 같은 옷감이다.[71] 몸에 차고 있는 것이 아주 요란한데, 수놓은 주머니 서너 개와 작은 패도를 찼으며, 모두 한 쌍의 상아젓가락을 꽂았다. 담배쌈지는 호리병 모양에 화초와 새를 수놓거나 옛날 문인의 이름난 글귀를 수놓았다.

역관과 마두 들이 책문 밖에 서자 양쪽에서 서로 악수를 하며 은근하게 인사를 주고받는다. 되놈들은,

"당신들은 언제 한양에서 출발했느냐? 오는 길에 장마를 만나지는 않았느냐? 집안은 모두 평안한가? 가지고 온 은자銀子는 얼마인가?"

70 『시경』 제풍齊風 「동방미명」東方未明에 나오는 말이다.

71 흑공단은 두텁고 무늬는 없지만 윤기 도는 검은 비단으로, 고급에 속한다. 수화주는 품질이 좋은 비단으로, 水禾紬라고도 한다. 생포와 생저는 모두 베를 짠 후에 잿물에 삶아서 희고 부드럽게 하는 공정을 거치지 않은 상태의 베를 말한다. 삼승포는 석새삼베라고 하는데, 성글고 굵은 베를 말한다. 야견사는 멧누에고치실로 켠 연한 갈색의 고급 비단을 말한다.

라고 사람들마다 수작을 붙이는데, 한 입에서 나온 말처럼 똑같은 내용이다. 또,

"한 상공韓相公과 안 상공安相公도 함께 왔느냐?"

며 다투어 묻는다. 한 상공과 안 상공이란 모두 의주 사람으로 해마다 북경을 출입하며 장사를 하는 아주 교활한 장사치들인데, 북경의 사정을 빠삭하게 알았다. 이른바 '상공'이란 장사꾼들끼리 서로 존칭으로 부르는 말이다.

사행을 갈 때 정식 관원에게는 여덟 포包(물건을 담는 주머니)를 주는 것이 관례이다. 정식 관원은 비장과 역관을 합하여 서른 명이다.[72] 여덟 포란 옛날에 정식 관원인 사람마다 인삼 몇 근을 지급한 것을 가리키는 말인데, 지금은 관에서 지급하지 않고 각자가 은을 준비하도록 하고 다만 그 포의 숫자를 제한한다.

당상관堂上官[73]은 3천 냥, 당하관은 2천 냥으로 포은包銀[74]을 한정하여, 각자 휴대하고 북경에 들어가 여러 가지 물건을 무역하여 이익을 남기도록 했다. 가난하여 스스로 휴대할 수 없을 경우에는 자신의 포의 권리를 팔기도 한다. 송도, 평양, 안주安州 등의 연상燕商(북경에 가서 장사하는 상인)이 그 포의 권리를 사서 은을 채워 간다. 그러나 여러 지방의 연상은 법적으로 자신이 직접 은을 가지고 북경에 들어갈 수 없으므로, 무역 특권을 부여받은 만상灣商에게 포를 교부하여 물건을 사오게 한다.

만상 중에서 한韓이나 안安과 같은 자들은 해마다 북경 출입하기를 마치 제집의 문과 뜰을 드나들듯 하여, 북경의 장사치들과는 한통속으로 서로 짝짜꿍이 맞아서 물건을 조종하고 값을 올리고 내리고 하는 것이 모두 그들의 손아귀에 달려 있다. 중국 물건의 값이 날마다 오르는 이유가 실상은 그들 때문인데도, 온 나라

72 정식 관원 30명이란 정사, 부사, 서장관 각 1명, 대통관 3명(수역 1명, 상통사 2명), 호공관護貢官 24명을 말한다.

73 당상관은 문무관 중 정3품 이상의 품계를 가진 벼슬아치.

74 포은이란 조선 후기에, 중국에 가는 사신들이 비용으로 쓰려고 가져가던 은을 말하며, 팔포八包라고도 한다. 이전에는 인삼(홍삼)을 가져갔는데, 이를 포삼包蔘이라고 했다.

사람들은 이를 이해하지 못하고 오로지 역관만 탓하고 나무란다.

역관들도 만상에게 실권을 빼앗겨 그저 팔짱을 끼고 속수무책일 뿐이다. 여러 지방의 연상들은 만상들의 조종이라는 것을 비록 알고는 있지만, 자신들이 직접 볼 수 있는 일이 아니기에 속만 부글부글 끓이고 있을 뿐 감히 말도 꺼내지 못한다. 이런 폐단이 유래된 지 이미 오래되었다. 이번에 만상들이 잠시 몸을 숨기고 몰골을 즉각 드러내지 않는 것 또한 하나의 잔재주를 피우려는 속셈일 것이다.

책문 밖에서 아침 식사를 하고 나서 행장을 정돈해 보니 쌍주머니의 왼쪽 자물쇠가 어디로 갔는지 모르겠다. 풀숲을 샅샅이 뒤졌으나 종시 찾을 수 없었다. 장복을 꾸중하며,

"네가 행장에 마음을 두지 않고 항시 눈을 두리번거리더니 이제 겨우 책문에 왔는데 벌써 물건을 잃어버렸구나. 속담에 '사흘 길 하루도 아니 가서'라고 하더니 앞으로 2천 리를 가서 황성皇城에 거의 도착할 때쯤 되면 네놈의 오장육부까지 잃어버릴까 겁난다. 듣자하니 구요동舊遼東과 동악묘東岳廟엔 본래 좀도적이 자주 출몰한다고 하던데, 네가 다시 한눈을 판다면 또 무슨 물건을 잃어버릴지 모르겠구나."

라고 하니 장복이 민망하여 머리를 긁적거리며,

"소인도 이젠 알겠습니다. 그 두 곳에 가서 구경할 때는 소인이 두 손으로 눈알을 의당 감쌀 터이니 어느 놈이 눈을 뽑아 갈 수 있겠습니까?"

라고 말한다. 나는 나도 모르게 한심한 생각이 들어서,

"자-알 하는구나."

하고 대꾸해 주었다.

장복이란 놈은 어린 나이에 중국이 초행인데다 성품까지 지극히 미욱해서, 동행하는 마두들이 많이 놀려먹기도 하고 거짓말로 속이면 진짜로 믿고 듣는 형편이다. 장복이는 매사에 알아듣는 것이 모두 이런 식이다. 먼 길에 의지해야 할 자가 저 모양이니 어허! 괴롭도다.

다시 책문 밖에 이르러 책문 안을 바라보니 여염집들이 모두 대들보 다섯 개가 높이 솟았고 띠 이엉으로 지붕을 덮었다. 집의 등마루가 하늘까지 높고 대문과 창문 들이 정제되었으며, 길거리는 평평하고 곧아서 양쪽 연도沿道가 마치 먹줄을 튕긴 듯 반듯하다. 담장은 모두 벽돌로 쌓았고, 사람 타는 수레와 짐 싣는 마차가 길 가운데로 종횡무진 누비며, 진열된 살림살이 그릇은 모두 그림을 그린 도자기이다. 그 제도가 결코 촌티가 나지 않음을 볼 수 있었다.

친구 덕보德保 홍대용洪大容[75]이 언젠가, "그 규모는 크고, 기술은 세밀하다"라고 말한 적이 있는데, 책문은 중국 동쪽의 가장 끝인데도 오히려 이와 같다. 길을 나아가며 유람하려니 홀연히 기가 꺾여, 문득 여기서 바로 되돌아갈까 하는 생각이 들어 온 몸이 나도 모르게 부글부글 끓어오른다. 나는 깊이 반성하며,

'이는 질투하는 마음이로다. 내 평소 심성이 담박하여 무얼 부러워하거나 시샘하고 질투하는 것을 마음에서 끊어 버렸거늘, 지금 남의 국경에 한번 발을 들여놓고 본 것이라곤 만분의 일에 지나지 않은 터에 이제 다시 망령된 생각이 이렇게 솟는 것은 무슨 까닭인가? 이는 다만 나의 견문이 좁은 탓이리라. 석가여래의 밝은 눈으로 이 시방세계를 두루 본다면 평등하지 않은 것이 없을 지니, 만사가 평등하다면 본래 투기나 부러움도 없을 것이로다.'

75 홍대용(1731~1783)의 본관은 남양이고, 자는 덕보, 호는 담헌湛軒·홍지弘之이다. 1765년 서장관으로 임명된 숙부 홍억洪檍의 자제군관子弟軍官 자격으로 북경에 다녀온 뒤 『연기』燕記라는 연행기를 남겼다. 어머니를 위해 한글 연행록인 『을병연행록』을 지었다. 이외에 문집 『담헌서』湛軒書가 있다.

라고 생각했다. 장복을 돌아보며,

"장복아, 네가 죽어서 중국에 다시 태어나게 해 준다면 어떻겠느냐?"

하고 물으니 장복은,

"중국은 되놈의 나라입니다. 소인은 싫사옵니다."

라고 대답한다.

잠시 뒤 한 맹인이 어깨엔 비단주머니를 걸치고 손으로는 월금月琴을 타며 지나간다. 이를 보고 내가 크게 깨달아,

"저 맹인의 눈이야말로 진정 평등한 눈이 아니겠느냐?"

하였다.

월금

조금 뒤에 책문이 활짝 열렸다. 봉성장군과 책문어사가 방금 와서 점방店房(숙소나 점포)에 나와 앉았다고 한다. 되놈들이 문을 메우며 몰려나와 다투어 방물과 개인 짐의 무게를 살펴본다. 여기서부터는 수레를 세내어 짐을 옮겨야 하기 때문이다.[76] 그들은 사신이 앉아 있는 곳에 와서 살펴보고는 담뱃대를 입에 문 채 힐금힐금 쳐다보고 손가락질하며 자기들끼리,

"저 사람이 왕자인가?"

한다. 종실 출신의 사신을 가리켜 왕자라고 일컫기 때문이다. 그중에 알아보는 자가 있어서,

"아니야. 저기 머리가 희끗희끗한 반백의 사람이 부마駙馬 대인일세. 전에도 온 적이 있지."

하고, 부사를 가리키고는,

"저기 수염이 나고 관복에 쌍학雙鶴을 수놓은 사람이 바로 얼乙 대인大人이야."

76 봉성부터 청나라 사람들의 수레를 세내어 짐을 실어 가는데, 만주족 사람들이 이를 독점하였고, 그 조합을 난두欄頭라고 불렀다.

쌍학을 수놓은 관복

한다. 서장관을 가리켜서는,

"산山 대인은 한림 출신이지."

라고 한다. 얼乙이란 둘째란 말이고, 산山이란 셋째란 말이며, 한림 출신이란 문관 출신을 일컫는 말이다.

시냇가에서 떠들썩하니 다투는 소리가 나는데, 말하는 소리가 새 소리인지 벌레 소리인지 한마디도 알아들을 수 없었다. 급히 달려가 보니 득룡이 되놈들과 예물이 많으니 적으니 하면서 다투고 있었다. 대체로 예단禮單을 나눠 줄 때는 전례를 따르는 법인데, 봉성의 간교한 되놈들은 반드시 명목을 부풀리고 숫자를 더해 주기를 요구한다.

이 일을 잘 처리하고 못 하고는 전적으로 상판사 마두의 수완에 달려 있다. 솜씨가 서툴거나 중국말이 시원찮은 마두를 만나면 변변히 싸워 보지도 못하고 그들이 요구하는 대로 모두 주게 된다. 금년에 이렇게 주면 명년에는 그것이 전례가 되기 때문에 반드시 다투게 된다. 사신들은 이런 이치도 모르고 항상 책문에 들기에만 급급하여 담당 역관에게 맡겨 재촉하고, 맡은 역관은 마두를 재촉하니, 그 폐단이 유래된 지 오래되었다.

상판사의 마두 상삼象三이 막 예단을 뭇 되놈들에게 나눠 주려는데 빙 둘러선 사람이 100여 명이나 되었다. 그중의 하나가 갑자기 큰 소리를 치며 상삼에게 욕을 하자, 득룡이 수염을 쓸어 올리고 눈을 부릅뜨며 곧바로 튀어나갔다. 그리고 그 되놈의 가슴을 틀어쥐고 주먹으로 때릴 듯하며 되놈들을 둘러보고는,

"이 뻔뻔하고 무례한 놈이 왕년에 대담하게 우리 어른의 쥐털목도리를 훔쳤고, 또 작년에는 우리 어른을 속이고 어른이 잠든 사이에 내 허리에 찼던 칼을 뽑아서 칼집의 가죽과 술을 끊어

갔으며, 내가 차고 있던 주머니마저 자르려다가 내게 발각되어 이놈에게 한 방의 호된 주먹을 날렸더니 나한테 신고식까지 했었잖아. 그때 이놈이 온갖 애걸복걸을 다하면서 나한테 목숨을 살려 주신 부모라고 부르더니, 이제 세월이 오래되었다고 우리 어른이 이놈의 낯가죽을 기억하지 못할 것이라 속이고는 아주 겁대가리 없이 큰소리를 쳐. 이 따위 쥐새끼 같은 놈은 대가리를 볼끈 잡아다가 봉성장군에게 넘겨야 돼."

라고 소리를 쳤다.

둘러섰던 되놈들이 일제히 풀어 주길 권하고, 수염이 좋고 복장이 고운 한 늙은이가 앞으로 나와 득룡의 허리를 끌어안고는,

"형님께서 화를 푸시지요."

하니 득룡이 화를 풀고 씽긋이 웃으며,

"아우님의 체면을 보지 않았다면, 대나무통 잘라 놓은 것 같은 저놈의 코를 한번 삐뚤어지게 쳐서 저 봉황산 밖으로 날려 버렸을 거야."

하고 넉살을 떤다.

그 행동거지가 시끄럽고 소란스러워 우습기 짝이 없다. 판사判事 조달동趙達東[77]이 내 곁에 와서 서기에, 내가 조금 전에 보았던 광경을 이야기해 주며 혼자 보기엔 아까운 구경거리였다고 말하자 조군은 웃으며,

"그게 바로 상대방의 덜미를 먼저 잡는 십팔기 무술의 하나인 살위봉법殺威棒法이란 것입니다."

라고 한다. 조군은 득룡을 재촉하며,

"지금 사또께서 책문에 듭시려고 하니 예단을 속히 나누어 주도록 해라."

77 조달동(1744~?)은 중국어 역관 출신으로 상통사上通事를 지냈다. 본관은 한산이며, 자는 선겸善謙이다.

하니, 득룡은 연신 '네에, 네에' 하면서 일부러 황급히 서두르는 체한다. 나는 짐짓 오래 서 있으면서 나누어 주는 물건들의 명목을 자세하게 살펴보았는데, 대단히 괴잡怪雜한 것들이었다. 그 예단이란 이런 것들이다.

책문수직柵門守直 보십구甫十口[78] 2명과 갑군甲軍 8명에게 각각 백지 10권, 작은 담뱃대 10개, 화도火刀[79] 10개, 담배 10봉.[80]

봉성장군 2명, 주객사主客司 1명, 세관 1명, 어사 1명, 만주滿洲 장경章京[81] 8명, 가출加出 장경 2명, 몽고 장경 2명, 영송관迎送官 3명, 대자帶子 8명, 박씨博氏 8명, 가출 박씨 1명, 세관 박씨 1명, 외랑外郎 1명, 아역衙譯 2명, 필첩식筆帖式[82] 2명, 보십구 17명, 가출 보십구 7명, 세관 보십구 2명, 분두分頭 보십구 9명, 갑군 50명, 가출 갑군 36명, 세관 갑군 16명 도합 102명[83]에게 두터운 종이 156권, 백지 469권, 청서피靑黍皮(날다람쥐 모피) 140장, 작은 갑의 담배 584갑, 담배 800봉, 가는 담뱃대 74개, 목이 팔면이며 은으로 된 담뱃대 74개, 주석 장도粧刀 37자루, 칼집과 손칼 284자루, 부채 288자루, 대구 74마리, 월내月乃(다래라고도 하는데 말안장 진흙막이) 7벌, 환도 7자루, 은장도 7자루, 은담뱃대 7개, 주석으로 된 긴 담뱃대 42개, 붓 40자루, 먹 40개, 화도 262개, 청청월내靑靑月乃(말안장 양편에 층층으로 달아 놓은 진흙을 막는 장구) 2벌, 별연죽別烟竹(상품의 담뱃대) 35개, 유둔油芚(두꺼운 기름종이) 2벌.[84]

뭇 되놈들이 찍소리도 내지 않고 숙연히 받아 갔다. 조군은,

"득룡은 정말 알아주는 수완가입니다. 그가 지난해에 털목도리, 칼, 주머니 등을 잃어버린 일이 없었는데도 공연히 탈을 잡아

78 본래 보고甫古라고 되어 있는 것을 보십구甫十口로 고쳤다. 보십구는 청나라의 벼슬 이름으로, 만주말로는 보쇼쿠Bosoku(撥什庫)라고 하는데, 창고를 관리하는 직책이다. 『통문관지』通文館志에는 발십고撥什庫로 표기되어 있고, 한어漢語로는 영최領催라고 표기한다.

화도 부시쇠

79 화도는 부싯돌을 쳐서 불이 일어나게 하는 쇳조각으로, 우리말로 부시쇠라고 한다.

80 여기 각각 10으로 되어 있는 것은 오류이다. 『통문관지』「연로각처예단」沿路各處禮單에 의하면, 백지·작은 담뱃대·화도·담배 각 1로 되어 있다.

81 장경은 본래 장군이라는 뜻을 가진 말의 음역인데, 청나라 미관말직 벼슬 이름이며, 액진額眞이라고도 한다.

82 여기 나오는 장경, 영송관, 대자, 박씨, 필첩식 등의

한 놈을 욕하고 꺾어 놓아서, 나머지 무리는 기세가 수그러들어 모두 서로 얼굴만 쳐다보다가 심드렁해져 물러나게 됩니다. 이렇게 하지 않는다면 사흘이 걸려도 해결되지 않아 책문에 들어갈 기약이 없게 된답니다."

라고 한다. 이윽고 군뢰가 꿇어앉아,

"문상어사門上御史와 봉성장군이 세관에 나와 앉았습니다."

하고 아뢰었다. 그러자 삼사가 차례대로 책문에 들어가고, 조정에 올릴 장계는 관례대로 의주義州 창군槍軍 편에 부쳐서 돌아가게 하였다.

이제 이 책문에 일단 들어서면 거기서부터는 중국 땅이다. 고향 소식은 여기서부터 끊어지는 것이다. 나는 착잡한 심정으로 동쪽을 향해 한참을 서 있다가, 몸을 돌려 천천히 걸어서 책문으로 들어갔다.

길 오른편에 풀로 엮은 청사 세 칸이 있는데, 어사와 장군부터 아래로 아역衙譯까지 그 직급의 순서대로 의자에 앉아 있으며, 수역首譯 이하는 공손하게 손을 잡고 앞에 서 있었다. 이곳에 사신이 이르자, 마두가 하인들에게 호통을 쳐서 가마를 세우고 잠시 앞의 곁마를 풀어 마치 멍에를 푸는 것처럼 하라고 했으나, 빨리 달려오다 보니 그만 멈추지 못하고 그대로 통과해 버렸다. 부사와 서장관도 똑같이 하여, 마치 서로 본받은 것처럼 뛰어나가는 바람에 사람들이 배꼽을 잡았다.

비장과 역관 들은 모두 말에서 내려 걸어서 지나갔는데, 유독 변계함卞季涵(변관해)만이 말을 탄 채 돌진하듯 지나갔다. 말단에 앉았던 되놈 한 놈이 갑자기 우리말로 고성을 질러 욕을 하며,

"무례하다, 무례해. 어른들이 여기에 앉아 계신데 외국의 시

명칭은 모두 청나라 하급 벼슬 이름이다.

83 180명의 착오인 듯하다.

84 중국 관원에게 주는 예단은 책문, 봉성뿐 아니라 연로의 요동·심양·광녕·금주·산해관·북경 등의 대소 관원에게 지급하였으며, 또 귀국할 때에도 그들 모두에게 예단을 주었다. 그 물목과 수량에 대한 규정은 『통문관지』에 기록되어 있다.

종관이 어찌 감히 당돌하게 구는가? 얼른 사신에게 말씀드려 볼기를 치도록 해야겠다."

라고 하는데, 그 목소리는 쩌렁쩌렁 컸지만 혀가 뻣뻣하고 목이 잠겨, 마치 젖먹이 어린애가 옹알이하듯 취객이 혀 꼬부라진 소리로 주사를 부리는 듯했다. 그는 사신을 따라가는 청나라 통역관인 호행통관護行通官 쌍림雙林이라는 사람이라고 한다.[85] 우리 수역이 나서서,

"저분은 우리나라 어의御醫이신데 이번이 초행이라 아직 실정을 잘 모르고, 게다가 어의는 나랏님의 명을 받들어 사신을 수행하고 보호하는 사람이니 사신조차도 감히 함부로 손댈 수 없답니다. 여러 어른들이 황제께서 작은 나라를 품어 주는 마음을 본받아서 너무 따지지 않으신다면, 더더욱 관대한 대국의 도량이 드러날 것입니다."

하니 모두들 머리를 끄덕이고 미소를 지으며,

"맞습니다, 맞고요."

라고 하는데, 쌍림만은 여전히 사납게 노려보며 소리를 지르고 노기를 풀지 않는다. 수역이 내게 눈짓을 하며 그만 가자고 한다.

길에서 변계함 군을 만났다. 변군은,

"큰 욕을 보았네."

라고 하기에 나는,

"볼기 '둔'臀이란 글자가 생각나더군."

하고 서로 껄껄 웃었다.

드디어 변군과 소매를 나란히 하고 걸어가며 구경을 하는데 절로 찬탄이 나왔다. 책문 안에 인가라곤 고작 20~30호에 지나지 않았으나 모두 웅장하고 깊었다. 높고 울창한 버드나무 그늘 속에

85 쌍림의 인물됨에 대해서는 7월 17일 일기에 상세하게 언급된다.

푸른색 술집 깃발을 단 대나무 하나가 삐져나와 있기에 변군과 함께 들어갔더니, 술집 안에는 이미 조선 사람들로 꽉 차 있었다. 맨다리를 내놓거나 덥수룩한 구레나룻 차림으로 걸상을 타고앉아 왁자지껄 떠들다가 나를 보더니 모두 황급히 피해서 나가 버린다.

주인이 크게 성이 나서 변군을 가리키며,

"눈치코치 없는 관원들이 남의 영업을 완전히 망치는구먼."

하자 대종戴宗이 나서서 주인의 등을 어루만지며,

"아따, 형님, 잔소리할 것 없네. 두 어르신께서는 한두 잔만 마시면 금방 일어나실 터인데, 저런 삐딱한 망나니들이 어찌 감히 어른 앞에서 함부로 걸상을 타고앉아 있을 수 있겠소? 잠시 피했다가 즉각 다시 돌아올 겁니다. 이미 마신 사람은 술값을 계산해 줄 것이고 아직 안 마신 사람은 이제 흉금을 털고 화끈하게 마실 터이니, 형님은 안심하시고 먼저 넉 냥어치 술이나 따르시오."

하니 주인은 그제야 얼굴에 웃음을 띠며,

"아우님, 아우님도 왕년에 보지 못했는가? 저 망나니들이 시끄럽게 싸우는 통에 모두들 공짜로 먹어치우고 한 줄기 연기처럼 내뺐으니, 어디에서 술값을 받아 냈겠나?"

하였다. 대종이,

"형님은 걱정을 하지 마시우. 두 분 나으리께서 마시고 즉시 일어서시면, 이 아우가 응당 그네들을 다 몰고 와서 다시 영업을 하게 해 드리겠소."

하니 주인은,

"알았네. 두 분은 합해서 넉 냥을 드릴까, 각기 넉 냥을 드릴까?"

라고 물으니 대종은,

"한 분마다 넉 냥씩 따르시오."

한다. 변군이 나무라며,

"아니, 넉 냥의 술을 누가 다 마신단 말이냐?"

라고 하자 대종이 웃으며,

"넉 냥은 술값이 아니고 술의 무게를 말하는 겁니다."

라고 한다.

탁자 위에는 술 따르는 그릇을 늘어놓았는데, 한 냥짜리부터 열 냥짜리까지 각각 걸맞은 그릇이 있고, 모두 놋쇠로 잔을 만들어 우러나는 색이 은과 같았다. 넉 냥의 술을 시키면 넉 냥짜리 잔에 술을 따르니, 술을 사는 사람도 양의 많고 적음을 다시금 따질 필요가 없다. 그 간편한 것이 이와 같았다. 술은 모두 백소로白燒露(소주)인데, 술맛이 썩 좋은 것은 아니나 금방 취했다가 금방 깬다.

점포를 둘러보니 모든 것이 단정하고 반듯하게 진열되어 있고, 한 가지 일도 구차하거나 미봉으로 한 법이 없고, 한 가지 물건도 삐뚤고 난잡한 모양이 없다. 비록 소외양간, 돼지우리라도 널찍하고 곧아서 법도가 있지 않은 것이 없고, 장작더미나 거름구덩이까지도 모두 정밀하고 고와서 마치 그림과 같았다.

아하! 제도가 이렇게 된 뒤라야만 비로소 이용利用이라고 말할 수 있겠다. 이용을 한 연후라야 후생厚生을 할 수 있고, 후생을 한 연후라야 정덕正德을 할 수 있겠다. 쓰임을 능히 이롭게 하지 못하고서 삶을 두텁게 하는 것은 드문 경우이다. 삶이 이미 스스로 두텁게 하기에 부족하다면 또한 어찌 자신의 덕을 바로잡을 수 있겠는가?

정사는 이미 악씨鄂氏 성을 쓰는 사람 집에 사처(손님이 길을 가다가 묵는 집)를 정해 들었다. 주인은 신장이 7척이고 건장하며 사납게 생겼다. 그 모친은 나이가 칠순에 가까운데 머리에 온통 꽃을 꽂았고, 눈썹과 눈이 아름답고 우아한 모양이 젊은 시절의 모습을 상상할 수 있겠다.[86]

점심을 먹은 뒤에 박래원, 정 진사와 함께 밖으로 나가서 다니며 관광하고 즐겼다. 봉황산은 여기서 6, 7리 떨어져 있는데, 전면을 보면 정말 기이하게 깎아 놓았다. 산중에는 안시성安市城의 옛터가 있고 아직도 남은 성가퀴가 있다고 하는데, 이는 근거 없는 이야기이다. 산의 삼면은 모두 절벽이 험하여 나는 새도 올라갈 수 없고 오직 정남향 한 면만 약간 평평한데 그 주변은 겨우 수백 보에 지나지 않는다. 이런 탄환같이 작은 성으로는 대군이 오래 머물 수 없으니, 아마도 고구려 때 쌓은 작은 보루인 듯하다.

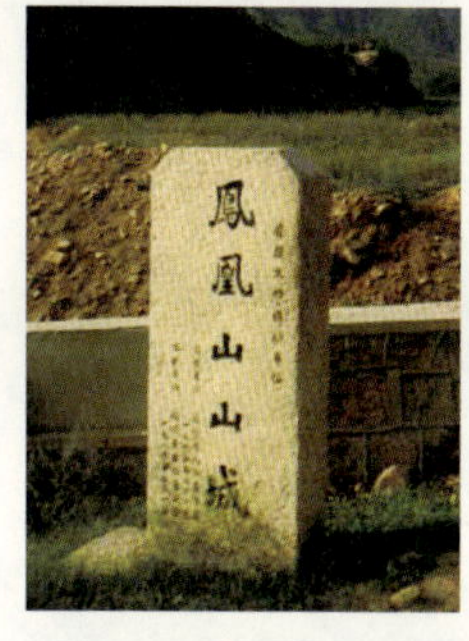

봉황산 산성(상)과 그 표석(하)

86 "젊은 시절의 모습을 상상할 수 있겠다"라는 부분이 박영철본에는 "그 자손들이 앞에 가득하다고 한다"라고 되어 있다. 여성의 미모를 훔쳐보고 상상하는 것을 점잖치 못한 행동으로 간주하여 수정한 듯하다.

서로 손을 잡고 큰 버드나무 아래에 이르러 더위를 식혔다. 벽돌로 쌓은 우물이 있는데 큰 돌을 다듬어 덮개를 덮고 그 양옆에는 겨우 두레박이 들어갈 정도의 작은 구멍을 뚫어 놓았다. 사람이 빠지거나 흙먼지가 들어가는 것을 방비하려는 까닭이다. 물이란 본래 성질이 음陰하므로 덮개로 볕을 차단하여 살아 있는 물, 곧 활수活水를 만들려는 것이다. 덮개 위에는 도르래를 설치하고 두 줄을 드리워 버드나무에 묶어서 두레박을 만들었는데, 모양이 표주박처럼 생겼으나 속이 깊다. 두레박 하나가 올라가면 하나는 내려가서 종일 물을 길어도 힘들지 않게 된다.

물통은 모두 쇠로 테를 두르고 가는 못을 박아 단단하게 묶었는데, 대나무로 테를 엮은 것보다 아주 뛰어났다. 대나무로 엮은

편담과 물통

것은 세월이 지나면 테가 썩어 끊어지고, 물통의 몸통이 햇볕에 마르면 대나무테가 헐거워져 빠지기 때문에 쇠로 테를 두르는 것이 좋다. 물을 길어서는 모두 어깨에 메고 가는데 이를 편담扁擔이라 부른다. 편담을 만드는 방법은 한 가닥 나무를 깎아서 팔뚝 굵기로 하여 한 길 정도의 길이로 만들고, 양쪽 끝에는 물통을 매어 달되, 땅에서 한 자 남짓 올라오게 만들면 물이 출렁거려도 넘치지 않는다. 우리나라 평양에도 이런 법이 있으나, 어깨에 메지 않고 등에 지기 때문에 좁은 고샅길과 골목길에 크게 방해가 된다. 이렇게 어깨에 메는 것이 가장 좋은 방법이다.

옛날 한韓나라 학자 포선鮑宣[87]의 아내가 물동이를 들고 나가서 물을 길었다는 문장을 읽은 적이 있는데, 어째서 물동이를 머리에 이지 않고 손으로 들고 나갔는가 하고 의심을 했더니, 이제 와서 보니 부인들이 모두 머리를 높다랗게 쪽을 쪄서 머리에 일 수가 없었던 것이다.

87 포선은 전한前漢 애제哀帝 때의 문인 학자이다. 글을 잘 짓고 강직했으며, 역신 왕망의 편을 들지 않는다고 하여 죽임을 당했다. 『소학』 「선행」편에 포선의 아내가 "물동이를 쥐고 나가서 물을 길었다"(提甕出汲)라는 구절이 있다.

봉황산 서남쪽은 광활하여 산을 넓고 아득하게, 물을 맑고 깨

북경 오탑사의 비석

끗하게 만들었다. 버드나무 수천 그루는 짙게 그늘을 드리우고, 띠풀의 처마와 성근 울타리가 때때로 숲속 사이에 언뜻언뜻 드러나며, 푸르고 무성한 제방에는 소와 양 떼가 여기저기 흩어져 풀을 뜯고, 멀리 다리 위에는 짐을 메고 들고 가는 행인이 있었다. 걸음을 멈추고 멀리서 바라보고 있자니, 문득 요사이 여행길에 쌓였던 고달픔이 싹 잊혔다.

동행했던 두 사람은 새로 창건한 불당을 구경하러 간다며 나를 두고 떠났다. 마침 10여 기의 말을 탄 사람들이 채찍을 치며 지나간다. 수놓은 안장에 준마를 탔으며 의기양양하다. 혼자 서 있는 나를 보고는 안장에서 몸을 뒤집고 말에서 내려 내 손을 다투어 잡고는 은근한 뜻을 보낸다. 그중 한 명은 미소년이었다. 내가 땅에 글자를 써서 말을 붙이니 모두 고개를 숙여 한참을 쳐다보다가 단지 고개만 끄덕일 뿐이니, 아마도 무슨 말을 하는지 모르는 모양이다.

비희

비석 두 기가 있는데 모두 푸른 돌이다. 하나는 문상어사門上御史의 선정비이고, 다른 하나는 세관稅官 아무개의 선정비로 모두 만주인의 네 글자 이름이고, 글을 짓고 쓴 사람도 모두 만주인인데 문장과 글씨가 형편없다. 다만 비석을 만든 제도가 매우 아름답고 공력이나 비용이 매우 적게 들어서 비석을 만드는 모범이 될 만했다.

비석의 양쪽 옆은 갈아서 매끈하게 만들지 않고, 벽돌을 세워서 담장을 만들어 비의 머리가 드러나지 않게 하였다. 그리고 기와로 지붕을 만들어 비석이 감실 안에 있게 되어 비바람을 막게 하였으니, 비각을 세워 비석을 보이지 않게 하는 것보다 훌륭하다. 비석 받침에 새겨진 거북이 모양의 비희贔屭라는 용의 새끼와

88 비희와 패하는 용의 아홉 마리 새끼의 하나이다. 자세한 설명은 뒤의 「동란섭필」편에 상세히 나온다.

비문 양옆에 새겨진 짐승 모양의 패하覇夏[88]라는 용의 새끼는 털을 셀 수 있을 정도로 정교하다. 궁벽한 변방 민가에서 세운 비석인데도, 정치精緻하고 고아한 것이 더할 나위 없이 훌륭하다.

저녁 무렵이 되자 더위가 더욱 심해져 급히 숙소로 돌아가 북창北窓을 높이 괴어 놓고 옷을 벗고 누웠다. 뒤뜰은 평평하고 넓은데, 파 이랑과 마늘 두둑이 단정하고 네모반듯하며, 오이와 박을 올리는 시렁이 훤칠하여 그 그늘이 뜰을 덮었다. 울타리 주변에는 바야흐로 붉고 흰 접시꽃, 옥잠화가 한창 피었다. 처마 밖에는 석류나무 화분 몇 개와 수국 화분 하나, 가을 해당화 화분 두 개가 있다. 악씨의 아내가 대바구니를 들고서 차례로 꽃잎을 따는데, 저녁에 치장을 하려는 것이다.

창대가 술 한 잔과 계란볶음 한 접시를 구해 와서 먹기를 권하며,

"어디를 가셨습니까? 나으리 생각에 거의 죽는 줄 알았습니다."

라고 한다. 창대가 일부러 어리광을 떨어 충직함을 보이려는 모습이 얄밉기도 하고 우습기도 하나, 술은 내가 즐기는 것인데다 하물며 계란볶음도 내가 먹고 싶었던 것임에랴.

변문진 표석

이날은 30리를 갔다. 압록강에서 여기까지가 아마도 120리일 것이다. 이곳을 우리는 책문이라 부르고, 여기 사람들은 가자문架子門이라 부르며, 중국 내지의 사람들은 변문邊門이라 부른다.

6월 28일 을해일

아침에 안개가 끼더니 늦게야 날이 들었다.

일찍 변군과 함께 먼저 출발하였다. 대종이 멀리 있는 큰 장원庄院 한 곳을 가리키며,

"저곳은 통관通官 벼슬을 하는 서종맹徐宗孟의 집입니다. 황성에도 집이 있었는데 이보다 훨씬 훌륭했답니다. 그는 탐욕스러워 불법을 많이 저지르고, 조선 사람의 고혈을 빨아서 큰 부자가 되었답니다.[89] 늘그막에 예부禮部에 들켜서 황성의 집은 몰수되었고, 저건 그래도 남게 되었습지요."

라고 말하고는 또 한 곳을 가리키며,

"저건 쌍림의 집이고요, 그 맞은편의 대문은 문통관文通官[90]의 집입니다."

라고 하는데, 혀를 놀리는 것이 청산유수와 같아 마치 익숙한 문장을 외우는 것 같다. 대종은 선천宣川(평안북도 선천군) 사람인데 이미 예닐곱 차례나 북경에 갔다 왔다고 한다.

89 서종맹은 대통관으로, 담헌 홍대용이 1765년 중국에 갔을 때 만났던 인물이다. 『연기』에 그의 인물됨이 묘사되어 있다.

90 문통관은 통관(역관) 문봉선文鳳(奉)先이란 인물이다.

봉성鳳城까지 30리이다. 의복이 다 젖었고, 행인들의 수염에 맺힌 땀방울은 마치 벼 잎에 이슬을 꿰어 놓은 것 같다. 서편 하늘가에 겹겹이 쌓인 안개가 홀연히 걷히며 한 조각 푸른 하늘이 드러나 파랗게 영롱한 것이, 마치 창호지를 바른 문에 달린 작은 유리창 같았다. 잠시 뒤 안개 기운은 모두 상서로운 구름이 되어, 그 빛나는 경치가 끝이 없었다. 동방을 돌아보니, 커다란 바퀴 같은 붉은 태양이 벌써 세 발은 올라와 있었다.

점심을 강영태康永太의 집에서 먹었다. 강영태는 나이 스물하나인데 자칭 민가民家라 한다. (한족은 민가라 하고, 만주족은 기하旗下라고 한다. — 원주) 살결이 희고 말쑥하며 미려한 사람으로, 양금洋琴을 켤 줄 안다.

"글을 읽었는가?"

라고 물으니,

"사서四書는 이미 암송했으나, 아직 강의講義는 받지 못했습니다."

라고 한다.

중국은 글을 배우는 데에 이른바 글을 외우는 송서誦書와 강의 두 가지가 있어서, 우리나라에서 학문을 처음 배우는 사람들이 음과 뜻을 겸해서 배우는 것과는 공부 방법이 같지 않다. 중국의 초학자들은 단지 사서 장구章句를 입으로 암송할 뿐이다. 암송을 익숙하게 한 뒤에 다시 선생에게 나아가 뜻을 배우는데 이를 강의라고 한다. 설령 종신토록 강의를 받지 못한다 하더라도, 익힌 장구가 일상적으로 쓰는 보통화가 되므로, 이 때문에

봉황성 남문의 옛 모습

여러 나라 말 중에서 한어漢語가 가장 쉽고 이치에 도 맞는다.

무화과

강영태가 거처하는 곳은 깨끗하고 화려하며 사치하여, 방 안에 비치된 모든 물건이 처음 보는 것이었다. 캉炕[91] 위에 펴놓은 것들은 용과 봉황 무늬의 모직 담요이고, 걸상에 깔아 놓은 것도 모두 비단 깔개이다.

마당 가운데는 시렁을 설치하여 가는 대자리로 햇빛을 가리고 사방에 담황색 비단 주렴을 드리웠다. 앞에는 석류 화분이 대여섯 개 늘어서 있는데, 그중에 흰색 석류는 꽃이 한창이다. 또 이상하게 생긴 나무 화분이 있는데, 잎은 동백 모양이고 열매는 탱자 같았다. 이름을 물어보니 무화과無花果라고 한다. 열매는 모두 쌍으로 나란히 달렸고, 꽃이 피지 않고 열매가 열리므로 이름을 무화과라고 한다.

서장관 조정진趙鼎鎭[92]이 찾아왔다. 나이를 따져 보니 나보다 다섯 살이 많았다. 이어서 부사 정원시鄭元始[93]가 내방來訪하여 만리 먼 길을 함께 고생할 이야기로 회포를 풀며,

"재인在仁 김문순金文淳[94]이 노형의 이번 여행에 대해서 말해 주었으나, 우리나라 경내에서는 소란스러워 미처 서로 방문하지 못했습니다."

라고 하기에 내가,

"타국에서 친구를 맺었으니, 가히 외국 친구라 말할 수 있겠구먼."

하니 부사와 서장관이 크게 웃으며,

"두 분 중에 누가 외국인인지 모르겠습니다."

91 캉은 중국 북방 지대의 살림집에 놓는 방의 구들이다.

92 조정진(1732~1792)은 조선 후기의 문신으로, 본관은 풍양이며, 자는 사수士受이다. 1787년 이조참판·대사헌을 거쳐 형조판서에 올랐으며, 1791년 호조판서·선혜청 당상을 역임했다.

93 정원시(1735~1782)는 1762년 진사시를 거쳐 관계로 진출했다. 자는 대재大哉로, 정민시鄭民始의 아우이다.

94 김문순(1744~1811)은 조선 후기의 문신으로, 본관은 안동이고 자는 재인在人이다. 여러 판서를 역임하고 우참찬을 지냈다.

라고 한다.

부사 정원시는 나보다 두 살이 위이다. 나의 조부[95]와 그의 조부는 일찍이 동창으로 과거 시험 공부를 함께했는데, 지금까지도 동연록同硏錄(동창생끼리 만든 문헌이나 동창생 명부)이 있다. 내 조부께서 경조京兆(한성부漢城府)의 당상관으로 계실 때, 부사의 조부가 경조랑京兆郎[96]으로 근무하면서 내 조부를 찾아뵙고 각기 지난날 함께 공부한 이야기를 하셨다. 내가 당시 여덟아홉 살로 옆에 있었는데 오래된 세의世誼가 있음을 알았다.

95 연암의 조부는 박필균朴弼均(1685~1760)으로, 경기 감사를 지냈다. 정원시의 조부는 정광겸鄭光謙이다.

96 한성부에 속한 낭관郎官 벼슬이다.

서장관이 흰색 석류꽃을 가리키며,

"이런 걸 보신 적이 있습니까?"

하고 묻기에 나는,

"본 적이 없습니다."

하고 답하니 서장관은,

"내가 어렸을 때 우리 집에 이런 석류가 있었는데, 나라 안 어디에도 이런 나무는 다시 없었습니다. 대개 이 나무는 꽃만 피우고 열매가 열리지 않는다는군요."

흰색 석류꽃

대략 이런 한담을 주고받고는 모두 일어나서 나갔다. 압록강을 건널 때 비록 갈대밭 속에서 서로 얼굴은 보았지만 이야기를 나눠 보지는 못했고, 또 이틀간 책문 밖에서 막사를 곁에 두고 노숙했지만 대면하지 못했으므로, 바로 그 때문에 오늘 외국인 친구라고 서로 우스갯소리로 장난을 친 것이다.

점심 식사가 아직 멀었다고 해서 지루하게 기다릴 수도 없어, 드디어 배고픔을 참고 구경에 나섰다. 처음엔 집의 오른쪽 작은 문으로 들어왔기 때문에 이 집이 이처럼 웅장하고 사치한 줄 몰랐다. 이제 앞문으로 나가 보니 바깥뜰이 수백 칸이나 되어, 삼사

중국의 전통 가옥 봉황성에서 오래된 집의 하나로, 현재는 유아원 건물로 사용하고 있다.

가 거느린 식솔들이 모두 이 집에 들었으되 대체 어디에 있는지조차 모를 정도로 집이 넓었다. 비단 우리 일행이 머문 구역만 넓고 넓어 여유가 있을 뿐 아니라, 오는 상인 가는 나그네가 끊이지 않고 이어졌다.

게다가 수레 20여 대가 문이 메도록 들어오는데, 수레 하나에 묶인 말과 노새가 반드시 대여섯 마리임에도 떠들썩한 소리가 들리지 않았다. 마치 큰 장사꾼이 물건을 깊이 감추어 두고 가게를 텅 비게 해 놓은 것 같았다. 대개 여유 있게 배치한 모든 것이 본시부터 규모가 있어 서로 방해되는 것이 없었다. 밖의 이런 모습을 보면, 기타 세세한 것들이야 모름지기 다 말할 수도 없겠다.

천천히 걸어서 문을 나서니 번화하고 화려한 모습이, 비록 북경에 도착하더라도 이보다 더하지는 않으리라는 생각이 들었다.

중국이 이처럼 번성했을 줄은 생각지도 못했다. 좌우에 들어선 점포들이 휘황찬란하게 이어졌으며, 아로새긴 창문, 비단을 바른 문, 그림 같은 기둥, 붉은 칠을 한 난간, 푸른 현판, 금빛으로 쓴 점포 간판에다 소장하고 있는 물건들이 모두 중국 내지內地의 진기한 것들임을 보아서는, 변방의 궁벽한 촌구석에도 정밀하고 치밀한 감식안과 우아한 식견이 있음을 알 수 있겠다.

또 어느 집에 들어가니, 장대하고 화려함이 강영태의 집보다 오히려 더 뛰어났지만, 집을 지은 제도는 대략 같았다.

무릇 집을 짓는 제도는, 반드시 수백 보의 땅을 마련하여 가로 세로를 서로 적당하게 해서 평평하고 반듯하게 땅을 깎고는, 수평으로 땅을 측량하고 나침반으로 방향을 잡은 뒤에 축대를 쌓는다. 축대는 모두 돌로 터를 깔고 한 겹이나 혹은 두 겹, 세 겹으로 모두 벽돌로 쌓되 돌을 갈아서 벽돌을 만든다. 대 위에 집을 지을 때는 모두 한 일一 자로 곧게 짓지, 굽거나 꺾어서 붙여 짓지는 않는다. 안쪽에서부터 각각 첫째 집이 내실, 둘째 집이 중당中堂, 셋째 집이 전당前堂, 넷째 집이 외실外室이 된다. 외실은 앞으로 큰길에 닿아 있어서 점방이나 시전市廛으로 사용한다. 중당과 전당 앞에는 그 좌우에 방이 있어서 이것을 곁방이나 행랑채로 사용한다.

대략 집 하나의 길이는 반드시 여섯, 여덟, 열, 열두 기둥으로 이루어지고, 기둥과 기둥 사이가 매우 넓어 거의 우리나라의 보통 집 두 칸쯤 된다. 나무의 길이에 따라서 하거나 또는 임의로 넓게 하거나 좁게 하지 못하고, 반드시 정해진 척도에 따라서 칸을 만든다. 대들보는 모두 다섯 개 혹은 일곱 개를 쓰고, 땅에서 용마루까지의 높이를 측량해서 처마를 그 안에 만들기 때문에, 기와

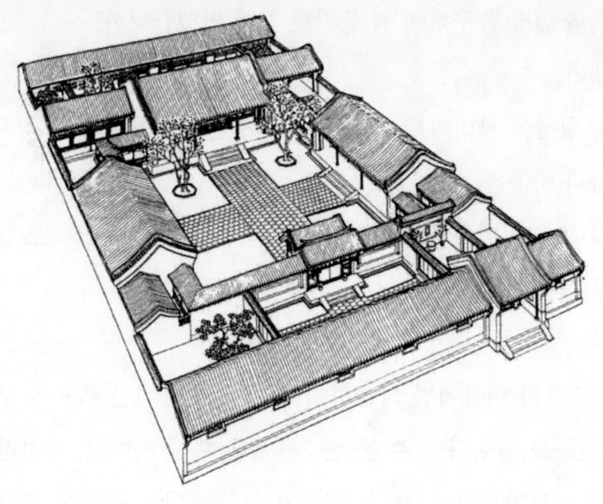
중국 전통 가옥 사합원의 구조

모퉁이의 물 내려가는 홈이 마치 암키와를 세워 놓은 것처럼 가파르다.

집 좌우와 뒷면은 군더더기 처마가 없고, 집의 높이만큼 벽돌로 담을 쌓아, 서까래 끝을 바로 파묻히게 한다. 동서 양쪽 담에는 각각 둥근 창을 내고, 남쪽으로 향하여 모두 문을 내며, 정중앙의 한 칸을 출입문으로 써서 반드시 앞뒤로 곧바로 마주 보게 한다. 집이 세 겹, 네 겹으로 되어 있으면 문은 여섯 겹, 여덟 겹이 되지만, 훤하게 열어 놓으면 내실 문에서 외실 문까지 하나로 보이게 관통하여 화살처럼 곧다. 이른바 겹겹의 문을 열어젖히게 하면서 신하들에게 내 마음이 이와 같이 곧고 환하게 뚫려 있다고 말한 송 태조의 말은 일직선으로 나 있는 문을 가지고서 자신의 정직함을 비유한 것이다.

길에서 역관으로 삼품 당상관인 동지同知[97] 이혜적李惠迪[98]을 만났다. 이군이 웃으며,

97 동지는 동지중추부사 혹은 직함이 없는 노인을 가리키는 용어이다.
98 이혜적은 아산 이씨로 좌윤左尹을 지냈다.

"궁벽한 변방 촌구석에 뭐 볼만한 것이 있겠습니까?"
하기에 내가,

"비록 황성에 가더라도 꼭 이보다 낫지만은 않을 걸요."
라고 답하니 이군은,

"그렇습니다. 비록 크기나 사치한 정도야 다르겠지만, 그 규모는 대부분 서로 같습니다."
라고 한다.

집은 오로지 벽돌에만 의존하여 짓는다. 벽돌이란 흙으로 구워 만든 벽돌을 말한다. 길이는 한 자, 폭은 다섯 치이고, 가지런히 포개면 네모반듯하고 두께는 두 치이다. 하나의 틀에서 찍어내지만, 벽돌귀가 떨어진 것, 모서리가 닳아빠진 것, 몸체가 휜 것 등은 꺼려서 사용하지 않는다. 벽돌 한 장이라도 꺼리는 벽돌을 사용했다간 집 전체를 망치게 된다. 그래서 한 틀에서 찍어 낸 벽돌이라도 들쭉날쭉할까 걱정이 되어 반드시 자로 재어 보고, 이상이 있는 놈은 자귀로 깎고 숫돌로 갈아 힘써 가지런하게 만드니 만 장의 벽돌이라도 모양이 일정하다.

벽돌을 쌓는 법은 한 번은 세로로 한 번은 가로로 배열하여, 마치 주역의 감괘坎卦(☵)와 이괘離卦(☲) 모양을 저절로 이루고, 그 사이 간격은 석회를 종이처럼 얇게 하여 겨우 붙을 정도로만 때워서 봉합한 흔적이 실처럼 얇다. 석회를 반죽할 때는 거친 모래를 섞지 않고 찰진 흙도 피한다. 모래가 너무 굵으면 붙지 않고 너무 찰져도 쉽게 갈라져, 반드시 검고 약간 기름기가 있는 흙을 취해서 같은 양의 회를 섞는데, 그 빛깔이 거무튀튀하여 금방 구워 낸 기와와 같다. 대개 그 성질이 너무 찰지거나 바스러지지 않음을 취하고, 그 빛깔과 바탕의 순수함을 취하려는 것이다.

또한 어저귀 줄기를 털처럼 잘게 썰어서 섞는데, 우리나라에서 흙손질 하는 미장이가 흙에 말똥을 함께 개는 것과 같아서 질기면서도 터지지 않게 하려는 것이다. 또 오동나무 기름을 타서 우유처럼 부드럽고 매끄럽게 하는데, 아교처럼 붙어서 갈라지지 않게 하려는 것이다.

기와를 이는 법은 더더욱 본받을 만하다. 기와의 모양은 통대나무를 네 쪽으로 쪼갠 것 중 하나와 같은데, 흡사 두 손바닥을 합한 것과 같은 정도의 크기이다. 민가에서는 원앙기와[99]를 사용하지 않으며, 서까래 위에 흙을 받기 위한 나무를 엮지 않고 여러 겹의 갈대자리를 곧바로 깔고 기와를 덮으며 자리에는 진흙을 깔지 않는다. 하나는 위를 보게 하고 하나는 엎어서 서로 암수가 되게 하며, 기와와 기와의 틈새는 석회 반죽으로 때운다. 물고기 비늘처럼 층계가 지고 아교처럼 붙어서 저절로 참새나 쥐가 뚫는 일이 없어지게 된다. 집은 위가 무겁고 아래가 허한 것을 가장 꺼린다.

우리나라의 기와 이는 법은 이와는 완전히 다르다. 지붕에 진흙을 두텁게 깔아 위가 무겁고, 담벼락은 벽돌을 쌓지 않아서 네 기둥이 의지할 수 없기 때문에 아래가 허하다. 기왓장은 너무 무거워 지나치게 굽었고, 그렇기 때문에 본래부터 빈 구멍이 많이 생겨 부득불 진흙으로 메우지 않을 수 없다. 진흙이 무겁게 내려누르기 때문에 진작부터 용마루가 휠까 걱정이 생긴다. 진흙이 한번 말라 버리면 기와의 바닥이 절로 뜨게 되어 비늘처럼 깔린 기와들이 뒤로 밀려나, 드디어 틈새가 벌어져 바람이 통하고 비가 새며, 새가 뚫고 쥐가 숨으며, 뱀이 똬리를 틀고 고양이가 뒤집는 근심을 막을 수 없게 된다.

99 원앙와鴛鴦瓦는 궁전·공해公廨·사관寺觀 및 공후公侯·부마駙馬의 집에 사용하고, 민가는 원와鴛瓦(수키와) 쓰는 것을 허용하지 않고 다만 앙와鴦瓦(암키와)를 엎거나 젖혀 놓아 사용하게 하였다.

요컨대, 집을 짓는 데는 벽돌을 쓰는 것이 가장 훌륭하다. 비단 경계를 높게 하여 담을 쌓을 수 있을 뿐 아니라 실내외를 모두 벽돌을 깔고 넓은 뜰을 모두 벽돌로 깔아서, 눈에 보이는 것이 반듯반듯 바둑판 줄을 그어 놓은 것 같다. 집이 벽에 기대어 위는 가볍고 아래는 완전하며, 기둥은 담장 속에 들어 있어 풍우를 겪지 않는다. 그리하여 불이 번질 것을 겁낼 것 없고, 좀도둑이 담을 뚫는 것을 겁낼 필요도 없다. 더군다나 참새, 쥐, 뱀, 고양이의 염려가 근절된다. 한번 정중앙의 문을 닫아걸면 절로 성벽의 보루가 되어 방 안의 물건들은 마치 궤짝 속에 감춰 둔 것과 같아진다. 이로써 볼진대, 허다하게 토목을 쓸 필요도 없고 야장장이와 미장이를 번거롭게 할 것도 없이, 벽돌 한번 구워 내면 집은 이미 다 완성된 셈이다.

바야흐로 봉황성을 신축하고 있는 중이다. 어떤 이는,

"여기가 안시성安市城이다. 고구려 방언에 큰 새를 일러 안시安市라고 하고, 지금도 속어에선 왕왕 봉황을 안시라고 훈을 새기고 사蛇를 백암白巖(배암, 뱀)이라고 훈을 새긴다. 수나라, 당나라 때 우리나라 말로 봉황성을 안시성이라 하고, 사성蛇城을 백암성白巖城이라 했다."

하는데, 그 말이 자못 이치에 맞는 것 같다.

또 세상에 전하는 이야기로, 안시성의 성주 양만춘楊萬春이 당나라 황제의 눈을 화살로 맞히자, 황제는 병사들을 성 아래에 집결시켜 군대의 위세를 빛내며 비단 100필을 하사하여, 그가 성주로서 성을 굳게 지켰다고 상으로 주었다고 한다.

삼연三淵 김창흡金昌翕[100]은 아우 노가재老稼齋 김창업金昌業[101]이 북경에 갈 때 지은 전별시에,

100 김창흡(1653~1722)은 조선 후기의 유학자로 본관은 안동이다. 자는 자익子益, 호는 삼연이다. 저서로 『삼연집』, 『심양일기』瀋陽日記 등이 있다. 인용된 시는 「송대유수백씨부연」送大有隨伯氏赴燕이란 제목의 50수 중의 일곱 번째 시이다.

101 김창업(1658~1721)은 조선 후기의 문인·화가로 본관은 안동이다. 자는 대유大有, 호는 가재稼齋 또는 노가재이다. 창집·창협·창흡 등 형들과 함께 학문을 익혔다. 1712년 연행 정사燕行正使인 창집昌集을 따라 북경에 다녀왔고, 그때 보고 들은 것을 모아 『가재연행록』稼齋燕行錄을 저술했다.

천추 역사에 대담했던 양만춘 장군
황제의 얼굴에 활을 쏘아 눈을 뽑았네.
千秋大膽楊萬春 箭射虯髯落眸子

라고 읊었고, 목은牧隱 이색李穡[102]은 「정관음」貞觀吟(정관은 당 태종의 연호)이란 시에서,

102 이색(1328~1396)은 고려 말의 문신 학자이다. 자는 영숙穎叔, 호는 목은이다. 저서에 『목은집』이 있다. 인용된 시는 「정관음유림관작」貞觀吟楡林關作이다.

독 안에 든 쥐인 줄 생각했더니
흰 화살에 검은 눈동자 빠질 줄 어찌 알았으랴.
爲是囊中一物爾 那知玄花落白羽

라고 읊었다. 시에서 현화玄花란 눈을 말하고, 백우白羽란 화살을 뜻한다. 두 분이 읊은 시는 응당 우리나라에서 흘러 전해 오는 옛이야기에서 나왔을 것이다.

당 태종이 천하의 군대를 동원하고도 탄환처럼 작은 봉황성을 마음대로 하지 못하고 허둥지둥 군사를 돌이켰다고 하는 사적은 의심할 만하다.

김부식金富軾[103]은 단지 그 사적에 이름이 빠진 것만을 애석하게 여겼을 뿐이다. 대개 김부식이 『삼국사기』를 만든 것은 단지 중국 역사서의 일부를 뽑아 베껴서 사실로 만든 것이며, 심지어 당나라 학자 유공권柳公權[104]의 소설까지 인용하여 황제가 포위되었던 사실을 입증했다. 그러나 『당서』唐書와 사마광司馬光의 『자치통감』資治通鑑에 모두 실리지 않은 사실에 대해서는 그것이 중국 측이 꺼려해서 그렇게 된 것인가 의심을 하면서도, 우리의 옛 소문은 감히 한 문장도 모두 싣지 않았다. 사실이 믿을 만한 것이

103 김부식(1075~1151)은 고려의 문신이다. 자는 입지立之, 호는 뇌천雷川이다. 『삼국사기』를 저술했다.

104 유공권(778~865)은 당나라 때의 서예가이며 문신 학자이다. 구양순과 안진경의 글씨체를 학습하여, 자신의 독특한 서체를 이루었다.

든 의심할 만한 것이든 간에 빼어 버렸던 것이다.

나는 말한다. 당 태종이 안시성에서 눈이 빠진 사실은 비록 고찰할 수 없다 하더라도, 대체로 여기를 안시성으로 보는 것은 틀렸다고 생각한다. 『당서』唐書를 살펴보면,

"안시성은 평양과의 거리가 500리이고, 봉황성은 또한 왕검성王儉城이라 부른다."

했고 『지지』地志에는,

"봉황성은 평양이라고도 부른다."

라고 했으니, 이는 무엇을 가지고 이름을 붙였는지 모르겠다.

또한 『지지』에,

"옛날 안시성은 개평현蓋平縣 동북쪽 70리에 있다."

했다.

개평현에서 동쪽으로 수암하秀巖河(岫岩)까지가 300리, 수암하에서 동쪽으로 200리가 봉황성이 되니, 만약 이를 가지고서 봉황성을 옛 평양이라고 한다면 『당서』에서 말한 500리와 서로 맞아떨어진다.

그러나 우리나라 선비들은 단지 지금의 평양만 평양인 줄 알고서, 기자箕子가 평양에 도읍했다고 말하면 이를 믿고, 평양에 정전법井田法이 있었다고 말하면 이를 믿고, 평양에 기자의 무덤이 있다고 말하면 이를 믿지만, 봉황성이 평양이라고 말하면 크게 놀라고, 요동에 다시 평양이 있다고 말한다면 해괴한 말을 한다고 꾸짖을 것이다.

다만 요동이 본시 조선의 옛 땅이고, 숙신肅愼, 예맥濊貊 등 동이東彝(彝는 夷와 통해서 쓴다)의 여러 나라들이 모두 위만조선衛滿朝鮮에 복속되었던 사실을 모르고, 또한 오랄烏剌,[105] 영고탑寧古

105 오랄은 중국 길림성 길림 북쪽 송화강 유역의 지명.

塔,[106] 후춘後春[107] 등의 땅이 본래 고구려 옛 영토인 줄도 모른다.

아! 후세에 땅의 경계를 상세하게 알지 못하고서 한사군漢四郡의 땅을 모두 함부로 압록강 안으로 한정해 사실을 억지로 끌어다 합치시키고 구구하게 배분하고는, 그 안에서 패수浿水가 어디인지 찾으려 하였다. 압록강을 패수라 말하기도 하고, 청천강淸川江을 패수라 말하기도 하며, 대동강을 가리켜 패수라 말하기도 한다.

이는 조선의 옛 영토를 전쟁도 하지 않고 줄어들게 만든 격이다. 이렇게 된 것은 무슨 까닭인가? 평양을 어느 한곳에 고정시켜 놓고 패수의 위치를 사정에 따라 앞으로 당기기도 하고 뒤로 물리기도 한 까닭이다. 나는 일찍부터 한사군 땅에는 비단 요동뿐 아니라 마땅히 여진女眞 땅도 들어간다고 생각했다. 무슨 근거로 그런 줄 아느냐고? 『한서』漢書 「지리지」地理志에는 현토, 낙랑군만 있고 진번, 임둔군은 보이지 않기 때문이다.

한나라 소제昭帝 시원始元[108] 5년(기원전 82)에 한사군漢四郡을 합하여 두 개의 부府로 만들고, 원봉元鳳 원년(기원전 80)에는 다시 두 개의 부를 두 개의 군郡으로 고쳤는데, 현토 3현縣에 고구려가 있었고 낙랑 25현에 조선이 있었고 요동 18현에 안시성이 있었다. 유독 진번은 장안과의 거리가 7천 리이고, 임둔은 장안과 6,100리이니, 세조 때의 학자 김륜金崙[109]이 말한 바, "우리 국경 안에서는 이들을 찾을 수 없고 아마도 지금의 영고탑 근처에 있었던 것 같다"라는 것이 옳은 말이다.

이로써 논해 본다면 진번, 임둔은 한나라 말년에 부여夫餘, 읍루挹婁, 옥저沃沮에 편입되었고, 부여는 다섯 부여로, 옥저는 네 개의 옥저로 되어, 물길勿吉, 말갈靺鞨, 발해渤海, 여진으로 차차

106 영고탑은 중국 흑룡강성 영안寧安의 옛 이름.
107 후춘은 중국 길림성 혼춘琿春의 옛 이름.
108 시원은 한나라 소제의 연호로, 기원전 86년에서 80년까지이다.
109 김륜은 경주 김씨로 자는 여앙汝仰이다. 조선 세조, 성종 때의 문신 학자로 춘추관, 예문관의 벼슬을 역임했다. 김륜의 이 발언은 『동사강목』, 『연려실기술』 등의 한사군 조목에 수록되어 있다.

110 무왕은 발해 제2대 왕으로(재위 719~737), 대조영의 아들로서 발해국의 기틀을 다진 왕이다. 일본 성무왕에게 보낸 국서는 『해동역사』 권52, 『청장관전서』 권54 등에 수록되어 있다.

111 영평부는 현재의 중국 하북성 무령현 옆의 노룡盧龍 지역을 말한다.

112 광녕현은 중국 요녕성 북진현北鎭縣에 있던 고을 이름.

변하였다.

발해 무왕武王[110]대무예大武藝가 일본 성무왕聖武王의 편지에 답한 국서를 살펴보면,

"고구려의 옛터를 회복하고 부여가 남긴 풍속을 가졌다."

라는 구절이 있다. 이것으로 미루어 한사군이란 것이 반은 요동에 있었고 반은 여진에 있어서, 우리나라 강역을 걸터앉아 둘러싸고 있었음을 더더욱 징험할 수 있다.

그러나 한나라 이래로 중국이 말하는 패수란 것이 그 위치가 정해지지도 않았고, 우리나라의 선비들도 지금의 평양만을 기준으로 삼아 떠들썩하게 패수의 흔적을 찾고 있다. 이는 다른 이유가 아니다. 중국인들은 요동의 왼쪽 물을 범칭하여 대체로 패수라 부르니, 이정里程이 합치되지 않고 사실이 많이 어긋나는 까닭은 진실로 여기서 연유한다.

그러므로 고조선과 고구려의 옛터를 알려고 한다면 먼저 여진 땅을 우리 국경 안으로 합치고, 그다음에 요동에서 패수를 찾아야 한다. 패수가 어디인지 정해진 뒤라야 강역이 분명해지고, 그런 뒤라야 고금의 사실들이 부합될 것이다.

그렇다면 봉황성은 과연 평양인가? 여기가 혹 기자, 위만, 고구려가 도읍한 곳이라고 한다면 하나의 평양이었다고 말할 수 있을 것이다. 『당서』 배구裴矩 열전에,

"고(구)려는 본래 고죽국孤竹國인데 주나라는 기자를 봉했고, 한나라는 3군으로 나누었다."

라고 했으니, 이른바 고죽국의 땅이란 지금 중국 영평부永平府[111]에 있다.

또 광녕현廣寧縣[112]에는 예전에 은나라 시절의 관을 쓴 소상

塑像이 있는 기자의 사당이 있었는데, 명나라 가정嘉靖[113] 때 병화兵火에 불타 버리고, 광녕 사람들은 이곳을 평양이라 부른다고 한다. 『금사』金史와 『문헌통고』文獻通考에는 모두 광녕, 영평永平은 기자가 봉해진 땅이라고 말하였다. 이로써 미루어 보면 영평부와 광녕현 사이가 하나의 평양이 될 것이다.

113 가정은 명나라 세종의 연호로, 1522년에서 1566년까지이다.

『요사』遼史에 발해 현덕부顯德府는 본시 조선 땅으로 기자가 봉해진 평양성인데, 요나라가 발해를 격파하고 이를 동경東京이라 고쳤다고 했으니, 바로 지금의 요양현遼陽縣이 이곳이다. 이로써 미루어 보면 요양현도 하나의 평양이었다.

내 생각은 이렇다. 기자가 처음에 영평과 광녕 사이에 살다가 뒷날 연燕나라 장수 진개秦開[114]에게 쫓겨나 땅 2천 리를 잃고 점차 동쪽으로 옮겨 갔으니, 마치 중국 진晉나라와 송나라가 흉노에게 밀려 남쪽으로 양자강을 건너간 것과 같다. 그래서 기자가 머물렀던 곳은 모두 평양이라고 일컬었으며, 지금 우리 대동강 가의 평양은 그중의 하나라고 여겨진다. 패수라는 이름도 이와 같을 것이다. 고구려의 영역이 늘어나기도 하고 줄어들기도 한 때가 있었다면 패수라는 이름도 그에 따라서 옮겨졌으니, 마치 중국 남북조시대 주군州郡의 명칭에 번갈아 옛 이름을 썼던 것과 같다.

114 진개는 전국시대 연나라 소왕 때의 명장으로, 심양 땅에 성을 처음 쌓은 사람이다.

그런데도 지금의 평양만 평양이라고 여기는 자들은 대동강을 가리켜 '이것이 패수이다'라고 하고, 평안도와 함경도 경계 사이의 산을 '이것이 개마대산蓋馬大山이다'라고 말한다. 요양을 평양이라고 여기는 자들은 헌우락수菴芋濼水(혼하)[115]를 가리켜 '이것이 패수이다'라고 말하고, 개평현의 산을 가리켜 '이것이 개마대산이다'라고 말한다. 비록 어느 주장이 옳은지는 모르겠으나, 지금 대동강을 패수로 여기는 자들은 자국의 땅을 줄어들게 만드

115 심양에 흐르는 혼하渾河를 헌우락수 혹은 아리강阿利江이라고 한다.

는 논자들임이 분명하다.

당나라 의봉儀鳳 2년(677)에 고구려 보장왕寶藏王 고장高臧을 요동주遼東州의 도독으로 삼고 조선 왕에 봉하여 요동으로 파견했다가, 이어서 안동安東 도호부를 신성新城으로 옮겨서 통치하였다. 이로써 본다면, 요동에 있던 고구려 땅을 비록 당나라가 점령하긴 했으나 차지할 수 없어 다시 고구려에게 돌려주었으니, 평양은 본래 요동에 있었는데 혹 다른 이름을 빌려 사용하기도 하여 패수와 함께 때때로 앞으로 갔다 뒤로 갔다 했을 뿐이다.

한나라가 요동에 두었던 낙랑군의 관청은 지금의 평양이 아니고 바로 요양의 평양이다. 고려 시대에 요동과 발해의 일대가 모두 거란에 들어가게 되어, 겨우 자비령[116]과 철령 두 고개에 금을 그어 국토라고 지키며 선춘령先春嶺과 압록강은 모두 팽개쳐 버리고 다시는 돌아보지도 않았으니, 하물며 그 너머의 땅인들 한 발자국이라도 돌아보기나 했겠는가?

116 자비령은 황해도 서흥군瑞興郡에 있는 고개 이름.

봉황성 동문의 옛 모습

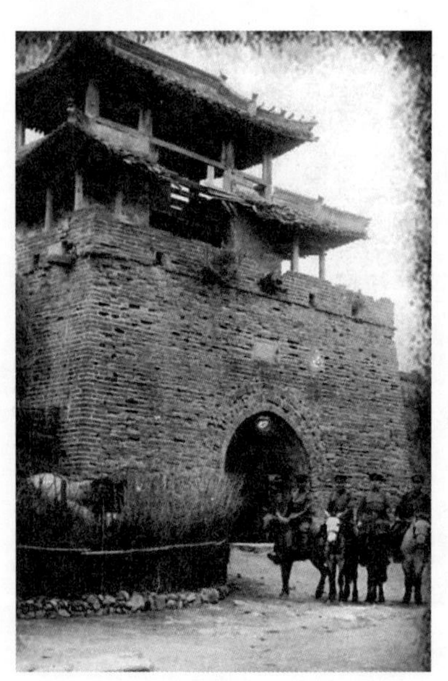

비록 반도 안에서 삼국을 합병했으나 그 강토와 무력은 고구려의 강대함에 결코 미치지 못했건만, 후세의 앞뒤가 꽉 막힌 학자들은 평양이라는 옛 이름만 마음으로 그리워하여 한갓 중국의 역사 기록에만 기대고 수나라, 당나라의 옛 자취에만 흥미를 느껴 '이곳이 패수이다, 이곳이 평양이다'라고 한다. 이미 실제 사실과 다르고 차이 나는 것을 이루 다 말할 수 없는 형편이니, 이곳이 안시성이 되는지 봉황성이 되는지 어찌 분변할 수 있겠는가?

봉황성 주위는 비록 3리에 불과하나 벽돌로

수십 겹을 쌓아 그 제도가 웅장하고 사치하며, 네 귀퉁이는 네모반듯하여 마치 말〔斗〕 됫박을 놓아둔 것 같다. 지금 겨우 반쯤 쌓은즉, 높이를 측량할 수는 없으나 문 위에 누각을 세우는 곳에 구름다리를 설치하고 기중기를 띄워 공사하고 있다. 그 작업이 비록 아주 거창해도 기계가 편리하여, 벽돌과 흙을 실어 나르는 것이 모두 기계가 작동하고 바퀴가 움직여 위에서 끌어올리기도 하고 저절로 밀고 가기도 하는 등 그 방법이 일정치 않다. 모든 것이 일은 절반이고 공은 두 배가 되는 기술이어서 배울 만하지 않은 것이 없다. 그러나 갈 길이 바빠서 두루 다 보기도 어렵고, 종일 꼼꼼하게 들여다본들 잠시 잠깐에 배울 수 있는 것도 아니어서 정말 안타깝기 짝이 없다.

1 2
3

중국의 전당포
1. 병기는 저당하지 않는다는 표지가 걸린 전당포의 외부
2. 전당포 내부의 모습
3. '當'이라는 글자가 새겨진 패

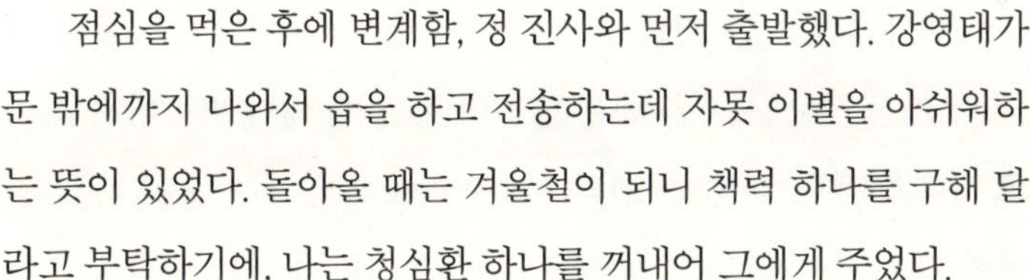

점심을 먹은 후에 변계함, 정 진사와 먼저 출발했다. 강영태가 문 밖에까지 나와서 읍을 하고 전송하는데 자못 이별을 아쉬워하는 뜻이 있었다. 돌아올 때는 겨울철이 되니 책력 하나를 구해 달라고 부탁하기에, 나는 청심환 하나를 꺼내어 그에게 주었다.

한 점포를 지나는데 한 면에는 황금빛으로 당當이란 글자가 써진 패가 걸렸고 그 곁에는 '유군기부당'惟軍器不當(군대 물건만큼은 저당을 잡지 않는다)이라는 다섯 글자가 쓰여 있는데, 이곳은 전당포다. 예쁘장한 소년 두세 명이 점포 안에서 뛰어나와 말을 가로막고 잠시 더위를 식히고 가라고 청한다.

드디어 서로 말에서 내려 따라 들어가니 건물이나 가구 배치가 강영태의 집보다 훨씬 뛰어났다. 마당 가운데 두 개의 큰 동이에는 몇 줄기의 연대를 심어 놓고 오색의 붕어를 키우고 있었다. 소년이 손바닥 크기의 비단 뜰채를 손에 들고 작은 항아리 곁으로 향하더니 몇 알의 붉은 벌레를 떠서 동이 안에 넣는다. 벌레 크기가 게의 알 크기 정도인데 모두 꼬물꼬물 움직인다. 소년이 다시 부채로 그 동이의 가장자리를 쳐서 소리를 내고 입으로 중얼중얼하며 물고기를 부르자, 물고기들이 모두 물 밖으로 머리를 내밀고 빠끔거리며 거품을 낸다.

정오가 되자 작열하는 태양이 내리쪼여 숨이 턱턱 막혀 오래 머물 수가 없었다. 그래서 정 진사와 함께 나와서 서로 앞서거니 뒤서거니 하며 갔다. 내가 정 진사에게,

"성을 쌓은 제도가 어떻던가?"

하고 물으니 정 진사는,

"벽돌이 돌보단 못하죠."

하기에 나는,

"자네가 모르는 것일세. 우리나라 성 쌓는 제도가 벽돌을 쓰지 않고 돌을 쓰는 것은 좋은 방책이 아닐세. 대저 벽돌이란 하나의 틀에서 찍어 낸즉 만 개의 벽돌이라도 모양이 같으니 다시 힘들여 갈고 쪼는 공을 들일 필요도 없고, 가마 하나를 구워 놓으면 수많은 벽돌을 가만히 앉아서 얻을 수 있으니 다시 인부를 모집해 벽돌을 옮길 수고를 할 필요가 없네. 크기가 균일하고 네모반듯하여 들이는 힘은 줄고 얻는 공은 배가 되니, 가볍게 옮기고 쉽게 쌓을 수 있는 것으로 벽돌만 한 것이 없네.

지금 저 돌을 산에서 쪼개어 내려면 몇 명의 석수장이를 마땅히 써야 할 것이며, 수레로 옮기려면 몇 명의 인부를 써야 하며,

이미 옮긴 뒤에도 또 몇 명의 장인바치들을 동원해서 쪼고 다듬을 것인가? 쪼고 다듬는 공력은 또다시 며칠이나 허비할 것이며, 쌓을 때도 돌 하나를 놓는 공력에 또 몇 명의 인부를 써야 하는가? 그리고 성을 쌓자면 벼랑을 깎아서 돌을 입히게 되니, 이야말로 흙의 살에 돌의 옷을 입히는 꼴이네.

돌로 쌓은 성은 겉보기에는 험준하고 반듯해 보이지만 속으로는 실상 위태위태하네. 돌이 들쭉날쭉 가지런하지 않으니 항상 작은 돌로 끝자락을 괴게 되고, 벼랑과 성 사이의 틈은 부스러기 자갈돌을 채워 넣고 진흙을 섞게 되니, 장마라도 한번 지나가면 속의 돌이나 진흙이 쓸려 나와 내장은 텅 비고 성벽은 배가 볼록해져, 돌 하나라도 성글어 빠지게 되면 모든 돌이 다투어 와르르 무너질 것이니, 이는 너무도 쉽게 볼 수 있는 상황이네. 게다가 석회의 성질이란 벽돌에는 잘 붙지만 돌에는 능히 붙을 수가 없네.

내가 언젠가 차수次修 박제가朴齊家[117]와 성의 제도에 대해 논하고 있었는데 어떤 자가,

'벽돌의 견고하고 굳셈이 어찌 능히 돌을 감당할 수 있으리오?'

하니 차수가 버럭 소리를 지르며,

'벽돌이 돌보다 낫다고 하는 말이 어찌 벽돌 한 개와 돌 한 개만을 비교해서 말하는 것이겠느냐?'

하였는데, 이 말이야말로 촌철살인의 논의였네.

요컨대 석회는 돌에 잘 붙지 않으니 석회를 많이 사용하면 할수록 더욱 터지고 갈라져 돌을 밀어내고 들떠 일어나게 되기 때문에 돌은 항상 저 혼자 떨어져 있고 석회에는 흙만 붙어 굳어 버릴 뿐이네. 벽돌을 회로 붙이면 마치 아교풀로 나무를 접합하고

117 박제가(1750~1805)는 조선 후기 북학파 실학자로 본관은 밀양이다. 자는 차수·재선在先·수기修其, 호는 초정楚亭·정유貞蕤·위항도인葦杭道人이다. 1778년에는 사은사 채제공을 따라 이덕무와 함께 청나라에 가서 이조원·반정균 등 청나라 학자들과 교유하고, 1790년 5월 건륭제의 팔순절에 정사 황인점을 따라 두 번째 연행길을 떠났다. 저서로 『초정집』과 『북학의』北學議가 있다.

붕사硼沙(접착제)로 쇳덩이를 이어 놓은 것 같아서, 만 개의 벽돌이 엉겨 붙어 아교처럼 하나의 성을 이루게 된다네.

그러므로 벽돌 하나의 견고함은 진실로 돌만 같지 못하지만 돌 하나의 견고함은 또한 만 개의 벽돌이 아교처럼 붙은 것에는 따라갈 수 없는 걸세. 이것이 벽돌과 돌의 이롭고 해로움과 편리함을 쉽게 분변할 수 있는 까닭이네."

라고 하였다.

정 진사는 말 위에 구부정하게 앉아서 금방이라도 꼬꾸라질 것 같은데, 졸고 있은 지 이미 오래되었다. 내가 부채로 정 진사의 옆구리를 찌르며,

"어른이 말씀하시는데 어찌하여 듣지 않고 졸고 있는 게요."

라며 크게 야단을 쳤더니 정 진사는 웃으며,

"제가 이미 죄다 들었습지요. 벽돌은 돌만 못하고, 돌은 잠자는 것만 못합니다."

라고 한다. 내가 골이 나서 때려 주려고 하다가 서로 껄껄 웃고 말았다.

대자

냇가에 이르러 버드나무 그늘에서 더위를 식혔다. 냇물을 다섯 번 건넜고 5리 간격으로 대자臺子(약간 높이 쌓은 축대)가 하나씩 있었는데, 이른바 두대자頭臺子, 이대자二臺子, 삼대자三臺子 등은 모두 봉수대의 보루이다. 벽돌을 성처럼 쌓아, 높이는 대여섯 길이다. 아주 동그란 모양이 필통 같으며 위에는 성가퀴(성 위에 낮게 쌓은 담)를 시설해 놓았다. 허물어지고 파괴된 곳이 많은데도 수리를 하지 않음은 무슨

까닭일까?

길가에는 더러 시신을 넣은 관을 돌로 포개어 눌러놓은 것이 있는데, 해가 오래되고 밖에 방치해서 목재 끝이 썩어 문드러졌다. 대개 뼈가 마르기를 기다렸다가 들어서 태운다고 한다. 연도에는 무덤이 많은데 봉분이 높고 뾰족하며 떼를 입히지 않았고, 백양나무가 길을 따라 반듯하게 많이 배열되어 있다.

길에는 걸어 다니는 사람들이 아주 적은데, 걷는 자는 반드시 보퉁이(침구를 보퉁이라고 한다—원주)를 어깨에 메었다. 이불 보퉁이가 없는 자는 점방에서 머무는 것을 허락하지 않으니, 그가 혹 간사한 도둑이 아닌가 의심해서이다. 안경을 끼고 가는 자는 시력이 안 좋은 사람이다. 말을 탄 사람은 모두 검은 비단신을 신었고, 걸어가는 사람은 모두 푸른 베 신발을 신었는데 신발 바닥에는 모두 베를 수십 겹으로 깔았으며, 미투리나 짚신은 전혀 보이지 않았다.

송점松店에서 숙박했다. 일명 설리점雪裡店 혹은 설류점薛劉店[118]이라 부르기도 한다. 이날 70리를 갔다. 혹자는 이곳이 옛날 진동보鎭東堡라고 한다.

설례참

118 설류점이라 한 까닭은 당 태종이 요遼를 정벌할 때에 장수 설인귀薛仁貴와 유인원劉仁願이 여기서 용병을 했기 때문에 붙은 이름이라고 한다. 명나라 때는 진동보참이라 불렀으며, 몇 백 년 된 소나무가 있었기 때문에 송점이라고 불렀다고 한다. 지금은 '설례참'이라 부른다.

미투리 삼이나 노 등으로 짚신처럼 만든 신

6월 29일 병자일

날이 맑았다.

배로 삼가하三家河를 건넜다. 말구유처럼 생긴 배는 통나무를 파서 만들었는데, 노도 삿대도 없이 양쪽 언덕에 아Y자 모양의 나무를 박고 큰 동아줄을 강물을 가로질러 묶어 줄을 당기면 배가 저절로 왔다 갔다 하게 되어 있다. 말들은 헤엄쳐서 건너가게 했다. 또 배로 유가하劉家河를 건너 황가장黃家莊에서 점심을 했다. 대낮에는 너무 뜨거웠다. 말을 탄 채 금가하金家河를 건넜는데 여기가 소위 팔도하八渡河란 곳이다. 임가대林家臺, 범가대范家臺, 대방신大方身, 소방신小方身 등이 5리, 10리 사이에 있고, 촌마을들이 이어졌다. 뽕나무밭과 삼밭이 우거지고 올기장이 한창 누렇게 익었다. 수수가 이삭이 패었는데, 그 잎을 모두 베어서 제거하였으니 잎을 말과 노

유가하

새의 먹이로 쓰기도 하고 또 잎이 없는 수숫대가 땅기운을 온전히 받게 만들어서 키우려는 까닭이다.

도처에 관운장의 사당이 있으며, 몇 집만 모여도 반드시 큰 가마가 한 채씩 있어서 벽돌을 구웠다. 틀에서 찍어 내 볕에 말리고, 새로 구운 것과 전에 구운 것을 곳곳에 산더미처럼 쌓아 놓았다. 대개 벽돌이 일용 물건 중에서 가장 긴요한 것이어서 그렇다.

전당포에서 잠시 쉬는데 주인이 중간 대청으로 인도하여 뜨거운 차를 한 주발씩 권한다. 진열된 가재도구가 특이한 게 많고, 설치된 시렁은 들보와 나란하며, 저당 잡힌 물건은 단정하게 두었는데 모두 옷가지였다. 보퉁이로 싸고 물건 주인의 성명, 별호, 물건의 특징, 주소 등을 적은 쪽지를 붙여 놓고, 다시 '모년 모월 모일에 아무개가 어떤 물건을 무슨 상호의 전당포에 직접 가지고 와서 건네주었다'라고 적혀 있다. 이자는 10분의 2를 넘지 않고, 기한을 넘기고 한 달이 지나면 물건을 팔아서 처분할 수 있다. 전당포 주련에는 금빛 글씨로,

> 『서경』 홍범구주洪範九疇[119]에는 부富를 먼저 말했고,
> 『대학』 10장도 절반은 재물을 논하였다.
> 洪範九疇先言富 大學十章半論財

라고 적혀 있다. 수숫대로 교묘하게 누각처럼 만들어 그 안에 풀벌레 한 마리를 넣어서 우는 소리를 들으며, 처마 끝에는 아로새긴 조롱을 매달고 특이한 새 한 마리를 길렀다.

이날 50리를 가서 통원보通遠堡에서 숙박했으니, 여기가 곧 진이보鎭夷堡이다.

119 홍범구주는 『서경』의 「홍범」에 기록되어 있는, 우禹임금이 정한 정치 도덕의 아홉 가지 원칙을 말한다. 아홉 번째가 오복五福인데 오복의 첫째는 수壽, 둘째는 부富라고 하였다.

7월 초1일 정축일

새벽에 큰비가 내려 머물렀다.

만주족 여자

정 진사, 주 주부周主簿, 변군, 박래원, 주부 조학동趙學東(상방 비장의 건량판사乾糧判事) 등과 시간도 보낼 겸 술값도 보탤 겸 해서 투전판을 벌였다. 모두들 내 솜씨가 서툴다고 판에 끼워 주지 않고, 가만히 앉아 술이나 먹으라고 한다. 이른바 언문 속담에 "굿이나 보고 떡이나 먹지"라는 격이어서 더욱 분통이 터지고 원망스러웠지만 어찌할 수도 없었다. 누가 따고 잃는지 승패나 구경하고 술은 내가 먼저 마실 수 있으니 해롭지 않은 일이다.

그때 벽 사이로 부인의 말소리가 들려왔다. 간드러지고 애교 있는 소리가 제비와 꾀꼬리가 우는 것 같아 주인집 아낙이 필시 절세가인이라는 생각이 들었다. 나는 일부러 담뱃대에 불붙이러 간다고 핑계를 대고 부엌에 들어가니,[120] 나이 오십 이

120 박영철본에는 "집안 구경이나 두루 하게 되자"라고 되어 있다.

상 되어 보이는 한 부인이 창 앞의 걸상에 앉았는데, 얼굴이 아주 험상궂고 못생겼다.

나를 보고는,

"아주버님, 복 많이 받으세요."

하기에 나도,

"덕분에요. 주인께서도 홍복을 누리세요."

라고 대답했다.

나는 일부러 오랫동안 재를 뒤적거리면서 부인을 곁눈으로 흘깃흘깃 훔쳐보았다.[121]

121 박영철본에는 "나는 일부러 느릿느릿 행동하면서 부인의 복식 제도를 구경하였다"라고 되어 있다.

묶은 머리에는 온통 꽃을 꽂았고, 금팔찌와 옥귀걸이에 붉은 분까지 얇게 발랐다. 몸에는 흑색의 긴 옷을 걸쳤는데 옷에는 은 단추를 빼곡하게 달았고, 발에는 화초와 벌과 나비를 수놓은 신발을 신었다. 대개 만주 여성은 발을 작게 하기 위해 피륙으로 발을 감지도 않고, 전족纏足을 하는 궁혜弓鞋를 신지 않는다.

궁혜

주렴 속에서 한 처녀가 나오는데 나이나 얼굴 생김이 스무 살 이상쯤 되어 보였다. 가운데를 갈라서 위로 틀어 올린 묶은 머리 모양을 보아 처녀로 짐작된다. 생김새가 역시 우악스럽고 사나워 보이지만 살결만은 희고 깨끗하다. 쇠로 된 양푼을 가지고 나와 녹색 자배기를 기울여 수수밥을 한가득 퍼 담고, 물 한 주발을 가득 담아 냄비에 말아서는, 서쪽 벽 아래에 있는 접이의자에 앉아 젓가락으로 밥을 들이마시듯 부어 넣는다. 한편으론 길쭉한 잎이 달린 파뿌리를 장에 찍어서 밥과 번갈아 먹는데, 목덜미에는 계란만 한 큰 혹이 달려 있다. 밥을 먹고 차를 마시는데 조금도 수줍어하는 기색이 없다. 대개 여러 해 동안 우리나라 사람을 보아 와서, 대수롭지 않기도 하고 친숙하기 때문일 것이다.

뜰은 넓어 수백 칸이나 되었는데, 오랜 비에 진창이 되었다. 바둑돌 또는 참새 알 크기의 물에 닳은 냇가의 돌이란 본래 무용한 물건이지만, 그 모양이나 색깔이 서로 비슷한 놈을 골라서 문 앞에 이리저리 깔아서 날아가는 봉황 모양으로 만들어 진창이 되는 것을 막았으니, 이로 미루어 그들에게는 버리는 물건이 없음을 알겠다.

무모계

닭은 깃털을 모두 뽑아 버려 마치 하나같이 족집게로 뽑은 것 같은데, 왕왕 고깃덩이 살만 남은 닭이 뒤뚱거리며 다니는 것 같아서 차마 눈뜨고 볼 수가 없었다. (닭은 꼬리털을 모두 뽑아 버렸고, 양날개 사이의 솜털은 하나도 남김없이 족집게로 뽑아 버려서, 왕왕 고깃덩이 살만 남은 닭이 뒤뚱거리고 다닌다. 이는 닭을 빨리 자라게 하고 또 이가 생기는 것을 막기 위한 까닭이다. 여름이면 검은 이가 생겨 꼬리와 날개에 붙어 반드시 콧병이 생기고, 입으로는 고름을 토하고 목에서는 가래 소리가 나는데, 이를 닭의 전염병이라 한다. 그래서 깃털을 미리 뽑아 서늘한 기운이 통하도록 하기 위한 것이다. 그 추악한 모습을 차마 눈뜨고 볼 수 없다.)[122]

122 괄호 안의 내용은 『열하일기』 사본 중 하나인 '일재본'一齋本과 역자 소장본인 '법고창신재장'法古創新齋藏본에 수록된 것이다. 『행계잡록』杏溪雜錄에 수록된 「도강록」편에는 이 부분이 지워져 있다.

7월 초2일 무인일

새벽녘에 큰비가 내리다가 늦게 개었다.

앞의 시냇물이 크게 불어 건너갈 수 없어서, 마침내 출발하지 못하고 머물렀다. 정사가 박래원과 주 주부에게 앞으로 나가서 물길이 어느 정도 되는지 살피고 오라 하기에 나도 따라나섰다. 채 몇 리도 안 갔는데 큰물이 앞을 막아서 그 끝이 보이지 않았다. 헤엄 잘 치는 사람을 보내 물에 들어가 그 깊이를 재어 보았더니 열 발자국도 들어가기 전에 벌써 어깨까지 잠긴다.

돌아와 물의 사정을 보고하니, 정사는 걱정하면서 역관과 각 방 비장을 모두 불러 모아 각기 물을 건널 계책을 아뢰게 했다. 부사와 서장관도 참석했는데 부사가,

통원보

"문짝과 수레를 많이 세내어 뗏목을 만들어서 건너면 어떻겠는지요?"

라고 하니 주 주부가 나서서,

"참으로 묘안입니다."

라고 한다. 수역관이,

"문짝이나 수레를 그렇게 많이 구하기는 어려울 겁니다. 이 근처에 집 지으려고 쌓아 놓은 목재가 10여 칸의 분량이 있으니 그것을 빌리면 좋겠는데, 그걸 동여맬 칡넝쿨을 구하기가 어려워서 걱정입니다."

하여 이러저러한 의견이 분분하였다. 내가,

"무어, 뗏목까지 엮을 필요가 있겠소이까? 내게 한두 척의 배가 있고, 게다가 노와 상앗대까지 모두 구비되어 있는데, 다만 한 가지가 부족합니다."

하니 주 주부가,

"부족한 것이 무엇입니까?"

라고 묻기에 나는,

"사공을 도와줄 조수가 없는 게 흠입니다."

라고 한즉, 모두들 크게 웃고 말았다.

집주인 되는 사람은 거칠고 어리석어 목불식정目不識丁의 무식한 인물이지만, 책상 위에는 명나라 학자 승암升菴 양신楊愼[123]의 문집과 명나라 서위徐渭[124]가 지은 『사성원』四聲猿이란 소설책이 있다. 길이가 한 자쯤 되는 쪽빛의 도자기 병에는 조남성趙南星(명나라 관료)이 만든 철여의鐵如意가 비스듬하게 꽂혀 있고, 강소성江蘇省 운간雲間 송강현 지방의 호문명胡文明[125]이 만든, 섣달 눈 녹은 물빛을 한 작은 향로가 있었다. 의자, 탁자, 병풍 같은 가구류가 모두 우아한 운치가 있어서 궁벽한 변방의 촌티가 전혀 나지

123 양신(1488~1559)은 자가 용수用修, 호는 승암이다. 박학다식하고 많은 시문과 저술을 남겼다. 저서로 『승암전집』이 있다.

124 서위(1521~1593)는 명나라 문인이다. 자는 문청文淸 혹은 문장文長, 호는 천지天池이다. 만년에는 청등靑藤 혹은 제생諸生이란 호를 썼다. 『서문장집』과 『남사서록』南詞敍錄이란 저술이 있다. 작품 『사성원』은 네 개의 잡극을 모은 것이다.

125 호문명은 명나라 때의 인물로 공예 기술이 뛰어나서 당시에 골동품을 많이 만들었고, 그 공예품에는 운간호문명제雲間胡文明製라는 표지가 기록되어 있다.

호문명의 향로

않았다.

내가 그에게,

"당신 집안의 살림살이가 좀 넉넉한 편이오?"

라고 물으니 집주인은,

"한 해를 부지런히 고생해도 기한飢寒을 면하지 못한답니다. 그나마 귀국의 사신 행차라도 없다면 도무지 살 길이 막막합지요."

라고 답한다.

"자식은 몇이나 두었소?"

"도적년[126] 하나가 있는데 아직 사위를 못 보았답니다."

"아니, 도적년이라니?"

"도둑놈도 딸 다섯 둔 집에는 들어가지 않는다고 하는데, 어찌 딸년이란 게 재산을 갉아먹는 좀도적이 아니겠습니까?"

오후에 문을 나와 한가하게 걸으며 머리를 식히고 있는데 수수밭 속에서 난데없이 조총 소리가 한 방 났다. 주인이 황망히 문을 나와 보니 수수밭에서 한 남자가 튀어나왔다. 한 손에는 총을 쥐고 한 손에는 돼지 뒷다리를 끌면서 나와서는 점방 주인을 사납게 노려보다가 화를 내며,

"무슨 까닭으로 이놈의 짐승을 풀어놓아 남의 밭에 들어가게 하는 거야?"

해도, 주인은 황송하고 부끄러운 얼굴로 공손히 사과하기를 마지않았다. 그자는 피가 뚝뚝 떨어지는 돼지를 질질 끌고 가 버렸다. 점방 주인은 우두망찰 섰다가 거듭 탄식만 한다. 내가,

"그자가 잡은 돼지는 누가 기르던 거요?"

라고 물으니 점방 주인은,

"저희 집에서 기르던 돼지입니다."

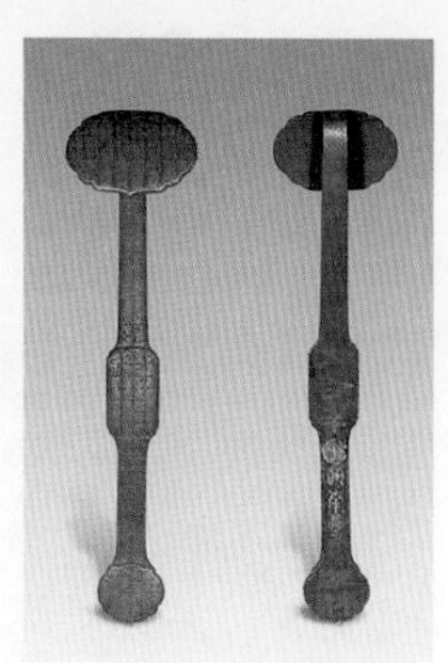

조남성의 철여의

126 『고금석림』古今釋林에 의하면 한족漢族은 딸을 '강도'强盜라고 하는데, 아버지의 재산을 훔쳐서 서방에게 가져다주기 때문이라고 한다.

한다. 나는,

"비록 돼지가 남의 밭에 들어갔다 하더라도 수숫대 하나도 다치지 않았는데, 어찌 함부로 남의 가축을 죽인단 말이오? 당신들은 응당 돼지 값을 따로 물리겠지?"

라고 물으니 점방 주인은,

"어찌 감히 물릴 수 있겠습니까? 돼지우리 단속을 못한 건 제 잘못인데요."

한다.

아마도 강희제康熙帝는 농사짓는 것을 매우 중요하게 여겼던 것 같다. 그 법제에, 소와 말이 남의 곡식을 밟으면 값을 두 배로 징수하고, 고의로 남의 밭에 방목한 자는 곤장 60대를 친다. 양과 돼지가 남의 밭에 들어가면 밭 임자가 현장에서 잡아도 양과 돼지의 임자는 감히 주인이라고 아는 체할 수 없다. 다만 수레 다니는 길을 막을 수는 없으므로, 길이 진흙탕으로 막히면 수레가 밭 가운데로 가기 때문에 밭 임자는 항상 길을 잘 닦아서 자신의 밭을 보호한다고 한다.

마을 어귀에 벽돌 가마가 두 개 있었다. 하나는 굽기를 다 마쳤는지 아궁이 문에 진흙을 바르고 물 수십 통을 길어다 가마의 꼭대기에 연달아 붓는다. 가마 꼭대기는 거의 구덩이 같아서 물을 부어도 넘치지 않는다. 가마 몸통이 한창 달궈져 있어 물을 먹으면 즉시 말라 버려, 물을 부어서 타지 않게 살피려는 것 같다. 다른 하나는 먼저 구워서 가마가 이미 식었는지 벽돌을 막 끄집어내고 있었다. 대체로 가마를 만든 제도가 우리나라와는 판이하게 달라서, 우리의 가마 제도가 잘못된 점을 먼저 이야기한다면 가마 제도를 쉽게 이해할 수 있을 것이다.

벽돌 가마 『천공개물』 초간본 삽도

우리나라의 가마는 곧게 일자로 누운 아궁이와 같아서 옳은 제도의 가마가 아니다. 애초에 가마를 만들 때 벽돌이 없으므로 나무를 받치고 진흙으로 쌓아 큰 소나무 장작을 태워서 가마를 굳힌다. 장작을 태워 굳히는 비용이 먼저 엄청나게 많이 든다. 가마는 길기만 하고 높지 않기 때문에 불기운이 위로 올라가지 못한다. 불기운이 위로 가지 못하기 때문에 화기에 힘이 없고, 화기에 힘이 없기 때문에 소나무 장작을 때서 불길을 사납게 한다. 소나무를 때서 불길을 사납게 만들기 때문에 불의 상태가 고르지 않고, 불의 상태가 고르지 않기 때문에 불길 근처의 기와는 항상 움푹하게 파이거나 이지러지기 쉽고, 불에서 먼 놈은 기와가 익지 않을까 걱정한다.

사기그릇을 굽든 옹기를 굽든 막론하고 질그릇을 굽는 집의 가마가 모두 이 모양이고, 소나무 장작을 때는 법도 마찬가지이다. 소나무 송진의 불길은 다른 땔나무보다 더 세다. 소나무란 한 번 자르면 다시 움이 트는 나무가 아니어서 소나무 산은 한번 옹기장이를 만나면 사방의 산이 모두 민둥산이 되어 깨끗해진다. 백 년을 길러 하루아침에 다 소진시키고는 다시 새처럼 이리저리 흩어져 소나무를 찾아 떠난다. 이는 가마 하나를 만드는 법이 잘못되면서 나라 안의 좋은 목재가 날마다 소진되고, 옹기장이 역시 날로 곤궁해지는 것이다.

지금 여기 중국의 가마를 살펴보면, 벽돌로 쌓고 회로 봉하여 처음부터 가마를 구워서 굳히는 비용이 들지 않으며, 크기와 높이를 마음대로 만들 수 있다. 모양은 종을 엎어 놓은 것 같고, 가마 도가니의 꼭대기는 연못처럼 만들어 몇 말의 물도 들어가게 하고, 옆에는 연기 빠지는 문을 네댓 개 뚫어서 불길이 위로 잘 오르게 한다. 가마 속에 벽돌을 서로 기대어 놓아서 불이 지나가는 길을 만든다. 여기서 그 묘리妙理는 모두 벽돌 쌓는 데 있다. 내 손으로 하라고 해도 능히 만들 수 있을 정도로 대단히 쉽겠건만, 입으로 형용하기는 참으로 어렵기 짝이 없다.

정사가,

"벽돌 쌓은 모양이 품品이라는 글자를 닮았던가?"

하고 묻기에 내가,

"그런 것 같기는 한데, 꼭 그런 건 아닙니다."

라고 말했다. 변 주부가,

"그 쌓은 모양이 책갑冊匣을 포개 놓은 것을 닮았습디까?"

하기에 나는,

"그런 것 같기는 해도, 꼭 그렇다고는 할 수 없네."

라고 답했다.

벽돌을 평평하게 놓지 않고 모두 모로 세워 십여 줄을 마치 방고래처럼 만들고, 다시 그 위에 엇비스듬하게 타고 오르게 배열하고 세워서 차례차례 쌓아 가마 천장에까지 이르게 한다. 그렇게 되면 큰 노루의 눈처럼 그 구멍이 자연스럽게 소통되어 화기가 위로 도달하여 서로 목과 목구멍이 되어 마치 빨아당기듯 불길을 빨아서 만 개의 불 목구멍이 번갈아 삼켜 화기가 항상 맹렬하게 된다. 수숫짚이나 기장대로도 불길을 균일하게 하고 열을 고르게 할 수 있어 뒤틀려 뒤집어지거나 갈라져 터질 염려가 저절로 없게 된다.

지금 우리나라 도공들은 가마 제도를 먼저 따지지 않고 처음부터 큰 소나무 숲이 아니면 가마를 설치할 수 없다고 여긴다. 질그릇을 굽는 것은 금할 수 있는 일이 아니고 소나무는 한정이 있는 물건이라면 먼저 가마 제도를 바꾸어서 양쪽이 모두 이롭게 하는 것이 가장 좋을 것이다. 오성鰲城 이항복李恒福[127]과 노가재 김창업이 모두 벽돌의 이로움을 설명하면서도 가마의 제도에 대해서는 상세히 말하지 않았으니 매우 안타까운 일이다.

127 이항복(1556~1618)의 자는 자상子常, 호는 백사白沙이다. 뒤에 오성부원군에 봉해졌으므로, 오성 이항복으로 불렸다. 저서에 『백사집』과 『북천일록』北遷日錄이 있다.

어떤 사람은 "수숫단 300줌이면 한 가마의 땔감이 되어 벽돌 8천여 개를 얻을 수 있다"라고 말하니, 수숫단은 길이가 한 길 반쯤 되고 굵기는 엄지손가락만 하여 한 줌이라고 해야 겨우 수숫대 네댓 자루일 뿐이다. 그렇다면 수숫단을 땔나무로 했을 때 불과 천여 개의 수숫대로 만 개 가까운 벽돌을 얻을 수 있다는 계산이다.

하루해가 길어서 한 해를 보낸 것 같고, 저녁으로 갈수록 더더욱 더워서 어지럽고 잠이 와 견딜 수가 없었다. 옆방에서 막 노

투전 17세기 조선, 김득신의 〈밀희투전〉密戲鬪錢

름을 하려고 모여 왁자지껄하기에 나도 얼씨구나 하고 자리에 끼어들어 연거푸 다섯 차례나 이겨 돈 100여 푼을 땄다. 술을 사다 실컷 마시니 가히 어제의 분풀이가 될 만하여,

"이래도 승복하지 못한단 말이오?"

하니 조 주부와 변 주부가,

"요행으로 이긴 게지요."

말하기에 서로 함께 크게 웃고 말았다. 변군과 박래원이 분을 참지 못하고 다시 한 판 붙자고 조르기에 나는,

"옛말에, '뜻대로 성취된 곳에는 두 번 가지 말고, 만족할 줄 알면 위태롭지 않다'[128]고 하지 않던가?"

하고 사양했다.

128 『주자가훈』朱子家訓과 『도덕경』道德經에 나오는 말이다.

7월 초3일 기묘일

새벽에 큰비가 오고 아침과 낮에는 쾌청했다.
밤에 또 큰비가 내리더니 새벽까지 와서 또 머물렀다.

아침에 일어나 창문을 여니 오랫동안 오던 비가 활짝 개고, 해 뜰 무렵에는 화창한 바람이 때때로 불어오고 햇볕이 청명한 것으로 보아 대낮에는 무척 더울 것 같다. 석류꽃이 땅에 가득 떨어지고 문드러져서 붉은 진흙탕이 되었다. 수구화는 이슬에 젖고

신행 행차 모습

옥잠화는 눈에서 뽑은 듯 깨끗하다.

문 앞에서 퉁소, 피리, 징 소리가 나기에 급히 나가 살펴보니 신행을 가는 행차였다. 앞에는 청사초롱이 여섯 쌍, 푸른 일산日傘과 붉은 일산이 각각 한 쌍, 퉁소 한 쌍, 피리 한 쌍, 날라리 두 쌍, 징이 여러 개 달린 악기[129] 한 쌍이 서고, 중앙에는 네 명이 가마를 메었는데, 푸른 지붕의 가마는 사방에 유리를 붙여 창을 내고 네 모서리에는 채색 실로 술을 만들어 늘어뜨렸다. 가마의 정면 허리 부분에 가마채[130]를 대어 푸른 실로 된 큰 끈을 가로로 묶고 가마채 앞뒤로 다시 짧은 방망이가 중앙을 관통하게 묶었으며, 앞뒤 끝에서 가마를 멘 네 명의 발 여덟 개가 하나의 보폭으로 걸어가서 가마가 움직이지도 흔들리지도 않고 허공에 매달려 가는데 그 방법이 아주 묘했다.

129 징이 여러 개 달린 악기를 첩정疊鉦이라고 한다. 중국에서 말하는 운라雲鑼를 말하는 것으로 보인다. 본서 159쪽 첩정 도판 참조.

130 가마채는 가마 밑 양편에 앞뒤로 나오게 세로로 지르는 기다란 나무를 말한다.

남녀의 혼인 예복

가마 뒤에는 수레 두 대가 있는데 모두 검은 베로 방을 꾸미고 노새 한 마리가 끌고 간다. 한 수레에는 노파 둘이 함께 탔는데 얼굴이 하나같이 늙고 추하게 생겼지만 그래도 붉은 분칠은 하고 있으며, 정수리의 머리칼은 모두 빠져 번들번들 민둥머리가 마치 바가지를 엎어 놓은 것 같았다. 한 마디쯤 위로 치솟은 쪽머리에는 빈틈이 없을 정도로 꽃을 꽂아 늘어뜨렸으며, 두 귀에는 옥귀걸이를 달고 검은 상의에 누런 치마를 입었다.

또 한 수레에는 젊은 아낙 세 명이 함께 탔는데, 붉은 바지와 푸른 바지를 입고 모두 치마는 입지 않았는데, 그중의 한 젊은 여자는 자못 자색이 있었다. 아마도 늙은이들은 수모手母(화장을 맡은 노파)이거나 젖어미이고, 젊은 아낙들은 몸종일 것이다.

말을 탄 사람 30여 명이 퉁퉁하게 살이 찌고 거칠게 생긴 사람을 빽빽하게 둘러싸고 가는데, 그의 입과 턱 옆에는 검은 수염이 숭숭 났다. 몸에는 구조망포九爪蟒袍[131]를 임시로 걸쳤는데, 금빛 안장을 한 백마에 은등자(은빛 발걸이)를 지그시 밟고서 만면에 웃음을 가득 띠고 있었다. 뒤따라 오는 수레 세 대에는 옷상자를 잔뜩 실었다.

나는 점방 주인에게,

"이 마을에도 과거 공부를 하는 사람이나 글방 선생이 있소?"

하고 물으니 점방 주인은,

"마을이 궁벽지고 오가는 사람도 적은데 무슨 글방 선생이 있겠습니까마는, 작년 가을 어름에 우연히 한 생원이 세관원을 따라 북경에서 오는 도중에 더위를 먹고 이질에 걸려 그만 이곳에 처져 머무르게 되었답니다. 이곳 사람들이 온 힘으로 조리하고 치료한 덕을 많이 봐서 겨울을 지나고 봄이 되자 병이 말끔하게 나았습니다. 그 선생은 문장이 출중한 데다가 겸하여 만주 글자도 쓸 줄 안답니다. 인정상 여기에 머물기를 원하여, 한두 해 동안 글방을 열고 마을 어린이들을 가르쳐서 자신을 치료해 준 큰 은혜를 갚고 있습니다. 지금 관운장 사당 안에 있을 겁니다."

라고 하기에 내가,

"수고스럽지만 주인께서 잠시 안내해 줄 수 있겠소?"

하니 주인은,

"남에게 안내해 달라고 할 것도 없습니다."

하고는 손을 들어 가리키며,

"저기 지붕처마가 머리를 내민 큰 사당이 바로 그곳입니다."

라고 한다. 내가,

"그 선생의 성씨는 무어고 이름은 무엇이오?"

하고 물으니 주인은,

131 구조방포는 청나라 관인들이 입는 관복으로 발톱이 아홉 개인 용을 수놓았다.

"한 마을 사람들이 모두 부 선생富先生이라고 부른답니다."
한다. 나는,

"부 선생의 나이는 몇 살쯤 됐소?"
하고 물으니 점방 주인은,

"나으리, 나으리께서 직접 가서 그에게 물어보십시오."
라고 하더니 방 안으로 들어가서 붉은 종이 수십 장을 손에 들고 나와 보여 주며,

"이게 바로 그 부 선생이 직접 쓴 필적입니다."
한다. 붉은 종이에는 왼쪽에 가느다란 글씨로,

"아무개의 아버님 존전尊前. 모년 모월 모일에 저희 연회에 왕림해 주시기를 공손히 청하옵니다."
라고 적혀 있다. 주인은,

"우리 집 동생이 지난봄에 사위를 볼 때 그에게 부탁한 청첩장입니다."
라고 한다. 글씨는 대충 글자 모양을 갖춘 정도의 형편없는 필적이긴 하나, 수십 장에 쓴 글씨의 크기가 모두 일정하여 진주알을 실에 꿰어 놓은 듯, 판에 박은 듯했다. 나는 속으로 혹시 그 수재가 부정공富鄭公 부필富弼[132]의 후손이 아닐까 하는 생각이 들어 즉시 마두인 시대를 불러 함께 갔다.

132 부필(1004~1083)은 송나라 때의 정치가이며 문신 학자이다. 낙양 사람으로 자는 언국彦國이다. 거란에 사신을 갔고, 나중에 부정공에 봉해졌다.

관운장 사당 안을 찾아다녔으나 적막한 것이 인기척이라곤 없었다. 주변을 한 바퀴 돌며 살피고 있는데, 오른쪽 행랑채에서 어린애의 글 읽는 소리가 났다. 잠시 뒤 한 아이가 창문을 열고 머리를 내밀어 한 번 보고 뛰어 나와서는 뒤도 안 돌아보고 가 버린다. 내가 쫓아가 어린애에게,

"너희 선생이 어디에 계시느냐?"

하고 물으니 어린애는,

"뭐요?"

한다. 내가,

"부 선생 말이야."

라고 했는데도, 그놈은 조금도 새겨들으려 하지 않고 입안에서 종알종알 하면서 소매를 뿌리치며 가 버린다. 내가 시대에게,

"그 선생이 반드시 이 안에 있을 게야."

하고는 드디어 오른쪽 행랑채로 곧바로 향해 가서는 단번에 문을 밀쳐 열었더니 빈 보조 의자만 네댓 개 있고 인적은 없었다.

내가 문을 막 닫고 돌아서려고 하는데 그 애가 한 노인을 데리고 왔다. 아마도 이 사람이 부 선생인 모양이다. 때마침 한가하게 이웃 마을에 놀러 나갔다가 그 애가 급히 가서 손님이 왔다고 알려서 돌아오는 모양이다. 얼핏 생김새를 살펴보니 선비의 풍치나 아담한 기품은 전혀 없어 보인다.

내가 그를 향해 앞으로 나가서 읍을 하자, 그 노인네가 뜻밖에도 내 허리춤을 부여잡고는 있는 힘을 다해 절구를 찧듯 까불어대다가 손을 잡고는 덜덜 떨며 만면에 웃음을 띠었다. 나는 처음에는 깜짝 놀랐다가 그다음에는 심히 불쾌하여,

"그대가 부공이신가요?"

라고 물었더니 노인네가 크게 기뻐하며,

"어르신께서 어디에서 제 성을 아셨습니까?"

하기에 내가,

"선생의 위대한 이름을 익히 들어 마치 우렛소리가 귀에 들리는 것 같습니다."

라고 했더니 부는,

"존공의 대명大名을 듣고 싶습니다."

하여, 나는 붓으로 이름을 써서 그에게 보여 주었다. 부도 이름을 써서 보여 주는데 이름을 '부도삼격'富圖三格이라 하고, 호는 '송재'松齋, 자는 '덕재'德齋라고 하기에 내가 물었다.

"삼격이란 말이 무슨 뜻입니까?"

"이건 제 성명입니다."

"고향과 관향은 어디신지요?"

"저는 만주 양람기鑲藍旗[133] 사람입니다."

133 만주족은 전국을 군대 편제인 팔기八旗로 나누었는데, 양람기는 그중 하나이다.

부가 물었다.

"어른께서 이번에 북경으로 가시면 당연히 어가御駕를 보시겠지요?"

"그게 무슨 말씀이신가요?"

"천자께서 그대들을 만나시려고 하겠지요?"

"황상께서 만일 접견하신다면, 그때 내가 마땅히 어른을 추천하여 작은 벼슬자리라도 얻도록 할까요?"

"만약 그와 같이만 된다면 박공의 큰 은덕은 결초보은하더라도 갚기 어려울 겁니다."

한다.

"우리가 물 때문에 갈 길이 막혀 여기에 머문 지 벌써 며칠째입니다. 정말 이 긴 날을 소일하기 어려우니, 어른께서 볼만한 책자라도 가지고 있다면 며칠 빌려주실 수 있을는지요?"

"가진 책자가 없습니다. 전에 가친家親 기공圻公께서 명성당鳴盛堂이라는 상호로 판각하는 점포를 새로 열었는데, 그때 점포에서 여러 책의 목록을 적은 것이 마침 보따리 속에 있긴 합니다. 심심풀이로 시간을 보내시려고 한다면 빌려드리기는 어렵지 않습니다만, 다만 어른께서 이제 잠시 돌아가셔서 휴대하고 온 진짜 청심환과 고려 부채 아주 좋은 놈을 골라 상면하는 폐백으로 삼아 간절히 서로 왕래하겠다는 뜻을 보이신다면, 그때 가서 이 서목을 빌려드려도 늦지는 않을 것입니다."

나는 그의 생김새와 말투, 생각이나 뜻이 야비하고 도리에 어긋나며 용렬하고 더러워 데리고 얘기할 가치가 없어서, 도저히 참고 오래 앉아 있을 수도 없어 즉시 하직하고 일어섰다. 그자는 대문까지 배웅을 나와 읍을 하고는,

"귀국의 명주를 살 수 있을까요?"

묻기에 나는 대꾸도 않고 되돌아왔다.

정사가,

"뭐가 볼만한 것이 있던가? 더위 먹을까 걱정이네."

하고 묻기에 나는,

"조금 전에 한 늙은 서당 훈장을 만났는데, 만주 사람일 뿐만 아니라 비루해서 족히 입에 올릴 거리도 못 됩니다."

하고 있었던 일을 아뢰었다. 정사는,

"그자가 이미 요구한 일도 있거니와, 어찌 청심환 한 알과 부채 하나를 아끼겠나? 다만 서목을 빌려 보는데 해롭지 않도록 하게나."

하기에, 드디어 시대를 시켜 청심환 한 개와 어두선魚頭扇 부채 한 자루를 보냈다.

시대가 즉시 돌아왔는데 몇 장 되지도 않는 손바닥만 한 작은 책자를 가지고 왔다. 대부분 백지이고 적힌 책의 목록이란 것도 모두 청나라 사람의 소품小品 60여 종이었다. 불과 몇 장 되지

어두선 부채의 꼭지가 물고기 머리처럼 생긴 접부채

도 않는 이따위 기록을 가지고 턱없이 높은 값을 요구하니, 그의 후안무치厚顔無恥가 너무 심하다. 그러나 이미 빌려 온 것이기도 하려니와 안목을 새롭게 할 수 있겠다 싶어서 베껴 놓고 돌려주기로 하였다.

도서 목록

『척독신어』尺牘新語 6책. 청나라 왕기汪淇 첨의瞻漪(왕기의 자) 전箋.

『분서』焚書 6책, 『장서』藏書 18책, 『속장서』續藏書 9책. 명나라 이지李贄 탁오卓吾 지음.

『궁규소명록』宮閨小名錄, 『장주잡설』長洲雜說, 『서당잡조』西堂雜俎. 청나라 우동尤侗 전성展成 지음.

『균랑우필』筠廊偶筆. 청나라 송락宋犖 목중牧仲 지음.

『동서』同書, 『자촉』字觸, 『민소기』閩小記, 『인수옥서영』因樹屋書影. 명말 청초 주량공周亮工 원량元亮 지음.

『사례촬요』四禮撮要. 청나라 감경甘京 지음.

『설림』說林, 『서하시화』西河詩話. 청나라 모기령毛奇齡 지음.

『운백』韻白, 『광림』匡林, 『운학통지』韻學通指, 『손서』潠書. 청나라 모선서毛先舒 치황稚黃 지음.

『서산기유』西山紀游. 청나라 주금연周金然 지음.

『일지록』日知錄, 『북평고금기』北平古今記. 청나라 고염무顧炎武 지음.

『부지성명록』不知姓名錄. 청나라 이청李清 영벽映碧 지음.

『장설』蔣說. 청나라 장초蔣超 호신虎臣 지음.

『영매암억어』影梅菴憶語. 명나라 모양冒襄 벽강辟疆 지음.

『고금서자변와』古今書字辨訛, 『동산담원』東山談苑, 『추설총담』秋雪叢談. 명나라 여회余懷 담심澹心 지음.

『동야전기』冬夜箋記. 청나라 왕숭간王崇簡 지음.

『황화기문』皇華記聞, 『지북우담』池北偶談, 『향조필기』香祖筆記. 청나라 왕사진王士禛 이상貽上 지음.

『모각양추』毛角陽秋, 『군서두설』群書頭屑, 『규합어림』閨閤語林, 『주조일사』朱鳥逸史. 청나라 왕사록王士祿 지음.

『입옹통보』笠翁通譜, 『무성희』無聲戲, 『소설귀수전고사』小說鬼輸錢故事. 청나라 이어李漁 입옹笠翁 지음.

『천외담』天外談. 청나라 석방石龐 지음.

『주대기연』奏對機緣. 청나라 홍각弘覺 선사 지음.

『십구종』十九種. 청나라 시호신柴虎臣 지음.

『귤보』橘譜. 청나라 제광정諸匡鼎 호남虎男 지음.

『일하구문』日下舊聞 20책. 청나라 주이준朱彝尊 석창錫鬯 지음.

『우초신지』虞初新志. 청나라 장조張潮 산래山來 지음.

『기원기소기』寄園寄所寄 8책. 청나라 조길사趙吉士 지음.

『설령』說鈴. 청나라 왕완汪琬 지음(책명은 오류임).

『설령』說鈴. 청나라 오진방吳震方 청단青壇 지음.

『단궤총서』檀几叢書. 청나라 왕탁王晫 지음.

『삼어당일기』三魚堂日記. 청나라 육롱기陸隴其 지음.

『역선록』亦禪錄, 『유몽영』幽夢影. 청나라 장조張潮 지음.

『분묵춘추』粉墨春秋. 청나라 주이준朱彝尊 지음.

『양경구구록』兩京求舊錄. 명나라 주무서朱茂曙 지음.

『연주객화』燕舟客話. 청나라 주재준周在浚 지음.

『숭정유록』崇禎遺錄. 명나라 왕세덕王世德 지음.

『인해기』人海記. 청나라 사사련查嗣璉 지음.

『유구잡록』琉球雜錄. 청나라 왕즙汪楫 지음.

『박물전휘』博物典彙. 명나라 황도주黃道周 지음.

『관해기행』觀海記行. 청나라 시윤장施閏章 지음.

『석진일기』析津日記. 청나라 주운周篔 지음.

후일 서점에서 참고할 자료로나 삼을까 하여 정 진사와 나누어 베끼고는 즉시 시대를 보내 책을 돌려주고 시대에게,

"이런 책은 모두 우리나라에도 있기 때문에 우리 어른께서는 이 서목을 보지도 않았습니다."

라고 말하라고 일렀다. 시대가 돌아와서는, 부 선생이라는 자가 전하는 말을 듣고는 자못 멍한 표정을 짓더니 수건 하나를 쥐어 주더라고 한다. 수건은 두 자 남짓한 길이로, 오글오글 주름이 잡힌 검은색의 실로 새로 짠 것이었다.

7월 초4일 경진일

어젯밤부터 새벽까지 비가 억수같이 퍼부어 머물렀다.

양승암楊升菴의 문집을 보기도 하고, 혹 투전을 하면서 소일하기도 했다. 부사와 서장관이 정사의 숙소인 상방에 와서 모이고 또 일행을 불러 강물을 건널 방책을 널리 물었으나 한참 만에 다 파하고 흩어졌다. 아마 뾰족한 계책이 없었던 것 같다.[134]

134 통원보에서 길이 막혀 가지 못할 때 지은 시가 「체우통원보」滯雨通園堡라는 제목으로 『연암집』에 수록되어 있다.

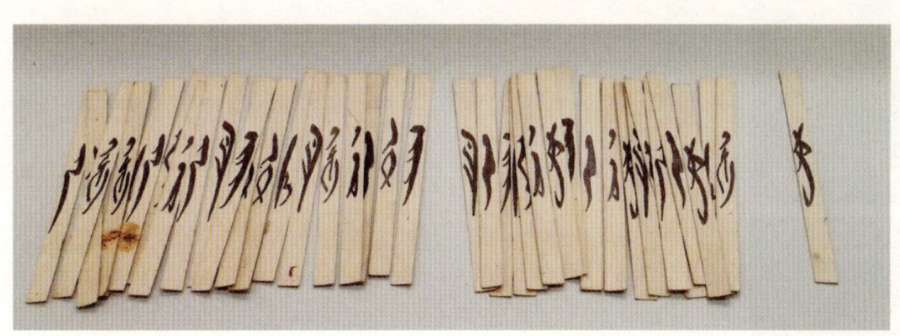

투전의 패

7월 초5일 신사일

맑았다. 물 때문에 길이 막혀 머물렀다.

135 가래는 흙이나 재를 파 헤치거나 떠서 버리는 기구.

궁궐의 캉(상)과 민간의 캉(하)

점방 주인이 내실 캉炕의 연기 빠지는 방고래를 열고 자루가 긴 가래[135]로 재를 모아서 버린다. 나는 이참에 캉의 기본과 중심적 제도를 관찰하였다. 요약하자면 이렇다.

먼저 캉 바닥을 높이 한 자 남짓 쌓아 땅을 고르게 한 뒤에 벽돌을 깨뜨려 바둑알 놓듯 깔아서 지탱하는 버팀돌을 만들고 그 위에 벽돌을 깐 것뿐이다. 벽돌의 두께가 본래 가지런하기 때문에 깨어서 버팀돌을 만들어도 기우뚱거릴 염려가 절로 없어지고, 벽돌의 몸통이 본시 고르기 때문에 서로 나란히 배열하여 깔아도 틈이 벌어질 염려가 절로 없다. 연기 고래는 손을 펴서 겨우 들락거릴 정도의 높이이고, 버팀돌이 서로 번갈아 불 들어가는 목구멍이 된다.

불이 목구멍에 닿으면 불길은 반드시 끌어당기듯 빨려 넘어가고, 화염이 불 목구멍을 메우듯 재를 몰고 들어간다. 여러 개의 불 목구멍이 번갈아 불길을 삼키고 보내고 하므로, 불을 토해 낼 짬도 없이 바로 굴뚝까지 이르게 된다. 굴뚝에는 여러 고래를 하나로 모으고 그 깊이를 한 길 남짓하게 만드는데, 이는 우리나라에서 말하는 개자리〔犬座〕이다.[136] 재는 항상 불에게 내밀려 캉 가운데 떨어지므로 3년에 한 번은 고래의 한쪽을 열고 재를 쳐낸다.

캉의 제작 모습

136 개자리는 불기를 빨아들이고 연기를 머물게 하기 위해 방구들 윗목에 깊이 파 놓은 고랑을 말한다.

부뚜막은 땅을 한 길 정도 구덩이를 파서 위로 보게 아궁이를 내서 땔나무를 거꾸로 꽂아 넣게 하고, 부뚜막 옆에는 큰 항아리만 하게 땅을 뚫어서 위에 돌덮개를 씌워 바닥과 높이를 같게 하고, 그 가운데는 텅 비워 바람이 생기게 하였으므로 불길을 불 목구멍까지 밀어 넣게 되고 한 점의 연기도 새지 않게 된다.

굴뚝을 만드는 법은 큰 항아리만 하게 땅을 뚫어서 벽돌을 부도탑 모양으로 쌓아 올려 집의 높이와 같게 하는데, 연기가 항아리 속으로 떨어져 마치 숨을 들이쉬듯 빨아당기듯 하게 되니, 이 법이야말로 더욱 기묘하다. 대체로 굴뚝에 틈이 생기면 실낱 같은 바람이라도 한 아궁이의 불을 끌 수 있기 때문에 우리나라 방구들은 불을 밖으로 내뿜어 골고루 따뜻해지지 않을까 항상 근심하게 되니, 그 모든 책임이 굴뚝에 있다. 어떤 굴뚝은 싸리나무로 엮은 농籠에 종이를 바르기도 하고, 어떤 것은 나무판자로 통을 만들기도 하는데, 처음 세운 곳의 쌓은 흙에 틈이 생기면, 혹 종이를 바른 것이 떨어져 나가기도 하고, 혹 나무통에 틈이 있으면 연기가 새는 것을 막을 수 없고, 큰 바람이라도 한번 맞으면 연통은 있으나마나 제구실을 하지 못한다.

나는 이런 생각이 들었다.

'우리나라는 집안이 가난해도 글 읽기를 좋아하지만, 수많은 형제들의 코끝에는 오뉴월에도 항시 고드름을 달고 있으니 원컨대 이 법을 배워 겨울의 괴로움이나 면하게 해 주었으면 좋겠다.'

변계함이,

"캉의 제도는 종시 괴이하여 우리나라 온돌만 못한 것 같습니다."

라고 하기에 나는,

"못한 까닭이 무엇이란 말인가?"

하고 따져 물었다. 변군은,

"넉 장의 기름 먹인 종이 장판을 깔아서 옥돌 같은 색이 나고 얼음처럼 매끄럽게 만드는 우리 온돌과 어찌 같기야 하겠습니까?"

라고 하기에 나는,

"캉이 우리 온돌방만 못하다는 것은 사실이네. 다만 구들 만드는 법을 본받아서 온돌에 적용하고 기름 장판을 깐다면 누가 이를 막겠는가? 우리의 구들 놓는 법은 여섯 가지가 잘못되었으나 아무도 따져 보는 사람이 없단 말이야. 내 이제 한번 논해 볼 터이니 자네는 잠자코 들어 보기나 하게.

진흙을 쌓아서 구들 골을 만들고 그 위에 돌을 얹어서 구들을 만드네. 돌의 크기나 두께가 본래 각기 다르기 때문에 반드시 작은 자갈돌을 포개어 네 귀퉁이를 괴어서 절름거리는 것을 막지만 구들돌이 타 버리고 진흙이 말라 항시 무너지거나 떨어질까 염려

하니, 이게 첫째 잘못된 점이네. 구들돌의 표면이 울퉁불퉁 패인 곳에는 흙으로 두텁게 때우거나 진흙을 발라서 평평하게 만들기 때문에 불을 때도 골고루 따뜻해지지 않으니, 이게 둘째 잘못이네. 불길이 지나가는 고래가 높고 널찍해서 화염이 서로 닿지 못하는 것이 셋째 잘못이네. 담벼락이 성기고 얇아서 항상 틈이 생기는 것이 괴로우며, 바람이 스며들어 불길이 거꾸로 가고 연기가 새어 방에 가득 차는 것이 넷째 잘못이네. 불목[137]의 아래가 번갈아 목구멍 노릇을 하지 못해 불이 멀리 넘어가지 못하고 불길이 뒤로 장작 쪽으로 밀려 나오는 것이 다섯째 잘못이네. 방구들을 건조시키는 공력에 반드시 장작 100단은 들어가고 열흘 안에는 방으로 들어가기 어려운 것이 여섯째 잘못이네.

어떤가? 자네와 함께 벽돌 수십 개를 깔면 잠시 담소하는 사이에 이미 여러 칸의 온돌이 만들어져 그 위에서 눕고 자고 할 수 있지 않은가?"

137 불목은 온돌방 아랫목의 가장 따뜻한 자리이다.

밤에 여러 사람들과 가볍게 술 몇 잔을 마시고, 시각이 으슥해서야 취한 몸을 가누며 돌아와 누웠다. 정사와는 캉을 마주했는데 중간에 장막을 쳐서 막았다. 정사는 이미 깊은 잠에 빠져 있었다. 막 담뱃대를 물고 정신이 몽롱해지는데 머리맡에서 갑자기 발자국 소리가 났다. 내가 놀라서,

"거기 누구냐?"

하니,

"도이노음이오."都爾老音伊吾

라고 하는데, 발음과 목소리가 우리말과 다르고 수상쩍었다. 다시 고함을 질러,

"네놈이 누구냐?"

하니 큰 소리로,

"소인 도이노음이오."

하고 대답한다.

시대와 상방의 비복들이 일제히 놀라 일어나고, 이어서 빰을 치는 소리가 나더니 등을 떠다밀며 문밖으로 에워싸고 나가는 것 같았다.

대개 청나라 갑군甲軍이 매일 밤 우리 일행의 숙소를 순검巡檢하면서 사신 이하 몇 명인지 숫자를 세어 가는데, 야심한 시각에 우리가 곤히 잠을 자는 틈에 왔다가 가기 때문에 그동안 몰랐던 것이다.

갑군이 자기를 '도이노음'이라 스스로 칭한 것은 정말 포복절도할 일이다. 우리나라에선 오랑캐를 '도이'(되)라고 부르는데, 아마도 '되'란 말은 도이島夷(섬오랑캐)의 와전인 것 같다. '노음'老音이란 비천한 사람을 부르는 '놈'이란 말이고, '이오'伊吾라는 것은 높은 사람에게 공대해서 하는 '이오'라는 말이다. 갑군은 다년간 사신들을 맞이하고 보내고 하면서 우리나라 사람들에게 말을 배웠으되 다만 '되'라는 호칭을 익숙하게 들었기 때문일 것이다. 한바탕 소란을 떠는 바람에 잠을 놓쳤고, 이어서 벼룩의 등쌀에 시달려 잠을 이룰 수가 없었다. 그 바람에 정사도 잠을 놓치게 되어 결국 새벽까지 촛불을 켜고 건밤으로 날을 새웠다.

7월 초6일 임오일

맑게 개었다.

불어난 냇물이 약간 줄었기 때문에 드디어 출발했다. 나는 정사의 가마에 들어가서 정사와 함께 물을 건넜다. 하인 30여 명이 벌거벗은 채로 가마를 메었는데, 물살이 빠른 중류에 이르러 갑자기 가마가 왼쪽으로 기우뚱 쏠려 거의 곤두박질할 뻔했다. 위급하고 아슬아슬하여 정사와 둘이 서로 끌어안아 간신히 물에 빠지는 것을 면했다. 물을 건너가 저쪽 언덕에서 멀리 물을 건너는 사람을 바라보니, 목말을 타기도 하고, 좌우에서 서로 부축하기도 하고, 나무를 엮어 문짝을 만들어 타고는 네 사람이 어깨로 메고 건너기도 한다.

그중에 말을 타고 물에 떠서 건너가는 사람들은 머리를 쳐들고 하늘을 보지 않는 사람이 없는데, 어떤 자는 두 눈을 질끈 감기도 하고 어떤 자는 억지로 얼굴에 웃음을 띠기도 했다. 말을 모는 하인들은 모두 안장을 벗겨 어깨에 메고 건너가는데 안장이 젖을까 염려해서인 듯하다.

이미 건너온 자가 다시 안장을 메고 되돌아가기에 괴이하게 여겨 그 까닭을 물었더니, 대개 맨몸으로 물에 들어가면 몸이 가벼워 쉽게 떠내려가기 때문에 반드시 무거운 물건으로 어깨를 누른다고 한다. 몇 차례를 왔다 갔다 물을 건넌 사람들은 덜덜 떨지 않는 이가 없으니 산간의 물이 매우 차기 때문이다.

초하구草河口에서 점심을 했는데, 이곳은 소위 답동畓洞이라고도 부른다. (답畓은 본래 없는 글자인데 우리나라 아전들이 장부에 수水와 전田을 합하여 물밭, 즉 논이라는 뜻으로 사용하고 음은 답이라고 발음한다.—원주) 사시장철 물에 잠겨 있는 땅이기 때문에 우리나라 사람들이 이 이름을 붙였다고 한다.

분수령分水嶺, 고가령高家嶺, 유가령劉家嶺을 넘어 연산관連山關에서 잤다. 이날 60리를 갔다.

밤에 약간 취해 살짝 잠이 들었는데, 갑자기 내 몸이 심양瀋陽의 성 안에 있었다. 궁궐과 성 둘레의 해자垓子, 여염집과 시정市井이 번화하고 장엄하고 화려했다. 나는 속으로, '이와 같이 장관일 줄은 생각도 못 했다. 내 집에 돌아가 집안사람들에게 자랑하리라' 하고는 드디어 훨훨 날아갔다. 모든 산과 물이 모두 내 발 아래에 있는데, 마치 나는 솔개처럼 빨랐다. 잠깐만에 한양 야곡冶谷[138]의 옛집에 도착해 안방 남쪽 창 아래에 앉았더니 형님이,

"심양이 어떻더냐?"

묻기에 나는 공손하게,

138 야곡은 서울 서대문 반송방의 야동冶洞으로, 풀무골로 불렸다. 연암이 태어난 동네이다.

초하구의 현재 모습

"소문으로 듣던 것보다 직접 보니 훨씬 낫습니다."
답하고는 아름다움을 과장하는 자랑이 아주 늘어졌다.

멀리 남쪽 담장 밖을 바라보니 이웃집 느티나무가 우거졌는데 그 위로 큰 별 하나가 현란하게 빛을 발하고 있기에 나는 형님께,

"저 별을 아십니까?"
하고 여쭈었더니 형님은,

"그 이름을 모르겠구나."
하신다. 나는,

"저 별은 노인성老人星[139]이옵니다."
하고 일어나 형님께 절을 하고는,

"제가 잠시 집에 돌아온 것은 심양의 이야기를 자세히 해 드리려 함인데, 이제 다시 일행을 따라가야 하겠습니다."
하고 아뢰었다.

139 노인성은 남극성이다. 한국과 중국에서는 남극노인, 노인성, 혹은 수성壽星으로 불리는 별로, 인간의 수명을 관장한다고 한다.

문을 나서 마루를 지나 바깥사랑의 일각문을 열어젖히고 머리를 돌려 북쪽을 바라보니 지붕 너머로 뚜렷하게 안현鞍峴[140]의 여러 봉우리들이 눈에 들어온다. 나는 갑자기 크게 깨달으며,

140 안현은 지금의 서대문구 현저동과 홍제동 사이의 고개. 무악재.

"멍청해도 아주 멍청하구먼. 장차 나 혼자서 무슨 수로 책문에 들어간담? 여기서 책문까지가 천여 리이거늘 누가 갈 길을 멈추고 나를 기다려 주겠는가?"
하고는 큰 소리로 외쳤으나, 후회되고 한스러움을 견딜 수가 없었다. 문을 열고 나가려 해도 문의 지도리가 굳게 잠겼고, 큰 소리로 장복을 불러도 소리가 목에서 나오지 않는

오늘날의 연산관 철도역이 마을 복판에 들어섰다.

연산관에서 마운령으로 가는 길

다. 있는 힘을 다해 문을 밀치다가 그만 잠이 깼다. 정사가 막

"연암"

하고 불러도 나는 아직도 어리둥절하여 정신을 못 차리고,

"대체 여기가 어디입니까?"

하고 물었더니 정사는,

"아까부터 잠꼬대한 지 한참 되었네."

라고 하신다. 나는 일어나 이빨을 딱딱 부딪치고 머리를 퉁겨서 정신을 가다듬자,[141] 곧 상쾌해지고 마음이 푸근해졌다. 한편 서운하고 한편 시원하기도 했지만 오랫동안 마음이 뒤숭숭했다. 그러고는 다시 잠이 오지 않아 엎치락뒤치락하며 이 생각 저 생각 하다가 날이 새는 줄도 몰랐다.

우리가 묵은 연산관은 일명 아골관鴉鶻關이라고도 한다.

141 이빨을 부딪치고 머리를 퉁기는 것은 양생법의 하나로 고치탄뇌叩齒彈腦라고 한다. 연암의 글 「양반전」에 보면, 양반이 하는 운동의 하나라고 소개되어 있다.

7월 초7일 계미일

맑다.

2리쯤 가서 말을 탄 채 물을 건넜다. 물은 그리 넓은 편은 아니지만 물살이 사납고 빠르기는 어제 건넌 물보다 더했다. 나는 무릎을 오그리고 발을 모아 안장 위에 웅송그리고 앉았다. 창대는 말 머리를 단단하게 끼고, 장복은 내 엉덩이를 힘껏 부여잡고 서로 한 운명으로 의지하며 무사하게 건너가길 빌었다. 그때 말 모는 소리가 바로 '오호'嗚呼 하는 것 같아 왠지 처량하게 들린다. (말 모는 소리는 본시 호호好護인데, 우리나라의 오호嗚呼와 발음이 서로 비슷하다. — 원주)

중류에 이르자 갑자기 말의 옆구리가 왼쪽으로 기울어졌다. 대개 물이 말의 배까지 차오르면 말의 네 발굽이 절로 물에 뜨기 때문에 말은 옆으로 누워 헤엄쳐서 건너가려고 한다. 내 몸이 생각지도 않게 오른쪽으로 기울어져 거의 물에 곤두박질할 뻔했다. 앞에 가는 말의 꼬리가 물 위에 흩어져 떠 있기에, 나는 급히 그

마운령에서 바라본 청석령

꼬리를 잡아 몸을 가누어서 물에 빠지는 것을 면했다. 스스로도 내가 이렇게 잽싼지는 생각지도 못했다. 창대 또한 거의 말의 발에 차일 뻔하여 위험이 경각에 달려 있었다. 말이 갑자기 머리를 들고 몸을 바로 세우는 것을 보니 아마 물이 얕아져서 발을 딛고 선다는 것을 알겠다.

마운령摩雲嶺을 넘어 천수참千水站[142]에서 점심을 먹었다. 오후에는 지독히 더웠다. 또 청석령靑石嶺을 넘어가는데, 고갯마루에 관제묘關帝廟(관운장의 사당)가 있었다. 대단히 영험하다고 하여 마두배들이 앞다투어 가서 탁자 앞에 머리를 조아리는데, 어떤 자는 오이를 사서 바치기도 했다. 역관들도 분향을 하고 제비를 뽑아 평생의 길흉을 점치기도 했다.

도사가 바리때를 치며 돈을 구걸하는데, 다만 머리는 변발을

142 千水站은 첨수참甛水站의 오자이다.
143 우바새는 속세의 생활을 하면서 불교를 믿는 남자.
144 야견사는 멧누에고치실이라고 하는데, 연한 갈색으로 질이 좋은 명주실이다.
145 狼子山은 浪子山의 오자이다. 이곳에 역참이 있었으나 탕하수고湯河水庫에 수몰되었다. 역참의 마을은 이전되어 현재 양갑촌亮甲村이라 불린다.
146 회령령을 중국 사람들은 마천령摩天嶺 혹은 대령大嶺이라고 부른다.

하지 않고 묶어서 상투처럼 한 것이 우리나라의 우바새[143] 같았다. 머리에는 등나무 삿갓을 쓰고 몸에는 야견사野繭絲[144]로 된 도포를 걸쳤는데, 흡사 우리나라 선비가 입는 옷과 같으나 다만 흑색의 모난 깃을 단 것이 약간 차이가 난다. 다른 한 도사는 참외와 계란을 팔았다. 참외는 맛이 아주 달고 물이 많으며, 계란은 약간 짰다.

밤에 낭자산狼子山에서 숙박을 했다.[145] 이날 마천령, 청석령 등 고개 두 개를 넘어 모두 80리를 갔다. 마천령은 일명 회령령會寧嶺이라고도 부르는데,[146] 높고 험준함이 우리나라 북관의 마천령摩天嶺 못지않다고들 한다.

첨수참 근처의 탑만탑塔灣塔

마천령의 관제묘 반룡사

7월 초8일 갑신일

맑다.

147 냉정은 요동 못 미쳐 왕상령王祥嶺이란 고개 너머에 있으며, 요양시 굉위구宏偉區의 망보대望寶台 마을이다. 평소에는 말라 있다가 조선 사신이 오면 찬물이 나온다고 한다. 「동란섭필」 참조.

석문령 삼류하와 냉정 사이의 고개로, 이 고개를 넘으면 요동 벌판이 시작된다.

정사와 한 가마를 타고 삼류하三流河를 건너 냉정冷井[147]에서 조반을 먹었다. 10여 리를 가다가 한 줄기 산기슭 하나를 돌아 나가니 태복泰卜이란 놈이 갑자기 국궁鞠躬(윗사람 앞에서 존경하는 뜻으로 몸을 굽힘)을 하고는 말 머리로 쫓아와서 땅에 엎드리고 큰 소리로,

"백탑白塔이 현신하였기에, 이에 아뢰나이다."

한다. 태복은 정 진사의 마두이다.

산기슭이 가로막고 있어 백탑이 보이지 않기에 말을 급히 몰아 수십 보를 채 못 가서 겨우 산기슭을 벗어났는데, 안광이 어질어질하더니 홀연히 검고 동그란 물체가 오르락내리락한다. 내가 금일에서야 비로소 깨달았다. 사람이란 본래 의지하고 붙일 곳 없이 단지 하늘을 이고 땅을 밟고 이리저리 나다니는 존재라는 것을.

말을 세우고 사방을 둘러보다가 나도 모르게 손을 들어 이마에 얹고,

"한바탕 통곡하기 좋은 곳이로구나. 통곡할 만하다."

했더니 정 진사가,

"천지간에 이렇게 시야가 툭 터진 곳을 만나서는 별안간 통곡할 것을 생각하시니, 무슨 까닭입니까?"

하고 묻기에 나는,

"그렇긴 하나, 글쎄. 천고의 영웅들이 잘 울고, 미인들이 눈물을 많이 흘렸다고 하나, 기껏 소리 없는 눈물이 두어 줄기 옷깃에 굴러 떨어진 정도에 불과했지, 그 울음소리가 천지 사이에 울려 퍼지고 가득 차서 마치 악기에서 나오는 소리와 같다는 얘기는 들어보지 못했네.

사람들은 단지 인간의 칠정七情 중에서 오로지 슬픔만이 울음을 유발한다고 알고 있지, 칠정이 모두 울음을 자아내는 줄은 모르고 있네. 기쁨이 극에 달하면 울음이 날 만하고, 분노가 극에 치밀면 울음이 날 만하며, 즐거움이 극에 이르면 울음이 날 만하고, 사랑이 극에 달하면 울음이 날 만하며, 미움이 극에 달하면 울음이 날 만하고, 욕심이 극에 달해도 울음이 날 만한 걸세. 막히고 억눌린 마음을 시원하게 풀어 버리는 데에는 소리를 지르는 것보다 더 빠른 방법이 없네.

통곡 소리는 천지간에 우레와 같아 지극한 감정에서 터져 나오고, 터져 나온 소리는 사리에 절실할 것이니 웃음소리와 뭐가 다르겠는가? 사람들이 태어나서 사정이나 형편이 이런 지극한

경우를 겪어 보지 못하고 칠정을 교묘하게 배치하여 슬픔에서 울음이 나온다고 짝을 맞추어 놓았다네. 그리하여 초상이 나서야 비로소 억지로 '아이고' 하는 등의 소리를 질러대지.

그러나 정말 칠정에 느껴서 나오는 지극하고 진실한 통곡 소리는 천지 사이에 억누르고 참고 억제하여 감히 아무 장소에서나 터져 나오지 못하는 법이네. 한나라 때 가의賈誼[148]는 적당한 통곡의 자리를 얻지 못해 울음을 참다가 견뎌 내지 못하고 갑자기 한나라 궁실인 선실宣室[149]을 향해 한바탕 길게 울부짖었으니, 어찌 사람들이 놀라고 괴이하게 여기지 않을 수 있겠는가?"

하니 정 진사는,

"지금 여기 울기 좋은 장소가 저토록 넓으니, 나 또한 그대를 좇아 한바탕 울어야 마땅하겠는데, 칠정 가운데 어느 정에 감동받아 울어야 할지 모르겠습니다."

하기에 나는,

"그건 갓난아이에게 물어보시게. 갓난아이가 처음 태어나 칠정 중 어느 정에 감동하여 우는지? 갓난아이는 태어나 처음으로 해와 달을 보고, 그다음에 부모와 앞에 꽉 찬 친척들을 보고 즐거워하고 기뻐하지 않을 수 없을 것이네. 이런 기쁨과 즐거움은 늙을 때까지 두 번 다시 없을 터이니, 슬퍼하거나 화를 낼 이치가 없을 것이고 응당 즐거워하고 웃어야 할 것 아닌가. 그런데도 도리어 한없이 울어대고 분노와 한이 가슴에 꽉 찬 듯이 행동을 한단 말이야. 이를 두고, 신성하게 태어나거나 어리석고 평범하게 태어나거나 간에 사람은 모두 죽게 되어 있고 살아서는 허물과 걱정 근심을 백방으로 겪게 되므로 갓난아이는 자신이 태어난 것을 후회하여 먼저 울어서 자신을 위로하는 것이라고 한다면, 이는

148 가의(BC200~BC168)는 전한前漢 때의 정치가이며 문인이다. 당시 정세를 분석하여 통곡할 일과 눈물지을 일, 한숨 쉴 일 등을 조목조목 따져서 올린 이름난 상소문이 있다. 가생賈生이라 불렸다.

149 선실은 한나라 장안의 궁전인 미앙궁未央宮의 정실正室로, 문제文帝가 가의에게 귀신에 관해 질문을 한 곳이다.

요동 벌판

갓난아이의 본마음을 참으로 이해하지 못해서 하는 말이네.

갓난아이가 어머니 태중에 있을 때 캄캄하고 막히고 좁은 곳에서 웅크리고 부대끼다가 갑자기 넓은 곳으로 빠져나와 손과 발을 펴서 기지개를 켜고 마음과 생각이 확 트이게 되니, 어찌 참소리를 질러 억눌렸던 정을 다 크게 씻어 내지 않을 수 있겠는가!

그러므로 갓난아이의 거짓과 조작이 없는 참소리를 응당 본받는다면, 금강산 비로봉에 올라 동해를 바라봄에 한바탕 울 적당한 장소가 될 것이고, 황해도 장연長淵의 금모래사장에 가도 한바탕 울 장소가 될 것이네. 지금 요동 벌판에 임해서 여기부터 산해관山海關까지 1,200리가 도무지 사방에 한 점의 산이라고는 없이, 하늘 끝과 땅끝이 마치 아교로 붙인 듯, 실로 꿰맨 듯하고 고금의 비와 구름만이 창창하니, 여기가 바로 한바탕 울어 볼 장소가 아니겠는가?"

한낮에는 매우 더웠다. 말을 달려 고려총高麗叢, 아미장阿彌庄[150]을 지나서 길을 나누어 갔다. 나는 주부 조달동趙達東, 변군卞君, 박래원, 정 진사, 겸인傔人(심부름하는 사람) 이학령李鶴齡과 함께 옛 요동으로 들어갔다. 번화하고 풍부하기는 봉성의 열 배쯤 되니 따로 요동 여행기를 써 놓았다. 서문을 나서서 백탑을 구경하니 그 제조의 공교하고 화려하며 웅장함이 가히 요동 벌판과 맞먹을 만하다. 따로 백탑에 대해 적은 「백탑기」白塔記가 뒤편에 있다.

다시 요양의 성으로 돌아오니 많은 수레와 말이 시끄럽고 구경꾼도 도처에 떼를 이루고 있다. 술집 누각의 붉은 난간이 큰길에 높이 삐져나와 있는데, 금빛 글씨로 쓴 깃발이 바람에 나부낀다. 깃발에 쓰여 있기를,

150 阿彌는 峨嵋의 오자이다.

이름을 듣고 싶으시면 잠시 쉬어 가시고
향기를 맡고 싶으시면 주무시고 가세요.

聞名應駐馬 尋香且停車

라고 되어 있어, 나도 한잔 마실 수 있겠구나 하는 생각이 들었다.

에워싸고 있는 구경꾼들이 더욱 불어나 어깨를 서로 비비댄다. 평소에 듣기로, 이런 곳에는 간악한 놈들이 아주 많아, 처음 여행 오는 사람들이 구경에 마음을 빼앗겨 잘 살피지 않으면 반드시 물건을 잃는다고 한다. 왕년에 한 사행이 여러 명의 건달들을 반당伴當(중국에 가는 사신이 자비로 데려가는 사람)으로 데려갔는데, 아랫사람, 윗사람 수십 명이 모두 처음 가는 길이라 의복이니 말안장이니 하는 기구들을 자못 화려하고 사치스럽게 꾸미고 요양에 들어가서는 유람을 하는 사이에 안장을 잃어버린 사람, 등자鐙子(발걸이)를 잃은 사람 등등 낭패를 보지 않은 사람이 없었다고 한다.

장복이 갑자기 안장을 모자처럼 머리에 이고 허리에는 등자 한 쌍을 차고 앞에서 시립侍立하는데 전혀 부끄러워하는 기색이 없었다. 내가 웃으며,

"어째서 너의 두 눈은 가리지 않았느냐?"

하고 나무랐더니, 보는 사람들이 모두 크게 웃었다.

돌아와 태자하太子河에 이르니, 강물이 장마로 크게 불어 배 없이는 건너갈 수 없었다. 강을 따라 아래위를 오르내리며 서성거리고 있자니, 잠시 뒤에 갈대 억새숲에서 콩깍지만 한 고깃배가 자유롭게 나오고, 또 조그만 배 한 척이 물가 모래톱에 숨어 있었다. 장복과 태복의 무리를 시켜 일제히 소리를 지르게 하여 배를

태자하 요양 시내를 흘러 나가는 태자하의 황혼 무렵의 모습

불렀다.

한 쌍의 어부는 배 양쪽 끝에서 낚싯대를 드리우고 앉았다. 버드나무 그늘이 짙게 우거지고 석양의 햇빛은 금빛으로 물들었으며 잠자리는 물에 점을 찍고 제비는 물결을 차건만, 못 들은 척 천 번 만 번 불러도 종시 돌아보지 않는다. 한참을 물가 모래사장에 서 있으니 더운 기운은 후끈후끈 찌고 입술은 타들어 가며 머리엔 땀이 나고 속은 굶주려 허기가 져서, 내 평생 놀고 구경하기 좋아하다가 오늘에야 된통 그 대가를 톡톡히 치르게 되었다.

정 진사 변 주부 등 여럿이서 서로 놀려대며,

"날은 저물고 갈 길은 막혔으며, 아래위 사람들이 굶주리고 피곤하니 통곡하는 것 외에는 별 뾰족한 수가 없습니다. 선생께서는 무슨 까닭으로 참고 억누르며 울지 않습니까?"
하고는 서로들 크게 웃는다. 내가,

"저 어부가 사람을 기꺼이 구해 주려고 하지 않으니 그놈의 심보를 알겠네. 비록 저놈이 어부로 은거했던 육노망陸魯望[151] 같은 점잖은 사람일지라도 응당 한주먹 날려 꺼꾸러지게 만들어 버릴 거야."

라고 했다. 태복이 더욱 초조해서,

"지금 벌판에 태양이 거의 떨어지려고 하는데, 산이나 있는 다른 곳 같으면 벌써 캄캄해졌을 겁니다."

라고 한다. 대개 태복은 비록 나이는 어리지만 이미 일곱 차례나 연행을 하여 모든 일에 능숙했다.

잠시 뒤에 어부가 낚시를 마치고 물고기 다래끼를 거두고 나서 짧은 삿대로 저어 온다. 버드나무 그늘 주변의 대여섯 척의 작은 배들이 고깃배가 자유롭게 오는 것을 보고는 그제야 다투어 고깃배보다 먼저 도착해서는 높은 값을 요구하였다. 사람들이 조바심 나도록 기다리게 한 뒤에야 비로소 와서 건너게 하니, 그 정상情狀이 가히 추악하다.[152]

배 한 척에 겨우 세 사람을 태우는데, 매 사람마다 1초鈔(163푼, 은자 3전錢)를 받는다. 배는 통나무를 파서 만들었는데, 소위 두

151 육노망(?~881)은 당나라 문장가 육구몽陸龜蒙이다. 노망은 그의 자字이다. 벼슬하지 않고 차나무를 심고 낚시를 하며 평생을 보냈다. 강호산인江湖散人, 보리선생甫里先生이라 불렸다.

152 이때의 심경을 읊은 「어옹」漁翁이란 제목의 한시가 『연암집초고(보유9)』에 수록되어 있다.

영수사 부처 요양 박물관

보가 「남린」南隣이란 시에서 "들의 배가 겨우 두세 사람을 태운다"(野航恰受兩三人)고 말한 구절에 나오는 배가 바로 이런 모양일 것이다.

일행은 상하를 합하여 열일곱 명이고, 말이 여섯 필이다. 말은 모두 물에 들어가서 강을 건너는데 뱃머리에서 말의 재갈을 잡았다. 강물을 따라서 7, 8리를 내려오니 통원보通遠堡에서 몇 번 물을 건널 때보다 더 위험했다. 신요양의 영수사映水寺[153]에서 묵었다. 이날 모두 70리를 갔다. 밤에도 매우 더워서 잠결에 홑이불을 차 버려 감기 기운이 살짝 있었다.

153 映水寺는 迎水寺의 오자이다. 현재 영수사 터에는 다른 시설물이 있다. 영수사에 있던 유물은 요양박물관에 전시되어 있다.

7월 초9일 을유일

맑다.

지독하게 더워 새벽 서늘함을 타고 먼저 출발했다. 장가대張家臺, 삼도파三道把를 지나 난니보亂泥堡에서 점심을 하였다. 요동에 들어온 뒤부터 마을이 끊이지 않고, 길의 폭도 수백 보로 넓었으며 길 양쪽에는 모두 수양버들을 심어 놓았다. 여염집이 즐비한 곳에는 대문과 대문이 마주보는 중간에 장맛비가 빠지지 않아 왕왕 저절로 큰 웅덩이가 생겨, 집에서 기르는 거위와 오리가 수천 마리씩 그 물에서 헤엄치고 있었다. 양편의 촌 집들은 모두 물가에 누대를 만들어 붉고 푸른 난간이 좌우로 마주 비치어 아득히 강호를 생각나게 한다.

군뢰들이 세 번 나팔을 분 뒤에 반드시 먼저 몇 리를 앞서 가면 앞에 호위하는 군관들도 군뢰를 따라 먼저 나아간다. 나는 행동이 자유로워 매양 변군과 함께 서늘한 새벽을 틈타 먼저 출발하지만, 10리도 못 가서 군관들과 마주치게 된다. 그러면 말고삐

십리하 시장 풍경

를 나란히 하여 담소하고 농을 주고받는데, 매일 이와 같이 하였다.

매번 마을이 가까워지면 군뢰들을 재촉하여 나팔을 불게 하고, 마두 네 명에게 '물렀거라'를 한목소리로 외치게 했다. 집집마다 뛰어나온 부인네들이 대문이 미어터지도록 구경을 한다. 늙거나 젊거나 모두 입고 꾸미고 한 모양들이 꼭 같다. 꽃을 꽂고 귀걸이를 하고 약간 붉은 분칠을 했다. 입에는 모두 담뱃대를 물고 손에는 실을 끼운 바늘이 꽂힌 신발창을 들고 서로 어깨를 비비며 빽빽이 들어서서는 손가락질하며 요염하게들 웃는다. 한족漢族 여자는 처음 보았는데, 모두 천으로 발을 감고 전족용 가죽신을 신었다. 자색姿色은 만주족 여성보다 못하다. 만주족 여성은 화용월태花容月態의 미녀들이 많다.

만보교萬寶橋, 연대하煙臺河, 산요포山腰鋪[154]를 지나 십리하十里河에서 잤다. 이날 모두 50리를 갔다.

154 산요포는 산악보촌山岳堡村의 오자이다.

전족을 한 여성

비장과 역관 들은 말 위에 앉아 건너편에서 오며 마주치는 한족과 만주족 여성을 골라 잡아 각기 첩으로 하나씩 정하는데, 남이 먼저 정해서 차지해 버리면 감히 겹쳐 정하지 못하며, 그것을 서로 피하는 법이 아주 엄중하다. 말로만 정하는 것이므로 이를 구첩口妾이라 하는데, 때때로 시샘도 하고 분노하고 욕하며 조롱하고 떠들기도 한다. 이 역시 긴 여정에서 심심풀이로 시간을 보내는 한 가지 방법이다.

내일은 심양에 들어갈 것이다.

옛 요동 이야기

「구요동기」舊遼東記

요동의 옛 성은 한漢나라 때의 양평현襄平縣과 요양현遼陽縣 두 현의 땅이다. 진秦나라 때는 요동이라 불렀고, 뒤에 위만조선에 속했다가 한나라 말엽에 공손도公孫度에게 점령되었으며, 수나라, 당나라 때는 고구려에 속했고, 거란은 남경南京이라 불렀으며, 금나라는 동경東京이라 일컬었다. 원나라 때는 지방행정 단위인 행성行省을 두었고 명나라 때는 정료위定遼衛를 두었다. 지금 청나라에서는 요양주遼陽州로 승격시켰으며, 20리쯤 떨어진 곳으로 성을 옮겨 이를 신요양新遼陽이라 부르고, 옛 성을 폐하고는 이를 옛 요동이라는 뜻으로 구요동舊遼東이라고 부른다.

구요동의 성은 둘레가 20리인데, 명나라의 유명한 장수 웅정필熊廷弼[155]이 쌓았다고 한다. 웅정필은 성이 옛날부터 낮기도 하고 좁은 터에, 청나라 기병들이 경내로 쳐들어온다는 얘기를 듣고 명령을 내려 성을 뭉개 버리게 했다. 청나라 사람들이 괴이하

155 웅정필(1569~1625)은 명나라의 장수로, 자는 비백飛百, 호는 지강芝岡이다.

요동(요양) 지리도

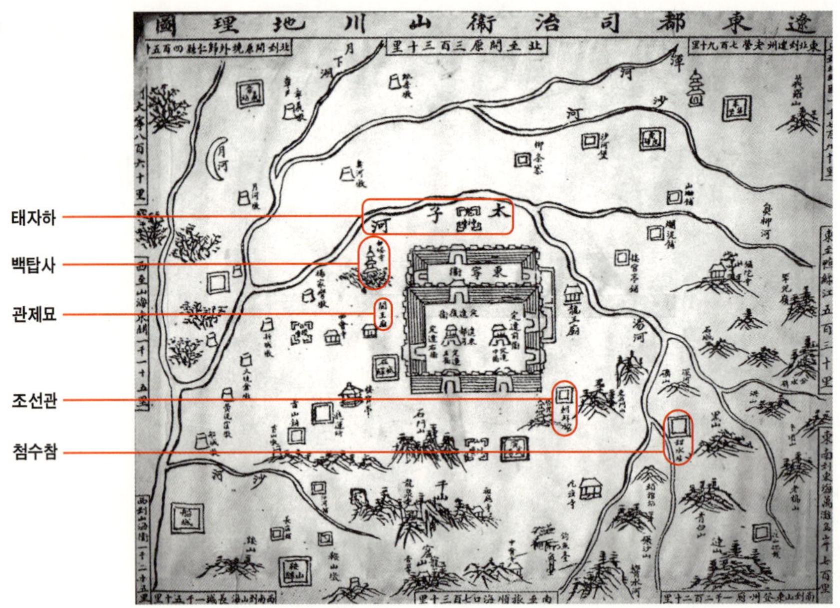

게 여겨 감히 근처에 오지도 못하다가 첩자를 통해 성을 새로 쌓는다는 사실을 알아내고 군사를 이끌고 성 아래에 도착했는데, 하룻밤 만에 아주 우뚝한 새 성이 완성되어 있었다.

뒷날 정필이 떠나자 결국 요동은 청나라에 함락되었다. 청나라 사람들은 성이 견고하여 쉽게 함락시킬 수 없었던 데에 분통이 나서 성을 허물어 버리려 했는데, 바야흐로 승승장구하여 사기가 오른 청나라 군사들이 열흘 동안 허물었으나 오히려 다 못 허물었다고 한다.

명나라 천계天啓 원년(1621) 3월 청나라는 심양을 이미 함락시키고 군사를 옮겨 요동으로 향했다. 당시 명나라 경략經略 원응태袁應泰는 막 세 방면으로 군대를 출정시켜 무순撫順 지방을 회복하려고 의논했는데, 미처 출발도 하기 전에 적이 심양을 함락하고 요동으로 군사를 보내고 있다는 소식을 들었다. 그래서 태자하의 물길을 터서 해자에 물을 대고 군졸들로 하여금 성을 에워싸고 성가퀴에 올라 진을 치게 했다. 청나라는 심양을 함락한 지 닷새 만에 요동의 성 아래까지 도착했다.

누르하치

누르하치奴兒哈赤라는 자는 소위 청나라 태조이다. 그가 직접 좌익左翼의 군사를 통솔하고 먼저 도착하니, 명나라는 총병摠兵 이회신李懷信 등이 군사 5만을 인솔하고 성 밖 5리쯤에 진을 쳤다. 누르하치는 좌익 군사의 4기旗(청나라는 군사 조직을 8기로 나누어 편성한다.)로 명나라 진영의 왼쪽을 공격했다.

청 태종은 우리나라에서 칸汗이라 부르는데, 이름은 홍태시洪台時이다. (우리나라 병자·정묘호란胡亂에 관한 기록에는 홍타시紅打時, 홍타시洪他詩 등 여러 가지로 기록되어 있는데, 그 발음을 따서 비슷하게 표기한 것이다. 예컨대 영아아대英阿兒臺를 '용골대'龍骨大로 부르고, 마복탑馬伏塔을 '마부대'馬夫大로 부르는 것이 이런 예이다.—원주) 홍태시가 정예병을 이끌고 싸우기를 청했으나 누르하치는 허락하지 않았다.

홍태시가 자신의 뜻대로 출정하기를 고집하여, 기어코 두 홍기紅旗(청나라 팔기병八旗兵의 하나)를 요동성 아래에 매복해 형편을 살피게 하였다. 누르하치는 정황기正黃旗와 양황기鑲黃旗를 보내어 홍태시를 도와 명나라 진영의 왼편을 들이쳤다. 청나라 4기의 군사들이 계속 들이치자 명나라 군사들은 큰 혼란에 빠졌다. 홍태시는 승승장구하여 명나라 군사를 60리를 추격하여 안산鞍山에 이르렀다.

요양 동경성

바야흐로 전투가 벌어졌을 때 명나라 군사들은 요양의 서문에서 나와 청나라 군사들이 주둔하던 곳을 쳤는데, 성 옆에 복병 중이던 두 홍기의 군사들이 명나라 군사를 공격하자 황급히 성안으로 회군하려다 자기들끼리 서로 짓밟아 총병 하세현賀世賢과 부장 척금戚金 등이 모두 전사했다.

이튿날 누르하치는 패륵貝勒[156]의 왼쪽 4기의 군사를 동원하여, 성 서쪽의 물 들어오는 갑문을 파서 호숫물을 빼 버렸다. 그리고 오른쪽 4기의 병사들에게 명하여 성 동쪽의 물 들어가는 입구를 막게 하였다. 자신은 우익右翼의 군사를 이끌고 방패 달린 전차를 성 주변에 늘어세우고 포대에 흙을 넣고 돌을 옮겨와 물을 막았다. 명나라의 보병과 기병 3만 명이 성의 동문에서 나와 양쪽 진영이 서로 버텼다. 청의 군사들이 바야흐로 다리를 빼앗으려고 하였는데, 물 들어오는 입구가 막혀 물이 마르자, 4기의 전방 부대가 해자를 건너 크게 소리 지르며 동문을 막고 공격했다.

명의 군사들이 힘껏 싸웠으나 청의 홍기 갑군甲軍 200명과 백기 천 명이 진격해서 명 군사의 시신이 해자를 메우고 참호에

156 패륵은 만주어인 '바이르'를 음역한 것으로 부족장을 이르는데, 관직명으로도 사용했다.

청나라의 팔기군八旗軍
① 양황기鑲黃旗
② 정황기正黃旗
③ 정백기正白旗
④ 양백기鑲白旗
⑤ 정홍기正紅旗
⑥ 양홍기鑲紅旗
⑦ 정남기正藍旗
⑧ 양남기鑲藍旗

가득 찼다. 청의 군사는 무정문武靖門 다리를 빼앗고 해자를 수비하고 있는 명의 군사를 나누어 공격했고, 명의 군사는 성 위에서 쉼없이 총을 쏘아댔다. 청의 군사는 용맹을 떨치며 저돌적으로 공격하여, 사다리를 세워 성에 기어올라 드디어 성의 서쪽 한 곳을 빼앗고, 성으로 몰려 들어가서는 성안 사람들을 수없이 죽이니 성안이 발칵 뒤집혔다.

이날 밤 성안에 있던 명의 군사들은 횃불을 밝히고 항전했으나, 우유요牛維曜 등은 줄을 타고 성을 탈출하여 이리저리 도망갔다. 다음 날 명의 군사들이 다시 방패를 벌려 세우고 힘껏 싸웠으나 청의 4기의 군사들은 성으로 올라왔다. 경략 원응태가 성의 북쪽 진원루鎭遠樓에 올라가 싸움을 독려하다가 성이 함락되는 것을 보고는 누각에 불을 지르고 자신도 타 죽었다. 분수도分守道 하정괴何廷魁는 처자와 함께 우물에 투신하여 죽고, 감군도監軍道 최유수崔儒秀는 스스로 목을 매었다. 총병 주만량朱萬良, 부장 양중선梁仲善, 참장參將 왕치王豸와 방승훈房承勳, 유격遊擊 이상의李尙義와 장승무張繩武, 도사都司 서국전徐國全과 왕종성王宗盛, 수비守備 이정간李廷幹 등이 모두 전사했다.

御製全韻詩 有序
四聲切韻之書始自周顒而成於沈約其書雖不傳而拈韻者必以是爲準則然韻非自二人創之擊壤卿雲何一非韻句乎不啻此也羲經尚書多有韻語則尤古於三百風人之詠但以宜於時齊於一不得不以現行約之定本爲準耳他如廣韻唐孫愐增修宋祥符初陳彭年更定集韻宋景祐初宋祁等重加刊修正韻明洪武間宋濂等刊修收字取音或失於貪多務得而分韻既多反覺窒礙要之今通用之一百六韻已足供道性情鑒今古格物類之爲無事其務該廣而傷繁冗
御製全韻詩 上平聲 一

『전운시』

생포된 어사御史 장전張銓[157]이 굴복하지 않자, 누르하치는 사사賜死하라고 명을 내려서 충절을 이루게 했다. 홍태시는 장전을 아껴 그를 살리려고 두 번 세 번 완곡하게 회유했으나 끝내 그 뜻을 뺏을 수 없어, 부득이 목을 매어 죽이고는 장례를 치러 주었다.

건륭 황제가 작년 기해년(1779)에 『전운시』全韻詩[158]를 지어 당시 성이 함락되던 상황을 상세히 기록하고 덧붙여,

157 장전(?~1621)은 명나라 산서 사람이다. 자는 우형宇衡, 호는 견평見平이다. 저서에 『국사기문』國史紀聞과 『승유초』勝游草가 있다.

158 『전운시』는 청나라 건륭 황제가 청나라 창업의 어려움과 그 창업 과정을 한시로 지어 엮은 책이다.

"명나라 신하로 끝까지 항복하지 않은 자에 대해서는 우리 선왕들이 은전恩典을 더하였거니와, 당시 북경에 있던 군신들은 냉담하여 피차 아무 관계가 없다는 듯 공과 죄를 따지지 않았으니, 나라가 망하지 않으려고 한들 될 수 있겠는가?"
라고 했다.

『명사』明史를 살펴보면 웅정필이 위험에 처한 광녕廣寧을 구하지 않자, 삼사三司(사법기관의 우두머리)인 왕기王紀, 추원표鄒元標, 주응추周應秋 등이 정필의 죄를 따지며,

"웅정필의 재주와 식견과 기백은 참으로 일세를 노려볼 만하여, 왕년에 요동을 지키니 요동이 건재했고, 요동을 떠나자 요동이 멸망했을 정도입니다. 그러나 교만하고 괴팍한 성깔은 고집스러워 꺾을 수가 없습니다. 오늘 상소를 하면 내일은 그 상소를 방으로 내붙일 정도입니다. 장군 양호楊鎬와 비교한다면 한 번 도망한 죄보다 오히려 많고, 원응태와 비교한다면 도리어 한 번의 죽음으로는 부족할 정도입니다. 청나라 군에 패배한 죄를 물어서 왕화정王化貞은 사형을 시키고 웅정필은 관대하게 용서하신다면, 이는 죄는 같은데 그 처벌은 다른 것입니다."
라고 하였다.

지금, 웅정필이 쌓았다는 흙벽 주위에 남아 있는 벽돌의 흔적을 보며 당시 삼사에서 정필의 죄를 탄핵한 내용을 암송해 보니 족히 웅정필의 인간됨을 상상할 수 있겠다.

아! 슬프다. 명나라 말기의 운세는 인재를 쓰고 버림이 거꾸로 되고, 공과 죄가 분명하게 밝혀지지 않았으니, 웅정필과 원숭환袁崇煥[159] 같은 명장의 죽음을 보면 명나라는 자기 스스로 만리장성을 허물어 버린 것이라고 할 수 있겠다. 어찌 후대의 꾸짖음

159 원숭환(1584~1630)은 명나라 말기의 장수로 후금의 침략을 방어하는 공을 세웠으나 반역의 누명을 쓰고 처형되었다. 그의 죽음에 대해서는 7월 19일 일기 참조.

요양성 해자

을 면할 수 있겠는가.

태자하의 물을 끌어다 성 주위에 해자를 만들었다. 해자 안에는 두서너 척의 고기잡이배가 떠 있고, 성 아래에는 낚시하는 사람이 수십 명 있었다. 모두 아름다운 의복을 입고 생김새도 유한층의 귀공자 같아 보이는데 모두 성안 장사치들이다. 내가 해자를 돌면서, 갑문을 설치하여 물을 가두고 빼는 제도를 관찰하려 했으나 낚시꾼들이 왁자지껄 떠들며 낚싯대를 들고 와서 내게 말을 건다. 내가 땅에 글씨를 써 보이니 모두 한참 들여다보다가 웃고 가 버린다.

요동 백탑에 대한 기록

「요동백탑기」遼東白塔記

관제묘를 나와 채 반 리를 못 가서 백탑이 있다. 여덟 면으로 된 백색의 이 탑은 13층으로 높이가 70길이나 된다고 한다.[160] 세상에 전하기로는 당나라 장군 울지경덕尉遲敬德[161]이 군사를 이끌고 고구려를 치러 갈 때 건축한 것이라 한다. 혹은 신선 정령위丁令威[162]가 학을 타고 돌아왔을 때 요동의 성곽과 인민이 이미 바뀐 것을 보고는 슬피 울며 노래를 지었는데, 이것이 정령위가 머물렀던 곳에 세운 일종의 비석인 화표주華表柱라고 하지만, 이는 틀린 말이다. 화표주는 요양성 밖 10리도 안 되는 가까운 곳에 있고, 높지도 크지도 않다.[163] 백탑을 화표주라고 부르는 것은 우리나라 비복들이 입에서 나오는 대로 이름을 붙여서이다.

요동이 왼쪽으로 푸른 바다를 끼고 앞으로는 큰 들판에 접해 있어 거리끼고 막히는 것 없이 천 리가 아득하므로, 백탑은 바로 요동 벌판 3분의 1의 형세를 차지한 셈이다. 탑 꼭대기에는 구리

160 높이가 71m이다.

161 울지경덕은 당 태종 때의 장수로서, 이름은 공恭이고, 경덕은 자이다.

162 정령위는 한나라 때 요동 사람으로, 영허산靈虛山에 가서 도를 배운 뒤 학을 타고 요동으로 돌아왔다는 전설이 있다.

163 요양현 한령진寒嶺鎭 구가보자촌邱家保子村에 화표산이 있고 이 산에 정령위와 관련된 작은 화표주가 세워져 있다.

요동 백탑

로 된 북을 세 개 설치하고, 매 층의 추녀 모서리마다 물바가지 크기의 풍경을 달아 놓아서 바람이 불면 풍경 소리가 요동 들판을 진동한다.

탑 아래에서 두 사람을 만났는데, 모두 만주인으로 영고탑寧古塔에 약을 사러 간다고 한다. 땅바닥에 글씨를 써서 문답을 했는데, 한 사람은 『고본상서』古本尙書를 묻기도 하고, 또 안연顔淵의 저서와 자하子夏가 지은 『악경』樂經이 있느냐고 묻는다. 모두 내가 처음으로 듣는 것이어서 그런 책이 없다고 답했다. 두 사람은 모두 젊은이로 이곳을 처음 지나가는데 백탑을 보러 왔다고 한다. 갈 길이 바빠 그 이름을 미처 묻지 못했는데 아마도 서생일 것이다.

화표주

관운장 사당 구경

「관제묘기」關帝廟記

구요동 성문 밖을 나가면 돌다리가 있다. 다리 가장자리의 돌난간은 아주 정교하게 만들어졌는데 강희 57년(1718)에 건축한 것이다. 다리 맞은편으로 100여 보쯤 가면 현판을 걸어 놓은 누각문인 패루牌樓가 있는데, 거기에 화룡火龍과 수선水仙을 새겨 놓았는데 그림이 은은히 일어나는 것 같다.

패루로 들어가 동쪽으로 가면 큰 누각이 있고 그 아래로는 문이 났으며, 편액에는 적금루摘錦樓라 되어 있다. 왼쪽에 종루가 있는데 현판에 용음龍吟이라 적혀 있고, 오른쪽에 고루가 있는데 현판에 호소虎嘯라 적혀 있다. 묘당廟堂은 장엄하고 화려하며 정전正殿과 다락집은 모두 겹으로 되어 금빛과 푸른빛이 휘황찬란했다. 정전에는 관운장의 소상을, 동쪽 곁채에는 장비張飛 소

요양 관제묘

상을, 서쪽 곁채에는 조자룡趙子龍의 상을 각각 모셨다. 또 촉나라 장군 엄안嚴顔[164]의 굴복하지 않는 꿋꿋한 형상을 만들어 놓았다.

뜰 가운데는 커다란 비석을 여러 개 나열해 두었는데, 모두 사당을 창건하거나 중수한 내력을 기록했으며, 새로 만든 비석 하나에는 산서山西 지방의 상인이 관제묘를 중수한 사실을 기록해 놓았다.

사당 안에는 무뢰배 논다니 수천 명이 왁자지껄 후끈 달아오른 모습이 마치 과거 시험장 같았다.

창이나 봉을 연습하는 사람, 주먹질과 발차기를 하는 사람, 눈 먼 말과 애꾸눈 말을 흉내 내며 놀이를 하는 사람이 있는가 하면, 앉아서 『수호전』을 읽어 주는 사람도 있는데 많은 사람들이 둘러앉아 듣고 있었다. 읽어 주는 자는 머리를 흔들고 코를 쳐들며 옆에 사람이 없는 것처럼 거리낌 없이 아주 혼자 신이 나 있다.

그가 읽는 곳을 들여다보니 『수호전』에서 노지심이 와관사瓦罐寺에 불을 질러 태우는 대목인데, 정작 암송하고 있는 내용은 바로 『서상기』西廂記[165]였다. 눈으로는 글자를 모르면서도 말솜씨는 청산유수처럼 좔좔 흐르는 것이, 우리나라의 골목이나 가게에서 『임장군전』을 암송하여 들려 주는 것과 같다. 읽어 주는 자가 잠시 읽기를 중단하자, 두 사람이 비파를 타고 한 사람은 첩정疊鉦[166]을 친다.

164 엄안(?~219)은 후한 때의 장수로, 장비에게 사로잡혀서도 끝내 항복하지 않고 꿋꿋한 모습을 보여 주었다.

요양 관제묘의 관우 소상 요양박물관

165 『서상기』는 원나라 극작가 왕실보王實甫가 지은 작품이다. 남녀 간의 사랑을 그렸다.

166 첩정은 작은 징이 여러 개 달린 악기로, 운라雲鑼를 말한다.

첩정(운라)

광우사 구경

「광우사기」廣祐寺記

백탑 남쪽에 오래된 절이 있는데 광우사廣祐寺라고 한다. 백탑에서 만났던 만주족 서생은, 이 절이 한나라 때 창건된 것으로, 당 태종이 요동을 정벌하러 갈 때에 수산首山에 행차를 멈추고 주둔하며 악공鄂公(봉호) 울지경덕[167]을 시켜 중수하게 했다고 말한다.

세상에 전하는 전설에 의하면, 옛날에 한 촌사람이 광녕廣寧으로 가다가 길에서 동자를 만났다. 동자가 촌사람에게, 자기를 업어서 광우사로 데려다 주면, 절 우측 열 발자국쯤에 있는 오래된 나무 아래에 숨겨 둔 황금 10만 냥을 보상으로 주겠다고 했다. 촌사람이 동자를 업고 수백 리 길을 걸어 하루아침도 안 걸려 절에 이르러서 등에 업은 아이를 보니 바로 한 좌座의 금부처였다. 절의 중들이 이상히 여겨 그 나무 밑을 파 보니 과연 10만 금을 얻었다. 촌사람이 그 금으로 절을 중수했다고 전한다.

절에 있는 비석을 읽어 보니, 절은 강희 27년(1688)에 태황태

167 울지경덕(585~658)은 당나라 개국 명장으로 본명은 울지융尉遲融이고, 자가 경덕敬德이다. 악국공鄂國公에 봉해졌다.

후태황태后太皇太后[168]가 내탕고內帑庫[169] 돈을 시주하여 세운 것이고, 강희 황제 역시 언젠가 절에 행차하여 중에게 비단으로 짠 가사를 하사했다고 한다. 지금은 폐사廢寺가 되어 중도 없다.

근년에 새로 복원한 광우사

168 강희 황제의 할머니. 곧 청 태종의 비妃.
169 내탕고는 왕실의 재물을 넣어 두는 창고이다.

심양의 이모저모

성경잡지
盛京雜識

7월 10일 병술일로부터 14일 경인일까지 모두 닷새간이다.
십리하에서 소흑산에 이르기까지 모두 327리이다.

⊙ — **성경잡지**

성경盛京은 심양瀋陽의 옛 이름이다. '심양의 이모저모'라고 번역한 「성경잡지」는 7월 10일에서 7월 14일까지의 여행 기록과 심양에서 체류하며 겪은 내용을 중심으로 구성되어 있다. 연도에서 보고 듣고 겪은 일들이 모두 새롭고 흥미로운 것이어서 점입가경의 느낌이 든다.

심양에 도착한 연암은 바로 이튿날부터 한밤중에 숙소를 빠져나와 중국의 젊은이들과 밤을 새워 가며 필담 토론을 벌인다. 예속재와 가상루에서 그곳의 주인들과 갖가지 화제를 끄집어내어 문답하고 토론을 하는데, 이역의 풍물과 인사들에 대해서 연암이 얼마나 많은 지적 호기심을 가지고 있었던가를 짐작할 수 있다. 중국의 젊은이들이 서로 경쟁적으로 연암을 자신의 상점에 초빙하여 밤을 새워 가며 필담하는 장면에서 연암의 박식한 학문과 예술 취향 그리고 소탈한 면모가 여실하게 드러난다.

또한 중국인들에게 연암이 자기의 필력을 뽐내려고 점방의 간판 글씨를 써 주는 대목인 '기상새설'欺霜賽雪은 마치 소설에 복선을 깔아 놓은 듯 흥미를 주며, 중국의 초상 제도를 관찰하려고 상가에 들어갔다가 얼떨결에 문상까지 하고 나오는 대목은 폭소를 유발하는 흥미로운 장면이다.

정조 4년 경자庚子(청 건륭 45년) 가을 7월 초10일 병술일

비가 오다가 곧 개었다. 십리하에서 일찍 출발하여 판교보板橋堡까지 5리, 장성점長盛店 5리, 사하보沙河堡 10리, 폭교와자暴交蛙子 5리, 전장포氈匠鋪 5리, 화소교火燒橋 3리, 백탑보白塔堡 7리, 모두 40리이다. 점심을 백탑보에서 먹었다. 또 백탑보에서 일소대一所臺까지 5리, 홍화포紅火鋪 5리, 혼하渾河 1리, 배로 혼하를 건너 심양에 들어가서 9리, 모두 20리이다. 이날 모두 60리를 가서 심양에서 잤다.

이날은 아주 더웠다. 고개를 돌려 멀리 요동성 밖을 바라보니, 숲은 푸르고 망망하며 수많은 점처럼 생긴 새벽 갈까마귀가 들판에 날아 흩어졌다. 아침밥 짓는 한 줄기 연기가 하늘가에 가로로 펼쳐 있으며, 상서로운 둥근 태양이 떠오르며 자욱한 아침 안개를 붉게 물들였다. 사방을 둘러보아도 씻은 듯 아득하고 넓어서 한 점 거치적거리거나 막힌 데가 없었다.

아하! 여기가 바로 영웅들이 수없이 싸웠던 전쟁터로구나. 옛말에 "범이 달리고 용이 날아오르는 것 같은 영웅이어서 모든 것을 제 마음대로 할 수 있다"[1] 라는 말처럼 천자가 모든 것을 좌지우지할 수 있을 것 같으나, 천하가 편안한가 위태로운가는 항상 요동 들판에 달려 있었다. 요동 들판이 편안하면 나라 안이 잠잠하고, 요동 들판이 한번 시끄러우면 천하에 전쟁이 일어나 일진일퇴하는 북소리, 징소리가 번갈아 울렸음은 무엇 때문인가?

1 삼국시대에 격문으로 이름을 날린 진림陳琳이 한 말이다.

진실로 천 리가 일망무제로 툭 터진 이 평원과 광야를 지키자니 힘을 모으기 어렵고, 버리자니 오랑캐들이 몰려들어 그야말로 대문도 마당도 없는 경계인 것이다. 이것이 중국에겐 반드시 전쟁을 치러야 하는 땅이 되는 까닭이며, 천하의 힘을 다 기울여서라도 지켜야만이 천하가 안정되는 까닭이다.

지금 중국 천하가 백 년간 전쟁이 없는 까닭이 어찌 덕과 교화와 정치를 앞 시대보다 뛰어나게 잘한 탓이라고 말하겠는가? 심양은 바로 청나라가 처음 일어난 곳으로,[2] 동으로는 영고탑에 접해 있고 북으로는 열하熱河를 견제하고 남으로 조선을 어루만지면서 서쪽 중국으로 진격해 들어가니, 중국은 감히 꼼짝을 못했다. 근본을 튼튼하게 하는 방법이 역대의 어느 왕조와도 비교할 바가 아니기 때문이다. 요동에 들어온 이래로 뽕나무 삼나무가 울창하게 우거지고, 닭과 개의 소리가 서로 들릴 정도로 마을이 이어져 백 년간 무사했으니, 청나라 황제에겐 한 가지 괴로운 일이 되지 않을 수 없을 것이다.

2 청나라는 본래 무순撫順 동쪽 흥경興京에서 일어나, 1625년에 심양으로 도읍을 옮겼다가 1644년에 북경으로 수도를 이전하였다.

몽고의 수레 수천 대가 벽돌을 싣고 심양으로 들어간다. 수레 한 대를 소 세 마리가 끄는데 흰 소가 많고 더러 푸른 소도 섞여 있다. 더운 날씨에 무거운 수레를 끄느라 소의 코에서 피가 흐른다.

몽고인들은 모두 코가 우뚝하고 눈이 깊으며 포악하고 사납게 생긴 모양이 자못 사람 같지 않았다. 게다가 옷과 모자가 남루하고 얼굴에는 먼지와 때가 가득하다. 그러나 오히려 버선은 안 벗는데, 우리 아랫것들이 맨발로 다니는 꼴을 보고는 괴이하게 생각하는 것 같았다.

우리나라 말몰이꾼들은 해마다 몽고인들을 보아서 그들의 성정을 잘 알기 때문에 항상 버릇없이 장난을 친다. 채찍 끝으로 모자를 벗겨 길옆에 던져 버리거나 혹 공인 양 발로 차는 장난도 하지만, 몽고인들은 화내지 않고 웃으며 단지 두 손을 내밀어 고분고분한 말로 돌려 달라고 사정한다. 말몰이꾼들이 더러 뒤에서 모자를 벗겨서 밭 가운데로 뛰어가며 거짓으로 쫓기는 척하다가 홱 돌아서서 그의 허리를 부여잡고 발로 딴죽을 걸면 고꾸라지지 않는 몽고인이 없다. 그리고 그 가슴에 걸터타고 입에 흙을 집어 넣으면 지나가던 되놈들도 수레를 멈추고 일제히 웃는다. 고꾸라진 자도 웃으면서 일어나 입을 닦고 모자를 쓰지만, 다시 싸우려고 하지는 않는다.

백탑 심양시 동릉구東陵區 20km 밖 백탑보에 있다.

가다가 수레 한 대와 마주쳤다. 일곱 명을 싣고 있는데 모두 붉은 옷을 입고 쇠줄로 어깨와 등을 칭칭 묶어 목에는 자물쇠를 엇갈리게 채웠으며, 다시 한쪽 끝은 손을 한쪽 끝은 발을 각각 묶었다. 금주위錦州衛(요녕성 금주 일대를 지키는 군사 요충지)의 도적인데, 사형에서 감형이 되어 흑룡강으로 수자리 살러 간다고 한다. 얼굴은 두려워 겁내는 표정이지만, 수레 위에서는 오히려 자기들끼리 웃고 장난치는데 조금도 괴로워하는 기색이 없다.

말 수백 필이 도로를 점령하고 지나간다. 제일 뒤에 좋은 말을 탄 사람이 손에는 수숫대 한 가닥을 쥐고 뒤에서 말 떼를 몰고 간다. 말에 굴레를 하거나 묶지도 않았으며, 단지 말이 가는 것을 돌보기만 한다.

백탑보에 이르니, 탑은 촌 가운데에 있는데 높이는 20여 길이고 13층으로 여덟 면에 가운데는 비었으며 층마다 둥근 문 네 개가 나 있다. 말을 탄 채 그 안에 들어가 올려다보니 갑자기 현기증이 나서 말고삐를 돌려 되돌아 나왔다. 사신 일행은 벌써 점심 먹을 집으로 들어갔다고 한다.

집 뒤채에 들어가니 주인의 수염 아래에서 홀연히 개 짖는 소리가 몇 번 난다. 내가 깜짝 놀라 물러나 섰더니, 주인은 미소를 지으며 앉으라고 청한다. 주인은 긴 수염이 희끗희끗한데, 캉 위에서 짧은 다리를 한 걸상에 걸터앉았고, 캉 아래 맞은편 의자에는 한 할멈이 머리에는 붉고 흰 접시꽃을 꽂고 복숭아꽃을 수놓은 검푸른 치마를 입고 앉아 있었다. 할멈의 가슴 앞에서도 개 짖는 소리가 나는데 아까보다 더 사납게 짖어댄다.

주인은 품 안에서 토끼만 한 삽살개 한 마리를 천천히 들어서 꺼내는데, 털은 한 치 정도로 가늘고 눈처럼 희며, 등은 담청색에 눈은 누렇고 주둥이는 붉다. 할멈도 옷깃을 열고 삽살개 새끼를 꺼내어 번갈아 내게 보이는데 털 색깔이 같다. 할멈이 웃으며,

"손님께서는 괴이하게 여기지 마십시오. 우리 두 늙은이가 집안에 한가하게 있자니 정말 길고 긴 날을 소일하기 어려워서, 집에서 이 흰 놈들을 끌어안고 놀다가 도리어 다른 사람에게 웃음거리를 당합니다."

라고 한다. 내가,

"주인 집에는 아들 손자가 없습니까?"

라고 묻자 주인은,

"아들 셋에 손자 하나를 두었지요. 큰아들은 서른한 살로 성

3 청 태조가 심양으로 도읍을 옮긴 뒤에 이름을 성경으로 바꾸었다. 명칭이 후성候城→심양→성경→봉천→심양으로 바뀌었다. 북경으로 수도를 옮긴 뒤에도 성경은 배도陪都(제2의 수도)의 역할을 하였다.

경盛京[3]의 장군을 모시는 장경章京(청나라 지방의 문무 관원)으로 있고, 둘째는 열아홉 살, 막내는 열여섯 살로 모두 학당에 글 읽으러 갔답니다. 아홉 살 된 손자놈은 버드나무에 붙은 매미를 잡으러 나가 온종일 얼굴 보기도 어렵습니다."
라고 대답한다.

잠시 뒤에 주인의 어린 손자가 손에 나팔을 쥐고 숨을 헐떡거리며 후당後堂에 뛰어 들어와서 할아버지의 목을 끌어안으며 나팔을 사달라고 보챈다. 노인은 인자한 표정을 얼굴에 가득 띠고,

"이건 아이들에게 필요한 게 아니란다."
라고 한다. 어린애는 눈이 청명하고 살구빛이 도는 누런 비단 윗옷을 입었는데, 어리광과 재롱을 부리며 이리저리 뛰어다닌다. 노인은 손자를 불러서 나에게 절을 하라고 시킨다. 그때 군뢰가 눈을 부라리고 후당에 뛰어 들어와서 나팔을 빼앗고는 고래고래 소리를 지르며 야단을 쳤다. 노인이 일어나,

"부끄럽습니다. 손자놈이 개구쟁이 짓을 했습니다. 물건은 조금도 다치지 않았습니다."
라고 사과를 했다. 나도 군뢰를 나무라며,

"찾아갔으면 됐지, 꼭 그렇게 사람을 무안하게 만들 건 무엔가?"
하였다.

나는 주인에게,

"이 개는 어느 지방에서 나는지요?"
하고 물으니 주인은,

"운남雲南 지방에서 나는데, 촉蜀(사천 지방)에도 이런 작은 개가 있답니다. 이놈은 이름이 '옥토끼'이고, 저놈은

나팔

'설사자'雪獅子라고 부르는데, 모두 운남에서 나는 개랍니다."
라고 말하고는, 옥토끼를 불러 절을 하라고 시킨다. 개가 일어나더니 두 앞발을 들고서 절을 하고 읍을 하는 모양을 취하더니 문득 땅에 엎드려 머리를 조아린다.

그때 장복이 와서 식사를 하라고 청한다. 내가 즉시 일어나니 주인이,

"손님께서 이 미물을 이미 아끼고 귀여워하셨으니 삼가 드리는 것이 인정이고 저의 바람입니다. 조공을 마치고 돌아가실 때 손님께서 가져가셔도 무방합니다."
라고 하기에 나는,

"어찌 감히 보답도 없이 무단히 받겠습니까?"
하고는 급히 몸을 돌려 나와 버렸다.

사신 일행은 출발이 임박해 첫 나팔을 불었는데도 나의 행방을 알지 못해 장복을 보내 두루 찾았으나 찾지 못했던 것이다. 밥은 오래되어 이미 굳었고, 마음이 조급하여 목구멍에 넘어가지 않는다. 그래서 장복과 창대에게 함께 먹으라고 건네주고는, 혼자 점포 안에 들어가 국수 한 사발, 소주 한 잔, 삶은 계란 세 개, 오이 한 개를 사서 먹었는데, 계산을 해 보니 마흔두 닢이었다. 사신 행렬이 막 점포 문 앞을 지나기에 즉시 변군과 말고삐를 나란히 하여 따라갔다. 배가 너무 불러 억지로 참고 20리를 갔다.

해가 이미 사시(오전 9시~오전 11시)를 향하고 있어 불볕 더위의 날씨였지만, 요동에서부터 연도에 심어 놓은 수많은 버드나무가 하늘을 덮고 그늘을 만들어 그다지 더운지 모르겠다. 어쩌다가 버드나무 아래에 물이 고여 왕왕 구덩이가 되어 부득이 길을 벗어나 옆으로 비스듬히 가게 되면 폭염이 위에서 내리쬐고 후끈

획권(시권)의 모습

4 술자리에서 가위바위보처럼 손가락으로 승부를 정해서 벌주를 마시는 놀이를 획권劃拳 또는 시권猜拳, 활권豁拳, 시매猜枚, 무전拇戰이라고 한다.

달아오른 땅기운이 밑에서 올라와 잠시 잠깐인데도 가슴이 콱콱 막혔다.

멀리 버드나무 아래를 바라보니 수레와 말이 구름처럼 모여 있기에 급히 말을 달려가 말에서 내려 잠시 쉬었다. 수백 명의 장사꾼들이 짐을 부려 놓고 더위를 식히고 있었다. 버드나무 뿌리에 걸터앉아 웃통을 벗고 부채를 부치는 사람, 술이나 차를 마시는 사람, 머리를 감거나 머리를 미는 사람, 골패놀이를 하는 사람, 가위바위보와 비슷한 놀이로 술 먹기 시합하는 사람,[4] 각양각색 천태만상이었다.

짐에는 모두 그림 그려진 도자기가 있으며, 게다가 수숫대의 껍질을 벗긴 것으로 아주 작은 누각 모양을 만들고 그 안에 각기 우는 벌레나 매미를 넣어 둔 짐이 10여 개나 된다. 혹 항아리에 붉은 벌레와 푸른 마름을 담았는데, 붉은 벌레가 물 위로 둥둥 뜬 것이 새우 알처럼 아주 작은데 물고기의 먹이가 된다. 30여 대 되는 수레에는 모두 석탄을 실었다.

양매 양매(소귀나무)의 열매로, 이를 볶아서 차의 원료로 사용한다.

5 양매차는 소귀나무의 열매를 볶아서 우려낸 차이다.

6 제호탕은 오매烏梅, 사인沙仁, 백단향, 초과草果를 가루로 만들어 꿀에 재어 두었다가 끓여서 냉수에 타 마시는 청량 음료이다.

술도 팔고, 차도 팔고, 떡과 과일도 팔고, 온갖 음식을 파는 사람들이 모두 버드나무 그늘 아래로 나아가 의자를 벌리고 앉았다. 나는 여섯 푼으로 양매차楊梅茶[5] 반 사발을 사서 먹고 갈증을 풀었는데, 그 맛이 새콤달콤하여 제호탕醍醐湯[6]을 닮았다.

태평차太平車 한 대에 부인 둘이 탔는데 나귀 한 마리가 끌고 간다. 나귀가 물통을 보더니 수레를 끌고 물통으로 다가간다. 한 명은 늙고, 한 명은 젊은 부인인데 주렴을 걷고 더위를 식혔다. 모두 꾀꼬리 빛깔의 푸른 윗옷과 주황색 바지를 입고, 옥잠화, 패랭이꽃, 석류꽃으로 머리 장식을 요란하게 했는데 아마도 한족 여자인 것 같다.

혼하

변군이 술을 마시자고 하기에 각각 한 잔씩 마시고는 즉각 출발했다. 몇 리를 못 가서 멀리 보니 여러 곳의 부도浮圖(불탑)들이 훤하게 시야에 들어왔다. 따져 보니 심양에 가까워진 것 같다. 이른바,

어부가 강성江城이 가까워졌다고 손으로 가리킴에
뱃머리로 보이는 탑 하나가 점점 길어진다.

漁人爲指江城近 一塔船頭看漸長[7]

라는 시구가 떠오른다.

그림을 모르는 사람은 시를 모른다. 화가의 그림에는 물감을 진하고 옅게 칠하는 법이 있고, 멀고 가까움을 나타내는 형세가

7 명나라 사람 고계高啓의 「성곽에 들어가 남호를 지나 멀리 보은부도를 바라보며」(入郭過南湖望報恩浮圖)라는 7언 절구의 뒷부분이다.

성경(심양)의 성문

있다. 지금 탑의 모양을 보니 옛사람이 시를 지을 때 반드시 그림의 의취를 가지고 있었음을 더욱 깨닫겠다. 대개 성이 멀리 있을 때는 탑이 짧게, 성이 가까워지면 탑이 길게 보이는 법이다.

혼하渾河는 아리강阿利江 혹은 소료수小遼水라고도 하는데, 물이 장백산에서 발원하여 사하沙河와 합쳐져 심양성의 동남부를 감돌고 나가 태자하太子河를 만나고, 또 서쪽으로 흘러 요하遼河와 합쳐져 삼차하三叉河가 되어 바다로 들어간다.

혼하를 건너 몇 리쯤 가니 그다지 높지 않은 흙으로 쌓은 성이 있다. 토성 밖에는 새까만 소 수백 마리가 있는데, 색이 어찌나 까만지 마치 옻칠을 한 것 같다. 백 경頃(이랑)쯤 되는 큰 못에는 물이 넘실넘실하고 붉은 연꽃이 한창 피어 있으며, 거위와 오리가 수없이 헤엄치고 있다. 못가에선 흰 양 천여 마리가 바야흐로 물을 마시다가 사람들을 보고는 모두 머리를 쫑긋 세운다.

심양성의 외곽문을 들어가니 성곽 안의 사람과 물건 들의 번화함, 시장의 풍성함과 사치함이 요동의 열 배나 된다. 관운장 사당에 들어가 잠시 쉬는데, 삼사들은 관복을 갖추어 입었다. 수아주(품질이 좋은 비단의 이름)로 된 홑적삼을 입고 번들거리는 머리에 변발을 한 노인 한 분이 내게 와서 길게 읍을 하며,

"고생이 많습니다."

라고 하기에 나도 답례로 읍을 하였다.

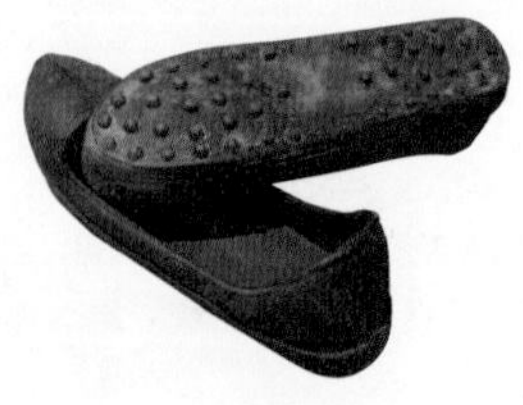
진신 조선 시대 상류계급이 신던 가죽신

노인은 내가 신은 진신(질척거리는 땅에 신는 가죽신)을 유심히

들여다보는데 아마도 제작 방법을 소상하게 살피는 것 같다. 나는 즉시 한 짝을 벗어서 보여 주었다. 사당 안에서 도사 한 사람이 달려 나온다. 몸에는 야견사野繭絲(멧누에고치 실로 만든 비단) 도포를 입고 머리에는 등나무 삿갓을 썼으며 발에는 흑공단으로 된 신을 신고 있다.

그는 삿갓을 벗고 자기 상투를 만지며 내게,

"상공과 모양이 같습니다."

라고 한다.

노인은 스스로 자기 신발을 벗고는 내 신발로 바꿔 신으면서,

"이 신발은 무슨 가죽으로 만든 것입니까?"

하고 묻기에 나는,

"당나귀 가죽입니다."

하고 대답했다.

"신발 바닥은 무슨 가죽입니까?"

"소가죽인데, 기름을 먹이고 충분히 굳게 하여서 진흙을 밟아도 젖지 않습니다."

노인과 도사가 신발을 보며 이구동성으로 아름답다고 칭송하면서,

"이 신이 진 땅에 돌아다니기는 편리하지만 마른 땅에서는 발에 굳은살이 박일 것 같은데요."

하고 묻기에 나는,

"좀 그렇습니다."

하고 대답했다.

노인이 나를 데리고 사당 안으로 들어가자, 도사는 손수 두 주발에 차를 따라 우리에게 마시라고 권한다. 노인이 글씨를 써

서 보이는데, 성명은 복녕福寧이고 만주 사람으로 현재 심양의 병부낭중兵部郎中 벼슬을 하며 나이는 예순셋이란다. 성 밖의 큰 연못으로 피서를 나왔다가 연꽃이 하도 잘 피었기에 한가롭게 한 바퀴 돌다가 이제 막 돌아오는 길이라고 한다. 이어서 내게,

"상공은 벼슬이 몇 품이며, 나이는 얼마시오?"

하고 묻기에 나는 성명은 뭐고 신분은 서생書生이며, 중국에는 구경 차 왔고 정사년(1737)에 태어났다고 대답했다. 생일과 생시를 묻기에 2월 초5일 축시(오전 1시~오전 3시)라고 답했고, 무관 시위侍衛냐고 묻기에 아니라고 했다.

복녕은,

"맨 앞자리에 앉은 저분은 여러 해 전에도 북경에 왔는데,[8] 제가 북경에서 돌아올 때 옥전현玉田縣에 도착해서 며칠간 같은 역참에 머문 적이 있습니다. 저분은 한림翰林 출신입니까?"

하고 물었다. 나는,

"한림이 아니고 임금의 사위인 부마도위駙馬都尉[9]로, 저와는 팔촌 형제 사이랍니다."

하고 답해 주었다. 부사와 서장관에 대해서도 묻기에 이름과 품계를 말해 주었다.

사행이 옷을 갈아입고 출발하려고 하기에 나도 하직을 하고 일어섰다. 그는 앞으로 나와 내 손을 잡고,

"여행길에 몸 관리 잘하시고, 바야흐로 가을 더위가 더욱 뜨거우니 절대 설익은 열매나 찬 음료수를 잡숫지 마십시오. 제 집은 서문 안 나마장騾馬場 남쪽 가에 있는데 대문 위에 '병부낭중'이라 쓰여 있답니다. 또 황금색 글자로 '계유문과'癸酉文科라고 적혀 있어서 찾기가 아주 쉽습니다. 귀공께서는 언제쯤 돌아오십

8 박명원은 1776년(영조 52)에 삼절연공겸사은사三節年貢兼謝恩使로 북경을 다녀왔다.

9 부마도위란 임금의 사위를 말하며, 우리나라에서는 부마라고 부른다. 정사 박명원은 영조의 제3녀 화평和平옹주에게 장가든 부마이다. 그러므로 정조 임금에게는 고모부가 된다.

니까?"

라고 하기에 나는,

"아마도 9월 중에는 성경(심양)으로 다시 돌아올 것 같습니다."

라고 하니 복녕은,

"내 그때 공적인 사무만 없다면 버선발로 뛰어나가 맞이할 터입니다. 이미 그대의 생년월일까지 알고 있으니, 응당 조용히 다가올 운수를 헤아려 보면서 행차를 기다릴 것입니다."

라고 하는데, 그 말투가 은근하고 이별을 못내 아쉬워하는 뜻이 있었다.

도사는 뾰족코에 눈은 사팔뜨기인데다 행동거지가 경망하고 출싹거려 도무지 다정하거나 성의가 없는 데 비해, 복녕은 아주 걸출하고 통이 컸다.

삼사가 차례로 말을 타며 일산을 걷어치우고 문관과 무관이 반열을 지어 성에 들어간다. 성의 둘레는 10리이며 벽돌로 쌓았다. 팔방에 난 문은 모두 처마가 3층이며 옹성甕城(성문 밖의 반달 모양의 작은 성)으로 방호防護하게 했다. 옹성 좌우에도 동서로 문이 마주보고 있어 큰길과 통하게 하였고, 대臺를 쌓고 3층 처마의 높은 누각을 만들어 놓았다.

현재 남아 있는 심양 성곽

누각 아래 십자로에는 수레끼리 부딪치고 사람이 어깨를 비벼 시끄럽고 후끈 달아오른 것이 바닷가 저잣거리 같다. 길을 끼고 들어선 시장의 가게들은 채색 누각에 아로새긴 창문, 금빛 편액과 푸른 간판으로 되어 있으며, 각양각색의 보물과 재화로

조장 심양성 안의 조장으로, 일종의 가리개 구실을 하여 앞뒤를 차단한다.

꽉 차 있었다. 가게에 앉아 있는 이들은 모두 얼굴이 희고 깨끗하며, 모자나 의복이 곱고 화려했다.

심양은 본래 조선의 땅이었다. 혹자는 한나라가 한사군을 설치했을 때 낙랑군의 군청이 있던 곳이라고 하는데, 후위後魏와 수隋·당唐 시절에는 고구려 땅에 속했다. 지금은 성경盛京이라 일컫고, 봉천奉天의 부윤이 인민을 다스리고, 봉천의 장군 부도통副都統이 팔기八旗의 병사를 관할한다. 또 승덕현承德縣에 지현知縣(지방 장관)이 있어 각 부에 좌이佐貳(벼슬아치를 보좌하는 관원)와 아문衙門(관청)을 설치하고 있다.

성문 맞은편에는 조장照墻(가리개 구실을 하는 담)이 있고, 성문 앞에는 까만 나무를 교차시켜 목책을 만들어 놓았다. 장군의 관청 앞에는 큰 패루가 하나 서 있고, 길에서 멀리 바라보니 형형색색의 유리기와가 보였다. 드디어 박래원, 변계함과 함께 행궁行宮으로 갔다.

행궁 앞에서 한 관인을 만났는데, 손에는 짧은 채찍을 쥐고 걸음걸이가 매우 바빴다. 박래원의 마두 광록光祿이란 놈은 중국말을 아주 잘하는데, 관인에게 달려가서는 한쪽 무릎을 꿇고 땅바닥에 소리가 철퍼덕 나게 절을 했다. 관인은 허겁지겁 광록을 붙들어 일으키며,

"아이구, 형님. 편하게 하세요."

라고 한다. 광록이 머리를 조아리며,

"쇤네는 조선의 하인으로 저의 나리들이 황제의 도읍지와 거처를 구경하려고 하나, 하늘 위를 바라보듯 멀리 바라보고만 계시니 감히 높은 어르신께서 가까이 가 보도록 기꺼이 허락해 주실 수 있겠는지요?"

하니 관인이 웃으며,

"그 정도야 무방합죠. 저를 따라오시지요."

라고 한다.

나는 곧 쫓아가서 관인에게 인사라도 하려 했으나, 걸음걸이가 어찌나 빠른지 날아가는 것 같아 따라잡을 수가 없었다. 길이 막다른 곳을 보니 주위에 주홍빛 목책이 설치되어 있는데, 관인은 목책 안으로 들어가서 우리를 둘러보고는 채찍으로 가리키며,

"여기서 건너다볼 수 있습니다."

하고는 몸을 돌려 가 버렸다.

박래원은,

"어차피 안에 들어가서 두루 볼 수 없다면 여기에 오래 서 있을 필요가 없지요. 이렇게 한 번 보면 되었습니다."

하고는 드디어 변계함을 데리고 술집에나 간다고 가 버렸다. 나는 혼자 떨어져 광록과 함께 조심조심 한 발씩 떼며 목책 안으로 들어갔다. 정문은 대청문大淸門이라고 쓰였는데, 드디어 대범하

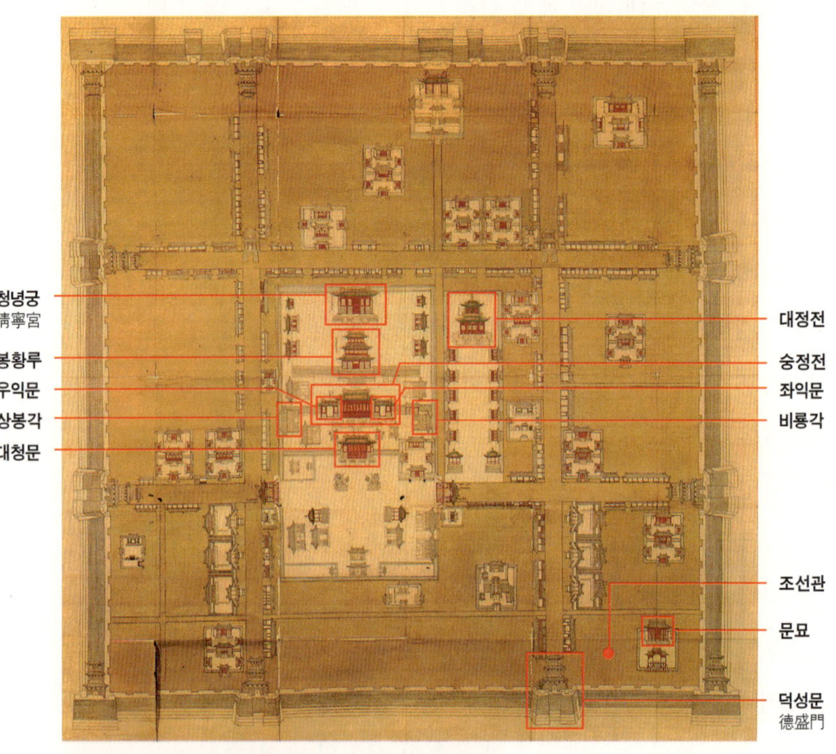

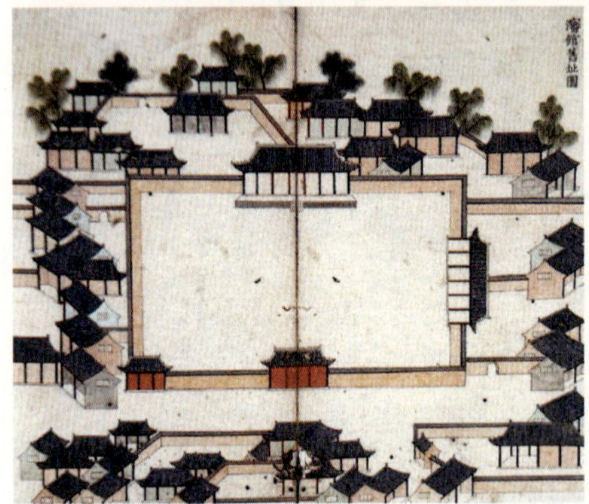

성경(심양)의 성과 궁궐(상)
심양의 조선관(하)

게 성큼성큼 걸어 들어갔다. 광록이,

"아까 만난 관인은 문을 지키는 장경章京입니다. 몇 년 전에 쇤네가 하은군河恩君[10]을 모시고 따라와 이 행궁을 샅샅이 구경했는데 막거나 마주친 사람이 없었으니, 마음 놓고 구경하십시오. 설령 사람을 만나더라도 까짓것 쫓겨나기밖에 더 하겠습니까?"

하기에 나는,

"네 말이 옳다."

하고 드디어 앞의 궁전으로 달려 나갔다.

궁전의 외부 편액이 숭정전崇政殿이고, 또 내부 편액에는 정대광명전正大光明殿이라 하였다. 숭정전 왼쪽에 비룡각飛龍閣, 오른쪽에 상봉각翔鳳閣이 있고, 숭정전 뒤편에 3층 처마의 높은 누각인 봉황루鳳凰樓가 있으며, 숭정전 좌우에 곁문인 좌익문左翊門과 우익문右翊門이 있다. 곁문 안에 갑군 열 명이 길을 막고 있었다.

그래서 문밖에서 멀리 바라보았다. 층으로 된 누각과 겹으로 된 전각과 회랑은 모두 오색의 유리기와를 덮었다. 두 겹 처마의 팔각형 집은 대정전大政殿이다. 대청문 동쪽의 신우궁神祐宮에는 도교에서 받드는 세 신선 삼청三淸의 소상을 모셔 놓았는데, 강희 황제가 쓴 '소격'昭格과 옹정 황제가 쓴 '옥허진제'玉虛眞帝라는 글씨가 붙어 있었다.

이윽고 밖으로 나와 박래원을 찾으러 어느 술집에 들어가려니 멀리 깃발에 금빛 글씨로,

> 하늘에는 별 하나 주성酒星이 떠 있고
> 세상에는 부질없이 주천군酒泉郡이 나란히 알려졌네.
> 天上已哆星一顆 人間空聞郡雙名

10 하은군은 왕족 이광李垙의 봉호이다. 정조 원년인 1777년에 정사로 북경에 다녀왔다.

崇政殿

1. 숭정전
2. 숭정전 편액
3. 숭정전 내부
4. 봉황루
5. 대정전

라고 적혀 있다.

술집은 붉은 난간과 푸른 창, 분칠한 벽과 그림 기둥으로 되어 있고, 층층 선반에는 똑같은 모양의 놋쇠로 된 큰 술통이 진열되어 있으며, 붉은 종이에 술 이름을 적어서 붙여 놓았는데 너무 많아 다 기록할 수 없다. 주부 조학동이 그곳에서 여러 사람과 한창 술을 마시다가 웃으며 일어나 나를 맞아들인다. 좋은 접의자 오륙십 개와 탁자 이삼십 개가 놓였고, 화분 수십 개에는 막 저녁 물을 주고 있다. 추해당秋海棠(베고니아)과 수구화繡毬花(수국水菊)가 이제 꽃이 한창이며, 그밖의 꽃들은 모두 처음 보는 것들이다.

조군은 내게 불수로佛手露(중국 고량주의 한 종류)라는 술을 석 잔이나 권한다. 변계함 일행은 어디로 갔느냐고 물었으나, 모른다기에 나는 먼저 일어섰다. 길에서 주부 조명회를 만났는데 매우 기뻐하며 함께 실컷 마셔 보자고 한다.

나는 몸을 돌려 조금 전에 마셨던 술집을 가리키며 다시 가서 마시자고 했더니 조명회는,

"꼭 거길 갈 필요가 있습니까? 모두가 같은 집인데요."

라고 한다.

드디어 서로 잡고 어느 술집에 들어갔더니 굉장히 깊고 화려하고 사치한 것이 조금 전의 그 집보다 훨씬 낫다. 계란볶음 한 쟁반과 사국공史國公[11]이라는 술 한 병을 사서 기분 좋게 마시고 파했다.

예속재藝粟齋라는 상호를 가진 골동품 사고 파는 점포에 들어갔더니 수재秀才 다섯 명이 동업을 하여 점포를 개업했다고 한다. 모두들 나이가 젊고 자태가 아름다웠다. 다시 오겠다고 약속했다. 이들과 예속재에서 밤에 나눈 이야기는 「예속필담」藝粟筆談

11 사국공은 중국 고량주의 하나로, 호골虎骨 및 갖가지 약초를 재료로 해서 만든 술이다.

에 모두 실었다.

또 한 점포에 들어갔더니 모두 먼 지방의 선비들이 비단집을 새로 개업한 곳이다. 점포의 이름은 가상루歌商樓였다. 선비들은 모두 여섯 명인데 의복과 모자가 곱고 화려하며 행동거지와 눈초리가 다들 단아하고 선량했다. 여기서도 예속재에 함께 모여서 밤에 이야기하자고 약속했다.

형부刑部를 지나가려니 관아의 문이 훤히 열려 있었다. 문 앞 주변에는 나무를 어긋매끼로 묶어 경계를 구분하여 함부로 사람이 들어오지 못하게 했다. 나는 스스로 외국인이라는 것을 믿고 아무 관아든 겁내거나 꺼려하지 않았는데, 여기 관아는 문을 이렇게 환히 열어 놓았기 때문에 관청의 제도나 살피려고 문 안으로 들어갔으나 아무도 막는 사람이 없었다.

한 관인이 축대 위의 걸상에 걸터앉고 그 뒤에 한 사람이 시립侍立하고 있는데 손에는 붓과 종이를 쥐었다. 축대 아래에는 죄인 하나를 꿇리고 그 좌우에 한 쌍의 집장사령이 대나무 곤장을 쥐고 서 있었다. 특별히 분부를 행하라고 아래로 내리거나 허다하게 다그치거나 고함치는 소리도 나지 않고, 관인은 죄인과 마주 보며 고분고분한 말로 따져 물을 뿐이다.

이윽고 큰 소리로 치라고 고함을 지르자, 사령 되는 사람이 손에 쥔 곤장을 내려놓고 죄인 면전으로 달려가더니 손으로 냅다 뺨을 네댓 차례 때리고는 다시 되돌아와 곤장을 쥐고 선다. 형법을 다스리는 것이 비록 간단하기는 하나, 죄인의 뺨을 때리는 형벌은 예전에도 들어 보지 못했던 바다.

저녁밥을 먹은 뒤에 달빛을 밟고 가상루에 들러서 그곳 사람들과 함께 예속재에 이르렀다. 밤이 다하고서야 파했다.

7월 11일 정해일

맑다. 지독하게 더웠다.
심양에 머물렀다.

해가 뜰 무렵에 온 성안이 떠나가도록 우레 같은 대포 소리가 난다. 시장의 가게에서 아침에 일어나 점포 문을 열면 으레 종이 딱총에 불을 붙여 소리를 낸다. 급히 일어나 가상루로 갔더니 여러 사람이 또 모였다. 조용히 대화하다가 숙소로 돌아와 조반을 먹고 또 여러 사람을 데리고 구경을 나갔다.

큰 거리에서 어깨동무를 하고 가는 두 사람을 만났는데 모두 생김새가 준수하고 우아하기에, 글 짓는 문인인가 하는 생각이 들어서 나아가 읍을 하였다. 두 사람은 어깨를 풀고 매우 공손하게 마주 읍을 한다. 그러고는 약방에 들어가기에 함께 따라 들어가니, 두 사람 모두 일종의 야자열매인 빈랑檳榔을 두 개씩 사서 칼로 넷으로 쪼개어 각각 반쪽의 열매를 내게 씹으라고 권하고 자기들도 각자 씹어

빈랑

삼킨다. 내가 글을 써서 성명과 거주지를 물으니 두 사람 모두 물끄러미 들여다보고는 멍하게 있는 모습이 글자를 모르는 듯해 읍을 길게 하고는 그만 돌아서서 나왔다.

해마다 북경에서 심양의 각 아문과 팔기병의 녹봉을 보내오고, 또 심양에서 흥경興京, 선창船廠, 영고탑寧古塔 등지로 나누어 보내는데, 소용되는 은자가 125만 냥이라고 한다.

저녁 달빛이 더욱 밝아, 변계함과 함께 가상루와 예속재를 방문하려고 했는데, 변군이 수역에게 가도 되겠냐고 쓸데없이 물었다. 수역은 눈이 휘둥그레져서는,

"여기 심양은 황성 북경과 다를 바 없는 곳인데, 어딜 밤에 나돌아 다닌단 말이오."

라고 놀라니, 변군은 그만 갈 생각이 크게 꺾여 버렸다.

수역은 어젯밤의 일을 까맣게 모르고 있는 모양인데, 만약 알게 되면 나까지 못 가도록 막을까 겁이 났기 때문에 끝내 그 사실을 숨겼다. 드디어 슬며시 혼자 빠져나오면서 장복이를 남겨 두어 혹시 누가 나를 찾으면 측간에 갔다고 둘러대라고 일러 놓았다.

예속재에서 나눈 이야기

「속재필담」粟齋筆談

• 전사가田仕可의 자字는 대경代耕 또는 보정輔廷이고, 호는 포관抱關으로 하북성 무종無終 사람이다. 스스로 말하길, 위魏나라 때 문인인 전주田疇[12]의 후손이며, 집은 산해관에 있고, 태원太原 사람인 양등楊登과 함께 여기에서 점포를 열었다고 한다. 나이는 스물아홉이고, 신장은 칠 척[13]이다. 이마가 넓고 코가 길며, 풍채가 빛난다. 골동품의 내력을 많이 알고 남에게 아주 다정하다.

12 전주는 삼국시대 인물로 자는 자태子泰이다. 하북성 옥전현 출신으로 비분강개한 선비였다.

13 척尺은 자라고도 하며, 고금에 약간 차이가 나는데 대략 30cm 내외이다.

• 이구몽李龜蒙의 자는 동야東野, 호는 인재麟齋이고, 촉蜀땅 면죽綿竹 사람이다. 나이는 서른아홉이고 신장은 칠 척이다. 입이 네모반듯하고 턱이 넓으며, 얼굴은 분을 칠한 듯 희고, 낭랑하게 책을 읽으면 목소리가 악기에서 나는 소리 같다.

• 목춘穆春의 자는 수환繡寰, 호는 소정韶亭이다. 촉땅 사람으로 나이 스물넷이다. 눈과 눈썹은 그려 놓은 것 같은데, 글자를 모르는 까막눈이다.

• 온백고溫伯高의 자는 목헌鶩軒이고, 촉땅 성도成都 사람이다. 나이 서른하나이고 글을 모른다.

• 오복吳復의 자는 천근天根, 호는 일재一齋이고, 항주杭州 사람이다. 나이는 마흔이고, 시문이나 그림에는 좀 모자라지만 온화하고 진중한 사람이다.

• 비치費穉의 자는 하탑下榻, 호는 포월루抱月樓 혹은 지주芝洲, 가재稼齋이고 하남성 대량大梁 사람이다. 나이는 서른다섯이고 자식 여덟을 두었다. 글씨와 그림에 능하고, 전각을 잘하는데다 경전의 뜻을 담론하는 것에도 능하다. 집은 가난하지만 남 돕기를 좋아하는데, 많은 자식들이 복을 받도록 하기 위해서란다. 목수환(목춘), 온목헌(온백고)의 영업을 도와주기 위해 오늘 아침에야 겨우 촉땅에서 돌아왔다고 한다.

• 배관裵寬의 자는 갈부褐夫이고, 하북성 노룡현盧龍縣 사람이다. 나이 마흔일곱이고 신장은 칠 척이 넘는다. 수염이 좋고 술을 잘 마신다. 붓을 놀리는 것이 나는 듯이 빠르며, 관대하고 수더분하여 나이든 사람의 기풍이 있다. 스스로 『과정집』薖亭集 두 권을 판각하고, 또 『청매시화』青梅詩話 두 권을 지었다. 아내 두씨杜氏는 나이 열아홉에 죽었다고 한다. 아내 두씨의 글을 모은 『임상헌집』臨湘軒集 한 권이 있어서 내게 서문을 지어달라고 부탁을 해왔다.

• 나머지 몇 사람은 모두 녹록하여 족히 기록할 게 없다. 게다가 목수환이나 온목헌 같은 풍채도 없고 그저 장사치 무리이기에 이틀 밤이나 함께 지냈으나 이름조차 기억나지 않는다.

나는 소정 목춘에게,

"그림 같은 눈과 눈썹을 가진 젊은이가 이렇게 먼 곳까지 고향을 떠난 것은 무슨 까닭입니까? 인재(이구몽), 온공(온백고)과 함께 모두 촉땅 사람이니 서로 무슨 친척이라도 되는가요?"
하고 물으니 인재가 답하길,

"목공에게는 물을 필요가 없답니다. 그는 옥으로 장식한 모자처럼 겉은 번드르르하지만 속은 비어 있어, 마음에 무슨 생각이 있지도 않을 겁니다."
라고 한다. 나는,

"사람에 대한 평가가 너무 가혹합니다."
하니 인재가,

"온형과 목수환은 서로 이종사촌 사이입니다만, 저와는 아무 관계도 아닙니다. 우리 세 사람이 촉땅의 비단을 배에 싣고 병신년(1776) 3월에 촉을 떠나서 양자강 삼협三峽을 배로 내려와 오중吳中(강소성 일대)으로 들어가 물건을 넘기고, 이익을 좇아 만리장성 밖으로 와서 여기에 점포를 낸 지 이미 3년째입니다."
라고 한다. 나는 목소정이 심히 사랑스러워 그와 함께 필담이라도 하려고 하니 이생(이구몽)이 손을 내저으며,

"온공과 목공은 입은 청산유수여서 시를 읊조릴 수 있는 봉황 같은 덕성을 지닌 인물이지만, 눈은 시豕자와 해亥자도 분변 못하는 까막눈입니다."
하기에 내가,

"그럴 리가 있나요?"
하니 배관이 나서서,

"허투루 하는 말이 아닙니다. 그들의 귀에는 수많은 장서가 있지만, 눈은 낫 놓고 기역자도 모른답니다. 하늘엔 글 모르는 신

선이 없다는 옛말이 있더니, 지금 인간 세상에는 말 잘하는 앵무새가 있는 셈입니다."

라고 한다. 나는,

"정말 그렇다면 진림陳琳[14] 같은 문장가가 격문을 짓는다 해도, 두통을 낫게 하는 데는 아무짝에도 쓸모가 없겠군요."

라고 하니 배관은,

"잘못된 공부 방법이 끊이지 않고 온 천하에 계속 이렇게 전수되어 왔답니다. 한왕漢王이 육국六國의 후손들을 봉해 주어야 한다는 건의를 들어 주고는, 곧 그 법이 잘못되었음에 놀랐다고 하는 것과 같은 셈입니다.[15] 이게 이른바 귀로 듣고 입으로만 외우는 학습법이라는 겁니다. 지금도 아이들 가르치는 곳에서는 이런 글 읽는 방법이 배어서, 강의는 조금도 하지 않기 때문에 귀로야 분명하게 듣지만 눈으로 보면 아득하고, 입으로는 수많은 학자들의 글을 또랑또랑 말하지만 정작 손으로 쓰라고 하면 괴발개발 한 글자도 제대로 쓰지 못한답니다."

라고 한다. 이생이 내게,

"귀국은 어떻습니까?"

라고 묻기에 나는,

"글을 놓고 한자의 뜻을 새기어 읽는데, 음과 뜻을 함께 강의합니다."

하니 배생(배관)이 내가 쓴 글에 붉은 동그라미를 치며,

"그 공부 방법이 정말 옳습니다."

라고 한다. 내가 비공費公(비치)에게 물었다.

"비공은 언제 촉땅을 떠났습니까?"

"이른 봄에 떠났습니다."

14 진림(?~217)은 삼국시대 조조의 문신으로, 격문을 잘 지은 인물이다. 조조를 위해 원소에게 보낸 격문을 지었는데, 조조가 이를 읽고 자신의 두통이 나았다고 격찬했다.

15 한왕이 역이기酈食其의 건의로 육국의 후손들을 봉하려 하다가, 장량이 조목조목 반박하며 불가하다고 주장하자 곧 그 계책이 잘못되었다는 사실에 놀랐다는 고사가 있다. 따져 보면 잘못되었다는 사실을 금방 알 수 있다는 의미로 사용한 고사로 보인다.

16 해당 내용의 원문은 '일간'一姦인데 이 표현은 연암만이 가능한 수사 기교이다. 글자의 상형적 모습을 이용한 파자식破字式 표현으로, 한 남자와 세 여자라는 의미로 번역하는 것이 상식적으로 옳다. 초고본에는 一姦이 三姦으로 되어 있다. 세 여자가 모이면 간姦이 된다는 말이다. 관아재觀我齋 조영석趙榮祏이 그린 세 여자가 재봉하는 그림에 허필許佖이 제화시題畵詩를 썼는데 그 시에 "三女爲姦 可反沙碟"이라는 구절이 있다. 여자 셋이 모이면 접시가 깨진다는 속담을 이용하여 쓴 제화시인데, 여기 '삼녀위간'三女爲姦이 연암의 '삼간'三姦과 같은 의미라고 생각된다. 또 간姦의 본래 어원은 한 남자와 세 여자가 관계를 하는 것을 말하는데, '삼간'三姦이란 결국 세 여자와 관계를 갖는 것을 의미한다.

"촉땅에서 여기까지 몇 리나 됩니까?"

"아마 5천여 리는 될 겁니다."

"그대의 여덟 자제는 모두 한 어머니에게 나서 젖을 먹었는가요?"

비공이 미소만 지으니 배관이 나서서,

"두 분 작은 마나님이 더 있는데, 좌우에서 끼고 도와드렸답니다. 나는 그의 여덟 아들은 부럽지 않지만, 한 남자가 세 여자와 관계를 하는 건 본받고 싶습니다."[16]

라고 하여 온 방 안이 한바탕 웃었다.

내가 다시 비공에게 물었다.

"올 때 검각劍閣[17]의 잔도棧道[18]를 지나셨겠지요?"

"그렇습니다. 왕유王維의 시에 '새나 통과할 수 있는 천 리 길, 하루 종일 원숭이 소리만 들린다'(鳥道一千里 猿聲十二時)라고 하더니, 바로 그대로더군요."

배관이 끼어들며,

"정말 촉蜀으로 가는 길은 배로 가나 뭍으로 가나 모두 가기가 어려우니, 이른바 '하늘에 오르기보다 어렵다'고 한 구절이 사실입니다.[19] 제가 신묘년(1771)에 장강을 거슬러 올라 촉땅에 들어갔는데, 74일 만에야 겨우 백제성白帝城[20]에 닿았습니다. 배 안에서 맞는 늦봄의 날씨에 양쪽 강 언덕에는 꽃과 나무가 한창입디

17 검각은 장안長安에서 촉으로 가는 길의 대검大劍, 소검小劍 두 산의 절벽을 말한다.

18 잔도는 험준한 절벽에 나무로 시렁을 매달아 다리를 만들거나, 절벽 면을 파서 길을 만든 것이다.

19 이백의 「촉도난」蜀道難이란 시에 "촉도를 가기 어려워, 하늘을 오르기보다도 더 어렵다"(蜀道之難 難於上青天)라고 하였다.

20 백제성은 사천성 봉절현奉節縣 양자강 가에 있는 성으로, 유비가 제갈공명에게 아들을 부탁하고 죽은 곳이다.

잔도

양자강과 백제성 양자강 가운데 섬같이 보이는 곳에 백제성이 있다.

다. 선실의 창가, 의자에 앉아 홀로 지새는 나그네의 밤은 새벽이 오지 않고, 두견새 울음, 원숭이 소리, 학의 울음, 산비둘기 웃음소리, 이것이 쓸쓸한 강에 달 밝은 날의 경치입니다. 양쪽 언덕 위에서 큰 바위가 양자강 속으로 굴러 떨어지고, 부딪히는 두 돌끼리 절로 번갯불이 튀니, 이것이 여름날 장맛비 올 때의 풍광이랍니다. 비록 어마어마한 황금 덩어리와 비단이 바리바리 생긴다 하더라도, 누가 머리가 하얗게 세고 정나미 떨어지는 고생을 하고 싶겠습니까?"

라고 하기에 나는,

"비록 고생하신 정황이야 그렇긴 하겠습니다만, 그래도 육방옹陸放翁[21]이 촉땅에 들어가며 지은 「입촉기」入蜀記를 읽어 보면 미상불 훨훨 춤이라도 추고 싶지 않던가요?"

하니 배생(배관)은,

"꼭 그런 것만도 아닙니다."

라고 대꾸한다.

이날 밤에 달은 대낮처럼 밝았다. 전사가가 우리를 위해 술과 음식을 준비해서 2경(밤 10시 전후)이 되어서야 돌아왔다. 떡 두 쟁반, 양 내장탕 한 동이, 삶은 거위 한 쟁반, 찐 닭 세 마리, 찐 돼지 한 마리, 계절 과일 두 쟁반, 임안주臨安酒[22] 세 병, 계주주薊州酒[23]

21 육방옹은 남송의 시인 육유陸游(1125~1210)이다. 특히 촉의 풍토를 사랑하여, 시집의 이름을 『검남시고』劍南詩稿라고 했다.

22 임안주는 중국 양자강 남쪽 항주 지방의 임안이라는 곳에서 나는 술 이름.

23 계주주는 중국 하북성 계주 지방에서 생산되는 술 이름.

두 병, 잉어 한 마리, 밥 두 솥, 나물 요리 두 쟁반, 모두 은자 열두 냥어치였다. 전생(전사가)이 앞으로 나와 공손하게 인사하며,

"주인 된 도리로 변변치 못한 음식을 장만하느라, 이 좋은 밤에 뫼시고 들을 말씀을 놓치게 되었습니다."

라고 한다. 나는 의자에서 내려서서,

"주인께 수고를 끼치고, 앉아서 그냥 대접만 받으려니 도리어 부끄럽습니다."

라고 인사를 하니 자리에 있던 사람들이 일제히 일어나,

"멀리서 오신 손님이 찾아 주신 덕분에 도리어 우리까지 큰 대접을 받게 되어 부끄럽습니다."

라며 인사한다.

이윽고 모두 일어나 내려가서 점포를 닫았다. 대들보 위에는 비단을 바른 부채 모양의 등불 한 쌍을 걸었는데, 새와 꽃 그림이 그려져 있고, 또 유명 시인들의 시구를 적어 놓았다. 네모난 유리등 한 쌍이 대낮처럼 밝게 비춘다.

여러 사람들이 각기 내게 한두 잔씩 술을 권한다. 닭과 거위는 모두 머리와 발을 떼지 않고 그대로 요리했고, 양의 내장탕은 노린내가 너무 심했다. 모두 비위에 거슬려서 떡과 과일만 먹었다.

전생(전사가)이 그동안 필담했던 종이를 두루 살피며 '좋아, 좋아'를 연발한다. 그러고는,

"선생께서 아까 오후에 골동품을 사려고 하던데 어떤 모양의 진품眞品을 사시려는지요?"

하고 말하기에 나는,

"골동품뿐 아니라 문방사우도 사려고 하는데, 희귀하고 특이하며 고아한 것이라면 값은 따지지 않겠습니다."

라고 하니 전생은,

"선생께서 조만간 북경에 들어가실 터인데 만약 유리창琉璃廠에 가신다면 걱정 안 하셔도 구하실 것입니다. 다만 진짜와 가짜를 구분할 수 있을까 걱정입니다. 선생의 감식 능력은 어느 정도이신지요?"

하고 묻는다. 나는,

"바다 한 모퉁이 비천한 사람의 고루한 감식안이고 보니, 어찌 위선적인 얼굴과 거짓 언사에 사기를 당하지 않을 수 있겠습니까?"

하니 전생은,

"여기 심양이 비록 대궐이 있는 도시이긴 하나, 중국의 한 모퉁이에 지나지 않기에 단지 몽고, 영고탑(흑룡강성 목단강), 선창(길림) 등의 땅을 바라보며 장사를 하고 있습니다. 이곳 풍속이 거칠고 무디어 고상한 취미를 좋아하지 않을뿐더러, 신비한 빛깔이나 고색창연한 그릇이 여기까지 오는 일도 드뭅니다. 하물며 은나라 주나라 시대의 그릇이나 술잔 같은 골동품이야 말할 게 있겠습니까?

귀국의 값진 물건을 다루는 방법은 또 우리 중국과 다른 듯합니다. 언젠가 귀국의 장사치가 비록 약간의 차와 약을 구입하기는 했지만 물건이 상품上品인지는 따지지 않고, 값만 헐한 것으로 사려는 것을 본 적이 있습니다. 그러니 물건의 진짜 가짜인들 어찌 따지겠습니까? 차나 약 같은 물건뿐 아니라 이런 골동품들은 무거워 싣고 가기가 어려우므로 전례에 따라 변방 국경에서 사 가지고 돌아갑니다. 때문에 북경의 장사꾼들은 미리 내지內地의 허섭스레기 같은 가짜를 거두어들여 국경으로 옮겨 팔아서 서로 속이고 속고 하여서 약빠른 모리배 짓을 합니다.

지금 선생께서 구하시려는 물품은 이런 세속의 하찮은 물건이 아니고, 또 우리가 우연히 만나 몇 마디 말로 이미 서로를 알아주는 친구가 되었으니, 좋은 손님에게 비록 충심을 다하여 주지는 못할망정 어찌 잠시라도 서로 저버리는 일을 할 수 있겠습니까?"
라고 한다. 나는,

"지금 선생이 하시는 말씀은 충정에서 우러나온 것이니, 이른바 '이미 술에 취하고 또 덕으로 배부르게 한다'라는 『시경』의 시가 바로 이 경우입니다."[24]
라고 하니 전생은,

"과찬의 말씀입니다. 내일 아침에 다시 왕림하여 점포 안의 물건들을 두루 감상해 보시기 바랍니다."
한다. 배생(배관)이 끼어들며,

"불필요하게 내일 아침 일을 미리 말씀하실 것 없고, 어른과 이 밤의 즐거움이나 다하도록 합시다."
하니 모두들 '옳다'고 한다.

전생(전사가)이,

"공자께서 '오랑캐 땅에서 살고 싶다'라고 말하시고, 또 '군자가 살고 있으니 무슨 비루함이 있으랴?'라고 하셨습니다.[25] 상공께서 비록 외딴 나라에서 태어나셨지만, 기상이 높고 늠름하며 문식文識이 공맹의 서책을 잘 알며, 예법은 주공周公의 도를 통달하고 있으니, 바로 큰 군자이십니다. 다만 한스러운 것은 우리가 사는 곳이 서로 떨어져 있고, 다른 하늘 밑에 각기 살고 있으니 마음속의 생각을 다 풀지도 못하고 잠시 잠깐 만에 곧 헤어져야 하니 어찌하면 좋습니까? 어쩌지요."

24 『시경』 생민지십生民之什의 「기취」旣醉에 나오는 구절이다.

25 『논어』 「자한」子罕편에 나오는 말이다.

비파

라고 하니 이구몽이 그 부분에 수없이 붉은 동그라미를 치며,

"얽히고설킨 답답한 이 마음을 그대가 진정 잘 표현했소이다."

라고 한다. 술이 또 몇 순배 돌았다. 이생(이구몽)이,

"귀국의 술과 비교하여 맛이 어떻습니까?"

라고 묻기에 나는,

"임안주는 너무 싱겁고 계주주는 향이 너무 지나치니 아마도 본래의 맑은 향기는 아닌 것 같습니다. 우리나라에도 법도에 따라 빚은 술이 모두 있습니다."

라고 하니 배생이,

"소주도 있습니까?"

하고 묻기에 '있다'고 답하였다.

전생이 몸을 일으켜 벽 사이에 있던 비파를 끌어내려 몇 곡조를 뜯었다. 나는,

"옛날부터 연燕나라, 조趙나라 지방에는 비분강개하여 노래한 선비가 많았다고 일컬어져 왔습니다.[26] 여러분도 반드시 노래를 잘할 것이니, 한 곡 듣기를 원합니다."

라고 하니 배생이,

"노래를 잘 부르는 사람이 없답니다."

라고 하고 이생은,

"옛날 연나라, 조나라의 비분강개한 선비의 노래라는 것은 먼 지방 제후국의 뛰어난 선비들이 뜻을 얻지 못해 울울하여 부른 노래였습니다. 지금은 사해四海가 하나로 통일되어 성스러운 천자가 위에 계시고 만백성이 자기의 업을 즐거워하여, 어진 사

26 전국시대 연나라 조나라 지역에는 협객, 우국지사가 많아서 이들이 시대 현실에 비분강개하는 노래를 불렀다고 한다. 『사기』 자객열전 참조.

람은 밝은 조정의 높은 자리에서 군신 간에 화답하는 노래 갱재가賡載歌를 부를 것이고, 백성들은 태평성대를 만나 밭 갈고 우물 파는 모습을 노래하는 격양가擊壤歌를 부를 것이니 도대체 무슨 불평이 있어 비분강개한 노래를 부르겠습니까?"
라고 한다. 나는,

"성스러운 천자께서 위에 계신다면 세상에 나가서 벼슬을 할 수 있을 겁니다. 여러분은 모두 당세의 영웅호걸로서 재주도 온전하고 학문도 넉넉하신데 어째서 벼슬에 나가 세상을 위해 일하지 않고, 녹록하게 시정에서 눈치나 보며 지내십니까?"
라고 하니 배생이 나서서,

"벼슬하는 일이야 오직 '벼슬함이 옳다'(仕可)라는 이름을 가진 전사가만 해당될 겁니다."
라고 하여 모두들 크게 웃었다. 이생이,

"벼슬이란 때와 운명이 맞아야 하는 것이지 억지로 구할 수는 없는 것입니다."
라고 하더니, 서가에 있던 문장 선집 한 권을 뽑아서 내게 한번 읽어 보라고 한다.

나는 제갈공명이 지은 「후출사표」後出師表를 골라 우리말 현토를 달지 않고 소리 높여 한 차례 읽었다. 모두들 둘러앉아 경청하고 장단을 맞추며 '좋다'고들 칭송한다. 내가 다 읽기를 기다렸다가, 이생이 동진東晉 때의 학자 유량庾亮이 지은 「사중서감표」辭中書監表(중서감 벼슬을 사양하며 올린 글)를 뽑아 읽는데, 소리가 높았다 낮았다 하는 것이 음절이 분명하여, 비록 글자를 따라가면서 듣고 이해할 수는 없어도 어느 구절을 읽는지는 충분히 알 수 있었다. 또한 음성이 맑고 밝아서 마치 악기 소리를 듣는 것 같왔다.

그때 달은 떨어지고 밤은 깊었는데도 창밖에 인적은 끊어지지 않았다. 나는,

"심양에는 순라군이 없습니까?"

하고 물었더니 전생이,

"있답니다."

하고 대답한다.

"그런데도 길에 행인이 끊어지지 않음은 무슨 까닭입니까?"

"그들에게 응당 볼일이 있을 겁니다."

"그들에게 비록 볼일이 있다 치더라도 어떻게 밤에 나돌아다닐 수가 있습니까?"

"어찌 밤에 못 다니겠소? 등불이 없다면 감히 다닐 수 없을 겁니다. 마을 입구와 거리 초입에는 모두 파수를 보는 곳이 있어서 갑군이 지키며, 모두 창이나 곤봉을 가지고 밤낮 없이 범법자를 염탐하고 있으니 어찌 야간 통행을 금하겠습니까?"

라고 한다. 내가,

"밤이 깊고 졸리니 등불을 가지고 숙소로 돌아가도 무방하겠지요?"

하니 배생과 전생이 모두,

"안 됩니다. 안 되요. 갈 수도 없거니와, 반드시 갑군에게 걸리게 되고, 어찌해서 야밤에 함부로 나와서 혼자 돌아다니느냐며 따질 것이고, 반드시 왔다 갔다 한 장소까지 꼬치꼬치 밝히라고 하여 공연히 번거롭게 될 것입니다. 선생께서 졸리시다면 누추하지만 잠시 침상에 기대어 누우시지요."

하며 목춘이 일어나 흐트러진 자리를 털고 정리하여 내 잠자리를

만든다. 나는,

"이제 졸린 생각이 갑자기 달아났습니다. 여러분이 손님을 치르느라 하룻밤 잠을 놓쳤을까 걱정입니다."

라고 하니 모두들,

"도무지 잠 생각이 없습니다. 고귀한 손님을 받들어 모시고 하룻밤 좋은 이야기로 보내는 것은 정말 일생에 얻기 어려운 좋은 기회입니다. 이런 세상을 산다면 비록 백날이라도 촛불을 켜놓은들 무슨 지겨운 생각이 들겠습니까?"

하며, 모두들 흥이 도도하게 일어 술을 다시 데우라 시키고 야채 요리와 과일을 새로 정돈한다. 내가,

"술을 다시 데울 필요까지는 없습니다."

하니 모두들,

"찬 술은 폐를 해치고, 술독이 치아에 스며든답니다."

라고 한다.

오복은 밤새 단정하게 앉았는데 보는 눈매가 범상치 않았다. 내가 그에게,

"일재(오복의 호) 선생은 오중吳中을 떠난 지 얼마나 됩니까?"

라고 물으니 오생은,

"11년이 됩니다."

하고 대답한다.

"무슨 연유로 고향을 떠나 외롭게 고생합니까?"

"장사를 해서 살아가고 있기 때문이랍니다."

"모르겠습니다만 식솔들은 여기에 따라왔는지요?"

"나이가 비록 마흔이 되었지만 아직 장가를 못 갔답니다."

"서림西林 오영방吳穎芳[27] 선생은 항주가 낳은 높은 선비인데

27 오영방(1702~1781)은 청나라 강희, 건륭 시대의 학자이다. 자는 서림이고 호는 수허樹虛이며, 저서에 『임강향인시집』臨江鄕人詩集이 있다.

28 육비(1719~?)는 절강성 인화仁和 사람이다. 건륭 연간의 인물로 자는 기잠起潛, 호는 소음篠飮이다. 시와 그림에 능했고, 항주 서호를 자신의 집으로 여기고 살았다. 홍대용이 북경에 갔을 때 만나서 교유했던 인물이다.

29 엄성(1733~1767)은 절강성 인화仁和 사람이다. 건륭 연간의 인물로 자는 입암立庵, 호는 철교이다. 시서화에 능했으나 일찍 죽었다. 홍대용이 교유한 인물이다.

30 반정균(1742~?)은 건륭 연간의 인물로 자는 난공蘭公, 호는 덕원德園이다. 홍대용이 중국에 갔을 때 교유한 인물로 저서에 『가서당집』稼書堂集이 있다.

혹 그대와 같은 일족인지요?"

"아닙니다."

"해원解元 육비陸飛,[28] 철교鐵橋 엄성嚴誠,[29] 향조香祖 반정균潘庭筠[30]은 모두 항주 서호西湖의 이름 높은 선비들인데, 혹 아시는지요?"

"모두 이름도 들어 보지 못했습니다. 제가 고향을 떠난 지 오래되었으니까요. 다만 육비가 직접 그린 목단 그림은 한 번 본 적이 있습니다. 그는 호주湖州 사람입니다."

잠시 뒤에 이웃집 닭들이 서로 홰를 친다. 나도 매우 고단하고 술에 취해 의자에 잠시 기대었다가 이내 코를 골며 바로 잠이 들었는데, 날이 밝을 무렵에야 깜짝 놀라 일어났다. 모두들 서로 침상에 기대어 베기도 하고 눕기도 했는데, 의자에 앉은 채 자는 사람도 있었다. 나는 혼자 일어나 술 두 잔을 따라 마시고, 배생을 흔들어 깨워 간다고 말하고는 즉시 숙소로 돌아왔다. 날은 이미 먼동이 트고 있었다.

장복은 깊은 잠에 빠졌고 일행은 아무도 눈치를 채지 못했다. 장복을 발로 차 깨워서,

"나를 찾는 사람이 있었더냐?"

하고 물으니, 아무도 없었다고 한다. 즉시 세숫물을 대령하라고 재촉하여 세수를 하고 망건을 묶고 바삐 상방에 가니 여러 비장과 역관 들이 모두 아침 문안을 올리고 있었다. 아무도 눈치채지 못한 것에 내심 기뻐하며 장복에게 절대 입 밖에 내지 말라고 단단히 주의를 주었다.

자릿조반으로 죽을 대충 먹고 즉시 예속재로 갔다. 모두들 일어나 가 버리고 전생(전사가)과 이인재(이구몽)가 골동품을 진열

하고 있다가 내가 오는 것을 보고는 놀라고 기뻐하며,

"선생께서는 밤을 새우고 피곤하지도 않습니까?"

하기에 나는,

"그야말로 『시경』의 '아침부터 저녁까지 게으르지 않다'는 격입니다."[31]

하니 전생이,

"차 한잔 하시죠."

한다.

앉은 지 얼마 안 되어서 잘생긴 청년 하나가 밖에서 들어와 차를 받치고는 마시라고 권한다. 성명을 물으니 이름은 부우재傅友梓이고, 집은 산해관이며, 나이는 열아홉 살이라고 한다.

전생이 골동품 진열을 마치고 내게 감상하라고 청한다. 호리병, 술잔, 솥, 술동이 등 모두 열한 점이었다. 크고 작고 모나고 둥글어서 제품이 모두 각양각색인데, 조각과 광택, 색이 물건마다 고아하다. 관지款識[32]를 따져 보니 모두 주나라, 한나라 때 것이었다.

전생이,

"딱히 문자를 따져 볼 것까지는 없습니다. 이것들은 모두 최근 금릉金陵(남경)과 하남河南(낙양) 등지에서 새로 주조한 것입니다. 꽃무늬나 새겨진 문자가 비록 옛날 식을 본받았지만 형태가 이미 질박하지 못하고 색깔도 순수하지 못합니다. 오래된 진품이나 구리 제품 사이에 갖다 놓으면 세련되거나 촌스러운 것이 금방 들통이 날 것입니다. 제가 비록 몸은 시장통에 두고 있지만 마음은 학교에 두고 있답니다. 이미 상공과 같은 군자를 뵈오니 마치 많은 재물을 얻은 것 같은데,[33] 어찌 잠시라도 속여 평생토록 마음에 부담을 지겠습니까?"

31 『시경』 대아大雅의 「증민」烝民에 나오는 말이다.

32 관지는 글자를 음각이나 양각으로 새겨서 물건의 제작 연도나 장소 혹은 제작자를 밝히는 것을 말한다.

33 "군자를 뵈오니 마치 많은 재물을 얻은 것 같"다는 말은 『시경』 소아小雅 「청청자아」菁菁者莪에서 나온 말이다.

'대명선덕년제'가 새겨진 향로

34 납설수는 납일(동지 뒤 셋째 술戌일)에 내린 눈이 녹은 물.

라고 한다.

나는 여러 그릇 중에 창날 귀가 달리고 석류 모양으로 발을 단 술동이 모양의 화로를 잡아 납차臘茶 색깔을 세밀히 살펴보았다. 만든 기법이 자못 정밀하고 아름다워 화로 밑을 받들어 살펴보니 '대명선덕년제'大明宣德年製라는 돋을새김을 하였다. 내가,

"이 주조물이 자못 아름답지 않습니까?"

하니 전생이,

"속이지 않고 사실대로 말씀드리자면, 이건 선덕 연간(1426~1435)에 만든 화로가 아닙니다. 선덕 연간에 만든 화로는 납설수臘雪水[34] 빛깔의 수은을 화로의 몸통에 침투하게 문지르고, 다시 금가루를 이겨 발라, 불에 구우면 붉은빛이 도는데, 어찌 민간에서 이런 것을 비슷하게라도 만들 수 있겠습니까?"

라고 한다. 내가,

"오래된 구리 그릇의 청록색 주사硃砂 반점은 그릇이 흙 속에 묻혀서 연도가 오래되어야 생긴다 하니, 무덤에서 나온 물건을 귀하게 여기는 것도 바로 그 때문이죠. 지금 이 그릇들이 최근에 주조된 것이라면 어떻게 이런 광택과 색을 낼 수 있단 말입니까?"

하고 물으니 전생은,

"이건 반드시 알아 두셔야 합니다. 대체로 오래된 구리는 흙에 들어가면 청색이 되고 물에 들어가면 녹색이 됩니다. 무덤에서 나온 순장품은 수은의 색을 띠는 것이 많은데, 혹자는 시신의 기운이 스며든 것이라고도 하지만 사실이 아닙니다. 상고시대에는 수은으로 죽은 사람의 염을 했기 때문에 혹 제왕의 왕릉에서 나온 것은 수은이 배고, 연도가 오래된 것은 그릇의 뼛속까지 배어 대략 이것으로 새것인지 오래된 것인지 혹은 진짜인지 가짜인

지를 쉽게 변별합니다.

진짜 옛날 그릇은 구리의 살집이 질박하고 두터우며 몸통에서 빛을 내는 것이 마치 천연적으로 빛나고 윤이 나는 것 같습니다. 수은 빛깔도 그릇 전체에서 다 나는 것이 아니고 혹 반쪽만 나기도 하고, 혹 귀나 다리에 나기도 하고 때로는 점차 스며든 것도 있습니다. 청록색의 주사 반점도 그렇습니다. 색이 짙기도 하고, 옅기도 하며, 색이 탁하기도 하고, 깨끗하기도 합니다.

탁하다고 해서 더럽게 보이는 게 아니고 겹쳐 쌓아도 훤하게 비추고, 깨끗하다고 해서 건조한 것이 아니고 진액이 젖은 듯 윤기가 납니다. 때로는 주사 반점이 녹에 스며들고 속에까지 밴 것이 있는데, 그중에서도 갈색이 아주 귀중합니다. 흙 속에 오래 묻혀 있을수록 푸른색, 연두색, 붉은색이 점점이 반점을 이루어 마치 지초 버섯의 얼룩 같기도 하고, 구름 가의 햇무리 같기도 하며, 함박눈 조각 같기도 합니다. 이것은 땅속에서 천 년 정도 묵은 것이 아니면 이런 모양이 나올 수 없는데, 그게 진짜 최상품입니다.

전에 명나라 선종宣宗이 갈색 나는 것을 좋아해서 선덕 연간에 만든 화로는 대체로 갈색이 많습니다. 근간 섬서陝西에서 새로 주조한 것들은 이 선덕 연간의 제품을 모방했으나, 선덕 연간의 그릇들에는 애초에 꽃무늬가 없다는 사실도 몰랐으니 꽃무늬를 만든 것은 모두 최근의 위조품입니다.

그것이 빛깔을 비슷하게라도 내는 방법은 으레 그릇을 주조한 뒤에 칼로 문양을 새기고 관지款識를 팝니다. 그리고 땅에 구덩이를 파고 소금물 몇 동이를 붓고, 그 물이 마르면 거기에 구리 그릇을 넣고 몇 년 파묻어 두면 자못 오래된 때깔이 나는데, 이런 정도는 하품下品을 만드는 졸렬한 방법입니다.

교묘한 수법은, 붕사硼砂, 한수석寒水石, 강사硇砂, 담반膽礬, 금사반金砂礬 등과 같은 광물질을 가루로 만들어 소금물과 섞어 놓고 붓으로 찍어 골고루 발라, 마르기를 기다렸다가 다시 씻고 붓으로 바르기를 하루에도 서너 차례 하여 만들어 놓습니다. 아울러 땅에 깊은 구덩이를 파고 그 안에 뜨거운 숯을 넣어 불구덩이를 마치 화로처럼 만들고는 거기에 진한 식초를 뿌리면 구덩이는 부글부글 끓다가 즉시 말라 버리는데, 여기에 그릇을 넣고 다시 그 위에 식초 지게미로 두터운 덮개를 씌우고는 흙을 아주 두텁게 덮어서 새는 구멍이 없도록 합니다.

그리고 사나흘 뒤에 꺼내어 보면 여러 색의 오래된 반점이 생깁니다. 여기에 대나무 잎을 태워 그 연기를 쏘이면 색은 더 푸르게 되며, 다시 밀랍으로 문질러야 합니다. 수은 빛을 내고자 한다면 강철 바늘로 만든 가루로 갈고 문지르며, 다시 흰 밀랍으로 닦고 문지르면 고색창연한 빛깔이 돕니다. 여기에다 일부러 그릇의 귀를 하나 뗀다든지, 혹은 그릇의 몸통을 찌그러뜨리고 상하게 하여 은殷, 주周, 진秦, 한漢대의 물건을 만들어 내는데, 더욱 기가 찰 노릇이죠. 뒷날 북경의 유리창에 가시더라도 거기 있는 사람들은 모두 멀리서 온 거간꾼들이므로, 물건을 구매하려고 할 때에 어리벙벙하시다가 비웃음을 사서는 안 됩니다."

『서청고감』

라고 일러 준다. 나는,

"선생이 이와 같이 정성을 다해 일러 주시니 정말 감동이 됩니다. 저는 내일 아침 일찍 북경을 향해 출발할 터인데, 선생께서 문방 서화와 골동 그릇들이 역대로 어떻게 다른지, 또 호칭이나 이름, 진짜와 가짜 등을 따로 기록해서 어두운 사람에게 길잡이가 되어 주시기를 원합니다."

하니 전생은,

"선생께서 푸대접하지 않고 소중하게 보시겠다면 이를 만들기는 어렵지 않습니다. 웅당『서청고감』西淸古鑑[35]과 송나라 때 만든『박고도』博古圖[36]의 내용에 제 의견을 첨부한 물목 단자를 만들어서 올리도록 하겠습니다."

라고 한다.

이에 달밤을 타고 다시 오기로 약조하고 일어나서 숙소로 돌아오니 벌써 아침 식사가 준비되었다고 한다.

잠시 상방에 들러 보고는 바삐 밥을 먹고 다시 나왔다. 정 진사, 변계함, 박래원도 따라 구경을 나오며 내게,

"혼자 돌아다니며 구경하는 게 뭐가 그리 재미있는 게요?"

하며 볼멘소리를 한다. 래원은,

"실상 볼만한 거리도 변변히 없더구먼. 속담에 '광주 생원 첫 서울 나들이'라더니 이리 힐끔 저리 기웃하며 어찌할 줄 정신 못 차리다가 필경에는 서울내기에게 비웃음을 사고 마니, 지금 우리도 이것과 뭐가 다르리까? 더군다나 나는 두 번째 오는 길이니 더욱 아무 재미가 없소이다."

라고 한다.

길에서 비치와 마주쳤는데, 나를 양탄자 가게로 데리고 들어가 밤에 가상루歌商樓에서 모이자고 부탁한다. 나는 밤에 전포관(전사가)과 예속재에서 만나기로 약속했으니 간밤에 모였던 사람들이 다시 수고스럽게 모일 것 없다고 사양했더니 비생(비치)은,

"조금 전에 전포관과도 충분히 의논했습니다. 지금 선생께서는 딱히 예속재에만 연연할 필요가 없고,「녹명」鹿鳴[37]을 노래하러 북경에 가시는 길이니 우리 모두에게 손님이 될 터이고, 여기

35『서청고감』은 청나라 건륭 황제의 명으로 양시정梁詩正 등이 1749년에 간행한 책으로, 청나라 궁중에 소장된 골동품을 그림과 함께 해설했다.

36『박고도』는 송나라 휘종의 명으로 왕보王黼 등이 선화전宣和殿에 수장된 골동품을 도상과 함께 해설한 책이다. 1107년에 간행했고, 본래의 이름은『선화박고도』이다.

37「녹명」은『시경』의 편명으로, 천자가 신하를 모아서 주연을 베풀 때 노래하는 시이다. 즉 황제의 잔치에 참여한다는 의미이다.

서 손님을 떠나보내는 우리의 처지에서는 「백구」白駒[38]의 시를 읊고 싶은 심정은 모두가 같을 것입니다. 배공(배관)은 이미 촉땅의 온공(온백고)과 함께 조촐한 음식을 준비하고 있으니 약속을 어겨서는 안 됩니다."

라고 한다. 나는,

"어젯밤에도 여러분의 과분한 환대와 성대한 차림을 받았는데, 지금 또 전날과 같이 한다니 감히 다시 여러분께 수고를 끼칠 수가 없습니다."

하니 비생은,

"산에 좋은 나무가 있으면 오직 목수가 헤아린다는 말처럼, 그건 우리가 알아서 할 바입니다. 백로의 모습처럼 외국의 훌륭한 현인이 이렇게 오셨으니 피차 모두가 싫어하지 않을 것이며,[39] 열두 행와行窩에는 본래 정해 놓은 약속이 없습니다.[40] 사해가 모두 동포인네 누구에게는 후하게 하고 누구에게는 박하게 할 수 있겠습니까?"

라고 한다.

박래원 일행이 길가에서 배회하다가 나를 찾아 점포 안으로 들어오기에 나는 황급히 필담하던 원고를 숨기고 머리를 끄덕여 승낙을 표했다. 비생도 내 뜻을 알아차리고는 웃음을 머금고 고개를 까딱거린다. 변계함이 종이를 찾아 그와 문답하려고 하기에 나는 일어서서 나오며,

"함께 얘기할 상대가 못 되어."

하니 계함도 웃으며 일어선다. 비생은 문까지 따라 나와서 몰래 내 손을 잡고 다짐의 뜻을 넌지시 내비치기에 나도 머리를 끄덕이며 나왔다.

38 「백구」는 『시경』의 편명으로, 어진 선비를 좋아하는 심정을 읊은 시이다.

39 이 말은 『시경』의 「진로」振鷺라는 시의 구절을 인용한 것이다.

40 행와는 이동할 때 잠시 묵는 집이라는 의미이다. 송나라 때 어떤 사람이 소옹邵雍을 흠모하여 소옹의 집과 꼭 같은 집을 열두 군데나 지어 놓고 그가 와서 묵기를 바랐다는 고사가 있다.

가상루에서 주고받은 이야기

「상루필담」商樓筆談

이날 저녁에 더위는 오히려 더 기승을 부리고 하늘 끝에는 붉은 햇무리가 사방에 드리웠다. 나는 밥을 재촉해 먹고는 잠시 상방에 가서 조금 앉았다가 곧 일어나며 혼잣말로,

"너무 피곤하고 더우니 일찌감치 잠이나 자야겠다."

하고는 슬며시 뜰로 내려와 어정거리다가 틈을 타서 빠져나올 궁리를 했다.

박래원, 주부 주명신, 참봉 노이점이 저녁밥을 먹고 뜰을 거닐며 배를 문지르고 트림을 하고 있었다. 그때 달이 떠오르며 차츰 그림자가 생기고 속세의 시끄러운 소리도 잠시 멎었다. 주 주부가 달그림자를 밟고 뜰을 돌면서 부사가 요양에서 지은 7언 율시를 암송하여 전하고, 또 거기에 자신이 차운한 시를 암송한다. 나는 급히 걸어서 마루로 올랐다가 나오며 노 참봉에게,

"형님(정사 박명원)께서 너무 심심해하시겠는걸."

하니 노 참봉도,

"사또께서 적막하실 겁니다."

라고 하며, 즉시 당堂 안으로 들어가 버렸다. 주 주부도 얼굴에 근심을 띠고,

"근래에 병환이라도 생길까 걱정입니다."

하고는 즉시 당 안으로 들어가는데, 박래원도 쫓아서 들어간다.

나는 황급히 걸어서 대문을 빠져나오면서 장복에게,

"어제처럼 어물쩍 둘러대도록 해라."

하고 일렀다. 계함이 밖에서 들어오다가 내게,

"어디를 가십니까?"

하기에 나는,

"달빛이 좋으니 함께 좋은 곳에 가서 밤새 이야기나 하지 않으려는가?"

라고 속삭이니 계함이,

"어디인데요?"

라고 묻는다. 나는,

"어딘지는 따지지 말고."

라고 하니, 계함은 걸음을 딱 멈추고 망설이다가 마침 수역이 들어오는 것을 보고는,

"달빛이 좋으니 밤에 좀 돌아다녀도 괜찮겠지요?"

하고 물어본다. 수역이 깜짝 놀라 뭐라 뭐라고 얘기하니 계함은 웃으며,

"의당 그렇습지요."

라고 하기에 나도 건성으로,

"그런 것 같습니다."

하고 곧 앞서거니 뒷서거니 하며 다시 들어왔다. 수역과 변계함이 당에 오르며 돌아보지도 않기에, 나는 뒤에 처져 있다가 몰래 빠져나왔다. 큰 거리에 나와서야 비로소 가슴속이 확 트인다.

더위는 잠시 물러가고 달빛이 땅에 깔린다. 먼저 예속재에 가니 이미 점포는 닫혔으며, 전생(전사가)은 어디 가고 없고 이인재(이구몽)만 혼자 있다. 그는 내게 잠시 앉아 차를 마시라고 청하며 전생은 조금 있으면 돌아올 것이라고 한다. 내가,

"가상루에 여러 분이 이미 다 모여서 한참 기다리고 있을 텐데요."

라고 하니 이인재는,

"가상루에서의 좋은 모임에 대해서는 이미 알고 있습니다. 저 역시 당연히 모시고 갈 겁니다."

하는데, 마침 전생이 손에 붉은 양각등羊角燈[41]을 쥐고 들어오면서 빨리 가자고 재촉한다.

41 양각등은 양의 뿔을 고아서 만든 투명하고 얇은 막을 씌운 등.

드디어 이생과 함께 담뱃대를 물고서 문을 나섰다. 큰길은 화살처럼 곧게 뻗었고 달빛은 물처럼 투명하다. 전생이 손에 든 등불을 가게 문 위에 걸기에 나는,

"손에 등을 들지 않아도 괜찮겠습니까?"

하고 물으니 전생은,

"아직 어둡지 않은 걸요."

라고 한다.

양각등

드디어 천천히 걸어서 거리 한가운데로 나오니 길 양쪽의 점포는 모두 이미 문을 닫았고, 문 밖에는 양각등을 걸어 놓았는데 간혹 청색 홍색의 여러 색의 등이 있다.

가상루의 여러 사람들이 바야흐로 난간 아래에 죽 늘어서 있

다가, 내가 오는 것을 보고 모두 얼굴에 기쁨이 넘쳐서 맞이하며 점포로 데리고 들어간다. 갈부 배관, 동야 이구몽, 하탑 비치, 포관 전사가, 목헌 온백고, 수환 목춘, 천근 오복 등이 모두 모였다.

배생이 나를 두고,

"박공은 정말 신실한 선비라고 할 만합니다."

라고 한다. 당 가운데에 부채 모양의 사초롱 한 쌍을 달았고, 탁자에는 두 자루의 촛불을 켜고, 생선과 고기, 채소와 과일을 진작 차려 놓았다. 북쪽 벽 아래에도 음식을 잔뜩 차려 놓은 탁자 하나가 있었다.

여러 사람들이 내게 먹기를 권하기에,

"저녁 먹은 것도 아직 내려가지 않았습니다."

라고 하니, 비생은 손수 뜨거운 차 한 사발을 따라서 마시길 권한다. 자리에 낯선 손님이 있어 성명을 물었더니, 이름은 마횡馬鐄이요 자는 요여耀如인데, 산해관 사람이며 장사를 하러 여기에 왔고 나이는 스물셋이고 글을 대략 이해한다고 한다.

비생(비치)이,

"『논어』에 공자 나이 오십에 『주역』을 읽었다는 '오십독역'五十讀易이란 구절을 두고서[42] 어떤 자들은 '정복독역'正卜讀易으로 여겨서 '복'卜이라는 글자 안에 한 획을 그어서 '십'十이 된 것이라고 하는데, 선생께서는 어떻게 생각하시는지요?"

라고 묻는다. 나는,

42 『논어』「술이」述而편에 나오는 구절이다.

"오십독역의 오십五十이란 숫자는 초서로 쓰면 졸卒이란 글자와 같아서 비록 '오십'을 '졸'이란 글자로 의심하는 경우는 있지만, 지금 '오십'五十이 '정복'正卜의 잘못이라는 말씀은 아마도 지나친 억측 같습니다. 『주역』이 비록 점을 치는 책이어서 「계사」

繫辭편에 점친다는 글자인 점占과 서筮를 이야기했지만, 점칠 복卜이란 글자는 한 번 나옵니다.[43] 또 '복'卜이라는 글자는 '곤'丨이라는 글자에 점을 하나 더한 것이지 원래 한 획을 첨가한 것은 아닙니다."

43 『주역』「계사」繫辭 상上편에 "以卜筮者 尙其占"이란 말이 있다.

라고 답했더니 그는,

"『서경』에 '요임금의 아들인 단주丹朱같이 오만한 자도 없다'라는 구절인 '무약단주오'無若丹朱傲에서 '오'傲는 '오'奡의 오자이니, 그 아래 문장에 '오'奡가 물도 아닌 뭍에서 배를 끌었다는 구절인 '망수행주'罔水行舟가 있는 것으로 보아서도 '단주오'丹朱傲는 '단주'와 '오' 두 사람을 가리키는 것으로 보아야 한다고 말하기도 합니다."

라고 한다. 나는,

"'오'奡가 힘이 장사여서 능히 뭍에서 배를 끌었다 하니, 아래 문장의 '망수행주'와 뜻이 그럴듯하게 맞긴 하나, 다만 오傲와 오奡가 비록 음은 비슷하지만 글자의 모양은 현격하게 다르고, 오奡와 그 아버지 착浞은 하夏나라 태강太康 임금 때의 사람이니 순임금 때와는 시기적으로 너무 멉니다."

라고 하니 이동야(이구몽)가 끼어들어,

"선생의 논변이 아주 옳습니다."

라고 한다. 나는 전포관에게,

"부탁드린 골동품 이름과 목록은 다 베껴 놓으셨는지요?"

하고 묻자 전생은,

"낮에 작은 일이 있어서 반쯤 베끼다가 그대로 접어 두었는데, 내일 새벽 떠나시는 길에 저희 점포 앞에 잠시 들러 주시면 제가 직접 수하의 사람에게 전해 올리겠습니다. 이번에는 반드시 착오가 없도록 하겠습니다."

하기에 나는,

"선생께 수고를 끼치고, 이렇게 마음까지 쓰게 만듭니다."

하니 전생은,

"이 정도야 친구간에 예사로운 일인데, 도리어 약속을 못 지켜 부끄럽습니다."

라고 한다.

나는,

"여러분들은 전에 천산千山[44]을 유람하신 적이 있습니까?"

하고 물으니 모두,

"여기서 100여 리 떨어진 곳인데 아무도 가 본 적이 없습니다."

라고 한다. 내가,

"혹시 병부낭중 복녕福寧이란 분을 아십니까?"

하니 전생이,

"모릅니다. 저희 친구들 중에도 아는 사람이 없습니다. 그는 벼슬하는 사람이고, 우리야 장사를 하는 사람인데 어떻게 찾아뵐 수 있겠습니까?"

라고 한다. 이동야가,

"선생께서 이번에 가시면 황제를 만나시겠지요?"

하고 묻기에 나는,

"사신이야 황제의 얼굴을 가까이 할 기회가 있겠지만, 저야 시종으로 따라가는 사람이니 그 반열에 끼지

44 천산은 요녕성 요동시의 밑에 있는 안산시鞍山市 근처의 명산이다.

천산 입구

못할 것입니다."

하니 동야가,

"왕년에 황제가 능에 납시었을 때 귀국에서 따라온 벼슬아치들이 모두 황제의 수레 앞에서 황제를 우러러뵐 수 있었는데 우리들은 그들을 아주 부러워했더랍니다."

라고 한다. 내가,

"어째서 여러분은 황제를 우러러뵙지 않습니까?"

하고 물으니 배갈부가 나서서,

"어찌 감히 당돌하게 그렇게 할 수 있겠습니까? 그저 잠자코 문을 닫고 숨죽이고 있을 뿐이죠."

라고 하기에 내가,

"황상이 여기에 납신다면 응당 어린이나 노인이나 모두 버선발로 뛰어나와 다투어 행차를 구경하려고 할 텐데요."

하니 그는,

"어림없어요. 어림없어."

라고 한다. 내가,

"지금 조정의 각료들 중 태산과 북두칠성처럼 높은 덕망을 가진 분은 누구입니까?"

하고 물으니 동야가,

"관료의 이름을 적어 놓은 『만한진신영안』滿漢搢紳榮案이란 책에 다 실려 있으니, 한번 조사하면 알 수 있을 겁니다."

라고 한다.

"비록 그 책을 본다 한들 그들이 무슨 일을 하는지 어찌 알 수 있겠습니까?"

하고 물으니 동야가,

"우리야 모두 초야에 묻혀 사는 보잘것없는 사람들이니, 지금 조정에서 누가 주공周公 소공召公처럼 인민들에게 정치를 잘하는 재상이고, 누가 강태공처럼 임금에게 직접 발탁이 된 재상인지 알 수가 없답니다."

라고 한다. 나는,

"심양성 안에는 경술經術[45]이나 문장을 하는 선비들이 몇이나 있을까요?"

하고 물으니 배생은,

"모두 녹록하여 이름난 사람이 없답니다."

라 하고 전생은,

"심양 서원에 향시 합격자가 서너 너덧 명 있는데 과거를 보러 북경으로 떠났습니다."

라고 하기에 나는,

"여기서 북경까지 1,500리 길에 이름난 사람, 덕이 높은 선비가 연도에 반드시 많을 터인데, 그들의 성명을 가르쳐 주신다면 찾아보기가 편할 것 같습니다."

하니 전생이,

"산해관 밖은 모두 변방이라, 땅의 기세가 높고 추워서 사람들도 투박하고 뻣뻣하답니다. 북경에 가는 연도에 그런 사람은 씨가 말라 없으며, 모두 우리 같은 사람들이라 특별히 들어서 말할 만한 사람이 없습니다. 게다가 사람을 추천한다는 것은 정말 어렵답니다. 겨우 자기가 아는 사람을 추천할 수밖에 없는데, 결국 자기가 좋아하는 사람에게 아부함을 면할 수 없는 노릇입니다. 높은 안목을 가진 사람이 한번 훑어보고 마음에 차지 않는다면, 말하는 사람은 실없는 말을 한 꼴이고 상대방도 실망하게 됩

45 경술은 유가 경전을 전문적으로 연구하는 학문 분야.

니다.

오늘 무슨 바람이 불어 선생을 뵙고 은덕을 받아서 밤새 서로의 마음을 주고받게 되었는지, 어찌 꿈엔들 상상이나 할 수 있었겠습니까? 하늘의 인연이 교묘하게 맺어 준 게 아닐 수 없습니다. 이 세상에서 진정한 친구를 하나 얻게 되었으니 족히 여한이 없습니다. 선생께서 앞으로 가시다 보면 좋은 분을 절로 만날 터이니 남들이 어찌 이리저리 소개할 필요가 있겠습니까?"

라고 한다.

술이 몇 순배 돌더니 비생이 먹을 갈고 종이를 펼치고는,

"목수환이 선생의 필적을 얻어 최고의 보배로 삼기를 원한답니다."

하기에 나는 향조 반정균이 양허養虛 김재행金在行[46]을 보내며 지은 7언 절구 한 수를 써 주었다.[47] 동야가,

"반향조는 귀국의 이름난 선비입니까?"

하고 묻기에 나는,

"조선 사람이 아닙니다. 이분은 절강성 전당錢塘 사람으로 이름은 정균廷筠이고, 지금 중서사인中書舍人 벼슬을 하는데, 향조香祖는 그의 자입니다."

라고 말했다.

배생이 또 빈 필첩筆帖을 꺼내며 써 주기를 청한다. 짙은 먹물을 부드러운 붓에 찍어 쓰니 자획이 썩 아름답게 되어, 내 스스로도 이렇게 잘 쓸 줄은 생각도 못 했다. 여러 사람들이 크게 감탄과 칭찬을 하는 바람에 술 한 잔에 글씨 한 장씩 쓰곤 하니, 붓 돌아가는 모양이 마음대로 종횡무진 누빈다. 밑에 있는 몇 장에는 아주 진한 먹물로 고송괴석古松怪石을 그리니, 모두들 더욱 기뻐하

46 김재행은 본관이 안동이고, 자는 평중平仲, 호는 양허이다. 1765년 홍대용과 함께 북경에 들어가 중국인들과 교유했다.

47 반정균이 김재행에게 준 시는 3권 「피서록 보유」의 '항주 선비들과 교우를 맺다'라는 항목에 소개되어 있다.

연암이 그린 <국화도>菊花圖

고 종이와 붓을 다투어 내놓으며 빙 둘러서서 써 주기를 청한다.

또 검은 용 한 마리를 그리고, 붓을 퉁겨 짙은 구름과 소낙비를 그려 넣었다. 다만 용의 수염이 너무 뻣뻣하고 비늘의 크기가 일정하지 않으며, 용의 발톱이 얼굴보다 크고 코는 뿔보다 길어서 모두들 기이하다고 일컬으며 크게 웃었다.

전생과 마횡이 등불을 쥐고 먼저 돌아간다고 하기에 나는,

"이제 이야기가 한창 무르익는 판인데, 그대는 무슨 일로 일찍 가려고 하십니까?"

하니 전생은,

"먼저 가고 싶진 않습니다만, 약속을 지키려니 도리가 없습니다. 내일 아침 문에서 직접 작별 인사를 드리도록 하겠습니다."

라고 한다.

내가 방금 그린 검은 용을 촛불에 대어 태우려고 하니, 온목헌이 급히 일어나 손을 뻗어 빼앗아서는 착착 접어 품속에 넣는다. 배생이 크게 웃으며,

"산해관 동쪽 천 리에 큰 가뭄이 들까 걱정이네."

하기에 나는,

"어찌해서 가뭄이 든단 말입니까?"

하고 물으니 배생은,

"방금 그린 용이 불을 뿜는 화룡火龍으로 변하여 가게 될 때에는 모두 괴롭다고 외치게 될 겁니다."

하고는 모두 한바탕 웃는다. 배생은,

"용에는 선한 놈과 악한 놈 둘이 있는데, 그중 괴룡乖龍은 아주 악독한 놈이랍니다. 건륭 8년 계해년(1743) 3월, 산해관 밖 여양閭陽이란 지방의 들판 가운데 괴룡 한 마리가 떨어졌습니다. 그러자 구름도 없는데 천둥소리가 나고, 비도 오지 않는데 번개가 항상 치더니 산해관 밖 늦봄의 날씨가 갑자기 염천의 6월 날씨로 변했답니다. 용이 떨어진 근처 100리 안은 모두 큰 용광로 세상이 되어 사람이나 가축이 더위를 먹어 부지기수로 죽었고, 상인이나 나그네도 돌아다니지 못했으며, 집에 있는 사람도 옷을 다 벗고 손에서 부채를 멈출 수가 없었답니다.

황제가 칙령을 내려 산해관 안에 있던 얼음 보관창고의 얼음 수천 수레를 산해관 밖으로 실어내 걱정을 덜려고 했습니다. 용이 있던 근처의 수목과 토석은 다른 데 비해서 곱절이나 타 버리고 우물과 샘은 모두 부글부글 끓었습니다. 용이 누운 지 열흘이 되어 홀연히 큰 천둥소리와 함께 바람이 불고 콩알만 한 비를 뿌려, 대릉하大陵河 지방에서는 비가 오는 중에도 집에 불이 절로 났지만, 사람이나 가축은 상하거나 해를 입지 않았답니다.

용이 떠날 때 사람들이 다투어 나가서 보니, 막 몸을 일으켜 날아오르려고 할 때에는 대단히 게으른 것처럼 더디게 움직이다가 머리를 들고 꼬리를 치는 모습이 마치 낙타와 말이 일어서는 것처럼 하여 길이는 겨우 서너 길이더니, 입으로 화염을 뿜으며 꼬리를 땅에 늘어뜨리고 몸을 한 번 꿈틀하니 비늘마다 번갯불이 번쩍이고, 갑자기 허공에서 천둥소리가 나고 비를 들이붓더랍니다. 이윽고 오래된 버드나무 위에 몸을 걸쳤는데, 머리는 이쪽 나무에, 꼬리는 저쪽 나무에 걸려 그 사이가 10여 길이나 되고, 폭우가 냇물을 뒤집듯 오다가 이내 그쳤답니다.

하늘을 쳐다보니 용이 힘차게 날아오르는데 동쪽 구름에는 뿔이 드러나고, 서쪽 구름에는 발톱이 드러났는데, 뿔과 발톱의 사이가 몇 리나 되었답니다. 용이 떠난 뒤에 바람 불던 날씨는 맑게 개어 다시 3월의 날씨로 되돌아왔답니다. 용이 누웠던 곳에는 물이 고여 몇 길 깊이의 맑은 못이 되었고, 못 근방의 나무와 돌은 모두 타 버려 대부분 반토막이 되었답니다. 소와 말의 털과 뼈는 타서 삭았고, 불에 탄 크고 작은 고기들이 쌓여 언덕을 이루었는데, 썩는 냄새가 진동하여 근처에 얼씬할 수가 없었더랍니다.

그런데 괴이한 일은 용이 걸쳤던 버드나무는 이파리 하나 떨어지지 않았다지요. 그해에 산해관 동쪽에는 큰 가뭄이 들어 9월까지 비 한 방울 오지 않았더랍니다. 선생께서 그린 이 용이 가서 그런 근심거리를 만들까 걱정입니다."

하자, 모두들 다시 크게 웃는다. 나는 큰 사발로 술을 자작自酌하여 시원하게 마시고는,

"덕분에 여기 큰 안주거리가 생겼습니다."

하니 모두들,

"맞습니다. 모두들 이번 참에 사발로 술을 돌려 박공의 즐거움을 돕도록 합시다."

라고 한다. 나는,

응룡이 그려진 도자기

"여러분은 그 용의 이름을 아십니까?"

하고 물으니, 어떤 자는 날개 달린 응룡應龍이라 하고, 어떤 자는 더위를 일으키는 한발旱魃이라고 한다. 나는,

"모두 아닙니다. 이놈의 이름은 강철罡鐵이라고 합니다. 우리나라 속담에 '강철이 간 데는 가을도 봄이다'라는 말이 있는데, 그놈이 가뭄이 들게 하여 흉년을 만드는 것을 이르는 말입니다.

그 때문에 가난한 사람이 일을 하다가 마음먹은 대로 되지 않으면 '강철의 가을'이라고 합니다."

라고 하니 배생이,

"그것참, 용 이름 한번 기이하네요. 제가 태어난 때가 바로 용의 시각인 진시辰時이니, '강철의 가을'처럼 어찌 가난하지 않을 수 있겠습니까?"

하고는 길게,

"강~처."罡處

부르기에 나는 소리를 질러,

"강철."

하니까 배생은 다시,

"강천."罡賤

한다. 나는 웃으며,

"'천'이 아니고 '명철'明哲이라고 할 때의 '철'입니다."

라고 하니 이번에는 동야가 크게 웃고는 큰 소리를 질러,

"강청."罡靑

이라고 하여 앉았던 사람들이 모두 배꼽을 잡았다. 대개 중국 사람들의 발음은 '갈'이나 '월' 같은 ㄹ발음은 혀를 돌려 소리를 내지 못하기 때문이다.

나는,

"여러분은 모두 오吳와 촉蜀 지방의 사람들로 먼 곳까지 와서 장사를 하고 있으니, 해가 지날수록 고향 생각이 나지 않습니까?"

하고 물으니 오복이,

"고향 생각으로 정말 괴롭습니다."

하고 동야는,

"고향 생각이 날 때마다 진정하지 못하고 아주 정신이 다 나갑니다. 천지의 먼 끝자락에서 조그만 이익을 다투느라고, 해질 무렵 모친을 부질없이 마을 입구에서 기다리게 만들고, 젊은 아내를 독수공방하게 만들었습니다. 고향 편지도 끊긴 지 오래이고, 아내를 생각하는 꿈마저 꾸지 못할 때면 어찌 사람의 머리털이 세지 않겠습니까? 게다가 달 밝고 바람 잔 날이나, 낙엽 지는 가을과 꽃 피는 춘삼월이 되면 더욱 고향 생각을 견딜 수 없으니 어찌 합니까? 어찌 해요?"

라고 하기에 나는,

"이런 생각이 들 정도면 고향으로 아주 돌아가 몸소 밭이랑을 갈아서 부모님을 섬기고 처자를 돌볼 것이지, 어째서 오로지 장사꾼의 이익을 좇아 멀리 고향과 이별하고 있습니까? 비록 재물이 옛날 의돈猗頓[48]이라는 부자와 같고, 명성이 도주공陶朱公[49]이라는 재물을 이룬 사람과 같다 한들 도대체 무슨 낙이 있겠습니까?"

하니 동야가 나서며,

"꼭 그렇지만도 않답니다. 우리 고향의 선비 중에도 반딧불을 잡아 공부하고[50] 허벅지를 찔러 졸음을 쫓으며,[51] 아침에 나물국을 먹고 저녁에는 소금 반찬을 먹어 가며 공부하는 사람이 많이 있습니다. 하늘이 가엾게 여겨서인지 때때로 미관말직의 미미한 녹봉을 받기도 하지만 벼슬을 하러 만 리 밖으로 가게 되니 고향을 떠나기는 마찬가지이고, 타향에서 부모 초상을 당하지 않을까, 혹 파직되는 논죄를 당하지 않을까 하는 등의 괴로운 상황에 처하기는 매일반입니다.

벼슬아치가 혹 자기 직분을 다하다 그 자리에서 죽는 자도 있

48 의돈은 춘추시대 노魯나라의 큰 상인으로 목축과 소금으로 큰 부를 이루었다.

49 도주공은 전국시대 월越나라의 거부로, 본명은 범려范蠡이다.

50 진晉나라 사람 차윤車胤이 가난하여 반딧불을 잡아서 주머니에 넣고 그 빛으로 독서했다는 고사가 있다.

51 전국시대 유세가인 소진蘇秦이 젊은 시절 독서를 하며 졸음을 쫓기 위해 다리를 송곳으로 찌른 고사를 말한다.

지만, 더러 처신을 조심하지 않다가 장물을 추징당하기도 하며, 그간 쌓은 공적을 엎어 버리는 자도 있으니, 사형장으로 끌려가며 자식의 손을 잡고 누렁이를 몰고 사냥갔던 옛날을 회상하며 탄식한들 무슨 소용이 있겠습니까?[52]

우리야 학문도 거칠고 벼슬해서 출세할 기대는 진작 끊었지만, 그렇다고 피땀 흘려 가며 몸이 앙상해지도록 곡식 낟알을 수확하면서 평생을 보낼 수도 없습니다. 고향 우물을 떠나지 않고 죽더라도 제자리를 지키며 마치 여름벌레가 겨울 얼음을 모르듯 한 군데 갇혀 산다면, 이는 일찌감치 죽느니만 못할 것입니다.

점포를 열어 물건을 놓고 파는 것을 비록 인생의 하류로 돌아갔다고들 말하지만, 장사란 하늘이 아름다운 극락세계 하나를 열어 준 것이고 땅이 지상낙원을 열어 준 것입니다. 도주공의 일엽편주를 띄우고,[53] 단목段木의 수레를 몰아[54] 유유히 사방으로 다녀도 도무지 간섭받거나 제지를 당할 일도 없답니다. 커다란 도회지나 고을의 즐거운 곳이 바로 우리 집이지요. 긴 처마와 화려한 집에서 몸은 한가하고 마음은 편하여, 된서리가 오거나 뜨거운 햇살이 비쳐도 내 마음대로 편하게 지낼 수 있습니다.

이 때문에 부모님께 공손하고 처자에게 원망을 사지 않으니, 그야말로 누이 좋고 매부 좋은 꼴이어서 고생을 하든 편하게 살든 모두 잊을 수가 있습니다. 그러니 농사일과 벼슬아치에 견주어 괴로움과 즐거움이 어느 것이 더 낫겠습니까?

우리가 벗에 대해서는 모두 지극 정성을 가지고 있습니다. '세 사람이 가면 그중에 한 명의 스승이 있다'[55]고 했고, '두 사람이 마음을 합하면 그 날카로움이 쇠도 자를 수 있다'[56]라고 했으니, 세상에 이보다 지극한 즐거움은 없습니다. 사람이 나서 평생

52 진秦의 재상 이사李斯가 죄를 입어 그 아들과 함께 사형장으로 끌려가며 "다시는 황견黃犬을 몰고 사냥을 가지 못하겠구나"라고 탄식했다고 한다.

53 월나라 거부인 도주공 범려는 서호에 배를 띄우고 놀았다고 한다.

54 단목은 공자의 제자인 자공子貢인데, 그는 이재理財에 밝아 재산을 많이 모으고, 공자가 수레를 타고 천하를 주유할 수 있도록 뒷받침했다.

55 『논어』「술이」述而편에 나오는 말.

56 『주역』「계사」상上에 나오는 말.

친구를 사귀는 일이 없다면 도대체 재미난 흥취가 없을 것이니, 옷이나 잘 입고 먹는 것이나 밝히는 자들은 이런 맛을 모른답니다. 이 세상에는 생긴 모양이 가증스럽고, 말하는 것 또한 아무 멋대가리 없는 인간이 얼마나 많습니까? 눈에는 그저 알량한 옷이나 밥사발이 보일 뿐 흉중에 벗을 사귀는 즐거움이란 조금도 없습니다."

라고 한다. 내가,

"중국에서는 사士·농農·공工·상商의 사민四民으로 비록 분업을 하고 있으나 귀천은 없다고 하던데, 혼인을 하거나 벼슬하는 데 무슨 구애되는 점은 없습니까?"

하고 물으니 동야가,

"우리나라에서는 금법이 있어서 벼슬아치들이 장사치나 장인바치들과 통혼을 할 수 없게 해서 벼슬하는 길을 가장 깨끗하다고 여기게 하였으니, 학문을 귀하게 여기고 장사를 천히 보며, 농업을 숭상하고 상업을 억누르려는 까닭입니다. 우리야 모두 집안 대대로 장사를 해 왔으니 선비 집안과는 혼인을 할 수 없었고, 혹여 쌀말이나 재물을 실어 보내서 생원이라도 잠시 얻어걸린다 해도 지방의 생원에겐 중앙에 나가 과거 시험 보는 것은 허락되지 않습니다."

라고 하니 비생이 거들며,

"이는 단지 자기 고향에서만 시행되는 법이고, 고향을 떠난다면 반드시 그런 것은 아닙니다."

라고 한다. 내가,

"한번 생원이 되면 선비의 부류로 행세할 수 있습니까?"

하고 물으니 동야가,

"그렇습니다. 생원은 그 부르는 이름이 허다하게 많습니다. 국가에서 일정한 학비를 지급하는 늠생廩生, 국자감에 다니는 감생監生, 지방에서 뽑혀 중앙 국자감에 올라간 공생貢生 등은 모두 생원으로 승급되는데, 한번 생원이 되면 온 집안에 빛이 나지만 반면 사방 이웃들은 해를 입는답니다. 관청을 끼고서 마을이나 부락을 멋대로 침탈하니, 이게 바로 생원들의 이골이 난 재주입니다.

선비의 부류는 세 등급이 있습니다. 상등은 벼슬을 해서 녹봉만을 받는 선비이고, 중등은 학관을 열어 학도를 모집하는 선비이고, 최하는 남에게 손을 벌리거나 이것저것을 빌리러 다니는 선비입니다. 속담에 이른바 '남에게 빌붙어 사니 체면이 서지 않는다'라는 꼴입니다. 당장 생계를 꾸려갈 방도가 모두 끊겼으니 부득불 남들에게 빌붙거나 빌리지 않을 수 없습니다.

분주히 길거리를 돌아다니며 덥거나 춥거나 날씨를 가리지 않고 사람들에게 얘기를 꺼내 볼까 망설이지만 벌써 속내가 다 들여다보이니, 이들이야 애초에 당세의 고담준론을 하는 선비라고 말할 수도 없지만, 결국 세상에서 가장 염증이 나는 사람이 되고 말았습니다. 속담에 '남에게 구하는 것이 자신에게 구하는 것보다 못하다'[57]고, 물건을 사고팔고 하는 우리들 장사치에겐 적어도 이런 극악한 상황이나 괴로운 경우는 없답니다."

라고 한다. 내가,

"중국에는 상정觴政(벌주를 마시게 하는 방법)이 아주 묘하다고 하던데, 지금 이틀 밤이나 여럿이 함께 술을 마시면서도 그런 내기를 하지 않은 건

57 이 말은 『증광현문』增廣賢文이라는 책에 나온다. 본래 속담으로 쓰이던 말이 저자 미상의 이 책에 수록된 것으로 보인다. "使口不如自走, 求人不如求己" 즉 '남을 시키기보다는 자기가 하는 게 낫고, 남에게 구하는 것은 자신에게 구함만 못하다'라는 구절이다.

주령 상정할 때 사용하던 놀이기구

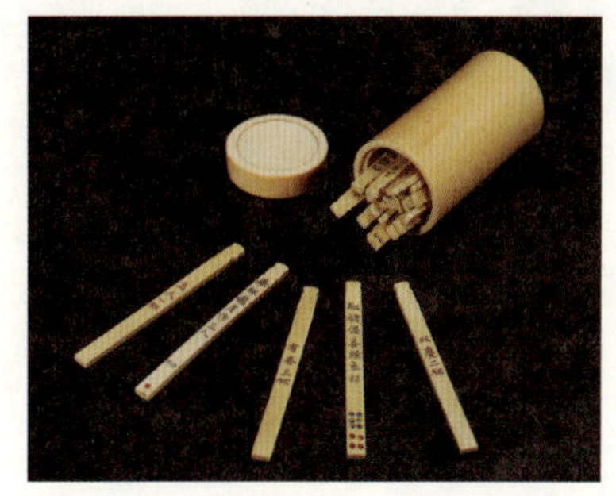

무슨 까닭인가요?"

하고 물으니 배갈부(배관)가,

"상정은 옛날의 벌주 마시는 내기랍니다. 지금은 짐수레를 모는 '칸처'看車[58]나, 가게의 점원인 '장구이'掌櫃(짱꿰)조차도 모두 할 수 있는 것이어서, 그리 고상한 풍류가 못 된답니다."

라고 하니 비생이,

"청나라 입옹笠翁 이어李漁[59]의 『소사』笑史에 용자유龍子猶[60]가 쓴 고려 승려의 술 내기에 대한 이야기가 기록되어 있지요. 중국 사신이 고려에 가니 고려에서는 중을 파견하여 그를 모시고 연회를 하게 했답니다. 그 중이 '초나라 항우項羽와 장량張良이 우산 하나를 놓고 서로 제 것이라고 다투는데, 항우羽는 우雨산이니 제 것이라 하고, 장량良은 양凉산이니 제 것이라 했다'라는 문제를 내자, 사신은 창졸간에 '허유許由와 조조鼂錯가 호리병 하나를 두고 서로 제 것이라고 다두는데, 허유由는 기름〔유油〕 호리병이니 제 것이라 하고, 조조錯는 식초〔초醋〕 호리병이니 제 것이라 했다'고 하는 이야기인데, 그 고려 중의 이름은 무엇인가요?"

하고 묻기에 나는,

"이 문제는 도무지 이치에 맞지도 않고, 중 이름은 전하지 않습니다."

라고 답하였다.

닭이 울기에 잠깐 눈을 붙였다가 문 밖에 사람들 소리가 시끄러워 그만 일어나 숙소로 돌아왔는데도 아직 날이 다 새지 않았다. 옷을 벗고 잠자리에 들었다가 아침밥이 되었다고 알리는 바람에 잠이 깼다.

58 칸처看車는 간처赶車의 오자이다. 간처 혹은 간처더赶車的는 짐수레의 말을 모는 사람을 가리킨다.

59 이어(1611~1680)는 명말 청초의 문인으로 자는 적범謫凡, 입홍笠鴻, 호는 입옹, 호상입옹湖上笠翁이다. 희곡작가와 소설가로 유명하고, 저서에 『입옹십종곡』笠翁十種曲과 『한정우기』閒情偶寄 및 소설 『육포단』肉蒲團 등이 있다. 『청사고』淸史稿에 의하면 『고소사』古笑史 34권의 저서가 있다고 하지만, 『고소사』는 실제로 풍몽룡이 짓고 이어는 서문을 지었을 뿐이다. 여기 이야기는 「고려승령」高麗僧令이라는 이야기로, 『고소사』 제29부 담자부談資部에 수록되어 있다.

60 용자유는 명나라 문학가 풍몽룡馮夢龍(1574~1646)의 호. 풍몽룡은 명나라 말기의 문인으로 자는 유룡猶龍이다. 평생 민가, 설화, 희곡, 소설 등을 수집하고 정리했다. 저서에 소설 『삼언』三言이 있고, 우스개 이야기 모음집인 『고소사』를 편집했다.

7월 12일 무자일

비가 조금 오다가 곧 개었다. 심양에서 원당願堂까지 3리, 탑원塔院 10리, 방사촌方士邨 2리, 장원교壯元橋 1리, 영안교永安橋 14리, 영안교부터 새로 쌓은 길이 시작되었다. 쌍가자雙家子까지 5리, 대방신大方身 10리, 모두 45리를 가서 점심을 먹었다. 대방신에서 마도교磨刀橋까지 5리, 변성邊城 10리, 흥륭점興隆店 12리, 고가자孤家子 13리, 모두 40리이다. 이날 모두 85리를 가서 고가자에서 잤다.

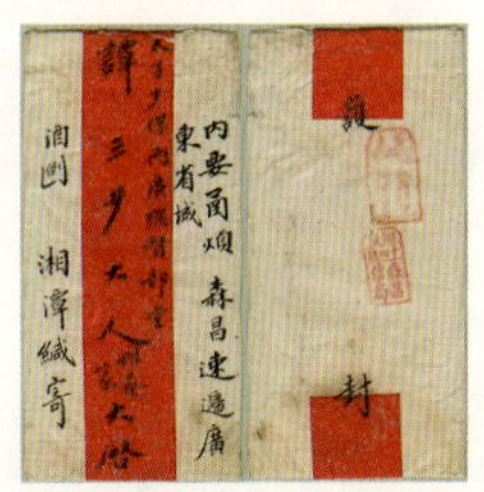
중국 전통 편지 겉봉

아침 일찍 심양에서 출발했다. 가상루에 이르니 배관이 홀로 나와서 마중을 하고, 온백고는 한창 곯아떨어졌다. 나는 손을 들어 작별하고, 돌아서서 예속재에 이르니 전사가와 비치가 나와서 맞이한다. 전생은 봉투 두 개를 가지고 나와서 하나를 뜯어서 보여 주는데 내게 주는 것으로 골동품의 이름과 품목을 기록하였다. 다른 하나는 겉봉에 붉은 쪽지를 붙였는데 '허태사태촌선생수계'許太史台邨先生手啓라고 적혀 있다. 전생은,

"이것은 제 마음을 다하려는 것이지 전혀 객기로 드리는 것이 아닙니다. 조선 사신이 묵는 북경의 조선관朝鮮館과, 한림 벼슬아치들이 묵는 서길사관庶吉士館은 서로 문을 나란히 하고 있습니다. 선생이 북경에 도착하시거든 이 편지를 서길사관의 허 태사에게 전해 주시기 바랍니다. 허 태사는 언행이 속되지 않고 좋은 문장을 겸비하고 있어서, 반드시 선생을 잘 예우할 것입니다.

편지에 선생의 위대한 명망과 드러난 덕을 써 놓았으니 모름지기 이번 길에 크게 어긋나지는 않을 것입니다."

라고 한다. 나는,

"여러분 모두 앞앞이 작별하지 못해 매우 서운하고 허전하오. 그대가 이 뜻을 전해 주기 바랍니다."

하니, 전생은 고개를 끄덕인다. 내가 막 일어서려니까 전생이,

"목수환이 오네요."

한다. 목수환은 손에 포도 한 광주리를 든 소년을 데리고 오는데, 아마도 소년이 나를 보기 위해 포도를 예물로 가지고 오는 것 같다. 소년은 나를 향해 엄숙하게 읍을 하고 앞으로 와서는 내 손을 잡는데 마치 오래 사귄 사람처럼 군다. 하지만 갈 길이 바빠서 손을 들어 작별을 고하고 점포를 나와서 말을 타니, 소년이 말 머리로 다가와서 두 손으로 포도 광주리를 받쳐 든다.

나는 말 위에서 소년을 위해 한 송이를 쥐고 손을 들어 고맙다고 말하고 출발했다. 고개를 돌려 보니 여러 사람들이 아직도 점포 앞에 서서 내가 가는 것을 바라보고 있다. 갈 길이 총망해서 소년의 이름을 물어보지 못한 것이 못내 애석하다.

이틀 밤을 연거푸 밤잠을 놓치고 보니 해가 나온 뒤에는 너무도 고단했다. 창대에게 말재갈을 놓고 장복과 함께 양쪽에서 내 몸을 부축하고 가게 했다. 한숨을 푹 자고 나니 그제야 정신도 맑아지고 눈앞의 경치도 한결 새롭게 보였다. 장복이,

"아까 몽고 사람이 약대(낙타) 두 필을 끌고 지나가더이다."

하기에 내가 야단을 치며,

"어째서 고하지 않았더냐?"

하니 창대가 나서서,

"그때 천둥처럼 코를 골고 주무시느라 아무리 불러도 대꾸를 안 하시니 어찌하란 말입니까? 소인들도 처음 보는 것이라 그게 무엇인지는 몰랐습니다마는, 속으로 약대려니 그저 짐작만 했습니다."

낙타와 몽고인

하기에 내가,

"그래, 모습이 어떻게 생겼더냐?"

하니 창대가,

"그 실상을 형용하기가 쉽지 않사옵니다. 말이라고 보면 발굽이 두 쪽이고 꼬리는 소와 같으며, 소라고 하기에는 머리에 두 뿔이 없고 얼굴은 양처럼 생겼고, 양이라고 하기에는 털이 곱슬곱슬하지 않고 등에 두 개의 봉우리가 있으며, 머리를 드는 모양은 거위 같고 눈을 뜬 모양은 장님 같았습니다."

라고 한다. 내가,

"과시 약대가 틀림없다. 크기는 어느 정도이더냐?"

하고 물으니 한 길 되는 무너진 담을 가리키며,

"키가 저 정도쯤 됩니다."

라고 하기에, 이후론 처음 보는 사물이 있으면 비록 잠자거나 먹을 때라도 반드시 고하라고 단단히 일렀다.

떨어지는 해가 어둑어둑하니 바로 말 머리에 걸려 있다. 냇가에는 나귀 떼 수백 마리가 물을 마시고 있는데, 한 노파가 손에 수숫대를 쥐고서 나귀 떼를 몰고, 칠팔 세 되는 작은 아이가 노파 뒤를 졸졸 따랐다. 이 노파는 푸른 베로 된 짧은 치마를 입고, 발에는 검은 신 한 쌍을 꿰차고 있었다. 머리카락이 다 빠져 머리가 바

가지처럼 반들반들하고, 뒤통수 언저리에 묶은 한 치쯤 되는 작은 쪽에는 각양각색의 꽃술을 빽빽하게 꽂았다. 장복에게 조선 담배를 얻으려고 하기에 내가,

"저기 나귀들이 모두 당신네 한 집에서 키우는 가축이오?"

하고 물으니, 노파가 고개를 끄덕이고 가는데 내 말을 알아들었는지 모르겠다.

골동품 목록

「고동록」古董錄

주문왕정周文王鼎, **상소부정**商召夫鼎, **상아호부정**商亞虎夫鼎 — 이는 상나라, 주나라의 유물로 최상품.

주왕백정周王伯鼎, **주단종정**周單從鼎, **주풍정**周豊鼎 — 이는 당나라 현종 천보天寶 연간에 점포에서 주조한 것으로, 형체가 작아 서재에서 향을 피우기에 아주 적합함.

상부을정商父乙鼎, **상부사정**商父巳鼎, **상부계정**商父癸鼎, **상자정**商子鼎, **상병중정**商秉仲鼎, **상도철정**商饕餮鼎, **주부정**周婦鼎, **상어정**商魚鼎, **주익정**周益鼎, **상을모정**商乙毛鼎, **상부갑정**商父甲鼎 — 이는 모두 원나라 때 항주의 기술자인 강낭자姜娘子가 모방해서 주조한 것임.

주태숙정周太叔鼎, **주련정**周緣鼎 — 모두 서실에 두고 청아하게 볼 만함. 솥이나 화로의 귀가 고리처럼 생긴 것, 입이 벌어진 것, 배에 손톱자국이 있는 것, 다리가 닭다리처럼 생긴 것 등은 모두 하품으로 방에 두고 완상할 가치가 못 되므로 취하지 않음이 옳음.

청동으로 만든 골동품
1. 고觚 2. 대敦 3. 력鬲 4. 이彝
5. 정鼎 6. 준尊 7. 치觶

주사망대周師望敦, **주시대**周兕敦, **주언대**周㒨敦, **상모을력**商母乙鬲, **주멸오력**周蔑敖鬲, **상호수이**商虎首彝, **주신이**周辛彝 — 이상은 모두 『박고도』에 실려 있음. 근일에 새로 출판된 『서청고감』에 만든 법식이 아주 정밀하게 나오니, 먼저 책방에서 『서청고감』을 찾아 이름과 도판을 살펴서 그 모양과 법식을 연구하고 정밀하게 감상한 다음, 유리창이나 융복사隆福寺, 보국사報國寺[61]에 서는 장날에 가서 구해 보시면 모두 틀림없을 것임.

고觚, **준**尊, **치**觶 — 이들은 모두 술그릇이지만 꽃을 꽂아 조용한 방에 두고 맑게 감상할 만함.

대체로 송나라 때의 유명한 도자기인 관요官窯는 법식이나 품격이 대략 가요哥窯[62]와 같고, 색은 분청색이나 계란의 흰 빛을 띠며, 물을 부으면 아주 밝아져서 마치 기름이 엉긴 듯한 것이 상품임. 다음은 담백색인데, 유회색은 삼가고 사지 마시길. 문양은 얼음 깨진 무늬와 드렁허리(선어: 민물장어의 일종) 피빛이 상품이며, 아주 자잘한 문양은 하품이니 구하지 마시길. 만든 기법은 『박고도』에 많이 있으니 법식을 취하시기 바랍니다. 다만 솥, 화로, 병, 호리병, 술잔 등은 어떤 것을 막론하고 짧고 왜소하며 배가 볼록한 것은

61 보국사에 대한 설명과 사진은 3권 「앙엽기」에 상세히 나온다. 초고본 『열하일기』에는 보국사가 홍인사弘仁寺로 되어 있다.
62 송나라 처주處州에서 장생張生 형제가 빚은 도자기 중 형〔哥〕이 빚은, 흰색이 많은 도자기를 가요라고 한다.

조잡하고 추악하여 감상할 만한 것이 없으니 구하지 않음이 옳습니다.

전사가가 연암에게 준 편지

제가 지난해 초겨울에 북경에 갔다가 2월에 돌아왔습니다. 북경에 있을 때 매일 유리창에 나갔더니 눈에 보이는 것마다 보배롭고 신기하여 말로 형용할 수가 없었습니다. 제 자신이 너무 초라하여 제대로 구경도 하기 전에 그만 질려서 꼬리를 내릴 정도였습니다. 다만 금창金閶[63]에서 올라온 사기꾼과 잡상인 떼가 벼룩처럼 날뛰고 이처럼 들러붙어, 유리창 여기저기서 불쑥불쑥 튀어나와 값을 함부로 불러 가격을 열 배 이상으로 만들었을 뿐 아니라, 갖은 감언이설로 사람들의 마음을 아주 녹이기까지 했습니다.

63 금창은 소주蘇州의 다른 이름이다. 소주에 금문金門과 창문閶門이 있기 때문에 줄여서 소주를 금창이라 불렀다.

저는 지난번 걸음이 초행인 관계로 어지럽고 허겁지겁 어쩔 줄을 몰라, 눈과 귀와 입이 달아나고 오장육부가 뒤집히는 것 같았습니다. 그들에게 털끝만 한 덕을 보기는커녕 단지 바보놀음만 하다가 돌아왔습니다. 가만히 이 일을 생각해 보면 문득문득 머리카락이 곤두설 정도로 분노가 생기는 것은 무슨 까닭이겠습니까?

변방의 비루한 곳에서 나고 자라서 신중하고 성실하며 허심탄회한 것이 본래의 토속적 성격인지라, 기왓장이나 다를 바 없는 돌덩어리를 보배로 여기질 않나, 혹은 물고기 눈알과 구슬도 분변 못 할 정도로 어리석었으니 그렇게 될 수밖에 없었습니다. 다만 한스러운 것은 그들에게 비웃음을 살 정도로 거금을 준 것입니다. 이야말로 도적놈에게 폭리를 취하게 만든 꼴입니다.

지금 그대를 북경으로 보내며, 이를 잊지 못해 제 어리석은 정성이나마 곡진하게 말씀드리는 것은, 타국의 군자가 뒷날 고국으로 돌아가서 중국에는 제대로 된 인간이 도무지 없다고 왜곡하지 않기를 바라서 그러는 것입니다.

아울러 충심으로 말씀드리면, 고서화에 대한 감식안도 제대로 갖추지 못했고 수집하는 취미도 그리 깊지 못하여 감히 저도 모르는 것을 경솔하게 추측하여 억지로 말씀드릴 수는 없지만, 서화들은 대체로 앞 시대의 현인들이 직접 쓰고 그린 것은 아니지만 그래도 명필가들이 잘 모사한 것이어서 비록 노련한 기품은 없을지라도 그 전형은 볼 수 있습니다. 미불米芾,[64] 채경蔡京,[65] 소식蘇軾,[66] 황정견黃庭堅[67] 등의 글씨는 모두 이름을 조사해 보는 것이 옳습니다.

그대가 전날 저를 비루하고 외람되다 여기지 않으시고 현인을 구하는 마음을 의탁하셨을 때, 연로에 서서 이야기해 보아야 짧은 시간에 저의 정성을 다 보일 수 있는 것도 아니고, 또 그대가 몸소 찾아다닌다는 것도 쉬운 일이 아니라고 말씀드렸습니다만, 제가 북경에 있을 때 태사太史 허조당許兆黨과 며칠 지낼 수 있어서 지기의 벗을 맺었습니다. 허조당의 자는 태촌台村이고 호북湖北 사람입니다.

여기 허조당에게 보내는 편지가 있사오니, 그대가 북경에 들어가는 날에 한림원을 찾아가서 허태촌을 방문하여 저의 이름을 대고 편지를 전해 주시기 바랍니다. 그대와 제가 이처럼 친밀한 벗이라는 것을 알게 된다면, 반드시 푸대접을 당하지는 않을 겁니다. 덧붙여 말씀드릴 것은 태촌의 사람 됨됨이가 시원하고 배

64 미불(1051~1107)은 송나라 서화가로, 자는 원장元章, 호는 녹문거사鹿門居士 혹은 해악외사海嶽外史이다. 양양襄陽에 거처했으므로 미양양米襄陽이라 불렸다. 저서에 『보진영광집』寶晉英光集, 『화사』畫史, 『서사』書史 등이 있다.

65 채경(1047~1126)은 북송 말기의 정치인이며, 문인, 서예가였다. 16년간 재상으로 있으며 요를 멸망시켰고, 북송 문화의 융성에 기여했다. 서예가로서 이름이 났다.

66 소식(1036~1101)은 북송의 문인이고 정치인이다. 당송팔대가의 하나로 자는 자첨子瞻이고 호는 동파東坡이며, 「적벽부」를 지었다.

67 황정견(1045~1105)은 송나라 인물로, 시인과 화가로 유명하다. 자는 노직魯直이고 호는 산곡山谷이다. 저서로 『예장황선생문집』豫章黃先生文集 30권이 있다.

포가 아주 커서 한번 만나 보면 친구를 맺을 만하여 사람을 잘못 천거했다는 허물은 모름지기 없을 겁니다.

아울러 바라옵건대 박공 노야老爺께서는 제 마음을 읽어 주시기 바랍니다. 예를 갖추지 못합니다.

전사가는 머리를 조아리며 아룁니다.

7월 13일 기축일

맑고 바람이 세게 불었다. 고가자에서 새벽에 출발하여 거류하巨流河(거류하는 주류하周流河라고도 한다.)까지 8리, 거류하보巨流河堡까지 7리, 서점자西店子 3리, 오도하五渡河 2리, 사방대四方臺 5리, 곽가둔郭家屯 3리, 신민둔新民屯 3리, 소황기보小黃旗堡 4리, 소황기보에서 점심을 했으니, 점심 전에 모두 35리를 갔다. 소황기보에서 대황기보大黃旗堡까지 8리, 유하구柳河沟 12리, 석사자石獅子 12리, 영방營房 10리, 백기보白旗堡 5리, 모두 47리이다. 이날 전체 82리를 가서 백기보에서 숙박했다.

새벽에 일어나 세수하고 머리를 빗자니 대단히 싫증이 난다. 하늘에는 달이 떨어져 별들만 총총하여 서로 깜박이는 것 같고, 마을에선 닭들이 번갈아 울어댄다. 몇 리를 못 가서 하얀 새벽안개가 끝없이 펼쳐져 넓은 요동 벌판에 깔리며 수은으로 된 바다처럼 되었다. 한 떼의 의주 상인들이 자기들끼리 뭐라고 지껄이며 지나가는데, 그 소리가 몽롱하여 마치 꿈속에서 기이한 책을 읽는 듯 분명하지는 않으나 대단히 신비하고 환상적이었다.

잠시 뒤에 하늘빛이 서서히 새벽빛을 띠더니 수많은 버드나무 가지에서 가을매미가 일제히 울어댄다. 매미가 일기예보를 전해 주지 않아도 이미 한낮에는 푹푹 찌는 더위인 줄 알겠다. 들판의 안개가 서서히 걷히면서 멀리 마을 사당 앞에 세운 깃발의 장대가 마치 돛대처럼 보인다. 동쪽 하늘을 돌아보니 붉은 구름이 뭉게뭉게 용솟음치며 오르고, 커다란 수레바퀴 같은 새빨간 해가 수수밭 사이로 반쯤 삐져나와 천천히 둥글어지며 요동 벌판에 꽉 찬다. 그러자 지평선 위로 오가는 말과 수레, 조용히 서 있는 나무와 집, 가을 터럭처럼 빽빽이 들어선 숲이 모두 붉은 수레바퀴 안으로 빨려 들어간다.

가산 괴석을 쌓아서 인조의 산을 만들어 연못 주변을 장식했다.

신민둔의 시장 점포나 여염집 들은 요동에 못지않다. 한 전당포에 들어갔더니 뜰 가득히 포도나무 시렁의 그늘이 영롱하고, 뜰 한가운데에 형형색색의 괴석을 쌓아 하나의 가산假山을 만들어 놓았다. 가산 앞에는 한 길쯤 되는 큰 항아리가 있고, 그 안에는 너덧 줄기의 연꽃이 피어 있었다. 땅을 파서 한 칸의 나무통을 두고 자원앙(비오리) 한 쌍을 키운다. 가산 둘레에는 종려나무, 가을해당화, 안석류安石榴[68] 등 화분 10여 개를 놓아두었다.

68 석류가 본래 안식국安息國에서 나온 것이므로 안석류라고 부른다.

구슬 휘장 아래 쭉 놓인 의자에 거칠고 우락부락하게 보이는 사람 대여섯이 앉아 있다가 나를 보고는 일어나 읍을 하고 앉으라고 청하며 시원한 차 한 사발을 권한다. 점포 주인은 붉은 종이 두 장을 내놓는데, 종이 바탕에는 옅은 황금색으로 뿔 없는 용 두 마리가 가늘게 그려져 있다. 주인이 내게 주련을 써 달라고 하기에 내가,

> 원앙 한 쌍 목욕하자 수놓은 비단이 나는 듯
> 갓 피어난 연꽃 모습 말없는 신선일세.
>
> 鴛鴦對浴能飛繡 菡萏初開不語仙

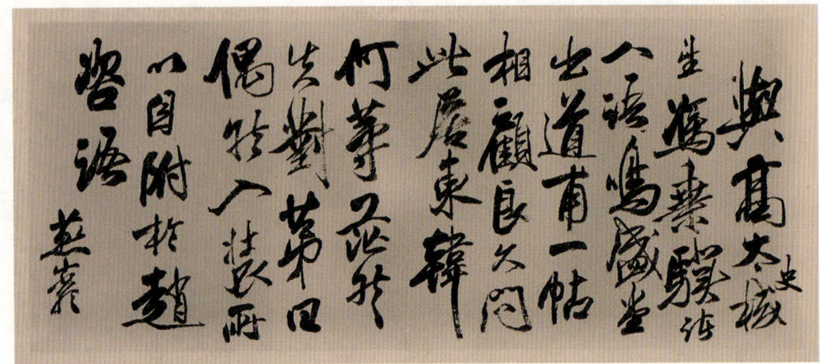

라고 쓰자 구경하던 사람들이 일제히 필법이 좋다고 아우성을 친다. 주인은,

"손님께서는 여기 앉아 잠시만 기다려 주십시오. 제가 다시 좋은 종이를 찾아 가지고 오겠습니다."

하고는 즉시 몸을 일으켜 나간다. 잠시 뒤에 왼손에는 종이를, 오른손에는 짙은 먹물 한 종지를 받치고 온다. 칼로 백로지白鷺紙 한 장을 잘라서 석 자 길이의 두루마리를 만들고는 점포 위에 붙일 좋은 글귀 몇 자를 써 달라고 청한다.

내가 길을 따라오면서 매번 시장 점포에 '기상새설'欺霜賽雪이란 네 글자가 점포 문설주 위에 걸려 있는 것을 보고는 마음속으로, '장사꾼들이 자기 본분을 자랑하기 위해, 심지가 희고 깨끗하여 가을 서리와 같고 또 희디흰 눈빛을 압도한다고 하는 것 아닐까?'라는 생각을 하였다. 또 며칠 전에 난니보爛泥堡를 지나올 때를 생각하니, 한 점포의 문설주 위에 쓰여 있는 이 네 글자가 필법이 매우 기이해서 말을 세우고 한참을 감상했는데, '상'霜과 '설'雪 두 글자는 분명 송나라 서예가 해악海嶽 미불米芾의 글씨체였다. 이제 그 글씨체를 본받아 한번 써 보아야지 하고 붓을 아래위로 움직여 먹물을 골고루 적시니, 먹빛이 번들거리고 짙고

연함이 아주 적당했다.

이에 종이 앞에 이르러, 왼쪽에서 오른쪽으로 먼저 '설'雪 한 자를 쓰고 보니, 비록 미불의 글씨체와는 비교할 수 없다 하더라도 어찌 명나라의 명필 동기창董其昌만 못하랴! 구경꾼이 점점 불어나며 일제히 글자가 매우 좋다고 칭찬한다. 다음 '새'賽자를 쓰니 대부분은 글자 모양이 좋다고 칭찬하는데 다만 주인의 얼굴 기색이 자못 일그러지며 처음 '설'자를 쓸 때 소리를 지르던 모습과는 아주 딴판이다.

동기창의 필적

나는 속으로, '새'자는 자주 쓰는 글자가 아니어서 손에 익숙하지 않고, 위의 하寒 모양이 너무 촘촘하고 아랫부분의 패貝 모양이 너무 길어서 마음에 들지 않나 하는 생각이 들었다. 또 붓끝의 진한 먹물이 '새'라는 글자 왼쪽 점 옆으로 잘못 튀어 점점 번져 나가며 얼룩무늬가 되어, 이 우락부락한 놈이 이걸 까탈 잡는구나 하고 생각했다. 그래서 솜씨껏 '상기'霜欺 두 글자를 연거푸 쓰고는 붓을 던지고 순서대로 읽어 보니 합쳐서 '기상새설' 네 개의 큰 글자가 되었다.

전당포 주인은 머리를 절레절레 흔들며,

"우리 점포와 무슨 상관이람!"

하기에 나는,

"또 만납시다."

하고는 몸을 일으켜 나오며 마음속으로,

'이런 조그만 곳에서 장사나 해먹는 놈이 어찌 심양 사람들을 따라가기나 하겠는가? 이 따위 거칠고 우락부락한 놈들이 글

영안교

자가 잘 되었는지 못 되었는지 어찌 알기나 하랴?'

하고 중얼거렸다.

이날 해가 돋은 후에 큰 바람이 불어 사방팔방을 뒤흔들어 놓더니 오후에는 그쳤다. 하늘에는 한 점의 티끌도 없이 폭염이 쪄댄다.

영안교永安橋를 지나서부터는 아름드리나무를 연결하고 묶어서 다리를 놓았는데, 다리의 높이는 몇 길이 되고 폭은 다섯 길이 되며, 양쪽 나무의 끝은 가지런하여 마치 한 칼에 자른 듯했다. 다리 아래의 시냇물은 푸르러 끝이 없고 푸른 진흙은 윤기가 흐른다. 이곳을 개간해 몇 만 마지기의 논을 만들면 해마다 몇 억만 섬의 좋은 쌀을 수확할지 모르겠다.

어떤 사람은,

"강희 황제는 《경직도》耕織圖[69]와 『농정전서』農政全書[70] 등을 만들었고, 지금 건륭 황제도 실은 농업에 밝은 분의 자제이니, 산해관 밖의 검푸르고 거무튀튀한 흙이 최고 일등의 논이 된다는 사실을 모르지는 않을 것이다. 다만 산해관 밖의 땅은 본시 자신들이 일어난 뿌리가 되는 곳인데, 쌀이 기름지고 향기가 나며 밥알에 윤기가 자르르 돌아, 백성이 이를 항상 먹게 된다면 그들의 근육과 뼈가 풀어지고 물러져 용맹스럽게 힘을 쓰기 어려울 것이므로, 차라리 기장이나 조, 밭의 쌀을 항상 먹게 하여 배고픔을 잘 견디게 가르치고 혈기를 강하게 하여, 먹는 문제를 아주 잊어버리게 하는 것만 못 하다고 생각했을 것이다. 차라리 천 리나 되는 기름진 땅을 포기할지언정 척박한 땅에서나마 나라에 충의를 다

69 《경직도》는 본래 송나라 때 누숙樓璹이 농사짓고 길쌈하는 그림을 그려서 고종에게 바친 그림첩이다.

70 명나라 때 서광계徐光啓가 지은 60권의 농사책이다.

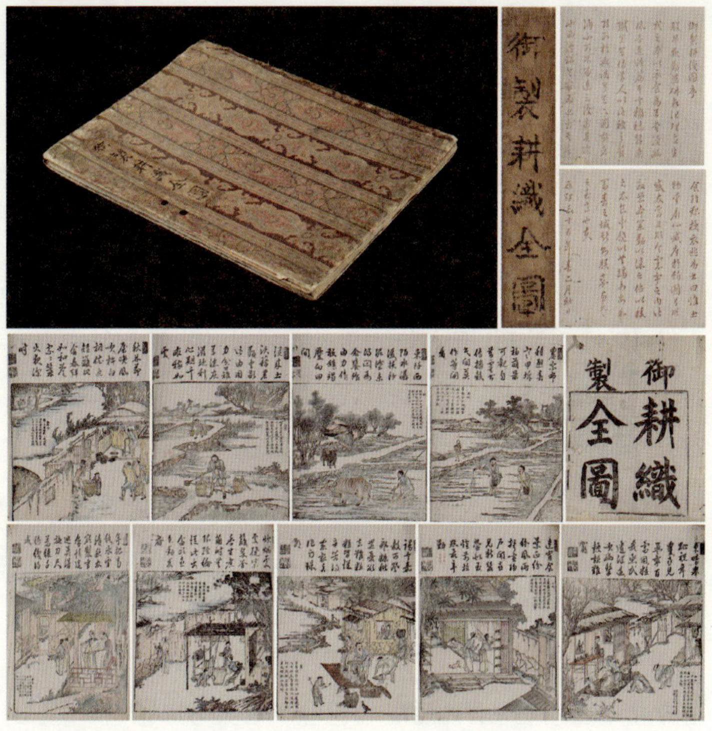

《경직도》

하는 백성을 만들려는 것이니, 이야말로 그들의 심모원려深謀遠慮일 것이다."

라고 말한다.

길을 따라서 2리 혹은 3리 간격으로 마을이 끊어졌다 이어졌다 하고, 수레와 말은 계속 이어졌다. 좌우에 들어찬 시장 점포는 모두 볼만한데, 봉황성에서부터 여기까지 비록 사치한가 검소한가 하는 차이는 있으나 모두 한결같은 규모였다. 때때로 몽롱한 중에도 눈에 지나친 것은 놀랄 만한 것도 있고, 즐거워할 만한 것도 있지만 모두 다 기록할 수 없다.

날이 저물어 갈 무렵, 먼 곳에 연기가 나는 점포가 보인다. 말을 급히 몰아 숙소로 가는데 참외밭에서 한 노인이 뛰어나온다. 그는 말 앞에 꿇어앉아 서너 칸 정도 되는 오래된 외딴집을 가리키며,

"이 늙은이 혼자의 몸으로 길가에서 참외를 팔아서 근근이 살아가는데, 당신들 고려인 삼십에서 오십 명이 조금 전에 여기를 지나가며 잠시 쉬면서 처음에는 값을 치르고 참외를 사겠다고 소리치더니 정작 떠나면서는 사람마다 앞앞이 손에 참외를 쥐고는 큰 소리로 웃으며 모두 달아났습니다."

하고 하소연하기에 내가,

"당신은 어째서 그들의 상전을 막고 하소연하지 않았소?"

하니 늙은이는 눈물을 떨어뜨리며,

"가서 하소연하니 그네들 상전은 벙어리인 양, 귀머거리인 양 행세하는데, 늙은이 혼자 몸으로 어떻게 삼십에서 오십 명의 힘깨나 쓰는 하인들을 감당할 생각이나 할 수 있겠습니까? 방금도 그자들을 쫓아갔더니 하인 한 놈이 길을 가로막고는 참외 하나를 쥐고 도리어 눈에 불이 번쩍 나도록 저의 면상에 던졌는데, 참외 터진 물이 아직도 덜 말랐습니다."

하고는, 청심환을 달라고 한다. 없다고 하니 창대의 허리춤을 단단히 부여잡고는 억지로 참외를 사라고 하며 참외 다섯 개를 가지고 와서 앞에 내놓는다.

나도 목이 마르던 차에 갈증이나 풀려고 하나를 깎아 먹어 보니, 향기와 단맛이 보통이 아니어서 창대에게 밤참이나 하자고 네 개를 싸게 하고, 창대와 장복에게도 각기 두 개씩 먹이니 모두 아홉 개다. 늙은이는 기어이 80푼을 내라고 한다. 장복이가 50푼을 주자 늙은이는 버럭 화를 내며 받지 않으려고 하여, 두 놈이 주

머니를 탈탈 털어 모두 71푼을 주었다. 나는 말에 먼저 오르며 장복에게 더 주라고 하니, 장복이 주머니를 까서 뒤집어 보인다. 그제야 늙은이도 못 이기는 체하고 만다.

처음에 눈물을 보여서 불쌍하게 보이고는 결국 참외를 억지로 팔고, 참외 아홉 개에 근 100푼이나 되는 어처구니없는 값을 기어이 받아내고 마니 참으로 통탄할 만하다. 그러나 우리 하인들이 길을 가면서 으르고 빼앗는 짓이 더 한탄할 노릇이다.

저물어서야 숙소에 도착했다. 참외를 꺼내서 청여淸如(박래원의 자)와 변계함에게 주면서 식후 입가심이나 하라고 하고, 말을 갈아탈 때 하인들이 참외 빼앗은 일을 말했더니 여러 마두들이,

"애초에 그런 일이 없었습니다. 외딴집 참외 파는 늙은이가 원래 어디 비길 데 없는 간교한 영감탱이라서, 서방님 혼자 뒤에 떨어져 오시는 것을 보고는 있지도 않은 황당한 거짓말을 꾸며대고 일부러 가엾은 꼴을 해서는 청심환을 우려내려고 한 수작입니다."

라고 말한다.

그제야 늙은이에게 놀림감으로 당한 것을 깨달았다. 그가 참외 팔던 일을 생각하니 더더욱 한스럽고 분했다. 도대체 갑자기 때맞춰 흘리는 눈물은 어디에서 그렇게 나올 수 있었을까? 시대가 나서며,

"그놈은 곧 한족일 겁니다. 만주인은 이 같은 요망한 짓은 하지 않는다고 합니다."

했다.

7월 14일 경인일

맑다. 백기보白旗堡에서 소백기보小白旗堡까지 12리, 신방新方 6리, 반랍문半拉門, 일명 일판문一板門이라고 하는데 12리, 고산둔靠山屯 8리, 이도정二道井 12리, 모두 50리를 가서 점심을 했다. 다시 이도정에서 신은사神隱寺까지 8리, 고가포古家舖 22리, 나무 교량으로 된 길이 여기에서 끝났다. 고정자古井子 1리, 십강자十扛子 9리, 연대烟臺 6리, 소흑산小黑山 4리, 모두 50리이다. 이날 전체 100리를 갔고, 소흑산에서 숙박했다.

오늘이 바로 말복이다. 늦더위가 말복을 맞아 더욱 혹심하겠고, 가야 할 숙소가 멀어서 일행은 새벽에 출발했다.

나는 정 비장, 변 주부와 함께 먼저 출발했다. 길에서 어제 아침에 본 일출 광경을 이야기했더니 두 사람은 오늘 한번 보겠다고 별렀다. 그러나 해가 뜰 때 동쪽 하늘에 운무가 아직 걷히지 않아서 해돋이 광경이 어제만 크게 못 했다. 해가 떴을 땐 이미 땅 위로 한 발이나 솟았고, 태양 아래의 겹겹 구름은 만 갈래 길이 되고 황금빛 교룡이 되어 뛰어오르며 신출귀몰하면서 한 가지 색으로 고정되지 않는데, 태양이 서서히 하늘 위로 솟구쳐 올라갔다.

요양 이래로 아주 작은 성과 못을 많이 지나왔지만 다 기록할 수는 없다. 맹자가 말한 이른바 "3리 되는 성이요, 5리 되는 성곽이다"[71]라는 것으로 꼭 군과 읍의 행정 소재지라고 할 수는 없고, 그저 마을과 취락에 지나지 않으나 그 제도는 큰 성과 다를 바 없다.

71 『맹자』「공손추」公孫丑 하편에 나오는 말이다.

일판문과 이도정은 지세가 움푹 꺼져서 조그만 비에도 진흙 뻘이 된다. 봄날 얼음이 녹을 무렵에 잘못하여 뻘에 들어갔다가는 사람이나 말이 순식간에 보이지 않게 빨려 들어가, 지척에서도 손을 쓸 수가 없다고 한다. 작년 봄에 산서山西 지방의 장사꾼 20여 명이 모두 건장한 나귀를 타고 일판문에 이르렀다가 한꺼번에 빠져 사라져 버렸고, 우리나라 말몰이꾼도 두 명이나 빠져 실종되었다고 한다.

『당서』唐書에 의하면, 당 태종이 고구려를 정벌하려다 실패하고 돌아가다가 발착수渤錯水에 이르러 80리 진흙 뻘에 길이 막혀 수레와 말이 갈 수 없게 되었다. 장군 장손무기長孫無忌와 양사도楊師道 등이 만여 명의 군사를 이끌고 나무를 베어 길을 쌓고 수레를 연결하여 교량을 만들었는데, 황제도 말을 탄 채 직접 나무를 지고서 작업을 도왔다고 한다. 폭설이 심해 횃불을 들고 다리를 건너라는 어명이 내렸다고 한다. 그 발착수가 어디인지 지금은 알 수가 없다.

요동 들판 천 리는 흙이 밀가루처럼 부드러워 비를 맞으면 마치 엿이 녹은 것처럼 끈적거려 사람의 허리나 무릎까지 빠진다. 한쪽 다리를 겨우 빼면 반대편 다리가 점점 깊이 빠져, 혼신의 힘으로 발을 빼지 않는다면 마치 땅속에서 뭔가가 빨아당기는 듯, 몸 전체가 모두 빨려 들어가 흔적조차 보이지 않게 된다. 지금은 청나라 황실이 자주 심양에 다니기 때문에 영안교에서부터 나무를 엮어서 교량을 만들어 장마에 뻘이 생기는 것을 방비하는데, 고가포 앞에 이르러서야 비로소 끝이 난다.

200여 리 되는 사이를 나무 교량 하나로 길을 만들었으니 비단 물자나 힘이 엄청나게 들었을 뿐 아니라, 나무 끝이 하나도 들쭉날쭉하지 않아 200리 다리의 양쪽 난간이 마치 먹줄로 한번 퉁겨 놓은 듯 반듯해서, 정밀하고 전일한 제작 기법을 살펴볼 수 있다. 때문에 민간에서 보통의 물건을 만드는 것도 이를 본받아 그 규모가 다 같아지게 된다.

덕보德保 홍대용洪大容이 말한, "중국의 보이지 않게 전해 내려오는 기법은 정말 대적할 수가 없다"라는 것이 바로 이를 두고 한 말일 것이다. 이 나무다리 길은 3년에 한 번씩 고친다고 한다. 『당서』에서 말한 발착수는 아마도 일판문과 이도정 사이에 있는 것 같다.

청나라 때의 악기 '10면 운라'(첩정)

아골관鴉鶻關(연산관)에서부터 매번 여염집 마을 안에 백색의 패루를 높게 설치한 것을 봐 왔는데 초상이 난 집이라고 한다. 삿자리를 엮어 만들었는데, 기왓골이나 용마루 장식물인 치문(망새)이 나무나 돌로 만든 것과 다를 바 없다. 높이는 네다섯 길이나 되고 상가의 대문 앞 열 발자국 정도 떨어진 곳에 세운다. 그 아래에는 악공들이 죽 앉았는데 첩정疊鉦(운라) 한 쌍, 피리 한 쌍, 날라리(태평소) 한 쌍이 밤낮으로 떠나지 않고 조문객이 문에 들면 시끄럽게 연주를 하고, 상식上食(망자에게 음식을 올림)을 하거나 제전祭奠을 지낼 때 안에서 곡을 하면 밖에서 악공들이 마주 받아서 시끄럽게 연주를 해댄다.

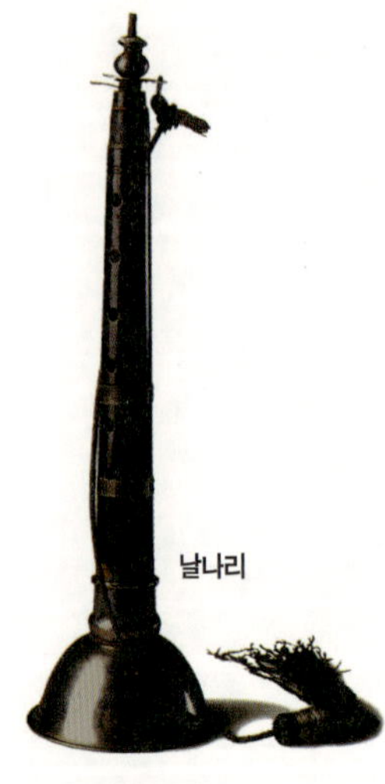

날나리

나는 십강자에 도착해 잠시 쉬면서 정 진사, 변 주부와 함께 한가롭게 거리를 거닐다가 삿자리로 만든 어느 패루에 이르렀다. 패루를 어떻게 엮었는지 상세히 살펴보려고 하는 차에, 갑자기 악기 소리가 진동하여 두 사람은 화들짝 귀를 틀어막고 달아나고, 나도 두 귀가 먹을 것 같아 손을 흔들어 멈추라고 신호를 했으나, 악공들은 모두 들은 체도 안 하고 단지 힐끗 돌아보고는 오직 두드리고 불어대는 데에 여념이 없다.

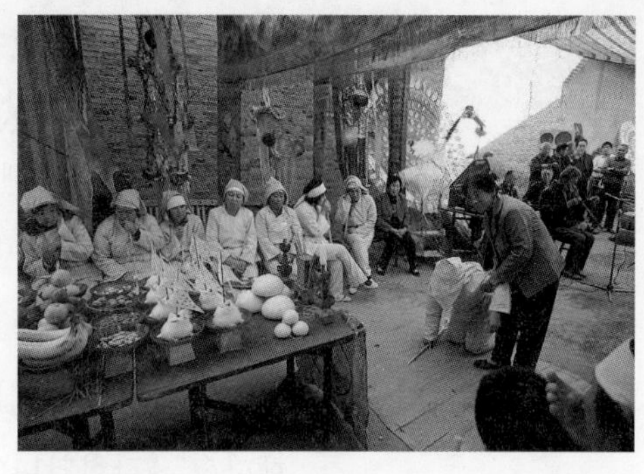

상가의 빈청

내가 상가의 제도를 구경하려고 발걸음을 옮겨 대문 앞으로 막 가자, 문 안에 있던 상주 한 사람이 뛰어나와 내 앞에서 곡을 하며 대나무 지팡이[72]를 놓고 두 번 엎드렸다가 일어난다. 엎드리면 머리를 땅에 닿게 조아리고, 일어나면 발로 땅을 구르는데 눈물이 비 오듯 쏟아지고 수없이 울부짖는다. 창졸간에 일어난 변괴라서 나도 어찌할 줄을 몰랐다. 상주의 등 뒤로 대여섯 명이 흰 두건을 쓰고 따라 나와 내 양쪽 팔을 끼고 문 안으로 데리고 들어가니 상주도 곡을 그치고 따라 들어온다.

72 상주의 지팡이가 대나무일 때는 아버지의 초상, 오동나무일 때는 어머니의 초상을 의미한다.

때마침 말의 양식을 담당하는 마두 이동二同이 안에서 막 나오다가 마주쳤다. 나는 하도 기뻐서 허겁지겁 물었다.

"이거 어찌해야 되는 거냐?"

하니 이동은,

"소인은 망자와 동갑이고 평소 아주 친하게 지낸 터여서 좀 전에 들어가 아내에게 문상을 했습니다."

라고 하기에 나는,

"문상은 어떻게 하는 것이냐?"

하고 물으니 이동은,

"상주의 손을 쥐고 '당신 아버님은 천당에 가셨을 것이오'라고 말하면 됩니다."

라고 한다. 이동이 나를 따라 다시 들어오면서,

"부의로 백지白紙 권이나 주지 않을 수 없으니 소인이 맡아 주선해 보겠습니다."

한다.

당堂 앞에는 삿자리로 시렁을 얽어 큰 집을 엮어 놓았는데, 엮은 방법이 기이했다. 뜰에는 흰 베로 장막을 가득 쳐서 남녀 상복 입은 사람들을 구분지어 놓았다. 이동이,

"주인이 응당 술과 과일을 대접할 것이니 조금 계셔야지, 금방 일어나지는 마십시오. 음식을 맛보지 않으면 크게 수치를 당했다고 생각한답니다."

하기에 나는,

"기왕 여기까지 들어왔으니 이것도 하나의 구경거리겠으나, 주인에게 문상을 한다는 것이 괴롭구나."

하니 이동은,

"아까 이미 문상을 했으니 다시 할 필요는 없습니다."

하고는 삿자리 집을 가리키며,

"저기가 빈소인데, 남녀 모두 자기 방을 비우고 빈청의 휘장을 친 곳으로 옮겨 옵니다. 휘장 안에는 상복을 입는 기한에 따라서 각기 거처할 장소가 마련되어 있는데, 장례를 치른 뒤에는 각기 돌아간답니다."

라고 한다.

휘장 안의 한 여자가 자꾸 머리를 내밀고 쳐다보는데, 흰 베로 머리를 싸매고 그 위에 수질首絰[73]을 둘렀는데, 인물이 자못 고왔다.[74] 이동은,

"저 여자는 망인의 막내딸인데, 산해관으로 시집가 부잣집 장사꾼의 아내가 되었답니다."

라고 한다.

한참 있다가 상주가 삿자리 집에서 나와 의자에 앉았는데, 흰

수질을 한 모습

73 수질은 상복을 입을 때에 머리에 두르는, 짚에 삼 껍질을 감은 둥근 테.

74 박영철본에는 "흰 베로 머리를 싸매고, 수질을 둘렀다"라고만 되어 있다.

순조의 국상 때 사용된 죽안마(좌)
중국 장례에 사용한 죽산마(우)

두건을 쓴 몇몇 사람이 국수 두 사발, 과일 한 접시, 두부 한 접시, 나물 두 접시, 차 두 사발, 술 한 단지를 내와서 탁자 위에 늘어놓는다. 앞의 탁자에 빈 잔 세 개가 있고, 맞은편 탁자에도 빈 의자 세 개와 빈 잔 세 개가 놓여 있다. 상주가 이동에게 앉기를 청하니 이동은 굳이 사양하며,

"우리 상전이 위에 계신데 감히 머리를 맞대고 마주 앉을 수 없습니다."

하고는 밖으로 나가 백지 한 권과 돈 한 초鈔(지폐 단위)를 가지고 들어와서는 상주 앞에 놓고 내가 부의를 한다는 뜻을 이야기했다. 상주는 의자에서 내려와 머리를 조아리고 공손히 인사한다. 내가 나물과 과일을 대략 맛보고는 일어나서 나오자, 상주는 문 밖까지 나와 전송한다. 문 옆의 양쪽 행랑에는 바야흐로 죽산마竹散馬(장례에 사용하는 장의 기구)를 만들어 종이를 바르고 있다.

조금 뒤에 사행이 여기에 이르러 말을 갈아타고 부사도 계속해서 도착하여 길 가운데서 가마를 내렸다. 내가 조금 전에 문상을 했던 예절을 이야기하니, 모두 크게 웃는다.

북진묘에서 바라본 의무려산

이도정의 마을과 여염집은 자못 풍성하다. 신은사神隱寺는 굉장히 크긴 하나 많이 부서지고 헐었다. 비석에 시주한 조선 사람의 이름이 있는데 아마도 의주 상인들 같다. 여기서부터 비로소 의무려산醫巫閭山[75]이 보이기 시작하는데, 서북쪽 하늘가에 옆으로 가로막고 있는 것이 마치 푸른 장막을 드리운 듯하나 봉우리들은 아직 선명하게 보이지는 않는다.

75 '의무려'는 여진족의 말로, 크다는 뜻이다.

혼하渾河 이후로 모두 다섯 차례 냇물을 건넜는데 모두 배로 건넜다. 봉홧불을 놓는 연대烟臺가 이로부터 시작된다. 5리마다 대가 하나씩 있는데, 둥그런 모양으로 직경은 10여 길이고 높이는 대여섯 길이다. 성을 쌓는 방법으로 쌓아 올려 위에는 대포 구멍과 얕은 담이 설치되어 있다. 명나라 장수 남궁南宮 척계광戚繼光[76]이 설치했다는 800개의 망대望臺가 바로 이것이다.

76 척계광(1528~1587)은 명나라 장수로 자가 원경元敬이고 호는 남당南塘이다. 『기효신서』紀效新書라는 책을 남겼다.

소흑산小黑山은 들판 가운데 평평한 언덕이 약간 솟아올라 주먹 크기의 작은 산이 있어서 생긴 이름이다. 여염집이 즐비하고 시장 점포의 번화함이 신민둔에 못지않다. 푸른 풀숲에는 말, 나귀, 소, 양 수천 마리가 무리를 이루고 있으니 사람 왕래가 많고 규모가 큰 고을이 될 만하다. 일행의 하인들은 으레 이곳 소흑산에서 돼지를 삶아 서로 실컷 먹는 것이 하나의 준례準例라고 하는데, 장복과 창대도 밤에 가서 먹고 오겠다고 아뢴다.

이날 저녁 달빛은 낮처럼 밝고 더위도 한결 물러갔다. 저녁밥을 먹고 즉시 밖으로 나와 멀리 들판을 바라보니 푸른 연기가 땅을 덮고 소 떼와 양 떼가 각기 돌아온다. 시장의 점포가 아직 문을 다 닫지는 않았기에 혼자서 한 점포에 들어갔다. 뜰 가운데에는 시렁을 높이 설치하여 삿자리로 덮고 밑에서 끈을 당겨서 삿자리를 걷고 달빛을 받을 수 있게 해 놓았는데, 온갖 기이한 화초들이 달빛에 서로 빛났다.

길에서 놀던 자들이 내가 여기에 들어가는 것을 보고는 따라 들어와서 마당을 가득 채웠다. 기둥 두 개로 된 일각문으로 들어가니 뜰이 앞마당처럼 넓고 난간 아래에는 푸른 파초가 여러 그루 있다. 네 사람이 탁자를 둘러싸고 앉았는데 그 가운데 한 사람이 탁자를 의지하여 '신추경상'新秋慶賞이란 네 글자를 썼다. 종이는 붉고 먹은 검붉어서 달빛에 비추어 보아 비록 자세하진 않지만, 붓 놀리는 것이 매우 서툴러 겨우 글자 흉내나 내는 정도이다.

나는 마음속으로 가만히 따져 보니 그의 붓 놀리는 솜씨가 저렇게 서투니 바로 오늘이야말로 내 실력을 마음껏 보여 줄 때라는 생각이 들었다. 여러 사람들이 다투어 구경을 하니, 즉시 마루 앞 정중앙문의 문설주에 붙이는데 아마 달을 구경하는 축하 표시 연암의 글씨 '저실기측'咀實其測 열매를 씹어서 그 맛을 헤아린다는 말로 학문, 문장을 깊이 연구하고 체득한다는 뜻이다.

의 글귀인 것 같다. 모두 일어나 마루를 향해 뒷짐을 지고 올려다보며 글씨 감상을 한다. 탁자 위에 다른 종이가 아직 남았기에 나는 의자에 앉아 남은 먹물을 적셔서 이것저것 따지지 않고 단번에 '신추경상'이라고 큼직하게 썼다.

한 사람이 돌아보다가 내가 쓴 글자를 보고는 급히 여러 사람을 부른다. 모두들 탁자 앞으로 뛰어와서 떠들썩하게 소리 지르고 웃으며,

"고려의 명필이다."

"동국東國의 글자 쓰는 게 우리와 같네."

"글자 모양은 같아도 발음은 다르다네."

하고 떠들어댄다. 내가 탁하는 소리가 나도록 붓을 놓고 일어나니 여러 사람들이 다투어 내 소매를 잡고는 만류하며,

"수고스럽지만 손님께서는 좀 앉으십시오. 존함이 어떻게 되시는지요?"

하고 묻기에, 내가 이름을 써서 보여 주니 모두들 더욱 기뻐한다.

내가 처음 도착했을 때는 달갑지 않게 여겨서 심드렁하게 보더니, 글씨를 보고 난 뒤에 그들의 기색을 살펴보니 과분할 정도로 크게 기뻐한다. 서둘러 차 한 사발을 내오고, 또 담배에 불을 붙여 서로 권하며 눈 깜짝할 사이에 대하는 태도가 확 달라졌다.

이들은 모두 산서성 태원太原의 분진汾晋 사람들이다. 지난해에 여기 와서 머리에 꽂는 장식품 점포를 새로 열고 비녀, 팔찌, 귀걸이, 가락지 등을 거두어 팔았다고 한다. 점포 이름은 만취당晩翠堂이다.

세 사람은 성이 모두 최씨崔氏이고, 한 사람은 유씨柳氏, 한 사람은 곽씨霍氏로 문장과 글씨는 아주 짧아서 족히 말할 것도 없으나 그중에 곽씨가 그나마 조금 나은 편이다.

다섯 사람은 모두 서른 살 정도 되고 노새처럼 아주 세차고 굳세며, 비록 피부가 희고 깨끗하며 눈과 눈썹이 아리땁지만 십분 맑고 우아한 기품은 모두 없었다. 지난번에 심양에서 만났던 오吳와 촉蜀땅의 사람들과는 매우 달랐다. 사람 생김새에서 사방의 풍토가 같지 않음을 알 수 있겠으며, 산서山西 지방에서 장수가 많이 태어난다는 말이 과연 헛말이 아니다.[77]

내가 곽생에게,

"그대가 태원에 살았으니, 그대 고향의 인물인 금납錦衲 곽태봉郭泰峯이란 이를 아시오?"

하고 물으니 곽생은,

"모릅니다."

라고 한다. 그러고는 곽霍과 곽郭 두 글자를 가리키며,

"그 사람은 후주後周 태조인 곽위郭威[78]의 곽자이고, 저는 곽거병霍去病[79]의 곽자입니다."

라고 하기에 내가 웃으며,

"어째서 곽씨郭氏로 이름난 곽분양郭汾陽[80]과 곽씨霍氏로 이름난 곽광霍光[81]을 인용하지 않고, 후주 태조와 표요驃姚(곽거병의 별호)를 끌어다 성씨를 증명하려고 하시오?"

77 "산동 지방에서 재상이 나고, 산서 지방에서 장수가 난다"는 말은 반고班固가 『한서』漢書에서 한 말이다.

78 곽위는 당나라 말기 5대 시절 후주의 태조이다. 미천한 신분으로 황제가 되었으나, 10년 만에 송나라 조광윤에게 망했다.

79 곽거병은 한나라 무제 때의 장수로, 흉노를 정벌하여 전공을 세웠다.

80 곽분양은 곽자의郭子儀로 당나라 때 사람이다. 안사安史의 난 때 공을 세워 분양왕汾陽王에 봉해졌다.

81 곽광은 한무제 때의 인물로, 무제 이후에 두 황제를 잘 섬긴 공으로 박륙후博陸侯에 봉해졌기 때문에 곽박륙霍博陸으로 불렸다.

하니, 곽생은 멀뚱멀뚱 쳐다보며 말이 없다. 아마 내가 만주족처럼 두 성씨를 혼동한다고 생각하여 구분해서 가르쳐 주려고 이렇게 하는 것 같다. 곽생이 내게,

"등주登州(산동성 연태)에서 육지에 내렸다면 무슨 일로 여기까지 왔습니까?"

하고 묻기에 내가,

"나는 배를 타고 온 게 아니고, 3천 리 육로로 곧바로 북경까지 가는 길이외다."

하니 곽생은,

"고려는 곧 일본입니까?"

하고 묻는다.

또 한 사람이 붉은 종이를 가지고 와서 글씨를 부탁하는데, 친구들을 불러 오는 바람에 사람들이 점점 불어났다. 내가,

"붉은 종이는 글자 쓰기에 좋지 않으니, 계란빛 흰색이 도는 것을 다시 가져오시게."

하니, 한 사람이 바삐 가더니 금방 몇 장의 분백지粉白紙를 가지고 온다. 나는 주련을 쓰기에 적당한 크기로 종이를 잘라서 구양수歐陽修[82]의 「취옹정기」醉翁亭記와 소식의 「적벽부」赤壁賦에서 한 구절씩 따와,

82 구양수(1007~1072)는 송나라의 정치가이자 문인이다. 당송팔대가의 한 사람으로, 호는 취옹醉翁 혹은 육일거사六一居士이며, 대표작으로 「추성부」秋聲賦가 있다.

> 옹翁이 즐기는 것은 산림이니
> 객客도 저 물과 달을 아시는가?
> 翁之樂者山林也 客亦知夫水月乎

라고 적었다. 그러자 여러 사람들이 모두 환호작약하면서 다투어

먹을 갈며, 분주하게 왔다 갔다 하는 모습이 종이를 찾으러 가는 것 같다. 나는 종이를 펴는 대로 글씨를 척척 써 대기를 마치 송사 문서 꾸미듯 손에서 붓을 멈추지 않고 써 내려갔다. 한 사람이,

"손님께서는 술을 마십니까?"

하고 묻기에 나는,

"말술인들 어찌 사양하겠소?"

하고 답하니 모두들 크게 웃는다.[83] 그리고 즉시 따끈하게 데운 술 한 단지를 가지고 와서 연거푸 석 잔을 권한다. 나는,

83 중국인들이 크게 웃은 까닭은 "죽음도 피하지 않는데, 말술인들 어찌 사양하겠소"라는 말이 유방의 신하인 번쾌가 한 유명한 말이기 때문이다.

"주인은 어째서 안 마시는 게요?"

하니, 마실 줄 아는 사람이 하나도 없다고 한다. 이윽고 와서 구경하는 사람들이 사과와 능금, 포도 등을 가지고 와서 먹기를 권한다. 내가,

"달빛이 비록 밝지만 오히려 글씨 쓰는 데는 방해가 되니 촛불을 켜는 것만 못 하오."

하니 곽생은,

"하늘 위에 한 조각 거울 같은 밝은 달이 걸렸으니, 사람 세상의 수많은 등불보다 오히려 낫습니다"(天上高懸一片鏡, 人間勝似萬枝燈)

하고 한 사람은,

"상공께서는 눈이 어둡습니까?"

하기에, 내가 그렇다고 하니 드디어 촛불 네 개를 밝혔다.

나는 마음속으로, 어제 전당포에서 쓴 '기상새설'이란 네 글자를 점포 주인이 왜 그런지 기뻐하지 않았던 터라, 오늘은 마땅히 전날의 수치를 설욕해야겠다는 생각이 들었다. 그래서 주인에게

"주인집에는 점포 위에 걸 만한 현판 글씨가 필요하지 않소?"

하고 물었더니 점포 주인들이 일제히,

"아주, 아주 좋습니다."

라고 한다. 드디어 '기상새설' 네 글자를 써서 내놓았더니 모두들 얼굴만 서로 쳐다보는 것이, 어제 전당포 주인의 기색과 마찬가지로 수상쩍었다. 내가 마음속으로 이것 참 괴상한 일이다 하면서,

"관계없는 것이오?"

하고 물으니 주인은,

"그렇습니다."

하고 곽생이,

"저희 점포는 오로지 부인네들의 머리 장식품을 취급하는 곳이지, 밀가루를 취급하는 가게는 아닙니다."

라고 한다. 나는 그제야 왜 잘못되었는가를 깨닫고, 전날의 일이 매우 부끄러웠다. 그래서,

"나도 알고 있지만 그냥 시험 삼아 써 보았을 뿐이오."

라고 했다.

전에 요양 시장에서 본 '계명부가'鷄鳴副珈[84]란 황금빛 글씨가 언뜻 생각이 나서, 아마도 이것이 이 가게에 어울릴 것이라 생각이 들어 드디어 '부가당'副珈堂이란 세 글자를 썼다. 여러 사람들이 더더욱 기뻐서 소리치기를 그치지 않는다. 곽생이,

"이 상호는 무슨 뜻입니까?"

하고 묻기에 나는,

"지금 그대의 점포는 부인네들의 머리 장식품을 취급하고 있으니, 『시경』에 나오는 '비녀를 지르고 온갖 장식을 한다'는 뜻의 '부계육가'副笄六珈[85]라는 글귀에서 따온 것이오."

하니 곽생은 감사해하며,

84 '계명부가'란 『시경』에 나오는 말로서 '닭이 울면 비녀를 꽂는다'는 뜻이다.

85 『시경』 용풍鄘風 「군자해로」君子偕老편에 "낭군님과 해로해야지. 쪽지고 여섯 개 구슬 박은 비녀 꽂았으니"(君子偕老 副笄六珈)라는 구절이 있다.

"저희 가게에 이렇게 영광되게 빛을 내 주셨으니 무엇으로 그 은덕을 갚겠습니까?"
라고 한다.

다음 날 북진묘北鎭廟를 구경하기로 되어 있어서 일찍 돌아왔다. 일행 중 여러 사람에게 잠시 전의 광경을 이야기했더니 포복절도하지 않는 사람이 없었다. 이후로는 점포 위에 '기상새설' 이란 간판을 매번 만나면 이는 반드시 가루를 파는 가게였다. 주인의 심지가 고결하고 깨끗함을 말하려는 것이 아니고 가루가 서리보다 가늘고 눈보다 희다는 것을 자랑하려는 것이다. 가루라는 것은 우리말에 이른바 진말眞末(밀가루)이라는 것이다.

청여淸如(박래원의 자), 계함, 주부 조달동과 함께 북진묘를 유람하기로 약조했다.

심양의 사찰

「성경가람기」盛京伽藍記

성자사 聖慈寺[86]

순치順治 2년 을유년(1645)[87]에 세웠다. 대웅전과 집들이 깊고 삼엄하며 굉장히 화려하다. 법당의 축대 높이가 한 길이며, 주위에 돌난간을 설치했다. 대웅전 처마 밑에는 새들이 오지 못하도록 그물을 둘러쳤다. 세 그루의 오래된 소나무가 있어 가지가 서로 엉기고 푸른빛이 뜰에 가득하여 그윽하고 어둡다. 태학사 강림剛林[88]이 찬한 비석 하나가 있는데 뒷면은 만주 문자로 되어 있다. 또 하나의 비는 앞뒷면이 모두 몽고와 서번西番의 문자로 되어 있다. 절을 지키는 중들 중에는 라마교喇嘛教[89] 승려가 몇 명 있다. 대웅전 안에는 팔백 나한이 있는데, 길이가 겨우 몇 치밖에 되지 않지만 하나하나가 모두 정교하고 기묘하게 생겼다. 강희

86 성자사는 심양 남탑에 있는 광자사廣慈寺를 가리키는 것 같다. 강림剛林이 지은 「호국사탑기」護國寺塔記에 의하면 남탑에 있는 절이 '광자사'라고 하였다.

87 원문에는 숭덕 2년 무인년으로 되어 있는데, 무인년은 숭덕 3년(1638)이다. 이 또한 틀린 내용으로, 1645년 순치 2년 을유년으로 수정한다.

각 민족의 문자 오른쪽에서부터 만주(滿), 서번(藏), 중국(漢), 위구르(維), 몽고(蒙)의 글자이다.

황제가 직접 만들었다는 작은 탑 수백 개는 쌍륙놀이에 쓰는 말만 한 크기인데 새긴 솜씨가 기묘하여 입신의 경지라 할 만하다. 부도탑의 높이는 10여 길인데 위는 둥글고 아래는 모가 졌으며, 사자獅子 모양을 통째로 새겼다.

실승사 옛 문

만수사萬壽寺

강희 55년 병신년(1716)에 중수했다. 절집 앞에 큰 패루 하나가 있는데 편액에는 '만수무강'萬壽無疆이라 적혀 있다. 대웅전과 집들의 장대하고 화려함이 성자사보다 뛰어나지만 다만 뜰 가득한 소나무 그늘이 없다. 비석이 둘 있으며, 정전正殿에는 강희 황제가 쓴 '요해자운'遼海慈雲이라는 편액이 있다. 향내 나는 솥과 진기한 화로, 그밖의 보물로 볼만한 것들이 기록할 수 없을 정도로 많다. 라마승 10여 명이 있는데, 누런 모자를 쓰고 누런 옷을 입었으며 생김새들이 강하고 사나우며 장대했다.[90]

실승사實勝寺[91]

편액에 '연화정토'蓮花淨土라고 되어 있다. 숭덕 3년에 지었고 대웅전과 집들은 모두 파랗고 누런 유리기와를 덮었는데, 청 태종의 명복을 빌기 위한 원당願堂이라고 한다.

88 강림(?~1651)은 만주족 정황기正黃旗 출신으로 성은 과이가씨瓜爾佳氏이고, 자는 공무公茂이다. 태학사와 참의정사를 지냈다.

89 라마교는 불교의 한 갈래로, 당나라 때 인도의 불교가 서장西藏 지방에 들어와서 서장의 토속신앙과 결합하여 이루어진 종교이다.

90 라마교는 신구 두 파가 있다. 구교는 붉은 옷을 입기 때문에 홍교紅教라 하고, 신교는 누런 옷을 입기 때문에 황교黃教라고 부른다. 황교의 시조는 종객파宗喀巴이고, 두 제자인 달라이 라마達賴喇嘛와 반선班禪 액이덕니額爾德尼가 있어서 법통을 계승하며, 남의 몸을 빌려서 태어나는 화신化身을 한다고 한다.

91 실승사는 '연화정토실승사'의 약칭이며, 황사皇寺라고도 불린다.

산과 강에 대해 요약함

「산천기략」山川記略

주필산駐蹕山 — 요양 서남쪽에 있다. 처음 이름은 수산首山이었는데, 당 태종이 고구려를 정벌할 때 이 산 위에서 며칠을 머무르며 돌을 새겨 공적을 기록했으므로 주필산[92]이라고 바꾸었다.

92 주필이란 말은 황제의 수레가 멈추고 머문다는 뜻이다.

개운산開運山 — 봉천부奉天府의 서북쪽에 있다. 수많은 봉우리가 주위를 끼고 있고 많은 물이 발원하는 곳이다. 청나라 태조의 윗대 능인 영릉永陵이 있다.

철배산鐵背山 — 봉천부 서북쪽에 있다. 정상에는 청 태조가 쌓았다는 계界와 번番이라는 두 성이 있다고 한다.

천주산天柱山 — 승덕현承德縣 동쪽에 있다. 청 태조의 능인 복릉福陵이 있는 곳으로 『진사』晉史에 나오는 동모산東牟山이 이것이다.

융업산隆業山 — 승덕현 서북쪽에 있다. 청 태종의 능인 소릉昭陵이 있는 곳이라고 한다.

청 태조 누르하치의 무덤인 복릉

십삼산十三山 — 금주부錦州府 동쪽에 있다. 봉우리가 열세 개 있고, 금金나라 학자인 채규蔡珪[93]의 시에,

> 의무려산 다한 곳에 십삼산 솟아나고
> 굽이굽이 시냇물과 민가가 그림 속에 있네.
> 閭山盡處十三山 溪曲人家畫幅間

라고 읊은 곳이 바로 여기이다.

발해渤海 — 봉천부 남쪽에 있다. 『성경통지』盛京通志에 보면, 바다가 옆으로 튀어나온 것을 발渤이라 하는데, 요동 2천 리를 뻗어 가서 그 남쪽에 발해가 있다고 했다.

요하遼河 — 승덕현 서쪽에 있다. 즉 구려하句驪河인데 구류하枸柳河라고도 한다. 『한서』漢書와 『수경』水經에는 모두 대료수大遼水라고 되어 있다. 요수 좌우가 곧 요동과 요서로 갈라지는 경계이다. 당 태종이 고구려를 정벌할 때 진흙 뻘 200여 리에 흙을

93 채규(?~1174)는 금나라 학자로 자는 정보正甫이다. 저술이 많았으나 대부분 없어지고 오직 『중주집』中州集에 시가 전한다.

청 태종의 무덤인 소릉

깔고 다리를 놓아 건넜다고 한다.

혼하渾河 — 승덕현 남쪽에 있다. 일명 소료수小遼水, 아리강阿利江, 한우락수靬芋濼水라고도 한다. 장백산에서 발원하여 태자하와 만나고 또 요수와 합쳐져 바다로 들어간다.

태자하太子河 — 요양 북쪽에 있다. 변방 밖 영길주永吉州에서 발원하여 변문 안으로 들어와 혼하와 요하에 합쳐져 삼차하三汊河가 된다. 세상에 전하기로는 자객 형가가 진시황을 살해하려다 실패하여, 그때 형가를 보낸 연燕나라 태자 단旦이 이 강까지 도망왔는데, 결국 태자는 추격을 당하고 목이 잘려 진시황에게 바쳐졌고, 후인들이 이를 슬퍼하여 강 이름을 태자하라고 불렀다고 한다.

소심수小瀋水 — 승덕현 남쪽에 있다. 동관東關 관음각觀音閣에서 발원하고 혼하로 흘러들어 간다. 강의 북쪽을 양陽이라 하니, 심양이라는 이름은 대개 여기에서 붙여진 것이라고 한다.

내가 지금 지나온 산과 강은 다만 여기 사람들의 입으로 전하거나 여행자들이 손으로 가리키고, 우리 하인들 중 자주 다닌 자들이 대체로 억측해 대답한 것들이어서 모두 상고할 수 없다. 임금 행차하는 길을 표시하는 화표주華表柱라는 것은 요동에 있는 고적이건만, 이것을 두고도 어떤 자는 성안에 있다 말하고 어떤 자는 성 밖 10리에 있다고 말하는 것을 보면, 그밖의 것은 얼마나 부정확한지 이를 미루어 짐작할 수 있겠다.

역참을 지나며 쓴 수필

일신수필
駟汛隨筆

7월 15일 신묘일에서 23일 기해일까지 무릇 9일,
신광녕新廣寧에서 산해관까지 모두 562리이다.

⊙ — **일신수필**

「일신수필」은 7월 15일 신광녕에서 출발하여 7월 23일 산해관에 이르기까지 연도에서 본 이국의 풍물과 체험을 쓴 내용으로 구성되어 있다. '일신수필'의 본래 편명은 '광녕잡지'廣寧雜識로, 광녕에서 산해관까지의 여정을 기록한 것이다. 군사적 역참을 빠르게 달리며 쓴 수필이란 뜻에서 '일신수필'로 그 이름을 수정하였다.

서문과 수레 제도를 논한 별도의 글에서 참다운 학문이란 무엇일까 하는 의문을 제시함으로써 선비에게 참다운 학문을 추구할 것을 촉구하는 한편, 7월 15일의 일기에는 저 유명한 '중국의 장관론'을 도도하게 펼쳤다. 연암은 중국의 장관이 깨진 기와 조각과 냄새나는 똥거름에 있다고 주장하는데, 이는 조선의 지배 이념을 주도하며 민족의 생활 경제를 낙후하게 만든 고루한 선비들에 대한 통렬한 반어적 비판이다.

수레 제도와 시장 및 다리 등에 대한 소상한 기술은 바로 북학北學의 구체적 내용이며, 아울러 중국 역사의 현장, 특히 명·청 교체기에 벌어졌던 치열한 전투 현장과 장수들에 대한 회고와 서술은 연암의 역사의식의 일단이다.

머리말

「일신수필서」馹汛隨筆序

자신이 직접 체험하지 않고 한갓 남이 말하는 내용만 듣고 의존하는 사람과는 함께 학문을 이야기할 수 없다. 하물며 생각이나 상상, 학식과 도량이 평생토록 미치지 못하는 것에 있어서랴! 그런 사람들에게, 공자가 태산泰山에 올라서 천하를 작게 여겼다고 말하면 마음속으로는 정말 그랬을까 하고 부정하면서도 입으로는 '그랬겠지' 하고 응답할 것이다. 또 그런 사람들에게, 석가는 시방세계十方世界를 평등하게 보았다고 말하면 꿈같은 망언을 한다고 배척할 것이며, 서양 사람들은 큰 배를 타고 둥근 지구 저편에서 멀리 빙빙 돌아서 동양으로 왔다고 말하면 괴상한 거짓말을 한다고 도리어 말하는 사람을 꾸짖을 것이다. 이런 지경이니, 나는 이제 누구와 함께 천지 사이의 크나큰 구경거리를 이야기하겠는가?

태산 정상 공자가 올라서 천하를 작게 여겼다고 하는 곳.

아하! 공자는 노魯나라 240년간의 사적을 추려 책을 만들고 『춘추』春秋라고 이름을 지었다. 240년 동안의 외교와 전쟁에 관

한 사적도 단지 한 번 봄[春]에 꽃 피고, 가을[秋]에 낙엽 지는 덧없는 인생의 짧은 시간에 지나지 않을 것이다.

아아, 슬프다! 내가 지금 빠르게 글을 쓰다가 여기에 이르자 이런 생각이 든다. 먹을 한 점 찍는 시간은 눈 한 번 깜빡, 숨 한 번 쉬는 것에 지나지 않는다. 눈 한 번 깜빡, 숨 한 번 쉬는 시간이 문득 '작은 옛날'(小古)과 '작은 오늘'(小今)을 이루니, '큰 옛날'(大古)과 '큰 오늘'(大今)이라는 것도 역시 크게 눈 한 번 깜빡이고 크게 숨 한 번 쉬는 시간이라 말할 수 있을 것이다. 그런데도 그 사이에 이름을 내고 공로를 세우겠다고 하니, 서글픈 일이 아니랴.

내가 언젠가 묘향산에 올라 상원암上元庵에서 하룻밤을 묵을 때의 일이다. 밤새도록 달빛이 대낮처럼 밝아, 창문을 열어젖히고 동쪽을 바라보았다. 암자 앞에는 하얀 안개가 뭉게뭉게 피어오르며 위로 달빛을 받아 마치 수은 바다처럼 보였다. 수은 바다 밑으로 은은하게 들려오는 소리가 마치 무슨 코고는 소리처럼 들렸다. 절의 중들이 서로 이야기하기를,

"저 아래 속세에는 바야흐로 야단스러운 뇌성과 함께 폭우가 쏟아질걸."

하였다. 며칠 뒤에 산을 내려와 안주安州[1]에 이르니, 전날 밤에 과연 뇌성벽력과 함께 폭우가 쏟아져 평지에도 물이 한 길이나 흐르고 민가가 떠내려갔다고 한다.

나는 말고삐를 잡은 채 감개무량해서 말했다.

"전날 밤에 나는 구름 비 밖에서 밝은 달을 안고 편안하게 잠을 잤구나!"

태산에 비하면 묘향산이야 겨우 자그마한 둔덕에 지나지 않을 텐데도 그 높낮이에 따라 세상이 이처럼 판이할진대, 하물며

1 안주는 평안남도에 있는 고을로, 그 북쪽은 평안북도 박천군에 접해 있다. 평안도라는 말은 평양과 안주의 첫 글자를 딴 것이다.

성인이 천하를 살펴봄에 있어서랴!

설산雪山에서 고행苦行을 했던 저 석가는 공자의 3대가 모두 아내를 쫓아낸 사실, 공자의 아들 백어伯魚가 공자보다 먼저 죽은 사실, 공자 자신이 노魯나라, 위衛나라에서 봉변을 당한 사실 등을 미리 내다볼 수 있었기 때문에 이런 이유를 들어 출가한 것은 아닐 것이다. 그리하여 땅·물·바람·불이 임시로 합쳐져 인간이 되었다가 죽으면 순식간에 땅·물·바람·불로 공허하게 된다는 이유로 석가가 출가했다고 한다면, 이 역시 한심한 노릇이다.

서양인들은 공자나 석가의 보는 관점이 아직 지구적 관점을 벗어나지 못했다고 말하며, 자신들의 학문 세계는 지구를 조사하고 천문을 관측하며 별을 어루만지며 다니므로 자기들 딴에는 보는 관점이나 관찰이 공자나 석가보다 낫다고 자부하고 있다. 그러나 그들이 남의 나라에서 말을 배우고 머리가 세도록 글을 익혀서 불후의 업적을 내고자 하는 까닭은 무엇 때문인가?

이 몸은 본래 현재에 존재하고 있지만 언제나 지나간 과거에 속하는 영역이다. 그 과거가 지나가고 또 지나가기를 그치지 않는다면, 옛날에 듣고 본 것에만 의존하여 이를 학문이라고 여겼던 것들은 그것의 옳고 그름을 고증할 수 없게 된다. 지금 나의 이번 여행은…… (이하 본편을 마치지 못함).[2]

2 이 서문의 끝부분은 원문이 누락되어 있다. 곧 완성되지 못한 글이다. 조선광문회본 『열하일기』에는 후대 사람 삼천三泉이란 분이 이 부분을 보충하여 142자를 추가해서 완성된 글을 수록하고 있으나, 박지원의 글이 아니므로 여기에서는 취하지 않는다.

4년[3] 가을 7월 15일 신묘일

맑다. 박래원, 태의太醫 변관해卞觀海, 주부 조달동과 함께 새벽을 타고 소흑산을 출발해서 중안포中安浦까지 30리를 가서 점심을 먹고 또 먼저 출발했다. 구광녕舊廣寧을 경유하여 북진묘北鎭廟를 구경하고 달빛을 타고 40리를 가서 신광녕新廣寧에서 숙박했다. 북진묘를 구경하기 위해 왕복 20리를 돌아서 더 걸었으니 모두 90리를 걸은 셈이다. 『정리록』程里錄[4]에 실린 백대자白臺子, 망우대蟒牛臺, 사하자沙河子, 굴가둔屈家屯, 삼의묘三義廟, 북진보北鎭堡, 양장하羊腸河, 우가둔于家屯, 후가둔侯家屯, 이대자二臺子, 소고가자小古家子, 대고가자大古家子 등의 지명과 거리에 서로 착오나 오류가 많아서 그것대로 계산을 하면 장차 180리가 되니, 지금은 뭐가 옳은지 살필 수가 없다. 이날도 무척 더웠다.

우리나라 인사들은 북경에 다녀온 사람들을 처음 만나면 반드시 이번에 본 것 중에서 제일 장관이 무엇이냐고 묻고는 차례대로 꼽아서 말해 보라 한다. 그러면 사람들은 제각기 자신이 본 것 중에서 가장 장관이었던 것을 입에서 나오는대로 주워섬긴다.

요동 천 리의 넓디넓은 들판이 장관이라느니, 구요동 백탑이 장관이라느니, 연도의 시장과 점포들이 장관이라느니, 계문연수薊門烟樹가 장관이라느니, 혹은 노구교蘆溝橋 혹은 산해관 혹은 각산사角山寺 혹은 망해정望海亭 혹은 조가패루祖家牌樓, 유리창, 통주通州의 선박들, 금주위錦州衛의 목축, 서산西山의 누대, 천주당天主堂 네 곳, 호권虎圈(호랑이를 사육하는 우리), 상방象房(코끼리를 기르는

3 4년은 정조 임금 즉위한 지 4년 되는 1780년을 말한다.

4 『정리록』은 노정의 거리를 기록한 책.

노구교

우리), 남해자南海子(옛날 북경의 동물원), 동악묘東岳廟, 북진묘 등등 장관이 갈피를 잡을 수 없을 정도로 너무 많아 손으로 다 꼽을 수도 없다.

이때 일등 선비는 씁쓸하고 근심 섞인 표정으로 얼굴빛이 변하며 이렇게 말한다.

"도무지 아무것도 볼만한 것이 없었다. 어째서 볼만한 것이 없다고 말하느냐고? 황제가 머리를 깎아 변발을 했고, 장상將相과 대신, 백관 들이 변발을 했고, 만백성이 변발을 했으니, 비록 나라의 공덕이 은殷나라와 주周나라 같고, 부강함이 진秦나라와 한漢나라보다 앞섰다 하더라도 사람이 생겨난 이래로 아직 머리를 깎고 변발을 한 천자는 없었다. 지금 청나라에 육농기陸隴其[5]·이광지李光地[6]의 학문과, 위희魏禧[7]·왕완汪琬[8]·왕사징王士徵(徵은 禛의 오자인 듯함)[9]의 문장이 있고, 고염무顧炎武[10]·주이준朱彝尊[11]의 박학다식이 있다 하더라도, 한번 머리를 깎고 변발을 했다면 이건 되놈인 것이다. 되놈이라면 개돼지 같은 짐승일 터이니, 내가 개돼지에게 무슨 볼만한 것을 찾을 것인가?"

이것이야말로 바로 으뜸가는 의리이다. 이것저것 주워섬기던 사람들은 그만 입을 다물고 좌중에 있던 모든 사람은 숙연하여 찍소리 없게 된다.

중간쯤 되는 선비는 이렇게 말한다.

"지금 청나라가 가지고 있는 성곽이란 진시황의 만리장성의 나머지요, 궁실은 아방궁阿房宮의 찌꺼기이다. 백성은 위魏나라·진晉나라의 부화한 기풍을 받았고, 풍속은 대업大業(수나라의 연호)과 천보天寶(당나라의 연호) 연간의 사치를 그대로 본뜨고 있다. 명나라가 망하고 나니 중국 산천은 날고기의 노린내를 피우는 고

5 육농기(1630~1693)는 자가 가서稼書이다. 육상산과 왕양명의 학문을 배척하고 오직 주자의 학문만을 존숭했다. 저서에 『삼어당문집』三魚堂文集과 『곤면록』困勉錄이 있다.

6 이광지(1642~1718)의 자는 진경晉卿, 호는 후암厚庵·용촌榕村이다. 저서에 『용촌전집』이 있다.

7 위희(1624~1680)의 자는 빙숙氷叔, 호는 유재裕齋·작정勺庭이다. 저서에 『위숙자집』魏叔子集이 있다.

8 왕완(1624~1691)의 자는 초문苕文, 호는 둔옹鈍翁·요봉堯峰이다. 저서에 『요봉시문집』이 있다.

9 왕사진(1634~1711)의 자는 자진子眞·이상貽上, 호는 완정阮亭·어양산인漁洋山人이다. 사후에 이름이 왕사정王士禎으로 바뀌었다. 문집에 『대경당집』帶經堂集과 『지북우담』池北偶談이 있다.

10 고염무(1613~1682)는 명말 청초의 대학자로, 자는 영인寧人, 호는 정림亭林이다. 『일지록』日知錄, 『정림시문집』 등의 저서가 있다.

11 주이준(1629~1709)은 청나라 학자로, 자는 석창錫鬯, 호는 죽타竹坨이다. 저서에 『폭서정집』曝書亭集, 『경의고』經義考, 『일하구문』日下舊聞, 『명시종』明詩綜, 『사종』詞綜 등이 있다.

왕도영(예명은 채미한사采薇寒士)의 〈체발령〉 머리를 깎이는 한족

장으로 변했고, 성인聖人의 전통이 묻히니 언어조차 야만인의 말씨가 되고 말았다. 여기서 볼만한 것이 무엇이란 말인가? 정말 십만 대군을 얻을 수 있다면 산해관으로 몰고 들어가 온 중국 천지를 한번 말끔하게 씻어 낸 뒤라야 장관을 말할 수 있으리라."

이 선비는 『춘추』를 잘 읽은 사람이다. 『춘추』는 바로 중국을 떠받들고 오랑캐를 물리치는 사상을 담은 책이다. 우리 조선은 명나라를 섬겨 온 200여 년 동안 중국에 대한 충성이 간절하여, 비록 말로는 속국이라 칭했지만 사실은 한 나라나 다름없었다. 임진년 왜놈의 난리에 신종神宗 황제는 천하의 군사를 내어 우리를 구원했으니, 실로 조선 사람들의 발꿈치에서 머리털까지 새로 태어나게 만든 은혜가 아닌 것이 없다.

병자년(1636) 청나라 군대가 조선을 침략하자 명나라 의종 열황제는 조선의 병화兵禍를 듣고 총병摠兵 진홍범陳洪範에게 각 진鎭의 수군을 징발하여 구원할 것을 급히 명령했다. 진홍범이 바다로 관병官兵이 출전했음을 보고할 적에 산동순무山東巡撫 안계조顔繼祖가 조선이 나라를 지키지 못해 강화도가 이미 함락되었음을 보고하자, 황제는 안계조에게 조선 구원에 제대로 협력하지 못 했다고 조서를 내려 준절히 문책했다.

그 당시 황제는 안으로 복건·호남·호북·섬서 등지의 내란을 막지 못하는 상황임에도 불구하고, 오히려 밖으로 형제 국가의 우환을 더욱 절실하게 여겨서 물과 불과 같은 위급한 경지에 빠진 사람을 구제하려는 뜻이 골육간의 나라보다 더했다.

마침내 하늘이 무너지고 땅이 꺼지는 비운을 만나게 되자 천하 사람들의 머리란 머리는 죄다 깎여 모두 되놈으로 변했다. 조선 땅 한 모퉁이가 비록 이 수치를 면했다고는 하지만, 중국을 위해 복수를 하고 치욕을 씻고 싶은 생각이야 하루인들 잊을 수 있으랴! 우리나라의 사대부들 사이에 『춘추』의 존화양이尊華攘夷를 논하는 사람들이 우뚝하니 계속 배출되어 100년을 하루같이 내려오니, 가히 성대하다고 평가할 수 있을 것이다.

그러나 중국으로 존중받는 것도 제 할 탓이요, 오랑캐로 업신여김을 당하는 것도 제 할 탓일 것이다. 중국의 성곽과 궁실, 인민은 본래 있던 그대로 남아 있고, 정덕正德·이용利用·후생厚生의 도구들도 본래 있던 그대로 남아 있다. 육조시대부터 당나라에 이르기까지의 큰 성씨인 최崔·노盧·왕王·사謝의 씨족이 진실로 없어지지 않았으며, 송나라의 주렴계周濂溪·장횡거張橫渠·정이천程伊川·주자朱子[12]의 학문이 진실로 사라지지 않았고, 삼대三代 이래로 현명한 제왕과 한·당·송·명의 훌륭한 법률과 밝은 제도가 조금도 변함이 없다. 되놈이라 불리는 오늘의 청조淸朝는 무엇이든지 중국에 이익이 되고 오래 누릴 만한 것임을 알기만 하면,

12 송나라 시대의 도학자인 주돈이周敦頤, 장재張載, 정호程顥, 주희朱熹를 말한다.

자금성에 있는 조약돌로 꾸민 뜰

억지로 빼앗아 움켜쥐고는 마치 본래부터 자기들이 가지고 있었던 것처럼 한다.

천하를 통치하는 사람은 진실로 인민에게 이롭고 국가를 두텁게 할 수 있는 것이라면 비록 그 법이 오랑캐에게서 나왔다 하더라도 이를 본받아야 한다. 더구나 삼대(하·은·주) 이래의 성스럽고 현명한 제왕들의 법도와 한·당·송·명의 역대 국가들이 가졌던 옛것이고 떳떳한 것임에랴! 옛날 성인이 『춘추』를 지은 본뜻은 존주양이를 위함이었지만, 그렇다고 오랑캐가 중국을 어지럽혔음을 분하게 여겨 중국의 존숭할 만한 사실조차 모조리 내치라고 했단 말은 아직 듣지 못했다.

그러므로 지금 사람들이 참으로 오랑캐를 물리치려고 한다면, 중국의 남겨진 법제를 모조리 배워서 우리의 어리석고 고루하며 거친 습속부터 바꾸는 것이 급선무일 것이다. 밭 갈고 누에 치고 질그릇 굽고 쇠 녹이는 풀무질에서부터 공업을 고루 보급하고 장사의 혜택을 넓게 하는 데 이르기까지 그들에게 배우지 못할 것이 없다. 다른 사람이 열 가지를 배우면 우리는 백 가지를 배워 먼저 우리 인민들을 이롭게 해야 한다. 우리 인민들이 몽둥이를 쥐고서도 저들의 굳은 갑옷과 날카로운 병장기와 대적할 만한 뒤라야, 비로소 중국에는 볼만한 것이 없다고 장담해야 옳을 것이리라.

나는 삼류 선비이다. 나는 중국의 장관을 이렇게 말한다.

"정말 장관은 기와와 자갈에 있다." 또 말한다. "정말 장관은 냄새 나는 똥거름에 있다."

대저 깨진 기와 조각은 천하 사람들이 버리는 물건이다. 그러나 민간에서 담을 쌓을 때, 어깨 높이 이상은 쪼개진 기왓장을 두 장씩 마주 놓아 물결무늬를 만들고, 네 쪽을 안으로 합하여 동그라미 무늬를 만들며, 네 쪽을 밖으로 등을 대어 붙여 옛날 동전의 구멍 모양을 만든다. 기와 조각들이 서로 맞물려 만들어진 구멍들의 영롱한 빛이 안팎으로 마주 비친다. 깨진 기와 조각을 내버리지 않아, 천하의 문채가 여기에 있게 되었다.

깨진 자갈은 천하 사람들이 버리는 물건이다. 그러나 민가의 문전 뜰은, 가난하여 벽돌을 깔 수 없으면 여러 빛깔의 유리기와 조각과 냇가의 둥글고 반들반들한 조약돌을 모아서 얼기설기 서로 맞추어 꽃·나무·새·짐승 문양을 만드니, 비가 오더라도 땅이 질척거릴 걱정이 없다. 자갈과 조약돌을 내버리지 않아, 천하의 훌륭한 그림이 모두 여기에 있게 되었다.

오쟁이

똥오줌이란 세상에서 가장 더러운 물건이다. 그러나 이것이 밭에 거름으로 쓰일 때는 금싸라기처럼 아끼게 된다. 길에는 버린 재가 없고, 말똥을 줍는 자는 오쟁이를 둘러메고 말꼬리를 따라다닌다. 이렇게 모은 똥을 거름창고에다 쌓아 두는데, 혹은 네모반듯하게 혹은 여덟 혹은 여섯 모가 나게 혹은 누각 모양으로 만든다. 똥거름을 쌓아 올린 맵시를 보아 천하의 문물제도는 벌써 여기에 있음을 볼 수 있다.

그래서 나는 말한다. "기와 조각, 조약돌이 장관이라고. 똥거

이성량 패루

름이 장관이라고." 하필이면 성곽과 연못, 궁실과 누각, 점포와 사찰 도관, 목축과 광막한 벌판, 수림의 기묘하고 환상적인 풍광만을 장관이라고 말할 것이랴!

구광녕舊廣寧의 성은 의무려산 아래에 있다. 성 앞에 넓은 들판이 있고 강물을 끌어다 해자를 만들었으며, 쌍탑이 공중에 솟아 있다. 성에서 몇 리 떨어지지 않은 곳에 큰 사당이 하나 있는데, 새로 단청을 칠해 눈이 부시다. 광녕성 동문 밖의 다리 끝에 조각된 공복蚣蝮[13]은 대단히 웅장하고 교묘했다.

양쪽 겹문으로 들어가서 시장 점포를 뚫고 지나가니 그 번화함이 요동 못지않다. 영원백寧遠伯 이성

13 공복은 용의 아홉 마리 새끼 중 하나로 그 성질이 물을 좋아하기 때문에, 그 형상을 새겨서 다리 난간에 세웠다. 「동란섭필」에 상세히 나온다.

공복

량李成樑[14]의 패루가 성 북쪽에 있다.

어떤 사람은 광녕은 기자箕子의 나라인데, 옛날에는 은나라 때의 관을 쓴 기자의 소상이 있었으나 가정嘉靖(1522~1566) 연간에 병란으로 불타 버렸다고 한다.

성은 이중으로 되어 있는데 안쪽 성은 완전하나 바깥쪽 성곽은 많이 허물어졌다. 성안의 남녀들이 집집마다 나와서 구경을 하고, 시정의 놀량패들이 수도 없이 떼거리를 지어 말 앞을 둘러싸는 바람에 앞으로 나아갈 수 없는 형편이 되었다. 성 밖의 관운장 사당은 장대하고 화려함이 요양의 것과 맞먹었다. 사당 문 밖에는 연극하는 무대가 있는데 무척 높고 화려하고 사치스럽게 생겼다. 바야흐로 많은 군중이 모여들어 연극 구경을 하고 있었으나 갈 길이 바빠 구경할 수가 없었다.

명나라 천계天啓(1621~1627) 연간에 장수 왕화정王化貞[15]이 청나라에 항복한 이영방李永芳 장군에게 속아서, 그의 맹장인 손득공孫得功이 성문을 열어 적을 맞이해 광녕성이 적의 수중에 떨어지자 천하대세는 끝나 버렸다.

14 이성량은 임진왜란 때 구원병의 장군으로 왔던 이여송의 아버지이다. 이여송의 가계에 대한 이야기는 「동란섭필」에 상세히 나온다.

15 왕화정(?~1632)은 명나라 말기 산동 지방 출신의 대신으로, 광녕 지방의 순무사가 되었으나 후금을 방비하지 못한 죄로 죽임을 당했다. 자는 초건肖乾이고, 의술에 밝아 『보문의품』普門醫品이라는 저서를 남겼다.

북진묘 관람기

「북진묘기」北鎭廟記

북진묘는 의무려산 아래에 있다. 배후의 수많은 의무려산 봉우리들이 마치 병풍을 둘러친 듯 에워싸고 있다. 앞으로는 요동 벌판이 펼쳐지고, 오른쪽으로는 푸른 바다가 두르고 있으며, 광녕성을 무릎 아래에 어루만지고 있다. 광녕성의 수많은 집에서 나오는 푸른 연기가 하나의 띠를 만들어 감돌고, 층탑 한 쌍은 허옇게 솟아 있다.

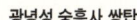

지세를 살펴보면, 평평한 들판이 점차 몇 길의 둥근 언덕을 만들어 하늘과 땅을 올려다보고 굽어봐도 거치적거리는 게 없으며, 해와 달이 뜨고 지고 바람과 구름이 변화하는 것이 모두 그 안에서 이루어진다. 동쪽으로 시야를 돌리면 지척인 강남 땅과 산동 지방이 나의 손가락 끝에 있을 것 같

광녕성 숭흥사 쌍탑

북진묘 입구의 패루

으나, 안타깝게도 내 시력이 미치지 못한다.

사당의 모습은 웅장하고 깊으며 우람하게 생겼으니, 이렇게 생기지 않고서는 바다와 산악을 내리누르는 사당이 될 수도 없을 것이다. 북방을 담당하는 신인 현명제군玄冥帝君과 그를 추종하는 신들을 제사 지내는데, 모두 면류관을 쓰고 옥을 차고 홀을 받든 모습이 위엄 있고 점잖으며 엄숙하여 보는 사람의 잘못된 마음까지 바로잡을 것 같다. 향을 피우는 솥은 높이가 여섯 자가 넘고 괴상망측한 귀신들을 새겨 넣었으며, 선명한 푸른색이 솥의 내부까지 스며들었다. 앞에는 생칠生漆을 한 철제 등잔을 두었는데, 열 섬 정도 들어갈 크기이며[16] 그 가운데에 생칠을 채우고 네 개의 심지를 박아서 불을 주야로 밝히고 있다. 산서山西 지방의 행상이 어제 다섯 섬의 생칠을 시주했다고 한다.

16 도량형은 각 시대마다 조금씩 차이가 있는데, 대체로 한 섬(石)은 열 말(斗)로 약 180리터에 해당한다.
17 진산은 도읍지나 각 고을에서 그곳을 지키는 주산을 정하여 제사를 지내던 산이다.

순임금이 중국 열두 개의 산을 봉할 때 의무려산을 유주幽州의 진산鎭山[17]으로 삼았는데, 하·은·주·진나라가 모두 그대로 두었으며, 예법을 가지고 받들기를 오악五嶽[18]이나 사독四瀆(강江, 하河, 회淮, 제濟의 강물)을 받들 듯 하였다.

비록 사당이 어느 시대에 창건되었는지는 알 수 없으나,[19] 당나라 개원開元(713~741) 때에 의무려산 산신을 광녕공廣寧公으로 봉했고, 요나라와 금나라 때는 왕의 호를 더해 광녕왕이라 했으며, 원나라 대덕大德(1297~1307) 연간에는 정덕광녕왕貞德廣寧王에 봉했다. 명나라 홍무洪武(1368~1398) 초부터는 북진 의무려산의 신이라고만 일컬었고, 그래도 새해 초에는 나라에서 향을 하사하고 축문에는 천자의 이름이 들어갔으며, 국가에 큰 의식이 있을 땐 관리를 파견하여 제사를 지내게 했다.

지금 청나라는 아직 구제도를 따르고, 자기들은 중국 동북쪽에서 나라의 기틀을 열었기 때문에 이 사당을 숭앙하고 받드는 의전이 더욱 거창하다. 어떤 사람은 말하기를 "청나라 옹정 황제가 왕자로 있을 적에 황제의 칙명을 받들어 분향을 하고 제사를 지냈다. 그날 저녁에 재실에서 잠을 잤는데 신이 나타나 큰 구슬 한 개를 주자 구슬이 태양으로 변하는 꿈을 꾸었다. 뒤에 돌아가서 황제의 자리에 올랐기 때문에 드디어 사당의 건물을 크게 중수하여 신이 구슬을 하사한 것에 보답했다"고 한다.

북진묘 앞에는 문이 다섯 개인 패루가 서 있는데 순전히 돌로만 시렁을 올려 기둥, 서까래, 기와, 추녀가 모두 나무 하나 쓰지 않았다. 높이가 네다섯 길이고 돌을 연결하고 세운 공법과 새기고 조각한 기교가 도저히 사람의 힘으로 만든 것 같지 않으며, 패루 좌우에는 높이가 두 길쯤 되는 돌사자가 있다.[20] 사당의 문부

18 오악은 중국의 이름난 다섯 산인 태산, 화산, 형산, 항산, 숭산을 가리킨다.

의무려산의 신

19 북진묘는 수나라 개황開皇 14년(594)에 건설되었고, 처음의 명칭은 의무려산신사醫巫閭山神祠였다.

20 한 길〔丈〕은 열 척尺이고, 한 척은 열 촌寸이다. 한 촌은 대략 3.2cm이므로 한 척은 32cm, 한 길은 3.2m에 해당한다.

북진묘 앞의 돌사자

북진묘 마당의 비석들

터 흰색의 돌로 층계를 만들었고, 문 왼쪽엔 절이 있다.

뜰에는 '만수선림'萬壽禪林과 '만고유방'萬古流芳이라고 쓴 비석이 둘 있다. 절에는 큰 금부처 다섯 개가 있으며, 절 우측에는 문이 하나 있고 그곳을 나가면 왼쪽에 고루鼓樓, 오른쪽에 종루鐘樓가 있다. 두 누각 사이에 또 세 개의 문이 있고 그 앞에는 세 개의 비석이 서 있는데 모두 황금빛 기와로 비각을 했다. 둘은 강희 황제가 직접 글을 짓고 쓴 것이며, 하나는 옹정 황제가 직접 글을 짓고 쓴 것이다. 정전正殿은 푸른 유리기와를 이었으며, 정전 안의 북쪽 벽에는 '울총가기'鬱葱佳氣라고 적혀 있는데 옹정 황제가 쓴 것이다.

계단 위 동쪽과 서쪽에 돌화로를 마주 보게 설치했는데 높이가 각각 한 길이 넘는다. 동서에는 수백 칸의 행랑을 설치했다. 정전 뒤에는 빈 전각이 서 있는데 그 제도가 앞의 정전과 같으며 휘황찬란하기는 하나 아무것도 없이 텅 비어 있다.

뒤에 전각이 또 하나 있는데 그 제도가 앞의 것과 같으며 소상 두 개가 있다. 면류관을 쓰고 옥으로 된 홀을 쥐고 있는 소상은 도교의 신선인 문창성군文昌星君이며, 족두리를 쓰고 구슬 띠를 한 소상은 선녀인 옥비낭랑玉妃娘娘이다. 그 좌우에 두 동자가 시립하고 있다. '건시영구'乾始靈區라고 쓴 편액은 지금 황제인 건륭이 쓴 것이다.

밖의 문으로부터 난 층계는 흰 돌로 된 난간을 둘렀는데 돌의 문양과 재질이 맑고 반드르르하지만 돌이지 옥 같아 보이진 않는다. 이무기와 교룡을 새겨서 행랑과 계단의 층층대를 감싸고 돌아 정전에 이르렀고, 정전에서 연결되고 뻗어서 구불구불 맨 뒤의 전각까지 이르는데, 멀리서 보아도 뽀얀 것이 먼지 하나 일지 않는다. 정전 앞뒤로는 역대의 큰 비석들이 나란히 짝을 이루고 섰는데 빼곡히 들어선 것이 마치 파밭 같다. 비석에 실려 있는 글은 제문인데, 모두 나라를 위하고 복을 비는 말들이고, 원나라 연우延祐(1314~1320) 연간에 세운 비석이 가장 오래된 것이다.

서쪽의 일각문을 나가니 몇 길의 푸른 바위벽이 있는데 명나라 순무巡撫 장학안張學顔[21]이 쓴 '보천석'補天石이라는 글자가 새겨져 있으며, 한 칸 정도 떨어져서 '취병석'翠屛石이라고 새겨져 있다.[22] 북진묘의 행궁은 비록 심양보다 못하지만, 지난해에 황제가 심양을 갈 때 이궁과 별관을 새로 수리하여 그 찬란함이 눈을 어지럽

21 장학안(?~1598)의 자는 자우子愚, 호는 심재心齋이다. 이성량과 함께 여진족의 침입을 방비했다.

22 실제로는 취운병翠雲屛이라고 새겨져 있다.

보천석

혀 오래 있을 수 없다.

동문 밖으로 수백 보쯤 나가면 커다란 돌이 거북이 등처럼 솟아 있는데 '여공석'呂公石과 '회선정'會仙亭이라고 각각 새겨져 있다. 그 위에 올라가 보니 의무려산의 성대한 기세와 승천하는 모습이 한눈에 들어온다.

사방을 둘러보다가 홀연히 바위 아래에 기대선 한 칸의 작은 정자가 눈에 띄는데, 대단히 익살스럽게 생겼다고 말할 만하다. 흙계단을 두 층으로 쌓았고, 지붕의 이엉은 대충대충 잘랐는데도 쇄락하고 그윽한 맛이 사람의 마음을 기쁘고 즐겁게 만든다.

일행과 함께 잠시 앉았더니 변군이 나서서,

"비유하자면 감사께서 관할 고을과 읍을 돌며 살피는데, 가는 곳마다 조석으로 대접하는 음식이 산해진미가 아닌 것이 없어 아주 위장에 냄새가 배어 이제 물리고 구역질이 나던 판에 우연히 산뜻한 들나물 한 접시를 보니 흔쾌히 입맛이 당기는 것 같습니다."

하기에 내가 웃으면서,

"그건 참으로 의원다운 말일세."

라고 했더니 조군이,

"매양 붉은 지분을 바른 기생들 속에 있다 보니 못생겼는지 사납게 생겼는지도 분간을 못하다가, 촌구석의 밭두둑과 울타리에서 나무비녀를 하고 베치마를 입은 여자를 보고 자기도 모르게 눈과 마음이 번쩍 뜨이는 것 같다고나 할까요."

하기에 내가,

"그건 호색가다운 말이네그려. 만약 자네들 말과 같다 한다면 지금 여기 흙섬돌과 이엉은 천자에게 양쪽의 안목과 입맛을 끌어낼 것이네."

라고 대꾸했다.

돌아와서 행랑 아래에 앉았더니 북진묘를 지키는 도사 세 명이 있기에 부채 세 자루, 백지 세 권, 청심환 세 알을 예물로 주었다. 도사들은 모두 기뻐하며 뜰 앞에 한창 잘 익은 복숭아를 한 쟁반 따다가 먹으라고 대접한다. 하인들이 복숭아나무 밑으로 떼로 몰려가서는 가지를 휘어잡고 마구 훑는다. 내가 그만두라고 소리를 질렀으나 막무가내여서 막을 수가 없다. 도사가,

"화를 내실 것까지는 없습니다. 배가 부르면 절로 그만두겠지요."

하고 말하더니 또 여러 하인들에게,

"마음대로 따되 나뭇가지는 상하게 하지 마시오. 두었다가

명년에도 다시 오시구려."(任君摘取莫傷枝 留待明年再到時)
라고 한다. 도사는 이름이 이붕운李鵬雲이고, 호는 소요관逍遙館, 또는 찬하도인餐霞道人이다.

북진묘 마당에 반쯤 말라 죽은 오래된 소나무가 있고, 건륭 황제가 갑술년(1754) 동쪽으로 순시할 때에 남긴 시와 그림이 함께 바위 사이에 새겨져 있다.[23]

23 시와 그림에 대한 상세한 언급은 뒤의 「피서록」에 나온다.

수레 제도 車制

태평차

대차 『천공개물』에 수록된 합괘대차도合掛大車圖

사람이 타는 수레를 태평차太平車라고 한다. 수레바퀴의 높이가 사람의 팔꿈치에 닿을 정도이고, 바퀴의 살 서른 개로 하나의 바퀴통이 되며, 대추나무를 둥글게 하여 바퀴 테를 만들고 바퀴 겉에 쇳조각이나 쇠못을 둥글게 박는다. 위에는 세 명 정도 들어갈 둥근 수레덮개의 방을 만들고, 방은 푸른 베 혹은 공단이나 우단으로 장막을 치며 더러는 소상반죽瀟湘斑竹으로 만든 대나무 발을 드리우기도 하는데, 은단추로 열고 닫게 되어 있다. 좌우에는 유리를 붙여 창을 냈다. 방의 앞에는 가로로 널빤지를 설치하여 말 모는 사람이 앉을 수 있게 했고, 방 뒤에도 시종들이 앉을 수 있도록 했다. 나귀 한 마리가 끌고 가며, 먼 길을 갈 경우에는 말과 노새의 숫자를 더 늘린다.

중국의 각종 수레

짐을 신는 수레를 대차大車라고 한다. 바퀴 높이가 태평차보다 약간 낮으며 바퀴살이 입卄자 모양으로 생겼고 800근 정도의 짐을 실어 말 두 필이 끌게 하며, 800근이 더 되면 물건의 무게를 헤아려 말을 더 붙인다. 짐을 실은 위에는 삿자리로 거룻배 모양의 방을 만들어 그 안에 앉고 누울 수 있게 했다. 대체로 말 여섯 필이 끄는데 수레 아래에는 왕방울을 달고 말의 목에도 작은 방울 수백 개를 달아 뎅그랑 하는 방울소리가 밤중에도 경계를 하도록 했다. 태평차는 바퀴 자체가 회전하고 대차는 바퀴 굴대가 회전하는데, 두 바퀴가 매우 동그랗기 때문에 능히 균일하게 회전하고 빨리 달릴 수 있다.

수레와 말을 메는 끌채에는 튼튼한 말이나 건장한 노새를 택

하여 묶되, 가로로 된 멍에를 사용하지 않고 작은 나무로 된 안장을 쓰며, 다시 가죽끈으로 끌채 끝을 번갈아 묶어서 멍에를 한다. 나머지 말들도 모두 쇠가죽으로 가슴걸이와 뱃대끈을 만들고 끈으로 묶어서 당기게 한다. 짐이 무거우면 멍에를 바퀴 밖으로 나오게 하여 높이가 몇 길이나 되게 묶으며, 끄는 말도 늘려 10여 필이 되게 한다. 대차를 모는 사람을 '칸처더'看車的[24]라고 부르는데, 짐 위에 높이 앉아서 손에 기다란 채찍을 쥔다. 채찍 끝에는 길이가 두 길이나 되는 가죽끈을 묶어서 허공에 휘두르고, 힘을 제대로 쓰지 않는 말의 귀나 옆구리를 친다. 채찍질이 손에 익어 교묘하게 말을 칠 뿐 아니라, 채찍 소리가 우레를 치듯 진동한다.

24 칸처더는 간처더趕車的의 오자이다.

바퀴가 하나 달린 독륜차獨輪車는 뒤에서 한 사람이 끌채를 겨드랑이에 끼고 민다. 수레 한가운데에 바퀴를 달았는데 바퀴의 반이 수레 위에 솟아 나오게 했고, 좌우에 상자를 만들어 짐을 싣되 짐이 한쪽으로 쏠리지 않도록 해야 한다. 바퀴가 닿는 곳은 북을 반으로 자른 형상이며, 바퀴를 끼고 격리시켜서 바퀴와 물건이 서로 닿지 않도록 했다. 겨드랑이와 끌채 아래에는 작은 방망이가 쌍으로 드리워져 있어, 수레가 가면 끌채와 함께 들리고 수레가 멈추면 바퀴와 함께 정지하고, 이것이 지탱함으로써 기울어지거나 엎어지지 않도록 한다.

독륜차

길가에서 떡이나 엿, 과일, 참외를 파는 사람들은 모두 독륜차를 사용하며, 이는 밭에 거름을 주는 데도 아주 편리하다. 언젠가 보니 촌 여자 둘이서 각기 아이 하나씩을 안고

양쪽 상자에 나누어 앉아 있었으며, 물을 싣는 경우에는 좌우에 각각 대여섯 통을 싣기도 했다. 짐이 무겁거나 혹은 언덕을 오를 경우는 한 사람이 끈을 묶어 앞에서 끌기도 하며, 어떤 경우는 두세 명이 끌기도 하는데 마치 뱃사람들이 닻줄로 배를 끄는 모양과 같았다.

대저 수레라는 것은 하늘에서 나와[25] 땅에서 운행을 하니, 육로에서 사용하는 배이고 돌아다닐 수 있는 집이라고 할 수 있다. 나라에서 크게 쓰이는 것으로 수레만 한 것이 없다. 그러므로 『주례』周禮에서 임금의 재산을 물으면 수레의 보유 숫자로 답했던 것이다.[26] 수레는 짐을 싣거나 사람을 태우는 것만 있는 것이 아니다. 전투에 쓰는 융차戎車, 작업에 쓰는 역차役車, 물을 실어 나르는 수차水車, 대포를 싣는 포차砲車 등 그 쓰임새에 따라 수천 수백 가지인데, 지금 여기서 창졸간에 모두 이야기할 수는 없다. 사람이 타는 수레와 짐을 싣는 수레는 민생과 관계되어 먼저 힘써야 할 것이므로, 시급히 대책을 세우지 않을 수 없다.

나는 전에 담헌 홍대용, 성재聖載 이광려李匡呂[27]와 함께 수레 제도에 대해 강론한 바 있다. 수레 제도에서 가장 먼저 해야 할 것은 궤軌, 즉 바퀴와 바퀴 사이의 간격을 통일시키는 것이라고 하였다. 이른바 바퀴 간격을 같게 한다는 것은 무엇인가? 수레의 축과 양쪽 바퀴 사이의 간격을 말하는 것이다.

두 바퀴의 간격이 정해진 법식을 어기지 않는다면 모든 수레의 바큇자국이 통일될 것이다. 『중용』에서 말하는 이른바 수레바퀴의 간격이 같다는 뜻의 '거동궤'車同軌가 바로 이것이다. 두 바퀴의 간격을 제멋대로 넓게 하거나 좁게 한다면 길의 바큇자국

25 하늘의 스물여덟 별자리의 하나인 진軫이라는 별이 수레를 담당한다는 말이 있다.

26 이때의 수레는 전쟁에 쓰는 전차를 의미하는데, 천자는 만 대의 수레를 가지고 제후는 천 대의 수레를 가진다고 했다.

27 이광려(1720~1783)는 조선 후기의 실학자로 소론이며, 본관은 전주이다. 자는 성재, 호는 월암月巖 또는 칠탄七灘이다. 문집에 『이참봉집』李參奉集이 있다.

사천 지방 검각의 관문

이 어떻게 한 가지 틀에 들어갈 수 있으랴!

지금 길을 따라 천 리를 오면서 매일같이 수많은 수레를 보건만, 앞의 수레나 뒤의 수레가 동일하게 하나의 바큇자국을 따라간다. 그러므로 미리 의논하지 않고도 같게 되는 것을 일러 한 수레바퀴의 자국이라는 뜻의 '일철'一轍이라 말하고, 뒤에 오는 사람이 앞에 가는 사람의 행적을 일러 '전철'前轍이라고 말하는 것이다. 도성의 문턱에 바퀴가 닿는 곳에는 옴폭하게 홈통이 생기는데, 『맹자』에서 말하는 '성문의 수레바퀴 자국'(城門之軌)이 바로 이것이다.[28]

28 『맹자』「진심장」盡心章 하편에 나오는 말이다.

우리나라는 일찍이 수레가 없었던 것은 아니지만, 아직 바퀴가 완전히 둥글지 않으며 바큇자국이 하나의 궤에 들지 않으니, 이는 수레가 없는 것과 마찬가지이다. 그런데도 사람들은 항상 '우리나라는 고을이 험준해서 수레를 사용할 수 없다'고 말하니, 이게 도대체 무슨 말인가? 국가에서 수레를 사용하지 않으니 길이 닦이지 않았을 뿐이다. 수레가 다니게 된다면 길은 절로 뚫리게 마련이니, 어찌 길거리가 좁다거나 고갯마루가 높음을 걱정하랴? 『중용』에서 말한 '수레와 배가 이르는 곳, 서리와 이슬이 내리는 곳'[29]이란 바로, 아무리 멀더라도 수레가 이르지 않는 곳이 없음을 말한 것이다.

29 『중용』 31장에 나오는 말이다. "성인의 명성은 미개한 지역까지 뻗어 나가서 배와 수레가 가는 곳, 인력이 통하는 곳, 하늘이 덮고 있는 곳, 땅이 싣고 있는 곳, 해와 달이 비치는 곳, 서리와 이슬이 내리는 곳에 이르기까지 무릇 혈기를 지닌 사람은 모두 성인을 높이고 받든다"는 말이 있다.

중국에는 장안에서 촉땅으로 들어가는 길에 아홉 굽이의 험한 길인 검각劍閣과 산서성 태항산太行山의 양의 창자 같은 꼬불꼬불 험한 길이 있지만, 모두들 말을 채찍질하여 수레를 몰고 지나간다. 이 때문에 섬서, 사천, 강소, 광동, 복건, 광서 지방 같은 먼 곳이라도 큰 장사꾼들과 식솔을 이끌고 부임하는 관리들이 수레바퀴를 서로 부딪쳐 가기를 마치 자기 집의 마당을 밟고 가듯 하는데, 수레가 내는 굉음이 마치 구름도 없는 백주 대낮에 나는 뇌성벽력 소리 같다.

지금 우리가 지나온 마천령摩天嶺과 청석령靑石嶺의 고개, 장항獐項[30]과 마전馬轉[31]의 비탈길이 어찌 우리나라보다 덜했던가? 바위가 가로막고 있고 그 험준함은 모두 우리가 눈으로 본 것이거늘, 그렇다고 중국 사람들이 수레를 없애고 통행하지 않던가?

30 장항은 통원보 팔도하八渡河 위에 있다.
31 마전은 구련성과 금석산 중간에 있는 고개 이름. 마전판馬戰坂이라고도 한다.

중국의 풍부한 재화와 물건이 어느 한곳에 막혀 있지 않고 사방에 흩어져 옮겨 다닐 수 있는 까닭은 모두 수레를 사용하는 이점 때문이다. 지금 당장의 효과를 따져 보더라도, 우리 사신 일행이 모든 폐단을 없애고 우리가 만든 수레에 우리 물건을 싣고 곧바로 북경까지 닿는다면 편리할 터인데, 무엇을 꺼려서 그렇게 하지 않는단 말인가?

영남 지방 아이들은 새우젓을 모르고, 관동 사람들은 산사나무(아가위) 열매를 절여서 간장을 대신하고, 서북 사람들은 감과 귤을 분간하지 못한다. 바닷가에는 썩은 흙처럼 내다 버릴 정도로 생선이 많지만, 어쩌다가 한번 이것이 서울에 오면 한 움큼에 한 닢 값이니, 어찌 그리 귀하게 되는 것인가?

지금 육진六鎭 지방의 마포麻布, 관서 지방의 명주, 영호남 지방의 닥종이, 황해도 해서 지방의 솜과 쇠, 충남 내포內浦의 소금과 생선 등은 모두 민생 일용품에서 뺄 수 없는 물건이다. 충북 청산靑山·보은報恩 사이의 수천 그루의 대추, 황해도 황주黃州·봉산鳳山 사이의 수천 그루의 배, 전남 흥양興陽(고흥)·남해의 수천 그루의 귤·유자, 충남 임천林川·한산韓山의 수천 밭떼기의 모시, 관동 지방의 수천 통의 벌꿀 등은 모두 사람들이 날마다 필요한 물건들로서 서로 바꾸어 써서 도움을 주는 것이니, 누가 싫다 할 것인가?

그러나 이 지방에서는 천한 것이 저 지방에서는 귀하고, 이름만 들었을 뿐 실물을 볼 수 없는 까닭은 대체 무엇 때문인가? 이는 곧 가져올 힘이 없기 때문이다. 사방 수천 리밖에 되지 않는 좁은 강토에서 백성의 살림살이와 산업이 이토록 가난한 까닭은, 한마디로 말하자면 국내에 수레가 다니지 않기 때문이다.

그러면 다시 그 이유를 물어보자. 수레는 왜 못 다니는가. 한마디로 선비와 벼슬아치들의 죄이다.

사대부들이 다섯 살부터 처음 『천자문』을 읽으며 소리를 높여 "수레述矣 차"라고 한다. '수레'라는 것이 어떤 물건인가? 하고 물으면, "수레라는 것은 바퀴가 두 개이고, 물건을 싣는 것이다"라고 답한다. 두 바퀴라는 것은 어떤 물건인가? 하고 물으면, "태양처럼 둥근데, 그 도는 것을 설명하려니 마땅히 비유할 물건이 없다"고 한다. 그러면서 아이가 크면 응당 알게 될 것이라고 하는데, 아이가 성장해서 혹 차를 보고도 그것이 수레인지 모른다. 수레라는 것은 차의 우리말이다. 이미 성장을 해서는 평생 읽는다는 글은 『주례』라는 성인의 저술인데, 거기에 나오는 거인車人이니 윤인輪人이니 여인輿人이니 주인輈人이니 하는 용어를 말하고 있지만 그저 입으로만 외울 뿐이요, 정작 수레를 만드는 법이 어떠한지 수레를 부리는 기술이 어떠한지 하는 연구는 없다. 이는 소위 건성으로 읽는 풍월일 뿐이니, 학문에야 무슨 도움이 될 것인가. 오호라! 한심하고도 기막힐 일이다.

황제黃帝가 맨 처음 수레를 만들었다고 하여 이름까지 헌원씨軒轅氏라고 불린 이후, 천백 년을 거치면서 여러 성인들이 머리를 짜서 생각하고, 눈이 뚫어져라 보고 갖은 손재주를 다해 왔고, 또 공수工倕[32] 같은 이름난 장인을 몇 차례나 거쳐 왔다. 또 전국시대 위衛나라 상앙商鞅[33]과 진秦나라 이사李斯[34]를 거쳐 제도가 통일되었고, 실로 조정에서 장려하는 학자들이 몇 백 명씩이나 숙달되도록 연구하고 오래도록 실천했으니, 그들이 어찌 부질없이 그런 일을 했겠는가? 수레란 정말 백성을 이롭게 하는 일용의 물건이고, 국가의 경영에서 중요한 도구이기 때문이다.

지금 내가 매일 보면서 깜짝 놀랄 만한 것과 기뻐할 만한 것은 수레 제도를 미루어 만사를 모두 징험할 수 있겠다. 그리고 수천 년 이래 많은 성인들이 무엇을 고심했던가를 조금은 알 수 있을 것이로다.

32 공수는 황제黃帝 때의 유명한 장인바치이다.

33 상앙(?~BC338)은 위나라 출신으로 진秦나라에 가서 법치주의 정치를 폈던 인물이다. 『상군서』商君書라는 저서를 남겼다.

34 이사(?~BC208)는 진시황 때 재상을 지낸 정치가로, 법가주의를 신봉하여 진나라의 정치를 일신했다. 화폐와 도량형을 통일하고, 분서갱유를 단행했다. 뒷날 진시황의 아들 호해와 환관 조고에 의해 처형되었다.

밭에 물을 주는 수레를 용미차龍尾車, 용골차龍骨車, 항승차恒升車, 옥형차玉衡車라고 하고, 불을 끄는 수레는 굽은 관으로 물을 빨아 당겨 멀리 쏘아대는 홍흡虹吸과 학음鶴飮의 제도가 있으며, 전쟁에 사용하는 수레로는 포차砲車, 충차衝車, 화차火車 등이 있는데, 서양인이 지은 『기기도』奇器圖[35]와 강희제가 만든 《경직도》에 모두 실려 있다.

그 설명은 『천공개물』天工開物[36]과 『농정전서』農政全書에 실려 있으니, 관심이 있는 사람이 취하여 세밀하게 고찰한다면 가난해 죽겠다는 우리나라 백성들을 구제할 수 있을 것이다.

이제 내가 본 것 중 불을 끄는 수레의 제도를 대략 기록해 귀국한 뒤 우리나라에 알려야겠다. 북진묘에서 달빛을 타고 신광녕으로 돌아올 때, 성 밖의 민가에서 저녁에 실화失火로 불이 났는

35 『기기도』는 테렌츠Joannes Terrenz (1576~1630, 한자명 등옥함鄧玉函)가 지은 『원서기기도설록최』遠西奇器圖說錄最를 말한다.

36 『천공개물』은 명나라 말기의 학자 송응성宋應星(1587~1648)이 지은 산업기술에 관한 저술이다.

수총차(소방차)

데, 길 가운데 있던 수차 세 대가 막 불을 끄고 돌아가려 하고 있었다.

나는 수레를 잠시 멈추게 한 뒤에 우선 이름부터 물었다. 수총차水銃車라고 하기에, 만든 제도를 살펴보았다.

네 바퀴로 된 수레 위에 나무로 만든 큰 물통을 한 개 설치하고 물통 안에는 대형 구리그릇을 두었다. 구리그릇 안에는 구리대롱 두 개를 두었고, 구리대롱 중간에 새 목처럼 생긴 물총을 세웠다. 물총에는 다리 두 개가 있어 좌우의 양쪽 구리대롱과 서로 통하도록 되어 있다. 구리대롱 아래에는 짧은 다리가 있고 바닥에는 보이지 않는 문이 있어 구리 조각으로 문짝을 만들었는데, 물이 들어오고 나감에 따라 열리고 닫히게 되어 있다.

양쪽 구리대롱 입구에는 구리판으로 된 덮개가 있어 둘레를 꽉 끼게 만들었다. 구리대롱과 구리판의 정중앙에는 쇠기둥을 꿰고 나무를 얹어서 구리판을 누르기도 하고 들기도 하게 되어 있어, 구리판이 들어오고 나가고 올라가고 내려가는 모든 것이 얹은 나무인 나무시렁(페달)을 따라서 움직였다.

그리고 물을 구리판 안에 붓고 몇 사람이 나무시렁을 번갈아 밟으면 구리대롱과 구리판이 한쪽은 들어가고 한쪽은 솟아오른다. 대체로 물을 빨아들이는 신비한 이치가 구리판에 달려 있다. 구리판이 구리대롱까지 솟아오르면 대롱 밑의 보이지 않는 문이 재빠르게 절로 열리면서 바깥의 물을 흡입하고, 구리판이 내려가 대롱 안으로 들어가면 대롱 밑의 보이지 않는 문이 볼록해지며 저절로 닫힌다.

그리하여 대롱 속의 물이 팽창하여 어디 갈 곳이 없게 되어 물총 다리로부터 새 목처럼 생긴 곳으로 물이 옮겨 가 세차게 위를 치게 된다. 곧바로 위로 뿜으면 10여 길이나 물이 올라가고, 옆으로 뿜으면 삼사십 걸음 정도 뻗어 나간다. 그 제도가 생황을 부는 원리와 같다. 불이 방 안으로 번져서 서까래와 대들보가 탈 경우에는 밑에서 물을 유입시킬 수 없지만 이 방법은 불이 붙은 대로 따라가며 물을 뿜고 수레를 몰고 다닐 수 있어 불을 삽시간에 잡으니, 물을 길어 오는 사람은 나무물통에 물을 연달아 붓기만 하면 된다.

옆에 있는 다른 두 수차는 제도가 약간 다르다. 더욱 복잡한 구조로 되어 있어서, 잠깐 사이에 상세히 살펴볼 수 없었다. 그러나 물을 빨아 당기고 뿜는 원리는 대동소이하다고 한다.

곡식을 찧거나 빻는 전마轉磨는 커다란 톱니바퀴를 이층으로 포개어 쇠로 된 축으로 꿰어서 방 안에 세우고 기계를 설치하여 돌린다. 톱니바퀴는 마치 자명종의 톱니와 같아 서로 들쭉날쭉하여 이가 딱 맞물린다. 방의 네 귀퉁이에도 이층으로 된 맷돌판을 설치하는데, 맷돌판의 가장자리도 들쭉날쭉하게 되어 큰 톱니바퀴의 이와 서로 맞물리게 된다. 큰 톱니바퀴가 한 번 돌면 맷돌판 여덟 개가 다투어 돌면서 잠깐 사이에 가루가 눈처럼 쌓인다. 이 원리는 어두운 밤에 시간을 알려 주는 앉은뱅이 종인 문시종問時鐘과 닮았다. 연도의 민가에서는 모두 맷돌 하

연자방아

나와 나귀 한 마리를 가지고 있으며, 곡식을 찧는 데는 흔히 늘 연자방아를 사용하는데 또한 당나귀가 끌어 절구질을 대신하기도 한다.

가루를 칠 때는 밀폐된 방에 바퀴 셋 달린 흔들이차를 설치하는데 바퀴가 앞에는 둘, 뒤에는 하나가 되게 한다. 흔들이차 위에 기둥 넷을 세우고 아래위층에 몇 말 정도 들어갈 크기의 큰 체를 간들간들하게 두고, 위의 체는 가루를 붓고 밑의 체는 비워 두어서 위 체의 가루를 받아 더욱 곱고 보드랍게 되도록 하였다. 흔들이차 앞에는 막대기 하나를 똑바로 걸치는데, 한쪽 끝은 흔들이차를 붙잡고 다른 한쪽 끝은 방 밖으로 뚫고 나가게 하여, 집 밖에 기둥 하나를 세워 그 나무 끝을 묶는다. 기둥 밑에는 땅을 파고 큰 목판을 설치하여 기둥의 뿌리를 받치게 하고, 목판의 바닥 정중앙에는 받침목을 만들어 뜨게 하는데 마치 대장간의 풀무와 같다. 목판 위에 의자를 놓고 앉아서 그 발을 까딱하고 조금만 움직여도 목판의 양쪽 끝이 서로 아래위로 오르내리고, 목판의 기둥이 사정없이 흔들린다. 그러면 기둥 끝에 가로지른 나무가 세차게 들이밀고 내밀고 하여서 방 안의 수레가 앞으로 한 번, 뒤로 한 번 움직이게 된다.

방 안의 네 벽에는 10층으로 시렁을 설치하고 그 위에 그릇을 두어서 날리는 가루를 받는다. 집 밖의 의자에 앉은 사람은 책을 보거나 글씨를 쓰기도 하고, 손님과 마주하여 담소를 주고받아도 안 될 것이 없다. 다만 등 뒤에서 나는 삐거덕거리는 소리만 들릴 뿐이지, 무엇이 그런 소리를 내게 하는지는 모른다. 발놀림은 아주 미약하지만, 거두는 효과는 매우 크다. 우리나라 부녀자들이 몇 말의 가루를 한번 치면 금방 머리카락과 눈썹에 밀가루를 하얗게 뒤집어쓰고, 손과 팔뚝이 뻣뻣하고 말랑거리게 되니, 애쓰는 것과 편안함 그리고 얻어지는 효과가 중국의 이것과 비교해 보면 과연 어떠한가?

소차

누에고치를 켜는 수레인 소차繅車는 더욱 기묘해서 마땅히 본받아야 한다. 큰 톱니바퀴로 만드는 것은 맷돌을 돌리는 법과 동일하다. 소차의 양 끝에도 톱니바퀴를 만들어 들쭉날쭉하게 이가 맞물려 쉴 새 없이 돌아가게 한다.

소차는 몇 아름 되는 큰 얼레이다. 누에고치를 수십 보 밖에서 삶고, 중간에 수십 층의 선반을 설치하여 점차로 높고 낮은 형세가 되게 만든다. 선반마다 그 끝에는 쇳조각을 세우고 바늘귀 같은 아주 작은 구멍을 뚫는다. 그 구멍에 실을 끼워 기계가 움직이고 바퀴를 돌게 한다. 바퀴가 돌면 얼레가 돌아가게 되어 톱니가 서로 맞물려 빠르지도 느리지도 않게 한 방향으로 뽑아내는데, 마치 누에가 실을 뽑아 고치를 만들 때 응당 천연적이고 자연적인 이치가 있어 모든 고치의 알맹이가 균일하게 치는 것 같다. 이 균일한 고치로 천천히 실을 뽑아 실끼리 서로 부딪치거나 맞닿는 일 없이 자연스럽게 돌아가게 맡겨 두기 때문에 가는 실과 거친 실이 함께 나올 염려는 없다.

솥에서 삶긴 고치가 나와 얼레에 들어갈 즈음에 두루 쇠 구멍을 지나가게 되므로, 실에 붙었던 털이나 까끄라기 같은 것이 떨어져 나가 얼레에 들어가기 전에 실의 바탕은 이미 세척되고 건조되어 깨끗하고 투명하여 빛이 나서, 다시 수고스럽게 잿물에 빨 필요 없이 바로 베틀에 올려 실로 사용해도 된다.

우리나라에서 고치를 켜는 법은 오직 손으로 당겨서 홀치는 것만 알지, 수레를 사용할 줄은 모른다. 명주실이 사람의 손을 타므로 이미 실로써 천연적이고 자연스런 품새가 없어지고, 실을 빼는 속도가 일정치 않아 실끼리 부딪치거나 맞닿을 때면 성난 실과 놀란 고치가 안정되지 못하고 제멋대로 날뛰고 함께 나아가 고치판에 쌓이기도 한다. 실끼리 서로 엉겨 실의 갈피가 없어지고, 엉겨 붙고 말라 덩어리가 져서 실의 광택을 잃으며, 부스러기가 틀어막고 알맹이가 뚤뚤 감겨 끊어졌다 이어졌다 하여 실을 잣는 사람이 거친 실을 골라내고 가는 것만 챙기다 보니 입과 손가락이 함께 고생을 한다. 소차를 사용하는 것에 비교한다면 그 효과나 속도가 어떠하겠는가?

중국의 상여와 장례 행렬

누에고치가 여름을 지나도 벌레가 생기지 않는 비결을 물으니, 약간 데치면 나비가 되지 않으며 따뜻한 캉에서 건조시키면 나비도 안 생기고 벌레도 나지 않아 겨울이라도 고치를 켤 수 있다고 한다.

연도에 오면서 매일 상여와 마주쳤는데, 상여를 만든 제도가 일정치 않으나 너무 질박하고 둔탁해 보였다. 큰 상여의 크기는 거의 방 두 칸만 한데, 오색 비단으로 장막을 만들고 장막에는 구름색으로 꿩이나 참새를 마구 그려 넣었다. 상여 꼭대기는 은빛으로 도배를 하기도 하고, 오색실을 꼬아 끈을 만들어 달기도 했다. 쌍으로 된 끌채는 길이가 거의 일고여덟 발이나 되며, 붉은 칠을 하고 누런 구리로 장식하여 도금한 색이 튄다. 옆으로 난 멜대는 앞뒤 각각 대여섯 개이고 길이는 서너 발이고, 또 짧은 멜대가 있어 두 끝으로 어깨에 메도록 했다.

상여꾼은 적어도 수백 명이 더 되며, 명정銘旌은 붉은 비단에 황금빛 글씨를 썼다. 명정을 단 대나무는 높이가 세 길이며, 검은 칠을 하고 그 위에 황금 빛깔의 용을 그렸다. 대나무 아래에는 받침대가 있어 역시 쌍으로 멜대를 설치하여 반드시 아홉 명이 메도록 했다. 붉은 일산 한 쌍, 푸른 일산 한 쌍, 검은 일산 한 쌍, 깃발 대여섯 쌍이 따르고, 피리·젓대·북·징 등의 악대가 뒤를 잇고, 중과 도사 들이 각기 복장을 갖추고 염불을 하거나 주문을 외우며 상여 뒤를 따른다. 중국에서는 모든 일을 간편하게 하지 않는 것이 없고, 하나도 쓸데없는 비용을 들이지 않는데, 이 초상 제도만큼은 도대체 이해할 수가 없다. 본받을 것이 못 된다.

연희 무대 戲臺

연희 무대

절이나 도교의 사원 및 사당의 대문 맞은편에는 반드시 연희무대가 하나씩 있다. 이 무대는 대들보가 모두 일곱 개인데, 간혹 아홉 개짜리도 있으며 높고 깊고 웅장하고 훤칠하여, 여타의 상점과는 비교가 안 된다. 하긴 이처럼 깊고 넓지 않다면 많은 관객을 수용할 수 없을 것이다. 걸상, 탁자, 의자, 받침대 등 무릇 앉을 수 있는 도구가 대략 천 개 정도 되며, 붉은 칠을 한 것이 매우 사치스럽다.

연도 천 리 길을 오다 보니, 왕왕 길가에 임해서 설치하였는데 삿자리로 높은 대를 만들고 누각과 궁전의 모양을 본떠, 얽어 만든 공법이 기와로 만든 것보다 도리어 낫기도 했다. 더러 현판에 '중추경상'中秋慶賞 혹은 '중원가절'中元佳節이라 쓰기도 했다. 아주 작은 시골 동네에서는 넓은 사당이 없으면 반드시 음력 정월 대보름인 상원上元과 칠월 보름 백중날인 중원中元에 맞추어 이 삿자리 무대를 설치해 온갖 연희를 놀린다.

지난번 고가포古家舖를 지날 때 수레가 쉬지 않고 이어져 오는데, 수레마다 모두 화장을 덕지덕지하고 요란한 장식을 한 여자가 일고여덟 명씩 타고 있었다. 마주친 수레만 해도 수백 대인데, 모두 촌 아낙네들로 소흑산小黑山 연희장의 연희를 보고 날이 저물어 파하고 돌아가는 사람이라고 한다.

시장 점포 市肆

장식 창

그릇

이번 천여 리를 여행하는 동안에 지나온 시장의 점포, 예를 들면 봉황성, 요동, 심양, 신민둔, 소흑산, 광녕 등에서는 서로 크기나 사치한 정도의 차이가 없지는 않았는데 그중에서 심양이 가장 크고 사치했고, 모두 창호에 문양을 내고 수를 놓지 않은 집이 없었다. 큰길을 끼고 있는 술집은 황금빛 푸른빛의 화려한 색채가 아주 성대했는데, 다만 이상한 것은 화려한 난간이 모두 건물

처마 밖으로 나와 있는데도 여름 장마를 지나도 화려한 색채가 변하지 않는다는 것이다.

봉황성은 중국의 동쪽 끝이자 변방의 출입문으로, 궁벽하고 후미져서 더 이상 한 발자국도 더 나갈 수 없는 곳인데도 탁자, 의자, 주렴, 휘장뿐 아니라 집기류 및 화초들이 모두 처음 보는 것들이었고, 가게의 문패나 현판을 경쟁적으로 화려하고 사치하게 만들었다. 치장을 위해 비용을 낭비하는 것이 비단 천금일 뿐 아니라, 대체로 이렇게 하지 않으면 매매가 왕성하게 되지도 않고 재물의 신이 도와주지 않는다고 생각한다. 그들이 공경하는 신은 대부분 관운장이며, 탁자에 향을 피우고 새벽과 저녁에 머리를 조아려 절을 하는 풍습이 집안 사당의 조상에게 하는 것보다 많다. 봉황성으로 미루어 본다면 산해관 안은 어떨지 미리 짐작할 만하다.

길가에 다니며 물건을 파는 행상들은 더러 사라고 큰 소리를 질러 물건을 팔기도 한다. 그러나 푸른 베를 파는 사람의 경우는 손에 쥔 땡땡이 북을 흔들어 소리를 내고, 남의 머리를 깎는 사람은 손에 든 쇳조각을 두드리며, 기름을 파는 사람은 바리때를 친다. 더러 징, 죽비, 나무딱딱이를 가지고 행상을 하는데 거리와 마을을 돌며 쉬지 않고 소리를 내므로, 집 안에서 소리만 듣고도 뛰어나가고 어린애들도 장사꾼을 부른다. 고함을 지르며 파는 물건을 외쳐대는 소리를 듣지 않고 다만 치고 불고 하는 소리만 듣고도 이미 파는 물건이 무엇인지 안다.

행상 근대 초기 징을 치며 다니던 행상

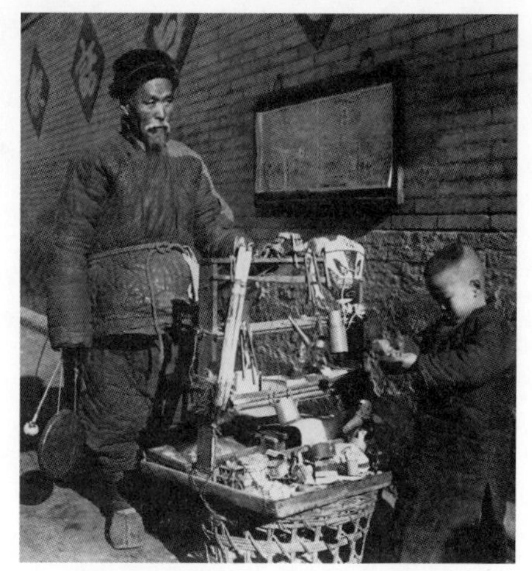

객점 店舍

객점의 마당은 넓어서 반드시 수백 걸음 이상이었는데, 이 정도가 아니면 수레와 말, 많은 사람을 수용할 수 없다. 그래서 문에 들어가서 반드시 한바탕 빠르게 달려가야만 비로소 건물 앞채에 이르게 되니, 그 광활함을 알 수 있다.

행랑과 곁채 사이에는 의자, 탁자가 삼십에서 오십 벌이 있고, 마구간에는 돌로 된 구유가 있는데 길이가 두세 칸, 폭이 반 칸이다.[37] 돌구유가 아니면 벽돌을 쌓아 돌로 만든 것처럼 구유를 만든다. 마당 가운데는 나무로 된 구유를 수십 개 늘어놓았으며, 양쪽 끝은 나무를 교차하여 받쳐 놓았다.

37 칸은 넓이를 재는 단위로 보통 여섯 자(尺) 혹은 일곱 자의 평방(제곱) 넓이이다. 한 자(尺)는 약 32cm이므로, 한 칸의 넓이는 약 1.8m²로 환산할 수 있다.

그릇은 오직 그림을 그린 도자기만을 사용하고, 백통·놋쇠·주석 등의 그릇은 보이지 않았다. 비록 궁벽하고 조그만 지방의 다 허물어져 가는 집에서도 그들이 날마다 사용하는 밥그릇은 모두 화려한 채색 그림의 주발이었는데, 그들이 사치를 숭상해서가 아니다. 질그릇과 도자기를 굽는 사람들이 본래 그렇게 만들었기 때문에, 비록 거칠고 조악한 그릇을 사용하려고 해도 구할 수가 없다.

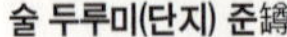

술 두루미(단지) 준罇

그릇이 깨지거나 이가 나간 것은 버리지 않고 모두 그릇 표면에다 쇠못 같은 것을 대어서 완전한 그릇으로 만드는데, 다만 이해할 수 없었던 점은 쇠못이 그릇 안으로 뚫고 들어오지 않았는데도 단단하게 붙어 흔들리지 않고 그릇 안에 붙인 흔적이 전혀 없다는 것이다.

몇 척 되는 형형색색의 네모난 술잔이나 발이 굽은 솥, 꽃과 새의 깃털을 꼽은 술병과 술독은 도처에 있었다. 이것으로 살펴보건대 우리나라 광주廣州의 사기 그릇 굽는 분원分院[38]의 그릇을 가지고는 시장에 내놓을 수도 없을 것이다.

아하! 그릇을 굽는 한 가지만 잘못된 것 같지만, 온 나라의 모든 일과 모든 물건이 다 그릇의 잘못됨을 닮고, 드디어는 으레 그런 것으로 여기는 습속이 되고 말았으니 어찌 원통하지 않으랴!

38 분원은 사옹원司饔院에서 사용하는 그릇을 굽는 곳으로, 경기도 광주군 한강 기슭에 있었다.

다리 橋梁

다리는 모두 둥근 모양의 무지개다리이고 성문처럼 밑으로 통과할 수 있으며, 큰 다리 밑으로는 돛단배가 들락거릴 수 있고, 작은 다리 밑으로도 거룻배 정도는 통과할 수 있다. 돌로 된 난간에는 구름 무늬나, 용의 아홉 아들 중 하나로 물을 좋아한다는 공복蚣蝮, 교룡, 이무기 등을 조각했으며, 나무로 된 난간에도 단청을 입혔다. 다리 양 끝의 땅과 닿는 부분은 여덟 팔八자 모양의 축대인 익장翼墻을 쌓아서 다리를 보호하였다. 지나온 다리 중에서 만보교萬寶橋,[39] 화소교火燒橋,[40] 장원교壯元橋,[41] 마도교磨刀橋[42]가 아주 큰 다리들이다.

39 만보교는 난니보와 십리하 중간에 있는 다리.
40 화소교는 백탑보 채 못 미쳐에 있는 다리.
41 장원교는 심양과 영안교 중간 지점에 있다.
42 마도교는 영안교와 주류하周流河의 중간에 있다.

익장 동그라미 표시 부분

7월 16일 임진일

맑다. 정 진사, 변 주부, 박래원과 함께 또 서늘한 새벽에 출발하기로 약조했다. 신광녕에서 흥륭점興隆店까지 5리, 쌍하보雙河堡 7리, 장진보壯鎭堡 5리, 상흥점常興店 5리, 삼대자三臺子 3리, 여양역閭陽驛 15리, 모두 40리를 가서 점심을 먹었다. 여기서부터는 집의 지붕에 용마루가 없다. 여양역에서 또 출발하여 두대자頭臺子까지 10리, 이대자二臺子 5리, 삼대자三臺子 5리, 사대자四臺子 5리, 망산보望山堡 7리, 십삼산十三山 8리, 이날 모두 80리를 가서 십삼산에서 숙박했다.

새벽에 출발하니 기우는 달이 땅과 몇 척 정도밖에 떨어지지 않았다. 그 모습이 푸르고 아득하며 청초하다. 계수나무 그림자가 성글게 서 있으며, 옥토끼와 은두꺼비를 손으로 만질 수 있을 것 같고, 달 속에 산다는 선녀의 얼음같이 흰 명주옷으로 아른아른 살결이 비칠 것 같다. 나는 정 진사를 돌아보며,

"괴상한 일이로구먼. 오늘은 해가 서쪽에서 뜨네."

라고 하니 정 진사는 처음에 정말 해인 줄 알고 내 말을 따라서 답하기를,

"매일 아침 숙소에서 제일 먼저 출발하니, 정말 동서남북을 분간하기 어렵습니다."

하여 모두들 크게 웃었다. 잠시 뒤에 넘어가는 달이 바로 땅 끝에 걸리고서야 정 진사도 크게 웃었다.

아침 노을빛이 엷게 퍼져 들판의 나무를 가로로 덮어서 바르

더니, 갑자기 천만 개의 기이한 봉우리로 변하여 뭉게뭉게 올라 용이 서린 듯, 봉황이 춤을 추는 듯 길게 천 리를 뻗친다. 내가 정 진사를 돌아보며,

"장백산이 허옇게 눈에 들어오는 것 같구먼."

하니 비단 정 진사만 그렇게 여기는 게 아니라 모두들 그 장관에 소리를 지르지 않는 사람이 없다.

조금 있다가 운무가 싹 걷히자, 해는 서 발이나 올라가고 하늘은 티끌 하나 없이 깨끗했다. 갑자기 멀리 보이는 마을의 나무 사이에 햇빛이 배어드는 모습이 마치 투명한 하늘에 물이 고인 것 같고, 연기도 안개도 아니고, 높지도 낮지도 않은 것이 나무뿌리를 감돌며 훤하게 비추는 모습이 마치 물속에 서 있는 것 같다. 그 기운이 점차 넓어지면서 먼 곳까지 가로로 칠하듯 바르니, 희기도 하고 검기도 한 모양이 큰 유리거울 같아서, 오색 이외의 특별한 종류의 빛 기운이 있다. 흔히 비유를 하는 자들은 매양 강물의 빛깔이나 호수의 색깔을 들어서 이야기하지만, 빈 하늘에 환

강세황의 〈계문연수〉 18세기 조선

43 계문의 연수란 아지랑이로 인해 물체가 거꾸로 보이는 신기루 현상이다.

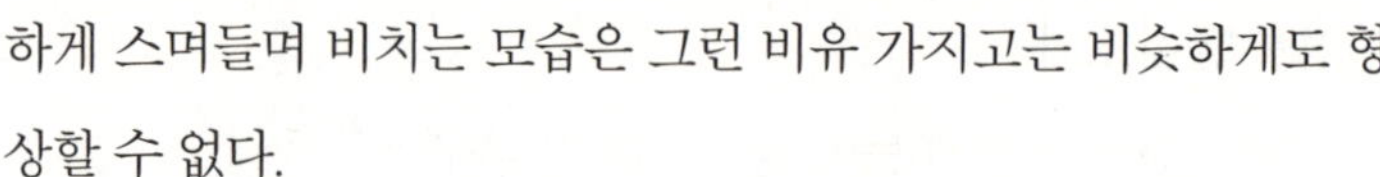

하게 스며들며 비치는 모습은 그런 비유 가지고는 비슷하게도 형상할 수 없다.

마을의 집과 수레와 말 들의 그림자가 모두 거꾸로 비친다. 태복이 나서며,

"이건 계문薊門의 연수煙樹[43]이옵니다."

하기에 내가,

"계문은 여기서 아직 천 리나 더 가야 되는데, 연수가 여기에 있다 함은 무슨 까닭이더냐?"

하니 의주 상인 임경찬林景贊이 나서서,

"계문까지는 비록 멀지만, 싸잡아서 계문연수라고 합니다. 날씨가 맑고 환하여 바람 한 점, 요사스런 기운 한 점 없으면 요동 들판 천 리에 항상 이런 신기루 현상이 생긴답니다. 계주에 도착하시더라도 바람이 불거나 흙비가 오는 날씨를 만나면 연수를 볼

계문연수비 계문의 연수를 기념하여 세운 비석으로, 북경 해정구海淀區에 있다.

수 없지요. 대저 겨울에도 고요하고 기후가 따뜻하면 산해관 안팎에서 매일 볼 수 있다고 합니다.”
라고 한다.

때마침 여양閭陽의 장날을 만나 갖가지 재화들이 밀려들고 수레와 말이 미어터진다. 아로새긴 조롱에 각기 새 한 마리씩을 넣었는데, 매화아梅花兒, 요봉아幺鳳兒, 오동조梧桐鳥, 청작아靑雀兒, 화미조畵眉鳥라 불리는 형형색색의 새가 있다. 새를 파는 수레가 여섯이고, 우는 곤충을 실은 수레가 둘인데, 찍찍거리며 온 시장을 돌아다녀 마치 산림에 들어온 것 같다.

국화차 한 주발, 보리떡 두 개를 사 먹고 나서 역관 조명회趙

십삼산 봉우리 열세 개로 이루어져 있고, 십삼봉十三峰이라고도 한다. 현재 석산산石山山이라고 하는데, 중국의 발음이 같기 때문이다.

화미조

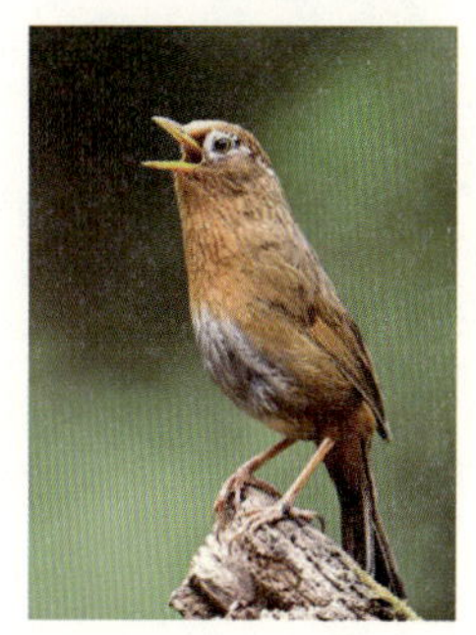

明會를 만나 술집에 들어갔다. 막 소주를 내리고 있기에 다른 가게로 걸음을 옮기려 하니, 술집의 점원이 크게 성을 내며 조 역관의 가슴에 뛰어들어 머리로 앙가슴을 들이받으며 옴짝달싹 못 하게 한다. 조 역관은 부득이 웃으며 돌아와 앉았다. 돼지고기볶음 한 쟁반, 계란볶음 한 쟁반, 술 두 병을 사서 실컷 먹고 나왔다.

방울새

멀리 십삼산을 바라보니, 뻗어 내려온 산줄기나 끊긴 산기슭의 흔적도 없이 홀연히 큰 들판 가운데 날아와 떨어진 열세 개의 돌봉우리가 아른거리며 기이하게 솟아 있는 모습이 마치 여름날 구름이 봉우리를 빚어낸 형상이었다.

수염이 하얗게 센 노인이 작은 장대를 쥐고 있는데, 장대 끝은 둥근 고리를 만들어 거기에 색실로 다리를 묶은 방울새[44](黃雀) 한 마리를 앉혀서 길 한가운데를 놀러 다닌다. 새를 데리고 놀거나 길들일 때 이렇게 많이 한다. 더위에 자못 지치기도 하고 졸리기까지 하여 말에서 내려 걸었다.

44 박영철본과 대부분의 필사본에 적힌 와작瓦雀(참새)은 오류이다. 초고본에 따라 황작黃雀으로 수정한다.

나이 일고여덟 살쯤 되어 보이는 동자가 머리에는 아주 붉은 색의 실로 짠 여름용 시원한 예모를 쓰고, 몸에는 간장 빛깔의 구름 무늬로 된 항주杭州 생산의 비단 도포를 입었다. 발에는 공단으로 된 까만 신을 신고 걸음 맵시도 아름답게 사뿐사뿐 걸어오는데, 얼굴빛은 눈처럼 희고 눈썹은 그린 것 같다.

내가 일부러 길을 막고 서 있으니, 아이는 놀라거나 겁도 내지 않고 앞으로 와서 공손히 절을 하고 땅에 꿇어앉아 머리를 조아린다. 내가 황급히 손으로 끌어안아 일으켜 세우니, 제일 뒤에 한 노인이 멀찍이 따라오면서 웃음을 짓고는,

"그놈은 이 사람의 손주입니다. 영감께서 이 애를 아끼고 귀여워해 주시니 참으로 부끄럽습니다. 이 늙은이가 무슨 복을 타

고났는지."
라고 하기에 내가 아이에게,

"몇 살이냐?"
하고 물으니 아이가 손으로 나이를 꼽으며,

"아홉 살입니다."
하고 답한다. 성명을 물으니,

"제 성은 사謝입니다."
하고 공손히 답하고는 신발 속에서 작은 쇠칼을 꺼내어 땅에다 쓰기를,

'효孝란 백 가지 행실의 근원이고, 수壽는 오복의 으뜸입니다'라 하고,

"저희 할아버지께서 제가 사람의 자식으로 효도하기를 바라시고, 또 첫째로 장수하기를 빌어서, 효 자에 수 자를 잇고 두 글자를 합하여 아명兒名을 '효수'孝壽라고 지으셨답니다."
라고 한다. 나도 모르게 경이로운 생각이 들어 몇 마디 물었다.

"너는 지금 어떤 책을 읽고 있느냐?"

"두 책은 이미 읽었으며, 바야흐로 『논어』「학이」學而편을 읽고 있습니다."

"두 책이라니?"

"『대학』과 『중용』 말입니다."

"이미 강의를 받았단 말이냐?"

"두 책은 단지 외우기만 했고, 『논어』는 이제 강의를 받습니다. 어르신께서는 성씨가 어떻게 되십니까?"

"내 성은 박朴이니라."

"『백가원』百家源[45]이란 책에는 박씨 성이 없사옵니다."

45 『백가원』은 중국의 각종 성씨를 모아놓은 책인 『백가성』百家姓을 가리키는 것으로 보인다.

왕삼포(망산보) 마을

하고 또박또박 답을 한다. 노인은 내가 자기의 손자를 아끼며 칭찬하는 것을 보고 얼굴 가득 히죽히죽 웃으며,

"고려의 어르신께서 부처님 같은 성격을 지니셨습니다. 응당 슬하에 봉황과 기린같이 귀한 아드님과 손자가 있으실 터인데, 아마도 그들을 생각하시다가 우리 손자놈을 귀여워하시는 게죠."

라고 하기에 나는,

"제 나이가 많기는 하지만, 아직 손자를 안아 보지는 못했습니다. 영감님은 올해 몇이십니까?"

라고 물으니 그는,

"헛되게 나이만 쉰여덟을 먹었습니다."

라고 한다. 내가 손에 가지고 있던 부채를 아이에게 주자, 노인은 허리의 놋쇠 쇠사슬 줄에 묶었던 비단수건을 직접 풀어서 주고, 아울러 지니고 있던 부시까지 주며 사례를 한다. 나는 노인에게,

"영감님은 어디에 사시는지요?"

하고 물으니 노인은,

"여기서 멀지 않습니다. 왕삼포王三舖[46]라는 곳입니다."

라고 하기에 나는,

"손자가 조숙하고 지혜로워 옛날 왕도王導와 사안謝安[47]의 훌륭한 풍류[48]에 부끄럽지 않을 만합니다."

라고 하니 사씨謝氏 노인은,

"조상님의 혈통은 멀리 끊어졌으니, 어찌 감히 그 옛날 으뜸

46 왕삼포는 망산보望山堡의 잘못이다. 망산보의 중국 발음이 왕삼포와 비슷하므로 연암이 발음만 듣고 추측하여 썼기 때문에 착오가 생긴 것이다.

47 왕도(276~339)는 진晉나라의 정치가, 서법가로 자는 무홍茂弘이다. 사안(320~385)은 동진 때의 명신으로 자는 안석安石이다. 은거하다가 40세 이후에 벼슬을 했다.

48 왕사풍류王謝風流란 왕도와 사안 집안과 같이 당대에 큰 영향력을 끼치는 집안이라는 고사이다.

가는 강좌江左 풍류[49]를 바랄 수 있겠습니까?"

라고 한다. 갈 길이 총망해 드디어 손을 놓고 헤어지는데 아이가 길게 읍을 하며,

"어르신께서 부디 여행길에 몸조심하시길 빕니다."

라고 한다.

길을 가는 중에 사씨 어린이의 빼어남이 항상 생각나고, 그 얼굴과 행동거지가 눈에 삼삼하게 밟힌다. 사씨 영감은 땅에 써서 주고받은 몇 마디 말로 보아 충분히 담론할 만한 인물이었는데, 갈 길이 바빠 그가 사는 곳을 찾아볼 수 없음이 못내 애석하다.

49 왕검이 일찍이 강좌 풍류는 오직 사안만이 있다고 말했는데, 이는 자신을 그에게 비의한 말이다.

7월 17일 계사일

맑다. 아침에 십삼산을 출발하여 독로포禿老鋪까지 12리, 배로 대릉하大凌河를 건너 14리, 숙소인 대릉하점大凌河店까지 4리, 이날 단지 30리밖에 가지 못했다.

대릉하는 만리장성 밖에서 발원하여 구관대九官臺 변문邊門을 뚫고 광녕성을 지나서 동쪽으로 두산斗山을 나와 금주위錦州衛의 경계로 들어가 점어당鮎魚塘에 이르러 동쪽으로 바다에 들어간다.

호행 통관護行通官인 쌍림雙林이란 자는 조선수통관朝鮮首通官인 오림포烏林哺의 아들이고 집은 봉황성에 있다.[50] 벼슬이 사신 일행을 호위하는 호행護行이라고는 하나 그자는 태평차를 타고 뒤에서 따라온다. 그가 하는 행동거지를 우리 사행이 관할하는 바는 아니다.

그가 데리고 다니는 하인이 넷 있는데, 악씨鄂氏 성을 가진 자는 연도에 오면서 식사와 말의 먹이 등의 일을 전담하고, 이씨李氏 성을 가진 자는 팔뚝에 매를 얹고 길에서 꿩 사냥만 하고, 서씨徐氏 성을 가진 자는 자칭 의주 부윤인 서 아무개와 같은 일가라

50 오림포는 건륭 시대 북경의 회동사역관會同四譯館에 근무한 조선 통사通事이다. 1766년 연행했던 홍대용의 『담헌연기』에 의하면 당시 그의 나이 50여 세라고 하였다. '哺'는 『조선왕조실록』에 '佈'로 표기되어 있다.

대릉하

하고, 나머지 하나는 감씨甘氏 성을 가진 자이다. 모두 조선인이라 하고, 나이는 다 열아홉 살이다. 모두 아름다운 용모를 가지고 있어서 쌍림의 동성애 상대인 미소년들이라고 한다. 다만 우리나라에 감씨 성이 없는 것이 의심할 만하다.[51]

내가 책문에 들어온 지 10여 일이 지나도록 쌍림의 낯짝을 보지 못했다. 통원보에 이르러 냇물을 건너와서 언덕에 오르며 혼잣말로,

"물살이 겁나는구먼."

했더니 언덕 위에 곱고 화려한 모자와 의복을 차려입은 되놈이 우리나라 역관과 함께 서 있다가 홀연히 우리말로,

"물살이 겁나네. 물살이 겁나. 잘 건너라."

하더니 연산관에 이르러서는 우리나라 수역首譯에게,

51 우리나라에 회산檜山 감씨甘氏가 있는데, 연암이 착오를 한 것 같다.

"아침나절 물을 건널 때 체구와 용모가 건장한 사람이 있던데 누구입니까?"
라고 물었다. 수역이,

"정사와 형제 되는 분으로 문장을 잘하고, 중국에 관광하러 왔답니다."
라고 하니 쌍림이,

"넉 점點인가요?"
한다. 수역이,

"넉 점이 아니고, 바로 정사와 친척간으로 삼종형제 됩니다."
하니 쌍림은,

"이량우천伊兩虞天이로구먼."
한다.

'이량우천'이란 중국 발음으로 한 냥 반의 돈을 말한다.[52] 한 냥 반의 돈은 양반兩半이고, 우리나라에서 사족士族을 일컬어 양반兩班이라 말하므로, 양반兩半과 양반兩班은 발음이 같기 때문에 쌍림이 이량우천이란 은어를 사용한 것이다. 넉 점이란 서庶라는 글자의 밑에 점이 네 개 달린 것을 가리키는 것이니, 우리나라 서얼을 뜻하는 일종의 은어이다.

52 이량우천이란 중국말로 일냥오전一兩五錢을 말한다.

매번 사행이 갈 때마다 통역을 맡은 사람이 공금 4천 냥을 가지고 가는데, 관례에 따라 호행 장경護行章京에게 500냥, 호행 통관에게 700냥을 지급하여 수레를 빌리고 노잣돈으로 쓰게 한다. 그러나 실제로는 한 푼어치의 은자도 쓴 적이 없고, 정사와 부사의 주방廚房에서 이 두 사람을 돌아가며 먹인다.

쌍림이란 자는 사람 됨됨이가 교활하고 우리말을 잘한다고 한다. 지난번 소황기보에서 점심을 먹을 때, 여러 비장 및 역관과 함께 앉아 한담을 주고받고 있었는데, 쌍림이 밖에서 들어오니 여러 역관들이 정성껏 맞이하지 않는 사람이 없었다. 쌍림은 부사의 비장인 이성제李聖濟에게 정성을 다하더니, 또 박래원을 향해 말을 건다. 두 사람은 이번 사행이 두 번째 오는 길이어서 그와는 구면이었다.

박래원이 쌍림에게,

"내가 영감에게 유감스러운 게 있소."

하니 쌍림은,

"무슨 유감이 있습니까?"

한다. 래원이,

"우리 정사는 비록 작은 나라의 사신이긴 하지만, 우리나라에서는 정1품으로 중국의 벼슬로 치자면 황제를 측근에서 모시는 내대신內大臣과 같아서 비록 황제라도 각별히 예절로 맞이합니다. 영감이 비록 대국 사람이긴 하지만, 조선 사행을 호위하는 통관 벼슬을 맡았다면 우리 사또에 대해서 응당 예절을 갖추어, 매번 정사와 부사 두 사또께서 말을 갈아타시거나 길에서 가마를 내리실 때에 영감의 무리는 수레를 멈추고 기다려야 옳을 터인데, 그렇게 하지는 않고 문득 수레를 몰고 요란스럽게 지나가거나, 아니면 느긋하게 꼼짝도 하지 않으니, 이게 무슨 도리입니까? 이러니 호행 장경도 영감을 보고 배우니 더더욱 유감입니다."

하고 따지니 쌍림은 발끈하며 얼굴색이 달라지더니,

"너는 모른다. 대국 예법은 너희 나라와 아주 다르다. 대국에서 칙명을 내면 너희 나라의 의정대신議政大臣이라도 우리와 대등한 예법과 언어로 서로 공경해야 한다. 지금 너는 새로운 예법을 처음 만들어 나로 하여금 피해다니란 말이냐?"

한다. 역관 조학동이 더이상 다투지 말라고 래원에게 눈짓을 보냈으나 래원은 큰 소리로,

"영감의 하인 자식들이 어찌 감히 팔뚝에 매를 얹어 놓고 으스대며 사또 앞을 달려 지나간단 말이오? 지극히 해괴한 일이오. 다시 이따위 짓을 하는 걸 보면 그때는 내가 붙잡아서 곤장을 안길 터이니, 영감도 괴이하게 보지 마시오."

하니 쌍림은,

"아직 못 보았다. 내가 보았더라면 몽둥이 한 방으로 죽여 버렸을 거야."

라고 하는데, 그가 우리말을 잘한다는 것이 썩 불분명하고 급하면 도리어 중국말이 튀어나오곤 한다. 부질없이 700냥의 은자를 없애 버리는 게 정말 애석하다.

나는 그때 종이를 비벼서 코를 후비는 침을 만들고 있었는데 쌍림은 코로 삼키는 담배를 넣은 호리병을 풀어서 내게 주면서,

"재채기를 하고 싶소?"

했으나 나는 받지 않았다. 그와 말을 하고 싶지도 않았거니와, 코담배를 피우는 법도 몰랐기 때문이다. 쌍림은 내게 몇 차례나 말을 걸어왔지만 내가 더더욱 본체만체 꼿꼿하게 앉았더니 쌍림은 일어나 가 버렸다.

그 뒤에 역관들에게 들으니 쌍림은 내가 그의 말을 받아주지 않고 대접도 하지 않자 그만 무료해서 일어나 나간 뒤에 몹시 화를 냈다고 한다. 또 그의 아비가 항상 관아의 문에 앉아 있어서 만약 쌍림에게 유감이라도 사게 되면 출입하거나 놀고 구경할 때에 반드시 사나운 꼴을 당할 터이니, 속담에 '웃는 낯에 침 뱉으랴' 식으로 지난번에 쌍림에게 쌀쌀맞게 대한 것은 올바른 일이 아니

라고들 한다. 나 역시 속으로 그렇겠거니 하고 있었다.

이날에 이르러 사신 행차는 먼저 출발하고 나는 피곤해서 잠이 들었다가 늦게 일어나 밥을 먹고 짐을 꾸리는데 쌍림이 들어온다. 내가 웃으며 맞이하고,

"영감을 오랫동안 보지 못했소. 근간에 별일 없소이까?"

하고 말을 걸었더니 쌍림은 크게 즐거워하며 앉자마자 우리 평안도 삼등三登 지방에서 나는 최고급 연초를 달라 하고, 자기 집의 기둥에 붙일 좋은 주련을 써 달라 하고, 또 정사가 먹는 진짜 진짜 청심환과 단오절 종이에 창포 기름을 먹인 접부채를 달라고 한다. 내가 고개를 끄떡이며,

"수레의 짐이 오면 모두 받들어 드리지요."

하고 이어서,

"내가 먼 길을 말안장에 앉아 와서 자못 고단하니, 한 역참의 거리만 그대의 태평차에 같이 타고 가면 좋겠소이다."

하니 쌍림은 흔쾌히 허락하며,

"서방님과 제가 함께 타고 간다면 가는 길이 영광이겠습니다."

하기에 드디어 그와 함께 숙소에서 나왔다.

쌍림은 수레 왼쪽 자리를 비워 나를 앉히고 직접 수레를 몰았다. 또 장복을 불러 수레 오른쪽 끌채에 앉혔다. 쌍림은 장복에게,

"내가 조선말로 물으면 너는 중국말로 대답해라."

하고 약속을 한다.

두 사람이 수작을 하는데, 포복절도하지 않을 수 없었다. 한쪽의 우리말은 세 살짜리 어린애가 밥 달라고 하는 것을 밤 달라고 투정하는 것 같고, 한쪽의 중국말은 반벙어리가 이름을 부르며 '애, 애, 애'를 연발하는 것 같아 정말 혼자 보기 아까웠다. 쌍림의

우리말은 장복의 중국말보다 훨씬 못하였다. 말과 뜻이 혼동되고 존칭과 비칭을 분간하지 못하는 데다가 발음이 영 시원찮았다.

쌍림이 장복과 주고받는 말은 이런 식이다.

"너, 우리 아버지 봤니?"

"칙명을 낼 때 내가 봤지. 대감의 수염이 좋더라. 내가 따라가며 연신 '쉬이' 하면서 권마성勸馬聲을 냈지. 대감은 얼굴 가득 웃음을 띠고 '네 목소리 좋다'고 했다. '멈추지 말고 계속 소리를 질러라' 하기에 내가 소리를 멈추지 않았지. 대감은 계속 '좋아, 좋아' 했다. 곽산에 도착해서는 직접 다담상을 내렸지."

"우리 아버지 눈구멍이 요사스럽지?"

"꿩 잡는 매의 눈깔 같더라."

"맞아. 너, 장가 들었니?"

"집이 가난해 아직 못 들었다."

"불상해, 불상해."

불상不祥이란 말은 우리나라 말에 마음 아파서 탄식할 때 '불쌍해' 하는 말이다.

"너, 장가를 못 갔을 때 너의 자주색 그놈(紫的)이 너를 원망하지 않더냐?"

"내 뱀대가리 같은 거시기(巴其)가 불시에 벌떡 일어설 때 내 한 손 끝으로 그놈을 치고 문질러 주면, 그놈이 '찍' 소리를 내며 그 구멍 속의 흰 젓을 모두 토해 내고는 거북이 갑옷 속으로 숨었다가 3년 동안은 대가리를 내밀지 않는다."[53]

쌍림이 크게 웃고는 또 묻는다.

"의주에 기생은 몇 개냐?"

"한 삼십에서 오십 명쯤 된다."

53 "맞아. 너, 장가 들었니?"부터 여기까지의 내용은 초고본 계열의 일부 책에만 나오는 것이고, 외설적 내용이어서 대부분의 필사본에서는 삭제하였다. 거시기로 번역한 파기巴其는 기파其巴를 잘못 쓴 것으로 보인다. 기파其巴는 음경을 말하는 계파鷄巴(jiba)와 음이 같다.

"미인이 많으냐?"

"끝내주지. 뭐라고 말해야 할까? 양귀비 같은 것도 있고, 서시 같은 것도 있다. 이름이 유색柳色이란 기생은 꽃이 부끄러워하고 달이 숨는 자태를 가졌고, 춘운春雲이란 기생은 구름도 멈추게 하고 애간장을 녹이는 명창이다. 명경明卿이란 기생은 열여덟 가지 잠자리 기술을 가졌단다."

"그런 기생이 있으면서 칙명을 낼 때는 왜 나타나지도 않았지?"

"만일 한번 보았더라면 대감님들의 넋이 빠져 하늘의 구름 밖으로 날아갔을 것이고, 수중에 쥐고 있던 만 냥의 은자는 절로 없어지고, 온 몸의 살덩이는 모두 녹아서 물이 되어 저 압록강을 건너올 수도 없었을 것이야."

쌍림은 손뼉을 치고 깔깔 웃으며,

"내가 다음에 칙명을 받아 따라올 때 네가 몰래 데려와라. 그러면 얼마나 좋겠느냐!"

라고 하니 장복이 머리를 흔들며,

"안 될걸. 걸리는 날엔 모가지가 달아날 거야."

라고 하며 둘이 모두 크게 웃는다. 이런 말을 주고받으며 30리를 갔다.

대개 두 사람은 피차 서로의 말을 시험해 보려고 한 것이다. 장복은 책문에 들어온 이후로 길에서 중국말을 배운 것에 불과한데도 쌍림이 평생 배운 조선말보다도 크게 나았다. 중국말이 조선말보다 쉽다는 것을 이제야 알겠다.

쌍림의 수레는 삼면을 모직 천으로 휘장을 만들어 말아 놓았고, 동서 양쪽에는 대나무 발을 드리웠으며, 앞면에는 공단으로 햇빛을 가렸다. 수레 안에는 이불을 깔아 두고, 언문으로 된 『유씨삼대록』劉氏三代錄 몇 권이 있는데, 비단 필체가 조잡할 뿐 아니라 책권도 떨어져 나가고 해졌다.

내가 쌍림에게 읽어 보라고 하자, 몸을 깝신거리며 큰 소리를 내어 읽는데 도대체 끊어 읽기도 안 되고 두루뭉수리로 읽어 내려간다. 입에는 가시가 박힌 듯, 입술은 얼어붙은 듯, 쩝쩝거리며 군더더기 소리를 수없이 낸다. 내가 한참이나 들어 보았으나 도대체 무슨 말을 하는지 알 수 없으니, 비록 그가 앞으로 평생 읽더라도 조선말 공부에 아무짝에도 도움이 될 것 같지 않다.[54]

쌍림은 길에서 말을 갈아타는 정사 일행과 마주치자 수레에서 뛰어내려 점포 안으로 달려가 몸을 숨겼다가 사신 행차가 떠난 뒤에 천천히 나와 수레를 타고 간다. 일전에 박래원이 꾸짖고 야단을 칠 때에는 그가 비록 우리 앞에서 승복하지 않고 뻗대고 대들었지만, 아마도 속으로는 움찔해 기가 조금 죽었던 것 같다.

54 1766년 연행에 참여한 홍대용의 『담헌연기』 「아문제관」衙門諸官 3월 1일의 기록에 의하면 당시 쌍림은 나이 33세라고 하였다. 사람됨이 경박하여 체신도 없으며, 조선말을 배우기 위해 책을 가지고 다니지만 조선어 능력이 매우 형편없다고 하였다.

7월 18일 갑오일

맑다. 새벽에 대릉하점을 출발하여 사동비四同碑까지 12리, 쌍양점雙陽店 8리, 소릉하 10리, 소릉하교小凌河橋 2리, 송산보松山堡 18리, 총 50리를 가서 점심을 먹었다. 또 송산에서 행산보杏山堡까지 18리, 십리하점十里河店 10리, 고교보高橋堡 8리, 모두 36리를 갔으니, 이날 모두 86리를 가서 숙박했다.

사동비四同碑란 곳의 근처에 도착하니, 길가에 비석 네 기가 있다. 비석을 만든 제도가 서로 같아서 지명을 사동비라 했다고 한다.[55]

첫째 비석은 만력 15년(1587) 8월 29일에 칙명으로 왕성종王盛宗[56]을 요동전둔유격장군遼東前屯遊擊將軍에 임명한다는 내용이다. 위에는 광운지보廣運之寶라는 인장이 새겨져 있으며, 비문 중에 노추虜酋, 즉 여진족의 임금을 가리켜 오랑캐 우두머리라고 한 말은 모두 쪼아서 지워 버렸다.

둘째 비석은 만력 15년 11월 4일에 칙명으로 왕성종을 요동도지휘체통행사遼東都指揮體統行事로 삼아 금주金州(金은 錦의 오자) 지방을 지키게 한다는 내용이다.

셋째 비석은 만력 20년(1592) 9월 3일에 칙명으

55 중국에서는 사동비를 사통비四筒(桶)碑라고 불렀다. 비석이 있었던 곳의 현재 지명은 사통비四桶碑라고 한다. 2015년 같은 모양의 비석 2개가 소릉하 부근에서 발견되었는데 사동비일 것으로 추정하고 있다.

사동비의 비석 받침돌로 추정되는 귀부

56 왕성종은 『황청개국방략』에 왕종성王宗盛으로 되어 있다. 앞의 「구요동기」에서 요동의 전투에서 도사都司 왕종성이 전사했다고 하였으니, 여기 왕성종은 왕종성의 오자로 보는 것이 옳다.

57 사신이 귀국할 때 사행보다 먼저 돌아오는 비장으로, 사신의 장계를 먼저 들고 온다.

금주 고탑

로 왕평王平을 요동유격장군遼東遊擊將軍으로 삼는다는 내용이고, 위에는 칙명지보勅命之寶라는 인장이 새겨져 있다.

넷째 비석은 만력 22년(1594) 10월 10일에 칙명으로 왕평을 유격장군금주통할遊擊將軍錦州統轄로 삼는다는 내용이고, 위에는 광운지보라는 인장이 새겨져 있다.

왕평은 아마도 왕성종의 자제나 조카인 것 같다. 명나라 신종황제는 그들이 노추를 잘 방비했기 때문에 칙명을 내려서 가상하게 여기고 표창을 한 것이다. 그래서 큰 비석을 만들어 칙명과 임명된 관직을 써서, 세상 사람들에게 화려하게 드러내려고 했다. 왕성종 집안이 요하遼河의 동쪽에서 대대로 장수를 지냈다면 임진왜란 때 왜군 정벌에 참여하지 않은 것은 무엇 때문일까? 사행의 선래비장先來裨將[57]은 매양 이 비석에 도착하여 모일 모시에 산해관을 나와 모일 모시에 여기를 지나간다고 써 놓는다고 한다.

말을 먹이는 곳곳마다 무리를 이루어 한 떼가 몇 천 마리씩 되는데 모두 백마이다. 다시 배로 소릉하를 지나고 나니, 수레 수천 대가 쌀을 싣고 지나가는데 먼지가 일어 하늘을 덮는다. 해주海州에서 금주錦州로 옮겨 가는 것이다.

갑자기 큰 바람이 불기에 나는 급히 말을 몰아 먼저 점포에 들어가 잠시 눈을 붙였더니 뒤미처 정사가 뒤쫓아 들어와서는,

"낙타 수백 마리가 쇠를 싣고 금주로 들어가더군."

한다. 나는 공교롭게도 낙타를 보지 못한 것이 벌써 두 번째이다.

소릉하 주변의 수백 호의 민가들이 지난해에 몽고에게 약탈을 당하여 모두 아내를 잃고 몇 리 밖으로 철거되어 이주하였다. 지금 길가에는 무너진 담이 사방을 둘렀고 네 벽만 덩그러니 서 있다. 강 아래위를 따라 흰 막사를 설치하여 경비를 한다. 대개 몽고와의 경계가 소릉하에서 50리이다. 수일 전에도 몽고 기병 수백이 갑자기 강가에 들이닥쳤다가, 수비하는 것을 보고 달아났다고 한다.

송산보, 행산보, 고교보, 탑산 사이의 100여 리에는 비록 마을과 시장의 점포가 있기는 하지만, 가난하고 쇠잔하여 조금도 생업을 즐거워하는 뜻이 없어 보인다.

아, 슬프다! 여기는 바로 숭정 경진년(1640)과 신사년(1641) 사이에 명나라와 청나라가 전쟁을 하여 명나라 군사가 떼죽음을 당한 곳이다. 오늘에 이르기까지 100여 년이 지났건만 아직도 숨을 돌리고 회복되지 못하고 있으니, 당시 용쟁호투의 격렬한 전투를 가히 상상할 수 있겠다.

지금 황제인 건륭의 『전운시』全韻詩에 주석을 이렇게 달았다.

"숭덕崇德(청 태종의 연호) 6년인 1641년 8월, 명나라 총병摠兵 홍승주洪承疇[58]가 구원병 13만 명을 송산에 집결시키니, 청 태종 누르하치의 여덟째 아들은 즉시 군사를 통솔하고 출정했다. 그때 마침 청 태종이 코피가 터졌는데, 급히 가느라 코피가 더욱 심해져 사흘이 지나서야 겨우 그쳤다. 여러 패륵貝勒[59]의 왕자들이 천천히 출정할 것을 청하자 태종은 '행군을 하여 승리하는 방도는 신출귀몰과 속전속결하는 데 달려 있다'고 유시를 하고는, 말을 급히 달려 엿새 만에 송산에 도착하여 송산과 행산 사이에 군사를 펼쳐 놓고 큰길을 가로로 끊었다. 명나라 총병 여덟 명이 선

58 홍승주는 명나라 말기의 장수로 계요薊遼 총독 시절 청나라와의 송산 전투에서 항복했으나, 명나라에서는 순국한 줄 알고 제사를 지냈다. 『청사고』淸史稿 열전 24 참조.

59 패륵은 만주말인 다라패륵多羅貝勒의 준말로 바이루라고 하며, 부장部長이라는 뜻이다. 군왕郡王과 패자貝子의 사이에 위치한 벼슬이다.

봉의 진을 범해 오자 공격하여 물리치고, 필가산筆架山에 쌓아 둔 명나라 곡식을 빼앗고 해자를 파서 송산과 행산의 길을 끊어 놓았다.

이날 밤 명나라 장수들이 일곱 진영의 보병을 철수시켜 송산성 가까이 와서 진을 쳤다. 태종은 장수들에게 '오늘 밤 적병이 반드시 도망갈 것이다'라고 유시를 하고는 호군護軍 오배鼇拜 등에게 명을 내려, 4기旗의 기병을 인솔하고 선봉의 몽고병이 함께 날개 모양의 진을 쳐서 곧바로 해변에 이르게 했다. 또 몽고 고산액진固山額眞[60] 고로극庫魯克 등에게 명을 내려 행산 길에 복병을 두어 적을 차단하고 공격하게 했다. 또 열네째 아들 예군왕睿郡王(예친왕睿親王 다이곤多爾袞)에게 명을 내려 금주錦州로 가서 탑산塔山 대로에 이르러 불시에 공격하도록 했다.

60 청나라 황족의 벼슬 이름으로, 팔기병의 군정장관이다.

청 태종

이날 밤 초경 무렵, 명나라 총병 오삼계吳三桂 등이 바다를 끼고 몰래 달아났는데, 뒤를 이어 계속 추격하게 하였다. 또 누르하치의 열한 번째 아들 파포해巴布海 등에게 명을 내려 탑산 길을 끊으라 하고, 또 열두 번째 아들 무영군왕武英郡王 아제격阿濟格에게 명을 내려 탑산에 가서 길을 끊고 공격하게 하고, 또 패자貝子(패륵 밑의 벼슬) 박락博洛(누르하치의 손자)에게 명을 내려 군사를 이끌고 상갈이재보桑噶爾齋堡에 가서 길을 끊고 공격하게 하고, 또 고산액진 담태譚泰에게 명을 내려 소릉하에 가서 곧바로 바닷가에 이르러 퇴로를 끊으라고 하고, 또 매륵장경梅勒章京(팔기병의 부장) 다제리多濟里에게 명을 내려 패주해 도망가는 군사를 추격하게 하고, 또

고산액진 이배伊拜 등에게 명을 내려 행산에서 명나라 군사가 행산으로 도망해서 오면 사면에서 공격하게 하고, 또 몽고의 고산액진 은격도恩格圖 등에게 명을 내려 도주하는 명의 군사를 추격하게 하고, 또 태종의 외삼촌 아십달이한阿什達爾漢 등에게 명을 내려 행산의 주둔한 진영을 살펴보고 만약 땅이 좋지 못하거든 즉시 좋은 곳을 가려서 진영을 옮기라고 했다.

다음 날 예군왕과 무영군왕에게 명을 내려 탑산의 사대四臺를 포위하여 서양식 대포인 홍의포紅衣礮로 공격하게 하여 이겼다.[61] 명나라 총병 오삼계와 왕박王樸은 행산으로 도망해 들어갔다. 이날 태종은 진영을 옮겨 송산에 이르러 해자를 파서 포위하려고 하였다. 그날 밤 명나라 총병 조변교曹變蛟는 성채를 버리고 포위를 뚫고 탈출하려고 서너 차례나 시도했다. 또 내대신內大臣 석한錫翰 등과 사자부락四子部落(몽고 지방의 지명) 도이배都爾拜에게 명을 내려 각각 정예 병사 250명을 거느리고 고교보와 상갈이재보에 매복하게 했다. 태종은 친히 군사를 이끌고 고교보 동쪽에 이르러 패륵 다탁多鐸(누르하치의 열다섯째 아들)에게 영을 내려 매복하도록 했다.

61 홍의포는 서양에서 유래한 대포로서, 본래 홍이포紅夷礮라고 하였는데 청나라에서 이夷자를 꺼려하여 홍의포라고 바꾸어 불렀다.

오삼계와 왕박은 패하여 달아나다가 고교보에 이르렀는데, 사방에서 복병이 일어나 겨우 자기 몸만 탈출했다. 이 전쟁에서 죽인 명나라 군사가 5만 3,700명이고, 빼앗은 말이 7,400필, 낙타 60마리, 빼앗은 갑옷과 투구가 9,300벌이었다. 행산에서 남쪽으로 탑산까지 쫓겨 바다에 뛰어들어 죽은 자가 매우 많았는데, 시체가 둥둥 떠다니는

홍의포

이자성 동상

것이 마치 기러기와 물오리가 떠 있는 것 같았다. 청나라 군사는 실수로 다친 자가 겨우 여덟 명이고 나머지는 코피를 흘린 사람도 없었다."

아, 슬프다. 이것이 바로 이른바 송산과 행산의 전쟁이었다. 청 태종이 산해관 밖의 이자성李自成[62]이었다면 이자성은 산해관 안의 청 태종이었으니, 명나라가 비록 망하려고 하지 않은들 가능했겠는가? 당시 명나라는 13만 대군을 갖고도 청 태종의 수천 기병에게 포위되어 잠깐 사이에 마른 나무가 꺾이듯, 썩은 새끼줄 끊어지듯 쉽게 무너졌다. 홍승주와 오삼계 같은 인물의 지략과 용맹이 천하무적이었지만, 한번 청 태종과 맞닥뜨리자 혼비백산하여 거느렸던 13만 대군은 마치 지푸라기와 물거품처럼 허무하게 스러졌다. 일이 이 지경에 이르고 보면 부득불 운명으로 돌릴 수밖에.

언젠가 인평대군麟坪大君[63]이 지은 『송계집』松溪集을 보았더니,[64]

"청나라 병사들이 송산에 진격하여 포위했을 때 우리 효종대왕께서 당시 세자로 청나라 진영에 볼모로 잡혀 계셨는데, 잠시 막사를 다른 곳으로 옮긴 사이에 영원寧遠 땅의 총병 오삼계가 거느린 수만의 기병을 이끌고 포위를 뚫고 나왔으니, 임시 막사를 처음 설치했던 그곳이 바로 명군과 청군이 대적했던 길목이었다."

라고 하였다. 이야말로 왕조의 위엄과 덕이 있는 곳에는 천지가 힘을 합해 도와주신 명백한 증거가 아니겠는가?

62 이자성(1606~1645)은 명나라 말기에 일어난 농민 의병의 지도자로 섬서성 미지米指 출신이다. 명나라 왕조의 정치적 부패와 가혹한 세금으로 민심이 이반되었을 때 거병을 하여 북경을 공략하고 당시 황제인 숭정을 자살하게 했다. 만주 여진족(청)의 원조를 받은 오삼계에게 패하여 혁명에 실패했다.

63 인평대군(1622~1658)의 이름은 요湆, 자는 용함用涵, 호는 송계松溪이다. 인조의 셋째아들이며 효종의 동생으로, 1630년 인평대군에 봉해졌다. 1640년 볼모로 심양에 갔다가 이듬해 돌아온 이후, 1650년부터 네 차례에 걸쳐 사은사가 되어 청나라에 다녀왔다.

64 『송계집』「연도기행」燕途紀行 9월 8일 일기.

저녁에 고교보高橋堡에서 숙박했다. 이곳은 왕년에 사행이 은자를 잃어버렸던 곳인데, 그 일로 인해 지방 관원이 파직되고 부근 숙소와 점포의 사람 중에 사형을 당한 자가 있었다. 때문에 갑군들이 밤새도록 순찰을 돌고 경호를 하며 우리를 엄하게 막아서 마치 도적놈과 다름없이 대한다.

임시 사처私處로 든 집의 고지기에게 말을 들으니, 여기 사람들이 우리나라 사람을 마치 원수 보듯 하며 도처에 문을 닫고 조선인과는 접촉을 하지 않으며,

"고려야. 고려야. 묵었던 집주인을 겁주어 죽였구나. 어떻게 은자 천 냥과 네다섯 명의 목숨을 맞바꾼단 말이냐? 우리 중에도 도적놈이 많다지만, 너희 일행 중에는 어찌 간악한 소인배가 없겠느냐? 도망가서 몸을 숨기고 장물을 은닉하는 놈들은 몽고놈과 하등 다를 바 없구나."

라고 한다고 했다.

내가 역관에게 물으니 역관은,

"전에 병신년(1776) 영조 임금의 승하를 알리러 가는 사행[65]이 돌아올 때에 이 고교보 숙소에서 공금인 은자 천 냥을 분실했습지요. 사신이 의논하기를, '이 은자는 공금인데 만약 사용처를 분명하게 하지 않는다면 그 액수를 맞추어 보고 도로 환수하는 것이 국법이다. 지금 공연히 돈을 잃어버렸으니 또 돌아가서 무슨 말로 보고를 하겠는가? 잃어버렸다고 말한들 누가 믿어 줄 것이며, 액수대로 반납하게 되면 누가 그 돈을 감당하겠는가?' 하고는 결국 문서를 꾸며 이곳 소재의 지방관에게 보고를 했답니다.

그 문건이 지역 수비대인 중후소中後所의 참장參將에게 보고되고, 다시 중후소에서 금주위錦州衛로, 금주위에서 산해관 수비

65 당시 정사는 신회申晦(1706~?)이고, 부사는 정창순鄭昌順이고, 서장관은 이진형李鎭衡이었다.

처로 해서 며칠 사이에 조정의 예부로 보고가 되었지요. 그래서 황제의 비답批答(상주문에 대한 임금의 지시문)이 하루도 안 되어 이르러, 이곳 지방관의 공금으로 잃은 은자를 배상해 주고, 해당 지방관은 순찰하는 일을 항시 마음에 두지 않음으로써 멀리서 온 사람이 억울함을 품고서 원통함을 호소하게 만들었다고 하여 모두 파직시키고, 숙소 주인과 가까운 이웃 사람 중 의심 가는 자를 모두 잡아다가 취조해서 죽은 자가 네다섯 명이나 되었답니다.

사신 일행이 아직 심양에 도착하기도 전에 황제의 어명이 이미 시행되었으니 그 신속한 처리가 이와 같았습니다. 그 일이 있고 난 뒤로 여기 고교보 사람들은 우리 조선인을 원수처럼 보게 되었으니, 괴이할 것도 없습니다."
라고 대답한다.

대저 의주의 말몰이꾼들은 태반이 비천한 사람들이다. 오로지 사신 가는 일에 붙어서 생계를 꾸려 가야 하니, 해마다 북경에 가기를 제 집 마당 드나들듯 한다. 하지만 의주부에서 공식적으로 그들에게 지급하는 것은 고작 한 사람당 백지 60권이니, 100여 명의 말몰이꾼들이 길을 가며 좀도적질을 하지 않고는 도저히 북경을 다녀올 수 없는 노릇이다.

압록강을 건넌 이후로는 얼굴도 씻지 않고 두건도 쓰지 않아 머리카락이 수세미처럼 엉기고, 먼지와 땀이 엉겨붙어 바람에 빗질하고 비에 목욕하여 의복이나 벙거지의 부서진 꼴이 귀신도 아니고 사람도 아니어서, 그 도깨비 같은 모습이 정말 같잖다.

이들 중에 열다섯 살짜리 동자가 하나 있는데 이미 세 차례나 북경을 출입했다. 처음 구련성에 도착했을 때는 곱고 예쁘장하여 자못 귀여웠는데, 아직 반도 채 못 가서 뜨거운 햇볕에 얼굴이 그을리고 검은 먼지가 살갗에 배어들어 단지 얼굴은 두 눈구멍만 빠끔하니 희고, 단벌 바지는 해지고 구멍이 나서 양쪽 궁둥이가 다 드러났다.

이 동자가 이 정도쯤 되었다면 다른 사람들은 더 말할 것도 없다. 수치심이란 아예 없거니와 공공연히 훔치고 빼앗는다. 매번 저녁에 숙소에 들면 가지가지 방법으로 좀도적질을 해대기 때문에, 숙소 주인도 별의별 방법을 다 써서 이를 방비한다.

지난해 신년 하례차 동지사冬至使 사행이 갈 때에 의주 상인 하나가 몰래 은화를 숨겨 가다가 말몰이꾼에게 죽임을 당하고, 말 두 필은 가죽재갈을 풀고 강을 건너 돌아가게 하여 각기 그 집에 돌아갔는데, 말이 증거가 되어 결국 죄인이 법에 걸렸다고 한다. 그들의 흉측하고 고약함이 이와 같으니, 잃어버린 천 냥의 은자도 이들의 소행이 아니라고 어찌 장담할 수 있겠는가? 이는 오히려 작은 일이고, 만일에 병자호란·정묘호란 같은 환란이 다시 생긴다면 이들이 무슨 일을 저지를지 모르니, 의주 철산 서쪽은 우리의 땅이 아닐 것이다. 변방을 지키는 자도 몰라서는 안 될 것이다.

이날 밤에 큰 바람이 불어 밤새 하늘을 뒤흔들어 놓았다.

7월 19일 을미일

맑다. 새벽에 고교보를 출발하여 탑산塔山까지 12리, 주사하朱沙河 5리, 조라산점罩羅山店 5리, 이대자二臺子 3리, 연산역連山驛 7리, 모두 32리를 가서 점심을 먹었다. 또 연산역에서 오리하자五里河子까지 5리, 노화상대老和尙臺 5리, 쌍수포雙樹鋪 5리, 건시령乾柴嶺 5리, 다붕암茶棚菴 5리, 영원위寧遠衛 5리, 모두 30리를 갔다. 이날 통행한 거리는 62리이다. 영원성 밖에서 숙박했다.

어제 부사와 서장관과 함께 새벽에 탑산에 도착해서 함께 일출을 구경하기로 약조했는데, 모두 늦게 출발하는 바람에 탑산에 도착하니 해는 이미 세 발이나 높이 솟아 있었다.

동남쪽은 큰 바다가 하늘과 마주 닿아 있고 수많은 상선들이 간밤의 바람을 피해 작은 섬에 들어와 의지해 있다가 이제 막 일시에 돛을 달고 가는데 마치 물오리와 기러기가 물에 떠 있는 것 같다.

영녕사永寧寺는 숭정 연간에 장군 조대수祖大壽[66]가 창건한 절이라고 한다. 사찰이나 관운장 사당은 요동에서 처음 보고 그 웅장함과 화려함에 대해 대략 기록한 바 있지만, 그 후에 길을 따라오면서 보니 비록 크기의 차이

66 조대수(?~1656)는 명말 청초의 장수. 오삼계의 외삼촌으로 원숭환의 휘하에 있다가 원숭환이 잡혀 죽자 청에 항복했다.

영원성 누각

는 있으나 만든 제도와 기법은 대체로 같았다. 일일이 다 기록할 수도 없을 뿐 아니라, 관광하고 완상하느라 자못 피곤하여 두루 다 볼 수도 없었다.

구혈대(상)
조가패루의 돌사자(하)

길가에 높이 수십 길 되는 높은 봉우리가 있어 그 이름을 구혈대嘔血臺라고 하는데, 세상에 전하는 말에 의하면 청 태종이 이 봉우리에 올라 영원성 안을 굽어보다가 명나라 순무巡撫 원숭환袁崇煥에게 패하여 피를 토하고 죽었기 때문에 그렇게 일컫는다고 한다.

영원성 안의 큰길가에 조가패루祖家牌樓가 서로 마주 보고 있는데, 둘 사이의 간격이 수백 보쯤(84미터) 된다. 두 패루는 모두 문이 셋이며 매 기둥 앞에는 몇 길이나 되는 돌사자를 앉혀 놓았다. 패루는 조대악祖大樂 패루와 조대수祖大壽 패루로서, 높이가 모두 예닐곱 길쯤 되는데 조대수 패루의 높이가 약간 낮다.[67] 모두 옥을 다듬은 것같이 빛이 나고 반질반질한 흰 돌로 층층이 쌓아 올렸다. 서까래·대들보·기와·처마·창문·기둥 등이 한 치의 나무도 쓰지 않고 모두 돌로 되었고, 조대악 패루는 오색 문양의 돌로 양쪽의 대들보를 얽어서 쌓아 올렸다. 얽어매고 세운 공과 새기고 조각한 솜씨가 거의 사람의 힘으로는 능히 하지 못할 수준이다.

67 조대수 패루의 높이는 11.5m이고, 조대악 패루의 높이는 16.5m이다.

숙음 수액竪額

조대악 패루(1638년 건립)는 5품 이상의 관원에게 3대의 조상을 증직하는 법에 따라 조대악의 증조부 조진祖鎭, 조부 조인祖仁, 아버지 조승교祖承教의 증직 내용을 나열하여 쓰고, 전면에는 '큰

조대수 패루(전)와 조대악 패루(후)

공훈을 처음 하사받았다'는 뜻의 '원훈초석'元勳初錫을, 후면에는 '장수가 되어 준엄하고 열렬한 공을 세웠다'는 뜻의 '등단준열'登壇峻烈이라는 글귀를 각각 썼으며, 맨 위에는 숙음玊音이라고 썼다.[68] 주련에는,

패루에 새겨진 주련

> 무덤 가의 나무는 새로 심은 듯한데
> 경사스러운 일은 4세대에 북돋우었도다.
> 아름다운 옥돌 빛이 나서
> 크고도 깊은 명예 천추에 기리리라.
>
> 松檟如初[69] 慶善培于四世
>
> 琳瑯有赫　賁永譽于千秋

라고 새겼다. 뒷면 주련에는,

> 위엄과 용맹함 노래로 불리고
>
> 국가는 호국간성의 중함에 의지하네.
>
> 임금의 조칙에 은총이 내려지고
>
> 조정은 금석에 새기는 포상을 드높였도다.
>
> 桓赳輿歌 國倚干城之重
>
> 絲綸錫寵 朝隆銘鼎之褒

패루에 새겨진 주련

라고 새겨져 있다.

조대수 패루(1631년 건립)에도 4대를 증직하는 내용인데 증조부와 조부는 조대악 패루와 같고, 아버지는 조승훈祖承訓이다. 우리나라가 임진년에 왜구의 침입을 당했을 때 조승훈은 요동부총병遼東副摠兵으로 3천 기병을 이끌고 가장 먼저 구원하러 달려온 장수이다.

패루 상층부에는 '영토를 넓히고 깨끗하게 한 공렬'이라는 뜻의 '확청지열'廓淸之烈을, 아래층에는 '4대에 걸친 장수 벼슬'이라는 뜻의 '사세원융소부'四世元戎少傅라는 글귀를 써 놓았다. 그 앞뒤의 주련과 새와 짐승, 병마와 전투 형상은 모두 양각으로 새겼다. 주련은 바빠서 미처 기록하지 못했다.

조씨 집안은 중국 북서 지방인 요遼와 계薊에서 대대로 장수를 배출한 집안이다. 숭정 2년(1629) 11월 오랑캐 병사들이 북경을 침범하자, 독사督師 원숭환이 조대수와 하가강何可剛을 인솔하고 산해관 안으로 구원하러 들어왔는데, 지나가는 여러 성에 군사를 남겨 수비하게 했다. 황제가 원숭환이 왔다는 소식을 듣고 매우 기뻐하여 그에게 구원군 전체를 통솔하라는 명을 내렸다. 그러자

68 '숙음'의 음音은 음蔭과 뜻이 같다. 즉 옥 세공 장인이 만든 그늘이라는 말로, 본래 무능한 사람이 사세四世 조상의 음덕에 의지한다는 뜻이다.

69 初는 新의 오자이다.

원숭환

조선 화원이 그린 조대수 패루

청나라에서 이를 이간시키려고 반간계를 썼다. 휘하의 장수 고홍중高鴻中을 보내서 사로잡은 명나라 태감太監(환관) 두 명이 듣도록 옆방에서 일부러 귓속말로 속삭이게 했다.

"오늘 우리 군사를 거두어들인 까닭은 아마도 원숭환과 밀약이 있었기 때문일 것이다. 조금 전에 보니까 두 사람이 와서 칸汗(후금의 왕)을 만나보고 한참 동안 이야기하다가 돌아갔다."[70]

그러자 양楊 태감이 누워서 자는 체하며 몰래 엿들었다. 조금 있다가 그들을 놓아주어 돌아가게 하니, 그들은 그 사실을 황제에게 고해 바쳤다. 황제는 드디어 원숭환을 잡아다가 찢어 죽이는 책형磔刑을 가했다.[71]

70 고홍중과 포승선鮑承先이 나눈 밀담을 마방태감이었던 환관 양춘楊春과 왕성덕王成德이 들었다.

71 책형은 죽는 고통을 극대화하기 위해 심장이 완전히 멈추기 전에 칼로 수형자의 살점을 발라내는 형벌이라고 하는데, 일설에 원숭환은 3,600개의 살점을 발라서 죽였다고 한다.

이에 조대수가 깜짝 놀라 하가강과 함께 무리 속에 끼어서 동쪽으로 달아나 산해관을 허물고 탈출하였다. 뒷날 금주와 송산의 전투에서 조대악, 조대성祖大成, 조대명祖大明[72]은 모두 사로잡히고, 조대수는 대릉하성을 지키다 청군에 포위되어 식량이 바닥나자 결국 성을 바쳐 항복했다. 지금 패루들이 우뚝 솟아 있지만, 대대로 내려온 조씨 집안의 장수로서의 명성은 무너져 한갓 후인들에게 비웃음이나 손가락질을 당하고 말았으니, 패루가 무슨 보탬이 되겠는가?

조대수 무덤 북경 청하淸河 영태촌永泰村에 있었던 무덤(상)과 현재 캐나다 토론토 로열 온타리오 박물관으로 옮겨진 무덤(하)

조대수가 성안에 거처하던 곳을 문방文坊이라 일컫고, 성 밖에 거처하던 곳을 무당武堂이라 일컬었는데 지금은 다른 사람이 차지하고 있다. 서쪽 가에는 몇 길의 담이 있고 작은 일각문 하나가 열려 있다. 문이나 담장의 제작 기법이 패루의 기교와 자못 닮았으며, 담장 안에는 아직 몇 칸 정도 되는 정사精舍가 남아 있는데, 이곳 사람들은 지금도 이를 가리켜 조대수가 한가한 날에 독서하던 집이라고 말한다.

이날 밤에 큰 우레와 비가 새벽까지 계속되었다.

72 明은 名의 오자이다.

7월 20일 병신일

아침나절 맑다가 늦게 비가 왔다. 새벽에 영원성을 출발하여 청돈대까지 7리, 조장역曹庄驛 6리, 칠리파七里坡 7리, 오리교五里橋 5리, 사하소沙河所 5리, 모두 30리를 가서 점심을 먹었다. 사하소는 곧 중우소中右所이다. 점심을 마친 후 폭염이 비를 만들더니 건구대乾溝臺까지 3리를 오자 큰비가 쏟아졌다. 비를 무릅쓰고 강행하여 연대하烟臺河 5리, 반라점半拉店 5리, 망하점望河店 2리, 곡척하曲尺河 5리, 삼리교三里橋 7리, 동관역東關驛 3리, 모두 30리를 갔다. 이날은 60리를 통행했다.[73]

청돈대靑墩臺는 해돋이를 구경하는 곳이다. 부사와 서장관이 닭이 울 무렵 먼저 출발하여 해돋이를 구경하려는데 내게 사람을 보내 같이 가자고 했으나, 나는 잠을 푹 자고 늦게 출발하겠다고 사양했다. 무릇 해돋이를 보는 것도 운수가 따라야 한다. 내가 예전에 동해 바닷가를 유람하며 총석정에서 해돋이를 구경했고, 통천군의 옹천甕遷[74]과 석문石門[75]에서도 각각 해돋이를 구경했으나 모두 뜻대로 되지 않았다. 늦게 도착하면 해가 이미 바다 위로 올라가 있었고, 밤새 잠도 자지 않고 기다리다가 일찍 해돋이 장소에 가면 마침내 운무가 캄캄하게 가리기도 했다.

대저 해가 뜰 때 하늘에 한 점의 구름 기운도 없으면 해돋이 구경을 잘할 듯하나 이것은 가장 무미건조한 해돋이다. 단지 둥그렇고 붉은 구리쟁반이 바닷속에서 나오는 것 같으니 뭐 볼만한 게 있으랴?

73 사하소는 사후소진沙后所鎭 중우소中右所이고, 곡척하는 곡하촌曲河村이다.

74 옹천은 강원도 통천군에 있는 지명으로, 여기서 해금강이 보인다.

75 석문은 두 개의 바윗돌이 마주하여 가운데로 사람이 왕래할 수 있어서 문암門巖이라고도 하는데, 옹천 북쪽 30리에 있다. 겸재 정선의 그림인 〈문암〉, 〈문암관일출〉이 유명하며, 이곳에서 일출을 볼 수 있다.

태양이란 임금을 상징한다. 그래서『사기』에는 요임금을 칭송하여 "멀리서 바라볼 때는 구름 같더니, 가까이 가 보니 태양 같더라"라고 하였다. 그러므로 먼동이 트기 전에 반드시 많은 구름 기운이 태양의 주변에 운집하여 마치 태양을 앞에서 인도하려는 듯 뒤에서 따르는 듯하며, 의장대가 호위를 하듯 수천 수만의 수레와 기병들이 따르고 옹위하며, 장식하는 깃털과 깃발이 용트림하듯 펄럭거린 뒤라야 비로소 해돋이는 장관이 되는 것이다. 구름 기운이 지나치게 많아도 도리어 컴컴해져 해를 가려 볼만한 해돋이가 되지 못한다.

대개 밤과 새벽의 순수한 음기가 태양빛에 쏘이고 부딪히게 되면 이로 인해 바위틈에서 구름이 나오고 시내와 못에서 안개가 피어올라, 각기 서로 비추어 먼동이 틀락 말락 할 때에 원망하듯 수심에 찬 듯 바다 위로 짙은 안개가 끼게 됨으로써 태양은 그만 빛을 잃고 만다.

내가 총석정에서 해돋이를 보고 지은 시가 있다.[76]

76 시 제목은「총석정관일출」叢石亭觀日出로,『연암집』에 수록되어 있다.

여행객들 한밤중에 서로 묻고 답하기를

먼 곳의 닭이 울었는가? 아직 안 울었네.
먼 곳의 닭이 우니 어디인가?
마음에만 나는 소리니 파리 소리처럼 약하네.[77]
마을의 개 한 마리 짖어대다가 곧 고요해지니
너무 고요해 으스스 겁이 덜컥 나네.
이때 닭 우는 소리 이명증같이 들려와
가만히 들어 보니 바로 처마 밑에서 들린다.
여기서 총석정까지 단지 십 리 길
바로 푸른 바다에 임해 해돋이를 보리라.
하늘과 바다가 마주 붙어 아무 조짐도 없고
큰 파도가 언덕을 때려 우렛소리 일어난다.
검은 바람이 바다를 뒤집나 항시 의심했더니
얼크러진 나무뿌리와 뽑힌 산, 바위 더미 무너진다.
고래와 곤어[78]가 뭍으로 나와 싸움은 괴상치 않다만
바닷물 움직여 대붕[79]을 만나리라곤 생각도 못했네.
이 밤이 오래도록 새벽이 오지 않을까 걱정
이제부터 천지간의 혼돈을 누가 다시 밝힐까?
컴컴한 바다 신이 힘깨나 쓰는 것은 아닌가?
음침한 땅속 일찍 닫혀 해가 떨어진 곳 얼었나?
혹시라도 하늘을 묶은 끈이 오래도록 빙빙 돌다가
서북쪽으로 기울어 묶은 끈이 끊어진 것은 아닐까?
태양 속 세 발 달린 까마귀[80] 너무 빨리 나니
누구에게 빌어 발 하나를 끈으로 묶을까?
바다 귀신의 옷과 띠엔 검은 물이 뚝뚝
바다 여신 쪽 찐 머리 추위로 벌벌

77 『시경』「계명」鷄鳴편에 일찍 일어나려고 하다가 파리 소리를 닭 울음으로 잘못 들었다는 내용이 있다.

78 고래와 곤어는 『장자』에 나오는 물고기로, 북해에 살며 그 크기를 알 수 없을 정도의 큰 물고기이다.

79 대붕은 『장자』에 나오는 새인데, 곤어가 새로 변한 것이 붕새라고 했다.

80 세 발 달린 까마귀는 태양 속에 산다는 전설 속의 새이다.

큰 물고기 함부로 말처럼 날뛰는데
붉은 갈기 푸른 갈기 어찌 저리 헝클어졌나?
하늘이 만물을 창조하실 제 누가 참관했으랴?
열광적으로 소리치며 등불 켜고 보리라.
날카로운 꼬리별은 불에 뿔을 드리운 듯
앙상한 나무에서 우는 올빼미 더욱 가증스럽네.
잠시 뒤 수면에 마치 작은 부스럼이 생긴 듯
용의 발톱에 잘못 채여 독으로 아파 오네.
그 색이 점점 커져 만 리를 뻗어 나가
물결 위로 깊은 햇무리 꿩 가슴처럼 붉도다.
아득했던 하늘과 땅 비로소 경계가 나누어져
붉은 빛으로 선 하나를 그어 두 층으로 갈린다.
큰 염색집의 신맛 떫은맛이 산뜻하게 작용해[81]
천 가닥 짙은 색의 실로 비단을 물들였네.
누가 산호나무 찍어 내어 숯을 만들었나.
해 뜨는 곳 더욱 뜨겁고 푹푹 쪄댄다.
염제炎帝[82]는 불을 부느라 입 삐뚤어지고
축융祝融[83]은 부채 부치느라 오른팔 지쳤겠다.
새우 수염 가장 길지만 불에 타기 십상이고
굴 껍질 단단할수록 저절로 솥이 되어 쪄진다.
한 마디 구름과 한 조각 안개까지 모두 동으로 몰려
각기 재능을 다하여 온갖 상서로운 모양을 바친다.
대궐에 조회를 하기 전이라 갖옷은 모셔 두고
도끼 그림 병풍 치고 예복은 그대로 걸어 두었네.[84]
가는 달은 아직 태백성 앞에 손님처럼 서 있는 모습

81 염색에서 떫은맛은 착색을 시키고, 신맛은 색을 선명하게 하는 기능을 한다.

82 염제는 불을 주관하는 신이다.

83 축융은 불 혹은 여름을 주관하는 신이다.

84 임금이 죽고 새 임금이 아직 등극하기 전에는 선왕의 의복을 모셔 놓고 조회를 한다. 곧 태양이 아직 뜨지 않았다는 의미이다.

작은 나라끼리 서로 어른이라 다투는 듯.
붉은 기운 차츰 엷어져 막 오색 빛깔로 바뀌고
먼 곳의 파도 끝부터 먼저 맑아진다.
해상에는 온갖 괴이한 것들 모두 숨어 버리고
오직 해를 태운 수레에 말몰이꾼만 곁에 앉았다.
육만 사천 년[85] 동안이나 둥글어 왔던 그 모습
오늘 아침 모양 바뀌 혹 사각으로 모가 났나?
만 길 깊은 바닷속에서 누가 길어 올렸는가?
이제야 믿겠다, 하늘에 계단이 있어 오를 수 있음을.
울창한 숲에 가을 과실이 붉게 하나 있는 듯
바닷속 신선의 아름다운 공이 찌그러져 반쯤 솟았다.
해를 쫓아가던 과보夸父[86]는 뒤에 처져 숨을 헐떡헐떡
여섯 용[87]이 앞을 인도하며 자랑하고 으스댄다.
하늘가 어두워져 참담하더니 갑자기 얼굴을 찡그려
해바퀴를 힘껏 밀어 기운을 북돋운다.
바퀴처럼 완전히 둥글지 못하고 긴 항아리 모양
들어갔다 나왔다 하는 소리 펑펑 들리는 것 같다.
만물이 어제처럼 모두 우러러보니
누가 있어 두 손으로 떠받들고 올려 놓았나.

行旅夜半相叫譍 遠鷄其鳴鳴未應
遠鷄先鳴是何處 只在意中微如蠅
村裏一犬吠仍靜 靜極寒生心兢兢
是時有聲若耳鳴 纔欲審聽簷鷄仍
此去叢石只十里 正臨滄溟觀日昇
天水澒洞無兆眹 洪濤打岸霹靂興

85 우주가 처음 열려 소멸할 때까지의 기간이 12만 9600년이라고 하는데, 6만 4천 년은 그 절반에 해당한다. 곧 우주가 생성하여 멸망하기까지 그 중간에 해당한다는 의미이다.

86 『산해경』에 의하면 과보라는 신이 해를 쫓아가다가 목이 말라 죽었는데, 그때 버린 지팡이가 아름다운 숲을 이루었다고 한다.
87 『회남자』의 주석에 의하면 태양의 신이 수레를 타고 희화羲和가 여섯 용이 끄는 수레를 몰고 온다고 한다.

김홍도의 〈총석정〉 18세기 조선, 《금강사군첩》金剛四郡帖

常疑黑風倒海來 連根拔山萬石崩
無怪鯨鯤鬪出陸 不虞海運値搏鵬
但愁此夜久未曙 從今混沌誰復徵
無乃玄冥劇用武 九幽早閉虞淵氷
恐是乾紐旋斡久 遂傾西北墮環絙
三足之烏太迅飛 誰呪一足繫之繩
海若衣帶玄滴滴 水妃鬢鬟寒凌凌
巨魚放蕩行如馬 紅鬐翠鬣何鬅鬙
天造草昧誰參看 大叫發狂欲點燈
攙搶擁彗火垂角 禿樹啼鶹尤可憎
斯須水面若小瘤 誤觸龍爪毒加疼
其色漸大通萬里 波上遂暈如雉膺
天地茫茫始有界 以朱畵一爲二層[88]
梅溢新惺大染局 千純濕色縠與綾
作炭誰伐珊瑚樹 繼以扶桑益熾蒸
炎帝呵噓口應喎 祝融揮扇疲右肱
鰕鬚崔長崔易爇 蠣房逾固逾自脉
寸雲片霧盡東輳 呈祥獻瑞各效能
紫宸未朝方委裘 陳扆設黼仍虛凭
纖月猶賓太白前 頗能爭長薛與滕
赤氣漸淡方五色 遠處波頭先自澄
海上百怪皆遁藏 獨留羲和將驂乘
圓來六萬四千年 今朝改規或四楞
萬丈海深誰汲引 始信天有階可陞
鄧林秋實丹一顆 東公綵毬蹙半登

88 이 부분은 『열하일기』 수고본에는 "上紅下赤爲二層"으로, 『병세집』幷世集에는 "殷紅深碧爲二層"으로 각각 되어 있다.

夸父殿來喘不定 六龍前導頗誇矜

天際黯慘忽顰蹙 努力推轂氣欲增

團未如輪長如瓮 出沒若聞聲砯砯

萬物咸覩如昨日 有誰雙擎一躍騰

대개 일출은 천변만화로 변화무쌍하여 사람들마다 보는 것이 모두 다르게 마련이고, 꼭 바닷가에서 볼 것만도 아니다. 내가 요동 들판에서 매일 일출을 보니, 하늘이 맑아 구름 한 점 없으면 해의 둥근 바퀴가 그리 커 보이지 않았으며, 열흘 사이에도 매일 매일 보는 것이 달랐다. 오늘 부사와 서장관도 구름 그늘에 가려 옳은 해돋이를 못 보았다고 한다.

오후가 되어 폭염이 뜨겁더니 큰비가 죽죽 퍼부어 기름 먹인 비옷이 찌는 듯 답답하고 속까지 더부룩하다. 아마도 더위를 먹은 것 같다. 잠자리에 들 때에 큰 생마늘을 몇 개 갈아 소주에 섞어 먹었더니, 배가 그제야 편안해져 안온하게 잘 수 있었다. 새벽까지 비가 퍼부었다.

7월 21일 정유일

잠시 비가 오다가 곧 개었다.
강물이 불어 길을 못 가고 동관역東關驛에 머물렀다.[89]

89 이때 지은 「유숙동관」(留宿東關)이란 한시가 『연암집』에 수록되어 있다.

들으니 이웃집에 등주登州에서 온 이 선생이란 손님이 점을 잘 친다고 한다. 또한 그가 사람을 보내서 조선 사람을 만나 보고자 한다기에 밥을 먹은 후에 손님을 찾아갔다. 손님은 태을太乙이란 별을 가지고 점을 친다고 한다. 내가,

"이게 북두성 북쪽에 있는 자미紫微라는 별자리를 가지고 보는 점술입니까?"

하니 이생은,

"이른바 자미성으로 보는 점은 작은 수입니다. 태을이란 별은 자미궁에 있고 하늘이 처음 열릴 때 물이 먼저 생긴다는 소위 천일생수天一生水에 속하기 때문에 태을이라고 말합니다. 을乙이란 일一이고, 물은 조화의 근원입니다. 육십갑자에 임壬이 여섯 번 들어가는 원리를 이용한 육임六壬이란 점술도 임壬이 물에 해당하므로 물을 이용한 점술이고, 둔갑술도 태을을 이용한 것입니

다. 『오월춘추』吳越春秋[90] 등의 책에는 태을을 이용한 분명한 증거가 많이 나옵니다. 64괘란 것도 모두 이 책의 범위를 벗어나지 못한답니다. 장군이 된 사람이 육임법과 둔갑술에 통달하지 못한다면 기이한 변화를 알지 못하지요."

라고 한다.

내 본시 관상이나 운명을 점치는 것을 좋아하지 않는 성품이어서 평생 그런 점치는 법을 알지도 못하고, 또 이생이 말하는 육임이니 둔갑이니 하는 것들은 말부터가 허망한 거짓말에 속하는 것이어서 사주를 말해 주지 않았다. 대개 그 사람도 자신의 재주를 과장되게 꾸며서 내게 복채를 톡톡히 우려내려고 하다가 내 기색이 자못 냉담한 것을 살피고는 더 이상 말을 꺼내지 않았다.

맞은편 캉에 노인 한 분이 안경을 걸치고 책을 베끼고 있었다. 내가 그 앞으로 자리를 옮겨 노인이 베끼는 것을 들여다보니 모두 근세의 시화들이다. 노인은 안경을 느슨하게 걸고 붓을 멈추고는,

"손님께서 멀리서 오셨으니, 연도에 오며 지은 시로 시첩 주머니가 두둑할 터이니 한두 편 좋은 시를 남겨 주시길 바랍니다."

라고 한다.

베끼는 글씨는 비록 서툰 필법이지만 시화는 더러 묘한 말들이 있고, 노인의 자태도 우아하고 아름다워 기뻐할 만하며, 가지고 있는 기물도 정밀하고 깨끗했다. 그래서 캉에 올라앉아 서로 통성명을 했다. 노인도 등주 사람으로 성씨는 축祝이었는데, 이름은 생각나지 않는다. 우리나라 부인들의 복장과 머리 꾸미는 제도를 묻기에 나는,

"모두 중국의 상고시대 것을 본받았답니다."

90 『오월춘추』는 동한東漢 조엽趙曄이 편찬한 책으로, 춘추시대 오나라 월나라 양국의 일을 주로 기록했다.

채(상)와 잠(하) 두 갈래 비녀를 '채'라 하고, 한 갈래 비녀를 '잠'이라 한다.

라고 하니 축씨 노인은 '하오, 하오'好好라고 칭찬한다. 내가

"귀국의 여자 복장은 어떠하오이까?"

하고 물으니 노인은,

"대체로 풍속이 같습니다. 여자가 출가할 때 머리에 쪽을 찌고 비녀를 꽂습니다. 가난하든 부유하든 간에 백성의 부인네는 관을 쓰지 못하고 오직 벼슬아치 부인네만 관을 쓰는데, 각기 남편의 직분에 따라서 다릅니다. 비녀도 모자 쓰는 제도처럼 종류가 따로 정해져 있답니다. 봉황새 두 마리를 새긴 비녀(채釵)가 최고 등급이고, 봉황새의 자태, 즉 날고, 서고, 앉고, 웅크린 모양에 따라 구별이 되고, 비취로 된 비녀(잠簪)에 이르기까지 모두 등급과 직분이 있습니다. 처자들은 소매 좁은 윗옷과 바지를 입다가, 시집을 가면 소매가 넓은 적삼을 입고 긴 치마에 띠를 나풀거리게 묶습니다."

라고 한다. 내가,

"여기서 등주까지는 몇 리나 되며 무슨 인연으로 여기까지 오셨나요?"

하고 물으니 축씨 노인은,

"등주는 옛날 제齊나라의 땅으로 이른바 바다를 등지고 있는 나라라는 것이 여기서 나온 말입니다.[91] 육로로 북경까지는 1,500리입니다. 지금 우리들은 배로 금주金州[92]에 가서 면화를 사 가지고 여기에 머물고 있습니다."

라고 한다.

축씨 노인이 베낀 내용 중 이런 내용이 있다.

'나홍선羅洪先, 길수吉水 사람으로 가정 기축년(1529) 과거 시험에 장원. 주연유周延儒, 직례直隸 사람으로 만력 계축년(1613)

91 『전국책』에 제나라의 지리적 위치를 설명하면서 "서쪽으로는 조나라, 남쪽으로는 한나라 위나라가 있고, 바다를 등지고 있는 나라(負海之國)"라고 했다.

92 금주는 요녕성 대련大連 옆의 지명이다.

과거 시험에 장원. 위조덕魏藻德, 통주通州 사람으로 숭정 경진년(1640) 과거 시험에 장원.

주연유는 명나라 황실을 크게 파괴한 인물이고, 위조덕은 적에게 항복했다가 피살된 인물이고, 나홍선은 사후에 공자 사당에 배향되었으니 20년 동안 도학을 공부하여 겨우 마음속에서 장원이라는 두 글자를 잊어버린 인물이다.'

또 근세의 선비들을 나열한 것도 있다.

'육가서陸稼書 선생은 시호가 청헌淸獻이며 문묘에 종사從祀됨. 탕형현湯荊峴 선생은 이름이 빈斌이며 시호는 문정文正, 자는 공백孔伯, 호는 잠암潛庵이며 문묘에 종사됨. 이용촌李榕村 선생 광지光地 운운. 위상추魏象樞 모두 큰 선비라고 일컫는다. 서담원徐儋園, 이름은 건학乾學 운운.'

축씨 노인은 이야기를 멈추고 베끼기에 바쁘다. 곁에 다섯 권의 책이 있는데 옛사람들의 생년월일과 생시를 죽 써 놓은 것이다. 하나라 임금인 하우씨夏禹氏, 항우, 장량, 한나라 장수 영포英布, 관운장 등의 사주가 적혀 있다.

나는 종이 몇 장을 빌려 노인의 벼루를 같이 쓰며 대략 기록하였다. 그때 소위 점을 친다는 이 선생은 방에 없었다. 내가 막 100여 명 정도를 베껴 쓰고 있으니, 이 선생이란 자가 밖에서 들어오다가 이를 보고는 노발대발 성을 내며 종이를 빼앗아서 찢어버리며,

"천기를 누설하다니."

라고 한다. 나는 한바탕 웃고 나와 버렸다. 숙소에 돌아와 보니 수중에 아직 반 장의 종이가 남아 있다.

왕서공王舒公 신유 11월 11일 진시생. 부정공富鄭公 갑진 정월

20일 사시생. 소자용蘇子容 경신 2월 22일 사시생. 왕정중王正仲 계해 정월 11일 신시생. 한장민韓莊敏 기미 7월 초9일 인시생. 채경蔡京 정해년 임인월 임진일 신해생. 증포曾布 을해년 정해월 신해일 기해생.

한장민과 왕정중은 어느 시대 인물인지 알 수 없으나,[93] 요컨대 모두 귀한 사람인 듯하다. 이 선생이란 자가 소위 천기를 누설했다는 말은 참으로 비루하고도 비루한 말이다.

93 한장민의 장민莊敏은 송나라 한진韓縝(1019~1097)의 시호이다. 왕정중의 정중正仲은 송나라 왕존(1023~1101)의 자字이다.

오후에 비가 개고 곧 맑아지기에 한가하게 어떤 점포에 들어가 구경했다. 뜰에는 무늬 있는 대나무로 난간을 둘렀으며, 참찔레나무로 된 시렁 밑에는 태호太湖 물속에서 난다는 한 길쯤 되는 태호석太湖石이 놓였는데 돌의 색깔이 순수한 녹색이다. 태호석 뒤에는 한 길 더 되는 높이의 파초가 있는데, 비가 온 뒤라서 그 물색이 곱절이나 깨끗해 보인다.

난간 주변에 한 사람이 앉아 있는데, 탁자 위에 놓인 붓과 벼루가 모두 아름답다. 내가 나아가 앉으며 글씨를 써서 성명을 물으니 대답은 하지 않고 손을 내저으며 즉시 일어나 문을 나가 버렸다. 나는 속으로 그가 집주인이 아니려니 생각하고 태호석이나 더 구경하려고 금방 나오지 않고 머뭇거리고 있었더니 그 사람이 웃음을 머금으며 한 소년을 데리고 들어온다.

태호석

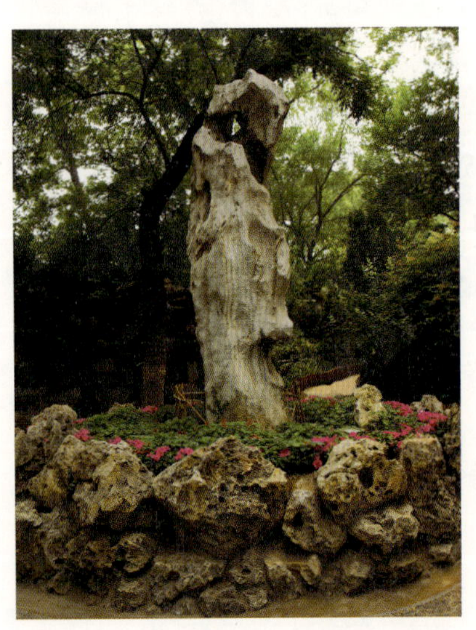

소년은 내게 읍을 하고 앉자마자 바쁘게 종이에 만주 글자를 쓴다. 내가 만주 글자를 모른다고 했더니 두 사람이 모두 웃는다. 아마도 주인은 글자를 모르는 사람이라 황급히 맞은편 점포의 소년을 불러 온 것으로 보인다. 소년은 비록 만주 글은 잘하지만 한자는 알지 못했다. 그래서 대략 말로 수작을 하긴 하나 피차 명확하게 알아듣지 못하고 대충 얼버무리고 말았다. 이야말로 정말 귀머거리 아닌 귀머거리요, 장님 아닌 장님이며, 벙어리 아닌 벙어리인 것이다. 세 사람이 서로 마주 보고 앉아 있자니, 천하의 병신들이 모여 서로 큰 웃음으로 얼렁뚱땅 때우는 것 같다.

방금 소년이 만주 글자를 쓴 것에 대해 주인이,

"벗이 저절로 먼 곳에서 찾아오면 또한 즐겁지 아니한가?"(有朋自遠方來 不亦樂乎)

라고 이야기하기에 내가,

"나는 만주 글자를 모릅니다."

하니 소년이,

"배우고 시간 나는 대로 실습하면 또한 기쁘지 않겠습니까?"(學而時習之 不亦說乎)

라고 한다. 내가,

"당신들은 『논어』를 외울 줄은 알면서 어째서 한자는 모릅니까?"

하니 주인은,

"남들이 알아주지 않아도 화 내지 않는다면 군자답지 않겠습니까?"(人不知而不慍 不亦君子乎)

한다. 내가 시험 삼아 그들이 암송한 『논어』의 3장을 한자로 써서 보여 주자, 모두 눈만 동그랗게 뜨고 뚫어지게 보더니 멍하니 무슨 말인지 분간을 못한다.

잠시 뒤에 갑자기 폭우가 쏟아지고 곁에는 다른 잡소리도 나지 않아 정말 안온하게 이야기나 필담을 하기에 딱 좋았으나, 두

건륭 연간에 만든 사발(동이)

사람은 글자 한 자 모르고 나 역시 중국말이 아주 서툴고 보니 어찌할 수가 없었다. 숙소가 지척에 있건만 비가 길을 막아 가지도 못해 조급하고 답답해하며 무료하게 앉아 있자니, 소년이 일어나 가 버린다.

조금 뒤에 소년이 폭우를 무릅쓰고 손에 사과 한 바구니, 계란볶음 한 접시, 계란을 끓는 물에 반숙한 수란水卵 한 사발을 들고 온다. 사발은 둘레가 7위圍(1위는 다섯 치)이고, 두께는 한 치이며, 높이가 서너 치 정도 된다.[94] 표면에는 녹색 유리를 입혔으며, 양쪽 볼에는 아귀아귀 먹어대는 도철이란 짐승의 그림을 그려 넣었고, 입구에는 큰 고리를 달아 세숫대야로 쓰기에 아주 적합할 것 같은데 무거워서 멀리 가지고 갈 수 없다. 값을 물어보니 1초鈔라고 한다. 1초는 136푼이니, 은자로 3전錢에 지나지 않는다.

94 고대 도량형은 시대마다 달라서 정확하게 알 수 없다. 『운서』韻書에 위圍는 다섯 치〔寸〕라고 했다. 한 치〔寸〕가 약 3.2cm이므로 한 위圍는 약 16cm이다.

도철 문양

상삼象三의 말에 의하면,

"이게 북경에서는 은자 2전에 불과하지만 조선에 가지고 가기만 하면 희귀한 보물이 된다는 것을 뻔히 알면서도 워낙 육중하여 옮기기 어려워서 어찌할 방법이 없습니다."

라고 한다.

저녁 무렵 비가 산뜻하게 개었다. 또 다른 점포에 갔더니, 역시 등주 상인 세 명이 솜을 타고 누에고치를 켜고 있었다. 배를 타고 금주, 개주蓋州,[95] 우가장牛家庄[96]에 다니는데 등주까지 수로로 200여 리의 맞은편 언덕이라서, 한번 돛을 달고 바람을 받으면 왕래할 수 있다고 한다. 세 사람은 모두 글자를 대략 알기는 하지만, 다만 사납게 생기고 예절을 전혀 모르는데다가 자못 거만을 떨며 농까지 붙이려고 하기에 즉시 돌아와 버렸다.

95 개주는 중국 요녕성 영구시營口市 밑에 있는 고을이다.

96 우가장은 중국 요녕성의 영구시와 안산시鞍山市 중간 지점에 있는 고을이다.

7월 22일 무술일

맑다. 동관역부터 이대자二臺子까지 5리, 육도하교六渡河橋 11리, 중후소中後所 2리, 모두 18리를 가서 점심을 먹었다. 중후소로부터 일대자一臺子까지 5리, 이대자 3리, 삼대자三臺子 4리, 사하참沙河站 8리, 섭가분葉家墳 7리, 구어하둔口魚河屯 3리, 어하교魚河橋 1리, 석교하石橋河 9리, 전둔위前屯衛 6리, 모두 46리를 가서 전둔위에서 숙박했다. 이날 64리를 통행했다.

배로 중후소 냇물을 건너니 옛날에는 성이 있었는데 중간에 허물어져 지금 다시 쌓고 있었다.[97] 시장의 점포와 여염집 들이 심양에 버금가는데 관운장 사당의 장대하고 화려함은 요동보다 더 나았다. 매우 영험하다고 하여, 일행들이 모두 제물과 폐백을 바치며 머리를 조아리고, 산가지를 뽑아 길흉을 점쳤다.

중후소의 관제묘

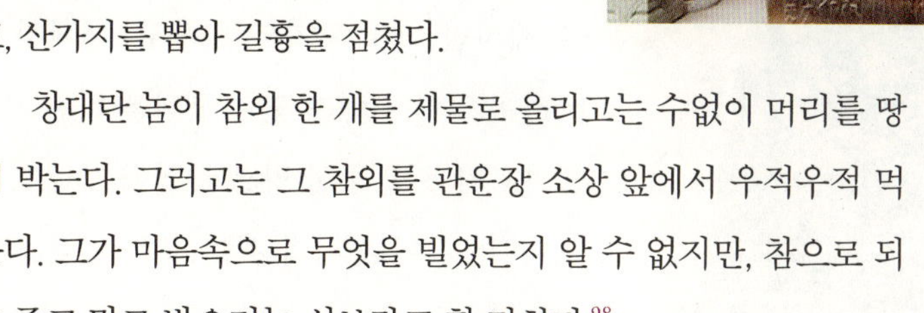

창대란 놈이 참외 한 개를 제물로 올리고는 수없이 머리를 땅에 박는다. 그러고는 그 참외를 관운장 소상 앞에서 우적우적 먹는다. 그가 마음속으로 무엇을 빌었는지 알 수 없지만, 참으로 되로 주고 말로 받으려는 심보라고 할 만하다.[98]

사당문 안의 조장照墻(가리개 담)에 그려 놓은 푸른 사자 그림

97 중후소는 현재 수중綏中이다.

98 원문은 '가진 것은 적은데 바라는 것은 많다'라는 내용인데, 『사기열전』에 순우곤淳于髡이 한 말이다. 예물은 적으면서 지나친 풍요를

빌고 있는 농민의 모습을 보고 한 말이다.

은 볼만하다. 아마 당나라 화가 오도자吳道子가 그린 감로사甘露寺의 사자 그림을 본뜬 듯한데, 소동파는 오도자의 그림을 칭찬하여 "사자의 위엄은 이빨에서 드러나고 기쁨은 꼬리에서 나타난다"라고 했으니, 정말 잘 표현했다고 할 만하다.

조선 시대 털모자

우리나라에서 쓰는 털모자는 모두 이곳 중후소에서 나오는 것이다. 점포가 모두 세 개 있는데, 한 점포가 30~50칸이고 점포 안에서 작업하는 일꾼이 100명은 더 된다. 의주 만상들이 이미 점포 안에서 북적대며 돌아갈 때 모자를 실어 가려고 예약하고 있다. 모자를 만드는 방법이 지극히 쉬워 양털만 있으면 내가 만들어도 만들 수 있을 것 같다.

그러나 우리나라에서는 양을 키우지 않으니 백성이 살면서 평생토록 양고기 맛을 알지 못한다. 한 나라의 남녀가 수백만은 될 터이니 사람마다 모자 하나씩은 써야 겨울을 날 수 있으니 해마다 신년하례차 가는 사행, 달력을 받으러 가는 사행, 역관이 가는 약식 사행 등 각종 사행들이 지니고 가는 은자를 계산하면 10만 냥은 될 터이다. 줄잡아 10년을 합하면 100만 냥이 될 것이다.

삼대자의 봉화대

털모자란 한 사람이 겨울에만 쓰는 살림살이로 봄이 되어 해지고 떨어지면 버리는 물건일 뿐이다. 천 년이 지나도 없어지지 않을 은을 한겨울 쓰고 해지면 버릴 모자와 바꾸고, 산에서 채굴하여 양이 정해져 있는 물건을 한번 가면 돌아오지 못할 중국 땅으로 실어 보내고 있으니, 이 얼마나 사려 깊지 못한 일을 하는 것인가?

모자를 만드는 일꾼들은 모두 웃통을

벗고 일을 하는데 손놀림이 풍우風雨처럼 잽싸다. 우리나라 은화가 절반은 이 점포에서 소비되니, 점포 주인은 각각 단골 고객을 정하여 만상이 오면 반드시 크게 술과 음식을 준비해 그들을 접대한다고 한다.

길에 도사 세 사람이 짝을 지어 구걸을 하며 온 시장을 돌아다니고 있었다. 한 사람은 머리에 구름무늬를 수놓은 검은 실로 된 모난 모자를 쓰고, 몸에는 옥색 주름 실로 짠, 소매가 넓고 긴 도포와 그 아래에는 푸른 항라亢羅[99] 바지를 입었다. 허리에는 붉은 비단으로 된 나풀거리는 띠를 묶고, 발에는 붉은색의 구름 모양으로 장식한 비운리飛雲履라는 신을 신었다. 등에는 마귀를 베는 오래된 칼 한 자루를 메고, 손에는 죽간竹簡을 쥐었다. 얼굴은 희고 깨끗하며 삼각 수염에 눈썹은 성글었다.

99 항라는 명주, 모시, 무명실 따위로 짠 피륙의 하나로, 구멍이 송송 뚫려, 여름 옷감으로 적당하다.

비운리

또 한 사람은 머리를 양 갈래로 묶고 붉은 비단을 묶은 머리에 감았으며, 몸에는 좁은 소매의 푸른 비단 저고리를 입고 어깨에는 은일자隱逸者들이 입는 옷을 걸쳤다. 양쪽 허벅지 위에는 호피를 묶고, 허리에는 붉은 비단의 넓은 띠를 묶었다. 발에는 푸른 가죽신을 신고, 등에는 중국의 오악五嶽을 그린 비단 두루마리를 지고 있다. 허리에는 금빛 호리병을 차고 손에는 도가 서적 한 갑匣을 받들었는데, 안색이 희고 예쁘장하게 생겼다.

나머지 한 명은 머리카락을 말아서 어깨에 걸치고 황금빛 고리를 머리에 걸었다. 몸에는 흑공단으로 된, 소매가 넓고 긴 적삼을 걸치고, 맨발로 다니며 손에는 붉은 호리병을 쥐었다. 붉은 얼굴에 눈동자의 둘레에 흰 테가 둘린 고리눈을 하였는데, 입으로는 주문을 외운다. 시장 사람들의 안색을 살펴보니 모두 이들을 싫증내고 괴로워하는 빛이었다.

석교하에 이르니 강물이 엄청나게 불어 건너편 언덕이 보이지 않는다. 물은 그다지 깊지 않은데 물살은 자못 사납고 빠르다. 모두들 지금 건너가지 않으면 물이 더 불어날 것이라고 한다. 그래서 정사의 가마에 들어가 앉아서 함께 건너갔다. 저쪽 언덕에 닿아서 말을 타고 물을 건너오는 사람들을 보니 모두 하늘만 보며 얼굴색은 퍼렇게 질리거나 누렇게 떴다. 서장관의 비장인 조시학趙時學[100]은 물에 빠져 거의 죽을 뻔하여 호되게 놀랐고, 만상 중에는 은자를 넣은 전대를 물에 빠뜨려 물가에서 '아이고, 어머니' 하며 목 놓아 통곡하는 사람도 있었다고 한다.

100 조시학은 풍양 조씨로, 품계는 통덕랑이다. 아들 조경진趙畊鎭도 무과에 합격한 무장이다.

전둔위의 시장 안에는 연희가 막 끝난 모양인지 촌 여자 수백 명이 몰려나왔다. 모두 늙은이들이지만 그래도 화장은 야단스럽게 하였다. 막 연희를 마친 배우들은 용무늬를 수놓은 관복을 입고 상아홀을 쥐었으며, 가죽 갓, 종려나무 껍질로 된 갓, 등나무로 된 갓, 말총으로 된 갓, 실로 된 갓, 사모紗帽, 복두幞頭 등을 쓴 모

연희 배우

전둔위 고성

습이 완연히 우리나라의 풍속과 같고, 도포는 혹 자주색도 있는데 모난 깃에 검은 테를 두른 것 등은 아마도 옛 당나라 때의 제도인 것 같다.

슬프다! 중원이 오랑캐 손에 함락된 지 100여 년이 지났건만, 의관 제도는 오히려 광대들의 연극에서나 비슷한 것이 남아 있으니, 하늘의 뜻이 여기에 있는 것인가? 또 연희하는 무대에는 모두 '이와 같은 것을 보라'는 뜻의 '여시관'如是觀이란 세 글자를 써 붙였으니, 여기에도 은밀한 뜻을 부쳤음을 볼 수 있겠다.[101]

한 지방 관원이 지나가는데, 정당正堂이라고 쓴 큰 부채가 한 쌍, 붉은 일산이 한 쌍, 검은 일산이 한 쌍, 붉은 비단 우산 한 쌍, 깃발 두 쌍, 대나무 곤봉 한 쌍, 가죽 채찍 한 쌍이 앞에 서고, 관원은 가마를 탔으며 그 뒤에는 활과 화살을 찬 기병 대여섯 명이 뒤따르고 있었다.

101 '여시관'은 『금강경』 끝 구절에 나오는 불교 용어이다. "일체의 '있다'고 하는 것은 꿈과 같고, 환상과 같고, 물거품 같고, 그림자 같고, 이슬 같고, 번개 같으니, 응당 이와 같이 보라."(一如有爲法, 如夢幻泡影, 如露亦如電, 應作如是觀.) 즉, 보인다는 형상에 집착하지 말라는 뜻인데, 청나라 현실도 이와 같은 허상이니 현실에 너무 연연하지 말라는 의미로 받아들인 것으로 보인다.

7월 23일 기해일

가랑비가 내리다가 곧 개었다. 오늘은 절기로 처서이다. 전둔위 숙소에서 아침에 출발하여 왕가대王家臺까지 10리, 왕제구王濟溝 5리, 고령역高嶺驛 5리, 송령구松嶺溝 5리, 소송령小松嶺 4리, 중전소中前所 10리, 모두 39리를 가서 중전소에서 점심을 먹었다. 중전소에서 대석교大石橋까지 7리, 양수하凉水河 3리, 노군점老軍店 2리, 왕가점王家店[102] 3리, 망부석望夫石 10리, 이리점二里店 8리, 산해관山海關 2리, 산해관에 들어가 3리를 가서 석하石河에 이르러 배로 홍화포紅花鋪까지 건너 7리를 갔는데, 모두 45리이다. 이날 84리를 통행하여 홍화포에서 숙박하였다.

102 왕가점은 만가점萬家店의 오자이다.

연도에서 본 분묘들은 반드시 담장을 둘렀으며 둘레가 수백 보쯤 되고 소나무, 측백나무, 수양버들, 버드나무를 심어서 가지런하게 배열했다. 묘 앞에 문이나 망주석 같은 화표華表와 사람과 동물의 석상石象이 있는 곳은 모두 앞 시대 명明 왕조의 귀인들 무덤이다. 문 세 개를 만들기도 하고, 패루를 만들기도 하였다. 앞서 영원성에서 본 조가패루의 제도에 미치지는 못하지만 굉장히 사치스러운 묘가 많았다. 문 앞에는 돌다리를 무지개처럼 만들고 난간을 둘렀다. 영원성 서문 밖의 조대수의 선영과 사하점의 섭씨 집안의 분묘가 가장 웅장하고 사치한 것이었다.

여자 세 명이 모두 준마를 타고 말 위에서 재주를 놀았다. 그 중에서 열세 살짜리 계집애가 더욱 재바르고 말을 잘 탔다. 모두 머리에는 초립을 썼는데, 좌우칠보左右七步, 도괘倒掛, 시괘尸掛[103] 등의 말 타는 기술이, 마치 눈발이 날리듯 나비가 춤추듯 빠르고

103 말 위에서 노는 재주인 마상재馬上才 종류이다. 좌우칠보란 말등 넘나들기라고도 하는데 달리는 말의 좌우에서 말을 뛰어넘는 재주이고, 도괘는 말 잔등 위에 거꾸로 서는 재주이며, 시괘는 말 위에 가로 누워서 죽은 척하는 재주를 말한다.

부드러웠다. 한족 여자들이 살아갈 방법이 없어 구걸이라도 하지 않으면 대체로 이런 재주들을 부려서 살아간다고 한다.

언덕 위에 한 무더기 군대의 진영이 벌여져 있다. 네 모퉁이에 각기 깃발 하나씩을 꽂았는데 칼이나 방패, 창 등의 무기는 없고, 사람마다 앞에는 크기가 대나무 쳇바퀴만 한 화살통을 두고 화살 수백 개를 가득 꽂았다. 진陣의 모양은 네모반듯한 정방형이고, 기병들은 모두 말에서 내려 진영 밖에 여기저기 흩어져 있다.

도괘

내가 말에서 내려 한 바퀴 둘러보니 단지 둘씩 둘씩 배열하여 서 있을 뿐, 장수의 깃발이나 북도 없고, 설치된 막사도 없다. 심양의 장군이 내일 군사훈련을 순찰한다고 하기도 하고, 혹자는 심양의 병부시랑이 교체되어 돌아가 점심때에 당도하기 때문에 중전소의 참장參將들이 여기에 마중하러 나왔는데 아직 참장이 오지 않아서 진영을 흩어 놓은 것이고 바야흐로 군대 관할 구역에 모이는 것이라고 말하기도 한다.

들판의 못에 붉은 연꽃이 한창 피었기에 말을 세우고 한동안

왕가점에서 본 만리장성

구경했다. 왕가점에 이르니 산 위에 만리장성이 아득히 눈에 들어온다. 부사와 서장관, 변 주부와 정 진사, 시중 드는 하인 이학령李鶴齡 등과 함께 강녀묘姜女廟에 갔다가, 또 산해관 밖의 장대將臺에 올랐다가 드디어 산해관에 들어갔다. 저물어 홍화포에 도착했다. 밤에는 감기 기운이 약간 있어 잠을 설쳤다.

강녀묘 관람기

「강녀묘기」姜女廟記

강녀는 성이 허씨許氏이고 이름은 맹강孟姜이며, 섬서성陝西省 동관同官 사람이다. 범칠랑范七郎에게 시집갔는데 진秦나라 장수 몽염蒙恬[104]이 만리장성을 쌓을 때 남편이 부역 나와 일을 하다가 육라산六螺山 아래에서 죽었다. 남편이 죽으며 아내의 꿈에 나타나자, 맹강은 손수 남편 옷을 지어서 혼자 천 리 길을 걸어 남편이 죽었는지 살았는지 탐문했다. 두루 다니다가 여기 산해관에 이르러 쉬면서 멀리 만리장성을 바라보고 눈물을 흘리다가 그만 망부석으로 변했다고 한다.[105]

어떤 사람은 말하기를 맹강이 남편이 죽었다는 소리를 듣고 홀로 가서 남편의 뼈를 수습하여 등에 지고 바다에 들어갔는데, 며칠 만에 바다에서 돌이 솟아 나와 파도가 쳐도 없어지

104 몽염(?~BC 210)은 진시황 때의 장수로, 후대에 중국 제일의 용사라는 명예를 얻은 인물이다.
105 망부석과 맹강녀에 관한 이야기는 뒤의 「동란섭필」편에 상세히 나온다.

맹강 소상

망부석과 진의정

지 않고 망부석이 되었다고 한다.

뜰에 비석이 세 개 있는데 기록한 내용이 각기 다르고, 황당한 말들이 많았다. 사당에는 맹강의 소상塑像을 만들어 놓고 그 좌우에는 동남동녀를 늘어 세웠다.

이곳에 황제가 거둥할 때 묵는 행궁行宮을 두었다. 지난해에 심양에 갈 때 지나가는 행궁들을 모두 새로 수리했기에 여기 행궁도 금빛 푸른빛 단청이 찬란하다. 사당에는 송나라 충신 문산文山 문천상文天祥이 직접 쓴 주련이 있고, 망부석에는 건륭 황제가 옛날에 쓴 시가 새겨져 있다. 망부석 옆에는 진의정振衣亭이란 정자가 있다.

당나라 시인 왕건王建[106]이 지은 「망부석」이란 시는 여기 망부석을 읊은 작품이 아니다. 『지지』地誌에는, 망부석이 하나는 무창武昌(호북성 무한시武漢市 무창구)에 있고 하나는 태평太平(안휘성 황산시黃山市 황산구)에 있다고 했으니, 왕건이 읊은 망부석은 실재 그 사적이 어느 곳에 있는 것인지 알 수 없다. 게다가 진나라 때에는 섬陝이라 부른 땅이 없고 강姜이란 제나라 지방의 여자를 일컬은 것이니, 허씨를 섬서의 동관 사람이라고 하는 것은 더더욱 틀린 이야기이다.

행궁의 계단에서부터 강녀묘에 이르기까지 돌난간으로 둘렀고, '아름다운 향기가 요동 바다까지 이른다'라는 뜻의 '방류요해'芳流遼海라고 써 붙였는데 지금 황제의 글씨이다.

106 왕건(767~831)의 자는 중초仲初이고, 사마司馬 벼슬을 해서 왕사마로 불렸다. 백성의 질고를 악부시 형식으로 지은 시가 많다.

장대 관람기

「장대기」 將臺記

만리장성을 보지 않고는 중국의 크기를 모르고, 산해관을 보지 않고는 중국의 제도를 모르며, 산해관 밖의 장대를 보지 않고는 장수의 위엄과 높음을 모를 것이다.

산해관을 1리쯤 못 미쳐서 동쪽으로 향한 네모진 성이 있다. 높이가 여남은 길이고 둘레가 수백 보이며, 한 면에 모두 일곱 개의 성가퀴가 있고 성가퀴 아래에는 홀 모양으로 된 출입문과 공간이 나 있어 수십 명이 몸을 숨길 만한데 모두 스물네 개이다. 성의 아랫부분에도 이런 공간을 네 개를 뚫어 놓아 병장기를 숨기고, 그 아래로는 지하 통로를 만들어 만리장성 안으로 통하게 했다. 역관들은 모두 칸汗이 건축했다고 말하는데 이는 틀린 말이다.

혹 이 장대를 오왕대吳王臺라고 하기도 한다. 오삼계吳三桂[107]가 산해관을 지킬 때 땅 밑으로 가서 예고하지 않고 갑자기 이 장대에 올라서 대포를 쏘라고 호령하면 산해관 안의 병사 수만이

107 오삼계(1612~1678)는 명말 청초의 인물로 무장이다. 총병으로 산해관을 지키다가 이자성이 반란을 일으켜 북경을 공략하자, 그를 섬멸하려고 청나라 군대를 끌어들였다. 청나라에 기용되어 평서왕平西王이 되었다가 강희 황제 때에 명나라를 복원하려다가 실패하여 죽임을 당했다.

장대 장대의 기단 부분 글씨

문필봉(오봉산)의 한유 사당에 있는 현판

일시에 소리를 질러 그 소리가 천지를 진동시켜, 산해관 밖의 망루를 지키던 병사들이 모두 그 소리에 맞고함을 질러 몇 시간 안에 호령이 천 리 밖까지 퍼졌다고 한다.

일행과 함께 성가퀴에 기대어 마음껏 구경을 하니, 장성은 북쪽으로 달리고, 푸른 바다는 남쪽에 넘실거리며, 동쪽으로는 넓은 들판이 맞닿아 있다. 서쪽으로 산해관 안을 굽어보니 사방을 두루 구경할 만한 웅대한 곳이 장대보다 더 좋은 곳이 없다. 산해관 안의 수만 가구와 거리와 시장의 누대들이 또렷하여 마치 손금을 보듯 가려지는 곳이 없다. 바다 위에 뾰족하게 솟아나 하늘에 꽂힌 것 같은 한 봉우리는 창려현昌黎縣의 문필봉文筆峰(오봉산五峰山)이다.

한참을 굽어보다가 내려가려고 하니 감히 먼저 선뜻 내려가는 자가 없다. 벽돌을 쌓은 층층대가 아찔하게 높아서 밑을 내려다보면 덜덜 떨지 않는 사람이 없다. 하인들이 몸을 끼고 부축하려고 하나 몸을 돌릴 틈조차 없으니 아주 낭패가 났다. 나는 서쪽 층층대로부터 내려와 땅에 서서 장대 위를 올려다보니 여러 사람들이 전전긍긍하며 어찌할 줄을 모른다.

대개 장대를 올라갈 때는 한 계단씩 차례로 밟고 올라가기 때문에 위험을 모르고 있다가 내려오려고 눈을 들어 한번 보면 헤아릴 수 없이 까마득히 높은 곳에 위치하고 있어 현기증이 생기는 까닭이니 그 탈의 원인은 눈에 있다.

장대 유적지 현재 장대는 허물어지고 그 터만 남았으며, 장대임을 알리는 위원성威遠城 표지만 있다.

벼슬을 하는 것도 이와 같을 것이다. 바야흐로 벼슬이 올라갈 때는 한 등급, 반 계단씩 올라 남에게 뒤처질까 봐 남을 밀치고 앞을 다투다가, 마침내 몸이 숭고한 자리에 이르면 마음에 두려움이 생기고 외롭고 위태로워 앞으로 한 발자국도 나가지 못하고 뒤로는 천 길 낭떠러지로, 붙잡거나 도움 받을 희망마저 끊어져서 내려오고 싶어도 내려올 수 없게 된다. 천고에 모든 것이 그러했을 터이다.

산해관 관람기

「산해관기」山海關記

108 왕응린(1223~1296)은 학자이며, 정치가로 자는 백후伯厚, 호는 심녕거사深寧居士이다. 『곤학기문』困學紀聞, 『옥해』玉海, 『시고』詩考 등 수많은 저서를 남겼다.

산해관은 옛날 유관渝關이다. 송나라 학자 왕응린王應麟[108]의 저서 『통감지리통석』通鑑地理通釋에 의하면,

"우虞나라의 하양下陽(산서성 평륙현平陸縣 동북), 조趙나라의 상당上黨(산서성 진중시晉中市 일대), 위魏나라의 안읍安邑(산서성 운성시運城市 일대), 연燕나라의 유관楡關, 오吳나라의 서릉西陵(호북성 의창시宜昌市 일대), 촉蜀나라의 한락漢樂(섬서성의 한중漢中과 사천성의 자양시資陽市) 등의 땅은 지세로 보아 반드시 차지해야 하는 땅이고, 성을 쌓아 반드시 지켜야 할 곳이다."

라고 했다.

명나라 홍무洪武 17년(1384), 대장군 서달徐達이 버드나무로 만든 관문인 유관을 이곳으로 옮기고 다섯 겹의 성을 쌓고 이름을 산해관이라 했다. 태항산太行山이 북쪽으로 뻗어 의무려산이 되었는데, 순임금이 중국의 열두 산을 봉할 때 의무려산을 유주

幽州의 진산으로 삼았다. 의무려산은 중국 동북 지방을 가로로 막아서 중국과 오랑캐의 경계가 되고, 산해관에 이르러 크게 잘리어 평지가 되어, 앞으로는 요동 벌판에 임하고 오른쪽으로는 푸른 바다를 끼고 있다. 『서경』「우공」禹貢편에 "오른쪽으로 갈석碣石을 끼고 있다"라고 하는 곳이 바로 여기이다.

장성은 의무려산으로부터 꾸불꾸불 내려오다가 각산사角山寺에 이르러 봉우리와 산등성이에 모두 돈대墩臺를 두었고, 평지에 들어와서는 산해관을 두었다. 장성을 따라서 15리를 가서 남쪽으로 바다로 들어가는데 쇠를 녹여 터를 만들고 거기에 성을 쌓았다. 위로 처마가 셋인 큰 누각을 두어 망해정望海亭이라 했으니,[109] 모두 중산中山 서달徐達이 건축한 것이다.

109 1461년 건립 당시에는 '관해정'觀海亭이라고 했다가 1615년 중건하면서 이름을 '징해루'澄海樓로 바꾸었다.

산해관의 제1관第一關은 성문 밖의 달 모양의 작은 성인 옹성甕城으로 누각이 없다. 옹성의 남·북·동 세 곳을 뚫어서 문을 내고 쇠로 된 빗장을 질러 놓고 무지개 모양의 둥근 문에는 "위엄이 중국과 오랑캐를 누른다"는 뜻의 '위진화이'威鎭華夷라는 글귀를 새겼다.

제2관은 적을 막기 위한 성루를 4층으로 만들고 무지개 모양의 문에는 산해관이라고 새겼다.

제3관은 처마 셋으로 된 누각으로, '천하제일관'天下第一關이라는 편액을 달았다.[110]

110 편액의 글씨를 진秦의 이사李斯가 썼다는 우리나라의 속설은 전혀 근거없다는 주장의 한시가 『연암초고보유9』에 수록되어 있다. 한 구句가 결락되었기 때문인지 문집에는 수록되지 못했다.

삼사가 모두 일산을 걷어치우고 문무로 반열을 지어 심양에 들어갈 때와 같이 들어갔다. 세관원과 수비대원들이 산해관 안의 행랑채에 앉아서 말과 사람을 점검하는데, 봉성에서 만든 등기 목록인 청단淸單과 일일이 대조한다.

무릇 중국의 상인이나 여행객들도 성명과 거주지, 물품의 이

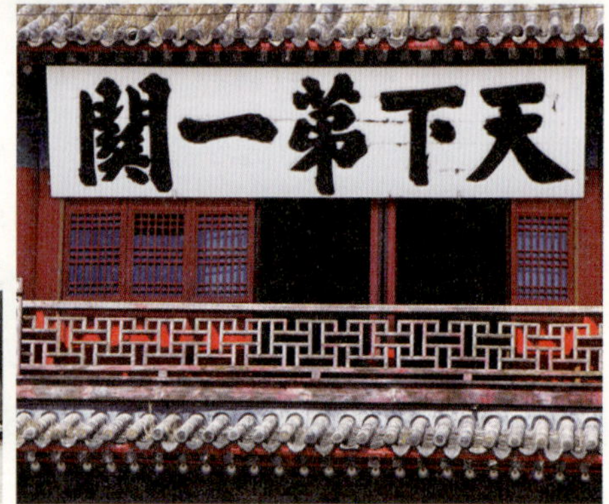
天下第一關

1. 산해관 안 십자거리 성문
2. 상애부상 건물 영은루迎恩樓
3. 건륭제가 쓴 현판 '상애부상'

름과 수량을 모두 문서에 적는데, 간사한 놈을 적발하고 위조를 방지하는 것이 대단히 엄중하다. 수비대원은 모두 만주 사람으로 붉은 우산과 파초선을 손에 들었고, 앞에는 칼을 찬 군졸 100여 명이 늘어서 있다. 십자十字 거리에는 성을 만들고, 사면에는 무지개 문을 달았다. 서쪽 성문의 누대 위에는 처마 셋으로 된 누각 영은루迎恩樓가 있고, 편액에는 "상서로움이 해 뜨는 곳까지 뭉게뭉게 피어오른다"는 뜻의 '상애부상'祥藹榑桑이라는 글귀를 걸었는데, 옹정 황제의 어필이다.[111]

111 이덕무는 건륭제의 글씨라고 했다. 건륭제의 글씨가 맞다.

수부문帥府門 밖에 돌사자 둘이 앉았는데 높이가 각각 몇 길이나 되었다. 민가나 시정이 심양보다 낫다. 수레와 말이 가장 많고, 남녀가 더욱 아름다웠다. 번화하고 화려한 것이 연도에 보았던 것과는 비교할 수 없다. 대개 여기 산해관은 중국의 웅장한 관문이고, 산해관 서쪽으로 점차 북경과 가까워지기 때문이다.

봉성에서부터 천여 리 사이에 보堡, 둔屯, 소所, 역驛이니 하는

1. 각산 정상의 만리장성
2. 천하제일관
3. 명나라 소현蕭顯이 썼다는 천하제일관 현판
4. **망해정** 정자의 편액에는 징해루澄海樓라고 적혀 있다.
5. 산해관 안의 모습.

수부문 밖 돌사자(상) 1930년대 사진
통관 문첩(하) 산해관 출입시에 발행한 문첩

성들을 하루에도 몇 개씩 지나왔지만, 지금 장성을 경험해 보니 건설하고 설치하는 방법이 산해관을 본받지 않은 것이 없으나, 산해관에 비한다면 모두 아들 손자뻘에 해당될 뿐이다.

오호라! 몽염이 만리장성을 쌓아서 오랑캐〔胡〕를 막는다고 했으나, 정작 진나라를 멸망시킨 오랑캐는 시황의 아들인 호해胡亥이니 집안에 오랑캐를 키운 꼴이다. 서달이 산해관을 설치하여 오랑캐인 여진족을 막았으나 오삼계가 산해관 관문을 열어 오랑캐를 맞이하기에 급급했다. 천하가 무사태평한 오늘날을 맞아서 산해관은 한갓 상인이나 여행객을 붙잡아 검문하고 세금이나 받고 있으니, 내가 산해관에 대해 족히 무슨 말을 더 할 수 있을까!

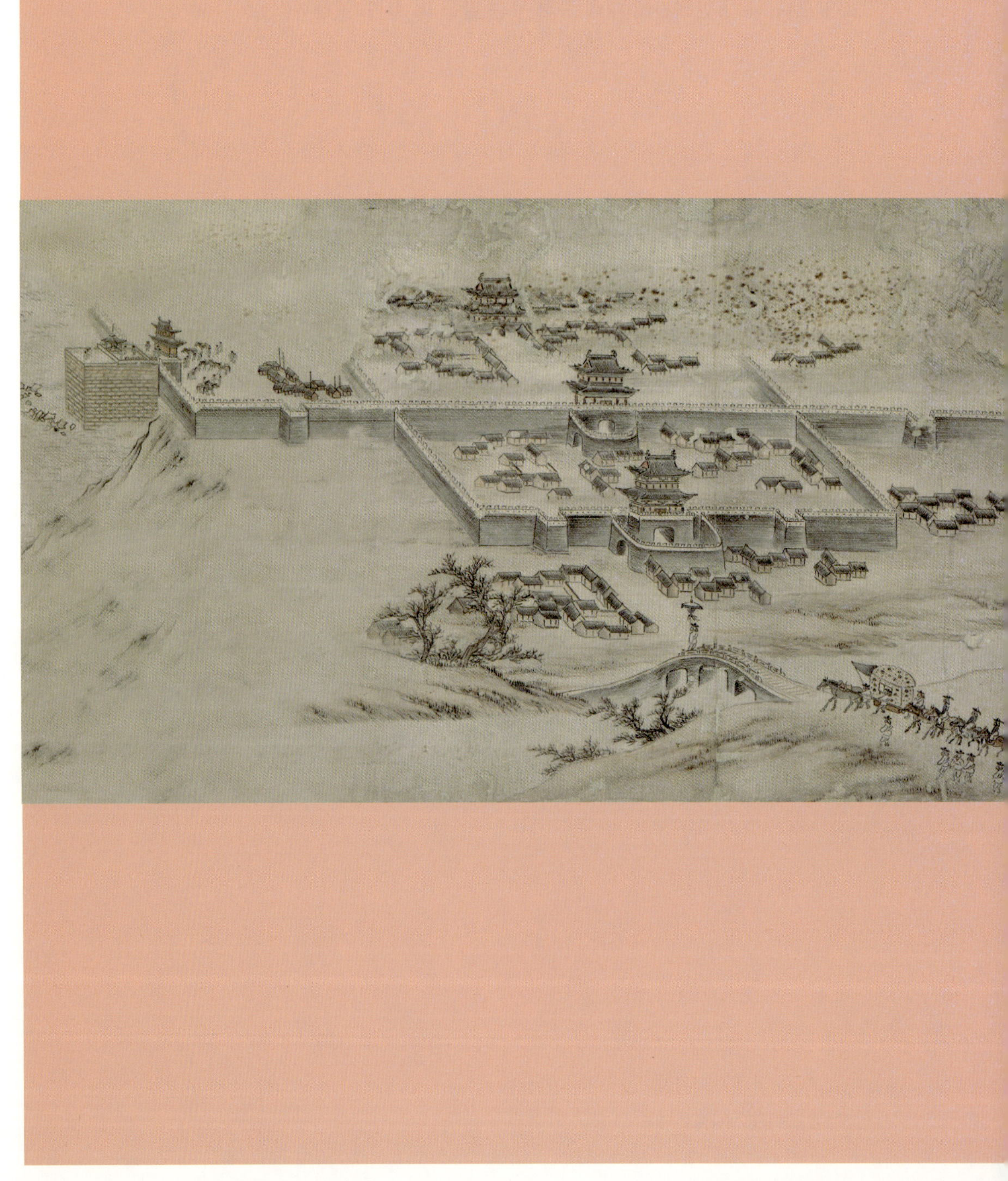

산해관에서 북경까지의 이야기

관내정사
關內程史

7월 24일 경자일부터 8월 4일 경술일까지 11일간의 기록이다.
산해관에서 북경까지 모두 640리이다.

⊙ — **관내정사**
관내란 산해관 안쪽을 가리키는 말이다. 곧 이 편은 산해관에서 북경에 이르기까지 견문을 기록한 내용으로 구성되어 있다. 연도에서 마주치고 경험한 내용은 모든 것이 새롭고 흥미로운데, 특히 이 편에서 주목을 끄는 것은 사상사적 주제와 관련된 일련의 글들이다. 고사리 사건과 「호질」이 그것이다.
백이·숙제 사당을 지나며 음식으로 제공된 고사리와 그로 인해 벌어진 사단은 왜곡된 춘추대의를 비판한 글이다. 백이·숙제 및 고사리로 표상되는 춘추대의는 기실 명나라와 청나라를 어떻게 보느냐 하는 사상적 문제이다. 명나라를 높이고 오랑캐 청나라를 물리치자는 북벌론은 춘추대의에서 나온 것이다. 여기 고사리 파동은 바로 북벌론의 허구성을 통렬히 지적한 것이다.
「호질」은 더 말할 필요가 없을 정도로 잘 알려진 작품인데, 보다 근본적 시각에서 작품을 읽을 필요가 있다. 인간 중심의 문명론에 대한 비판적 시각도 그중의 하나이다.

성상聖上 4년 가을 7월 24일 경자일(청 건륭 45년)

맑다. 홍화포에서 범가장范家庄까지 20리를 가서 점심을 먹었다. 범가장에서 탕하제湯河堤까지 3리, 대리영大理營 7리, 왕가령王家嶺 3리, 봉황점鳳凰店 2리, 망해점望海店 8리, 심하역深河驛 5리, 고포대高鋪臺 8리, 왕가포王家鋪 2리, 마붕포馬棚鋪 7리, 유관楡關 3리, 모두 48리이다. 이날 68리를 통행하고 유관에서 숙박했다. 유관은 유관渝關이라고도 하며, 지금의 임유현臨渝縣이다.

산해관 안의 풍속과 정경은 산해관 동쪽과는 아주 판이하다. 산천이 맑고 아름다워 굽이굽이 그림을 보는 듯하다. 홍화포에서부터 비로소 망을 보기 위해 쌓은 돈대墩臺가 있는데, 5리 혹은 10리마다 하나씩 설치되어 있다. 만든 방식이 모두 네모반듯하고 높이는 다섯 길이며 위에는 방 세 칸을 두었다. 옆에 세 길 정도의 깃대를 세우고 돈대 아래에는 방 다섯 칸을 두었다. 담 위에는 그림을 그린 활인 화궁畵弓과 활집, 화살을 담는 전통箭筒, 표창, 화포 등을 나열하여 놓았고, 방 앞에는 도刀, 창, 검, 미늘창(끝이 두 가닥으로 갈라진 창)을 꽂아서 나열했으며, 봉화를 올리고 연기를 관찰하는 일과 관련된 항목을 차례로 써서 벽에 붙여 놓았다.

돈대

7월 25일 신축일

맑다. 유관으로부터 송가장宋家莊까지 3리, 상백석포上白石鋪 2리, 하백석포下白石鋪 3리, 오가령吳家嶺 3리, 무령현撫寧縣 9리, 양장하羊腸河 2리, 오리포午哩鋪[1] 3리, 노가장蘆家莊 2리, 십리대보十里臺堡 3리, 노봉구蘆峰口 5리, 다붕암茶棚菴 5리, 음마하飮馬河 3리, 배음보背陰堡 3리, 모두 46리를 가서 점심을 먹었다. 배음보에서 쌍망점雙望店까지 8리, 요참要站 5리, 달자영㺚子營 3리, 부락령部落嶺 6리, 노룡새盧龍塞 3리, 여조驢槽 13리, 누택원漏澤園 3리, 영평부永平府 2리, 모두 43리이다. 이날 89리를 통행하고 영평부에서 숙박했다.

행렬이 무령현을 지나자 산천이 점점 더 밝게 트이고, 성안의 거리와 동네에는 집집마다 금빛의 편액을 달았고, 황제의 말씀을 적은 패루는 곳곳마다 휘황찬란하다.

부사와 서장관의 하인들이 가마를 잡고 길 오른편 어느 문 아래에 머물러 있다. 바로 진사 서학년徐鶴年의 집이다. 부사와 서장관이 막 여기서 구경하고 있다고 하기에, 나도 말에서 내려 집으로 들어갔다. 집이 분에 넘치게 사치하고 집기와 골동 들이 기이하여 정말 전에 듣던 바와 같다. 학년은 10여 년 전에 죽었고, 두 아들이 있는데, 맏이는 초분䒴芬이고 둘째는 초신䒴信이다.[2] 둘째 초신은 자못 글재주와 필력이 있어 『사고전서』를 베껴 쓰는 작업에 뽑혀서 현재 북경에 있고, 맏이 초분만 홀로 집에 있는데 문필이 아주 보잘것없다고 한다. 방 안 가득히 새겨서 걸어 둔 것은 청 성조(강희 황제)의 열일곱째 아들 과친왕果親王,[3] 청 고종 때의 명

1 午哩鋪는 五里堡의 오자이다.

2 『계산기정』薊山紀程, 『입연기』入燕記 등의 연행록에는 모두 소분紹芬과 소신紹薪으로 표기되어 있다. 또한 『무령현지』撫寧縣志에 의하면 소신紹薪이 1780년에 과거 시험에 합격했다고 기록되어 있다. 그들의 자는 각각 영향咏香, 초단樵丹이고 그 아버지 서학년의 자는 명고鳴皐이다.

3 과친왕(1697~1738)은 이름이 애신각라 윤례愛新覺羅胤禮이며, 어려서 심덕잠沈德潛에게 배워서 서법과 시사詩詞에 뛰어났다. 과친왕은 시호가 의毅이므로 과친의왕으로도 불렸다.

신 아극돈阿克敦,[4] 청 고종 때의 학자 우민중于敏中,[5] 청 태종 때의 명신 악이태鄂爾泰,[6] 셋째 황자皇子(이름은 홍시弘時), 다섯째 황자(이름은 홍주弘晝) 등의 시이다. 모두 홍경興京[7]의 제관祭官으로 가는 길에 이 집에서 숙박하고 남긴 시들이다. 우민중과 아극돈은 모두 중국의 명필이라고 일컬어지나, 과친왕에 비하면 솜씨가 떨어졌다.

침실 문설주 위에는 조선 숙종 때의 판서 백하白下 윤순尹淳[8]의 7언 절구 한 수를 새겨서 걸어 놓았고, 문 밖의 문설주 위에는 참판 조명채曹命采[9]가 윤순의 시에 차운次韻한 시를 새겨서 걸어 두었다.

윤공은 우리나라의 명필이다. 한 점 한 획이 옛 서법의 서체가 아닌 것이 없고, 하늘이 낸 재주의 화려하고 아름다움이 마치 구름이 지나듯 물이 흐르듯 자연스럽다. 먹의 진하고 옅은 것이 사이사이 섞여 나오고 굵고 가는 획이 서로 균형이 잘 맞았다. 그런데 지금 여기에 있는 여러 필적들은 흠잡을 데가 없지 않으니, 그 이유는 무엇 때문일까?

대저 우리나라에서 붓글씨를 연습하는 사람들은 고인의 친필 묵적을 보지 못한 채, 평생 임서臨書하는 글씨는 단지 금석문일 뿐이다. 금석문을 보면 다만 옛사람 글씨의 전통적 법식을 상상할 수는 있을 것이다. 그러나 붓과 먹 사이의 무한한 정신은 경험 이전에 타고나는 것이므로, 비록 글씨의 모양이나 기세는 비슷하게 본뜬다 하더라도 글자의 힘줄이나 뼈가 억세어져 도무지 붓을 놀리는 의취가 없고, 먹이 짙어 통통한 글자는 시꺼먼 돼지 같고, 옅어서 가늘게 된 글자는 마른 등나무 넝쿨과 같게 된다. 이는 다른 이유 때문이 아니라, 돌에 새기고 쇠에 획을 그은 금석문

4 아극돈(1685~1756)의 자는 중화仲和, 호는 항암恒巖이다. 문신 학자로, 저서에 『덕음당집』德蔭堂集이 있다.
5 우민중(1714~1780)의 자는 숙자叔子, 호는 내포耐圃이며, 『사고전서』의 책임을 맡은 학자이다. 저서에 『임청기략』臨清紀略이 있다.
6 악이태(1677~1745)의 자는 의암毅庵이고, 건륭 황제가 양근襄勤이라는 호를 하사했다. 운남 귀주 지방을 평정한 공이 있다. 문집에 『서림유고』西林遺稿가 있다.
7 홍경은 후금後金의 수도로, 지금의 요녕성 신빈현新賓縣 서노성西老城 촌村이고, 옛이름은 혁도아랍赫圖阿拉이다. 이곳에 청 태조의 조상의 능인 영릉永陵이 있어서 해마다 제관을 보내 제사지냈다.

과친왕의 글씨

太乙近天都連山到海隅白雲回望合青靄入看無分野中峯變陰晴衆壑殊欲投人處宿隔水問樵夫
丁丑七月既望 果親王書

의 글자에 습성이 붙어서 그렇고, 더더욱 종이와 붓이 다르기 때문이다.

예부터 중국에서는 백지를 다듬질하여 만든 고려의 백추지白硾紙와 이리의 털로 만든 낭모필狼毛筆을 일등품으로 쳤다고 하지만, 다만 남의 나라 물건이라는 것 때문에 그런 것이지 실상은 이름뿐이고, 재질이나 성능은 서화에 적합하지 않다.

종이는 먹빛을 아주 적당하게 받아들이고 붓의 자태를 잘 받아들이는 것을 귀한 것으로 치지, 빳빳하여 잘 찢어지지 않는 것을 좋은 품질로 치지 않는다.

명나라 서화가인 서위徐渭[10]가,

"고려의 종이는 그림 그리기에 마땅치 않고, 오직 돈 종이처럼 두터운 것이 조금 낫다."

라고 했으니, 마땅치 않게 여김이 이와 같다.

다듬질하지 않으면 종이의 보푸라기가 거칠어져 쓰기 어렵고, 다듬질하여 가공을 하면 종이 표면이 너무 빳빳해지므로, 붓이 미끄러져 종이에 머물지 못하고, 딱딱해져 먹을 받아들이지 않으니 중국의 종이보다 못한 까닭이다.

붓은 부드럽고 유순하고 길이 잘 들어서 어깨를 움직이는 대로 함께 힘이 들어가는 것을 훌륭한 것으로 치지, 털이 억세고 빳빳하며 뾰족하고 날카로운 것을 훌륭하다고 하지 않는다. 그러므로 중국의 훌륭한 붓으로 호주湖州[11]의 것을 꼽는데, 모두 양털만 쓰고 다른 털은 섞지 않는다. 양털은 다른 털에 비해 가장 부드럽고, 부드럽기 때문에 털이 빠지지 않는다. 붓이 종이에 닿으면 마음먹은 대로 먹물을 놀릴 수 있어서 마치 효자가 부모의 뜻을 지레 알아차리고 받들어 모시는 것과 같다.

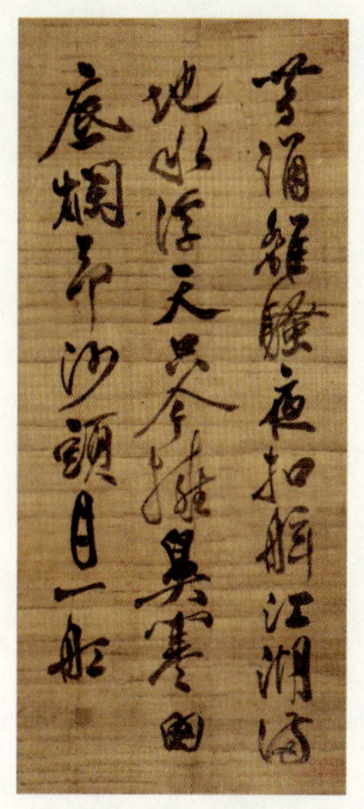

윤순의 글씨 국립중앙박물관

8 윤순(1680~1741)은 서예가이자 문신으로 자는 중화仲和, 호는 백하·만옹漫翁·나계羅溪이다. 저서에 『백하집』이 있다.

9 조명채(1700~1764)의 자는 주경疇卿, 호는 난곡蘭谷이다. 영조 때의 문신으로 대사헌을 지냈고, 일본에 사신을 가서 『봉사일본시견문록』奉使日本時見聞錄을 남겼다.

10 서위(1521~1593)는 명나라 때 유명한 문인, 서화가이다. 자는 문장文長, 호는 청등노인青藤老人이다.

11 호주는 중국 절강성 오흥현吳興縣에 있는 지명이다.

소위 이리의 꼬리털로 만들었다는 낭모필은 더더욱 잘못된 것이다. 나는 도대체 이리가 어떤 동물인지도 모르겠거니와 어떻게 그 꼬리를 얻을 수 있단 말인가? 족제비의 속명은 광獷인데, 족제비 털로 만든 이른바 황모필黃毛筆이 낭모필이다. 이 붓은 항상 굳세고 강하며 빳빳이 곤두서려는 성질이 있어, 마치 제 마음대로 이리 뛰고 저리 뛰려는 개구쟁이 아이와 같으니, 중국의 붓만 못한 까닭이다.

종이와 붓이 이미 이 지경이고 보니, 안동에서 나는 마간석馬肝石[12]으로 만든 좋은 벼루에 황해도 해주에서 나는 특상품 후칠厚漆 먹을 갈아서 왕희지王羲之[13]의 《필진도》筆陣圖[14]라는 글씨를 임서하여 제아무리 왕희지의 물결치듯 세 번 꺾는 삼절법三折法으로 쓰더라도 글자의 획이 마르고 돌덩이가 뭉쳐 있듯 하여 어려서부터 백발이 될 때까지 아무리 익혀도 엉터리 글씨가 되고 마니 다시 어찌할 것인가?

본채 뒤의 후당은 깊숙하고 고요하고 쇄락하여 문득 속세의 시끄러움을 잊을 것 같다. 귀신도 불러내는 향이라고 불리는 강진향降眞香 나무로 만든 침상이 있고, 침상에 펼쳐 놓은 것은 보통 사람이 가질 수 있는 것이 아니다. 서가 위에 비치한 서화들은 비단으로 표지를 하고 옥으로 두루마리 축을 만들어 질서정연하게 배열하여 꽂아 놓았다.

부사와 서장관의 비장들이 후당에서 시끌벅적 떠들며 함부로 서화들을 뽑아선 빙 둘러서서 다투어 펼쳐 보기를, 마치 조보朝報(조정의 소식지)를 보듯, 옷감을 재면서 접었다 폈다 하듯 마구 다룬다. 거칠 것 없이 제멋대로 설쳐대는 품이, 적군의 성을 무너뜨리고 진영을 함락하여 장수의 목을 치고 깃발을 낚아채듯 한

12 마간석은 붉은 빛이 도는 단단한 돌로, 벼루를 만들거나 약재로 쓴다.

13 왕희지(307~365)는 진晉나라의 서예가로 자는 일소逸少이다. 우군장군右軍將軍을 지냈으므로 왕우군王右軍이라 불렸다.

14 《필진도》는 원래 동진의 여성 서예가 위삭衛鑠(272~349)이 서예의 요령을 쓴 글인데, 왕희지가 〈제필진도후〉題筆陣圖後라는 글을 썼다.

다. 게다가 마음은 바쁘고 생각은 급하여 족자를 풀어 헤쳤다가 끝까지 다 보기 어려울 때는 애초에 펴기 시작한 것을 후회하며 도리어 서화를 만든 사람을 탓하여,

"이렇게 긴 두루마리를 도대체 어디에다 써먹는담! 병풍으로도 쓸 수 없고, 족자로도 쓸 수 없으니."

하기도 하고 어떤 자는,

"내가 그림은 잘 모르지만, 모름지기 그림이란 울긋불긋한 그림만 한 게 없네."

한다.

서화를 참으로 애호했던 진晉나라 환현桓玄[15] 같은 사람은 손님이 기름기 묻은 손으로 자기의 서화를 만질까 봐 기름에 튀긴 과자를 대접하지 않았다고 하니, 정말 명사라 할 만하다.

15 환현(369~404)의 다른 이름은 환영보桓靈寶이며, 자는 경도敬道이다.

서쪽 벽 아래에서 갑자기 갑옷을 두른 말의 소리, 북소리, 징소리 등 아연 전쟁 소리가 나기에 깜짝 놀라 되돌아가서 보니, 여러 사람들이 솥, 술잔, 호리병 등의 골동품을 제멋대로 덜거덕거리며 보고 있었다. 나는 민망함을 견디지 못하고 바삐 걸어서 문을 나와 버렸다.

서학년의 아래윗집들도 모두 황금빛 글씨로 된 편액을 달았다. 나는 장복만 데리고 이 집 저 집을 기웃거리며 다녔으나 모두 주인이 없었다. 어떤 집으로 돌아드니 담 아래에는 수십 그루의 자죽紫竹이 있고 계단 앞에는 벽오동 한 그루가 있다. 오동나무 서편으로 몇 이랑쯤 되는 네모난 연못의 둑이 있고, 연못 둘레에는 흰 돌로 난간을 만들었다. 연못 안에는 연밥 대가 대여섯 자루 서 있고, 난간 가에는 새끼 거위 세 마리가 놀고 있다.

자죽 紫竹

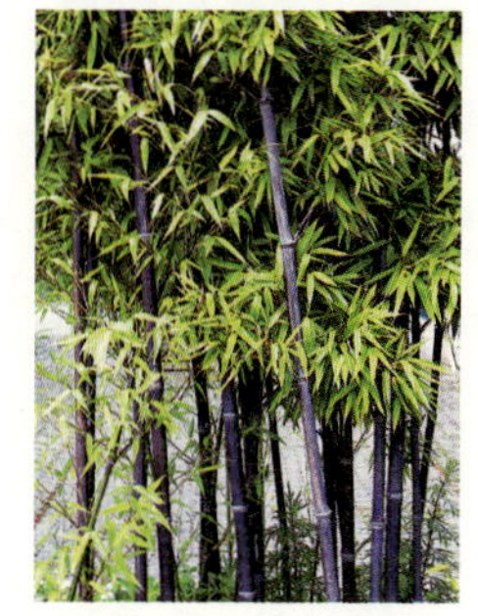

본채 안에는 연노랑 비단 주렴이 땅까지 드리웠고, 주렴 안에

서는 뭇 사람들이 시끄럽게 웃고 있었다. 내가 연못가로 나아가서 잠시 난간에 기대어 섰더니, 금방 본채 안이 적막하게 숨을 죽이며 주렴 사이로 밖을 엿보는 모습이 어른거린다. 내가 뒷짐을 지고 이리저리 거닐며 연신 본채 안을 향해 헛기침을 했더니, 잠시 뒤에 작은 동자가 본채 뒤를 비스듬히 둘러 나오면서 멀찍이 서서 읍을 하며 큰 소리로,

"거기 노인장께서는 무슨 일로 여기에 오셨습니까?"

라고 하기에 장복이 나서며,

"너희 집 주인은 어디에 계시기에 멀리서 오신 손님을 맞이하지 않는 게냐?"

하니 동자는,

"조금 전에 저희 아버님과 친척 어른 이공李公이 함께 고려인 처소로 가셨습니다. 귀국의 태의관太醫官(의원)을 방문하려고 가셨는데 아직 돌아오지 않으셨습니다."

라고 한다. 내가,

"너희 집에서 의원을 찾는 것을 보니 필시 집안에 우환이 있는 모양이로구나. 내가 바로 태의관이다. 기왕 여기까지 왔으니 진맥을 해도 무방할 터이고, 게다가 진짜 진짜 청심환까지 가지고 있으니 너는 즉시 가서 아버지를 찾아서 모셔오도록 하려무나."

라고 했다.

그러나 동자는 조금도 들은 척을 하지 않고는 옷을 펴서 거위 새끼들을 우리 안으로 몰아넣고는 난간 가에 있던 낚싯대를 쥐고 연못 안의 꺾어진 연잎을 끌어내어 우산처럼 받치고는 우쭐거리며 가 버린다.

주렴 안의 사람 그림자가 일고여덟 명쯤으로 짐작이 되는데, 소곤소곤 나지막하게 말을 하다간 다시 입을 가리고는 웃음을 참는 소리가 난다. 한참 어정거리다가 드디어 몸을 돌려 나왔다. 장복을 돌아보니 귀밑머리 아래에 난 사마귀가 근간에 조금 커졌다.

주부 조명회趙明會와 말고삐를 나란히 하여 가면서 무령현의 풍속이 아름답지 못하다고 했더니 조 주부가,

"무령 사람들은 이제 조선인을 귀찮고 괴로운 손님으로 여긴답니다. 서학년은 성격이 본시 손님을 좋아하여, 백하 윤순을 처음 만나면서 흉금을 열고 관대하게 대접하고 소장하던 서화를 많이 꺼내어 보여 주기까지 했습니다. 그로부터 무령현 서 진사의 이름이 우리나라 사람들의 입에 오르내려 매년 사행 가는 길에 반드시 서학년의 집을 방문하여, 드디어는 관례가 되었습니다.

그러나 사실은 읍 안에 서씨 집보다 더 나은 집이 많으며, 주인이 손님을 좋아하는 것도 서학년과 다를 바 없습니다. 다만 윤공이 우연히 서학년을 먼저 보고는 여기에 우리나라 재상도 견줄 수 없는 것이 있다고 입에 침이 마르도록 칭송을 한 탓입니다. 그 후로 역관배들이 으레 서씨 집을 방문하는 까닭은 다른 집에 번거로운 일을 한 가지라도 다시 끼치고 싶지 않아서입니다.

우리 사신들이 거느린 수십 명의 하인들이, 비록 몇 길이나 되는 대문이라 하더라도 출입할 즈음에는 반드시 일제히 '물렀거라' 소리를 지르고, 또 마루에 오르고 나면 하인들이 물러나 대기할 줄 모르는 까닭은 그 집에 널빤지를 깐 대청이 따로 없기 때문입니다.

그래서 그들의 대접이 차츰 처음보다 못해지더니 결국 서학년이 죽은 뒤로는 두 자제는 조선 손님을 더욱 괴로워한답니다. 매번 우리 사행이 오면 귀한 골동품들은 감추고, 대략 너절한 하

창려현 갈석산

등 품목의 열등한 것만 남겨 둠으로써 그저 옛날의 체통이나 지키려고 할 뿐입니다. 지금 서학년의 이웃집들이 피하고 숨은 까닭은 아마도 서씨 집 짝이 날까 봐 미리 조심하는 것입니다."

하기에, 서로 크게 웃었다.

윤공(백하 윤순)은 귀국하여 호로새끼에게 알량한 재주를 팔았다고 탄핵을 받았으니, 대개 그 시를 가리켜서 말한 것이다. 말의 터무니없음이 이와 같도다.

하북성河北省 유주幽州와 기주冀州의 산세는 툭 터지고 웅장하다. 태항산이 서쪽으로 내려와 북경을 껴안았고, 의무려산이 동쪽으로 달려 북쪽의 진산이 되어 용이 날고 봉황이 춤추듯 하다가 각산角山에 이르러 크게 잘리어 산해관이 되었다. 산해관에 들어온 이래로 여러 산들이 크게 퍼지고, 억세며 거친 기세를 더욱 벗어나 남쪽을 향해 산세가 트여 맑고 수려하며 밝고 부드럽다.

창려현昌黎縣에 이르니 바다를 끼고 있는 현의 산들은 산세가 모두 아름답다. 『서경』 「우공」편에 나오는 갈석碣石이란 곳이 가까우니 창려현 서쪽 20리에 있다. 조조曹操의 「관창해갈석편」觀滄海碣石篇이란 장편의 5언 고시五言古詩에서,

> 동쪽으로 갈석에 임하여
> 푸른 바다를 보니
> 東臨碣石 以觀滄海

라고 읊은 곳이 바로 여기다.

창려현에는 문공文公 한유韓愈[16]의 사당이 있고, 또 한상韓湘[17]의 사당이 있다. 『당서』唐書 「한유열전」에는 '한문공은 등주鄧州 남양南陽 사람'이라 하였고, 『광여기』廣輿記[18]에는 창려현 사람이라 하였다. 송나라 원풍元豊(1078~1085) 연간에 한문공을 창려백昌黎伯으로 봉했고, 원나라 지원至元(1264~1294) 연간에 이르러 비로소 창려현에 사당을 세웠는데, 여기에 한문공의 소상이 있다

16 한유(768~824)는 당나라 문인으로 고문운동의 영수이고, 당송팔대가의 한 명이다. 「원도」原道, 「사설」師說 등 유명한 고문 작품을 남겼다.

17 한상(794~?)은 한유의 조카 12랑郎의 아들이다. 곧 조카손자(侄孫)이다. 자는 북저北渚이다. 일설에는 한유의 조카라고도 한다.

18 『광여기』는 명나라 육응양陸應陽이 지은 중국 지리책이다.

창려현 오봉산五峰山의 한유 사당

고 한다.

나는 평생 꿈에도 그리던 한문공이라 사람들에게 같이 구경 가자고 두루 청했으나, 기꺼이 가려는 사람이 아무도 없다. 대개 20리 길을 둘러야 하기 때문이다. 혼자 가기도 어려워 매우 안타깝다.

지나는 길에 동악묘東嶽廟에 들렀다. 뜰에는 비석이 다섯 개 있고, 전각 위에는 금빛 글씨로 동악대제東嶽大帝라고 쓰여 있다. 전각 중앙에는 금신金神 둘을 앉혔는데 모두 단정하게 손을 모아서 홀을 쥐고 있다. 뒤의 전각도 앞의 것과 만든 제도가 같은데, 여자 소상 셋을 앉혀 놓아서 낭랑묘娘娘廟[19]라고 일컬으며 머리에는 모두 면류관을 쓰고 있다.

19 낭랑묘는 아들을 점지해 준다는 여신을 모신 사당이다.

영평부에 이르니, 성 밖으로 긴 강이 성을 감싸 돌며 흐르는데 지형이 흡사 우리나라의 평양을 닮았다. 훤하게 넓은 것은 평양의 두 배 정도 되지만, 대동강의 맑은 물이 없을 뿐이다. 세상에 전하기를, 고려 시대 학사 김황원金黃元[20]이 평양의 부벽루浮碧樓에 올라,

20 김황원(1045~1117)은 자가 천민天民이고, 한림학사를 지냈다. 청렴 강직했으며, 고시古詩를 잘 지었다.

긴 성 한쪽으로 넘실넘실 흐르는 저 물
넓은 들판 동쪽 끝엔 점점이 산이로다.
長城一面溶溶水 大野東頭點點山

란 두 구절을 읊고는 아무리 다음 구절을 읊으려 해도 그만 시상이 메말라 통곡하며 누각을 내려왔다고 한다. 말을 전하는 사람들은 평양의 아름다움은 이 두 구절로 다 표현했

부벽루와 대동강

영평부 고성 입구

으니, 천 년을 내려오며 아무도 한 구절을 보태는 사람이 없다고 한다.

나는 항상 이 글귀가 잘됐다고 생각하지 않았다. 물이 넘실댄다는 뜻의 용용溶溶이란 표현은 대동강의 형세에 맞지 않고, '동쪽 끝 점점이 산'이라고 했으나 멀어 보아야 겨우 40리에 지나지 않으니 어찌 넓은 들판이라 할 수 있겠는가? 지금 이 구절을 연광정練光亭[21] 주련으로 달아 놓았는데 만약 중국 사신이 정자에 올라 읽는다면 넓은 들이라는

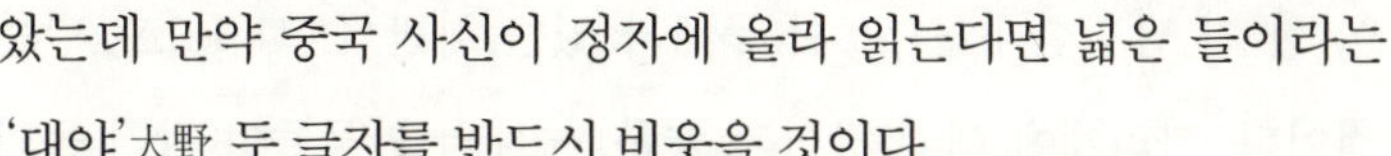

'대야'大野 두 글자를 반드시 비웃을 것이다.

지금 영평부 성루에서 바라보니 그야말로 "넓은 들판 동쪽 끝엔 점점이 산이로다"라고 표현할 만하다. 혹자는 영평이란 땅도 기자가 봉해진 곳이라고 말하는데, 이는 틀린 말이다. 영평은 곧 한나라 때 우북평右北平이고, 당나라 때 노룡새盧龍塞이다. 옛날에는 궁벽한 변방이었건만, 요나라, 금나라 이래로 오랫동안 수도 북경과 가까운 지역이 되는 바람에 집과 시장의 점포가 다른 지역보다 곱절이나 번화하고 부유하며, 진사進士라고 걸린 편액이 무령현에 비해 더욱 많다. 영평부 앞에 있는 병영의 문에는 옛 우북평이라는 의미로 '고지우북평'古之右北平이라고 써 붙였다.

으스름해진 뒤에 정 진사와 한가하게 길을 걷다가 우연히 한 집에 들어갔더니 막 등불을 밝히고 〈고려진공도〉高麗進貢圖[22]를 판각하고 있었다. 연도에 오면서 벽에 이 그림을 붙여 놓은 곳이 많았는데, 모두 조잡하게 그리고 거칠게 찍어낸 것이어서 괴상망측하여 우습기 짝이 없었다.

그림에서 붉은 도포를 입은 사람이 서장관이고(수십 년 전

21 연광정은 대동강 가에 있는 정자로, 평양팔경, 관서팔경의 하나로 꼽힐 정도로 경치가 아름다운 곳이다.

22 〈고려진공도〉는 중국에 사신으로 가는 조선 관원의 모습을 그린 그림으로 추정된다.

에는 당하관은 붉은 도포를 입었는데 지금은 녹색으로 바뀌었다. ―원주) 검은 갓을 쓴 사람은 역관인데, 꼭 출가하지 않고 중이 된 우바새의 형상이다. 입에 담뱃대를 물고 있는 자는 행렬의 앞에 서는 비장이고, 수염이 돌돌 말리고 고리눈을 한 사람은 군뢰이다. 지금 여기에서 새기고 있는 판각은 더욱 추잡하고 조악하여 사람의 생김새가 모두 원숭이 얼굴을 닮았다.

연병

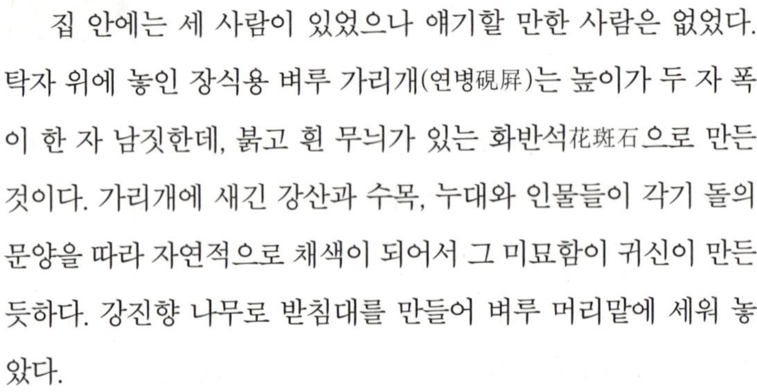

집 안에는 세 사람이 있었으나 얘기할 만한 사람은 없었다. 탁자 위에 놓인 장식용 벼루 가리개(연병硯屛)는 높이가 두 자 폭이 한 자 남짓한데, 붉고 흰 무늬가 있는 화반석花斑石으로 만든 것이다. 가리개에 새긴 강산과 수목, 누대와 인물들이 각기 돌의 문양을 따라 자연적으로 채색이 되어서 그 미묘함이 귀신이 만든 듯하다. 강진향 나무로 받침대를 만들어 벼루 머리맡에 세워 놓았다.

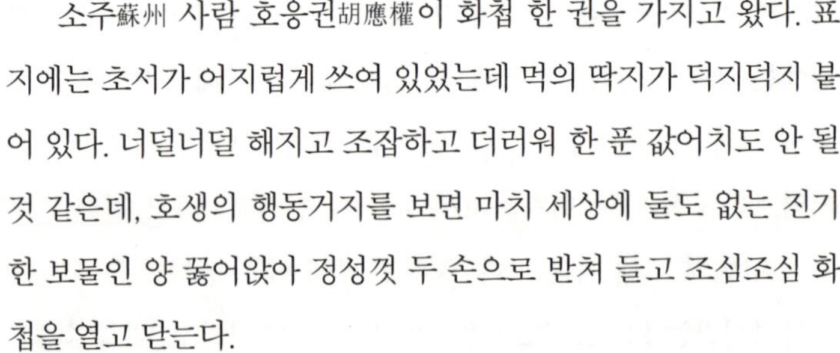

소주蘇州 사람 호응권胡應權이 화첩 한 권을 가지고 왔다. 표지에는 초서가 어지럽게 쓰여 있었는데 먹의 딱지가 덕지덕지 붙어 있다. 너덜너덜 해지고 조잡하고 더러워 한 푼 값어치도 안 될 것 같은데, 호생의 행동거지를 보면 마치 세상에 둘도 없는 진기한 보물인 양 꿇어앉아 정성껏 두 손으로 받쳐 들고 조심조심 화첩을 열고 닫는다.

정 진사가 눈이 어둡고 침침해져서 양손으로 화첩을 움켜쥐고는 풍우처럼 빠르게 휙 한번 훑어보자, 호생은 얼굴을 찡그리며 편치 않은 듯 '끙' 하며 신음 소리를 낸다. 정 진사는 화첩을 다 보고는 휙 땅바닥에 내동댕이치며,

"겸재謙齋니 현재玄齋니 하는 것들은 바로 되놈들의 호號이구먼."

하기에 나는 웃으면서,

"이런 그림을 보지 않으신 게구먼."

하고 호생에게,

"그대는 이것을 어디에서 구했소?"

하고 물으니 호생은,

"해질 무렵 귀국의 김 상공相公[23]께서 저희 점포에 오셔서 이것을 팔았습니다. 김 상공은 중후하고 성실한 사람으로 저와는 형제 같은 정분이 있어, 제가 문은紋銀[24] 석 냥 닷 푼을 주고 구입했습니다. 다시 표구를 하면 값을 일곱 냥은 더 받을 겁니다. 다만 화가들의 낙관이나 설명이 없으니, 원컨대 어르신들께서 하나하나 고증을 해서 써 주시기를 바랍니다."

하고는 품 안에서 주사硃砂[25]로 만든 붉은 먹 하나를 꺼내어 예물로 주며, 화가들의 간단한 이력을 적어 달라고 간곡히 부탁한다. 한편 주인도 술과 안주를 차려 내온다.

대체로 우리나라 글씨와 그림, 집기에는 대부분 그린 연도나 연호가 없고, 또 자신의 이름을 기꺼이 써 넣으려고 하질 않는다. 기껏 써 넣는다는 것이 강호산인江湖散人이 많아서 어느 시대, 어느 지방의 누가 그린 것인지 통 알 수가 없다. 지금 이 화첩에 비록 두 글자의 별호가 있기는 하지만 희미하여 누가 누구인지 분간이 안 되고 보니, 아까 정 진사가 겸재나 현재를 두고서 되놈이라고 말한 것도 괴이한 게 아니다.

정 진사는 중국말이 매우 서툰데다 이빨 사이가 버름하게 벌어져 볶은 계란 요리만 좋아한다. 책문에 들어온 이래로 배운 중국말이란 것이 오직 계란볶음인 '초란'炒卵뿐인데, 그마저도 발음이 잘못될까 남의 귀에 엉뚱하게 들릴까 걱정을 하여, 어디에

23 상공이란 말은 정승이란 뜻이 아니고, 중국에서 조선의 상인을 높여서 부르는 용어이다.

24 문은은 중국에서 쓰던 화폐의 하나로 말굽은이라고도 한다. 말굽 모양으로 된 은덩어리이다.

25 주사는 붉은색이 도는 광석으로, 주묵을 만드는 재료이다.

영평부의 고성

서든지 사람들에게 문득문득 '초란' 두 글자를 발음해 보아서 그 혀끝이 제대로 돌아가 옳게 발음했는가를 따져 보았다. 그로 인해 정 진사를 '초란공'이란 호로 부르게 되었다. (우리나라 연희 중에서 가면을 쓴 광대에 초라니라는 것이 있는데, 발음이 초란炒卵과 비슷하다. — 원주)

주인이 즉시 가서 계란볶음 한 쟁반을 가지고 왔다. 정군이 초란이라고 발음을 한 행동이 마치 초란을 우려내려고 한 것 같아서 서로 크게 웃었다. 그 이유를 그들에게 설명하고는 계란볶음의 값을 치르려고 했더니 주인은 크게 부끄러워하며,

"저희 집은 술이나 밥을 먹는 식당이 아닙니다."
라고 하는데 자못 성내는 기색을 띠었다. 도리 없이 내가 그림 옆에 쓰인 별호를 대략 참조하여 화가의 성명을 기록해서 그에게 답례를 했다.

조선 그림의 목록

「열상화보」冽上畵譜

이조화명도二鳥和鳴圖 — **충암**沖菴

김정金淨[26]의 자는 원충元沖이고, 명나라 가정嘉靖(1522) 때의 사람이다.

한림와우도寒林臥牛圖 — **김식**金埴[27]

석상분향도石上焚香圖 — **이경윤**李慶胤[28]

봉호封號는 학림정鶴林正이다.

녹죽도綠竹圖 — **탄은**灘隱

이정李霆[29]의 자는 중섭仲燮이고, 봉호는 석양정石陽正이며, 익주군益州君 이지李枝의 아들이다.

묵죽도墨竹圖 — **위와 같음.**

노안도蘆雁圖 — **이징**李澄[30]

자는 자함子涵, 호는 허주재虛舟齋이며, 학림정의 아들이다.

노선결기도老仙結綦圖 — **연담**蓮潭

26 김정(1486~1521)은 조선 초기의 학자이며, 기묘사화 때 화를 당했다.

27 김식은 조선 선조 때의 화가로, 호는 퇴촌退村, 청포淸浦이다.

28 이경윤은 조선 인조 때의 화가로, 호는 낙파駱坡이다. 종실 출신이다.

29 이정(1541~?)은 세종 대왕의 현손으로, 묵죽도를 잘 그렸다.

30 이징(1581~?)은 이경윤의 서자로, 16세기의 대표적 문인화가이다.

김명국金鳴國,[31] 명나라 천계天啓(1621) 연간 사람이다.

연강효천도烟江曉天圖 **— 위와 같음.**

임지사자도臨紙寫字圖 **— 공재**恭齋

윤두서尹斗緖[32]의 자는 효언孝彦이며, 강희康熙(1662) 연간의 사람이다.

춘산등림도春山登臨圖 **— 겸재**謙齋

정선鄭敾[33]의 자는 원백元伯이고, 강희·건륭乾隆(1736) 연간의 사람이다. 나이 80여 세인데도 몇 겹 돋보기를 쓰고 촛불 아래에서 작은 그림을 그려도 털끝만큼도 틀리지 않았다.

산수도山水圖 **— 4폭, 겸재**

사시도四時圖 **— 8폭, 겸재**

대은암도大隱巖圖 **— 겸재**

이상에는 모두 정선, 원백이라는 작은 도장이 찍혀 있다.

부장임수도扶杖臨水圖 **— 종보**宗甫

조영석趙榮祏[34]의 자는 종보宗甫이고, 호는 관아재觀我齋이다. 강희·건륭 연간의 사람이다.

도두환주도渡頭喚舟圖 **— 진재**眞宰

김윤겸金允謙[35]의 자는 극양克讓이고, 강희·건륭 연간 사람이다.

금강산도金剛山圖 **— 현재**玄齋

심사정沈師正[36]의 자는 이숙頤叔이고, 강희·건륭 연간 사람이다.

초충화조도草蟲花鳥圖 **— 8폭, 현재**玄齋

심사정이숙沈師正頤叔이라는 사인私印과 현재라는 작은 도장이 찍혀 있다.

심수노옥도深樹老屋圖 **— 낙서**駱西

31 김명국(1581~?)은 자가 천여天汝이고 호는 연담, 취옹醉翁으로, 도화서 화원과 교수를 지냈다.

32 윤두서(1668~1715)는 윤선도의 증손이다.

33 정선(1676~1759)은 조선의 대표적 화가이다.

34 조영석(1686~1761)은 산수·인물화에 능했고 또 다른 호는 석계산인石溪散人이다.

35 김윤겸(1711~?)은 김창업의 아들로, 풍속화에 능했다.

36 심사정(1707~1769)은 남종화풍의 선비화가이고, 또 다른 호는 묵선墨禪이다.

윤덕희尹德熙[37]의 자는 경백敬伯이고, 윤두서의 아들이다.

백마도白馬圖

군마도群馬圖

팔준도八駿圖

춘지세마도春池洗馬圖

쇄마도刷馬圖

이상에는 모두 윤덕희尹德熙라는 사인과 낙서駱西라는 작은 도장이 있다.

무중수죽도霧中睡竹圖 — **수운**岫雲

유덕장柳德章,[38] 수운峀雲[39]이라는 사인이 있다.

설죽도雪竹圖

수운峀雲이라는 자와 수운峀雲이라는 도장이 찍혀 있다.

검선도劍仙圖 — **인상**麟祥

이인상李麟祥[40]의 자는 원령元靈이고 호는 능호관凌壺觀이다. 이인상이라는 도장이 찍혀 있다.

송석도松石圖 — **원령**元靈

인상麟祥이라는 도장과 기미삼월삼일己未三月三日이라는 소지小識가 있다.

난죽도蘭竹圖 — **표암**豹菴

강세황姜世晃[41]의 자는 광지光之이다. 표암광지豹菴光之라는 도장이 찍혀 있다.

묵죽도墨竹圖 — **위와 같음.**

추강만범도秋江晩泛圖 — **연객**烟客

허필許佖[42]의 자는 여정汝正이다. 연객烟客이라는 작은 도장이 찍혀 있다.

37 윤덕희(1685~?)는 윤두서의 아들로, 말 그림과 글씨에 능했다. 또 다른 호는 연포蓮圃, 연옹蓮翁이다.

38 유덕장(1675~1756)의 자는 자고子固이고, 또 다른 호는 가산茄山이다.

39 원문에는 방峀이라고 되어 있으나, 수岫의 오자인 것 같다.(이하 같다)

40 이인상(1710~1760)은 시·서·화에 다 능하여 삼절三絶이라 불렸고, 또 다른 호는 보산자寶山子이다.

이인상, 〈검선도〉

41 강세황(1713~1791)은 조선 후기의 대표적 문인화가이다. 문집 『표암유고』가 있다.

42 허필(1709~1761)은 학자 서화가로 관직에 나가지 않고 시·서·화에 몰두하여 삼절三絶이라 불렸다. 문집 『연객유고』가 있다.

7월 26일 임인일

맑다. 오후에 큰바람이 불고 우레가 치며 비가 오더니, 곧 그쳤다. 영평부에서 청룡하青龍河까지 1리, 남구장南坵莊 2리, 압자하鴨子河 7리, 범가장范家莊 3리, 난하灤河 2리, 이제묘夷齊廟 1리, 모두 16리를 가서 점심을 먹었다. 이제묘에서 망부대望夫臺까지 5리, 안하점安河店 8리, 적홍포赤紅鋪 7리, 야계타野鷄坨 5리, 사하보沙河堡 8리, 조장棗場 10리, 사하역沙河驛 2리, 모두 45리를 갔다. 이날 61리를 통행하고 사하역 성 밖에서 숙박했다.

아침에 영평부를 출발하니 아침 기운이 약간 선선했다. 성 밖의 강가에 장이 섰는데 온갖 물화들이 시장을 꽉 메우고, 수레와 말이 이리저리 분주하게 다닌다. 혼자 시장에 들어가 사과 두 개를 샀다.

옆에 대나무 농을 짊어진 자가 있는데, 농을 여니 수정으로 된 찬합 다섯 개가 나오고, 찬합마다 뱀이 한 마리씩 들어 있다. 뱀은 모두 찬합 가운데에 똬리를 틀고 대가리를 밖으로 내밀고 있는데, 그 모습이 마치 솥뚜껑에 꼭지가 달려 있는 것 같다. 두 눈알은 반들반들 빛이 난다. 검은 놈이 한 마리, 흰 놈이 한 마리, 파란 놈이 두 마리, 붉은 놈이 한 마리인데, 찬합 밖에서도 훤하게 속이 비친다. 말린 뱀인지 살아 있는 뱀인지 분간이 되질 않아 주인에게 물어보니 모호하게 얼버무린다. 대저 뱀을 악성 종기에 약으로 쓰면 신기한 효험이 있다고 한다.

중국 도사의 모습

또 쥐를 놀리는 사람, 토끼를 놀리는 사람, 곰을 놀리는 사람 등 여러 가지 놀이가 있는데, 이들은 모두 동냥꾼들이다. 곰은 크기가 개만 한데 칼춤도 추고 창도 가지고 놀며 사람처럼 서서 다니기도 하고, 절도 하고 꿇어앉아서 머리를 조아리기도 한다. 사람이 시키는 대로 재주를 부리긴 하지만 생김새가 대단히 못생기고 추악한데다 민첩함도 원숭이만 못했다. 토끼와 쥐를 놀리는 재주는 더더욱 교묘하고, 사람의 뜻을 곧잘 알아듣는다고 하나 갈 길이 바빠 상세히 관찰할 수가 없었다.

도사 둘과 동자 도사 하나가 시장을 돌아다니며 구걸을 하는데, 운관雲冠을 쓰고 가볍게 나풀거리는 하대霞帶를 매었다. 얼굴 생김새는 우아하고 고우나, 손으로 영저鈴杵[43]를 흔들고 입으로는 주문을 외우는 등 행동거지가 괴상망측하여 사람과 귀신의 중간쯤 되었다. 여자 셋이 막 길 떠나는 복장을 갖추고 말을 타고 달려간다.

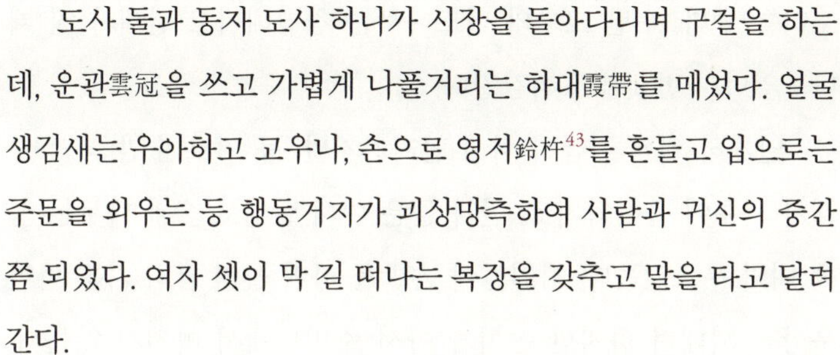

영저 요령

배를 타고 청룡하青龍河와 난하灤河를 건넜다. 백이·숙제의 사당을 둘러보고 지은 「이제묘기」夷齊廟記, 배로 난하를 건너며 지은 「난하범주기」灤河泛舟記, 고죽성을 구경하고 지은 「고죽성기」孤竹城記[44]란 글이 별도로 있다.

백이·숙제의 사당에서 먼저 출발하여 야계타에 채 이르기도 전에 날씨는 찌는 듯하고 한 점의 먼지도 없다. 노盧, 정鄭, 주周, 변卞 등과 함께 앞서거니 뒤서거니 얘기를 주고받으며 가는데, 홀연히 손등에 찬물 한 종지가 떨어져 마음과 등골이 모두 오싹했으나 사방을 둘러보아도 물을 끼얹는 사람은 없었다. 또 주먹만 한 물 덩어리가 창대의 모자 처마를 때리는데 그 소리가 '탕' 하

43 영저는 손잡이 달린 작은 종인 요령搖鈴이다.
44 「고죽성기」는 『열하일기』에 수록되어 있지 않다.

고 났다. 또 노군의 갓 위에도 떨어진다.

모두 고개를 들고 하늘을 쳐다보니, 태양 옆에 바둑알만 한 조그만 조각구름이 있는데, 은은하게 '구르릉' 하며 맷돌 가는 소리가 난다. 잠시 뒤 사방의 지평선에 각각 까마귀 머리만 한 작은 구름이 일어나는데, 그 형색이 매우 험상궂다. 태양 옆에 있던 검은 구름은 이미 태양을 반 정도 가리고, 한 줄기 번쩍하는 섬광이 버드나무 사이를 지나간다.

잠시 뒤에 해는 구름 속에 완전히 숨고 구름 속에서는 천둥소리가 번갈아 나며 마치 바둑판을 밀치듯 비단 옷감을 찢는 듯한 소리를 낸다. 수만 그루의 버드나무는 침침해지고 번개가 칠 때 나뭇잎마다 번갯불이 휘감긴다.

일제히 채찍을 급히 쳐서 달려가지만, 등 뒤로 수만 대의 수레가 다투어 몰아닥치고, 산과 들은 미쳐 날뛰고 숲과 나무는 성을 내며 부르짖는다. 하인들이 손발을 바삐 놀려 급히 기름 먹인 우장을 꺼내려 하지만 손이 곱아서 주머니에서 빠지지 않는다. 비 귀신, 바람 귀신, 번개 귀신, 우레 귀신이 함께 뒤섞여 제멋대로 이리 뛰고 저리 뛰고 하여 지척이 분간이 안 되며, 말은 모두 넓적다리를 덜덜 떨고, 사람은 모두 기겁을 한다.

그래서 말 머리들을 모아서 빙 둘러섰는데, 하인들은 모두 얼굴을 말갈기 아래로 숨겼다. 때때로 번갯불이 번쩍하는 사이로 노군(노이점)을 살펴보니 추워서 벌벌 떨며 살갗에 소름이 돋고, 두 눈을 질끈 감았는데 거의 숨이 넘어갈 것만 같다.

잠시 뒤, 폭풍우가 다소 그쳐 서로서로 얼굴을 쳐다보니 모두 사람의 얼굴이 아니었다. 그제야 양쪽 연도 사오십 보 밖에 집들이 있는 것이 보였지만, 한창 비바람이 몰아칠 때는 그곳으로 피

할 줄을 몰랐다. 사람들이,

"조금만 더 잘못되었더라면 거의 숨이 막혀 죽었을 것이외다."

하고, 드디어 점포에 들어가 잠시 쉬었다.

비바람은 금세 그치고 해가 맑고 곱게 비쳐, 술을 조금 마시고는 즉시 출발했다. 길에서 부사를 만나,

"어디서 비를 피하셨소?"

하고 물으니 부사는,

"가마의 창틀이 바람에 떨어져 나가 빗발이 옆으로 들이쳐 한길에 나앉아 있는 것이나 다를 바 없었소이다. 빗방울의 크기가 술 주발만 하니, 대국은 빗방울도 정말 겁나게 크네요."

라고 한다. 내가 변계함에게,

"나는 이제부터 더는 역사책의 전기〔史傳〕를 믿지 않으려네."

라고 하니 정 진사가 말에 채찍을 치고 앞으로 나서며,

"무슨 말입니까?"

하고 묻기에,

"항우가 아무리 큰 소리를 지르기로서니 어떻게 천둥치는 소리와 같을 수 있겠는가? 그런데도 『사기』에는 항우가 고함을 치자 적천후赤泉侯 양희楊喜[45]의 부하와 말 들이 모두 놀라서 몇 리를 뒤로 물러났다 했으니, 이는 모두 거짓말이네. 또 항우가 아무리 성이 나서 눈을 부릅뜨기로서니 번갯불만은 못할 터인데, 항우가 눈을 부릅뜨자 여마동呂馬童[46]이 말에서 떨어졌다고 하니 더욱 믿지 못할 일이네."

하니 모두 크게 웃었다.

45 적천후 양무는 한나라의 장수로, 항우가 죽자 그 시체를 찢어서 나누어 가진 다섯 장수 가운데 한 사람이다.

46 여마동은 소싯적에 항우와 친구였는데, 나중에는 유방의 부하가 되었다. 뒷날 항우가 대패하여 자결하자, 항우의 시신을 수습했고 그 공으로 제후에 봉해졌다.

백이·숙제 사당 관람기

「이제묘기」夷齊廟記

난하의 기슭에 수양산首陽山이라는 작은 언덕이 있다. 수양산 북쪽에는 고죽성孤竹城이라는 작은 성곽이 있는데, 그 성문에는 '어진 사람의 옛 마을'이라는 뜻의 '현인구리'賢人舊里라고 써 붙였다. 문의 오른쪽에는 '효자충신'孝子忠臣이라는 비석이 있고, 왼쪽에는 '지금칭성'至今稱聖이라는 비석이 있다. 사당의 문에도 '천지강상'天地綱常이라는 비석이 있고, 문의 남쪽에는 '고금사표'古今師表라는 비가 있으며, 문 위에는 '상고일민'上古逸民이라는 편액이 걸려 있다. 비석은 문 안에 셋, 뜰 중앙에 둘, 계단 위 좌우에 넷이 있는데, 모두 명나라, 청나라 때의 황제가 쓴 글씨이다.

백이·숙제 사당의 옛 모습

뜰에는 오래된 소나무 수십 그루

수양산

가 있고, 계단은 흰 돌로 난간을 만들어 둘렀다. 뜰 가운데에는 '고현인전'古賢人殿이라는 큰 전각이 있고, 전각 안에 곤룡포와 면류관을 갖추고 홀을 들고 서 있는 사람이 백이와 숙제이다. 전각의 문에 '백세지사'百世之師라고 적혀 있고, 전각 안에는 큰 글씨로 '만세표준'萬世標準이라고 쓰여 있는데, 강희 황제가 쓴 것이다. 또 '윤상사범'倫常師範이라고 쓰여 있는 것은 옹정 황제의 어필이다. 전각 안에는 보물 그릇들이 있는데, 대부분 만력 연간(1573~1615)의 기물들이다.

전각의 주련에는,

> 인을 구하고 인을 실천하니 만고에 맑은 바람이 고죽국에 분다.[47]
>
> 求仁得仁 萬古淸風孤竹國
>
> 폭력으로 폭력을 바꿈은 옳지 않다고 한 천추의 높은 절개 수양산에 빛난다.[48]
>
> 以暴易暴 千秋孤節首陽山

47 "求仁得仁"은 공자가 백이·숙제를 평한 말이다.

48 "以暴易暴"은 백이·숙제가 은나라를 정벌하려던 무왕을 비판하며 한 말이다.

강세황의 〈이제묘도〉
18세기 조선

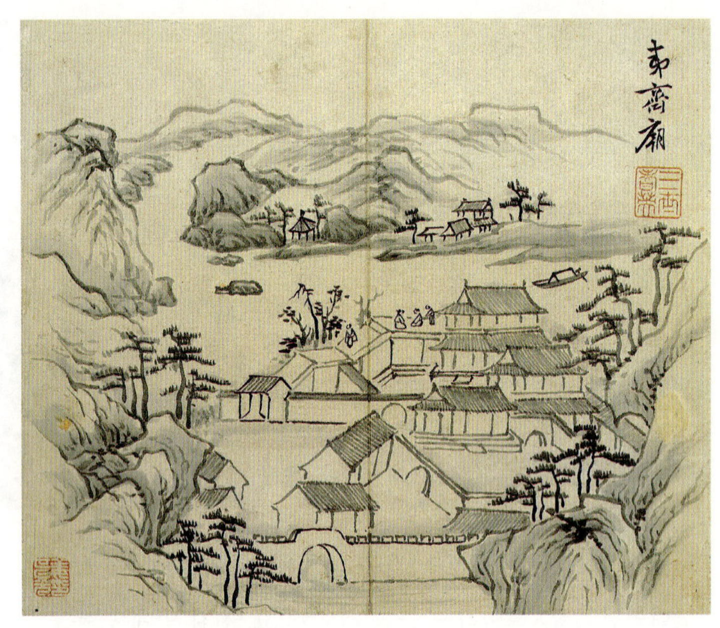

라는 글귀가 붙어 있다.

가운데 뜰에는 문이 두 개 있는데, 동쪽은 '염완'廉頑이고 서쪽은 '입나'立懦[49]라는 문이다. 또 작은 문이 두 개 있는데, 왼쪽은 '관천'盥薦이고 오른쪽은 '제명'齊明이다. 그 문을 나오면 읍손당揖遜堂이라는 집이 있고, 성화成化(1465~1487) 연간에 세운 비석이 있다.

49 『맹자』에 "백이·숙제의 풍모를 들으면 완악한 사람은 청렴해지고, 나약한 사람은 뜻을 세운다"라는 말에서 '염완'과 '입나'라는 명칭을 따왔다.

비석 뒤에는 청풍대淸風臺가 있고, 양쪽 문에는 각각 '고도풍진'高蹈風塵과 '대관환우'大觀寰宇라고 적혀 있으며, 청풍대 위의 전각에는 '재수지미'在水之湄라고 쓰여 있다.

주련에는,

산은 인자처럼 고요하다. 山如仁者靜
바람은 성인처럼 맑다. 風似聖之淸

라고 했고 또,

아름다운 물, 아름다운 산의 고죽이란 나라. 佳水佳山孤竹國
훌륭한 형제가 옛 성인으로 태어나셨네. 難兄難弟古聖人

라는 글귀가 적혀 있다. 청풍대 위의 양쪽 문에는 '백대산두'百代山斗와 '만고운소'萬古雲宵라고 각각 적혀 있다.

명 헌종憲宗 순황제純皇帝 때 백이를 소의청혜공昭義清惠公으로 증직贈職하고, 숙제를 숭양인혜공崇讓仁惠公으로 증직했다.

중국에는 수양산이라고 일컫는 산이 다섯 곳이나 있다. 하동河東(산서성) 포판현蒲坂縣 화산華山의 북쪽과 하곡河曲의 가운데에 수양산이라는 산이 있고, 혹은 농서隴西에 있다 하고 혹은 낙양 동북쪽에도 있다 하며, 또 언사현偃師縣(하남성 낙양현 동쪽에 있는 현) 서북쪽에 백이·숙제의 사당이 있다 하고, 요양遼陽에도 수양산이 있다 하여 전해 오는 기록에 섞여 나온다.[50] 그러나 맹자는 "백이가 은나라 폭군 주紂를 피하여 북쪽 바닷가에 살았다"라고 했으며,[51] 우리나라 해주海州에도 수양산이 있어 백이·숙제의 제사를 지내건만, 중국에서는 알지 못하고 있는 것이다.

나는 이런 생각이 든다. 기자가 동쪽의 조선에 온 까닭은 주나라 영토 안에서 살고 싶지 않은 때문이고, 백이가 의리상 주나라의 곡식을 먹으려고 하지 않은즉, 혹 기자를 따라와서 기자는 평양에 도읍하고 백이·숙제는 해주에 산 것은 아닌가? 우리나라 항간에는 "『예기』禮記라는 책에서 동이東夷의 자식으로 상주 노릇을 잘했다고 언급한 대련大連과 소련小連은 해주 사람이다"라고 전해 오는데, 이것은 무엇에 근거하여 나온 말인가?[52]

백이·숙제의 청절묘清節廟 유지遺址

50 중국 문헌에 수양산이라고 불리는 산이 모두 여섯 곳이며, 중국인들은 그중에 농서에 있는 것을 진짜라고 믿는다. 감숙성의 농서, 곧 지금의 위원현渭源縣 연봉진蓮峰鎭 수양촌首陽村에 백이·숙제의 무덤이 있고, 사당에는 당나라 이당李唐이 그린 〈채미도〉采薇圖가 있다고 한다.

51 『맹자』「이루」離婁 상편에 나오는 말이다.

52 『연암집』「영대정잡영」편에 이제묘 부근에서 지은 한시가 절구 4수 중 하나로 실려 있다.

이제묘가 있던 곳의 오늘날의 모습(상)
난주灤州 고성에 복원한 이제고리夷齊故里(하)

문과 담장에 당나라, 송나라 역대의 제문을 나열하여 새겨 놓은 것으로 보아 이 사당이 영평부에 있은 지 오래되었음을 알겠다. 어떤 이는,

"홍무洪武 초년(1368)에 영평부 성의 동북쪽 언덕에 옮겼다가 경태景泰(1450~1456) 연간에 다시 이곳으로 옮겼다."

고 말한다.

임금이 거둥할 때 묵는 행궁行宮이 있는데, 그 제도가 강녀묘와 북진묘의 여러 행궁과 같은데, 지키는 사람이 막아서 구경할 수 없었다.

난하에 배를 띄우고

「난하범주기」灤河泛舟記

난하는 만리장성 북쪽 개평開平에서 나와 동남으로 흘러서 천안현遷安縣 경계를 지나 노룡새盧龍塞에 이르러 칠하漆河와 합하고, 또 남쪽으로 낙정현樂亭縣에 이르러 바다로 흘러 들어간다. 요동과 요서에서 이름에 하河라고 붙은 냇물은 모두 물이 탁한데, 유독 난하만은 고죽사孤竹祠 아래에 이르러 물이 고여 호수가 되어 물빛이 마치 거울과 같다.

고죽성은 영평부 남쪽 10여 리에 있다. 『후한서』後漢書「군국지」郡國志에,

"우북평右北平 영지令支에 고죽성이 있다."

라고 하고 그 주석에,

"백이·숙제의 본국이다."

라고 하였다.[53]

난하의 남쪽 기슭에는 깎아지른 절벽이 우뚝 솟아 있고, 그

53 『후한서』 지志 권23의 군국郡國 5에는 요서군遼西郡 영지令支에 고죽성이 있다고 하였다.

난하

위에 청풍루淸風樓가 있는데 누각 아래의 물은 더욱 맑다. 강 가운데 작은 섬(설봉도雪峰島)이 있고, 섬 안에는 암석을 병풍처럼 둘러 쌓았으며, 그 병풍바위 앞에 고죽군孤竹君의 사당이 있다. 사당 아래에 배를 띄우니 물은 투명하고 모래는 깨끗하다. 넓은 들판 멀리 숲이 있으며, 강가에 있는 집 수십 호의 그림자가 모두 호수 가운데에 거꾸로 그려져 있다. 고기잡이 어선 서너 척이 막 사당 아래에 그물을 설치하고는 물을 거슬러 올라간다.

중류에는 대여섯 길의 돌로 된 봉우리가 있어 이름을 지주砥柱라고 하는데, 기암괴석이 지주를 둘러싸고 모여 서 있으며, 푸른빛을 띤 해오라기와 자원앙(비오리) 수십 마리가 모래 가운데에 줄을 지어 앉아서 깃을 털고 있다. 함께 배를 탄 사람이 돌아보고 즐거워하며,

"강산이 그림같이 아름답구먼."

하기에 내가,

"자넨 강산도 모르고 그림도 모르네. 강산이 그림에서 나왔는가? 아니면 그림이 강산에서 나왔는가? 그러므로 무릇 '흡사하다' '같다' '유사하다' '닮았다' '꼭 같다' 등은 같은 것을 비유하는 말들이지만, 그러나 비슷한 것을 가지고 비슷하다고 비유하는 것은 어디까지나 비슷한 것일 뿐이지 진짜는 아니네.

옛날 어떤 사람이 모양과 발음이 비슷하다고 해서 '동글동글한 조개의 일종으로 강에서 나는 요주瑤柱와 동그란 과일인 여지荔枝가 비슷하고, 아름다운 호수인 서호西湖[54]와 아름다운 여자 서자西子[55]가 비슷하다'고 말했더니, 어리석은 사람이 있다가 나서서 '홍합의 일종인 담채淡菜가 과일 열매인 용안龍眼과 비슷하고, 전당호錢塘湖[56] 호수와 황후 조비연趙飛燕[57]이 닮았다'고 말을 했다 하니, 어찌 그럴 수가 있겠는가?"

54 서호는 절강성 항주에 있는 호수로, 아름다운 경치로 이름이 났다.

55 서자는 춘추시대 월나라 미인인 서시西施를 말한다.

56 전당호는 절강성 항주에 있는 호수로, 날아가는 제비의 모습을 닮았다고 한다.

57 조비연은 전한前漢 효성제孝成帝의 황후로, 몸이 날씬하고 춤을 잘추어 비연飛燕이라 일컬어졌다.

난하의 설봉도

사호석 이야기

「사호석기」射虎石記

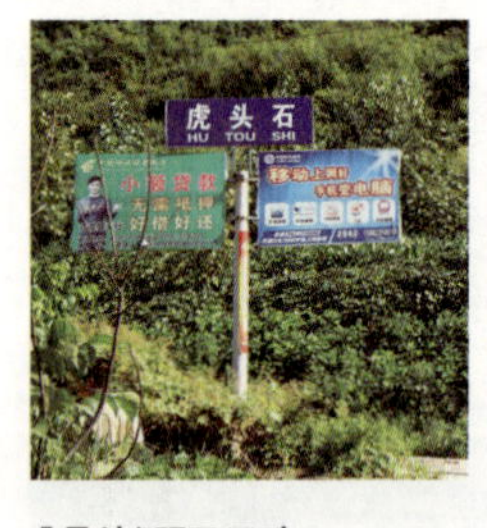

호두석虎頭石 표지

58 한비장군이란 흉노족이 한나라 이광李廣의 용맹을 보고 지은 별명이다. 이광이 바위를 범으로 착각하여 활을 쏘았는데, 화살이 바위에 박혔다. 이후에는 아무리 쏘아도 바위에 화살이 박히지 않았다고 한다.

59 바위와 비석은 문화혁명 기간에 파괴되었다. 바위가 있던 마을의 이름은 호두석촌虎頭石村이라고 하여, 그 전설을 짐작할 수 있다.

영평부 남쪽으로 10여 리를 가면 끊어진 언덕에 바위 하나가 마치 노려보듯이 서 있다. 바위의 색깔은 희고, 그 아래에 '한비장군사호처'漢飛將軍射虎處[58]라는 비석이 있다. 나는 그 비석에 "청나라 건륭 45년(1780) 7월 26일 조선인 박지원이 구경하다"라고 적었다.[59]

7월 27일 계묘일

맑다. 아침에 잠시 시원하다가 오후에는 매우 더웠다. 사하역에서 홍묘紅廟까지 5리, 마포영馬鋪營 5리, 칠가령七家嶺 5리, 신점포新店鋪 5리, 건초하乾草河 5리, 왕가점王家店 5리, 장가장張家庄 5리, 연화지蓮花池 10리, 진자점榛子店 5리, 모두 50리를 가서 점심을 먹었다. 진자점에서 연돈산烟墩山까지 10리, 백초와白草窪 6리, 철성감鐵城坎 4리, 우란산포牛欄山鋪 4리, 판교板橋 6리, 풍윤현豊潤縣 20리, 모두 50리를 갔다. 이날 100리를 통행하고 풍윤성 밖에서 숙박했다.

어제 백이·숙제 사당에서 점심을 먹을 때 고사리와 닭고기를 쪄서 내왔다. 맛이 매우 좋은 데다가 연도에 오며 입맛을 잃은 지 오래된 터라, 홀연히 맛있는 음식을 만나 흔쾌히 입맛이 당겨 실컷 포식했다. 그러나 이제묘에서 고사리를 먹는 것이 예전부터 내려오던 관례인 줄은 몰랐다.

길에서 갑작스런 비바람을 만나 몸 밖은 춥고 속은 막혀서 먹은 것이 소화가 되질 않고 그만 체하여 가슴에 얹혔다. 트림이라도 한번 하면 고사리 냄새가 목을 찌른다. 그래서 생강차를 마셔 보았지만 속은 여전히 편치 않았다. 내가,

"지금은 가을철인데, 시절에 맞지 않게 주방은 어디에서 고사리를 구했답니까?"

하고 물으니 좌우에서,

"백이·숙제 사당에서 점심을 먹는 것이 내려오는 관례이며,

사시사철 어느 때나 반드시 고사리 음식을 낸답니다. 주방에서는 우리나라에서 마른 고사리를 미리 가지고 와서 국을 끓여 일행에게 제공하는 것이 하나의 전통입니다. 십수 년 전에 건량청乾糧廳[60]에서 잊어버리고 고사리를 가지고 오질 않아, 여기에 도착해서 고사리 음식을 내놓지 못한 적이 있었습니다. 당시 건량관이 서장관에게 곤장을 얻어맞고 냇가에 가서 통곡을 하며 '백이 숙제야, 백이 숙제야. 나하고 무슨 원수가 졌느냐? 나하고 무슨 원수가 졌느냐?'라고 했답니다. 소인의 생각으로는 고사리 요리는 생선이나 고기 요리보다 못하며, 듣자하니 백이와 숙제도 고사리를 캐어 먹다가 굶어 죽었다고 하니, 고사리란 정말 사람을 죽이는 독한 음식입니다."

60 건량청은 마른 식품 자재를 관장하는 기관.

라고 하여 모두 크게 웃었다.

백이·숙제의 고향에 있는 우물
'이제정'이라는 표석이 보인다.

태휘太輝란 자는 노 참봉(노이점)의 말을 부리는 사람이다. 연행이 초행인 데다가 사람됨이 경망하기 짝이 없는 인물이다. 일행이 조장棗庄을 지나갈 때 대추나무가 비바람에 꺾여 담 밖에 거꾸로 드리워져 있었는데, 태휘란 자가 풋대추를 따서 먹다가 복통을 만나 급한 설사가 그치지 않았다. 바야흐로 뱃속은 비고 목이 타서 애를 먹고 있다가 고사리 독이 사람을 죽인다는 말을 듣고는 갑자기 대성통곡을 하며,

"백이, 숙채熟菜(삶은 고사리나물)가 사람 잡네. 백이, 숙채가 사람 죽이네."

라고 소리를 질렀다. 숙제叔齊와 숙채熟菜가

서로 발음이 비슷하기 때문이었으니, 한집에 있던 사람들이 떠들썩하게 웃었다.

송시열의 담비가죽(초구) 옷

내가 서대문 근처에 살 때였다. 숭정으로 연호를 쓰기 시작한 후 137년이 되는 세 번째 갑신년(1764) 3월 19일은 바로 명나라 회종懷宗 열황제가 종묘사직을 위해 자결한 날이다.[61] 시골의 글방 선생이 같은 동리에 사는 사람과 학동 수십 명을 데리고 한양의 서쪽 송씨가 세를 들어 살았던 집을 찾아가 우암尤菴 송시열宋時烈 선생의 유상遺像에 절을 하고, 효종 임금이 우암에게 청나라를 치러 갈 때에 입으라고 하사한 담비가죽(초구) 옷을 꺼내 놓고 어루만지게 하였다. 비분강개함을 이기지 못해 눈물을 줄줄 흘리는 자까지 있었는데, 돌아오다가 성 밑에 이르러서는 분하여 팔짓으로 감자를 먹이고 벼르며 서쪽을 보고 '되놈' 하고 외쳤다.

글방 선생은 여수旅酬[62]를 위해 고사리 요리를 내놓았다. 당시 나라에서 술을 금했기 때문에 술 대신 꿀물을 그림이 그려진 도자기 동이에 그득 담았다. 도자기 동이에는 명나라 성화成化(1465~1487) 연간에 만들었다는 뜻의 '대명성화년제'大明成化年製라는 관지款識가 적혀 있었다.

음복술을 마시는 자들은 반드시 도자기 동이 가운데를 굽어보아야 했는데, 춘추의리를 잊지 않기 위함이다. 드디어 서로 시를 한 수씩 지었다.

한 동자가 시를 짓기를,

무왕이 은나라를 치다가 실패하여 죽었다면
천 년 역사에 주紂임금의 역적이 되었으리라.

61 숭정은 명나라 마지막 임금인 회종懷宗의 연호. 회종이 북경의 경산에서 목매어 자결한 이후에도 숭정기원후崇楨紀元後 몇 해라고 하여 그 연호로 간지를 표기하였다. 회종은 청나라에서 부여한 시호인데, 이 시호는 많은 논란이 있어 후대에 의종毅宗, 사종思宗, 위종威宗, 열종烈宗, 경종敬宗, 흠종欽宗 등으로 불렸다.

62 여수는 의식이 끝난 뒤에 식에 참여한 사람들이 술잔을 돌려가며 마시는 예.

'대명성화년제' 관지가 적힌 그릇

송시열

강태공 여망呂望은 백이를 살려 보냈는데
어찌하여 역적을 비호했다 하지 않는가?
오늘날 춘추의리로 따져 보자면
되놈이라고 욕하는 사람이야말로 되놈에겐 역적이라네.
武王若敗崩 千載爲紂賊
望乃扶夷去 何不爲護逆
今日春秋義 胡看爲胡賊

라고 하니 앉아 있던 사람들이 모두 크게 웃었다.

글방 선생이 놀라 멍하니 한참 있다가,

"아이들에게 일찍부터 『춘추』를 읽히지 않으면 안 되겠구나. 춘추의리를 분변하지 못하기 때문에 이런 괴상망측한 이야기를 하는 거야. 경치에 관한 시나 짓는 것이 좋겠다."
하였다.

또 한 동자가 시를 짓기를,

고사리를 캐어 본들 정말 배를 불릴 수는 없으니
백이는 끝내 굶주려 죽을 수밖에.
꿀물의 달기는 술보다 더 하니
이 꿀물을 마시고 죽는다면 원통하리라.
採薇不眞飽 伯夷終餓死
蜜水甘過酒 飮此亡則冤

라고 하자 선생은 눈살을 찌푸리며,

"또 괴상망측한 소리를 하는구나."

라고 하자 자리에 있던 사람들이 모두 크게 웃었다.

그런 일이 있은 지 지금 이미 17년이나 지났고, 당시 노인들도 다 돌아가셨건만 또다시 백이·숙제의 고사리 때문에 이런 분답을 떨게 되고, 이국의 등불 아래에서 옛날이야기를 기억하다 보니 결국 잠을 설치게 되었다.

새벽에 출발하여 길에서 상여를 만났다. 관 위에는 흰 수탉을 두었는데 닭이 날개를 푸득거리며 운다. 길에서 연달아 상여를 만났는데 모두 닭을 두었다..닭이 죽은 이의 영혼을 인도한다고 한다.

길옆에 있는 연못은 네모지고 수백 이랑쯤 되는데, 연꽃은 이미 다 떨어졌다. 근처에 사는 사람들이 각기 작은 배를 타고 들어가 마름, 가시연밥, 개구리밥, 연뿌리 등을 캐고 있다. 돼지 수십 마리를 몰고 가는 사람이 있는데, 채찍질하여 몰고 가는 방법이 소나 말을 다루는 것과 같다. 100여 리 사이에 아름드리 버드나무가 수도 없이 뽑히고 넘어져 있으니, 어제 비바람에 뽑힌 것이다.

일행이 진자점에 이르렀다. 이곳 진자점은 본시 창기娼妓를 두기로 이름난 곳이다. 강희 황제가 천하의 창기들을 엄금嚴禁하여 양자강 판교板橋 등의 이름난 창녀 누각과 기생집은 다 없어지고 쑥밭이 되었는데, 다만 이곳만은 씨가 끊어지지 않았다. 이런 여성을 일러서 '양한적'養閒的[63]이라고 하는데 제법 용모가 아름답고 악기도 다룰 줄 안다.

재봉再鳳과 상삼象三이 뒷집으로 들어가다가 나를 보고는 야릇한 웃음을 짓고는 간다. 나 또한 그들의 뜻을 알아차리고 몰래 그 뒤를 밟아 가서 문틈으로 엿보았다. 상삼은 이미 한 여자를 끌어안고 앉았는데 아마도 아는 사이인 것 같다. 두 젊은이가 의자

63 여기 양한養閒은 양한養漢의 오자이다. 남편이 있는 여자가 다른 정부를 두는 것을 양한이라고 하는데, 창기의 뜻으로 전용하여 쓴다. 적的은 남자, 여자 등의 뜻을 가진 접미사이다. 몇몇 필사본(전남대, 성호기념관 소장본)에는 이를 토기土妓라고 썼다. 토기는 관청에 소속되지 않은 사창을 말하는데, 사과자私窠子라고도 한다.

박판

를 마주하여 비파를 뜯고, 또 한 여자가 의자를 마주하고 피리를 입에 비스듬히 물고 부는데, 피리의 머리에는 금으로 된 고리를 달고 고리에는 붉은색의 색실로 된 장식 술을 드리웠다. 재봉이 의자에서 일어나 손을 뻗어 피리의 장식 술을 어루만진다.

또 한 여자가 주렴을 걷고 나오는데, 손에는 박판拍板[64]을 쥐었다. 재봉을 부축하여 의자에 앉으라고 청하나, 재봉은 말을 듣지 않는다. 주렴 안에 있던 한 늙은 놈팡이가 있다가 주렴을 걷고 서서는 재봉에게 '하오?'好(안녕하시오)하고 인사를 한다.

64 박판은 음악이나 춤을 시작할 때 혹은 박자를 맞출 때 쓰는 악기이다.

내가 드디어 큰 소리로 기침을 하고 침을 뱉었다. 방 안에서는 모두들 깜짝 놀라고 상삼과 재봉은 서로 쳐다보며 웃다가, 즉시 일어나 문 밖으로 나와서 들어와서 보라고 나를 맞이한다. 내가 문을 열고 '하오'라고 인사를 하니, 놈팡이와 두 젊은이가 일제히 일어나 웃음을 머금고 '하오'라며 인사를 받는다. 세 창기도 모두 내게 많은 복을 받으라고 '첸푸'千福 하며 인사한다.

재봉이 노랑 저고리와 붉은 치마를 입은 여자를 가리키며,

"저 아가씨의 이름은 유사사柳絲絲인데, 지난 병신년(1776)에 여기를 지날 때는 나이가 스물넷이고 일색이더니, 오 년 사이에 얼굴이 팍 삭아서 영 보잘것없게 되었습니다."

라고 하고 상삼은,

"유사사는 나이 열넷부터 노래로 이름을 날렸답니다."

하고는 검은 저고리에 붉은 치마를 입은 여자를 가리키며,

"저 아가씨는 이름이 요청幺青이고 금년에 나이 스물다섯입니다. 작년부터 여기에 와 있는데 산동山東 여자입니다."

라고 한다.

내가 검은 저고리에 녹색 치마를 입은 제일 젊은 여자를 가리

키니 상삼이,

"저 여자는 처음 보는 사람이라, 나이와 이름을 모르겠습니다."

라고 한다.

세 여자는 아주 빼어난 자태와 미모는 아니지만, 대략 당나라 미인도에서 본 여자들과 닮았다. 놈팡이는 이 집 주인이고, 두 젊은이는 모두 산동에서 온 장사치이다.

유은함劉恩涵의 〈한희재령곡도〉韓熙載聆曲圖(부분)

내가 상삼에게 눈짓을 하여 악기를 연주해 보라고 청하니, 상삼이 젊은이들에게 뭐라고 말한다. 한 젊은이가 독창을 하니, 요청이란 여자가 박

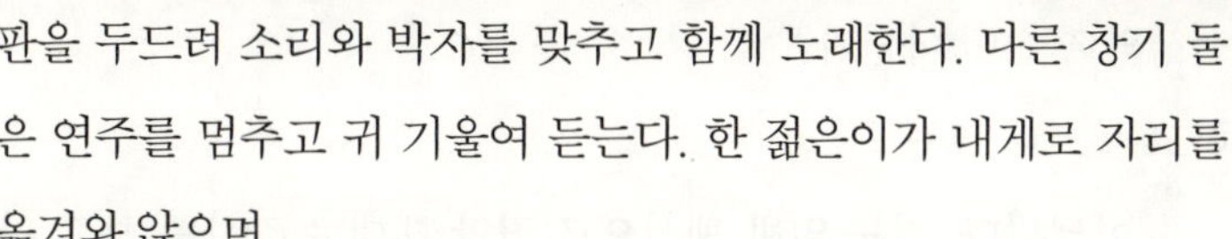

판을 두드려 소리와 박자를 맞추고 함께 노래한다. 다른 창기 둘은 연주를 멈추고 귀 기울여 듣는다. 한 젊은이가 내게로 자리를 옮겨와 앉으며,

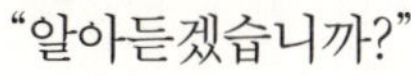

"알아듣겠습니까?"

하고 묻기에 내가,

"잘 모르겠네."

하니 젊은이가 글을 써서 보이며,

"이 사곡詞曲은 기생초寄生草[65]라고 부르는데 가사는,

앞 왕조에 나왔던 영웅 장수들이여
도원결의한 유비 관우 장비
그들은 제갈량을 군사軍師로 맞이하여
신야新野[66]와 박망둔博望屯[67]을 불사르고
상양성上陽城[68]을 통째로 불구덩이에 넣었다.

65 원문에는 계생초鷄生草로 되어 있으나 이는 사곡詞曲 기생초寄生草의 오자이다.

66 신야는 하남성 남부와 호북성 경계에 있는 지명.

67 박망둔은 하남성의 지명으로, 조조가 군사를 주둔했기 때문에 박망둔이라고 한다.

68 상양성은 하남성 삼문협三門峽 시에 있는 고성 이름.

야속한 하늘은 주유周瑜를 낳고 또 제갈량을 낳았구나.

前朝出了英雄將 桃園結義劉關張

他三人請了軍師諸葛亮 火燒新野博望屯

炮打上陽城 怨老天既生瑜又生亮

라고 합니다."

하고 이야기해 준다.

젊은이는 문자를 제법 아는 모양인데 얼굴 생김새가 가증스럽게 생겼다. 제 스스로 자신은 산동성 신성新城 사람이고, 성명은 왕용표王龍標라고 소개한다. 내가 그에게,

"그대는 산동 출신의 저명한 문인인 서초西樵 왕사록王士祿[69] 선생의 후손이 아닌가?"

하고 물으니 그는,

"아닙니다. 저는 일반 백성으로 집안 대대로 장사를 하고 있습니다."

라고 한다. 젊은이가 또 한 곡을 노래하니, 세 창기 중 하나는 박판을 두드리고, 하나는 비파를 타고, 하나는 피리를 불어서 화답한다.

왕용표가 내게,

"나으리께서는 알아들으시는지요?"

하기에 내가,

"모르겠네. 이것은 무슨 사곡인가?"

하고 물으니 용표는 글을 써서 보여 주기를,

"이 곡조는 「답사행」踏莎行이라고 합니다. 가사는

69 왕사록(1626~1673)은 산동 신성 출신으로, 자는 자저子底, 호는 서초산인西樵山人이다. 시를 잘 지어 아우 왕사정王士禎, 왕사호王士祜와 함께 3왕으로 불렸다.

너무나도 빠른 세월, 아지랑이 같은 속세
동쪽으로 흐르는 강물은 다할 날 없네.
예로부터 명예와 이익을 다투던 사람들
백 년 동안 길이 남은 사람 그 몇이더냐?
日月隙駒塵埃野馬 東流不盡江河瀉
向來爭奪名利人 百年歲幾個長存者

라고 합니다."

한다. 유사사가 이어서 부르기를,

어부와 나무꾼이 풍자하는 말
옳고 그름은 『춘추』 아래에만 있지 않네.
스스로 술을 따라 마시고 스스로 길이 노래하니
모름지기 벗이 적다고 탄식할 것 없네.
漁樵冷話 是非不在春秋下
自斟自飮自長吟 不須贊嘆知音寡

라고 한다. 그 소리가 대단히 쓸쓸하여 애간장을 녹이는 것 같아서, 정말 사람을 교묘하게 감동시킨다고 할 만하다. 상삼이 계속 노래를 부르라고 청하자 유사사는 눈을 흘기며,

"채소를 팝니까? 더 달라 보채게."

라고 쏘아붙인다. 그 젊은이가 스스로 비파를 타며 사사에게 권하여 다시 노래를 잇는데, 그 소리가 더욱 간드러지게 넘어간다. 용표가 또 써서 보인다.

"이 사곡은 「서강월」西江月이라는 곡이며 가사는,

쓰르라미는 세월의 총총함을 노래하고
모기들은 산과 강에서 어지럽게 달려들더니,
질풍과 폭우 간밤에 지나니
눈을 굴려 돌아봐도 도무지 하나 없네.
蟪蛄悤悤甲子 蚊蝱擾擾山河
疾風暴雨夜來過 轉眼都無一個

라고 합니다."

요청이 이어서 노래하기를,

항아리 안의 좋은 술 다 마시고
한가하게 달 아래에서 높은 노래 듣는다.
부귀공명은 마침내 어찌 될 것인가?
끝내 닥칠 뒷일은 묻지 마소서.
且盡尊中美酒 閒聽月下高歌
功名富貴竟如何 莫問收場結果

라고 한다.

또 「심원춘」心園春이라는 사곡을 부르기를,

이런 뛰어난 인물
앞길을 분명하게 알 수 있네.
고귀한 관상으로 큰 벼슬하니
가슴에는 별자리 펼쳐 있고
사관의 필력은

기세가 무지개를 꿰뚫었네.
죽은 뒤의 문장
눈앞의 사업으로
뺨 위에 눈물 자욱 귀밑머리 실처럼 희네.
덧없는 인생사 한바탕 꿈이려니
세월의 빠름을 간파해야 하리라.

似此頭顱落落 前途居然可知甚
虎頭食肉 胸羅星宿
螭坳簪筆 氣貫虹霓
身後文章 眼前事業
臉上波痕鬢上絲
浮生事儘鹿蕉 看破駒隙時移

라고 하는데, 목소리가 자못 사나워 유사사의 그윽하고 원망하는 듯한 소리만 못했다.

내가 곧 일어나 나오니 재봉도 따라서 일어났다. 재봉의 말에 의하면 상삼이 주인에게 은 두 냥, 대구 한 마리, 부채 한 자루를 주었다고 한다. 식암息庵 김석주金錫胄[70]가 보았다는 계문란季文蘭의 시를 찾아보았으나 보이지 않았다. (계문란에 대한 이야기는 「피서록」편에 나온다. — 원주)

연도의 수천 리 길에서 부녀자들의 목소리는 모두 애첩이나 기녀들의 아리따운 소리이고, 거칠거나 새된 소리는 하나도 없었다. 이른바 "아름다운 사람 어디에 있는 줄 모르니, 주렴 너머 소리는 화미조畵眉鳥 우는 소리일레라"(不識佳人何處在 隔簾疑是畵眉聲)라는 시처럼, 직접 보진 못하고 상상만 하던 아리따운 노랫소

70 김석주(1634~1684)의 자는 사백斯百, 호는 식암이다. 저서에 문집 『식암집』과 『해동사부』海東辭賦가 있다.

김석주

풍윤성 사류하 마을

리를 항상 한번 들어보고 싶었다. 그런데 지금 그들이 부른 노래의 사곡은 비록 가사는 이해할 수 있으나, 그 소리를 구분할 줄 모르겠다. 또 가락을 모르고 들으니, 듣지 않았을 때 여운을 간직하고 있는 것보다 도리어 못했다.

저녁 무렵에 풍윤성 아래에 도착했다. 숙소로 정한 집의 후문이 성의 해자에 임해 열려 있고, 문 앞에는 낭창거리는 실버들 몇 그루가 서 있다. 정사가 정유년(1777) 봄에 사신으로 왔다가 돌아갈 때 이 집에서 숙박하며,[71] 당시 서장관인 형중亨仲 신사운申思運[72]과 이 버드나무 아래에서 도란도란 이야기를 나누었다고 한다. 그래서 가마를 내리자마자 즉시 후문 밖에 자리를 마련하라 명하고는 여러 비장과 조촐하게 술을 마셨다.

해자는 너비가 10여 보쯤 되고, 그늘이 짙은 버드나무가 땅에 치렁치렁 드리워져 물결에 살랑살랑 잠긴다. 성 위에는 3층 처마의 높은 누각이 있는데 구름과 하늘 사이로 아른거린다. 여러 사람들과 같이 성으로 들어가 누각에 올라 구경했다. 문창루文昌樓라고 이름한 이 누각은 문창성文昌星이라는 별의 신을 제사 지내는 곳이라고 한다.

길에서 남쪽 초나라 지방의 임고林皐라는 사람을 만나 호형항胡逈恒의 집으로 같이 갔다. 등불을 밝히고, 차수次修 박제가朴齊家가 무관懋官 이덕무李德懋[73]의 시를 베껴 쓴 것을 살펴보았다.[74]

저녁을 먹고 다시 오겠다고 약속을 하고는,

"성문이 닫힙니까?"

71 정사 박명원(1725~1790)은 1776년 삼절년공겸사은사三節年貢兼謝恩使로 중국을 다녀왔다.

72 신사운(1721~1801)의 자는 형중, 호는 낙운樂耘이다. 1776년(정조 즉위년) 동지겸사은사의 서장관으로 청나라에 다녀왔다.

73 이덕무(1741~1793)는 조선 후기 실학자로, 자는 무관, 호는 형암炯庵·아정雅亭·청장관靑莊館이다. 저서에 『청장관전서』가 있다.

74 이에 대한 이야기는 「피서록」편에 상세히 언급되어 있다.

풍윤성의 천궁사 탑

하고 물으니,

"곧 닫혔다가 반 식경도 안 되어 다시 열립니다."

라고 답한다.

저녁을 먹은 뒤에 등불을 밝히고 다시 가니 성문이 닫히지 않았다. 우리나라 하인들이 머리는 봉두난발하고 갓도 쓰지 않은 채 도로를 메우고 왔다 갔다 하는데, 말을 먹일 건초를 찾으러 다니는 것이다.

호형항과 임고 두 사람이 반갑게 나와서 맞이하는데 집 안에는 이미 술과 과일을 마련해 두었다.

"이형암李炯菴(이덕무)과 박초정朴楚亭(박제가)은 모두 편안하고 안녕하신지요?"

하고 묻기에, 나는 모두 편안하다고 답했다.

임생이 박제가와 이덕무를 평하여 맑고 탁 트인 높은 선비라고 칭찬하기에 나는,

"그들은 모두 나의 문하생인데, 글줄이나 짓는 보잘것없는

재주를 뭐 그리 이야기할 것 있겠습니까?"

하니 임생이,

"재상의 문하에서 재상이 나고, 장수의 문하에서 장수가 난다는[75] 말이 과연 헛말은 아닌 것 같습니다. 형암, 초정 두 사람은 무술년(1778) 황태후에게 향을 바치러 오는 사신을 따라서 중국에 왔다가 이곳을 지나며 하룻밤을 자고 떠났습니다."

라고 한다.

75 전국시대 제齊나라 맹상군孟嘗君이 한 말이다.

임과 호, 두 사람은 정성을 다해 대접하지만 글을 전혀 모르는 데다가, 호생은 생김새가 전아典雅하지 못하고 다분히 시정잡배의 풍기가 있었다. 임생은 긴 수염이 아름답고 점잖은 어른의 풍모를 갖추었지만, 말을 주고받는 사이에 장사꾼의 행태를 벗어버리지는 못했다. 호생이 내게 〈송하선인도〉松下仙人圖를 선물로 주고, 임생도 그림 부채 하나를 주기에, 나도 부채 하나와 청심환 한 알을 각각 답례로 주었다.

나는 그들과 술 몇 잔씩을 마셨는데, 거기 있는 한 쌍의 유리등이 자못 아름다웠으나 밤중인지라 다른 골동 그릇은 살펴볼 수가 없었다. 나는 즉시 일어나 물러가겠다고 인사를 고하고, 돌아가는 길에 다시 방문하겠다고 약조를 하였다. 임생은 문까지 배웅을 나와 송별하며 자못 섭섭하고 허전한 표정을 짓는다.

숙소로 돌아와 호생이 선물한 복건성의 생강, 국화차, 귤병橘餠[76]을 꺼내어 장복에게 푹 달여 오라고 하여 소주와 섞어 몇 잔을 마시니, 그 맛이 대단히 좋았다.

성 밖에는 사성묘四聖廟[77]가 있으며, 성문 밖의 작은 옹성甕城 안에는 백의암白衣菴이 있다. 큰 거리에는 패루가 두 개 있고, 초루譙樓[78]에는 관운장의 소상을 모셔 놓았다.

76 귤병은 귤을 꿀이나 설탕에 졸여서 만든 음식.
77 사성묘는 요堯·순舜·우禹·탕湯의 네 성군을 모신 사당.
78 초루는 멀리 조망하도록 성문 위에 지은 누각.

7월 28일 갑진일

아침나절 맑다가 오후에 바람과 우레가 크게 쳤다. 빗줄기의 기세는 그저께 야계타에서 만났던 것보다는 못했다. 풍윤에서 새벽에 출발하여 고려보高麗堡까지 10리, 사하포沙河鋪 10리, 조가장趙家庄 2리, 장가장蔣家庄 1리, 환향하還香河[79] 1리, 환향하는 어하교漁河橋라고도 부른다. 민가포閔家鋪 1리, 노고장盧姑庄 4리, 이가장李家庄 3리, 사류하沙流河 8리를 가서 점심을 먹었으니 모두 40리이다. 또 사류하에서 양수교亮水橋까지 10리, 양가장良家庄 5리, 입리포卄里鋪[80] 5리, 십오리둔十五里屯 5리, 동팔리포東八里鋪 7리, 용지암龍池菴 1리, 옥전현玉田縣 7리를 가서, 모두 40리를 갔다. 이날 80리를 통행하고 옥전현 성 밖에서 숙박했다.

옥전玉田은 옛날에 유주幽州라고 일컬었는데, 옛 무종국無終國이며, 주周나라 소공召公[81]이 봉해진 곳이다. 『정의』正義[82]에는 "소공이 처음 무종국에 봉해졌다가 뒤에 계薊라는 곳으로 옮겼다"고 했고, 『시경』 서문에는 "부풍현扶風縣 옹현雍縣 남쪽에 소공의 정자가 있으니, 곧 소공의 식읍食邑이다"라고 했으니, 어느 말이 옳은지 모르겠다.

일행이 고려보[83]에 이르렀다. 집들은 모두 띠풀로 지붕을 이었는데, 아주 빈한하고 검소하여 묻지 않아도 고려보인지 알겠다. 병자호란 다음 해인 정축년(1637)에 포로로 잡혀 온 사람들끼리 한 마을을 이루고 사는 곳이다. 산해관 동쪽 천여 리에 걸쳐 논이라곤 없더니, 홀로 이 땅에만 벼를 심고 있으며, 떡과 엿 따위가 본국 조선의 풍습을 많이 가지고 있었다.

옛날에는 사신들이 오면, 하인배들이 사 먹는 술과 음식의 값

79 환향하는 「구외이문」편에 상세히 나오는데, 거기에는 還鄕河라고 되어 있다.

80 입리포의 입卄은 이십二十의 오자이다.

81 소공의 이름은 석奭이다. 주공 단旦과 함께 주나라 건국의 기초를 닦은 문왕의 아들이다.

82 『정의』는 당나라 때 태종의 명을 받아 공영달 등이 오경五經을 주석한 책 이름이다. 『오경정의』라고 한다.

83 오늘날에는 고려포高麗鋪로 불린다.

을 혹 받지 않기도 하고, 부녀자들도 내외를 하지 않았으며, 어쩌다 고국의 이야기가 나오면 눈물을 흘리는 자들이 많았다고 한다. 말몰이꾼들이 이를 악용하여 마구잡이로 술과 음식을 공짜로 먹는 자가 많이 생기고, 혹 따로 그릇과 의복까지도 억지를 부리며 달라고 하는 자까지 있었다. 같은 나라의 옛 정리를 생각해서 주인이 지키는 것을 그다지 심하게 하지 않으면, 그 틈을 노려 물건을 훔치기까지 했으니, 이 때문에 우리나라 사람들을 더욱 싫어하게 되었다.

매번 사행이 도착하면 술과 음식을 감추고 기꺼이 팔지 않으려 하고, 간절하게 요구해야 마지못해 팔긴 하지만 바가지를 씌우고 혹 값을 먼저 치르라고 한다. 이렇게 되자 말몰이꾼들도 반드시 온갖 꾀를 동원하여 사기를 쳐서 분풀이를 하니, 서로간에 상극이 되어 원한이 깊은 원수를 보듯 한다.

하인들은 이곳을 지날 때는 반드시 일제히 소리를 질러 욕을 하며,

"네놈들은 고려의 자손들로, 너희 할애비가 왔는데도 어찌하여 나와서 절을 하지 않는 게냐?"

라고 하면 고려보의 사람들도 맞받아서 욕설을 퍼붓는다. 사정이 이렇건만 우리나라 사람들은 도리어 고려보의 풍속이 아주 나쁘다고만 하니, 참으로 한심한 일이다.

길에서 소낙비를 만나 비를 피하려고 한 점포에 들어갔더니, 점포 사람이 차를 내오고 대접을 잘해 준다. 비가 오래도록 그치지 않으며 천둥 번개도 굉장해진다. 점포의 앞 몸채는 대단히 넓고 가운데뜰은 백여 보쯤 된다. 앞채에서는 노인과 젊은 부녀자 다섯이 막 붉은 부채를 물들여 처마 아래에서 말리고 있었다.

그때 말몰이꾼 하나가 벌거벗은 몸으로 뛰어 들어왔는데, 머리에는 달랑 부서진 모직 벙거지 하나만 덮어쓰고, 허리 아래는 겨우 헝겊 한 쪼가리로 가렸을 뿐이어서 사람인지 귀신인지 몰골이 흉악망측했다. 집 안에 있던 부녀자들은 집이 떠나가도록 소리를 지르더니 염색하던 부채를 집어던지고 모두 달아난다.

점포 주인이 몸을 기울여 밖을 내다보고는 얼굴이 벌겋게 달아오르더니, 단번에 의자에서 뛰어 내려와 팔뚝을 휘두르며 나가서 말몰이꾼의 뺨을 한 차례 후려갈겼다. 말몰이꾼이,

"내 말이 허기가 져서 밀기울을 사려고 들어왔는데, 당신은 무슨 이유로 사람을 치는 거냐?"

라고 하자 주인은,

"너희들은 예절도 모르느냐. 어떻게 벌거벗고 뛰어 들어올 수 있느냐?"

라고 한다.

말몰이꾼이 문 밖으로 뛰어나가자 주인은 그래도 분이 가라앉지 않았던지 비를 맞으며 빠르게 뒤를 좇는다. 말몰이꾼이 몸을 홱 돌려서 크게 욕을 하고는 점포 주인의 가슴을 잡고 한 방 갈기고 진흙탕에 메다꽂는다. 그리고 다시 한 발로 가슴을 짓밟고는 그대로 달아나 버렸다. 점포 주인은 몸을 움직이거나 뒤척이지 못하는 것이 완전히 죽은 사람 같다.

한참 만에 일어나서는 아픔을 참고 절름거리며 오는데, 온몸에 누런 진흙을 뒤집어썼다. 어디 화풀이할 곳이 없나 하는 표정으로 점포 안으로 되돌아와서 성난 눈으로 나를 째려본다. 비록 입으로 뭐라 말은 안 하지만 분위기가 매우 험악하다.

나는 시선을 아래로 깔고 얼굴색을 더욱 씩씩하고 늠름하게

하여 감히 건드리지 못할 표정을 짓다가, 이윽고 온화한 얼굴을 하고는 주인에게,

"못된 놈이 무례하게도 심하게 덤벼들었습니다만, 더 이상 마음에 담아 두지 마시기 바랍니다."

하니 점포 주인은 분을 풀고 웃음을 지으며,

"어르신께 부끄럽습니다. 더 이상 말씀하지 마십시오."

한다.

빗줄기의 기세가 더욱 거세져서 한참 동안 앉아 있으니 매우 답답했다. 주인이 앞채로 달려가서 새 옷으로 갈아입고는 여덟아홉 살쯤 되는 계집아이를 데리고 나온다. 아이에게 절을 시키는데, 계집아이가 사납고 못생겼다. 주인은 웃으며,

"얘가 제 셋째딸이올시다. 전 아들을 두지 못했습니다. 어르신께서 너그럽고 젊잖은 분의 정으로 이 딸아이의 절을 받으시고 부디 수양딸로 삼아 주시기 바랍니다."

라고 하기에 나는,

"실로 주인의 후의에 감사드립니다만, 이런 일은 하지 않는 것이 더 나을 때가 있습니다. 저는 외국 사람이고 이번에 가면 다시는 오지 못할 터이니, 잠시 인연을 맺어 뒷날 서로 그리워하는 괴로움이 생긴다면 도리어 하나의 원통한 업보로 돌아갈 것이외다."

라고 했다. 주인은 고집스럽게 수양아비가 되어 달라고 청했지만 나는 끝내 사양했다. 만약 한번 수양아비가 되면 돌아올 때에는 반드시 북경의 물건을 사다 주어서 수양아비의 정을 내는 예를 행해야 하니, 이것은 말몰이꾼들이 예사로 하는 일이라고 한다. 성가시고 가소로운 일이다.

비가 조금 그치고 잠시 시원한 바람이 불기에 일어나 문을 나

서니 점포 주인은 문까지 나와 읍을 하며 작별을 하는데, 자못 아쉽고 섭섭한 기색이다. 그래서 청심환 하나를 풀어서 주자, 점포 주인은 재삼 고맙다고 인사를 한다. 계집아이가 발에 검정신을 꿰차고 있는 것을 보아서는 아마도 만주족인 것 같다.

일행이 용읍암에 도착하니, 암자 앞의 큰 나무 아래에 10여 명의 놀량패들이 더위를 식히고 있다. 토끼를 놀리는 자도 있고, 또 악기를 연주하는 자도 있는데, 한창 『서유기』西遊記를 연희하고 있었다.

석양이 질 무렵 옥전현에 도착하니, 무종산無終山이란 산이 있다.[84] 혹자는 전국시대 연나라 소왕昭王의 무덤이 여기에 있다고 한다.[85]

성안에 들어가 한가하게 구경하는데, 한 점포에서 피리 소리와 노랫소리가 구슬프게 들려온다. 정 진사와 함께 소리 나는 곳을 찾아 들어가 살펴보니 행랑채 아래에 젊은이 대여섯 명이 나란히 앉아 있다. 어떤 사람은 생황을 불기도 하고, 어떤 사람은 현악기를 뜯기도 한다. 집 안으로 돌아서 들어가니 한 사람이 의자에 단정히 앉았다가 우리를 보고 일어나 읍을 하는데, 용모가 자못 단아하고 나이는 쉰 살쯤이고 수염은 희끗희끗하다. 명함을 보여 주니 머리만 끄덕일 뿐이고, 성명을 물어도 대꾸하지 않는다. 사방의 벽에는 이름난 사람들의 서화 작품을 두루 걸어 놓았다.

주인이 일어나 작은 함을 여는데, 함 속에는 옥으로 만든 주먹만 한 부처가 앉아 있고, 부처 뒤에는 관음보살상을 그린 작은 병풍이 걸렸는데 거기에는 "태창泰昌 원년(1620) 봄 3월 저양滁陽[86]의 구침邱琛이 그리다"라고 적혀 있다. 주인은 부처 앞에 향을 피우고 절을 하고는 일어나 함의 문을 닫고 다시 의자로 돌아가

84 무종산은 계현薊縣의 반산盤山을 가리킨다.

85 『밀운현지』密雲縣志에 현의 북쪽 무종산에 소왕의 묘가 있다고 했다.

86 저양은 안휘성에 있는 지명이다.

87 필사본에 따라서 沈有朋이라고 되어 있는 본도 있다.

구리로 주조한 사슴

자신의 성명을 쓰는데, 이름은 심유붕沈由朋[87]이라고 한다. 소주蘇州 사람으로 자는 기하箕霞요, 호는 거천巨川이며 나이는 마흔여섯인데 말수가 적고 근엄하며 여유가 있었다.

인사를 하고 막 문을 나서다가 보니, 탁자 위에 구리로 주조한 사슴이 있는데, 푸른 비취빛이 뼛속에까지 배어들고 높이는 한 자 남짓 된다. 또 몇 자 정도 되는 벼루 가리개에는 국화를 그리고 겉에는 유리를 붙였는데 만든 기술이 매우 기이하고 교묘했다. 서쪽 담장 아래에는 관상용 복숭아꽃 한 가지가 꽂힌 푸른색 화병이 있고, 그 가지에는 검은빛의 큰 나비가 한 마리 앉았다. 처음에는 인조 나비인 줄 알았는데 자세히 살펴보니 백금과 비취 빛깔의 무늬가 있는 것이 과연 진짜 나비로서 꽃 위에 다리를 붙여서 말라 버린 지 이미 오래된 것이었다.

벽 위에는 한 편의 기이한 문장이 적혀 있는데 백로지白露紙에 작은 글씨로 써 놓은 것이었다. 액자 모양을 만들어 가로로 발라 놓았는데 한 벽을 다 차지하고 있다. 필체가 정밀하고 반듯해서 벽으로 다가가 읽어 보니, 가히 세상에 둘도 없는 기이한 글이라고 평할 만했다.

내가 다시 자리로 돌아와 벽에 걸린 작품을 누가 지었는지 물었더니 주인은,

"누가 지은 글인지 모릅니다."

라고 한다. 정 진사가 나서서,

"이것은 아마도 요즘 세상의 글 같은데, 혹 주인 선생이 지은 건 아닙니까?"

하고 물으니 심유붕은,

"주인은 문자를 모르는 데다가 작자의 성명조차 없으니, 이

거야말로 '한나라가 있는 줄도 모르는데 그보다 뒤에 있던 위魏나라와 진晉나라를 어찌 논할 수 있겠느냐?'[88]라는 격입니다."

88 도연명의 「도화원기」桃花源記에 나오는 문구이다.

라고 대꾸하기에 내가,

"그렇다면 이것을 어디에서 구했습니까?"

하고 물으니 심은,

"지난번 계주薊州 장날에 사들인 것입니다."

한다. 내가,

"베껴 가도 되겠습니까?"

하고 물으니 심은 고개를 끄덕이며,

"무방합니다."

라고 하기에 종이를 가지고 다시 오겠다고 약조했다.

저녁 식사를 한 뒤에 정 진사와 함께 다시 가니, 집 안에는 벌써 촛불 두 개를 밝혀 놓았다. 내가 벽에 다가가서 액자를 풀어 내리려고 하자, 심유붕이 심부름하는 사람을 불러 받들어 내리게 한다. 내가 다시 심에게 물었다.

"이것은 선생께서 지은 것이지요?"

하니 심은 고개를 흔들며,

"저의 거짓 없이 밝은 마음은 저 촛불과 같습니다. 그리고 저는 오랫동안 부처님을 받들어 왔기 때문에 헛소리나 망령된 말을 참회하고 조심한답니다."

라고 한다.

정 진사에게는 중간부터 베끼게 하고, 나는 처음부터 베껴 내려갔다. 심이,

"선생께선 이 글을 베껴서 무엇에 쓰려고 합니까?"

하고 묻기에 내가,

"귀국해서 우리나라 사람들에게 한번 읽히려고 합니다. 웅당 배를 잡고 웃다가 웃음을 참지 못해 뒤집어질 겁니다. 웃느라고 입 안에 있던 밥알이 벌처럼 뿜어 나올 것이고, 갓끈이 썩은 새끼줄처럼 끊어질 것입니다."
라고 했다.

숙소로 되돌아와서 등불을 밝히고 살펴보았다. 정 진사가 베낀 곳은 잘못 쓴 글자와 빠진 글귀가 수도 없이 많아서 도무지 문장이 되질 않았다. 때문에 대략 내 생각으로 띄엄띄엄 땜질해서 글 한 편을 만들었다.

범의 호통

「호질」虎叱

범은 슬기롭고 성스러우며, 문무를 겸하고, 자애롭고 효성스러우며, 지혜롭고 어질며, 웅장하고 용맹하여 천하무적인 동물이다.

그러나 원숭이의 일종인 비위狒胃란 동물은 범을 잡아먹고, 죽우竹牛라는 야생 소도 범을 잡아먹으며, 박駮이라는 말도 범을 잡아먹고, 오색사자五色獅子도 큰 나무의 구멍에서 범을 잡아먹으며, 백마처럼 생긴 자백玆白이란 짐승도 범을 잡아먹고, 개처럼 생긴 날쥐인 표견豹犬도 날아서 표범과 범을 잡아먹으며, 족제비 몸에 승냥이 대가리를 한 황요黃腰란 놈은 범이나 표범의 심장을 꺼내어 먹고, 뼈가 없는 바다 동물인 활猾이란 놈도 범이나 표범에게 삼켜졌다가 뱃속에서 범과 표범의 간을 먹으며, 범처럼 생겼지만 크기가 더 크고 꼬

창귀 중국 사천성 풍도豐都 소재 귀신성의 창귀

리가 긴 추이酋耳란 놈은 범을 만나면 갈가리 찢어서 씹어 먹고, 범이 맹용猛㺎이란 놈을 만나면 눈을 감고 감히 쳐다보지도 못한다.[89] 그런데 사람은 맹용을 겁내지 않고 범은 두려워하니, 범의 위엄은 그 얼마나 대단한가?

범이 개를 잡아먹으면 취하고, 사람을 잡아먹으면 귀신이 붙는다. 범이 처음 사람을 잡아먹으면 그 사람의 혼백이 범의 심부름을 하는 굴각屈閣이라는 창귀倀鬼가 되어 범의 겨드랑이에 붙어살면서 범을 부엌으로 인도해 솥의 귀를 핥게 한다. 그러면 집주인은 갑자기 배가 고파져서 한밤중이라도 밥을 하라고 아내를 부엌으로 보내게 된다.

범이 두 번째로 사람을 잡아먹으면 죽은 이의 혼백이 이올彝兀이라는 창귀가 되어 범의 볼에 붙어서 높은 곳에 올라가 사냥꾼이 있는지 살피고, 만약 골짜기에 함정이나 덫이 있으면 먼저 가서 함정을 파헤치고 그 틀을 풀어 버린다.

범이 세 번째로 사람을 잡아먹으면 죽은 이의 혼백이 육혼鬻渾이라는 창귀가 되어 범의 턱에 붙어서는 죽은 사람 친구들의 이름을 불러내어 잡아먹게 한다.

범이 이 세 창귀를 엄숙하게 불러 모으고는,

"날이 저물어 가는데 어디에서 먹을 것을 구할꼬?"

하니 굴각이란 창귀가 나서서,

"제가 이미 점을 쳐 보니 뿔 달린 짐승도 아니고 깃털 달린 날짐승도 아닌 것이, 머리가 검은 동물로 눈 위에 남긴 발자국이 두 발 달린 짐승의 왼발 오른발이 교대로 성글게 나 있으며, 꼬리를 살펴보면 뒤통수에 붙어 있어 제 궁둥이도 못 가리는 짐승입니다."

89 여기 범을 잡아 먹는 여러 가지 동물과 그 이야기는 『일주서』逸周書 「왕회해」王會解와 왕사정의 『향조필기』香祖筆記 권5에 나온다.

라고 하자 이올이 나선다.

"동문 쪽에 먹을 게 있습니다. 그 이름을 의원이라고 하는데 갖가지 한약재인 풀을 머금고 있어 피부와 살이 향기롭습니다. 서문 쪽에도 먹을거리가 있습니다. 그 이름을 무당이라고 하는데 온갖 귀신에게 아양을 떨고 날마다 목욕재계를 해서 고기가 깨끗합니다. 이 두 고기 중에서 하나를 골라 잡수시지요."

범이 수염을 치켜세우며 낯빛이 변해,

"의원의 의醫라는 글자는 의심한다는 의疑자이다. 자기 스스로도 의심이 나는 풀을 가지고 사람들에게 시험을 해 보다가 해마다 죽이는 사람이 항상 수만 명이다. 무당의 무巫자는 속인다는 무誣자이다. 귀신을 속이고 인민들을 미혹시켜 해마다 죽이는 사람이 항상 수만 명이다. 많은 사람들의 분노가 뼈에 사무치고 변해서 무서운 독으로 변했으니, 그 독을 먹을 수는 없도다."

라고 했다. 그러자 육혼이 나선다.

"살덩어리가 숲에 있으니 그야말로 육림肉林입니다. 인자한 간과 의로운 쓸개를 가지고 있으며, 충성을 끌어안고 고결함을 품었습니다. 머리에는 음악을 이고 발은 예를 실천하며, 입으로는 제자백가의 말을 암송하고, 마음으로는 만물의 이치를 통달했답니다. 그 이름은 큰 덕을 가진 선비라는 뜻의 '석덕지유'碩德之儒라고 하는데, 등살이 푸짐하고 몸통이 오동통하며 다섯 가지 맛을 고루 갖추고 있습지요."

범은 그제야 만족한 듯 눈썹을 치뜨고 침을 흘리며 하늘을 향해 웃는다. 범이,

"짐이 어찌 해야 할지 듣고자 하노라."

하니 세 창귀가 번갈아 범에게 추천한다.

"음陰 하나와 양陽 하나를 일러서 도道라고 하는데, 선비는 도를 꿰뚫고 있습니다. 오행五行(쇠, 나무, 물, 불, 흙)이 서로 태어나게 하고, 육기六氣(추위, 더위, 건조함, 습기, 바람, 비)가 서로 펴지는데, 선비는 이것을 이끌고 있습니다. 맛있는 음식 치고 이보다 더 나은 것이 없답니다."

라고 한다. 범은 발끈하며 얼굴색이 변하여 불쾌해하면서,

"음양이란 것은 기氣 하나가 왔다 갔다 변화하는 것이거늘, 이것을 둘로 나누어 놓았으니, 선비란 것의 고깃덩이는 잡스러울 것이다. 오행이란 본래 제각기 정해진 자리가 있어 서로 낳고 낳게 하는 상생관계가 아니거늘, 지금 억지로 어미와 자식의 관계로 만들고 있다. 심지어는 짠맛 신맛에까지 오행을 분배하고 있으니, 선비라는 고기는 그 맛이 순수하진 못할 게야. 육기란 서로 펴고 이끌어 줄 필요 없이 저절로 잘 돌아가는 것이거늘, 그런데도 지금 함부로 육기끼리 도와주고 보충한다 일컬으며 자신의 공로를 치켜세우게 했으니, 그 선비 고기라는 게 딱딱하여 얹히고 구역질 나게 하여, 순조롭게 소화되지 않는 음식이지 않겠느냐?"

라고 했다.

정鄭나라의 어떤 고을에 벼슬하기를 달갑게 여기지 않는 선비가 있었으니, 이름을 북곽北郭 선생이라고 부른다. 나이 마흔에 자신의 손으로 교정한 책이 만 권이고, 아홉 가지 유교 경전을 부연 설명하여 다시 책으로 지은 것이 1만 5천 권이나 된다. 천자는 그 의리를 가상하게 여기고, 제후는 그 명성을 사모했다.

같은 읍의 동쪽에는 일찍 과부가 된 미모의 여자가 있는데, 동리자東里子라고 부른다. 천자가 그 절개를 가상하게 여기고, 제

후가 그의 현숙함을 사모하여 그가 사는 읍 둘레 몇 리를 동리자 과부가 사는 마을이라는 뜻의 '동리과부지려'東里寡婦之閭라고 봉했다. 동리자는 수절을 잘한다지만 사실 자식 다섯이 각기 성씨가 달랐다.

다섯 아들이 서로 하는 말이,

"냇물 북쪽에는 닭 우는 소리가 나고 냇물 남쪽에는 별이 반짝이는데 우리 집 방에서는 사람 소리가 나니, 어쩌면 북곽 선생의 목소리를 저토록 닮았더냐?"

하고는 형제들이 번갈아 방문 틈으로 방 안을 훔쳐보았다. 어머니 동리자가 북곽 선생에게,

"오랫동안 선생님의 덕을 사모해 왔더니, 오늘 밤에는 선생님의 책 읽는 소리를 듣고 싶사옵니다."

하고 청한다. 북곽 선생은 옷깃을 여미고 똑바로 앉아서 시를 짓기를,

"원앙새는 병풍에 있고 鴛鴦在屛
반딧불은 반짝반짝 빛나네. 耿耿流螢
용가마(큰 가마솥), 세발솥을 維鬵維錡
누가 저리 본떠 만들었나. 云誰之型

이 시는 다른 사물을 빌려 자신의 뜻을 나타내는 흥興이라는 수법의 시이지요."[90]

라고 하였다.

다섯 아들이 서로 의논하기를,

"예법에 과부가 사는 대문에는 함부로 들어가지 않는다[91]고

90 큰 가마솥과 세발솥의 다리를 합하면 모두 다섯 개인데, 이는 성씨가 각각 다른 동리자의 아들을 빗댄 말이다. "누가 저리 본떠 만들었나"는 그 아들을 낳은 동리자를 빗댄 말이다. 재주 좋고 음란한 동리자와 자신도 한번 놀아 보자는 북곽의 음탕한 마음을 드러낸 것으로 보인다.

91 『예기』「방기」坊記편에 "큰일이 있지 않으면 과부가 사는 대문에 들어가지 않는다"고 하였다.

했거늘, 북곽 선생은 어진 선비이니 그런 짓을 하지 않을 거야."

"내 들으니 이 고을 성문이 무너져, 여우가 거기에 산다더라."

"내가 알기로 여우가 천년을 묵으면 능히 요술을 부려 사람 모양으로 둔갑한다던데, 이게 북곽 선생으로 둔갑한 거야."

하더니 서로 꾀를 내서,

"내가 알기로 여우의 갓을 얻으면 일확천금의 부자가 될 수 있고, 여우의 신발을 얻으면 대낮에도 능히 자신의 그림자를 감출 수 있으며, 여우의 꼬리를 얻으면 잘 홀려서 남을 기쁘게 만들 수 있다 하니, 어찌 저놈의 여우를 잡아 죽여서 나누어 갖지 않을 수 있겠는가?"

하고는, 드디어 다섯 아들이 함께 포위하고 여우를 잡기 위해 들이쳤다.

북곽 선생이 소스라치게 놀라 달아나는데, 혹 사람들이 자기를 알아볼까 겁을 먹고는 한 다리를 목에 걸어 귀신 춤을 추고 귀신 웃음소리를 냈다. 문을 박차고 달아나다가 그만 들판의 움 속에 빠졌는데, 그 안에는 똥이 그득 차 있었다. 겨우 버둥거리며 붙잡고 나와 머리를 내밀고 살펴보니 이번엔 범이 앞길을 막고 떡 버티고 서 있다. 범이 얼굴을 찌푸리며 구역질을 하고, 코를 가리고 머리를 왼쪽으로 돌리면서 '아이구' 하고는,

"선비라고. 냄새 더럽네."

하였다. 북곽 선생은 머리를 조아리고 엉금엉금 기어서 앞으로 나가 세 번 절하고 꿇어앉아 머리를 들며,

"범님의 덕이야말로 참으로 지극합니다. 군자들은 범의 빠른 변화를 본받고,[92] 제왕은 범의 걸음걸이를 배우며,[93] 사람의 자제들은 범의 효성을 본받고,[94] 장수들은 범의 위엄을 취합니다.[95] 범

92 『주역』「혁괘」革卦에 표변豹變이란 말이 나온다.
93 송나라 태조가 범의 걸음걸이를 모방했다.
94 『서경』「익직」益稷의 주석에 이彝라는 제기에 호랑이를 새기는 까닭은 호랑이의 효성을 본받기 위한 것이라고 했다.
95 장수의 관직 이름에 호虎 자를 많이 사용했다.

의 이름은 신령한 용과 함께 나란하여, 구름은 용을 따르고 바람은 범을 따릅니다.[96] 인간 세상의 천한 사람이 감히 범님의 영향 아래에 있습니다."

96 『주역』「건괘」乾卦의 문언文言에 "雲從龍 風從虎"라는 말이 있다.

하니 범이 호통을 치며,

"가까이 오지도 마라. 내 일찍이 들으니 선비 유儒자는 아첨 유諛자로 통한다더니 과연 그렇구나. 네가 평소에는 천하의 나쁜 이름이란 이름은 모두 끌어모아다가 함부로 우리 범에게 덮어씌우더니,[97] 이제 사정이 급해지니까 면전에서 낯 간지러운 아첨을 하는구나. 그래 누가 네 말을 곧이듣겠느냐?

97 범을 가리키는 용어로 뜻이 좋지 않은 것에는 여충戾蟲, 대충大蟲, 대묘大猫, 산묘山猫, 노충老蟲, 노호老虎, 황맹黃猛, 맹수猛獸, 모충조毛蟲祖 등이 있다.

대저 천하에 이치는 하나뿐이다! 범의 성품이 악하다면 사람의 성품 역시 악할 것이요, 사람의 성품이 선하다면 범의 성품 역시 선할 것이다. 네가 말하는 천만 마디 말이 오륜을 벗어나지 않고, 남을 훈계하고 권면할 때는 으레 예의염치禮義廉恥를 들추어 대지만, 도성의 거리에는 형벌을 받아 코 떨어진 놈, 발뒤꿈치 없는 놈, 낯짝에 문신을 하고 돌아다니는 놈 들이 있으니, 이들은 모두 인의예지신을 지키지 못한 인간 말종이 아니더냐.

형벌을 주는 도구인 포승줄과 먹실, 도끼와 톱을 날마다 쓰기에 바빠 겨를이 없는데도 불구하고 사람들의 죄악을 막지 못하고 있도다. 그러나 우리 범의 세계에는 이런 형벌이란 것이 본디부터 없다. 이로써 본다면 범의 성품이 또한 사람의 성품보다 낫지 않느냐?

우리 범은 풀이나 과일 따위를 입에 대지 않고, 벌레나 생선 같은 것을 먹지 않으며, 누룩 국물(술) 같은 어긋나고 어지러운 음식을 좋아하지 않고, 새끼 가진 짐승이나 알 품은 짐승이나 하찮은 것들은 차마 건드리지 않는다.

산에 들면 노루나 사슴 따위를 사냥하고 들에 나가면 마소를 잡아먹되, 아직까지 입과 배를 채울 끼닛거리 때문에 남에게 비굴해지거나 음식 따위로 남과 다투어 본 적이 없다. 이러하니 우리 범의 도덕이 어찌 광명정대하지 않다고 할 수 있는가?

우리 범이 산에 있는 노루나 사슴을 잡아먹을 때는 너희 인간들은 우리를 그리 미워하지 않다가도, 우리가 말이나 소를 잡아먹으면 너희들은 범을 원수라고 말한다. 이는 노루나 사슴은 사람에게 은공을 베풀지 않지만, 마소는 너희들이 부려먹어 은덕을 본다고 해서 그런 것 아니냐?

그렇지만 너희 인간들은 마소 대접을 어떻게 하느냐? 사람을 태우고 부려먹는 고생과, 심부름하고 주인을 따르던 정성이 있음에도 불구하고 날마다 마소를 잡아 푸줏간이 비좁도록 채워 놓고 뿔과 갈기도 남기지 않을뿐더러, 이것도 부족하여 내 양식인 노루와 사슴에까지 손을 뻗쳐, 우리가 산에서도 배를 못 불리고 들에서도 끼니조차 거르게 만들었다. 하늘이 법을 공평하게 처리한다면 네가 죽어서 나의 밥이 되어야 하겠느냐, 너를 놓아주어야 하겠느냐?

대저 제 것 아닌 물건에 손을 대는 놈을 일러 도적놈이라 하고, 살아 있는 것을 잔인하게 대하고 사물에 해를 끼치는 놈을 화적놈이라고 하느니라. 네놈들은 밤낮을 쏘다니며 분주하게 팔뚝을 걷어붙이고 눈을 부릅뜨고 남의 것을 훔치고 낚아채려 하면서도 부끄러운 줄을 모른다. 심한 놈은 돈을 형님이라고 부르고,[98] 장수가 되겠다고 제 아내조차 죽이는 판인데[99] 삼강오륜을 더 이야기할 나위가 있겠느냐?

어디 그뿐인가. 메뚜기의 식량을 가로채고, 누에에게 옷을 빼

98 돈의 모양이 겉은 둥글고 속은 모가 졌기 때문에 공방孔方이라 하는데, 돈을 공방형孔方兄 혹은 가형家兄이라고 부른다. 「전신론」錢神論.

99 전국시대의 명장 오기吳起는 자신의 결백을 주장하기 위해 아내를 베어 죽였다.

앗고, 벌 떼를 쫓아내고 꿀을 도적질하고, 더 심한 놈은 개미 새끼로 젓갈을 담아 제 조상 제사를 지내기까지 하니,[100] 잔인하고 혹독하며 경박한 행동을 하는 것이 너희 인간보다 심한 것이 또 어디 있단 말인가?

100 『예기』 「내칙」內則편에 나온다.

너희 인간들이 이치를 말하고 성性을 논할 때 걸핏하면 하늘을 들먹거리지만, 하늘이 명한 입장에서 본다면 범이나 사람이나 다같이 만물 중 하나이다. 천지가 만물을 낳는 인仁의 관점에서 본다면, 범이나 메뚜기나 누에나 벌이나 개미나 사람이나 모두 함께 살게 마련이지, 서로 해치고 거슬리는 관계가 아니니다. 또 선과 악으로 구별한다면 공공연히 벌과 개미집을 터는 놈이야말로 천지의 큰 도적놈이 아니겠느냐. 함부로 메뚜기와 누에의 밑천을 훔치는 놈이야말로 유독 인의仁義를 해치는 큰 화적놈이 아니고 무엇이냐.

우리 범이 지금까지 표범을 잡아먹지 않은 까닭은 제 동류에게는 차마 손을 대지 못하기 때문이다. 그러나 우리가 노루나 사슴을 잡아먹는 숫자는 사람이 잡아먹는 수효만큼 많지 않고, 우리가 마소를 잡아먹는 숫자도 사람이 마소를 잡아먹는 숫자보다 많지 않으며, 우리가 사람을 잡아먹는 숫자도 사람끼리 서로 잡아먹는 숫자만큼은 안 된다.

지난 해 섬서성 관중關中 지방에 큰 가뭄이 들었을 적에 사람들끼리 서로 잡아먹은 수효가 수만 명이요, 몇 해 전에 산동山東에서 큰 홍수가 났을 때도 사람들끼리 서로 잡아먹은 수효가 수만 명이었다.

비록 그렇기는 해도 사람들끼리 서로 잡아먹은 숫자가 많기로 어디 춘추시대만큼 많은 적이 또 언제 있더냐. 춘추시대에는 덕을 세우겠다고 싸운 전쟁이 열에 일곱이요, 원수 갚는다고 일으킨 전쟁이 열에 셋이었으니, 피가 천 리 사이에 흐르고 널브러진 시신이 백만이나 되었다.

그러나 범의 세계에서는 홍수나 가뭄을 모르기 때문에 하늘을 원망할 리 없고, 덕이고 원수고 다 잊어버리고 사는지라 남과 어긋나는 일이 없다. 하늘의 운명을 알아서 순종하며 살기 때문에 무당이나 의원의 간교함에 넘어갈 턱이 없고, 타고난 성품에 따라 저 생긴 대로 살다 보니 세속의 이해관계에 병들지 않는다. 이것이 바로 우리 범이 슬기롭고 성스럽게 되는 까닭이다.

호이

우리 몸의 얼룩얼룩한 반점만 가지고 보더라도 천하에 그 문채文彩를 자랑할 만하며, 한 치 한 자의 병장기를 빌리지 않고 다만 날카로운 발톱과 이빨만 가지고도 무용武勇을 천하에 빛낼 수 있다. 범의 형상을 그린 제기祭器를 가지고는 효성을 세상에 널리 펴고 있다.[101] 하루 한 차례의 사냥으로 까마귀, 솔개미, 땅강아지, 개미 떼까지 남은 고기로 나누어 먹이니, 우리의 어진 행실이야 이루 다 말할 수 없다. 남에게 헐뜯음을 당한 사람을 잡아먹지 않고, 병자나 불구자를 잡아먹지 않으며, 상주喪主를 잡아먹지 않으니 그 의로운 행실을 이루 다 말할 수 없다.

101 『주례』周禮에 범의 형상을 그린 호이虎彝라는 제기가 있다.

너희 인간들이 먹이를 잡는 도구야말로 진정 어질지 못한 것이렷다. 덫과 함정을 놓는 것만으로도 부족해 새그물, 노루 그물, 후릿그물, 반두 그물, 촘촘한 그물, 삼태그물까지 만들었으니 최초로 그물을 뜨기 시작한 놈이야말로 세상에 처음 화를 끼친 놈일 것이다. 어디 그뿐이냐. 뾰족창, 넓적창, 긴창, 삼지창, 도끼, 환도, 비수, 쇠꼬챙이가 또 있지 않나. 한 방만 터뜨리면 소리는 높고 큰 산도 무너뜨리고 불빛은 햇빛과 달빛을 감소시키며 벼락보다도 더 무서운 화포까지 있다.

이것도 오히려 제멋대로 포학을 부리기에 부족하다고 여겨, 이번에는 부드러운 털을 입으로 빨고 아교풀로 붙여 붓이라는 뾰족한 물건을 만드니, 그 모양은 대추씨 같고 길이는 한 치도 안 된다. 이것을 오징어 먹물 같은 시커먼 물에 듬뿍 찍어서는 가로 찌르고 모로 찌르면 굽은 놈은 갈고리 창 같고, 날이 난 놈은 식도 같고, 뾰족한 놈은 검劍 같고, 갈라진 놈은 가지창 같고, 곧은 놈은 화살 같고, 둥그스레한 놈은 활같이 생겨먹었으니, 이놈의 병장기를 한번 휘두르면 온갖 귀신들이 한밤에 통곡하게 된다.[102] 이것도 부족하여 극도의 포학한 짓을 자행하였으니, 어떤 인간은 노래를 불렀다는 이유로 사람을 죽였고, 어떤 인간은 한밤중에 곡哭하는 틈을 타서 사람을 죽이기도 하였고, 혹은 구경꾼 등쌀 때문에 병들어 죽게 만들기도 하였고, 혹은 대화하는 웃음 속에 칼을 숨기기도 하였다.[103] 참혹하게 서로를 잡아먹기를 누가 너희 인간들보다 더 심하게 할 것이냐!"
하였다.

북곽 선생은 자리를 옮겨 엎드리고 엉거주춤 절을 두 번 하고는 머리를 거듭 조아리며,

"옛글에 이르기를, '비록 악한 사람이라도 목욕재계하면 하느님도 섬길 수 있다'[104]라고 했으니, 인간 세상의 천한 사람에게 범님의 가르침을 감히 받들겠습니다."
하고는 숨을 죽이고 가만히 들어 보나, 오래도록 범의 분부가 없었다. 두렵기도 하고 황송하기도 하여 손을 맞잡고 머리를 조아리며 우러러 살펴보니, 날이 밝았고 범은 이미 가 버렸다.

아침에 김을 매러 가는 농부가 있어서,

102 초고본 계열(행계잡록 2)에는 이 다음 부분에 30자가 먹으로 지워져 있고, 이후 모든 필사본에는 그 내용이 삭제되었다. 최근 유일하게 일본 동양문고본 『연휘』燕彙에 그 부분이 보존되어 있음이 밝혀졌다. 중요한 내용이기에 그 원문을 제시하고, 이를 번역하여 본문에 실었다. "是猶不足, 以肆其暴焉, 則或歌而殺焉, 或哭而殺焉, 或看而殺焉, 或笑中有刀."

103 한漢나라 여태후呂太后는 아들이 황제가 되자 연적이었던 척부인戚夫人을 투옥하고 그녀가 감옥에서 방아노래(舂歌)를 부르자 척부인의 아들 조왕趙王을 죽이고 척부인의 수족을 자른 뒤에 측간에 처넣고 사람돼지(人彘)라고 불렀다. 성한成漢의 무제武帝 사후에 그의 조카 이반李班이 즉위하자 무제의 친자인 이월李越은 이반이 밤중에 곡하는 틈을 타서 그를 시해하고 자신의 동생 이기李期를 왕위에 오르게 하였다. 진晉나라 위개衛玠는 미남자였는데, 그를 구경하러 온 사람들의 등쌀에 병이 걸려 죽었다고 한다(看殺衛玠, 玠被看殺 고사). 당나라 이의부李義府는 대화를 할 때는 온화한 미소를 짓지만 자기의 뜻에 거슬린 사람은 반드시 해쳤기 때문에 당시 사람들이 '笑中有刀'라고 하였다.

104 『맹자』 「이루장」離婁章 하편에 나오는 말이다.

"북곽 선생께서 어찌하여 이른 아침부터 들판에 절을 하고 계십니까?"

하고 물으니 북곽 선생은,

"내가 이런 말을 들었으니,

하늘이 높다 이르지만	謂天蓋高
감히 등을 굽히지 않을 수 없고	不敢不跼
땅이 두텁다 이르지만	謂地蓋厚
살금살금 걷지 않을 수 없네.	不敢不蹐

하였다네."[105]

라며 대꾸했다.

연암씨는 말한다.

"이 글은 비록 지은 사람의 성명은 없으나, 아마도 근세의 중국 사람이 비분강개하여 지은 것으로 생각된다. 세상의 운세가 길고 긴 암흑세계로 들어가고, 오랑캐의 화가 맹수보다 심한데도 부끄러움이 없는 선비는 알량한 문장이나 주워 모아 당세에 아첨이나 하고 있으니, 그런 선비야말로 남의 무덤을 몰래 파서 보물을 챙기는 유학자[106]일 것이니, 이들은 범도 물어 가지 않을 자가 아니겠는가?

지금 이 문장을 읽어 보니 이치에 어긋난 말이 많고, 『장자』莊子의 「거협」胠篋편과 「도척」盜跖편의 이야기와 그 취지가 같다. 그러나[107] 때때로 은어를 사용하여 작자의 은미한 뜻을 우의寓意하였으니, 아마도 '호'虎와 '호'胡는 그 발음이 비슷하고 '호'虎와

105 『시경』 소아小雅 「절남산지십」節南山之什의 '정월'正月에 나오는 구절이다.

106 『장자』에 남의 무덤을 파서 반함으로 넣은 시신의 구슬을 빼내는 유학자를 발총유發塚儒라고 하였다.

107 초고본 계열(행계잡록 2) 『열하일기』에는 '그러나' 다음에 한문 원문 50자가 지워졌고, 이후 모든 필사본에 이 부분이 삭제되었다. 최근 유일하게 일본 동양문고본 『연휘』燕彙에 그 부분이 보존되어 있음이 밝혀졌다. 호질 원작자 문제와 관련된 중요한 내용이기에 그 원문을 제시하고, 이를 번역하여 본문에 실었다. "時爲廋辭, 以寓微意, 蓋虎與胡, 音相似也, 虎與帝, 字相類也. 其曰'東方明矣 虎則已去'者, 謂如洪武之會朝晴明, 而元帝北去也."

'제'帝는 글자의 모양이 비슷하기 때문이었을 것이다. 본문에 "동방이 밝았고 범은 이미 가 버렸다"고 말한 것은 명나라 홍무제洪武帝가 하루 아침에 중국 천하를 맑고 밝게 만드니 원나라 황제가 북쪽으로 도망간 것과 같은 경우를 말한 것이다. 천하에 뜻있는 선비가 어찌 하루라도 중국을 잊어서야 옳겠는가. 지금 청나라가 세상을 다스린 지 이제 겨우 4대[108]밖에 되지 않았으나 임금들은 모두 문무를 겸전兼全하고 제 명대로 오래 살다가 편안히 죽었으며, 태평한 100년 동안 사해는 편안하고 고요하니, 이는 한나라 당나라 시대에도 없던 일이었다. 그들이 천하를 보전하여 평안하게 만들고 기반을 굳건히 세우는 뜻을 살펴보건대, 아마도 하늘이 명을 내린 임금일 것이다.

108 청나라가 북경에 들어온 이후 4대 황제는 순치順治, 강희康熙, 옹정雍正, 건륭乾隆을 말한다.

옛날에 맹자의 제자 만장萬章은 하늘이 다음 임금을 임명할 때에 상세하고 자상하게 말씀을 하며 임명하는가 하는 의심이 들어서 맹자에게 질문을 한 적이 있었다.[109] 맹자는 하늘의 뜻을 체득하여 '하늘은 말씀을 하지 아니하고, 임금이 될 사람의 행동과 사업을 통해서 보여 줄 뿐이다'라고 거듭 말씀하였다. 어린 나로서도 『맹자』를 읽다가 이 부분에 이르러 그 의혹이 점점 심해진 적이 있었다.

109 『맹자』「만장」萬章 상편에 나온다.

감히 물어본다. 하늘이 행동과 사업을 통해서 보여 준다고 한다면 오랑캐가 중국의 제도를 바꾸고 고친 것은 천하의 큰 치욕일 터이니 인민들의 혹독한 원한은 어찌할 것인가?

향내 나는 제물을 올릴지, 노린내 나는 제물을 올릴지는 제물을 준비하는 사람의 덕에 따라서 나뉘겠지만, 모든 신들은 무슨 냄새를 기준으로 그것을 흠향할 것인가?

그러므로 사람의 처지에서 본다면 실제로 중국과 오랑캐의

청나라 관원이 쓰던 붉은 모자
위에서부터 조관朝冠 · 길복관吉服冠 · 상복관常服冠

구분이 뚜렷하겠지만, 하늘이 명령하는 기준에서 본다면 은나라의 모자(후관冔冠)나 주나라의 면류관은 모두 당시 국가의 제도를 따랐을 뿐이다. 그런데도 하필이면 지금 청나라의 붉은 모자만은 홀로 의심하여 인정하지 않으려 하는가?

그리하여 사람이 많으면 일시적으로 하늘도 이기기는 하지만 결국 하늘이 정해지면 사람을 이기게 된다[110]는 격언이 그 자리에 횡행하게 되며, 하늘과 인민이 임금을 도와주고 편을 든다는 말은[111] 도리어 그 기세에 눌려 슬그머니 자취를 감추고 그 격언에 순종하고, 앞 시대 성인의 말씀에 징험해 보아도 부합하지 않으면, 문득 '천지의 운수가 이와 같은 것이야'라고 말하게 된다.

아! 슬프다. 어찌 운수가 그렇게 만들었겠는가?

아하! 명나라 왕의 은택은 이미 다 말라 버렸다. 중국의 선비들이 자발적으로 오랑캐 제도를 좇아서 변발을 한 지도 100년이나 되었건만, 그래도 오매불망 가슴을 치며 오로지 명나라 왕실을 생각하는 건 무슨 이유인가? 중국을 차마 잊지 않으려는 까닭이다.

청나라가 자신을 위해 꾀하는 계책 역시 꼼꼼하지 못하고 거칠다고 하겠다. 앞 시대의 못난 오랑캐 천자들이 중국을 본받다가 마지막엔 중국에 동화되어 결국은 쇠망한 역사 사실을 경계하여, 쇠로 된 비석에 글을 새겨서 파수를 보는 전정箭亭[112]에 묻게 했다. 그들은 일찍부터 자신들의 의복과 모자를 부끄럽게 생각하지 않은 적이 없다고 스스로 말하면서도, 오히려 나라의 강하고 약한 형세를 모자와 의복을 고집하는 데서 부지런히 찾으려 하고 있으니, 그 얼마나 어리석은가?

문왕의 꾀와 무왕의 뛰어난 공열功烈을 가지고도 마지막 왕의 무너져내림을 막지 못했는데, 하물며 자잘하게도 자기들의 의

110 『순자』荀子에 나오는 말이다. "人衆者勝天 天定亦能勝人"
111 『맹자』「만장」 상편에 나오는 말이다.

112 전정은 자금성의 태자가 거처하는 태자궁에 있다. 「황도기략」편의 '전성문'前星門 참조. 건륭제는 17년(1752), 만주족의 언어와 복식, 말타기, 활쏘기 등을 잘 계승해야 된다는 내용의 비석을 전정에 세우게 했는데, 이른바 훈수관복기사비訓守冠服騎射碑이다.

복이나 모자 같은 지엽적인 것을 고집하는 데서 스스로 강하다고 여김에랴? 자신들의 옷과 모자가 정말 전쟁하는 데 편리하다고 한다면 북쪽 오랑캐나 서쪽 오랑캐의 옷과 모자는 다만 전쟁을 하기에 편리한 것이 아니란 말인가?

변발

청나라가 힘으로 능히 서북쪽의 오랑캐들로 하여금 중국의 오랜 풍속을 도리어 답습하도록 만들 수 있어야 비로소 천하에서 가장 강하게 될 수 있을 것이다. 천하 사람들을 욕된 구렁텅이에 가두고는 그들에게 '조금만 너희들의 수치를 참고, 우리 의복과 모자를 좇아서 강해지도록 해라'라고 외치니, 정말 강하게 될 수 있을지 나는 모르겠다.

반란군들의 군사적 근거지인 신시新市[113]나 녹림산綠林山에서 적미적赤眉賊[114]처럼 눈썹을 붉게 칠하고, 황건적黃巾賊[115]처럼 머리에 누런 수건을 쓰고 굳이 반역자라고 표를 내서 반란을 일으키지 않는다 하더라도, 만약 어리석은 백성이 청나라의 모자를 벗어 땅바닥에 한번 내팽개치는 날에는 청나라 황제는 가만히 앉아서 천하를 잃어버리게 되는 것이다. 앞서 자신들을 강하게 해줄 것이라고 믿었던 모자였건만, 이제 도리어 모자가 없어지지 않도록 막을 겨를도 없게 될 것이다. 그들이 쇠비석을 땅에 묻어 후대에 교훈을 내리려고 했던 일이 어찌 잘못이 아니겠는가?

이 작품에는 본래 제목이 없었던 것을 지금 본문 가운데 있는 '호질'虎叱이라는 두 글자를 좇아서 이를 제목으로 삼아 중국이 맑아지기를 기다린다."

113 신시와 녹림산은 지금 호북성 경산시京山市 일원으로, 영웅호걸들이 왕망王莽의 정부에 반기를 든 지역이다.
114 적미적은 서한西漢 말기 왕망王莽에게 반란을 일으킨 무리.
115 황건적은 동한東漢 말기에 일어난 반란군으로, 그 두목은 장각張角이다.

7월 29일 을사일

맑다. 옥전현에서 새벽에 출발하여 서팔리보西八里堡까지 8리, 오리둔五里屯 7리, 채정교彩亭橋 5리, 대고수점大孤樹店 10리, 소고수점小孤樹店 2리, 봉산점蜂山店 3리, 별산점別山店 12리, 송가장宋家庄을 지나며 두루 살펴보았고, 모두 47리를 가서 점심을 먹었다. 또 별산점에서 이리점二里店까지 2리, 현거現渠 5리, 삼가방三家坊 2리, 동오리교東五里橋(일명 용지하龍池河 어양교漁陽橋) 16리, 계주성薊州城 5리, 오리교五里橋 5리, 서가점徐家店 10리, 방균점邦均店 15리, 모두 50리를 갔으니, 이날 97리를 통행하고, 방균점에서 숙박했다.

산의 움푹 팬 곳에 큰 나무가 있는데, 잎이 나지 않은 채 수백 년 동안 가지와 줄기가 썩지 않아서 외롭다라는 뜻의 고수孤樹라고 전해 온다.

송가장은 성 둘레가 2리 정도 되는데, 명나라 천계天啓(1621~1627) 연간에 송씨 집안에서 쌓은 것이다. 이른바 외랑外郎이란 서리의 별칭인데, 송씨는 이 지방 큰 성씨의 외랑이 되어 일족 수백 명이 모두 부유하여, 명나라와 청나라가 교체되는 그 즈음에 사사로이 성을 쌓아서 종족을 합하여 수비했다.

방균점 북경 동쪽 제일의 고을이란 뜻의 현판을 단 방균점

성 안엔 망대望臺 세 개를 만들었는데 높이가 각각 10여 길이고, 성문 위에는 누각을 만들었다. 집 뒤에는 4층의 처마로 된 높은 누각을 만들고 맨 위층

1. 독락사 관음각
2·3. 독락사 대불
4. 관음각 편액

에는 금부처를 모셔 놓았다. 난간에 기대어 멀리 바라보니 시야가 확 트였다.

청나라가 진격해 들어올 때에 송씨는 가솔들을 인솔하여 성을 보호하고, 천하가 평정된 뒤에도 즉시 나와서 항복하지 않았다. 그래서 청나라 사람들의 미움을 받아 해마다 은 천 냥을 벌금으로 바치다가, 뒷날 강희 말년에 와서는 말에게 먹일 건초 천 묶음을 실어보내는 것으로 대신했다. 성 안의 큰 집 10여 채는 모두 송씨의 소유이고, 아직도 노비가 500여 명이나 된다고 한다.

계주 성읍은 백성이 많고 물산이 웅장하고 풍부하니, 곧 북경 동쪽의 큰 고을이다. 산 위에 당나라 때 인물인 안록산安祿山[116]의 사당이 있고, 성안에는 돌로 된 패루가 셋 있는데 한 패루에는 황금빛으로 대사성大司成이라고 적혀 있고, 그 아래층에는 국자좨주國子祭酒 등 3대의 추증된 벼슬 이름을 나열하여 적어 놓았다.

계주의 술맛은 관동(북경의 동쪽)에서 으뜸이어서 한 술집에 들어가 여러 사람들과 흉금을 트고 취하도록 마셨다.

독락사獨樂寺란 절에 들어갔더니 대웅전 편액에 자비사慈悲寺라고 적혀 있다. 뒤에는 이층 누각이 세워져 있고 그 가운데에는 아홉 길(16미터)이나 되는 금부처가 서 있는데, 부처의 머리 주변에는 작은 금부처 수십 개(10개)를 앉혔다.[117] 누각 아래에는 비단이불을 덮은 와불臥佛이 있고, 누각의 편액에는 관음지각觀音之閣이라 쓰여 있는데, 왼쪽 아래에 작은 글씨로 태백太白이라고 써 놓았다. 혹자는,

"이불을 덮고 누워 있는 것은 부처가 아니라, 바로 시인 이백李白이 취해서 잠든 상이다."

라고 했다.

116 안록산은 당나라 때 인물로 오랑캐 출신이다. 현종과 양귀비의 총애를 받아 권력을 쥐고 흔들었는데, 결국 반란을 일으켜 연燕이라는 나라를 세웠다가 패망하고, 그 아들에게 살해되었다.

117 큰 부처 하나와 작은 부처 열 개를 합쳐서 부처상이 열하나이므로 십일면관음十一面觀音이라고 부른다.

행궁이 있지만 굳게 걸어 잠그고 구경을 허락하지 않았다. 숙소인 객관에 돌아오니 문밖에 장사치들이 구름처럼 모였는데, 말과 나귀에 서책과 그림, 골동품을 실었고, 곰을 놀리며 여러 가지 재주를 피우는 자도 있다. 뱀과 범을 놀리는 자도 있었다고 하나 이미 마치고 떠났기 때문에 구경을 못한 것이 안타깝다. 앵무새를 파는 사람이 있었지만 이미 날이 어두워 깃털의 색을 상세히 볼 수 없어서, 바야흐로 등불을 찾는 사이에 장사꾼이 가 버려서 더욱 한스럽게 되었다.

7월 30일 병오일

맑다. 방균점에서 별산장別山庄까지 2리, 곡가장曲家庄 2리, 용만자龍灣子 4리, 일류하一柳河 2리, 현곡자現曲子 2리, 호리장胡李庄 10리, 백간점白幹店[118] 2리, 단갑령段甲領 2리, 호타하滹沱河[119] 5리, 삼하현三河縣 5리, 동서조림東西棗林 5리, 모두 41리를 가서 점심을 먹었다. 조림에서 백부도장白浮屠庄까지 6리, 신점新店 6리, 황친점皇親店 6리, 하점夏店 6리, 유하둔柳河屯 5리, 마기핍馬起乏 6리, 연교보燕郊堡 7리, 모두 42리이다. 이날 통행은 83리[120]이고 연교보에서 숙박했다.

118 白幹店은 白澗店의 오자.
119 호타하는 구하泃河의 오류이다. 호타하는 하북성 석가장石家莊을 흐르는 강이다.
120 원문에는 84리라고 되어 있으나, 계산이 틀렸다.

계주薊州는 옛 어양漁陽으로, 북쪽에 반산盤山이 있다. 위태롭게 서 있는 모습이 깎아 세운 듯하며, 모든 봉우리는 윗모습이 풍성하고 아래는 가늘어서 생긴 모양이 소반을 닮았기 때문에 반산이라고 하는데, 일명 오룡산五龍山이라고도 한다. 일찍이 명나라 문인 중랑中郞 원굉도袁宏道[121]의 「유반산기」遊盤山記를 읽어 보니 기이한 절경이 많다고 해서, 이제 등산을 한번 하고 싶었는데 함께 갈 짝이 없는 형편이니 어찌할 수가 없다.

반산

반산은 비록 깎아지른 산세에 수백 리를 웅장하게 서려 있고, 겉은 바위로 되어 있으나, 속으로 들어가면 토질이 부드러워 과일 나무가 매우 많다. 북경에서 날마다 먹는 대추, 밤, 감, 배는 모두 반산에서 나는 것이다.

행렬이 어양교에 이르니 길 왼쪽에 양귀비의

사당이 있어 계주의 산 위에 있는 안록산의 사당과 서로 마주 보고 있다. 천하에 돈 가진 사람이 얼마나 많겠는가마는, 어찌하여 이 따위 음란하고 더러운 사당을 지어 그 명복을 빈단 말인가?

『시경』에 이르기를, "복을 구해도 조상의 도를 어기지는 않는다"라고 했는데,[122] 이것들은 정말 돈만 낭비했다고 할 만하다. 혹자는,

"공자님께서 『시경』을 정리하며 정鄭나라, 위衛나라의 음란한 시를 내치지 않고 수록한 까닭은 그 시를 거울 삼아 조심시키기 위함이었습니다. 계주 금병산錦屛山[123] 석벽에는 『수호지』에 등장하는 양웅楊雄이 애인 반교운潘巧雲의 행실이 부정하다고 하여 찔러 죽이는 형상을 조각해 놓기도 했답니다."

라고 한다.

백간점에 도착하니 놀러 나온 수재秀才(과거 시험 응시 자격자)들이 있는데 자기들끼리 웃으며,

"안록산이란 인물은 정말 명성이 높은 인사란 말씀이야. 그가 앵두를 두고 읊은 「앵도시」櫻桃詩에,

한 바구니의 앵두 알맹이

반산 입구의 패루(상) 북경 동쪽의 제일의 산이라는 뜻의 현판이 붙어 있다.
계현에 있는 어양가 패루(하)

121 원굉도(1568~1610)의 자는 중랑, 호는 석공石公이다. 형 원종도袁宗道, 동생 원중도袁中道와 함께 3원袁 혹은 고향 공안公安의 지명을 따 공안파라 불렸다. 저서에 『원중랑전집』이 있다.

122 『시경』 대아 「문왕지십」文王之什 '한록'旱麓에 나오는 구절이다.

123 『수호지』에는 금병산이 취병산翠屛山이라고 되어 있다. 계주에 있는 산도 취병산이라고 되어 있다.

반은 푸르고 반은 누렇네.

반은 아들 회왕懷王에게 주고

반은 스승 주지周贄에게 주려네.[124]

櫻桃一籃子 半青一半黃

一半寄懷王 一半寄周贄

124 이 시의 원작자는 실려 있는 시화집에 따라 다르다. 안녹산이라는 설과 사사명史思明이라는 설이 있다. 작품 속의 '회왕'은 사사명의 아들 사조의史朝義이므로, 작자는 사사명이라는 설이 유력하다.

라고 했더니, 어떤 사람이 셋째 구의 회왕과 넷째 구의 주지를 서로 바꾸면 운자가 맞을 것이라며 고치기를 청했다는군. 그랬더니 안록산이 크게 분노하여 '주지로 하여금 우리 아이를 위에서 깔아뭉개게 하란 말이냐'라고 했다네. 이 같은 훌륭한 시인에게 어찌 사당이 없어서야 옳겠는가?"

하고는 서로 크게 웃는다.

지나는 길에 향림사香林寺에 들어갔더니, 부처를 모신 대웅전 편액에는 향화암香花庵이라고 쓰여 있고, 대웅전 위에는 금빛 글씨로 향림법계香林法界라고 적혀 있는데 강희 황제의 글씨이다. 순치 황제順治皇帝(청 세조)의 누이동생이 일찍 과부가 되었는데, 비구니가 되어 향림암에 거처했으며, 나이 구십 넘게 장수하고 죽었다고 한다.

향림암에 거처하는 사람들은 모두 여승이다. 뜰에는 높이가 수십 길이나 되는 백송 두 그루가 서 있고, 물고기 비늘 같은 소나무 껍질은 푸르고 희게 생겼다. 향림암 동쪽으로는 작은 부도가 다섯 기 있고, 부도 좌우에는 백송 세 그루가 있어 푸른빛이 뜰에 그득하다. 소나무에 부는 바람이 마치 파도 소리 같고, 시원한 기운이 불어온다. 백간점白澗店[125]이라고 이름을 지은 이유는 아마도 백송의 나무줄기 때문인 것 같다.

125 幹과 澗이 음이 같기 때문에 전용해서 쓴다.

북경이 차츰 가까워지니 수레와 말의 소리가 구름 한 점 없는 대낮에 천둥 번개가 치듯 요란하다. 연도의 좌우에는 모두 부귀한 집안의 무덤들이 있어서 담장을 두른 모습이 마치 여염집들이 모여 있는 것 같다. 담장 밖에는 냇물을 끌어들여 도랑을 만들고, 문 앞에는 돌다리가 있는데 모두 무지개다리였으며, 때때로 돌로 만든 패루도 있다.

도랑 가의 갈대숲에는 가끔 콩깍지만 한 작은 배를 묶어 놓았고, 무지개다리 아래로는 곳곳에 그물을 쳐 놓았다. 담장 안에는 수목이 울창하여 그늘을 이루고, 때때로 기와집 추녀가 드러나기도 하고 혹 지붕에 장식한 호리병 같은 절병통節甁桶이 솟아 나오기도 했다.

한 점포에 들어가 잠시 쉬고 있을 때이다. 난간 밖으로 수십 명의 아름다운 동자들이 대열을 지어 노래를 부르며 지나가는데, 비단저고리에 수놓은 바지를 입고 옥 같은 모습에 피부는 눈처럼 희다. 어떤 동자는 박판을 치기도 하고, 어떤 동자는 생황을 불며, 어떤 동자는 비파를 뜯기도 하고, 소매를 나란히 하고 가면서 느릿느릿 노래를 하는데 모두가 아름답고 곱게 치장했다. 이들은 모두 북경의 거지 아이들로, 시장을 돌아다니며 혹 먼 지방에서 온 장사꾼에게 웃음을 팔아 하룻밤 잠자리를 같이하며 수백 냥의 은자를 받기도 한다고 한다.

길옆에는 대나무자리를 이어 차양을 치고 곳곳에 연희마당을 베풀고 있다. 『삼국지』를 연희하는 자도 있고, 『수호전』을 연희하는 자도 있으며, 『서상기』西廂記를 연희하는 자도 있는데, 높은 음으로 노래하고 온갖 악기들이 함께 연주한다.

수천, 수백 가지 장난감들을 펼쳐 놓고 팔고 있는데, 모두 아

『서상기』 연희 장면

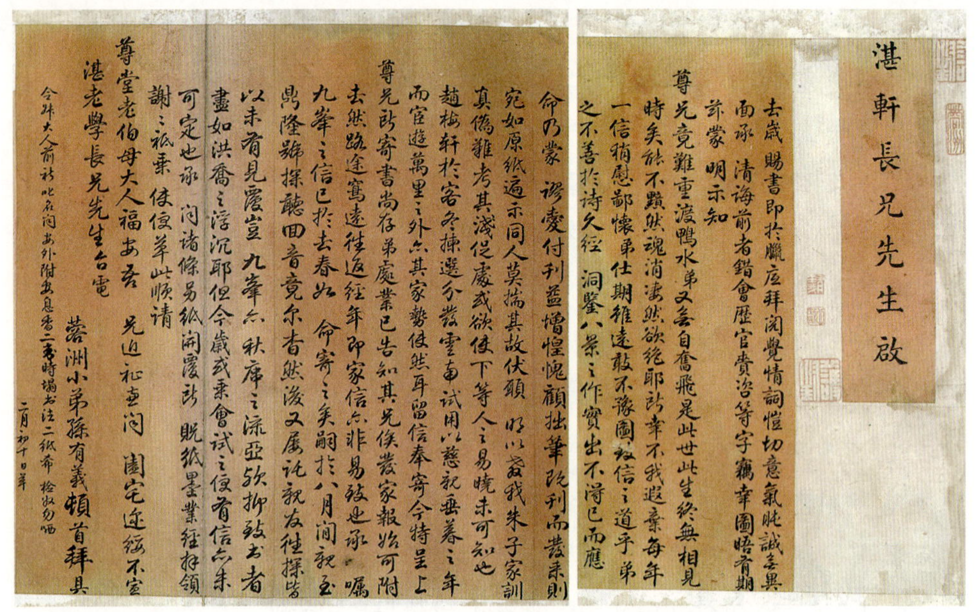
湛軒長兄先生啟

손유의가 담헌 홍대용에게 보낸 편지

이들이 잠시 가지고 노는 장난감이건만 물건들의 재료가 희귀할 뿐 아니라, 제작 기법이 정교하지 않은 것이 없다. 건드리기만 해도 쉽게 깨질 것 같은 장난감도 만드는 비용은 고급 은자 몇 냥 이상이라고 한다.

탁자 위에는 관운장이 말을 타고 칼을 비껴 든 모습을 한 인형을 수만 개나 진열해 놓았는데, 크기는 겨우 몇 치밖에 되지 않으며 모두 종이로 만들었다. 교묘하기가 가히 입신의 경지이다. 이것들은 모두 어린아이들이 가지고 노는 완구인데도 종류가 이와 같이 많으니, 그외의 것은 가히 미루어 짐작할 수 있겠다. 너무도 어질어질하고 황홀하며, 놀래고 헷갈려 귀와 눈과 정신이 모두 피곤할 정도였다.

배를 타고 호타하滹沱河를 건너 삼하현三河縣에 들어갔다. 성

안의 용주蓉洲 손유의孫有義 댁을 찾아갔더니, 용주는 달포 전에 산서山西 지방에 가서 아직 돌아오지 않았다. 그 댁은 성 동쪽 관운장 사당 곁의 대여섯 칸 초가집인데, 용주가 빈한하여 손님 맞이할 동자도 없음을 짐작할 수 있겠다. 주렴 너머로 부인의 소리가 나는데 꾀꼬리 소리처럼 간드러진다.[126]

126 박영철본에는 "자못 불분명했다"라고 되어 있다.

그 부인은,

"바깥양반은 어떤 사람의 청탁으로 학관 선생이 되어 산서 지방으로 초빙되어 떠났고, 저 혼자 딸 하나와 집에 있습니다. 고려의 어르신께서 저희 집을 방문해 주셨는데 맞이해 안내하지 못하는 실례를 범합니다."

하고는, 또 사람을 부르는 소리가 들린다.

나는 담헌 홍대용이 용주에게 건네주라는 편지와 예물을 꺼내어 주렴 앞에 놓고 떠났다. 무너진 담장 틈 사이로 나이 열대여섯쯤 되어 보이는 여자아이 하나가 서 있는데, 흰 얼굴에 뽀얀 목덜미를 하고 있어 용주의 딸이려니 생각했다.

삼하현은 옛 임구臨泃이다.

8월 초1일 정미일

아침에 맑고 매우 더웠다가, 오후에는 비가 잠시 오다 곧 그쳤다. 밤에는 천둥이 크게 치고 비가 왔다. 연교보에서 새벽에 출발하여 사고장師古莊까지 5리, 등가장滕家莊 3리, 호가장胡家莊 4리, 습가장習家莊 3리, 노하潞河 4리, 통주通州 2리, 영통교永通橋 8리, 관가장管家莊 3리, 양가갑楊家閘 3리, 모두 35리를 가서 점심을 먹었다. 또 삼간방三間房까지 3리, 정부장定府莊 3리, 대왕장大王莊 3리, 태평장太平莊 3리, 홍문紅門 3리, 십리보十里堡 3리, 팔리보八里堡 2리, 신교新橋 6리, 동악묘東岳廟 1리, 조양문朝陽門 1리, 서관西館에 들어가니 모두 28리이고, 이날 63리를 통행했다. 압록강에서 황성皇城 북경에 이르기까지 모두 계산하면 역참驛站이 서른세 개이고, 2,030리이다.

새벽에 연교보에서 변 주부, 정 진사 등과 함께 먼저 출발하였다. 몇 리를 채 못 가서 이미 날이 새는데 갑자기 하늘에서 뇌성벽력이 크게 들린다. 노하潞河의 배 안에서 쏘는 수만 발의 대포 소리라고 한다.

아침 노을이 맑아 사람 마음을 화창하게 하는데, 멀리 돛대 끝을 바라보니 빼곡한 모습이 마치 물억새가 서 있는 것 같다. 버드나무 위에는 나뭇가지와 풀뿌리가 많이 걸려 있다. 열흘 전 북경에 큰비가 내려 이곳 노하의 물이 넘쳐서 부서진 민가가 수만 호나 되며, 사람과 가축이 물에 휩쓸려 나간 것이 얼마인지 셀 수도 없었다고 한다. 지금 말 위에서 팔을 위로 뻗쳐서 담뱃대로 버드나무까지 헤아려 보니 물의 흔적이 평지에서 가히 몇 길이나 된다.

노하의 물가에 도착했다. 강은 넓고 맑으며, 엄청나게 많은 배는 가히 만리장성의 웅장함과 대적할 만하다. 큰 선박 10만 척에는 모두 용을 그렸는데, 호북湖北의 전운사轉運使[127]가 어제 호북의 곡식 300만 석을 배에 싣고 도착한 것이다. 시험적으로 한 배에 올라서 배의 제도를 대략 살펴보았다.

127 전운사는 식량과 물건을 실어 나르는 책임 관리.

배는 모두 길이가 10여 길이고 쇠못을 박아서 꾸몄는데, 선상에는 판자를 펴고 층층대 집을 지었으며, 곡물은 모두 선창의 화물칸에 곧바로 쏟아붓게 되어 있다. 큰 배의 집은 모두 아로새긴 난간과 그림 같은 기둥에다 문양이 있는 창문과 수를 놓은 문을 달아서, 그 제도가 뭍에 있는 집과 동일하다.

배의 아래는 창고이고 위는 누각인데, 패, 현판, 주련, 장막, 서화 등이 아득히 끝이 없어 마치 신선의 거처 같다. 지붕 위에는 쌍돛대를 세우고 가늘게 짠 등나무 자리를 몇 폭으로 연결했으며, 배 전체에는 백색 물감을 기름과 섞어서 두텁게 바르고 그 위에 다시 누런 칠을 했기 때문에 물방울이 스며들지 않고 비가 내려도 염려할 필요가 없다.

배의 깃발에는 절강浙江, 산동山東 등의 배 이름을 크게 써 붙였다. 강을 따라 100리 사이에 촘촘하게 들어선 배가 마치 울창한 대나무 숲 같다. 노하는 남쪽으로 발해만의 직고해直沽海와 통하는데, 천진위天津衛에서부터 통주通州의 장가만張家灣으로 배가 모여들게 된다. 해상으로 옮기는 천하의 물건들이 모두 이곳 통주로 모여들고 있으니, 노하의 배를 보지 않고는 황제가 사는 도읍지의 웅장함을 알지 못할 것이다.

또 삼사와 함께 한 배에 올랐더니, 좌우에 채색 난간을 설치하고 집 앞에는 장막을 설치하여 나무창문을 만들었다. 그 좌우에는 의장용 깃발과 칼, 창, 검, 날창 등을 세웠는데 무기의 끝과

오늘날의 노하(상), 장가만의 운하(하)

날은 모두 나무로 만든 것이었다. 방 안에는 관 하나가 놓여 있고, 그 앞의 의자와 탁자에는 초상에 사용하는 제기들이 진열되어 있다. 상주는 푸른 비단창문 아래의 의자에 걸터앉아 있는데, 무명옷을 입었다. 수염과 머리는 깎지 않아 몇 치 정도 자라서 마치 승려의 모습 같으며, 사람들과 수작을 즐겨하지 않으려 한다. 그의 앞에는 『의례』儀禮 한 권이 놓여 있다.

부사가 앞으로 나가 상주에게 읍을 하니, 상주는 읍으로 답하고 머리를 조아려 절을 하고 다시 의자에 앉는다. 부사가 내게 필담을 해 보라고 하기에, 내가 부사의 성명과 관직을 써서 보였다. 상주는 머리를 조아리고 글을 써서,

"저는 성이 진秦이고 이름은 경璟이옵니다. 본 고향은 호북湖北인데, 돌아가신 아버님께서 서울에 와서 벼슬을 하여 관직은 한림원翰林院 수찬修撰을 지냈습니다. 금년 7월 초9일에 돌아가셔서 황제께서 토지와 돌아갈 배를 내려 주시어 고향으로 아버님의 유해를 모셔 가는 중입니다. 상복을 입은 몸인지라 손님 대접에 실례가 많습니다."

라고 한다. 나이가 몇이냐고 부사가 글로 써서 물었으나 진경秦璟은 대답을 않는다. 부사가 또 종이에 써서,

"중국에는 모두 삼년상의 제도를 시행하느냐?"

고 물으니 진경은,

"성인께서 인정을 좇아서 예법을 만드셨으니, 저같이 불초한 사람도 따라하려고 힘쓰고 있습니다."

라고 답한다. 부사가,

"초상을 치르는 제도는 모두 주자의 예법을 따르는가?"

하고 물으니 진경은,

〈노하독운도〉(부분) 청나라 강훤江萱

"하나같이 주문공朱文公(주자의 시호)을 따르고 있답니다."

라고 한다.

그가 거처하는 창밖에는 얼룩 반점이 있는 대나무로 만든 난간이 비단창문에 영롱하게 비치고, 이웃 선박에서 나는 악기와 노랫소리가 떠들썩하다. 물 위에는 갈매기와 구름이 있고, 이내가 끼었으며, 아름다운 누대가 창문에 비쳐서 어른거린다. 모래사장이 넓고 아득하며, 바람결에 돛대가 보였다가 안 보였다가 한다. 이런 여러 가지 한가한 모습 때문에 물 위에 떠 있는 집이라는 생각이 전혀 들지 않고, 마치 번화한 도시 한가운데의 화려한 방 안에 있으면서 강과 호수의 경치를 겸해서 즐길 수 있는 곳에 몸을 맡기고 있는 것 같다.

부사가 몸을 돌이키며 싱긋이 웃고는,

"가히 월파정月波亭[128]에 풍류를 나온 상주 같구먼."

하기에 나도 슬며시 웃었다.

정사가 사람을 보내어 빨리 오라고 하는데 볼거리가 있다고 한다. 드디어 부사와 함께 몸을 일으켜 일어나는데, 등 뒤에서 땅에 뭔가 부딪히는 소리가 나기에 뒤돌아보니 부사의 비장 이서구李瑞

128 월파정은 동작구 노량진의 한강 가에 있던 정자.

龜가 미끄러져 넘어지고는 사람들을 보고 웃는다. 선상에 깔아 놓은 나무판자가 얼음처럼 미끄러워 발을 대기가 어려웠기 때문이다. 부사도 바야흐로 낑낑거리며 부축을 받고 돌아보며 조심하라고 말하다가 좌우에 있는 사람을 붙잡고는 다함께 나가떨어졌다.

휘장 안에서는 네 사람이 막 종이로 된 골패로 노름을 하고 있다. 내가 가까이 가서 보았으나 모두 만주어로 쓰여 있어 알 수가 없었다. 어떤 사람이,

"이것은 네 명이 마흔 장의 패로 놀이를 하는 마조馬弔라는 겁니다."

라고 한다. 휘장 안의 깊숙하고 으슥한 곳에는 탁자를 나열하고, 탁자 위에는 준尊, 호壺, 고觚, 관罐 등의 여러 가지 술잔과 항아리가 진열되었는데 모두 뛰어나고 기이했다.

문 하나를 나가니 정사와 서장관이 선상에 깐 나무판자를 붙잡고 선창 아래를 굽어보고 있었다. 바로 배의 주방이었는데 늙은 부인 둘이 머리를 흰 베로 묶고는 녹두나물, 순무, 미나리 등을 솥에 데쳤다가 막 건져서 다시 찬물에 헹구고 있었다. 처녀 아이가 하나 있는데, 나이는 열여섯쯤 되어 보이고 둘도 없을 정도로

준

호

고

관

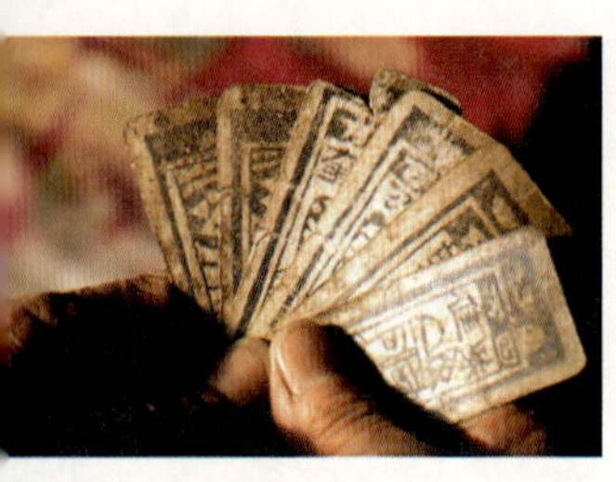

마조의 패

아름답고 곱다. 낯선 사람을 보고도 조금도 수줍거나 거북해하는 모습이 없다. 조용하고 음전하게 하던 일을 천연덕스럽게 하는데, 주름진 명주옷은 안개처럼 어른거리고 뽀얀 팔뚝은 연뿌리처럼 오동통하고 잘록하니 생겼다. 아마도 상주 진씨네 집안의 하인으로 아침밥을 준비하는 모양이다.

배의 좌우에는 파초 잎 모양의 큰 부채를 꽂았고, 한림翰林, 지주知州, 정당正堂, 포정사布政司라고 적혔는데, 모두 죽은 사람이 거쳤던 관직 이름이다.

강의 곳곳에는 작은 유람선이 있어, 붉은 종이우산을 펼치기도 하고, 푸른 장막을 설치하기도 하였다. 삼삼오오 모여서 다리가 짧은 의자에 앉거나, 더러 등받이에 기대기도 하였다. 상 위에는 서책이나 두루마리 그림을 늘어놓거나, 향로와 차를 끓이는 다구를 진열했다. 어떤 이는 피리를 불기도 하고, 어떤 이는 걸상에 앉아 서화를 그리기도 하며, 어떤 이는 술을 마시고 시를 짓기도 한다. 그들 모두를 이름 높고 운치 있는 명사라고 할 수는 없겠지만 한가하고 우아한 운치가 있었다.

배에서 내려와 언덕에 오르니 수레와 말이 길을 메워 갈 수가 없다. 동문으로 들어가 서문에 이르기까지 5리 사이에 독륜차 수만 대가 길을 꽉 메워 몸을 돌릴 곳조차 없었다. 도리 없이 말에서 내려 걷다가 한 점포에 들어갔는데, 뛰어나고 화려하며 번화하고 부유한 것이 이미 심양이나 산해관은 비교할 상대가 아니었다. 간신히 한 가닥 좁은 길을 뚫고 조금씩 앞으로 나아가니 시장의 문에는 '모든 배가 구름처럼 모이다'라는 뜻의 '만소운집'萬艘雲集이라는 편액이 걸렸고, 큰 길에는 이층 처마의 높은 누각이 있어 '소리가 하늘까지 닿는다'는 뜻의 '성문구천'聲聞九天이라고

적혀 있다.

영통교

성 밖에는 곡식 넣는 창고가 세 군데 있었다. 그 제도가 성곽을 쌓는 법과 같은데, 지붕을 기와로 이었고, 지붕 위에는 창문이 성글게 난 작은 집을 지어서 창고 안에 쌓인 공기를 밖으로 빠지게 했으며, 담벽 사이에는 곁구멍을 뚫어서 습기를 가시게 했다. 냇물을 끌어들여서 창고를 에워싸는 해자를 만들어 놓았다.

일행이 영통교永通橋라는 다리에 이르렀다. 영통교는 일명 팔리교八里橋라고도 한다. 길이가 수백 발이고 넓이는 10여 발이며, 무지개다리 구멍의 높이는 10여 발이다. 좌우에는 난간을 설치하고 난간 끝에 사자 모양의 석상 수백 개를 앉혀 놓았는데 조각한 모양이 마치 도장의 꼭지를 닮았다. 다리 아래로는 배로 조양문朝陽門 밖까지 바로 통하게 되고, 거기서 다시 작은 배에 옮겨 신고 갑문을 열어서 북경의 곡식을 쌓아 두는 태창太倉까지 들어갈 수 있다고 한다.

통주에서 북경까지 40리는 돌을 깔아서 길을 놓았는데, 수레의 쇠바퀴와 돌이 서로 부딪치는 소리가 더욱 웅장하여 사람의 심신을 흔들어 편치 않게 만든다.

연도의 좌우는 모두 분묘로 이어졌는데 담을 두른 것이 서로 연결되고 수목이 무성하게 우거져 무덤의 모습은 보이지 않는다. 대왕장에 이르러 잠시 쉬었다가 또 길을 나섰다.

한길 왼쪽에 세 칸으로 된 돌로 만든 패루가 서 있다. 패루 아래에 말을 세우고 그 제작 기법을 살펴보니, 곧 강희 황제 때의 중신인 퉁국유佟國維[129]의 묘역이었다. 패루에는 퉁국유의 관직을 나열하여 새겼고, 그 위층에는 황제가 내린 조칙詔勅을 새겼다. 다리를 건너 묘역의 문 안으로 들어가니 좌우에는 여덟모가 난 화표주를 세우고 꼭대기엔 돌사자를 두었다. 가운데 뜰에는 길담을 높이 한 발쯤 세우고, 길 좌우에는 오래된 소나무 수십 그루를 심었다. 돌로 삼층 축대를 쌓아서 커다란 비석 열세 개를 나열하여 세웠으니, 모두 퉁씨의 3대에 걸친 공훈을 표창한 글들이다. 퉁국유의 셋째 아들이 융과다隆科多이고,[130] 부인은 하사례씨何奢禮氏이다.

북쪽 담 아래에는 무덤 여섯 기가 한 줄로 나란히 있는데 무덤에는 뗏장을 입히지 않았다. 아래는 둥글고 위는 뾰족하며 석회로 매끄럽게 발랐다. 누런 기와를 이은 수십 칸의 집은 단청이 어둠침침하고 칙칙하다. 층계는 무너지고 뒤집혔으며, 그림을 그린 주렴은

129 퉁국유(1643~1719)는 만주족으로 양황기鑲黃旗 출신이며, 누나와 딸이 각각 황후가 되었다. 강희 9년에 내대신內大臣에 올랐다.

130 융과다(?~1728)는 퉁국유의 셋째 아들이다. 퉁국유의 일명一名이 융과다라고 한 것은 착오이다. 융과다의 누이가 강희 황제의 황비가 되었으며, 고위 관직을 지냈다. 본명은 佟佳·隆科多로 옹정 황제의 총애를 받았다.

화표주

동악묘

썩어서 떨어져 나갔고, 방 안은 온통 박쥐 똥으로 가득 찼다. 괴괴하여 아무 물건도 없고 지키는 사람도 없어서 마치 깊은 산중의 못 쓰게 된 절집과 같으니, 매우 괴상한 일이다. 아마도 한때 공훈이 높고 혁혁했던 집안이 지금은 자손이 끊어져 그렇게 된 게 아닌가 하는 생각이 들었다.[131]

동악묘東嶽廟에 이르러 삼사는 심양에 들어갈 때처럼 관복으로 갈아입고 문무관의 반열을 정비했다. 통관 오림포烏林哺, 서종현徐宗顯, 박보수朴寶秀 등은 이미 도착해 동악묘 안에서 기다리고 있었다.[132] 모두들 수놓은 망포蟒袍[133]를 차려입고, 목에는 구슬목걸이인 조주朝珠[134]를 걸고서 말을 타고 삼사를 앞에서 인도했다.

조양문朝陽門에 이르니 그 제도는 산해관과 같으나, 다만 눈앞이 보이지 않을 정도로 검은 먼지가 하늘을 덮었다. 수레에 물통을 싣고 다니며 길 곳곳에 물을 뿌린다. 사신은 황제께 올리는 국서를 예부禮部에 전하려고 곧바로 떠났다. 나는 길을 달리하여 조명회와 먼저 조선 사신의 관소館所에 도착했다.

131 융과다는 옹정 황제에게 舅舅(외삼촌)로 불리며 총애를 받고 권세를 누렸으나, 뒷날 반역의 도당으로 몰려 멸문을 당하고 가산은 적몰되었다.

132 1765년에 연행한 홍대용의 『담헌연기』에 "서종현의 나이는 30여 세로서 용모가 아름답고 탄탄해 보였으며, 박보수는 체격이 크고 뚱뚱하며 사람됨이 교활하고 사나워서 모든 역관들이 그를 무서워하였다"고 기록하였다.

133 망포는 곤룡포처럼 용의 무늬를 수놓았으나 용의 발톱이 하나씩 적은 청나라 관복이다.

134 조주는 5품 이상의 청나라 관리가 차던 장신구인데, 산호, 진주 등으로 만든 염주 모양의 목걸이이다.

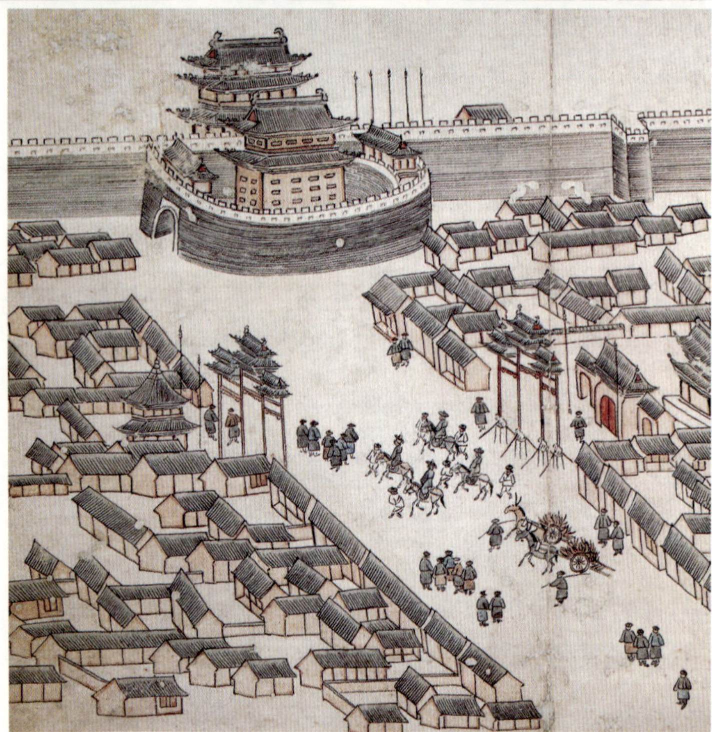

근대 초기의 조양문(상)
18세기 조선의 화원이 그린 조양문 모습(하)

순치順治(1644~1661) 초에 조선 사신의 관저를 옥하玉河 서쪽 기슭에 세우고 옥하관玉河館[135]이라고 일컬었다. 뒷날 옥하관은 악라사鄂羅斯(아라사, 곧 러시아)가 차지하게 되었으니, 악라사는 코가 큰 오랑캐라는 뜻의 소위 대비달자大鼻㺚子[136]로서 가장 흉포하고 사나운 종족이어서 청나라 사람도 능히 제압하지 못한다.

그리하여 외국 사신을 접대하는 회동관會同館[137]을 건어호동乾魚衚衕[138]에 설치했는데, 그곳은 본시 도통都統(지방 장관)을 지낸 만비滿丕[139]의 저택이었다. 만비 사후에 집안이 도륙을 당할 때에 자결을 한 집안사람이 많았기 때문에 회동관에는 귀신과 도깨비가 많다고 한다.

혹 우리나라 별사別使(임시 사신)와 동지사가 함께 마주치면 서관西館에 나누어 든다. 연전에 별사가 먼저 건어호동의 회동관에 묵는 바람에 동지사로 온 금성위錦城尉(박명원)가 서관에 들었

135 옥하관은 북경의 정양문과 숭문문 사이 남훈방南薰坊의 옥하 제2교의 서쪽, 한림원의 남쪽에 있었다. 현재 북경 최고인민법원 자리가 옥하관이 있던 곳이다.

136 청나라에서 러시아 카자크족을 대비달자라고 불렀다.

137 회동관은 청나라 초기에 생긴 관청으로 외국 사신을 접대하는 일을 맡았고, 뒷날 사역관四譯館과 합하여 회동사역관이라 하였다.

138 호동은 본래 몽고말로 좁은 골목길을 뜻한다.

139 만비(?~1700)는 청나라 강희 황제 때의 외교관으로, 아라사와 네르친스크 조약을 맺고, 갈이단葛爾丹 정벌에 공을 세웠고 병사하였다. 만비 사후 24년이 지나서 옹정 황제는 그가 생전에 반역의 왕자들과 결교했다는 이유로 그 처자를 죽이고 가산을 몰수하였다. 당시 가족이 자살할 때 부녀자들은 집안의 우물에 빠져 죽었다고 한다.

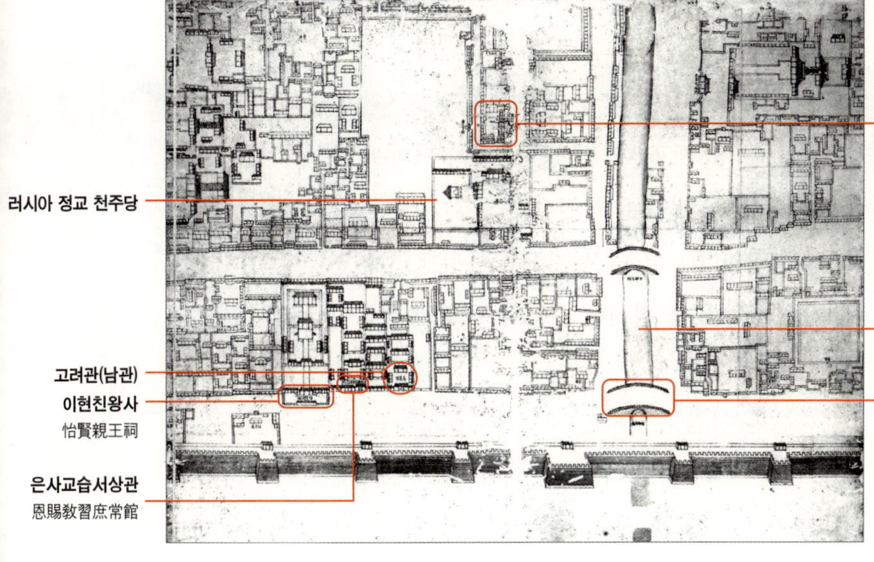

옥하관과 회동관(남관)의 위치
『건륭경성전도』 제11배排-5

140 연암 일행이 묵었던 서관은 현재 북경 서단西單의 중국은행본점 건물과 민족문화궁 사이에 있었다.

다. 지난해 건어호동의 회동관이 실화로 불이 나 아직 새로 짓지 않았기 때문에, 지금 사행이 또 서관으로 옮겨서 거처해야 한다.[140]

아! 옛 역사책(圖書編)에 이르기를, "문자가 생기기 이전의 연도와 나라의 도읍지는 살필 수 없다"라고 했다. 그러나 문자가 생긴 이래 중국 스물하나의 왕조, 3천여 년 동안 어떤 방법을 가지고 천하를 다스렸을까? 임금 된 사람이 소위 정밀하고 전일한 마음(유정유일惟精惟一)의 통치 방법으로 천하를 다스린 것이 아니겠는가?

그러므로 천하를 다스린 성군으로 요임금과 순임금이 있었음을 나는 알고 있으며, 홍수를 잘 다스린 임금으로 하나라 우임금이 있었음을 나는 안다. 토지 제도를 정전법井田法[141]으로 시행한 사람으로 주공周公이 있었음을 나는 알고 있으며, 학문을 잘한 사람으로 공자가 있었음을 나는 알고 있고, 세금을 잘 거두어 국가의 재정을 튼튼히 한 사람으로 제齊나라 관중管仲이 있었음을 나는 알고 있다.

141 정전법은 고대 중국의 하나라 은나라 때 시행했던 토지 제도. 사방 1리의 농지를 '井'자 모양으로 등분했으므로, 정전법이라 한다.

그러나 나는 모른다. 스물하나의 왕조 3천여 년과 문자가 생기기 이전에도 또 얼마나 많은 성인이 나와서 자신의 생각을 쥐어짰으며, 얼마나 많은 성인이 눈으로 본 지식을 쏟아붓고, 얼마나 많은 성인이 귀로 들은 지식을 동원했으며, 몇몇 성인이 제도를 창조하고, 몇몇 성인이 윤색하며, 몇몇 성인이 가공하고 꾸몄는지 나는 알지 못한다.

수많은 성인들이 자신의 생각과 보고들은 지식을 다하고, 새로운 것을 창조·윤색·수식한 까닭은 장차 그것으로 자신의 사리사욕을 채우려 한 것인가, 아니면 모든 인민들과 함께 영원히 그

복을 누리려 한 것인가.

임금의 생각과 마음 씀씀이가 인민들과 함께 복을 누리는 것에 부합하지 않고 추진하는 국가 사업이 그와 다르면, 성스러운 군주가 아니라 어리석은 사람으로 지목하여 국가에 흉악한 해를 끼치는 인물이라고 하지 않은 적이 없었다. 그러나 그러한 임금의 지나친 생각과 마음, 교묘한 견문을 다했던 데에는 도리어 성인보다 뛰어난 점이 있어서이고, 그래서 더욱 후세의 임금들에게 환영을 받았던 것이다. 그러한 임금에 대해서는 드러내 놓고 배척하면서도 그가 이룬 업적에 대해서는 몰래 본받고, 겉으로는 그런 임금에게 분노하지만 속으로는 그가 남긴 이익을 누렸던 것이다. 이로 말미암아 천하의 기이한 기술과 지나친 기교는 날이 갈수록 늘어나게 되었다.

대저 궁궐과 누대를 옥으로 꾸민 임금은 폭군으로 일컬어진 소위 걸桀임금과 주紂임금[142]이 아니었더냐? 산을 까뭉개고 계곡을 메워 만리장성을 쌓은 자는 소위 진秦나라 몽염蒙恬 장군이 아니었더냐? 천하에 곧은 도로를 닦은 사람은 소위 진시황이 아니었더냐? 천하의 일은 법이 아니고는 기강을 바로세울 수 없다고 하여, 시키는 대로 말을 듣는 사람에게는 상을 주고, 재를 길에 버리는 하찮은 잘못까지도 처벌함으로써 나라의 법과 제도를 통일하고 강화시킨 사람은 소위 상앙商鞅이 아니었더냐?

대저 이 네다섯 사람은 그 역량과 지혜, 정신과 기백, 배포와 추진력이 천지를 진동시키지 않은 사람이 없었고, 여러 성인들과 머리를 나란히 하여 우주 사이에 나란히 서려고 하지 않은 적이 없었다. 그러나 불행하게도 문자가 생긴 이후에 최초로 그런 걸출한 일을 했기 때문에 공과 이익은 뒷세상 임금들이 차지하고,

142 걸은 하夏나라의 마지막 임금이고, 주는 은殷나라의 마지막 임금이다.

서안에 복원한 아방궁

정작 본인은 죄인의 우두머리가 되어 길이길이 어리석은 사람이라는 불명예만 뒤집어썼으니, 어찌 슬픈 일이 아니겠는가?

나는 또 알지 못하겠다. 스물하나의 왕조, 3천여 년 사이에 얼마나 많은 걸임금과 주임금, 몽염 장군, 진시황, 상앙과 같은 사람이 나와서 문자가 생긴 이후에 그런 사업을 본받으려고 했는지? 문자가 생긴 이후가 이와 같다면, 문자가 생기기 이전에는 뭐가 더해지고 뭐가 빠졌는지를 가히 알 수 있겠다. 무엇을 근거로 알 수 있냐고?

옛날 진시황이 전국시대의 여섯 나라를 본받아서 아방궁을 크게 만들었다. 여기서 본받는다는 말은 그림쟁이가 어떤 대상을 보고 그대로 본을 떠서 꼭 같도록 베낀다는 의미이다. 여섯 나라의 선비들은 제후들에게 유세하고 다니면서 과거 걸임금과 주임금을 꾸짖지 않은 사람이 없었을 터이다. 그러나 걸임금과 주임금이 자신들의 궁궐을 옥으로 치장한 사실은 전국시대 제후들이 만든 장화대章華臺나 황금대黃金臺를 짓는 본보기가 되었다.[143] 그

143 장화대는 초나라 임금이 만든 화려한 누대이고, 황금대는 연나라에서 만든 황금 누대이다.

련즉 여섯 나라의 장화대, 황금대 같은 사치한 건축물은 처음부터 아방궁을 건축하는 밑그림이었던 셈이다.

항우가 횃불 하나로 아방궁을 한줌의 재로 만들어 버렸으니, 족히 후세에 토목공사를 하려는 임금의 거울이 될 만했다. 그러나 항우는 자신이 차지하지 못할 것이라고 생각하고는 오히려 남이 와서 차지할까 봐 걱정을 했으니, 자신이 도읍했던 팽성彭城에 또 하나의 아방궁을 미처 건축하지 못했을 뿐이다.

소하蕭何[144]가 미앙궁未央宮이라는 큰 궁전을 짓자, 임금 한고제漢高帝(한 고조 유방)는 그 사실을 귀로 듣고 눈으로 보았을 터인데도 일부러 모르는 척하고 있다가, 궁궐이 완성되자 도리어 소하를 크게 꾸짖었다. 소하를 꾸짖은 행동이 옳았다면, 어째서 소하를 참수하여 저잣거리에 내돌려 사람들에게 구경을 시키지 않았으며, 단번에 미앙궁을 불살라 버리지 않았던가? 이로 본다면, 앞서 진시황이 여섯 나라를 본떠 아방궁을 크게 지었다는 사실은 처음부터 미앙궁을 짓기 위한 밑그림이 되지 않을 수 없었던 것이다.

144 소하는 한 고조 유방을 도와서 항우와의 전쟁을 승리로 이끈 장수. 주로 식량 보급을 맡았다.

내가 이제 조양문에 들어와서 요임금과 순임금의 유정유일惟精惟一[145]한 마음 씀씀이가 이와 같고, 하夏나라의 우임금이 홍수를 다스린 것이 이러하고, 주공의 정전법이 이와 같으며, 공자의 학문이 이와 같고, 관중의 재물을 다스리는 것이 이러하며, 걸임금과 주임금이 궁궐과 누대를 옥으로 장식한 것도 이 법에 불과하고, 몽염이 산을 뭉개고 계곡을 메운 것도 이 법에 지나지 않으며, 진시황이 길을 곧게 낸 것도 이 법에 지나지 않고, 상앙이 제도를 통일한 것도 이 법에 지나지 않았음을 알 수 있었다. 무엇을 근거로 알 수 있냐고?

145 '유정유일'은 『서경』에 나오는 말로, 임금이 마음씀을 오직 정밀하고 전일하게 한다는 뜻이다.

성인이 일찍이 법률과 제도, 도량형을 하나로 통일시켰다. 둥근 것은 그림쇠(동그라미를 그리는 도구)에 맞게 하고 모난 것은 직각자에 맞게 했으며 곧은 것은 먹줄에 맞게 통일시켜 온 세상에 전파하니, 온 세상이 이를 모범으로 따랐으며, 걸임금과 주임금에게 전하매 그들 역시 이를 따랐다.

일찍이 우임금이 산이 잠기고 물이 언덕 위로 오르는 홍수를 다스릴 때에 동원했던 수많은 삼태기와 삽, 날카로운 도끼와 끌, 솜씨 있는 기술자, 많은 인부들이 어찌 몽염 장군이 산을 뭉개고 계곡을 메워 만리장성을 만드는 것에 미치지 못했겠는가? 주공이 일찍이 천하의 밭을 일정하게 선을 그어서 균등하게 100이랑씩의 제도를 만듦에 밭고랑과 도랑 사이에 수레 몇 대가 지나갈 수 있게 만들었으니, 모나고 곧게 측량한 공법이 어찌 진시황이 천 리의 길을 곧게 닦은 것에 미치지 못했겠는가?

공자가 일찍이 나라 다스리는 법을 묻는 제자에게 답했으나, 이는 다만 말로만 대답했을 뿐이지 실제 몸소 실천했던 것은 아니었다. 그러나 후세에 하늘의 뜻을 계승하여 임금의 자리에 올랐다는 임금들은 그 학문이 꼭 공자보다 나은 것은 아니었지만 공자가 했던 말을 즉시 거행하기도 했다. 이것은 어찌 중화 민족만 그렇게 할 수 있었던 것이겠는가? 오랑캐 출신으로 중국의 주인이 된 자들도 그 도를 물려받아서 자기 것으로 삼지 않은 임금이 없었다.

의식이 풍족해야 사람이 예절을 안다고 했으니, 자기 나라를 부유하게 하고 군대를 강하게 하려는 후세의 임금들은 그 자신이 차라리 각박하고 베푼 은혜가 적다는 불명예를 뒤집어썼을지언정, 어찌 자기 자신의 사리사욕만을 추구했다고 할 수 있겠는가?

사람의 마음은 오직 위태하고 도심道心은 미약한 즈음에[146] 임금이 과연 어떤 마음씨를 썼는가를 논하고, 임금이 한 사업이 공적인 것인가 혹은 사적인 것인가를 따져 본다면, 그들 임금을 두고 소위 '마음씨가 정밀하고 전일했다'는 뜻의 유정유일惟精惟一의 마음씨를 가지고 있었다고 반드시 말할 수는 없을 것이다.

그러나 그들이 누렸던 공과 이익을 따져 본다면, 그 법이 비록 오랑캐에게서 나왔다 하더라도 많은 장점을 집대성하고, 유정유일의 마음씨를 본받고 학습하지 않은 임금은 없었다. 그러므로 앞에서 걸임금과 주임금, 몽염 장군, 진시황, 상앙 등과 같은, 지혜와 역량이 천지를 진동시킬 수 있다고 한 사람들이야말로 지금 중국의 위대함을 만들었던 것이고, 스물하나의 왕조, 3천여 년 사이에 이룩했던 법과 남긴 제도는 바로 그들을 통해서 살펴볼 수 있는 것이다.

이제 그들은 나라를 세워 '청'淸이라 이름 하고, 수도를 세워 '순천부'順天府라 했다. 하늘의 별자리로는 '기'箕라는 별과 '미'尾라는 별 사이이고, 지리적으로는 『서경』「우공」편의 기주冀州 지역이다. 전설의 삼황오제三皇五帝 중 고양씨高陽氏 때는 유릉幽陵이라 했고, 요임금 때는 유도幽都, 순임금 때는 유주幽州라 했다. 하나라, 은나라 때는 기주冀州라 했고, 진나라 때는 상곡上谷, 어양漁陽이라 했다. 한나라 초에는 연국燕國이라 했다가, 뒤에 나뉘어 탁군涿郡이 되었다가 또 광양廣陽으로 바뀌었다. 진晉나라, 당나라에서는 범양范陽이라 불렀다가 요遼나라에서는 남경南京이 되었다가 뒤에 석진부析津府로 고쳐졌다. 송나라에서는 연산부燕山府로 이름을 바꾸고, 금나라에서는 연경燕京이라 일컫다가 곧 중도中都로 바꿔 부르고, 원나라에서는 대도大都가 되었다. 명

146 『서경』에 나오는 말. "人心惟危, 道心惟微"

자금성 전경

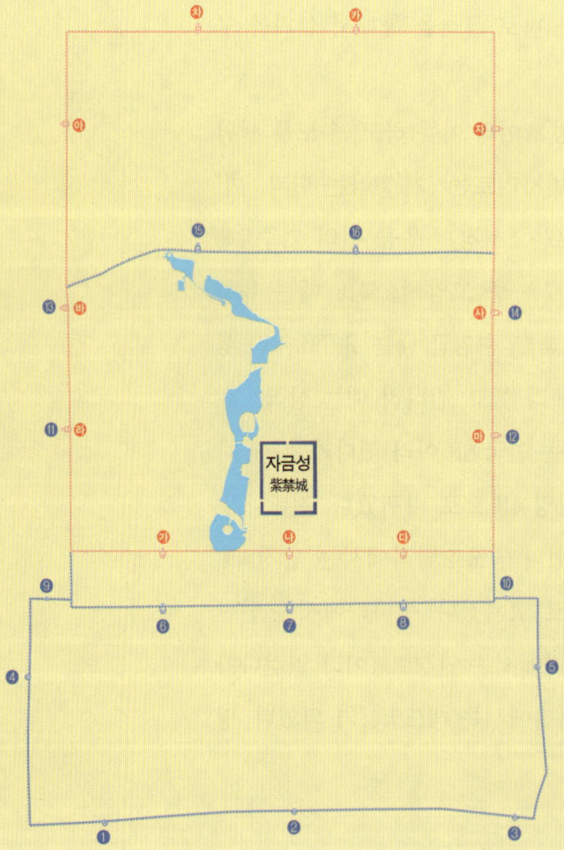

자금성
紫禁城

북경 성문의 명칭

북경 황성 성문의 위치를 설명한 연암의 글은 약간 오류가 있다.

청나라 명칭	원나라 명칭
1. 우안문右安門	가. 순승문順承門
2. 영정문永定門	나. 여정문麗正門
3. 좌안문左安門	다. 문명문文明門
4. 광녕문廣寧門	라. 평칙문平則門
5. 광거문廣渠門	마. 제화문齊化門
6. 선무문宣武門	바. 화의문和義門
7. 정양문正陽門	사. 숭인문崇仁門
8. 숭문문崇文門	아. 숙청문肅淸門
9. 서편문西便門	자. 광희문光熙門
10. 동편문東便門	차. 건덕문健德門
11. 부성문阜成門	카. 안정문安貞門
12. 조양문朝陽門	
13. 서직문西直門	
14. 동직문東直門	
15. 덕승문德勝門	
16. 안정문安定門	

나라 초에는 북평부北平府가 되었다가, 태종(영락제, 1360~1424) 황제 때 이곳으로 수도를 옮겨 순천부로 이름을 바꾸었다.[147] 지금 청나라는 이를 따라 수도로 삼았다.

성의 둘레는 40리이고, 왼쪽에는 푸른 바다를 둘렀고, 오른쪽에는 태항산太行山을 끼고 있으며, 북쪽으로는 거용관居庸關을 베고, 남쪽으로는 황하와 제수濟水를 옷깃처럼 두르고 있다. 성문 정남쪽의 문 이름은 정양正陽이고, 오른쪽이 숭문崇文, 왼쪽이 선무宣武, 동남쪽이 제화齊化,[148] 동북쪽이 조양朝陽, 서남쪽이 평택平澤, 서북쪽이 서직西直, 북동쪽이 덕승德勝, 북서쪽은 안정安定이다.[149] 외성에는 문이 일곱이고,[150] 자금성紫金城에는 문이 넷[151] 있다. 궁성 안의 둘레는 17리이고, 그 문은 넷이[152] 있다.

조회를 보는 정전正殿 앞에 있는 궁전을 태화전太和殿이라 이름 하는데, 여기에는 한 사람만이 살고 있다. 그는 성을 애신각라愛新覺羅라 하고, 종족은 여진족女眞族 만주부滿洲部이다. 그의 직위는 천자이다. 그의 호칭은 황제이다. 그의 직분은 하늘을 대신하여 만물을 다스리는 것이다. 그가 자신을 일컬을 때는 짐朕이라 하고, 모든 나라에서는 그를 높여 폐하陛下라고 부르며, 그가 내리는 말을 조詔라 하고, 호령하는 것을 칙勅이라 하며, 그가 쓰는 모자를 홍모紅帽라 하고, 그가 입는 옷을 마제수馬蹄袖라고 하며, 왕위를 전해 온 것은 4대째요, 연호를 건륭乾隆이라 하였다.

이 글을 기록하는 자는 누구인가? 조선의 박지원이다. 기록하는 때는 언제인가? 건륭 45년(1780) 가을 8월 초하루이다.

147 명나라 태종은 1407년에 수도를 남경에서 북경으로 옮길 계획을 수립하였으나, 반대에 부딪쳐 실행하지 못하다가 1417년부터 북경에 공사를 시작하여 1421년에 수도를 북경으로 이전하였다.

148 제화문은 조양문의 옛 이름이다. 여기 연암이 설명한 황성 내성구문內城九門의 위치와 명칭에 오류가 있다. 평택문은 그런 이름 자체가 없다.

149 내성 9문門: 정양문, 숭문문, 선무문, 조양문, 부성문, 동직문, 서직문, 안정문, 덕승문.

150 외성 7문門: 영정문永定門, 좌안문左安門, 우안문右安門, 광거문廣渠門, 광녕문廣寧門, 동편문東便門, 서편문西便門.

151 자금성의 문은 천안天安, 지안地安, 동안東安, 서안西安 등 4개이다.

152 궁성 4문은 오문午門, 신무문神武門, 동화문東華門, 서화문西華門이다.

8월 초2일 무신일

맑다.

간밤에 큰비가 오고 천둥 번개가 쳤다. 사신의 관저로 든 서관이 미처 수리를 다하지 않아, 창호지가 찢어지고 떨어졌으며, 새벽에 또 바람이 차서 감기가 약간 들어 음식을 먹을 수 없었다.

아침나절에 사람들이 관아의 문에 일제히 모여들었는데, 이들은 예부禮部와 호부戶部에 소속된 낭중郎中과 광록시光祿寺[153]의 관원들이다. 쌀과 콩을 실은 수레 대여섯 대와 돼지, 양, 닭, 거위, 채소 등이 바깥뜰을 가득 메웠다. 해당 부서의 관원이 의자를 늘어놓고 앉았는데, 숙연하여 아무도 감히 떠드는 사람이 없다.

정사에게 매일 지급되는 관의 식자재로는 거위 한 마리, 닭 세 마리, 돼지고기 다섯 근, 생선 세 마리, 우유 한 동이, 두부 세 근, 메밀가루 두 근, 황주黃酒[154] 여섯 병, 절인 채소 세 근, 녹차잎 넉 냥, 오이지 넉 냥, 소금 두 냥, 맑은 간장 여섯 냥, 단간장 여덟 냥, 식초 열 냥, 참기름 한 냥, 후추 한 돈, 등유燈油 세 그릇, 초 세

153 광록시는 식자재를 맡은 관청의 이름이다.

154 황주는 곡식으로 담근, 도수가 약한 누런 술이다.

연행 사신의 모습

자루, 연유 석 냥, 고운 가루 한 근 반, 생강 다섯 냥, 마늘 열 통, 사과 열다섯 개, 배 열다섯 개, 감 열다섯 개, 말린 대추 한 근, 포도 한 근, 능금 열다섯 개, 소주 한 병, 쌀 두 되, 땔나무 서른 근, 사흘마다 몽고 양 한 마리이다.

부사와 서장관에게는 매일 두 사람 몫으로 양 한 마리, 거위 각각 한 마리, 닭 각각 한 마리, 생선 각각 한 마리, 우유 합해서 한 동이, 고기 합해서 세 근, 메밀가루 각각 두 근, 두부 각각 두 근, 절인 채소 각각 세 근, 후추 각각 한 돈, 찻잎 각각 한 냥, 소금 각각 한 냥, 맑은 간장 각각 여섯 냥, 단간장 각각 여섯 냥, 식초 각각 열 냥, 황주 각각 여섯 냥, 오이지 각각 넉 냥, 향유 각각 한 냥, 등유 각각 한 종지, 쌀 각각 두 되, 사과 합해서 열다섯 개, 능금 합해서 열다섯 개, 배 합해서 열다섯 개, 포도 합해서 다섯 근, 말린 대추 합해서 다섯 근인데 과일은 닷새에 한 번 지급한다. 부사에게는 매일 땔나무 열일곱 근을, 서장관에게는 열다섯 근을 지급한다.

대통관大通官 세 사람과 압물관押物官 스물네 명에게는[155] 매일 닭 한 마리, 고기 두 근, 메밀가루 한 근, 절인 채소 한 근, 두부 한 근, 황주 두 병, 후추 닷 푼, 찻잎 닷 돈, 맑은 간장 두 냥, 단간장 넉 냥, 향유 넉 돈, 등유 한 종지, 소금 한 냥, 쌀 한 되, 땔나무 한 근을 각각 지급한다.

황제에게 상을 탈 자격이 있는 30명에게는 매일 고기 한 근 반, 메밀가루 반 근, 절인 채소 두 냥, 소금 한 냥을 각각 지급하고, 향유는 합해서 여섯 종지, 황주는 합해서 여섯 병, 쌀 각각 한 되, 땔감 각각 네 근을 지급한다. 상을 탈 자격이 없이 따라온 211명에게는 매일 고기 반 근, 절인 채소 넉 냥, 식초 두 냥, 소금 한 냥, 쌀 한 되, 땔나무 네 근을 지급한다.

155 대통관은 통역관의 우두머리이고, 압물관은 물자 수송 관원이다.

서관西館의 위치

8월 초3일 기유일

맑다.

선무문

아침 해가 뜬 후에 비로소 서관의 문을 연다. 드디어 시대와 장복 두 하인을 데리고 서관을 나와 걸어서 첨운패루瞻雲牌樓 아래에 이르렀다. 태평차 한 대를 세내었는데 노새 한 마리가 끌고 간다. 주방에서 지급하는 하루치 식자재를 시대를 시켜 돈으로 바꾸게 하여 수레 앞에 두니, 은자 두 냥으로 엽전 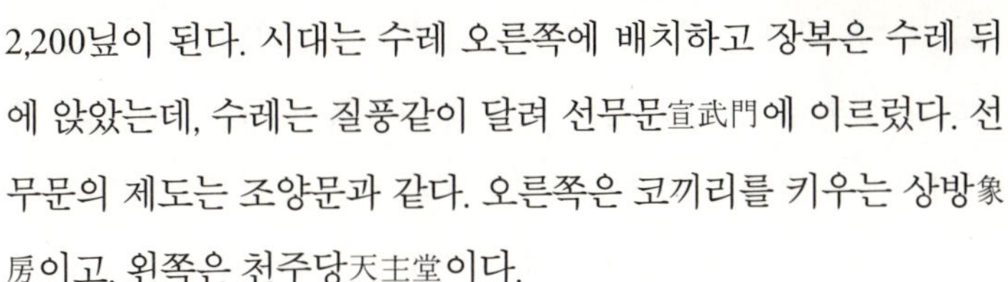2,200닢이 된다. 시대는 수레 오른쪽에 배치하고 장복은 수레 뒤에 앉았는데, 수레는 질풍같이 달려 선무문宣武門에 이르렀다. 선무문의 제도는 조양문과 같다. 오른쪽은 코끼리를 키우는 상방象房이고, 왼쪽은 천주당天主堂이다.

선무문을 나가 왼쪽으로 돌아서 유리창琉璃廠[156]에 들어갔다. 첫 거리에 오류거五柳居[157]라는 세 글자가 적힌 집이 있는데, 여기

156 유리창의 본래 이름은 해왕촌海王村인데, 유리를 만드는 가마가 있어서 유리창이라 불렸고, 명나라 이후부터 서화·골동을 취급하는 가게가 생기면서 유명해졌다.

가 도옥屠鈺[158]이라는 사람의 서점이다. 지지난해에 무관 이덕무 등이 이 서점에서 책을 많이 샀다고 하여 오류거 이야기를 입에 침이 마르도록 했기에, 지금 여기를 지나가려니 마치 오랜 친구를 만난 것처럼 반가웠다. 무관이 나를 송별하며 또 "만약 원항鴛港 당낙우唐樂宇[159]를 찾아가시려면 먼저 선월루先月樓에 이르러 거기서 남쪽으로 꺾어 작은 골목 두 번째 집이 바로 당씨의 집입니다"라고 말해 주었다.

수레를 몰아 양매서가楊梅書街에 이르러 우연히 육일루六一樓에 올랐다가 황포黃圃 유세기兪世琦를 만나 잠시 이야기를 나눴다. 문포文圃 서황徐璜, 입재立齋 진정훈陳庭訓 등이 자리를 함께 했는데, 모두 교양이 있는 선비였다. 날을 잡아 이곳에서 다시 만나기로 약속했다.[160]

수레를 돌려 북쪽으로 난 길로 들어가니 선월루라고 쓴 금빛 글씨가 홀연히 수레 앞에 어른거린다. 이곳 역시 서점이다. 드디어 수레에서 내려 두 하인과 함께 당씨 집으로 걸어 들어가는데 마치 익히 아는 집을 찾아가는 것 같았다.

입구에서 하인 세 명이 우리를 맞아들이며,

"주인어른께서는 묘시(오전 5시~7시)에 관아로 출근하셨습니다."

라고 한다. 내가 언제 집으로 돌아오냐고 물었더니, 묘시에 출근했다가 늦은 유시(오후 5시~7시)가 돼서야 돌아온다고 답한다. 하인 하나가 바깥채로 들어가 잠시 앉아서 땀을 식히라고 청한다.

그래서 따라 들어갔더니 웬 엉성하고 허술하게 생긴 훈장 하나가 나와서 맞이하는데, 성은 주周이고 이름은 잊어버렸다.

전에 들으니 원항은 다섯 아들을 두었는데, 아들 모두 영특하

157 오류거는 유리창 서문 근처에 있는 서점이다. 주인 도정상陶正祥은 서지에 밝아 『사고전서』를 편찬할 때 강남 지방의 희귀한 책을 많이 바쳤다고 한다.

158 도옥의 屠는 陶의 오자이다. 청나라 이문조李文藻가 쓴 「유리창서사기」琉璃廠書舍記에 오류거의 주인은 도씨陶氏라고 되어 있다. 옥鈺의 의미는 미상이고, 도정상陶正祥(1723~1797)은 오류거라는 서실을 가진 유명한 장서가 겸 서적 상인이었다. 자가 정학庭學이고 호가 서암瑞庵이다.

159 당낙우(1740~1791)의 자는 요춘堯春이다. 태수를 지냈으며, 문집 『동락산방시문집』東絡山房詩文集이 있다.

160 뒤에 보유편으로 수록한 「양매시화」楊梅詩話의 '양매'는 여기 양매서가라는 거리의 이름을 따서 붙인 이름이다.

양매죽사가 표지판

게 생겼다고 했다. 방금 두 어린애가 캉에서 내려와 공손히 읍을 하는데 묻지 않아도 원항의 아들임을 알겠다. 두 아이의 나이를 물어보니 큰 아이가 열세 살이고 작은 아이가 열한 살이다. 내가

"형은 이름이 장우張友고, 아우는 장요張瑤지?"

하고 물으니 둘 다,

"맞습니다. 어르신께서는 어디에서 제 이름을 아셨습니까?"

하고 묻기에 내가,

"너희들이 책을 잘 읽는다 하여 외국에까지 이름이 알려졌느니라."

라고 말해 주었다. 잠시 뒤에 당씨 집의 젊은 하인이 파초잎 모양의 흰 땜납 쟁반을 받쳐 들고 나와 뜨거운 차 한 사발과 사과 세 개, 양매탕 한 사발을 정성껏 권한다. 하인이 당낙우의 모친 말씀을 전하기를,

"지난해에 조선의 어른 두 분이 자주 우리 집에 들렀는데, 지금 모두 편안하신지요? 혹시 청심환을 가지고 오신 것이 있으면 한두 알 얻었으면 합니다."

라고 하기에 나는,

"지금은 몸에 지닌 것이 없으니, 뒷날 다시 올 때 꼭 가져다 드리겠다고 여쭈어라."

라고 했다.

전에 들으니 당씨의 노마님은 항상 동락산방東絡山房[161]에 거처하며, 나이는 80여 세인데 근력이 아직도 좋다고 했다. 하인이 손으로 멀리 가리키며,

"노마님께서 방금도 중문에 나와서 귀국 하인의 복장을 구경하고 계십니다."

161 동락산방은 당낙우 집의 별당으로, 당낙우는 이 이름을 따서 자신의 문집을 『동락산방시문집』이라고 했다.

북경에 있는 이슬람교 교당

승두선 꼭지를 둥글게 만들고 옻칠을 한 부채

시전지

라고 하기에, 나는 바로 쳐다보기가 민망하여 보지 못한 것처럼 했다.

붉은 종이를 바르고 부채머리를 둥글게 만든 승두선僧頭扇 두 자루와 여러 색깔의 시전지詩箋紙를 장우, 장요 형제에게 나누어 주고 열흘 안에 다시 오겠노라고 약속했다.

드디어 작별을 고하고 문을 나서서 되돌아보니 당씨 노마님이 아직 중문에 섰는데, 두 여종이 양옆에서 부축하고 있었다. 멀리 바라보니 하얀 머리카락이 이마를 덮었고, 체구는 우람하고 건장하며, 아직도 흰 분칠의 화장과 목걸이 장식을 폐하지 않았다.

시대와 장복이,

"아까 당씨 집 여러 비복들이 우리를 좌우에서 끼고 들어가 뜰 가운데 세우더니 노마님이 우리 옷을 벗기게 해서 의복의 제도와 모양을 보겠다고 하시기에, 쇤네들이 황공하여 감히 올려다 볼 수가 없었습니다. 날이 더워 단지 홑적삼만 입었다고 사양했습니다만, 우리를 돌려 세우고 모로 세우고 하더니 다시 하인들에게 명을 내려 옷자락을 헤집게 하고는 보셨습니다. 구경을 하시고는 술과 음식을 내와서 먹이는데, 소인들의 의복이 이처럼 찢어지고 떨어져서 아주 부끄러워 죽을 뻔했습니다."
라고 한다.

돌아올 때에 회자관回子館(이슬람교 교당)을 두루 구경했다.

8월 초4일 경술일

맑다. 지독하게 더워 삼복 날씨와 다름없다.

수레를 몰아 정양문을 나가 유리창을 지나갔다. 유리창은 집이 몇 칸이나 되느냐고 물었더니 어떤 사람이 모두 27만 칸이라고 말한다. 대개 정양문에서 가로로 뻗어 선무문에 이르기까지 다섯 마을이 모두 유리창인데, 국내외의 온갖 재화와 보물들이 모여들고 쌓여 있는 곳이다.

나는 한 누각에 올라 난간에 기대서서 탄식하며 문득 이런 생각이 들었다.

천하에 정말 자신을 알아주는 사람이 단 한 명이라도 있다면 그에게는 여한이 없을 것이다. 아! 사람들의 일반적인 심정은 그런 사람이 있는지 자기 자신을 살펴보려고 하지만, 한 명도 얻을 수 없다면 때로 큰 바보가 되거나 미치광이가 되고 만다. 이럴 때 내가 아닌 남의 처지에서 나를 살펴보아, 나라고 하는 사람이 만물과 조금도 다를 바 없다고 느껴져야, 장차 몸놀림이 자유로워

유리창의 한 모퉁이

져서 여유가 있고 거리낌이 없을 것이다.

성인들은 이런 방법을 사용했으므로 세상을 버리고 은둔해도 고민이 없을 수 있었으며, 외롭게 혼자 있어도 두려움이 없을 수 있었다. 공자는 "남들이 자신을 알아주지 않아도 화를 내지 않는다면 또한 군자답지 않겠는가?"라고 했으며, 노자도 "나를 알아주는 사람이 드물다면, 아마 나는 귀한 존재일 것이다"라고 했으니, 그들은 남들에게 자신의 존재를 알리고 싶지 않았던 것이 이와 같았다.

그래서 자기의 의복을 바꾸어 변장하기도 하고, 용모를 바꾸기도 하며, 이름을 바꾸어 버리기도 한다. 이것이 성인, 부처, 현인, 호걸 들이 이 세상에 구애되지 않고 세상을 아주 가볍게 여겨, 비록 천하를 다스리는 왕의 자리를 준다 해도 자신의 즐거움과 바꾸지 않을 수 있었던 까닭이다. 이럴 경우, 천하에 한 사람이라도 자신을 아는 사람이 있다면 자신의 행적을 드러내지 않으려는 생각은 그만 실패로 돌아가고 만다. 그러나 정말 그 사람의 속

1900년 초 정양문(좌)과 적루敵樓(우)의 모습

사정을 들여다보면, 미상불 천하에 한 사람쯤은 자신을 알아주는 사람이 있기를 기대했을 것이다.

그러므로 요임금이 옷을 바꾸어 입고 거리에 나섰으나 격양가를 노래하는 농부를 만났고, 석가가 용모를 바꾸었으나 제자 아난阿難이 알아보았다. 주나라 태백太伯은 동생에게 왕위를 물려주려고 몸에 문신을 하고 피했지만 아우 중옹仲雍이 알아보고 뒤를 따라갔다. 전국시대 예양豫讓이란 사람은 임금의 원수를 갚기 위해 몸에 옻칠을 하여 문둥이처럼 변장했으나 그 벗이 알아보았다. 초나라 굴원屈原은 모함을 받아 쫓겨나서 얼굴이 홀쭉하게 말랐으나 어부가 알아보았으며, 월나라 범려范蠡는 치이자鴟夷子로 이름을 바꾸어 오호五湖에 놀았으나 월왕의 애첩 서시西施가 알아보았다. 진나라 재상 범저范雎는 장록張祿이라고 성명을 바꾸어 여관에서 어정거렸으나 위나라 수가須賈가 알아보았고, 장량은 진시황을 죽이라고 자객을 보내고 하비下邳의 흙다리 위에서 조용히 노닐었으나 황석공黃石公이 그를 알아보았다.

지금 나는 유리창 안에 홀로 외롭게 서 있다. 내가 입은 옷과 쓰고 있는 갓은 천하(중국)의 사람들이 알지 못하는 것이다. 나의 용모는 천하 사람들이 처음 보는 모습이다. 성씨인 반남潘南 박씨는 천하 사람들이 들어보지 못한 성씨일 것이다. 이렇게 천하 사람들이 나를 몰라보게 되었으니 나는 성인도 되고, 부처도 되고, 현인과 호걸도 된 셈이다. 거짓 미친 체했던 은나라 기자箕子나 초나라 접여接輿처럼 미쳐 날뛰어도 되겠지만, 장차 누구와 함께 이 지극한 즐거움을 논할 수 있겠는가?

어떤 사람이 물었다. 공자가 송나라를 지나다가 습격을 받아 위험에 처했을 때 변복을 했다고 하는데, 당시 공자는 무슨 옷과 모자로 변장을 했느냐고. 나는 큰 소리로 웃으며, "우물과 창고, 평상과 거문고가 앞에 보이다가 홀연 뒤에 있는 것과 같고,[162] 언제 위험이 닥칠지 모르는 상황에서 군자의 모습을 버리고 별의별 차림으로 변복을 했을 터인데, 어느 누가 공자의 모습을 제대로 볼 수 있었겠는가?"라고 말했다.

당시 공자는 제자 안연顔淵이 뒤에 처져서 오지 않자 혹 죽었는가 걱정을 했는데, 안연이 뒤따라 와서 "선생님께서 계신데 제가 어찌 감히 먼저 죽을 수 있겠습니까?"라고 말했다.[163] 공자에게 천하 사람 중에서 공자 자신을 진정 알아준 사람을 말해 보라고 한다면, 오직 안연 한 사람을 꼽았을 것이다.[164]

162 원문에 나오는 우물, 창고, 평상, 거문고 등은 『맹자』 「만장」편에 나오는 말이다. 순임금의 부모가 순에게 창고의 지붕을 수리하라 하고는 밑에서 불을 지르고, 우물을 파라 하고는 흙을 덮어서 죽이려 했으나, 순이 탈출하여 평상에 앉아 거문고를 탔다는 일화이다. 여기서는 함부로 사람을 죽이려는 위험에 처했다는 의미로 사용했다.

163 『논어』 「선진」先進편에 나오는 말이다.

164 유만주兪晩柱의 『흠영』欽英이라는 독서 일기에 여기 8월 초4일의 글을 「유리창기」琉璃廠記라고 하였다. 『열하일기』의 한 부분을 떼어서 하나의 독립된 산문 작품으로 간주하고 이를 읽었음을 알 수 있다. 유만주는 이 글을 논평하여 "박지원의 문장은 대뜸 뜻밖의 말이 나올 때 아름답다. 글의 내용과 제목이 서로 어울리지 않지만, 결국에는 변화무쌍하고 종횡무진하는 문장 작법이다"라고 했다.

동악묘 관람기

「동악묘기」東嶽廟記

동악묘는 조양문 밖 1리쯤에 있는데, 건축의 웅장하고 화려함이 연도에서 처음 볼 정도였다. 심양의 궁전도 아마 여기에는 훨씬 미치지 못할 것이다.

사당 문의 맞은편에는 쌍으로 된 패루가 서 있는데, 푸른색 유리벽돌과 녹색 유리벽돌로 쌓아 만든 것으로, 휘황찬란한 모습이 앞에서 보았던 돌로 만든 패루보다 오히려 나았다. 사당은 원나라 연우延祐(1314~1320) 연간에 처음 건설했고, 명나라 정통(1436~1449) 연간에 더욱 넓혔다.

사당 안에는 인성제仁聖帝, 병령공炳靈公, 사명군司命君, 네 승상丞相이 있는데,[165] 소상은 모두 원나라 소문관昭文館(홍문관) 태학사 정봉대부 비서감경 유원劉元[166]이란 사람이 만든 것이다. 유원의 단환摶換이라는 소상 만드는 기술은 천하에 둘도 없는 솜씨였다.

165 인성제는 동악대제東嶽大帝의 별칭이다. 동악대제는 도교에서 받드는 태산의 신으로, 인간의 생사를 주관한다고 한다. 병령공은 인성제의 셋째 아들, 사명군은 생명을 관장하는 신, 네 승상은 인성제를 받드는 승상들이다.

166 유원(1240~1324)은 자가 병원秉元이며 원나라 때의 인물이다. 흙으로 빚은 토우 위에 비단을 바르고 옻칠을 하여 말린 뒤에 토우를 제거하여 소상을 만드는 단환법摶換法의 대가로 알려졌다.

동악묘 패루(상)와 입구(하)

지금의 청나라 강희 경진년(1700) 3월, 사당에 불이 나서 전각과 행랑채가 모두 타 버렸고, 사당 안의 여러 소상들도 불에 다 타 버렸다. 다만 좌우의 도교 사원만 불에 타지 않았다. 강희 황제는 특별히 내탕금內帑金[167]을 내고, 내외의 대소 신하들에게도 비용을 돕도록 하고, 유친왕裕親王[168]에게 공사를 감독하게 했다. 몇 해 뒤 건물이 완공되자 황제가 직접 나와서 보기까지 했다. 옹정 황제와 지금의 건륭 황제도 내탕금을 내어 집을 수리하게 했다.

167 내탕금은 임금이 개인적으로 쓸 수 있는 돈.

168 유친왕(1653~1703)은 순치(세조의 연호) 황제의 둘째 아들로, 이름은 복전福全이다.

첫 번째 전각에는 '영소화육'靈昭化育이라는 편액이 있고 정전의 소상으로 모신 동악대제는 곤룡포와 면류관을 갖추었으며, 옆에서 모시고 호위하는 여러 신들은 왼쪽이 문관이고 오른쪽이 무관이다.[169] 긴 의자 앞에는 몇 섬이 들어갈 정도의 쇠로 만든 항아리를 두고 생칠生漆을 담아 네 개의 심지를 박아 불을 켜고 철망으로 덮어씌웠다. 등 앞에는 한 길 정도의 금화로를 두어 침향沈香[170]을 태우는데, 등불은 푸른빛을 내며 타오르고, 향의 연기는 꾸불꾸불 푸른색을 띠며 감돌아 오른다. 색실로 만든 장식 술과 보물을 그린 장막을 늘어뜨리고, 금속 풍경은 서로 부딪쳐 '댕그랑, 댕그랑' 소리를 내는데, 전각 안은 어둠침침하여 마치 꿈속에 든 것 같다.

169 현재는 '악종소황'嶽宗昭貺이라는 편액이 걸려 있다.

170 침향은 열대지방에서 나는 침향이라는 향나무의 진액으로 만든 향.

행랑의 재판 모습의 하나

두 번째 전각에는 여자 소상 세 개를 만들어 놓고, 역시 구슬로 장식한 술을 드리웠다. 좌우에서 모시는 사람은 모두 선녀이다.

세 번째 전각에 있는 소상은 무슨 신의 소상인지 모르겠다. 회랑에는 소송하는 원고와 피고 72조曹(소송하는 양

1 2 3

1·2. 동악묘 고루·종루 현판
3. 조맹부가 쓴 〈장유손도행비〉

쪽), 36개의 재판하는 모습이 있는데 기기묘묘하고 천태만상이다. 진열대 위에 늘어놓은 금은 보물의 여러 그릇들에는 송나라, 원나라 때 만들었다는 관지款識가 있다.

뜰에는 큰 비석이 100여 개 있다. 대부분 원나라 조맹부趙孟頫[171]가 쓴 것인데, 그의 동생 세연世延과 원나라 문인 우집虞集[172]이 쓴 것도 있다. 동서 양쪽 첫줄의 비석들에는 누런 기와 비각을 해서 세웠다.

동악묘 앞에는 고루鼓樓·종루鐘樓를 세웠는데, 동쪽에는 타음鼉音(북소리)이라는 편액을, 서쪽에는 경음鯨音(종소리)이라는 편액을 걸었다.

171 조맹부(1254~1322)는 원나라의 문인이며 서예가이다. 자는 자앙子昂, 호는 송설도인松雪道人이다. 조맹부의 비석 중 가장 큰 것은 원元나라 도교 지도자 장유손張留孫(1248~1321)을 위해 쓴 것으로, 〈장유손도행비〉張留孫道行碑라고 부른다.

172 우집(1272~1348)은 원나라 문인으로, 자는 백생伯生, 자칭 한정노리漢廷老吏이다. 민족 영웅과 고국에 대한 추억을 소재로 작품 활동을 했다.

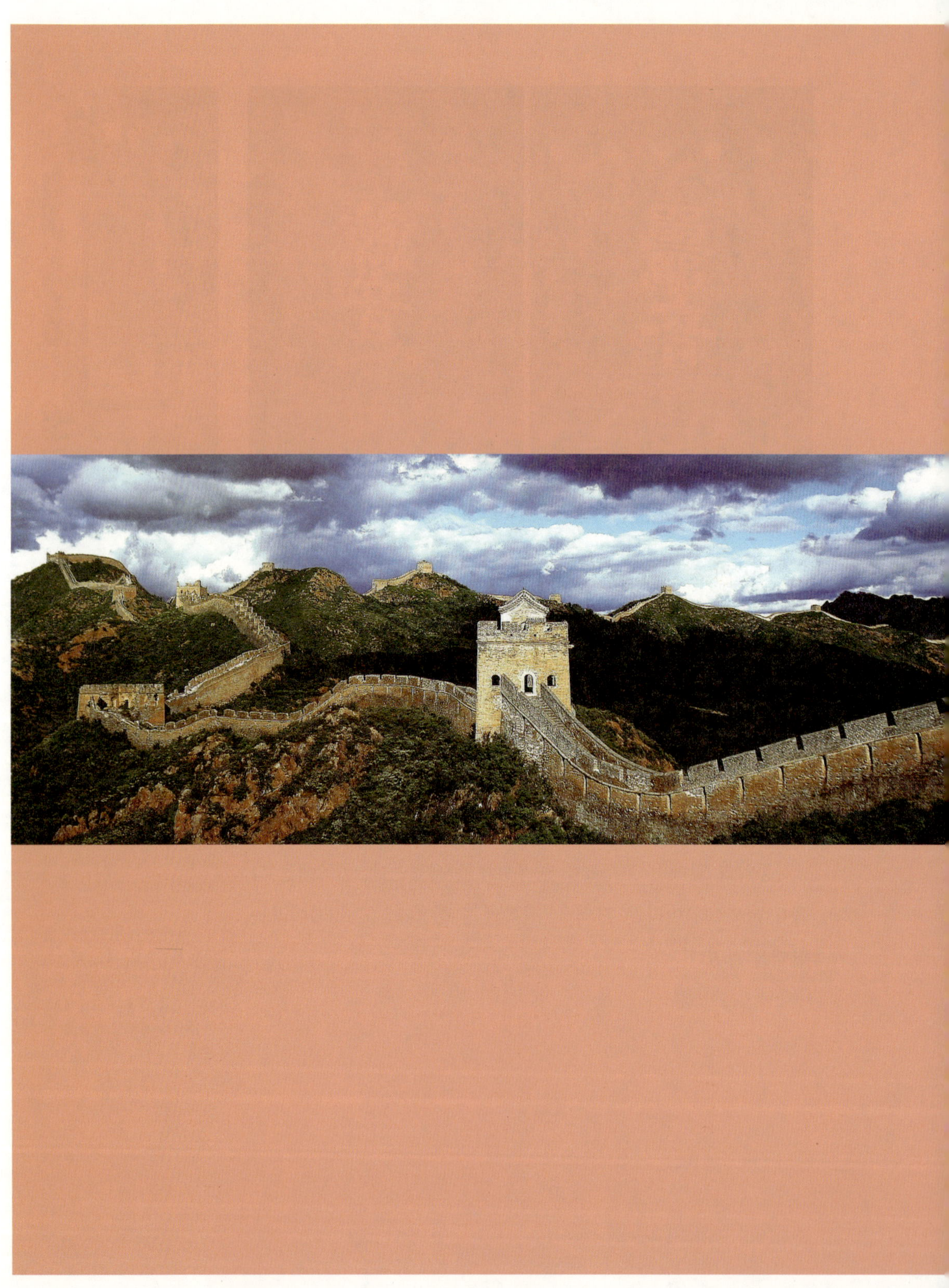

북경에서 북으로 열하를 향해

막북행정록
漠北行程錄

8월 5일 신해일에서 시작하여 8월 9일 을묘일까지
무릇 닷새이다. 황성에서 열하까지이다.

⊙ — **막북행정록**

막북이란 사막 북쪽을 가리키는 말이지만, 대체로 만리장성 북쪽 변방을 의미하는 말로 쓴다. 「막북행정록」은 북경에서 열하까지 가는 동안의 체험, 특히 고생하면서 가는 길의 여정을 기록한 것이다.

압록강을 건너 40여 일 만에 도착한 북경이었으나, 황제는 북경에 있지 않고 열하에 있었다. 황제는 만수절 행사 전에 조선 사신을 열하에 도착하게 하라고 지시했는바, 조선 사행으로서는 처음으로 열하를 가게 된 것이다. 일정이 촉박한 관계로 사행단은 그 숫자를 절반으로 줄이고 밤낮을 달려서 갈 수밖에 없었는데, 그 과정에서 갖가지 체험과 고생을 했다. 눈물 나는 고생과 그런 총중에도 장성을 빠져나가는 당시의 감회를 생생하게 묘사했다.

특히 북경에 체류하는 사람과 열하로 가는 사람의 이별 장면을 보고 쓴 '이별론'은 탁월한 서정 산문이다. 인간에게 가장 큰 괴로움이 무엇일까? 이 문제를 도도하게 풀어낸 글이 바로 '이별론'이다.

머리말

「막북행정록서」漠北行程錄序

열하熱河는 황제의 임시 거처인 행재소行在所가 있는 곳이다. 옹정 황제 때 이곳 열하에 승덕주承德州를 두었고, 지금 건륭 황제 대에 와서 승덕부承德府로 승격시켰다. 황성 북경에서 동북쪽으로 420리이고, 만리장성 밖 200여 리 떨어진 곳이다.

『지리지』地理志를 살펴보면,

"한漢나라 때에는 요양要陽과 백단白檀, 두 현을 두어서 어양군漁陽郡에 속하게 했고, 원위元魏[1] 때에는 밀운密雲과 안락安樂, 두 군의 경계에 있었다. 당나라 때에는 해족奚族[2]의 땅이 되었고, 요遼나라 때에는 흥화군興化軍(군軍은 행정구역 이름)이 되어 중경中京에 소속시켰다. 금金나라 때에는 영삭군寧朔軍으로 바꾸어 북경北京에 속하게 했다가, 원元나라 때에는 다시 바꾸어 상도로上都路에 소속시켰으며, 명나라 때에는 타안위朶顔衛[3]의 땅이 되었다."

라고 했다. 이것이 열하의 지금까지의 연혁이다.

1 원위는 남북조시대의 후위後魏를 말한다. 삼국시대 조조의 위魏나라와 구분하기 위해 원위라고 한다. 후위의 성씨는 본래 척발拓跋이었으나, 뒤에 원元으로 고쳤기 때문에 원위元魏라고 부른다.

2 해족은 북방의 소수민족 이름이다.

3 원나라 때 타안 원수부元帥府의 땅으로, 명나라 초기에 타안위를 두었다.

〈만수원사연도〉萬樹園賜宴圖
건륭 황제가 열하 피서산장 안의 만수원에서 베푼 연회. 선교사 낭세녕郞世寧(주세페 카스틸리오네) 그림.

지금 청나라가 천하를 통일한즉 비로소 열하熱河라고 이름했으니, 열하는 만리장성 밖의 군사적 요해要害가 되는 곳이다. 강희 황제 시절부터 여름이면 황제가 항상 여기에 머물며 더위를 피하는 장소가 되었다. 거처하는 궁전은 단지 땅을 파고 나무를 깎기만 하였고, 이름을 피서산장避暑山莊이라 하였다. 황제가 여기에 거처하며 책을 보며 스스로 즐기기도 하고, 아름다운 정원을 거닐며 천하의 일을 잊고 초탈하여 항상 평민이 된 것 같은 생활을 한다.

그러나 실제로는 이곳이 지형적으로 험하고 중요한 곳을 차지하여 몽고의 숨통을 쥘 수 있는 변방 북쪽의 깊숙한 곳이므로, 이름은 비록 피서를 한다고 하지만, 사실은 천자 자신이 나서서 오랑캐를 막으려는 속셈이다. 마치 원나라 세조(쿠빌라이칸)가 4월 풀이 푸르면 이도迤都(상도上都; 개평부開平府)로 나갔다가 8월에 풀이 마르면 다시 남쪽 대도大都로 돌아오는 것과 같다.

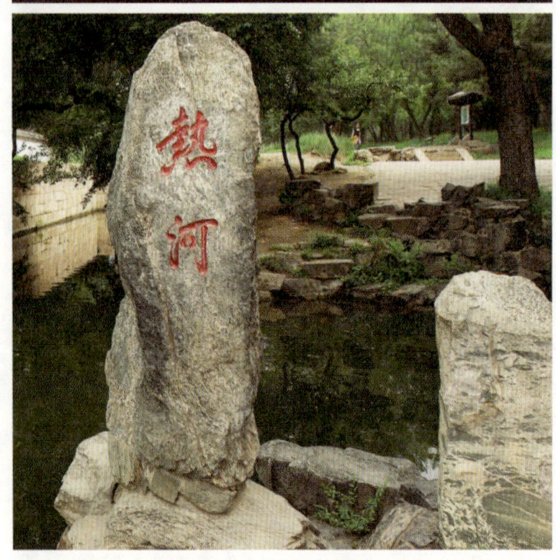

피서산장 정문(상)과 열하 비석(하)

대저 천자가 북쪽의 변방 가까이 거주하면서 자주 사냥을 나다니면, 여러 오랑캐들이 감히 남쪽으로 내려와서 목축을 하지 못한다. 그러므로 천자가 가고 오는 날짜는 항상 풀이 푸르고 마르는 것을 기일로 삼으니, 이름을 피서라고 붙인 까닭은 이 때문이다. 금년 봄에도 황제는 남쪽으로 순찰을 나갔다가 곧바로 북쪽 열하로 돌아왔다.

열하의 성과 못, 궁전은 해마다 증가하고 달마다 늘어나 사치하고 화려하고 우람하고 장대함이, 북경에 있는 창춘원暢春苑[4]이나 서산원西山苑[5] 등보다 오히려 더 낫다. 게다가 산수의 아름다움이 북경보다 뛰어나므로 황제가 해마다 여기에 와서 머무는 까닭이다. 오랑캐를 제압하고 막으려던 곳이 도리어 사냥이나 하고 즐기는 장소로 변하고 만 것이다.

지금 우리 사행이 창졸간에 열하로 오라는 황제의 명을 받고, 밤낮으로 길을 달려 닷새 만에 비로소 열하에 도착했으니, 마음속으로 거리를 계산해 보면 400여 리가 아닌 것 같다. 열하에 도착한 뒤에 산동 출신인 도사都司 학성郝

成이란 사람과 노정의 거리를 따져 보았는데, 그 역시 처음 열하에 온 사람이었다.

그가 말하기를,

"이곳 장성 밖의 구외口外[6]에서 서울까지의 거리는 대략 700여 리가 됩니다. 강희 황제 때 해마다 이곳 구외까지 피서를 오니, 황제의 아들과 부마 및 내각의 대신들이 닷새에 한 번씩 조회를 하는데, 오는 길에 빠른 물여울과 사나운 강물, 높은 고개와 가파른 비탈이 많아서 모두들 험한 길을 걷고 물을 건너는 수고를 꺼려 했습니다. 그래서 강희 황제가 특별히 역참을 줄여서 400여 리를 만든 것이지, 실제로는 700여 리 길입니다. 여러 신하들이 항상 말을 달려 와서 황제에게 일을 아뢸 수 있어서, 이들은 북쪽 변방을 마치 자신의 문 안의 뜰처럼 여기어 몸이 말의 안장을 떠날 새가 없었습니다. 이게 바로 성군은 편안한 시절에도 위험을 잊지 않는다는 뜻입니다."

라고 하였다. 학성의 말에 일리가 있는 것 같다.

고염무顧炎武의 「창평산수기」昌平山水記를 살펴보면, '고북구古北口에 역참을 설치했는데, 고북구로부터 북으로 56리를 나가서 청송靑松'이라는 역참을 두었고, '또 50리를 가서 고성古城'이라는 역참을 두었으며, '또 60리를 나가서 회령灰嶺'이라는 역참을 두었고, '또 50리를 나가서 난하灤河'라는 역참을 두었다.

지금 난하를 건너 이곳 열하에 이르기까지 40리이니, 고북구로부터 여기 열하까지는 모두 256리이다. 이로써 본다면 지리지의 기록보다 이미 56리나 많은 것이다. 고북구 밖의 노정을 계산하여 그 차이가 이와 같다면, 만리장성 안의 노정은 이를 따라 미루어 알 수 있을 것이다.

4 명나라 청화원淸華園을 강희 황제 때 창춘원이라는 이름으로 바꾸었다. 서직문西直門 밖 해정구海淀區에 있다.

5 서산원은 북경 서쪽 석경산石景山, 해정구, 창평昌平 등에 걸쳐 있는 서산에 있는 동산.

6 장성 밖의 지명에 구口 자가 붙은 곳이 많은데, 구외란 말은 구의 밖이라는 뜻으로 여기서는 열하를 말한다.

이제 열하까지의 걸음은 우리나라 사람으로는 처음 있는 일이다. 하물며 밤낮으로 말을 달렸으니, 마치 장님이 길을 가거나 꿈속에 지나가는 것 같아서 역참이나 망루대가 어디에 붙어 있는지 일행의 위아래 할 것 없이 모두 상세히 알지 못했다. 그러나 지리지를 살펴보면 420리라고 했으니, 이제 그 지리지를 따르기로 한다.

건륭 45년 경자庚子 가을 8월 초5일 신해일

맑고 덥다.

사시(오전 9~11시)에 사은겸진하정사謝恩兼進賀正使[7]를 따라서 북경을 출발하여 열하로 떠났다. 부사, 서장관, 역관 세 사람, 비장 네 사람, 하인 등 사람이 모두 일흔넷이고, 말이 쉰다섯 필이었다. 나머지는 모두 북경에 남아서 서관西館에 머물렀다.

처음 국경인 책문柵門에 들어선 이후 길에서 자주 비를 만나 물에 길이 막혔다. 통원보通遠堡 같은 곳에서는 대엿새 동안이나 가만히 앉아서 날짜를 허비했으므로 정사는 밤낮 없이 걱정했다. 당시 나는 정사와 방을 마주하여 숙박을 했으므로, 매양 빗소리를 듣는 밤이면 문득 촛불을 밝히고 새벽까지 날을 꼬박 새우며 장막을 사이에 두고 서로 이야기를 주고받았다.

정사는,

"세상의 일에는 짐작할 수 없는 것이 있네. 만에 하나라도 우리 사신에게 황제의 생일 전에 열하로 오라는 명이 내리면 날짜

7 사은겸진하정사는 황제의 은혜에 사례하고 생일을 축하하러 가는 정식 사신이다.

가 부족할 것이니 장차 어찌할 것인가? 설령 열하로 가는 일이 없다 하더라도 응당 황제의 생일까지는 황성 안에 도착해야 할 터인데, 만약 심양과 요동 사이에서 또 물에 길이 막힌다면, 이야말로 속담에 '새벽부터 밤새 가도 문턱에도 못 미친다'는 격이네."
라고 하였다.

정사는 날이 밝으면 강물을 건널 갖가지 계책을 마련하라고 지시했다. 뭇 사람들이 위험하다고 번갈아 말리면 문득,

"나는 나랏일을 하러 왔으니, 물에 빠져 죽더라도 이는 내 직분일 뿐이다. 어찌할 것인가?"
라고 하였다.

이로부터 감히 물길이 험하여 건널 수 없다고 말하는 사람이 아무도 없게 되었다. 당시 날씨는 바야흐로 무지하게 더운데다가 어떤 곳은 비록 비가 오지 않아 땅이 말라 있어도 문득 물바다를 이룬 적도 있었으니, 모두 천리 밖에서 폭우가 쏟아진 탓이었다.

물을 건너갈 즈음에 모두 부들부들 떨고 현기증이 나며 얼굴이 새파랗게 질려 하늘을 쳐다보며 제발 목숨을 살려달라고 속으로 빌지 않은 사람이 없을 정도였던 적이 여러 차례였다. 겨우 저쪽 언덕에 도착하고 나면 바야흐로 서로 돌아보며 위로하고 축하하며 마치 죽다가 다시 살아난 사람을 만난 것처럼 기뻐하다가도, 또다시 앞에 있는 강물이 방금 건넌 물보다 더 크다는 보고를 받을 때는 서로 아연실색하여 멀뚱멀뚱 쳐다보며 낙심했다. 그럴 때마다 정사는,

"제군들은 염려하지 말라. 나라님의 신령이 도와주지 않을 리 만무하다."
하였다.

이렇게 하여 물을 건넜으나 몇 리를 못 가서 또 물을 만나기도 하여, 어떤 때는 하루에 일고여덟 차례나 물을 건너기도 했다. 그리하여 숙소인 역참을 건너뛰어 쉬지 않고 계속 가기도 하여, 말이 더위를 먹고 많이 죽었고 사람들도 모두 더위를 먹어 구토와 설사를 했다. 그럴 때면 문득 정사를 원망하곤 했다.

"열하로 갈 걱정이 생길 리가 만무한데다, 이런 지독한 더위에 역참을 건너뛰어 쉬지도 않는 건 전에는 없던 일이야."

"나라의 일이 비록 중대하긴 하나, 정사께서 늙고 병든 몸으로 이렇게 함부로 몸을 가볍게 놀리다가 만약에 병이 덧나기라도 한다면 도리어 일을 그르치고 말 게야."

"너무 잘하려고 하다가는 도리어 낭패 보기 십상이지."

"옛날 장계군長溪君[8]이 진향사進香使[9]로 북경에 갈 때에는 물 때문에 책문 밖에서 길이 막혀, 잠을 자던 침상을 쪼개서 불을 때어 밥을 지어 먹으며 17일이나 머물며 물을 건너지 못한 일도 있었지만, 그래도 이번처럼 역참을 쉬지 않고 건너뛴 일은 없었다네."

라고 하며 모두 투덜거렸다.

드디어 8월 초하룻날 황성에 들어오게 되었다. 사신은 곧바로 예부로 가서 황제에게 올리는 글을 바치고 서관에 나흘이나 묵었으나 조용하여 특별한 움직임이 없자 모두들,

"이제는 다른 걱정일랑 없으시겠지. 사신께서 매번 우리 말을 믿지 않으시더니만 결국 지금 어떠한가? 일에 대해서는 우리가 더 빠삭하단 말이야. 역참에서 쉬고 왔더라도 열사흗날의 황제 만수절에는 맞춰서 오고도 남았을 터인데."

라며 투덜거렸다. 이로부터 더욱 열하에 갈 문제는 생각 밖에 접

8 장계군은 종실 이병李棅의 봉호이다. 1763년 이병은 진향사로 중국을 다녀왔다.
9 진향사는 중국 황실에 초상이 났을 때 향과 제문을 가지고 가는 사신이다.

어 두게 되었고, 사신도 그제야 열하에 대한 염려를 놓았다.

초나흗날 나는 밖에 나가 유람을 하다가 날이 저물 무렵에 취해 돌아와서는 이내 곤하여 잠이 들었다. 한밤중에 잠시 잠이 깨었는데, 옆의 사람들은 이미 잠에 곯아떨어졌다. 목이 몹시 타서 물을 찾으러 상방(정사의 방)에 갔더니, 마루에 촛불이 환하게 켜져 있다. 정사가 내 인기척을 듣고는 나를 불러,

"잠시 전에 잠이 깜박 들어 열하로 가는 꿈을 꾸었는데, 행렬의 짐 보따리까지 눈에 선하네."

라고 하시기에 나는,

"길에 올 때 열하에 대한 생각을 너무 골똘하게 하셨기 때문에 지금 비록 편안하게 거처하는데도 오히려 꿈으로 나타난 것이겠지요."

라고 대답하고는, 물을 마시고 잠자리로 돌아와 베개를 베자마자 코를 골고 잠이 들었다.

꿈결에 홀연히 벽돌을 밟는 여러 사람들의 신발 소리가 들렸다. 마치 담장이 무너지듯 집이 쓰러지듯 왁자지껄 들리기에, 나도 모르게 벌떡 일어나 앉으니 머리가 빙빙 돌고 가슴이 퉁탕거렸다.

내가 대낮에는 종일 밖으로 쏘다니다가 한밤중이 되어서야 돌아와 자리에 누워 매번 서관의 관문이 굳게 잠긴 것을 생각하면 가슴이 답답하고 울적하여 이러저러한 망념에 사로잡히곤 했다. 옛날 원나라 순제順帝[10]가 북쪽으로 도망을 가게 되어서야 비로소 고려 사신이 석방되어 돌아올 수 있었는데, 고려 사신은 숙소를 나온 연후에야 명나라 군대가 천하를 점령한 사실을 알았다고 했으니, 이제 우리가 북경에 있는 동안에 세상이 바뀌는 것은

10 순제는 원나라의 마지막 임금으로, 1368년 명 태조의 장수 서달에게 쫓겨 상도上都, 개평開平으로 달아났다.

아닌가? 가정嘉靖(1522~1566) 연간에 북쪽 오랑캐인 달단獺旦의 추장 엄답俺答[11]이 갑자기 쳐들어와 황성을 포위한 일이 있는데, 혹 우리가 북경에 있는 동안 오랑캐가 북경을 쳐들어와서 포위하는 것은 아닌가?

어젯밤에도 내가 이런 일을 꺼내어 이야기하면서 변계함, 박래원[12] 등과 함께 서로 웃으며 농담을 했다. 이제 저렇게나 급한 발자국 소리가 나는 것을 보아서는 무슨 일인지 알 수는 없으나 큰일이 나긴 난 모양이다. 급하게 옷을 챙겨 입을 즈음에 시대[13]가 급히 달려와서,

"지금 즉시 열하로 가야 한답니다."

라고 고한다. 변군과 래원이 화들짝 놀라 잠에서 깨어나,

"숙소에 불이라도 났답니까?"

하고 묻기에 나는 장난삼아,

"황제가 열하로 가서 북경이 비어 있는 틈을 노리고 몽고 기병 10만 명이 쳐들어왔다네."

라고 말하자 그들은 놀라서,

"으악."

하고 소리를 지른다.

내가 황급히 사신이 있는 상방에 가 보았더니 숙소인 서관 전체가 물이 끓듯 소란하다. 통관通官[14]인 오림포烏林哺, 박보수朴寶秀, 서종현徐宗顯 등은 분주히 왔다 갔다 하는데, 얼굴빛은 하얗게 질리고 떠들어대는 모습이 자못 사람의 형상이 아니었다. 어떤 사람은 제 머리를 때리고 가슴을 치며 발을 동동 구르기도 하고, 어떤 사람은 제 빰을 치기도 하고, 어떤 사람은 제 목을 스스로 끊는 시늉을 하면서 울며불며,

11 엄답(1507~1582)은 알탄이라고도 하는데, 몽고인으로 칭기즈칸의 17세 손자이다. 그는 16세기 중엽부터 30년 동안 명나라 산서山西 지방을 괴롭혔다.

12 『열하일기』 초고본인 『행계잡록』 3과 광문회본 『열하일기』에는 "변계함의 이름은 관해觀海이고 어의御醫로 왕명을 받들어 정사를 따라와 보호하고, 래원은 나의 서삼종제庶三從弟(서자로 8촌)로 상방의 비장인데, 모두 나와 한 방에서 거처한다"라는 주석이 있다.

13 광문회본에 "시대는 상방의 마두馬頭의 이름으로, 순안順安 사람이다"라는 주석이 있다.

14 청나라 예부禮部 소속의 통역을 맡은 관원.

"아이고, 이제 '카이카이' 될 판이다."

라고 한다. '카이카이'開開란 목이 달아난다는 말이다. 또 팔짝팔짝 뛰면서,

"아까운 모가지가 잘려 나가게 되었네."

라고 하는데 그 이유를 물어볼 수 없지만 행동거지들이 몹시도 흉측하고 호들갑스럽다.

사연인즉, 황제가 매일같이 우리 사신이 오기를 기다리다가 우리가 올린 표자문表咨文을 받아 보고는, 예부에서 조선 사신을 열하로 오게 할 것인지 말 것인지를 묻지도 않고 달랑 표자문만 올린 건 직분을 다하지 못한 것이라고 분노하며 모두 감봉 처분하라고 지시했다고 한다. 그래서 상서尙書 이하 북경의 예부에 있는 사람들은 황공하고 두려워 어찌할 바를 몰라서, 우리에게 짐을 최소한으로 꾸려 빨리 열하로 가기를 독촉했다는 것이다.

그리하여 부사, 서장관이 모두 사신이 있는 상방에 모여 장차 데리고 갈 비장을 뽑았다. 정사는 주부 주명신周命新을, 부사는 진사 정창후鄭昌後[15]와 낭청郎廳 이서구李瑞龜를 지명했다. 서장관은 자신이 데려온 낭청 조시학趙時學을 데려가기로 하고, 수역首譯인 첨추僉樞 홍명복洪命福과 판사判事 조달동趙達東, 판사 윤갑종尹甲宗[16]이 수행하기로 되었다.

나는 함께 가기를 간절하게 바랐으나, 첫째 몸을 안장에서 푼 지 얼마 되지 않아 여독이 아직 가시지 않았는데 또다시 먼 길을 가는 것을 정말 견딜 수 없고, 둘째 만약 열하에서 곧바로 조선으로 귀국하라고 황제의 명이 내린다면 북경 유람이 실로 낭패가 되므로 가기를 주저했다. 근년에 와서 황제는 우리나라를 끔찍하게 생각하여, 매양 일상을 뛰어넘는 파격적인 명령을 내어 속히

15 정창후(1741~?)는 온양 정씨로 자는 사필士必이다. 1777년 진사시에 합격했다.

16 역관 윤갑종은 1778년에도 연행에 참여했으며, 만주말(청학역관)을 잘했다. 사위들도 대부분 역관이었다.

돌아가도록 하는 것을 특별한 은전을 내리는 것으로 간주하고 있으니, 열하에서 바로 조선으로 돌아가게 명령을 내릴 염려가 십중팔구이다. 정사가 내게 이르기를,

"자네가 만 리 길 북경에 온 것은 유람을 위해서인데, 이번의 열하 여행은 앞서 누구도 가 보지 못한 곳이니, 만약 귀국하는 날에 누가 열하가 어떻더냐고 묻는다면 어떻게 대답할 터인가? 북경이야 사람들마다 모두 와서 보는 곳이고, 이번 열하 여행은 천년에 한 번 만나는 좋은 기회이니 자네가 가지 않을 수는 없네."

라고 하기에 나는 드디어 가기로 작정했다.

그리하여 정사 이하 가는 사람들의 직함과 성명을 모두 적어서 예부에 먼저 송부하여 역말 편으로 황제께 아뢰도록 했다. 내 이름은 명단을 적은 단자에 써 넣지 않았으니, 혹시라도 황제가 내리는 특별한 상이라도 있을까 염려하여 그 혐의를 피하기 위함이었다.

이때에 사람과 말을 점검해 보니 사람은 모두 발이 부르터서 앓고 있으며, 말은 모두 곯아서 병들었으므로 실로 기한에 맞추어 갈 희망이 없었다. 일행들은 모두 마두를 두고 단지 견마잡이만 데리고 가는 판이라, 나도 부득이 장복을 남기고 창대만 데리고 갔다. (장복은 나의 마두로 곽산郭山 사람이고, 창대는 나의 마부로 선천宣川 사람인데 금남군錦南君 정충신鄭忠信의 얼손孼孫이다. — 원주)

변계함과 봉사奉事 노이점, 진사 정각, 건량판사乾糧判事 조학동 등과 서관 문 밖에서 손을 잡고 서로 이별했는데, 여러 역관들도 모두 나와서 손을 잡고 무사히 다녀오기를 빌어 준다. 누구는 남고 누구는 떠나는 마당이라 자못 쓸쓸하고 구슬픈 생각을 금할

1	2
3	4

1. 첨운패루
2. 지안문
3. 고루(전)와 종루(후)
4. 자금성의 담벽

수 없었다. 함께 남의 나라에 왔다가, 또 남의 나라에서 서로 이별을 하게 되었으니 사람의 정으로 어찌 그런 생각이 들지 않을 수 있으랴.

마두배들이 다투어 사과와 배를 사서 주기에 각각 하나씩 받았다. 모두들 첨운패루瞻雲牌樓 앞까지 따라와 말 머리에서 절을 하고 작별하며 각기 "부디 몸조심하시라"고 하는데 눈물을 떨어뜨리지 않는 사람이 없었다.

지안문地安門에 들어가니 집의 지붕은 황금 빛깔의 유리기와를 이었고, 문 안의 좌우에는 시장과 점포 들이 번화하고 장엄하고 화려하여 이른바 "수레바퀴가 서로 부딪히고 사람의 어깨가 스치며, 땀을 뿌리면 비 오듯 흐르며 옷소매가 장막을 이룬

다"[17]는 말이 실감난다.

문을 나서서 다시 북쪽으로 꺾어 자금성을 끼고 7, 8리를 갔다. 자금성 담의 높이는 두 길이며 바닥은 돌을 깔고 벽돌을 쌓았으며 지붕은 누런 기와를 덮었고 벽은 주홍빛의 석회를 발랐다. 벽면은 마치 먹줄을 튕겨서 깎은 것처럼 반듯하고 반짝반짝 윤기가 흐르는 것이 마치 왜칠倭漆[18]을 한 듯 반들거린다.

길 가운데에 대여섯 길의 높은 축대가 있는데, 삼층 처마의 누각이 있으며 그 제도가 정양문 누각보다 더 낫다. 축대 아래는 붉은 난간으로 사방을 둘렀으며, 문이 있으나 모두 잠겼는데 병졸들이 지키고 있었다. 혹자는 그게 종루鐘樓라고 말했다.[19] 3, 4리를 가서 동직문東直門을 나갔다.

박래원이 여기까지 따라와서 이별을 슬퍼하며 하직하고 돌아섰다. 장복은 말의 등자를 붙잡고 슬퍼하며 목이 잠겨서는 차마 놓질 못한다. 내가 그만 돌아가라고 타이르니 다시 창대의 손을 잡고는 서로 슬피 우는데 눈물이 비처럼 흐른다. 만 리 길을 동무하여 왔다가 하나는 떠나고 하나는 남게 되었으니, 인정상 그럴 수밖에 없을 것이다. 그리하여 나는 말 위에서 이런 생각을 하게 되었다.

인간에게 가장 괴로운 일로 이별보다 더한 괴로움은 없을 것이다. 이별의 괴로움은 생이별보다 더한 것이 없으리라. 한 사람은 죽고 한 사람은 사는 저 생사의 영결쯤이야 족히 괴롭다고 말할 것이 못 된다.

아득한 옛날부터 인자한 아버지와 효성스런 자식, 믿음직한 남편과 살가운 아내, 의로운 임금과 충성스런 신하, 피로 맺은 동

17 『사기』「소진열전」蘇秦列傳에서 제나라 임치臨菑의 번화한 거리의 모습을 이렇게 표현했다.

18 왜칠이란 일본식의 옻칠 혹은 일본에서 나는 옻칠이란 뜻이다. 일본의 옻칠이 특히 검고 윤택이 나기 때문에 조선이나 중국(명)에서 그 기법이나 재료를 이용하였으며, 특히 검거나 윤택이 날 때 왜칠과 같다는 표현이 생겼다.

19 연암 일행이 본 건물은 고루鼓樓이다.

지와 마음으로 사귄 친구 등의 관계라면 임종하는 자리에서 마지막 유언을 주고받을 때나, 혹은 안석案席에 기대어 신하에게 나라의 일을 부탁할 때는 모두들 손을 부여잡고 눈물을 뿌리면서 거듭거듭 애끊는 당부를 하는 법이다. 이것은 세상의 어느 부자, 어느 부부, 어느 군신, 어느 붕우 사이에서라도 모두 있을 수 있는 일이요, 또 세상에 인자하고 효성 있고 살갑고 믿음성 있고 의롭고 충성되고 피로 맺고 마음으로 사귀는 사이에서는 누구나 함께 우러나오는 심정일 것이다.

이것이 사람마다 있을 수 있는 일이고 사람마다 우러날 수 있는 심정이라면, 이런 일은 천하 사람들이 누구나 자신의 도리를 다하는 일일 것이다. 이와 같이 누구나 할 수 있는 순리를 행한다면, 생사의 갈림길에서 하는 말이란 고작 "3년 동안 그 도道를 고치지 말라"[20]거나, "무덤에서 다시 태어나라"[21]라는 말을 남기는데 지나지 않을 것이다.

살아남은 자의 괴로움을 말한다면, 친상을 당해 너무 슬피 울다가 목숨을 잃은 효자(춘추시대 고어皐魚)도 있었고, 아들이 죽자 눈이 먼 아비(공자의 제자인 자하子夏)도 있었고, 아내가 죽자 너무도 어이가 없어서 물동이를 치고 노래 부른 남편(장자莊子)도 있었고, 친구가 죽자 거문고 줄을 끊어 버린 친구(백아伯牙)도 있었고, 임금의 원수를 갚으려고 숯을 먹고 벙어리가 된 충신(예양豫讓)도 있었고, 남편의 시체를 찾으러 나섰다가 열흘 통곡하여 성을 무너지게 한 아내(전국시대 제齊나라 기량杞梁의 처)도 있었고, 심지어 나라를 위해 제 몸이 망가져 죽은 뒤에야 나랏일을 그만두겠다는 신하(제갈량諸葛亮)까지 있었으나, 이런 행동은 이미 죽은 자와는 아무런 상관이 없었으니, 이러고 보면 죽고 사는 이별

20 『논어』「학이」편에 "아버지가 돌아가신 뒤 3년 동안 그 도를 고치지 않아야 효자라고 할 수 있다"라는 말이 있다.
21 『국어』國語와 『예기』에 "죽은 사람이 다시 태어난다면, 나는 누구와 함께 돌아가리"라는 말이 있다.

마당에서 죽은 자는 아무런 괴로움이 없었다고 할 것이다.

역대의 군신 관계에서 가장 이상적인 예를 들 때, 반드시 전진前秦의 임금 부견苻堅과 왕경략王景略(경략은 왕맹王猛의 자), 당 태종 이세민李世民과 위문정魏文貞(문정은 위징魏徵의 시호) 사이를 말할 것이다. 그러나 경략이 죽었을 때 부견의 눈이 멀었다든가, 위문정을 위하여 당 태종이 거문고 줄을 끊었다는 말은 아직 들어 보지 못했다. 그들의 무덤 위에 잔디가 자리를 잡기도 전에, 부견은 전쟁을 하지 말라던 경략의 유언을 저버리고 병력을 과시하며 싸움터로 나갔고, 당 태종은 자신이 짓고 세운 위문정의 비석을 넘어뜨렸다. 이는 구천에 부끄러움을 남긴 것이니, 이 지경이 되면 살아남은 사람에게는 괴로움이 없었다고 할 것이다.

삶과 죽음의 갈림길에 대해 이해심이 있거나 깨달은 사람들은 고작 "이치로 마음을 달래라"고 말할 것이다. 이치로 마음을 달랜다 함은 생사의 이치에 순종하라는 말일 것이다. 만일 생사의 이치에 순종한다면, 이 세상에는 이미 괴로움이란 없을 것이다. 이 때문에 한 사람은 죽고 한 사람은 살아 있는 영결의 이별이란 족히 괴롭다 말할 것이 못 된다고 말하는 까닭이다.

괴롭기로 말한다면, 하나는 떠나고 다른 하나는 남는 생이별보다 더 괴로운 건 없다. 이별할 때 그 장소가 어디냐에 따라서 괴로움은 더욱 커지는 것이다. 그 장소란 정자도 아니요 누각도 아니며, 산도 아니고 들도 아니다. 물이 있는 곳이 바로 그러한 장소이다. 큰 물인 강과 바다, 작은 물인 도랑과 시냇물만을 물이라 말하는 것은 아니다. 되돌아오지 않고 흘러가는 곳이야말로 모두 물이 있는 이별의 장소이다.

그러므로 천고에 이별한 자를 어찌 다 셀 수 있을까마는, 오직 하량河梁에서의 이별[22]을 가장 괴로운 이별로 꼽는 까닭은 무엇인가? 소무蘇武와 이릉李陵만이 천하에서 유별나게 정이 많은 사람이어서가 아니라, 다만 하량이라는 곳이 이별하기에 아주 적합한 장소였기 때문이다. 이별의 장소로 최적지를 얻었기 때문에 가장 괴로운 감정이 된 것이다.[23]

나는 알 수 있다. 하량이라는 강가의 다리의 모습을. 그곳은 물이 얕지도 깊지도 않고 잔잔하지도 거세지도 않은 물결이 바윗돌을 감싸 안으며 흐느껴 울고, 바람도 비도 없고 흐리지도 맑지도 않은 햇볕이 땅을 감돌아 몹시 음산했으리라. 강 위의 오래된 다리는 금방이라도 무너질 듯하고, 강변의 늙은 나무는 잎이 다 떨어져 앙상한 가지만 남은 것 같으며, 강 건너에는 앉거나 거닐 만한 모래톱이 있고, 강 가운데에는 자맥질하는 새들이 있었으리라. 바로 그곳에, 넷도 아니고 셋도 아닌, 두 사람이 대화도 혼잣말도 없이 가만히 서 있었으리라. 그야말로 세상에서 이보다 더 괴로운 자리가 또 있을까?

그러므로 남조南朝의 시인 강엄江淹[24]은 「별부」別賦에서,

슬픈 이별에 혼이 녹은 자가
오직 헤어질 뿐이다.
黯然銷魂者 唯別而已矣

라고 했으나, 어쩌면 이렇게도 멋대가리 없는 표현이 있단 말인가? 세상에 이별하는 자로서 누가 슬프지 않겠으며 누군들 혼이 녹지 않으랴. 이는 한낱 이별이란 글자에 대해 해설을 붙인 것에 지나지 않으니, 이쯤으로는 괴롭다고 칠 것이 못 된다.

22 하량에서의 이별은 한나라 무제 때의 인물인 소무와 이릉의 이별을 가리킨다. 19년간 흉노에 함께 억류되었다가 소무가 먼저 귀국하게 되자 이릉이 하량에서 이별시를 지어 주고 서로 헤어졌다.

23 이릉이 지은 「여소무시」與蘇武詩의 "손을 잡고 하량에 오르니, 떠나는 사람 날이 저무는데 어디로 가는가?"(携手上河梁 游子暮何之)라는 구절이 이별의 시로 유명하여, 역대의 많은 시인들이 이별시를 지을 때 휴수상하량携手上河梁이란 구절을 그대로 사용하였다.

24 강엄(444~505)의 자는 문통文通이다. 「별부」, 「한부」恨賦 등 유명한 작품을 남겼다.

이별한 일도 없는데 이별의 마음을 안 사람은 천고에 오직 시남료市南僚(『장자』에 나오는 인물) 한 사람뿐이다. 그는 쓰기를,

임을 송별하던 사람, 강둑에서 돌아설 제
그대 모습 이로부터 멀어지네.
送君者自崖而返 君自此遠矣

라고 했으니, 이야말로 천고에 다시없을 남의 애를 끊는 소리이다. 무슨 까닭일까? 이는 다름 아니라 물가에 이르러 이별을 하게 된 까닭이니, 이별이 최고의 장소를 얻었기 때문이다.

당나라 유우석劉禹錫[25]은 상수湘水에서 유종원柳宗元[26]과 이별했다. 그 뒤 유우석은 5년 만에 다시 옛길을 따라 계령桂嶺을 나서 옛날에 이별했던 그곳에 이르러 시 한 편을 지어 유종원에게 조의를 표했다.

내가 탄 말, 숲에 가려 울건만
그대가 탄 배, 산 굽이로 사라진다.
我馬暎林嘶 君帆轉山滅

천고에 한 많은 귀양살이를 어찌 다 셀 수 있으랴만, 이것이 가장 괴로운 표현이 되었던 까닭은 물가에 임해서 이별의 정을 나타냈기 때문이다.

우리나라는 워낙 땅이 좁고 보니 멀리 떠나는 생이별도 없고, 그토록 괴로운 심정을 알지도 못한다. 오직 물길로 중국에 사신을 갈 때가 생이별의 괴로운 정리情理를 가장 쉽게 알 만한 때라고

25 유우석(772~842)은 중당中唐의 시인으로, 자는 몽득夢得이다. 「죽지사」竹枝詞 등의 작품이 유명하다. 인용된 작품은 「중지형양상유의조」重至衡陽傷柳儀曹라는 제목의 시이다.

26 유종원(773~819)의 자는 자후子厚로, 당송팔대가의 한 사람이다. 고문운동을 하였고, 「영주팔기」永州八記 등의 작품이 있다.

배따라기 무용 선유곡

할 수 있다. 우리나라 대악부大樂府[27]에 「배따라기」라는 곡이 있는데 이는 '배떠나기'의 방언으로, 곡조가 창자를 끊어 내듯 구슬프다.

그림처럼 아름다운 배를 만들어 마당의 자리 위에 내놓고 어린 기생 한 쌍을 뽑아 장교將校 복장으로 꾸민다. 붉은 옷에 붉은 갓을 씌우되, 갓에는 패영貝纓[28]을 묶고, 범 수염과 흰 깃을 단 화살을 꽂고, 왼손에는 활을 잡고 오른손에는 채찍을 쥐고는 먼저 군례軍禮를 한다. 첫 번째 곡을 부르면 온 마당은 풍악을 잡힌다. 배 좌우에는 기생들이 한 패씩 있는데, 모두 비단치마와 수놓은 치마를 입고 일제히 「어부사」漁父辭를 부르면 풍악이 뒤를 따른다. 또 둘째, 셋째 곡을 부르며 처음처럼 군례를 행한다. 다시 어린 기생이 장교 복장으로 분장하고 배 위에서 배가 떠나는 대포를 쏘라는 창을 한다. 이어 닻을 거두고 돛을 올린다. 이때 기생패는 일제히 노래를 부르며 축원한다. 그 노래에,

> 닻 감아라, 배 떠난다.
> 이제 가면 언제 오나?
> 만경창파에 가는 듯 돌아오소서.
> 碇擧兮船離 此時去兮何時來 萬頃滄波去似回

라고 했으니 이것이 우리나라에서 가장 눈물 나게 만드는 때이다.

오늘 열하로 떠나는 우리를 전송하며 혼자 북경에 처져 있는 마부 장복과는 부자간의 혈육도 아니고, 군신간의 의리도 아니

27 소악부小樂府가 우리 가요를 7언 절구의 한시로 번역한 것을 말하는 것임에 비해서, 대악부는 우리말로 부르는 우리의 노래를 말하는 음악 용어이며, 그 안에 12종목이 있다고 하였다. 「배따라기」는 그중의 하나이다.

28 패영은 산호, 호박, 수정 등을 꿰어서 만든 갓끈을 말한다.

고, 부부간의 정분도 아니고, 붕우간의 사귐도 아니다. 그런데도 그 생이별의 괴로움이 이와 같은 것은 이별의 장소가 하량과 같은 물가이기 때문만은 아니리라. 남의 나라에 함께 왔다가 그곳에서 또 타지방으로 생이별을 하게 되었으니, 이국 타향은 그 어디인들 이별의 적당한 장소가 아니겠는가?

아아, 마음 아프다! 소현세자昭顯世子[29]가 심양瀋陽의 사저에 계실 때 당시 신하들이 떠나고 머무르는 즈음과, 사신이 가고 올 때에 어떤 생각을 했을까? 임금이 욕을 당하면 신하 된 자는 마땅히 죽어야 한다는 말씀은 별것도 아닌 일에 속할 것이다. 어떻게 머물 수 있었겠으며 어떻게 떠날 수 있었으랴? 어떻게 참고 보냈으며 어떻게 참고 놓아주었는가? 이야말로 우리나라 사람이 가장 통곡했을 때이다.

29 소현세자는 인조의 맏아들로, 뒷날 효종이 된 아우 봉림대군과 함께 청나라의 전신인 후금後金에 볼모로 잡혀가서 심양의 관저에 억류되어 있었다.

아아, 마음 아프다! 서캐처럼 작은 나같이 미천한 신하가 100년이 지난 뒤인 오늘 생각해 보아도 오히려 혼이 싸늘하게 연기처럼 사그라지고 뼈가 시리어 부서질 듯한데, 하물며 당시 그 자리에서 이별의 절을 하고 하직하는 말을 하는 즈음에야 어떠했겠는가?

하물며 당시 우리의 처지는 한없이 곤궁하고 위축되었으며, 되놈들의 감시와 의심이 깊어 눈물을 참아야 하고 우는 소리를 삼켜야 하며 처참하고 낙담한 표정을 감추어야 하는 상황이었으니, 도대체 어떠했겠는가?

하물며 그 당시 소현세자를 따라서 심양에 머물게 된 여러 신하들이 떠나는 사람을 멀리 바라보고 있을 때, 요동 벌판은 아득히 멀어져 가고, 심양의

소현세자릉(소경원昭慶園)
경기도 고양시 소재

나무들은 아스라이 멀어지는데, 사람의 행렬은 콩알만 해지고 말들의 떠나는 모습이 겨자씨만 하여, 눈으로 보는 곳은 아물아물하여 땅 끝과 물 끝이 하늘에 닿아 끝이 보이지 않게 되고, 날은 저물어 조선관의 문이 닫힐 무렵에는 도대체 어떤 마음이었겠는가?

이런 이별을 당한다면 어찌 물가만이 이별하기에 가장 적합한 장소이겠는가? 정자라도 이별의 장소로 괜찮을 것이며, 누각이라도 괜찮을 것이며, 산이라도 괜찮을 것이며, 들이라도 괜찮을 것이다. 하필이면 흐느껴 우는 물결의 물가와 음산한 햇살만이 괴로운 심정을 자아내랴! 또 하필이면 쓰러질 것같이 아슬아슬하게 서 있는 다리와 잎을 다 떨군 고목이 있는 곳만이 이별의 최적지가 된다는 말인가?

그런 지경에 이르면, 비록 그림 같은 기둥을 하고 비단으로 장식한 문지방과 푸른 봄날에 화창하게 밝은 대낮이라도 모두 이별의 최적지가 될 것이며 통곡하기에 좋은 때가 될 것이리라. 이런 때를 당하면 비록 돌부처라도 괴로워 머리를 돌릴 것이며, 무쇠로 된 사람이라도 애간장이 녹아내릴 것이니, 이야말로 우리나라 사람이 가장 상심해서 죽을 때일 것이다.

이런 생각을 하며 나도 모르게 20여 리를 갔다. 대체로 성문 밖은 자못 쓸쓸하여 산천이 그다지 툭 트인 맛은 없었다. 날이 이미 저물고 길까지 잃어서, 앞에 가는 수레 자국을 잘못 좇아가다가 서쪽으로 더욱 지나쳐 수십 리를 돌게 되었다. 길 좌우의 연도에는 중국 수수가 하늘까지 닿아서 아득하고, 길은 마치 궤짝 속을 가는 것 같은데다 고인 물에 무릎이 빠졌다. 물이 왕왕 소용돌이를 치며 흐르고, 웅덩이를 파 놓은 곳에 물이 고여 있어 앞을 내다볼 수가 없었다. 마음을 다잡고 물가와 절벽에 선 것처럼 조심하며 노정을 좇아서 서둘러 앞으로 나아가니 밤은 이미 깊었다. 손가장孫家庄에서 밥을 지어먹고 숙박을 했다. 동직문에서 여기까지는 지름길이 있었으나, 오히려 수십 리 길을 둘러서 왔다.

8월 초6일 임자일

아침에 맑다가 시간이 지나며 몹시 뜨거웠다.
정오 무렵에는 비바람이 크게 불고 천둥과 번개가 쳤다.
저녁에 개었다.

새벽 어둑어둑할 때에 길을 나섰다. 역참의 이정표에는 순의현順義縣 경계라고 적혀 있으며, 또 10리를 가니 회유현懷柔縣 경계라고 적혀 있다. 현의 성은 길옆에서 10여 리 떨어져 있기도 하고, 7, 8리를 떨어져 있다고 한다.

수隋나라 개황開皇(581~600) 연간에 말갈족이 고구려와 전쟁하여 패하자, 부족장 돌지계突地稽가 여덟 부락을 이끌고 부여성夫餘城으로부터 와서 부락을 바치고 귀순했으므로, 순주順州를 설치하여 그들이 살도록 했다. 당나라 태종 때는 오류성五柳城(회유현 소재)을 고을로 삼아 돌리가한突利可汗(동돌궐족의 추장)을 우위대장군右衛大將軍으로 삼아서 그 무리를 이끌고 오게 하여 순주를 감독하고 다스리게 했다. 당나라 개원開元(713~741) 연간에는 탄한주彈汗州를 두었다가, 천보天寶(742~756) 이후에는 귀화현歸化縣으로 고쳤다. 후당後唐의 장종莊宗(923) 임금 때에 장수 주덕위周德威[30]가 후량後梁의 장수 유수광劉守光[31]을 공격하여 순주를 함락시켰다고 했으니, 생각건대 순의현과 회유현, 두 현의 땅은 곧 옛 순주인 것으로 보인다.

우란산牛欄山이 그 서북쪽 30리에 뻗쳐 있는데 옛 노인들의 전하는 말에 의하면,

우란산 사관寺觀

"옛날에 금송아지가 골짜기에서 나왔는데, 신선이 그 소를 타고서 골짜기에서 노닐었다. 구유처럼 생긴 돌이 있어 소가 물을 먹던 못이라는 뜻으로 음우지飮牛池라 이름하고, 또 우란산은 영적산靈蹟山이라고도 한다."[32]

고 했다. 산의 동쪽에는 조하潮河라는 강물이 백하白河와 합하고, 동북쪽에는 호노산狐奴山이 있으며, 또 서북쪽에는 도산桃山 다섯 봉우리가 깎아지른 듯 서 있어 마치 손바닥을 펴고 있는 것 같다.

다시 수십 리를 가서 백하를 건넜다. 백하는 변방 밖의 석당령石塘嶺에서 발원하여 장성 밑을 뚫고 흘러 황화진천黃花鎭川의 강물, 창평昌平의 유하楡河 그리고 여러 변방 밖의 물과 합하여 밀운성密雲城 아래를 지나간다. 원나라 승상 탈탈脫脫[33]이 물을 잘 이용하는 사람을 모집하여 둑을 쌓고 논농사를 지어 해마다 곡식 100여만 섬을 수확했다. 명나라 때 태감太監 조길상曹吉祥[34]에게서 몰수한 그 땅을 국가의 농장으로 다스리는 바람에, 영세한 백성들이 그로 인해 농사를 짓지 못하고, 백하의 수리 시설도 드디어 망가지고 말았다.

금나라 알리불斡離不[35]이 순주에 들어와서 요나라의 곽약사郭

30 주덕위는 후당의 명장으로 용감하고 지략이 많았다. 자는 진원鎭遠이다.

31 유수광은 부형을 살해하고 나라를 세워 연호를 연제燕帝라 했다. 주덕위와 싸우다가 패망했다.

32 고염무의 「창평산수기」昌平山水記에 나오는 이야기이다.

33 탈탈은 원나라 순제順帝 때의 어진 재상으로, 역사책 편찬의 총재관을 지냈다. 만년에는 운남으로 귀양 가서 불우하게 생애를 마쳤다.

34 조길상은 명나라 영종英宗 때의 인물로, 뒷날 반란을 일으키다 실패하여 죽었다.

35 알리불(?~1127)은 금 태조 아골타阿骨打의 둘째 아들로 알로보斡魯補라고도 불린 완안종망完顔宗望이다. 그는 송나라를 공격하여 송의 휘종徽宗과 흠종欽宗을 포로로 잡아갔다.

藥師를 백하에서 패배시켰다고 하니, 바로 이곳이다. 백하는 물살이 매우 급하고 누런 황토물이다. 대저 변방 밖에 흐르는 물은 모두 황토물이다.

백하에는 단지 작은 배 두 척만이 있는데, 모래사장에는 다투어 강을 건너가려는 수백 대의 수레가 있고, 말과 사람이 앞다투어 서로 건너려고 빼곡히 서 있다.

길을 오면서 보니 나무막대기를 옆으로 꿰어 누런 궤짝을 멘 수십 명의 사람이 있었다. 궤짝은 납작한 것도 있고, 넓은 것도 있으며, 긴 것도 있고, 높다란 것도 있는데, 모두 옥그릇을 담은 궤짝으로 회자국回子國(중앙아시아 회족 국가)에서 바치는 공물이다. 북경에서 인부를 고용하여 열하로 옮기는 중인데, 회족 사람 네댓 명이 인솔해서 가고 있다. 생긴 모양으로 보아서는 벼슬아치의 우두머리로 보이고, 그중 한 사람은 회자국의 태자라고 하는데 생김새가 우람하고 건장하나 사납고 추하게 생겼다.

그들이 메고 있던 누런 궤짝을 배 안에 부려 놓고 막 삿대를 찔러 배가 언덕을 떠나려는 즈음에 우리 일행의 주방 사람과 말몰이꾼이 한꺼번에 배에 뛰어올라 포개 놓은 궤짝 위에 말들을 여러 겹으로 세웠다. 배가 언덕 옆으로 한 길쯤 떠나려고 하자 언덕 위에 있던 회족 사람들이 놀라서 소리치고 발을 동동 구르는데도 주방의 사람들은 전혀 두려움 없이 그저 강을 먼저 건너가기만 하면 제일이라는 식이다. 내가 우두머리 역관에게 지시하니 역관은 깜짝 놀라 빨리 내리라고 큰 소리로 꾸짖었다. 회족 사람들도 중구난방으로 지껄여대면서 배를 돌리라고 한다. 드디어 그 궤짝을 모두 져서 내렸으나, 우리 사람들과 싸우는 소리는 한마디도 하지 않았다.

바야흐로 백하를 중간쯤 건너갔을 때 홀연히 한 조각 검은 구름이 바람을 감싸고 서남쪽에서 회오리를 치며 불어온다. 모래와 먼지를 휘날리며 오는데, 연기가 낀 듯 안개가 낀 듯 순식간에 캄캄해져 지척을 분간할 수 없다. 배에서 내리자마자 하늘을 올려다보니 온통 검푸르다. 층층의 구름 뗏장이 주름 잡혀 한껏 분노를 머금은 듯하고, 그 사이로 번갯불이 번쩍하며 얽혀 들어 마치 금빛 실을 엮어서 천 떨기 만 잎을 만드는 것 같다. '구르릉' 하는 수레바퀴 소리와 '두두두' 하는 북소리 같은 뇌성벽력이 치며, 귀신 울루鬱壘가 빙빙 도는 듯한 구름 속에는 금방이라도 검은 용이 튀어나올 것만 같다.

귀신 울루 국립대만박물관 소장

밀운성을 바라보니 겨우 몇 리 밖에 있어, 채찍을 쳐서 급히 말을 몰아 성을 바라보고 달려갔다. 바람과 우레가 더욱 급해지고 빗발이 옆으로 들이치는데, 주먹으로 때리는 것처럼 사납다. 그 형세를 더 이상 버틸 수가 없어 재빨리 길가의 오래된 사당으로 들어갔다. 그 사당의 동쪽 작은 집에서는 두 사람이 탁자를 마주하고 앉아서 바쁘게 문서를 정리하고 있었다. 그들은 밀운성 역참의 관리들로 밀운성을 왕래하며 말을 갈아타는 사람들을 기록하는 자들이다.

한 사람은 한자로 쓰고, 한 사람은 만주 글자로 번역한다. 한참 쓰고 있는 사이에 내가 마침 '조선'이라는 글자가 보이기에 자세히 살펴보았더니, 바로 "황제의 조칙을 받들어 북경에 있는 병부兵部에서는 조선 사신에게 건장한 말을 내주어 그들이 험난한 길을 무사히 오게 하고, 짐이나 필요한 물자를 잘 접대하여 부족함이 없도록 하라"는 등의 내용이다.

조금 있다가 사신이 비를 피하러 서로 잇달아 들어왔기에 나는 수역을 데리고 가서 그 종이를 보여 주었다. 수역은 종이를 가지고 가서 사신에게 바쳤다. 그리하여 그 사람들에게 상세히 물어보니 그들은 모르겠다고 답하며, 자신들은 단지 오가는 문서만을 받아서 장부와 맞추어 보는 일을 할 따름이라고 한다.

이른바 건장한 말이라곤 어느 곳에서도 찾을 수가 없고, 설령 그런 말을 갖추어 지급한다 하더라도 소용이 없을 터이다. 그 말이란 게 모두 씩씩하고 날쌔서 잠깐 사이에 70리를 달려가니, 이것이 나는 듯이 말을 달리고 교대로 바꾸어 타는 비체법飛遞法이라는 것이다.

길에서 비체법을 써서 말을 달리는 것을 보니, 앞에 있는 사람이 노래하듯 소리를 지르면 뒤에 있는 사람은 그 소리에 응해 마치 범을 경계하기 위해 소리를 지르듯 큰 소리를 질러서 메아리가 언덕과 골짜기에 진동한다. 그러면 말은 일시에 말발굽을 내달아 바위, 계곡, 시냇물, 숲, 덩굴을 가리지 않고 뛰어오르고 내달려서 마치 둥둥 하는 북소리인 양, 두두두 하는 빗소리인 양

밀운수고密雲水庫 연암이 건넜던 당시의 강물은 현재 북경 시민의 식수원으로 사용하는 댐(水庫)으로 흘러든다.

사정없이 달려간다.

우리나라의 보잘것없는 말갈기의 과하마果下馬[36]를 탈 때에도 반드시 견마牽馬를 잡히고 옆에서 끌어안고 가면서도 말에서 고꾸라질까 걱정하는 마당에 도대체 누가 있어 이런 비체법으로 말을 타겠는가? 만약 황제가 명하여 억지로라도 타게 한다면 이게 도리어 걱정거리가 되고 말 것이다. 아마도 황제가 측근의 신하를 보내어 우리 사신을 영접하고 보호하게 했으나 이곳을 막 지나가면서 길이 서로 엇갈린 모양이다.

비가 잠시 그치기에 즉시 출발했다. 밀운성 밖을 끼고서 7, 8리를 가니, 갑자기 건장하게 생긴 만주 사람 여럿이 모두 큼직한 노새를 타고 오면서 손으로 막으며,

"가지 마시오. 앞으로 5리쯤 가면 시냇물이 엄청나게 불어서 우리도 돌아오는 길이랍니다."

라고 하고는 채찍을 들어 이마 위로 쳐들면서,

36 과하마는 과일나무 아래를 지날 정도의 아주 작은 말이다.

"이쯤 될 겁니다. 당신들에게 날개라도 있다면 모를까."

라고 한다.

이에 우리 일행은 얼굴이 하얗게 질려 서로를 쳐다보았다. 모두들 말에서 내려 길 가운데 섰으나 위에서는 비가 내리고 밑은 질척거려 잠시 쉴 만한 곳도 없다. 중국의 통관通官과 우리의 역관을 보내 앞의 물이 어떤지 살펴보고 오게 했는데, 그들이 돌아와서 물길이 두 길이나 되어 어쩔 수 없다고 아뢴다. 수많은 버드나무가 음침하게 서 있고 서늘한 바람이 사납게 휘감겨 하인들의 단벌옷이 모두 젖어 덜덜 떨지 않는 사람이 없다. 비가 잠시 개이기에 살펴보니 그제야 길 왼쪽 버드나무 너머로 새로 지은 작은 행전行殿[37]이 보인다.

37 행전은 이동용으로 지은 작고 간편한 행궁을 말한다. 행궁은 그에 비해서 규모가 비교적 큰 일종의 별궁이다.

드디어 말을 달려 일제히 행전으로 들어가서 물이 줄어들기를 기다렸다. 대개 황성에서부터 연도에 30리마다 반드시 행궁을 두고 곳간과 창고를 완비해 두었다. 여기 밀운성 밖에 이미 행궁이 있어 서로의 거리가 채 10리도 안 되는데 또 여기에 이런 행전을 둔 까닭은 무엇일까? 그 전각이 굉장하고 사치하여 눈이 부실 정도여서 장인의 손으로 만든 것처럼 보이지 않았으나, 다만 내 몸이 추위에 떨리고 뱃속이 굶주려 둘러보고 즐길 수가 없었다.

행궁

그때 해는 바야흐로 홍라산紅螺山으로 떨어진다. 수많은 봉우리가 첩첩이 푸른데 커다란 태양의 붉은 바퀴가 내려가며 전체를 붉게 물들인다. 그리고 아계산丫髻山, 서곡산黍谷山, 조왕산曹王山 등 여러 산이 황금빛 구름과 수은빛 안개 사이로 빙 둘러섰다.

『삼국지』에,

"조조曹操가 백단白檀을 지나 유성柳城에서 북방의 작은 종족인 오환烏桓을 격파하였다"고 했으니, 지금 그 산 이름을 조왕산曹王山이라고 말하는데, 바로 이곳이다.

한나라 유향劉向이 지은 『별록』別錄에,

"연燕나라에 서곡黍谷이란 곳이 있는데, 땅이 차서 오곡이 생산되지 않았으나 추연鄒衍이란 풍수장이가 피리를 불자 땅에 온기가 생겼다."

했고 『오월춘추』吳越春秋에,

"북쪽으로 한곡寒谷을 지나갔다."

라고 했는데 한곡이란 바로 여기 서곡산을 말한다.

내가 젊은 시절에 과체시科體詩를 짓다가 "추연이 서곡에서 피리를 불었다"라는 고사를 들어 쓴 일이 있는데, 지금에서야 내 눈으로 직접 서곡산을 바라볼 수 있게 되었다.

역관과 제독提督,[38] 통관 등이 서로 의논하기를,

"지금 앞으로 가서 강물을 건널 수도 없고, 그렇다고 물러나도 밥 지을 점방도 없는데다 날까지 저물고 있으니 장차 어찌한단 말인가?"

라고 하는데 오림포는,

"여기서 밀운성까지는 5리 정도에 불과하니 형편상 그 성에도로 들어가서 물이 빠지길 기다려야 할 것 같소이다."

라고 한다. 오림포는 나이 70여 세인데 추위와 굶주림을 더더욱 견디지 못했다.

대저 북쪽 변방은 제독 이하의 사람들도 아직 한 번도 가 보지 못한 곳이기 때문에 일정과 길을 익숙하게 알지 못할뿐더러

38 제독은 보통 만주인이 맡는데, 회동사역관의 장관이다. 조선 사행이 식자재를 받을 때 반드시 임석하여 감독하고, 사신 일행이 관문을 벗어나 구경을 할 때는 제독의 허가를 받아야 한다.

날마저 저물고 인적이 드물어서 갈 곳을 몰라 아득하기는 우리 조선 사람과 조금도 차이가 없었다. 그래서 내가 먼저 밀운성에 이르렀는데, 도중에 물이 말의 배까지 차올랐다.

성문 앞에 말을 세우고 사신 일행과 함께 들어가려고 기다리자니, 홀연히 쌍등불을 밝히고 영접하러 나오는 사람이 있었다. 또 10여 명의 말 탄 사람이 앞으로 나와서 영접하는 예를 갖춘다. 바로 밀운성의 지현知縣[39]이 직접 마중하러 나왔음을 알겠다. 통관이 먼저 가서 주선을 했는데, 불과 몇 마디 말을 주고받지도 않았을 짧은 시간에 신속하게 일을 거행하는 것이 이와 같았다.

39 지현은 현縣의 행정 책임자이다.

중국의 법은 비록 왕자나 공주라도 민간인 집에서 함부로 숙박할 수 없기 때문에 그들의 숙소는 점방이 아니면 반드시 사당 같은 곳이다. 지금 밀운성 지현이 정해 주는 숙소도 바로 관운장 사당인데, 그는 사당의 문까지 왔다가 이내 몸을 돌려 가 버렸다. 관운장 사당에는 말과 사람이 함께 거처하게 되어 사신이 머물며 쉴 만한 곳이 없었다. 그때 밤은 이미 깊어서 집집마다 대문을 걸어 잠갔다.

오림포가 대문을 백 번 천 번 두드리고 불러서야 겨우 문을 열고 내다보는 집이 있는데, 소씨蘇氏 성을 가진 이의 집이었다. 밀운현의 관리 집인데 집안의 규모나 화려하고 사치함이 행궁과 별로 차이가 없었다. 그 관리는 이미 죽었고 오직 열여덟 살 된 아들만 있는데, 얼굴이 깨끗하고 수려한 모습이 자못 세상의 풍파를 겪어 보지 못한 도련님 같다. 정사가 불러서 청심환 하나를 주니, 그는 무수히 절을 하는데 놀라고 두려워 몸을 벌벌 떨었다.

그도 그럴 것이 한창 자고 있는 시간에 대문을 두드려대는 자가 있고, 말과 사람 소리가 시끌벅적한데 응당 처음 들어 보는 이

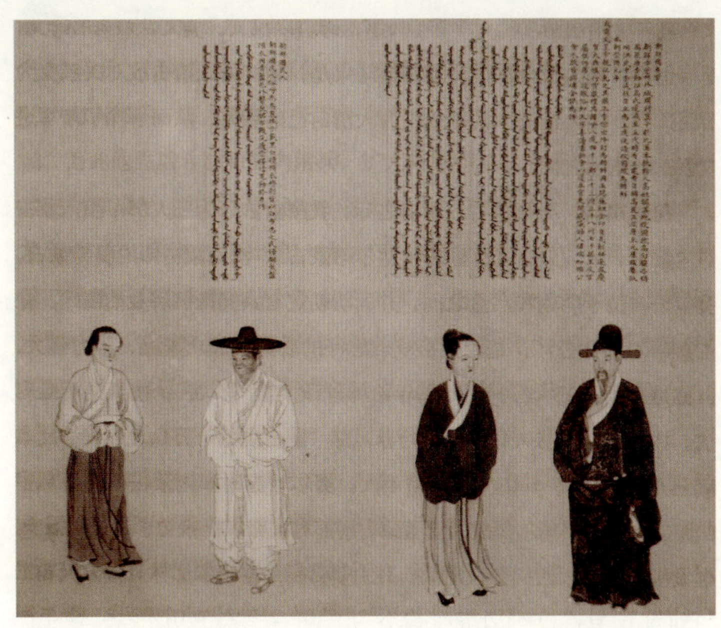

《황청직공도》皇清職貢圖에 그려진 조선인 모습

상한 소리였을 것이다. 문을 열고 내다보니 사람들이 벌 떼처럼 마당에 빼곡하게 들어차 있는데, 이들이 누구란 말인가? 이른바 고려 사람이라. 아무런 기별이나 이유도 없이 여기까지 이르렀으니, 북쪽 변방 사람으로선 처음 보는 사람일 것이다. 응당 안남安南(베트남) 사람인지, 일본 사람인지, 유구琉球(유구 열도의 나라, 현재는 일본의 오키나와) 사람인지, 섬라暹羅(태국) 사람인지 분간이 안 되었을 것이다.

다만 쓰고 있는 모자는 둥근 처마가 지나치게 넓고 이마 위에 검은 일산日傘 같은 것을 걸치고 있으니, 처음 보는 것이라서 '이게 무슨 놈의 모자인가? 이상도 하다'라고 했을 것이다. 입고 있는 도포는 소매가 몹시 넓어서 너풀너풀 춤이라도 추는 것 같으니, 처음 보는 것이어서 '이 무슨 놈의 옷인가? 이상하게도 생겼네'라고 했을 것이다.

그 말소리는 혹 '냠냠'喃喃거리기도 하고, 더러는 '네네'呢呢하기도 하고, 더러 '까까'閣閣거리기도 하니, 처음 들어보는 것이어서 '이게 무슨 놈의 말인가? 이상도 하구나'라고 했을 것이다. 만약 예법에 맞는 주공 같은 의관을 했더라도 사람에게 처음 보게 하면 형편상 오히려 놀랍고 이상하게 여겼을 텐데, 하물며 우리나라처럼 옷차림이 지나치게 크고 고색창연함에야 말해 무엇하랴.

더군다나 사신 이하의 복장은 모두 구구각각이 아닌가. 역관 무리가 입는 옷이 있고, 비장 무리가 입는 옷이 있으며, 군뢰 무리가 입는 옷이 있다.

게다가 역졸이나 마두 들은 한결같이 맨발에다가 가슴을 풀어헤치고 얼굴은 새까맣게 그을리고 바짝 말랐으며, 옷은 해지고 찢어져 볼기짝과 허벅지를 가리지도 못한 채 시끄럽게 떠들어대고 '네~이' 하는 소리를 길게 뽑는다.

그러니 처음 보는 모습이어서 '이게 무슨 예법이란 말인가? 이상하고도 이상한 노릇이네'라고 했을 것이다.

그는 필시 우리가 같은 나라 사람으로 함께 온 줄 모르고, 응당 동서남북의 사방 오랑캐들이라고 구분하여 보고서 모두 떼거리로 자기 집에 들어왔다고 생각했을 것이니, 어찌 놀라고 겁이 나서 벌벌 떨지 않을 수 있으랴? 비록 백주대낮이라도 넋을 잃고 말았을 터인데 하물며 한밤중임에랴. 비록 깨어 앉아 있더라도 놀라서 혼이 빠졌을 터인데 하물며 잠결임에랴. 어찌 18세의 약관의 젊은 남자만 그렇겠는가? 비록 팔십 된 노인으로 세상 풍파를 실컷 겪은 사람이라도 반드시 놀라고 겁을 먹어서 벌벌 떨며 졸도했을 것이다.

통역을 맡은 이가 와서 보고하기를,

"밀운성의 지현知縣이 음식을 보내왔습니다. 밥은 큰 동이로 하나, 채소와 과일을 합해서 다섯 쟁반, 돼지고기·양고기·거위고기·오리고기 다섯 쟁반, 술과 차를 합해서 다섯 병에, 땔나무와 말먹이 건초까지 바친다고 가져왔습니다."

라고 하니 정사는,

"땔나무와 건초는 받지 않을 도리가 없다만, 밥과 고기는 우리 주방도 있는데 굳이 폐를 끼칠 필요까지야 있겠는가? 받아야 할지 말아야 할지는 부사와 서장관에게 물어서 결정하도록 해라."

라고 지시하자 수역이 나서서,

"중국에 들어왔을 때 동팔참東八站[40]에서부터는 으레 음식을 제공받았습니다. 다만 이렇게 익힌 음식을 제공받지는 않았습니다. 지금 밀운성에 도로 돌아오게 된 것이 비록 뜻밖에 이루어진 일입니다만, 그가 이 지방에 사는 주인의 입장에서 손님을 대접하는 음식을 보내왔으니 장차 무슨 말을 하며 물리칠 수 있겠나이까?"

라고 한다. 부사와 서장관이 들어오면서,

"황제의 뜻을 알지도 못하면서 어찌 주는 음식을 덜컥 받을 수 있겠습니까? 돌려보내야 마땅합니다."

라고 하니 정사도,

"옳은 말이네."

하고, 즉시 명을 내려 받기 곤란하다는 뜻을 일러주게 하였다.

인부 10여 명은 군소리 한마디 없이 음식을 되짊어지고는 모두 돌아갔다. 그러자 서장관이 아래 하인들을 엄하게 단속하여, 한줌의 땔나무나 건초라도 받으면 마땅히 중한 곤장을 내릴 것이

40 책문에서 요양의 영수사迎水寺까지의 여덟 곳의 역참을 동팔참이라고 한다.

라고 엄포를 놓았다.

잠시 뒤에 조달동이 와서 보고하기를,

"군기처軍機處[41] 대신大臣 복차산福次山이 당도했습니다."

41 군기처는 황제의 정무를 보좌하는 기구이다. 복차산은 『정조실록』에 부사선富査善으로 표기되어 있다.

라고 한다. 아마도 황제가 특별히 군기처의 대신을 보내 사신이 오는 것을 맞이하게 했는데, 그는 정상적인 길로 와서 덕승문德勝門으로 들어왔으나 우리의 행렬은 이미 동직문으로 나와서 서로 길이 어긋났기 때문인 것 같다. 복차산은 밤낮으로 길을 달려서 우리를 뒤따라온 것인데, 그는 황제가 우리 사신 오기를 학수고대하고 있으니 반드시 초아흐렛날 아침 이전에는 열하에 도착해야 한다고, 두 번 세 번 부탁을 하고 떠났다.

화고

군기軍機란 한나라 시대의 시중侍中 벼슬과 같아서, 황제 앞에 앉아 있다가 황제가 군기에게 뭐라고 지시를 하면 군기는 의정대신들에게 차례로 전달하는 일을 하니, 지위는 비록 낮지만 직책이 황제의 측근에 있기 때문에 대신大臣이라고 일컫는다. 복차산은 나이가 스물대여섯 정도인데 신장은 거의 10척이나 되고 허리는 날씬하고 눈매는 가늘어서 매우 수려해 보였다. 말을 마치고 화고花糕[42] 하나를 씹어 먹고는 즉시 말을 달려서 떠났다.

42 화고는 보통 중양절에 먹는 음식으로, 대추와 밤 등을 박아넣은 떡이다.

43 불수감은 열매의 끝이 손가락처럼 갈라진 것을 부처의 손같이 생겼다고 하여 붙인 이름이다. 불수귤나무라고도 한다.

벽돌을 깐 대청은 넓게 툭 트였으며, 탁자 위에 놓인 물건들은 깔끔하게 정돈되어 있다. 흰 유리로 된 접시에는 밀감 종류인 불수감佛手柑[43] 세 개를 담아 놓았는데 맑은 향기가 코를 찌른다. 의자들은 모두 무늬 있는 나무로 만든 것으로 10여 개가 있으며, 서쪽 벽 아래에는 등나무로 된 자리에 꽃무늬를 수놓은 담요와 양탄자, 요를 깔아 놓았다. 캉 위에는 새빨간 양탄자가 깔려 있는데 길이와 폭이 캉과 나란하고 침상에는 말갈기로 된 양탄자를 깔아 놓았는데 오색으로 쌍용 무늬를 수놓았다.

불수감

하인 둘이 그 위에서 자고 있기에 시대를 시켜 흔들어 깨웠으나 바로 일어나지 않아 시대가 고함을 질러 내쫓았다. 나는 피곤하고 졸림을 견디지 못해 잠시 그 위에 누웠더니 갑자기 온몸이 가려워 못 참겠는데 한 번 손을 대서 더듬었더니 굶주린 이가 우수수 떨어진다. 즉시 일어나 옷을 털었다.

밥이 아직도 덜되었냐고 물었더니 시대가 싱긋이 웃으며 애초에 밥을 짓지도 않았다고 한다. 이미 밤이 깊어 장차 닭이 울려고 하는 시각이라서 한 사발의 물이나 한 움큼의 땔나무도 어디 살 데라고는 없었다. 비록 사자 이빨처럼 뽀얀 쌀이 있고, 말발굽처럼 생긴 은자가 쌓여 있어도 불을 때서 밥을 지을 방법이 없었던 것이다. 부사의 주방 사람은 낮에 비가 오기 전에 강물을 건넜기 때문에, 정사의 양식 담당자인 영돌永突이 부사와 서장관의 주방을 겸하고 있었으나 밥을 지을 기약이 아득했다.

하인들은 주림과 추위로 곤하게 곯아떨어지지 않은 사람이 없었다. 내가 직접 채찍으로 깨웠으나 잠시 일어났다간 곧 고꾸라진다. 도리 없이 내가 직접 주방으로 가서 살펴보니, 영돌이 홀로 허공을 올려다보며 길게 탄식하고 앉아 있다. 나머지 사람들은 모두 자기의 다리를 말고삐에 묶어 놓고는 아무것도 덮지 않은 채 우레 같은 코를 골며 뻗어서 잔다.

어렵사리 한 움큼의 수숫대를 구해 불을 피우고 밥을 지었으나, 한 솥 가득한 쌀에 반 통의 물을 부었으니 결코 물이 끓고 밥이 익을 이치가 없어, 도리어 웃음밖에 안 나온다. 잠시 후에 밥이라고 들어왔는데, 익고 안 익고는 고사하고 쌀알이 물에 불지도 않았다. 아예 숟가락 한 번 대 보지 못하고 정사와 마주 앉아 술이나 한잔 마시고 출발했다. 닭은 이미 서너 번 홰를 쳤다.

창대는 어제 백하를 건널 때에 말에게 맨발을 밟혀 말발굽의 쇠가 깊이 들어가 박히는 바람에 발이 퉁퉁 붓고 아파서 죽겠다고 애걸한다. 창대 대신에 말을 견마 잡아 줄 사람도 없어서 일이 몹시 낭패가 났다. 이미 한 발자국도 옮길 수 없는 몸을 도리상 중간에 떨어뜨려 놓고 갈 수도 없다. 비록 잔인하게 보이더라도 다른 마땅한 계책이 없어 기어서라도 따라오라고 했다. 드디어 견마 없이 밀운성을 나섰다.

폭우가 깨물고 할퀴고 지나간 길에는 돌부리가 어지럽게 이빨처럼 서 있다. 손에 들고 있던 등불 하나마저도 새벽바람에 꺼져 버려, 단지 동북쪽의 큰 별빛 하나를 바라보며 앞으로 나아갔다. 냇물 앞에 이르고 보니 큰물은 이미 빠졌으나 그래도 말의 배가 물에 잠긴다. 창대는 또 굶주린 데다가 또 추위에 떨고 있으며, 또 아픈 데다가 또 졸음이 오는 몸으로 또 차가운 냇물까지 맨몸으로 건너야 하니 매우 걱정스럽다.

8월 초7일 계축일

아침에 비를 뿌리다가 곧 맑아졌다.

목가욕穆家峪에서 아침을 지어 먹고 남천문南天門을 향해 출발했다. 성은 큰 고개 위에 있는데 고개의 잘록 들어간 곳에 성문을 만들고 신성新城이라 이름을 붙였다. 옛날 오호五胡[44] 시대(340년 무렵)에 후조後趙의 황제인 석호石虎[45]가 단료段遼[46]를 추격했는데, 단료가 북연北燕의 왕인 모용황慕容皝과 함께 석호를 역습하여 장수 마추麻秋를 죽였으니, 여기가 바로 그곳이다. 신성부터 연이어 높은 고개를 넘어가는데, 오르막길은 많고 내리막길이 적은 것으로 보아서 지세가 점점 높아지고 강의 물살도 더욱 거세진다.

여기까지 오자 창대는 통증이 더욱 심해져 부사의 가마를 붙잡고 눈물로 호소하고, 서장관에게도 호소했다. 그때 나는 고북하古北河에 먼저 도착했는데, 부사와 서장관이 뒤따라와서 창대의 일을 말하며 처참하고 민망하여 도저히 눈뜨고 볼 수 없으니

44 오호는 진晉나라 말엽부터 남북조南北朝 시기에 이르기까지의 오랑캐인 흉노匈奴, 갈羯, 선비鮮卑, 저氐, 강羌의 다섯 종족을 가리킨다. 이들이 세운 나라가 16국이다.

45 석호(295~349)는 말갈족으로 후조後趙의 황제이다. 극도의 사치와 방탕에 빠졌으며, 잔인하고 폭력적인 인물이었다.

46 단료(?~339)는 단호료段護遼라고도 하며, 선비족의 수령이며 요서공遼西公에 봉해졌다.

석갑성 유지

내게 어떻게든 좋은 방책을 생각해 내라고 한다. 그러나 실로 어찌할 수가 없다. 잠시 뒤에 창대가 엉금엉금 기어서 도착했다. 그간에 말을 얻어 타고 올 수 있었기 때문에 여기까지라도 이를 수 있었던 것이다. 그리하여 돈 200닢과 청심환 다섯 알을 주고 나귀를 세내어 뒤따라올 수 있도록 했다.

드디어 냇물을 건넜다. 일명 광형하廣硎河라고도 하는데, 이곳은 백하白河의 상류이다. 물살이 변방에 이를수록 더욱 급해진다. 수레와 말이 앞다투어 건너려고 빼곡하게 서서 배를 기다리고 있다. 제독과 예부낭중이 직접 채찍을 휘둘러, 배에 이미 오른 사람까지 모조리 몰아내고 우리 일행이 먼저 건너도록 해 주었다.

저녁에는 석갑성石匣城 밖에서 밥을 지어 먹었다. 그 성의 서쪽에 마치 궤짝처럼 생긴 돌이 있어서 역참 이름을 그렇게 지었다고 한다. 연왕燕王으로 참칭하던 유수광劉守光이 달아나다 후당後唐의 장종莊宗에게 사로잡힌 곳이 바로 이곳이다.

밥을 먹은 후에 바로 출발했으나 이미 날은 어두워지기 시작한다. 산에 난 길은 꼬불꼬불 굴곡이 많다. 송나라 문인 왕기공王

沂公[47]이 거란의 일을 올린 글 가운데,

"금구정金溝淀에 이르러 산으로 들어가서 꼬불꼬불한 길을 올라가니 더 이상 이정표도 없는데 다만 말이 달린 날짜를 가지고 그 이수里數를 요약했다. 약 90리를 가서 고북관古北館에 도착했다."

라고 했다. 지금 그 금구정이 어디에 있는지 모르겠으니, 변방 북쪽의 이정의 멀고 가까움은 옛사람도 상세히 알지 못했던 모양이다.

고북구로 들어가는 남천문
1910년대의 모습(상)과 현재의 모습(하)

때마침 대추가 울긋불긋 반쯤 익어 마을마다 대추나무가 울타리를 이루었다. 어떤 대추밭은 마치 우리나라의 청산靑山[48]과 보은報恩의 대추밭과 같으며, 대추의 크기는 모두 한 줌씩 될 정도로 크다. 밤나무도 숲을 이루었는데 열매는 매우 작아 겨우 우리나라 상주尙州의 겉밤과 같다.[49] 옛날 전국시대의 유세가인 소진蘇秦[50]이 연문공燕文公을 설득할 때에,

"연나라 북쪽에는 대추와 밤이 많이 생산되니, 이른바 하늘이 내린 보고입니다."

라고 했으니, 아마도 여기 고북구古北口를 두고 한 말인 듯하다.

곳곳의 동리마다 남녀들이 떼를 지어 모여서 우리를 구경하는데, 약간 나이가 든 여자들은 모두 목에 혹이 달려 있다. 큰 놈은 거의 뒤웅박 크기만 한데 혹 서너 개를 달고 있는 사람도 있으며, 여자들 중 열에 일고여덟은 모두 그런 혹을 달고 있다. 젊고 예쁜 부인들은 얼굴에 하얀 분을 발랐으나 목에 달린 혹을 가리지는

47 왕증王曾(978~1038)은 자가 효선孝先이며, 기국공沂國公에 봉해졌다.

48 청산은 현재의 충북 옥천군 청산면이다.

49 허균의 『도문대작』에 의하면 상주의 밤은 크기가 작은데 껍질이 저절로 벗겨져 속칭 겉밤이라고 한다고 했다.

50 소진은 전국시대의 인물로, 유세를 잘해 여섯 제후국의 재상이 되었다. 여섯 나라가 뭉쳐서 강한 진秦나라에 대항해야 한다는 합종설合縱說을 주장했다.

51 삼국시대 위魏나라의 혜강嵇康이 지은 『양생론』에 나오는 말이다.

52 안읍은 산서성 해현解縣 동북쪽의 고을 이름으로, 이곳에 대추가 많이 생산되어 안읍대추〔安邑棗〕라는 말이 있다.

못했다. 나이든 남자들 중에도 간혹 큰 혹이 달린 사람이 있다.

옛사람의 말에,[51]

"진晉나라에 살면 이가 누렇게 되고, 험한 곳에 살면 목에 혹이 생긴다."

라고 했는데, 안읍安邑[52]은 진나라 고을로 대추가 잘 되는 토질이라서 거기 사람들은 단 대추를 많이 먹어 이가 누렇다. 지금 이곳의 토질은 대추나무가 잘 되어 밭을 이루고 있는데도 여자들의 이는 모두가 마치 박씨를 잘라 세워 놓은 것처럼 희니, 도대체 그 까닭을 알 수가 없다.

의학 서적에,

"산골짜기의 물은 마치 절구질하듯 찧어 대기 때문에 이 물을 오래 먹으면 혹이 생긴다."

라고 했으니, 지금 이곳 사람들이 혹이 많은 까닭도 사는 곳이 험하여 물 탓으로 그런 것이겠으나, 유독 여자에게만 많은 까닭은 또한 이해할 수가 없다.

잠시 말을 쉬게 하고 성안을 둘러보니 시장과 마을이 자못 번화한데, 집집마다 대문을 잠그고 문 밖에는 양각등羊角燈을 모두 달아 놓아 하늘의 별빛과 아래위로 서로 뒤섞여 어울린다. 이미 밤이 깊은 시각이라서 두루 구경할 수가 없었다.

술을 사서 조금 마시고는 즉시 만리장성 밖으로 나갔다. 캄캄한 어둠 속에 군졸 수백 명이 보이는데 아마도 점호를 하는 것 같다. 삼중의 관문을 나와 드디어 말에서 내려 장성에 이름자를 써 놓으려고 차고 있던 작은 칼을 꺼내어 벽돌 위의 이끼를 깎아 냈다. 필낭 속에서 붓과 벼루를 꺼내어 만리장성 아래에 펼쳐 놓았으나, 사방을 둘러보아도 벼룻물을 구할 곳이 없었다. 성안에서

고북구 장성

술을 사서 마실 때 밤을 새울 거리로 삼으려고 몇 잔을 더 사서 말 안장에 매달아 둔 것이 있었는데, 도리 없이 그걸 벼루에 모두 쏟아부었다.

별빛 아래에서 먹을 갈아, 서늘한 이슬이 내리는 가운데에 붓을 적셔 큰 글자로 수십 자를 썼다. 봄도 아니고 여름도 아니며 겨울도 아닌 계절, 아침도 아니고 대낮도 아니며 저녁도 아닌 시각, 금신金神[53]이 때를 만난 계절이요, 관문의 닭이 홰를 치려는 시각, 이것이 어찌 우연이겠는가?

53 금신은 가을을 주관하는 신.

다시 작은 고개를 오르니 새벽의 꺼져 가는 달은 이미 스러져 내려앉았고, 계곡의 흐르는 물은 더욱 가깝게 들리며, 여기저기 어지럽게 둘러선 산들은 수심으로 가득 찬 것 같다. 언덕의 모습은 모두 호랑이가 엎드려 있는 것 같고, 산굽이 으슥한 곳에는 도적들이 숨어 있는 것 같다. 때마침 불어오는 쓸쓸한 긴 바람에 소스라쳐 머리카락이 스산하게 흐트러진다. 이때의 느낌을 적은 글이 「산장잡기」山莊雜記편에 '야출고북구기'夜出古北口記라는 제목으로 따로 있다.

물가에 도착하니 길은 끊어지고 강물은 넓고 아득하여 어디로 향해서 갈 곳이 없다. 쓰러져 가는 집 네댓 채가 냇물을 향해 붙어 있는데, 제독이 따라와서는 말에서 내려 직접 손으로 두드렸다. 백 번, 천 번 부르고 외치자 그제야 주인이 시부렁시부렁하면서 마지못해 응대를 하며 문을 나와서는 그 집 문 앞의 곧바로 건널 곳을 손으로 가리킨다. 돈 500닢을 주고 집주인을 고용하여 정사의 가마 앞에서 길을 안내하게 하여 드디어 강을 건넜다.

무릇 강물 하나를 아홉 번이나 건넜는데, 물속의 돌들은 이끼가 많이 끼어 미끄럽고 물은 말의 배까지 차올랐다. 무릎을 오므리고 발을 가운데로 모아서 한 손으로는 고삐를 잡고 한 손으로는 안장을 부여잡아, 견마잡이도 없고 부축하는 사람도 없건만 그래도 떨어지거나 넘어지지 않았다. 나는 여기에서 비로소 말을 모는 데도 기술이 있음을 깨닫게 되었다.

대체로 우리나라의 말을 모는 방법이란 극히 위험하기 짝이 없다. 옷소매가 넓은데다가 그 위에 긴 한삼汗衫[54]까지 덧대었으니 마치 두 손을 휘감고 묶어 싼 셈이어서 고삐를 잡고 채찍질하는 데에 모두 방해를 받게 된다. 이것이 첫 번째 위험이다.

54 한삼은 손을 감추기 위해 소맷부리에 덧댄 소매.

그러한 형편이므로 부득불 사람을 시켜 견마를 잡게 하니 나라 안의 말이란 말은 모두 병신이 된 셈이다. 견마잡이가 언제나 말의 한쪽 눈을 가려서 말은 제 맘대로 걷지 못한다. 이것이 두 번째 위험이다.

말이 길에 나서면 곁을 살피고 조심하는 버릇이 사람보다 더한데도 이런 뜻이 마부와 서로 통하지 않는다. 마부는 언제나 자신이 딛기 편한 자리를 찾아 나아가니 말발굽은 항상 한쪽 옆으로 내몰리게 된다. 말이 피하려고 하면 마부는 반드시 억지로 나아가게 하고, 말이 나아가고 싶은 곳은 마부가 억지로 끌어당겨서 못 가게 한다. 말이 머리를 흔들며 도리질을 치는 까닭은 다름이 아니라 말을 모는 사람에게 항상 분노를 품고 있기 때문이다. 이것이 세 번째 위험이다.

조선 시대 말 탄 선비의 모습

말의 한쪽 눈은 이미 말몰이꾼에게 가려졌고, 다른 한쪽 눈은 말을 모는 사람의 눈치를 살피게 되므로, 말은 전심전력을 다하여 길바닥을 볼 수 없기 때문에 때로는 발굽을 잘못 디뎌 넘어질 때도 있다. 말의 잘못이 아닌데도 사정없이 채찍을 친다. 이것이 네 번째 위험이다.

우리나라의 안장과 마구는 둔하고 육중한데다 굴레, 가슴걸이, 북띠 등이 너무 거추장스럽다. 말 잔등에 이미 사람 하나를 태우고, 또 한편으로 입에 한 사람이 매달린 꼴이니 이는 말 한 필에 두 마리 몫의 짐을 지운 셈이다. 결국 말의 힘이 고갈되어 쓰러지게 된다. 이것이 다섯 번째 위험이다.

사람이 몸을 놀리는 방법은 대체로 오른쪽이 왼쪽보다 나으니, 말도 마찬가지일 터이다. 그런데도 말의 오른쪽 입아귀는 모는 사람이 재갈로 잡고 눌러서 아파 못 배기도록 하니, 그 형세가 부득불 목을 아래로 꺾고 사람과 함께 가며 옆걸음을 쳐서 채찍을 피한다. 사람들은 목을 아래로 꺾고 옆걸음 치는 말을 날랜 준마의 자태라고 여겨 기뻐하지만, 말의 속사정과는 다르다. 이것이 여섯 번째 위험이다.

말은 언제든지 오른쪽 허벅다리에만 채찍을 맞으니 한쪽만 고통스럽다. 말을 타는 사람이 방심한 채 안장에 앉았다가 견마잡이가 갑자기 채찍으로 말을 후려쳐서 타고 있던 사람을 뒤집어 떨어뜨리는데, 도리어 말의 탓이라고 책망하지만 실상은 말이 그러고 싶어 그런 것이 아니다. 이것이 일곱 번째 위험이다.

문관이나 무관 할 것 없이 지위가 높은 이들은 말을 왼쪽에서 끄는 좌견左牽을 하게 한다. 이게 무슨 법이란 말인가? 오른쪽 견마잡이도 불가하거늘 하물며 왼쪽 견마잡이랴. 짧은 고삐도 안 될 말인데 더구나 긴 고삐란 당찮은 짓이다. 여느 개인 집의 출입에는 거드름을 피운다고 긴 고삐를 쓰기도 하겠지만, 임금을 호종하는 반열에 참여하면서 댓 발이나 늘어진 고삐로 위엄을 보이려 함은 옳지 않다. 문관도 오히려 불가할 터인데 하물며 무관으로서 출진함에 있어서랴. 이야말로 이른바 제 손으로 올가미를 차고 다니는 것이나 다름없다. 이것이 여덟 번째 위험이다.

적색 철릭

무관들이 입는 복장을 소위 철릭帖裡이라 하여 군복으로 삼는데, 세상에 무슨 놈의 군복이라고 이름하는 옷의 소매가 중의 장삼처럼 너풀너풀하게 생겼단 말인가. 지금 꼽은 여덟 가지 위험은 모두 넓은 소매와 긴 한삼 때문이련만 그런데도 오히려 그 위험에 안주하고 있다.

휴! 안타깝다. 비록 말에 대해서 일가견이 있던 백락伯樂[55]이

55 백낙은 주周나라 때 말에 대한 지식이 뛰어나 말을 잘 감정했던 인물.

란 사람에게 오른쪽에서 말고삐를 잡게 하고, 조보造父[56]라는 사람에게 왼쪽에서 말을 끌게 하더라도, 만약 이런 여덟 가지 위험을 가진 채로 말을 몬다면 설령 팔준마八駿馬[57]라도 필경 죽게 만들 것이다.

임진왜란 때 이일李鎰[58] 장군이 상주에 진을 쳤는데, 멀리 숲덤불 속에서 연기가 나는 것이 보여 군관 한 사람을 보내어 살펴보게 했다. 군관은 좌우에 견마를 잡히고 어깨를 건들거리며 갔는데, 생각지도 않게 다리 아래에 숨었던 왜놈 둘이 갑자기 튀어나와 칼로 말의 배를 찌르니, 군관의 머리는 이미 잘려 나갔다. (만력 임진년 왜구가 쳐들어 왔을 때의 일이다. — 원주) 서애西厓 유성룡柳成龍[59]은 현명한 재상으로 『징비록』懲毖錄이란 책을 지어 이 일을 기록해서 잘못됨을 지적하여 비웃은 적이 있다. 그런데도 잘못된 습속은 그런 난리와 어려움을 겪고도 좀처럼 고칠 수가 없다. 심하도다. 한번 박힌 습속은 참으로 변하기 어렵구나.

나는 지금 한밤중에 이 강물을 건너가니, 이는 세상에서 제일 위험한 일이다. 그러나 나는 내가 탄 말을 믿고, 말은 자기의 발굽을 믿으며, 말발굽은 땅을 믿고서 건넜으니, 그제야 견마를 잡히지 않고 건너는데도 그 효과가 이렇게 나타났다.

수역관이 주부 주명신에게,

"옛날에 위험한 것을 말할 때 맹인이 애꾸눈의 말을 타고 한밤중에 깊은 연못가를 가는 것이라고 했는데, 정말 오늘 밤 우리들의 일을 두고 말하는 것 같습니다."

라고 하기에 내가,

"그게 위험하다고 한다면 위험할 수도 있겠으나, 정말 위험을 잘 알고 있다고는 말할 수 없을걸."

56 조보는 주나라 때 팔준마를 잘 길들인 인물.

57 팔준마는 주나라 때, 목왕이 사랑한 여덟 마리의 준마.

58 이일(1558~1625)은 조선 선조 때의 장수로 임진왜란 때 상주 전투에서 패했다.

59 유성룡(1542~1607)은 조선 중기의 문신으로, 본관은 풍산이고 자는 이현而見이고 호는 서애이다. 임진왜란 때 병조판서와 영의정을 역임했다. 저서로 『서애집』, 『징비록』, 『운암잡기』雲巖雜記, 『난후잡록』亂後雜錄 등이 있다.

이라고 하니 그들은,

"무엇을 일러 그렇다는 말입니까?"

라고 묻기에 나는,

"맹인을 보는 사람은 멀쩡하게 눈이 있는 사람들일세. 맹인을 보는 사람들이 자기 스스로 마음속으로 위태롭다고 느끼는 것일 뿐이지, 맹인 스스로야 위험을 아는 것이 아니네. 맹인의 눈은 위험한 것을 볼 수가 없는데 무슨 위험이 있단 말인가?"

하고는 서로 크게 웃었다.

이때의 느낌을 적은 '하룻밤에 강물을 아홉 번 건넌 이야기'라는 뜻의 '일야구도하기'一夜九渡河記란 글이 「산장잡기」편에 따로 실려 있다.

8월 초8일 갑인일

맑다.

새벽에 반간방半間房이란 곳에서 밥을 지어 먹고, 삼간방三間房이란 곳에 이르러 잠시 쉬었다.

때때로 산자락에 성대하게 꾸민 사당이나 절, 도관道觀 들이 있고, 어떤 곳에는 99층의 흰 탑이 있었다. 탑을 세우고 건물을 지은 곳을 살펴보면 경치가 그다지 뛰어난 곳이 아니어서, 어떤 것은 산이 내려가는 등성이에 짓고 어떤 것은 물이 만나는 물가에 짓기도 했다. 엄청난 돈을 들여서 지었을 터인데 도대체 무슨 생각으로 그리했는지?

이런 건물들은 너무 많아 손으로 다 꼽을 수도 없거니와, 그 웅장한 제작 기법이나 공교롭게 새긴 기술, 울긋불긋 찬란한 단청 등이 모두 한결같아서 하나를 보면 백을 알 수 있고, 또 하나하나 기록할 필요도 없다.

열하와 점점 가까워질수록 사방에서 황제께 바치는 조공을 실은 수레들이 모여든다. 수레와 말, 낙타 등이 밤낮으로 끊이지 않고 이어졌는데, '구르릉, 구르릉' 하며 나는 바퀴 소리가 마치 비바람이 몰아치는 형세이다.

창대란 놈이 갑자기 말 앞에 와서 절을 한다. 얼마나 기특하고 다행인지 말로 다할 수 없다. 창대가 뒤에 처져서 고갯마루에서 통곡하고 있었을 때에 부사와 서장관 일행이 이 참담한 모습을 보고는 말을 잠시 멈추고는 주방 사람에게,

"혹 짐을 가볍게 하여 함께 태울 수 있는 수레가 있겠느냐?"

라고 물었더니, 하인들이 없다고 대답한다. 가엾게 여겼으나 그냥 지나갈 수밖에 없었다.

제독이 도착하자 창대는 더 크게 소리 내어 울고 더욱 비통한 표정을 지었다. 제독은 말에서 내려 창대를 위로하며 함께 지키고 앉았다가 지나가는 수레를 세내어 싣고 오게 했다. 어제는 입맛이 써서 아무것도 먹을 수가 없었는데 제독이 친히 음식을 권하여 먹기까지 했고, 오늘은 제독이 스스로 그 수레를 타고 대신 자신이 타던 노새를 창대에게 주어서 여기까지 쫓아올 수 있었다고 한다.

그 노새는 몸집이 매우 크고, 한번 타면 귀에 바람 소리만 들릴 정도로 잘 달린다고 한다. 노새는 어디 있느냐고 물으니 창대는,

"제독이 제게 '너는 먼저 가서 서방님을 쫓아가고 만약 도중에 노새에서 내리고 싶거든 내린 뒤에 모름지기 지나가는 수레 뒤에 노새를 묶어 두면 내가 혼자 뒤쫓아 갈 수 있을 터이니 염려하지 말라'고 부탁하더이다. 잠시 사이에 약 50리를 달려 고갯마루에 이르러 수레 수천 대를 만나 드디어 노새에서 내려 제일 뒤쪽에 있는 수레 끝에 노새를 묶었습니다. 수레를 모는 사람이 묻

기에 고개 남쪽의 오는 길을 손으로 가리켰더니, 그는 웃으며 고개를 끄떡끄덕 하더이다."

라고 한다.

제독의 마음씨가 너무나도 두터워 참으로 감동된다. 그의 관직은 회동사역관會同四譯官[60] 예부정선사禮部精膳司[61]의 낭중郎中 및 홍려시鴻臚寺 소경少卿이고, 직품은 정4품이며, 품계는 중헌대부中憲大夫이고, 보아하니 나이는 60에 가깝다.

남의 나라 일개 천한 하인을 위해서 마음 씀씀이를 이와 같이 빈틈없고 완전하게 한다. 우리 일행을 보호하는 것이 그의 직책이라고 하지만, 자기 자신에 대해서는 저토록 수더분하게 하고 공적 직분을 받드는 것을 저렇게 성실하고 근면하게 하니, 가히 큰 나라의 풍모를 살펴볼 수 있겠다.

창대의 발에 난 상처가 조금 나아서 견마를 할 수 있게 되었으니 또한 다행한 일이다.

삼도량三道梁에서 잠시 쉬었다가 합라하哈喇河를 건너, 황혼 무렵에는 큰 고개를 하나 넘었다. 공물을 싣고 가는 수많은 수레가 먼저 가려고 재촉하며 달린다.

나는 서장관과 말고삐를 나란히 하며 가는데, 산골짜기 안에서 갑자기 으르렁거리는 호랑이 소리가 두서너 번 들린다. 수많은 수레들이 일제히 멈추어 서서 함께 고함을 마주 질러 소리가 천지를 진동시킨다. 참으로 굉장하도다. 이때의 광경을 적은 '만방진공기'萬方進貢記[62]라는 제목의 글이 「산장잡기」편에 따로 실려 있다.

60 명나라 때 사이관四夷館을 두어 이민족 문자의 번역을 담당하였고, 청나라 초기에 회동관會同館을 두고 사이관은 사역관四譯館으로 고쳤다가 나중에 합해서 회동사역관이라고 하였다. 홍려시 소경이 관할하였다.

61 예부정찬사는 예부에 소속되어 연회·의식 및 제사에 쓸 음식을 맡아보는 관아.

62 '만방진공기'는 「산장잡기」에는 '만국萬國진공기'라고 되어 있다.

삼도량 마을 입구

여기에 이르기까지 모두 나흘 밤낮으로 오면서 눈 한번 제대로 붙여 보지 못했으니, 하인들 중 가다가 잠시 발을 멈추고 있는 자는 모두 서서 잠을 자는 것이다.

나 역시 쏟아지는 잠을 견딜 수 없다. 눈꺼풀이 무거워 마치 구름장이 드리워지듯 자꾸 내리깔리고, 하품은 파도가 밀려오듯 쉴 새 없이 쏟아진다. 어떤 때에는 눈을 뜨고 사물을 보는데도 이미 이상한 꿈속에 있는 것 같고, 어떤 때에는 남들에게 말에서 떨어질 것 같다고 조심을 시키면서도 정작 내 몸이 안장에서 기울어지기도 했다. 어떤 때에는 아름다운 여인이 나풀나풀 움직여 지극한 즐거움이 그 안에 있는 것 같고, 어떤 경우는 가랑비가 솔솔 내리듯 그 묘한 경지가 어디에 비길 데가 없다. 이른바 옛사람이 말한, 취중의 천지이고[63] 꿈속의 산하라는 것이 이런 경지일 것이다.

가을매미가 가는 실처럼 소리를 내고 온갖 망상들이 어지럽게 나타난다. 속세의 잡념을 끊고 마음을 고요하게 하는 모습은 마치 도사들이 눈을 감고 명상하는 것 같다가도, 깨어날 때는 선가禪家에서 돈오의 경지에 들듯, 팔일난[64]이 경각에 지나가듯, 사백사병[65]이 홀연히 지나가듯 한다.

이런 지경에 이르면 비록 고래등 같은 기와집에 온갖 음식을 상에 그득히 차려 놓고 시중드는 첩이 수백 명 있다 할지라도 결코 바꾸지 않으리라. 차갑지도 덥지도 않은 적당한 온돌방에서, 높지도 낮지도 않은 적당한 베개를 베고, 두텁지도 얇지도 않은 적당한 두께의 이불을 덮고, 깊지도 얕지도 않은 적당한 술잔의 술을 마시며 장주莊周인지 나비인지 모를 몽롱한 꿈을 꾸는 황홀한 심경과는 결코 바꾸지 않으리라.

63 술에 취한 동안의 세상은 술이 깨면 허무하게 없어지고, 꿈속에서 세상을 구성하던 산하가 꿈이 깨면 소멸하듯 깨달음을 얻으면 일체가 공空으로 보인다는 의미이다.

64 팔일난은 불교에서 득도하기 위해 겪어야 하는 81가지의 어려움.

65 사백사병은 불경에 이르는 사람의 몸에 드는 404가지 병. 지地·수水·화火·풍風의 부조화로 사지에 각각 101가지 병이 생긴다고 한다.

66 진단(871~989)의 자는 도남圖南, 호는 부요자扶搖子이다. 무당산武當山 구실암九室巖과 화산華山에서 수련했고, 한번 잠을 자면 100여 일씩 잤다고 한다.

67 영웅이 젓가락을 떨어뜨렸다는 고사는 유비가 조조에게 자신을 겁보처럼 보이게 하려고 천둥소리를 듣고 일부러 젓가락을 떨어뜨린 일화를 말한다. 미인에 대한 고사는 한무제의 진황후陳皇后가 총애를 잃고 장문궁長門宮에 유폐되어 황제가 오기만을 학수고대하다가 우렛소리를 듣고 황제가 타고 오는 수레 소리를 연상했다는 일화이다. 사마상여의 「장문부」長門賦에 "雷殷殷而響起兮, 聲象君之車音"이라는 구절에서 유래한 말이다.

나는 길옆에 서 있는 바위를 가리키며 맹세하기를,

"내가 장차 연암협 산골짜기의 나의 집으로 돌아가면 응당 일천하루를 잠을 잘 것이다. 그리하여 송나라 은자 희이希夷(이름은 진단陳摶) 선생[66]보다도 하루를 더 잘 것이다. 우렛소리처럼 코를 골아서 그 소리에 영웅은 젓가락을 떨어뜨리게 만들 것이며, 미인은 수레 소리를 연상하게 만드리라.[67] 그렇게 하지 않는다면 나는 바위가 되리라."

라고 했는데, 몸을 한번 구부정하게 굽혔다가 정신을 차리고 보니 이것 역시 꿈이다.

창대도 걸어가면서 이야기를 하기에, 처음에는 그와 말을 주고받았으나 자세히 살펴보니 헛소리와 잠꼬대를 점잖고 정중하게 하고 있었다.

윤두서의 〈진단타려도〉
조선 숙종 대의 화가 윤두서尹斗緖(1668~1715)가 희이 선생 진단이 졸다가 나귀에서 떨어졌다는 고사를 그림으로 그린 것이다.

그 며칠 동안 몇 날을 굶고 또 크게 추위에 떨다 보니 마치 학질에 걸린 사람처럼 인사불성이 되었던 것이다. 그때 밤은 이미 이경(밤 10시 무렵)을 넘기고 있었다.

마침 수역관과 동행을 하게 되었는데 그의 마부 역시 추위에 떨고 호되게 아팠다. 앞의 숙소참이 불과 5리밖에 남지 않았다고 하기에 드디어 서로 말에서 내려 병든 하인 두 명을 각기 말에 태웠다. 나는 흰 담요를 꺼내어 창대의 온몸을 감싸고 끈으로 꽉꽉

행궁과 행궁 편액 밀운현과 고북구 사이에 있는 행궁으로, 현재 백룡담 부근에 있다.

묶어 주고, 수역관의 마두에게 부축하고 보호하면서 먼저 가도록 일렀다.

수역관과 함께 걸어서 숙소참에 도착하고 보니 밤은 이미 깊을 대로 깊었다.

행궁이 있고 여염집과 시장들이 매우 번화했으나 숙소참의 이름은 잊어버렸다. 아마도 화유구樺楡溝인 듯하다. 안장을 풀고 즉시 식사를 하였으나, 심신이 고달프고 피로하여 숟가락 드는 것이 천 근 무게를 드는 것 같고, 혀를 놀리는 것이 백 년의 세월이 걸릴 듯하다.

한 상 그득한 소채 요리와 구이가 모두 잠으로 보이고, 켜 놓은 촛불의 불빛이 무지개처럼 퍼지고 빛살이 꼬리별처럼 사방으로 퍼진다. 그래서 청심환 하나를 소주와 바꾸어서 실컷 마셨다. 술맛도 썩 좋았으며, 마시자마자 기분 좋게 취하여 쓰러지듯 잠자리에 들었다.

8월 초9일 을묘일

맑다. 사시(오전 10시 무렵)에 열하에 들어가 태학太學에 묵었다.

닭이 울 무렵에 먼저 출발하여 수역관과 동행했다. 길에서 난하灤河를 건너가기 어렵다는 말을 듣고, 수역관은 연신 오는 사람들에게 난하의 사정을 물었다. 한결같이 6, 7일은 모름지기 기다려야 한번 건너갈 수 있을 것이라고 대답한다.

난하에 도착하니 수레와 말이 구름처럼 모여 있는데 천인지 만인지 셀 수조차 없다. 강물은 넓고 사나우며 누런 흙탕물이 소용돌이치며 흐르는데, 행궁 앞에 이르러서는 물살이 더욱 빠르게 흐른다. 난하는 독석구獨石口에서 나와 옛 흥주興州의 경계를 지나서 북예北隸로 흘러 들어간다. 『수경』水經[68]이란 책의 주석에,

"유수濡水는 어이진禦夷鎭에서 나와 사야沙野를 거쳐 구불구불 감돌아 약 1,500리를 흘러가서 만리장성으로 들어간다."

고 하였다.

강가에는 단지 작은 배 네다섯 척이 있다. 건널 사람은 많고

68 『수경』은 중국 각지의 하천과 수계를 기록한 지리서. 『수경주』水經注는 북위北魏 때 역도원酈道元이 지은 책이다.

배는 작으니, 건너가기 어렵다고 한 것은 바로 이 때문이다. 말을 탄 되놈들은 모두 얕은 여울을 따라 이리저리 건너가지만, 다만 수레는 건너갈 수가 없다.

석갑성에서 가마 한 대를 만났는데 말을 탄 사람 10여 명이 그 뒤를 따르고 네 사람이 가마를 메고 갔다. 5리마다 한 차례씩 말을 탄 사람이 내려 서로 교대하여 가마를 바꾸어 멘다. 우리와 서로 앞서거니 뒤서거니 하며 가는데 그는 병부시랑兵部侍郞이라고 한다. 가마는 녹색의 우단羽緞[69]으로 장막을 치고 유리를 붙여 삼면에 창을 냈다. 그 사람은 항시 가마 깊숙한 곳에 앉아 있기 때문에 아직 얼굴을 보지 못했다. 모자를 벗어 가마 창의 한 모퉁이에 걸어 놓고 종일토록 책 한 권을 손에 쥐고 있었다.

69 우단은 표면에 곱고 짧은 털이 촘촘하게 돋게 짠 비단으로, 흔히 벨벳이라 부른다.

어제는 그 사람이 시종을 부르자 시종은 자기가 가지고 있던 궤짝 속에서 책 하나를 꺼내어 바치는데, 책 제목이 『오자연원록』五子淵源錄[70]이다. 가마의 창 안에서 손이 나와 책을 받는데 팔뚝이나 손가락이 옥처럼 희다. 또 창 안에서 『이아익』爾雅翼[71] 한 권을 밖으로 내주는데 목소리와 손이 모두 부인네를 닮았다. 바야흐로 난하에 이르러 가마에서 내린다. 가마 안의 서책을 꺼내어 시종들에게 나누어 주어 가슴에 간직하게 하고 자신은 말을 탄다. 참으로 잘생긴 남자이다. 이목구비가 시원하게 생겼고 몇 가닥의 흰 수염이 났다. 가마는 모두 휘장을 걷어서 말고, 따르는 시종들은 말 한 마리에 둘씩 나눠 타고 모두 강물에 떠서 건너간다.

70 『오자연원록』은 주자가 편찬한 책으로 송나라의 다섯 학자(주돈이, 정이천 형제, 소옹, 장재)의 학문적 연원을 밝힌 것이다.

71 『이아익』은 송나라 나원羅願이 『이아』爾雅를 주석한 책이다.

모자에 푸른 깃털을 꽂은 사람이 언덕에 서서 채찍을 들고 지휘하며 우리가 먼저 배를 타고 건너갈 수 있게 해 준다. 비록 그릇과 물건의 짐짝에 황제의 공물을 뜻하는 진공進貢이란 글자가 쓰인 깃발이나, 임금이 사용한다는 뜻의 상용上用이란 글자가 쓰인 깃발이 꽂혀 있더라도 감히 우리보다 먼저 건너지 못하게 했다. 배에 먼저 뛰어오른 사람들 중에 그 모습이 벼슬아치 같은 사람도 있었지만 반드시 채찍을 들어 이리저리 치며 모두 배에서 몰아냈다. 그는 바로 행재소의 낭중郎中으로 황제의 뜻을 받들어 우리가 냇물을 건너도록 보살펴 주는 자이다.

그런데 쌍가마 네 대가 있어 크기가 거의 정자나 누각만 한데, 곧바로 배 안으로 끌고 들어가는 형세가 마치 산을 들어서 새알을 깔아뭉개는 것처럼 기세 등등하다. 낭중의 무리도 채찍을 거두고 물러서서는 그들의 사나운 기세를 피한다. 쌍가마를 멘 사람들에게는 하늘도 없고 땅도 없으며, 물도 없고 사람도 없으며, 외국 사람도 없으며, 단지 자기들이 메고 있는 가마만 있을 뿐이다. 도대체 그 안에 무슨 놈의 귀중한 보물이 들었기에 가마를 멘 인부들의 자세가 저토록 기세등등하단 말인가?

난하를 건너 10여 리를 가자 환관 셋이 온다. 박보수를 찾아서 말을 나란히 하여 몇 마디 주고받더니 즉시 말을 돌려서 재빨리 가 버린다. 한 환관은 오림포와 말고삐를 나란히 하며 가는데, 무슨 이야기를 주고받는지는 모르겠으나 오림포의 얼굴색이 자주 변하며 놀라고 두려워하는 표정을 짓는다. 박보수와 서종현이 말을 가까이 대면서 참견하려 하자, 오림포가 손을 휘저어서 근처에 다가서지 못하게 한다. 아마도 비밀스런 이야기를 하는 것 같다. 그 환관 역시 되돌아서 재빨리 떠났다.

산 하나를 꺾어 돌아가자 언덕 위에 탑처럼 생긴 바위봉우리가 마주 보고 서 있다. 그 기이하고 교묘한 모습이 하늘이 재주를 피운 듯하다. 높이는 100여 길이나 되고, 그 생긴 모양 때문에 쌍탑산雙塔山이라고 부른다.

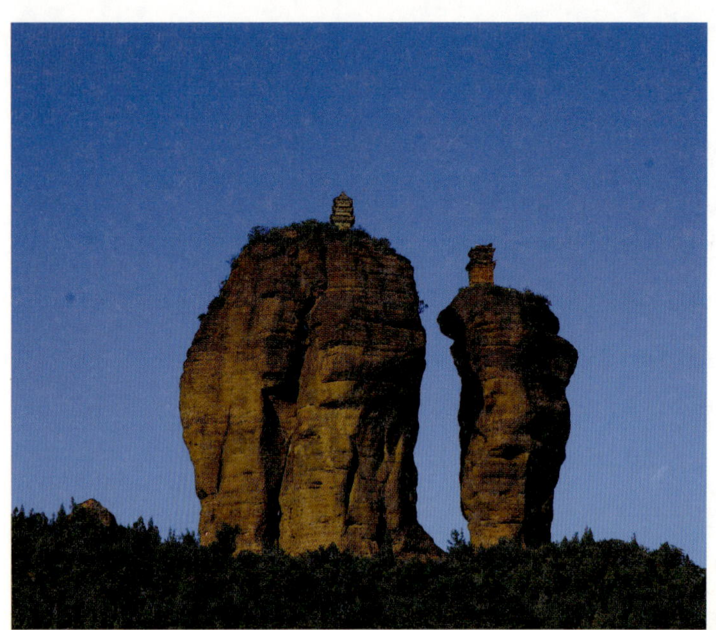

쌍탑산(상)
경추봉(하) 햇빛을 받은 경추봉의 모습으로, 우측 하단의 사람을 통해 그 크기를 짐작할 수 있다.

연이어 환관이 와서 사행이 어디쯤 왔는지 탐문하고는 돌아간다. 예부에서 우리 사신 일행을 태학에 들어가서 묵게 한다는 뜻을 먼저 통지해 왔다. 여러 날을 산골짜기 사이를 오다가 열하에 들어서니 궁궐은 장대 화려하고, 좌우에 펼쳐진 시장 점포가 10여 리에 걸쳐 뻗어 있으니 변방 북쪽의 커다란 도회지이다.

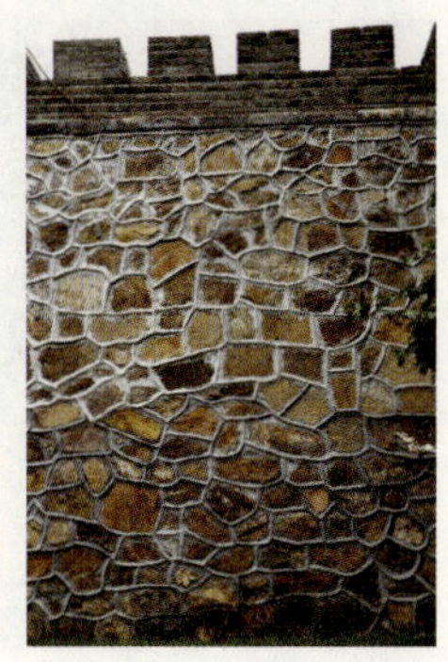

피서산장 성벽

열하에서 곧바로 서쪽 방향에는 봉추산棒槌山의 한 봉우리가 있는데, 우뚝하게 솟아 있는 모습이 마치 다듬이 방망이를 세워 놓은 것 같다. 높이는 100여 길이고, 곧바로 솟아 하늘을 지탱하고 있으며, 넘어가는 석양의 햇살이 비끼어 찬란하게 황금빛을 반사한다. 강희 황제가 이름을 경추봉磬錘峰으로 바꾸었다고 한다.

가요문

열하의 성은 높이가 두 길이 넘고 둘레는 30리이다. 강희 52년(1713) 다듬지 않은 잡석을 얼음 깨진 무늬로 쌓았으니, 색이 흰 모양의 이른바 가요문哥窰紋이다. 민가의 담도 모두 이런 방법으로 쌓았다. 성 위에는 성가퀴(성 위에 낮게 쌓은 담)를 만들어 놓았으나 민가의 담과 별 차이가 없으며, 지나오면서 본 군현의 성곽에도 미치지 못했다.

열하의 성에는 서른여섯 가지 아름다운 풍경이 있다.[72] 여기 열하는 한나라의 옛 요양要陽, 백단白檀, 활염滑鹽 등 세 현縣의 땅이다. 한나라 경제景帝가 이광李廣에게 조칙을 내려,

"장군은 장차 군사를 이끌고 동쪽으로 말을 달려 백단에서 수레를 멈추도록 하라."

라고 한 곳이 바로 여기이다. 거란의 태조 아보기阿保機(요遼 태조인 야율억耶律億)가 활염현의 무너진 성을 다시 수리했으므로 세상에서는 대흥주大興州라고 일컬었다. 명나라 초의 장수 상우춘

72 서른여섯 가지 풍경은 강희 황제가 정하여 이름을 붙인 것이 있고, 건륭 황제가 정하여 이름을 붙인 것이 각각 따로 있다. 「피서록」편에 상세히 나온다.

1. 대성전의 옛 모습
2. 최근 복원한 대성전의 모습
3. 명륜당의 모습

常遇春이 원나라 장수 마속乜速을 추격하여 전녕全寧에서 패배시키고 대흥주까지 진출하여 주둔했다고 한 곳이 바로 여기이다.

우리가 묵을 태학은 지난해에 새로 지었는데 그 제도가 북경에 있는 것과 같다. 대성전과 대성문은 모두 겹처마에 황금빛 유리기와를 얹었으며, 명륜당은 대성전 오른쪽 담 밖에 있다. 명륜당 앞에 늘어선 누각은 일수재日修齋, 시습재時習齋라는 편액을 걸었으며, 오른쪽에는 진덕재進德齋와 수업재修業齋가 있다. 명륜당 뒤에는 벽돌을 깐 큰 대청이 있고, 좌우에는 작은 방들이 딸려 있다.

오른쪽 방은 정사의 처소로 삼고, 왼쪽 방은 부사의 처소로 잡았다. 서장관은 앞 누각의 별실에 들고, 비장과 역관 들은 한방에 들었다. 양쪽 주방 사람들은 진덕재에 나누어 들었다. 대성전 뒤와 그 좌우에 별당과 별실은 다 기록할 수 없을 정도로 많은데 모두 사치하고 화려함이 극에 달했다. 그러나 우리나라 주방 사람들이 연기로 그을리고 더럽힌 곳이 많았으니 참으로 애석하다. 「승덕태학기」承德太學記[73]라는 제목의 글이 따로 있다.

73 이 글은 『열하일기』에 실려 있지 않다. 다만 초고본 계통인 『연암산고』燕巖散藁 2에 「태학기」太學記라는 제목으로 그 일부가 실려 전한다. 이를 번역하여 다음 면에 싣는다.

승덕 태학 이야기

「승덕태학기」承德太學記

건륭 42년(1777) 황제가 열하에 있으면서 다음과 같은 조칙을 내렸다.

"성조聖祖(강희 황제)의 「어제산장시」御製山莊詩에 '승덕承德에 모여든 백성이 1만 가구에 이르렀다'(聚民至萬家)라는 구절은[74] 이를 기뻐하신 것이다. 승덕은 지역이 황량하고 편벽되어 변방 북쪽의 오지 구역이었다. 옛날에는 전쟁터였기에 중원의 사대부 중에 여기에 이를 수 있는 사람이 드물었다. 성조께서 30년을 경영하여 비로소 1만 가구가 사는 취락을 이룬 것을 기뻐하고 시를 지어서 이를 표현하신 것이다. 그러나 학교를 세우는 일에 대해서는 오히려 경황이 없으셨다. 아마도 백성을 부유하게 만든 뒤에 가르치려 하고, 뒤를 잇는 천자에게 기대하신 것일 터이다.

지금 짐이 중국을 차지하여 통치하니 북쪽 불모의 지역까지 귀순하고 복종하지 않은 곳이 없이 모두 문교文教 정책을 우러러

74 강희 황제가 지은 「열하 36경시」의 첫 수인 '연파치상'烟波致爽의 끝 구절이다.

보지 않는 사람이 없다. 승덕부의 백성이 10여만 호에 이르게 되었으니 성조께서 처음 경영하시던 초기와 비교해 보면 부유하고 넉넉해졌다. 지금, 백성이 열 배가 되었는데도 백성들의 도덕을 진작시킬 것을 생각하지 않을 수 있겠는가? 짐은 조종祖宗의 뜻을 계승하지 못할까 아침부터 저녁까지 두려워하고 있다. 조정의 신하들은 모두 짐이 하려는 문교의 정책을 능동적으로 보좌하여 이를 도모하도록 하라."

태학사 서혁덕舒赫德, 우민중于敏中, 조혜兆惠가 승덕에 부학府學을 설립하기를 청하자 황제는 조칙을 내려,

"천자가 도읍하는 곳을 일러서 경사京師라고 부르니, 도읍의 '都'라는 글자는 융통시켜 하나로 만든다(一統)는 뜻이고 경사라는 말은 많은 무리(大衆)라는 뜻이다. 짐은 해마다 이곳에 머물며 대중들을 융통시켜 하나로 만들고 있다. 천자가 학교를 세우려는데 부학이라고 불러서야 옳겠는가? 그 제도는 북경의 것을 견주도록 하라."

라고 하였다. 지난해 기해년(1779) 겨울에 공사가 완공되자 '태학'太學이라고 명명했다.

금년 봄에 황제는 강남 지방을 순수했다. 황하를 둘러보고 절동浙東 절서浙西에 이르렀다가 곧바로 열하로 돌아와서 친히 석채釋菜[75]를 지내고, 직접 과거 시험을 실시하여 생원 80인을 뽑아서 태학에 두었다.

지금 우리 사신이 여기 태학에 묵게 된 것은 황제의 뜻을 따른 것으로, 조선을 예의의 나라로 여겼기 때문이다. 과거 시험을 실시한 지 겨우 10여 일이 지났다.

대성전은 이중의 처마이고, 황금색 유리기와를 얹었다. 대성

75 석채는 문묘文廟에서 공자에게 제사를 지내는 의식의 하나로, 음악을 연주하지 않고 제수도 야채(빈조류蘋藻類)만 올린다. 스승에게 간소한 예물을 올려 폐백으로 삼는다는 뜻이 담긴 의식이다.

문도 이중의 처마에 황금색 유리기와를 이었고 동서 양쪽에 문을 세웠다. 대성문 밖으로는 구멍이 셋인 삼공교三孔橋가 있는데 흰 돌로 난간을 만들었다. 다리 아래로는 반달 모양의 언월지偃月池를 파고 괴석을 쌓아서 둑을 만들었다. 건륭 황제가 짓고 쓴 비가 있는데 누런 기와로 비각을 세워 덮었다. 강희康熙로부터……
〈이하 결〉

찾아보기

ㄱ

ㄴ

ㄷ

ㅁ

ㅂ

ㅅ

ㅇ

ㅈ

ㅋ

ㅌ

ㅍ

ㅎ

Illustration Credits

표지 〈기려도〉 부분	국립중앙박물관 소장
42쪽	서울대 규장각 소장
44쪽	ⓒ 최정동
56쪽	ⓒ 권태균
57쪽	서울대 규장각 소장
114쪽	간송미술관 소장
141쪽	ⓒ 권태균
214쪽	단국대 도서관 소장
246쪽	ⓒ 최정동
248쪽	단국대 도서관 소장
300쪽	국립중앙박물관 소장
328쪽	숭실대 한국기독교박물관 소장
335쪽	ⓒ 한국, 개인 소장
364쪽	숭실대 한국기독교박물관 소장
390쪽	통도사 성보박물관 소장
442쪽	숭실대 한국기독교박물관 소장
448쪽	중국국가박물관 소장
454쪽	숭실대 한국기독교박물관 소장
465쪽	숭실대 한국기독교박물관 소장
484쪽	ⓒ 권태균
501쪽	ⓒ 황은철
525쪽	국립중앙박물관 소장
526쪽	국립중앙박물관 소장
533쪽	국립중앙박물관 소장

- 사진과 그림의 게재를 허락해 주신 분께 감사드립니다.
- 별도의 저작권 표시가 없는 사진의 대부분은 이 책의 역자가 직접 중국과 국내를 답사하며 촬영한 사진입니다.
- 저작권자와 연락이 닿지 않아 부득이하게 허가를 구하지 못한 경우, 연락이 닿는 대로 절차에 따라 허가를 받도록 하겠습니다.

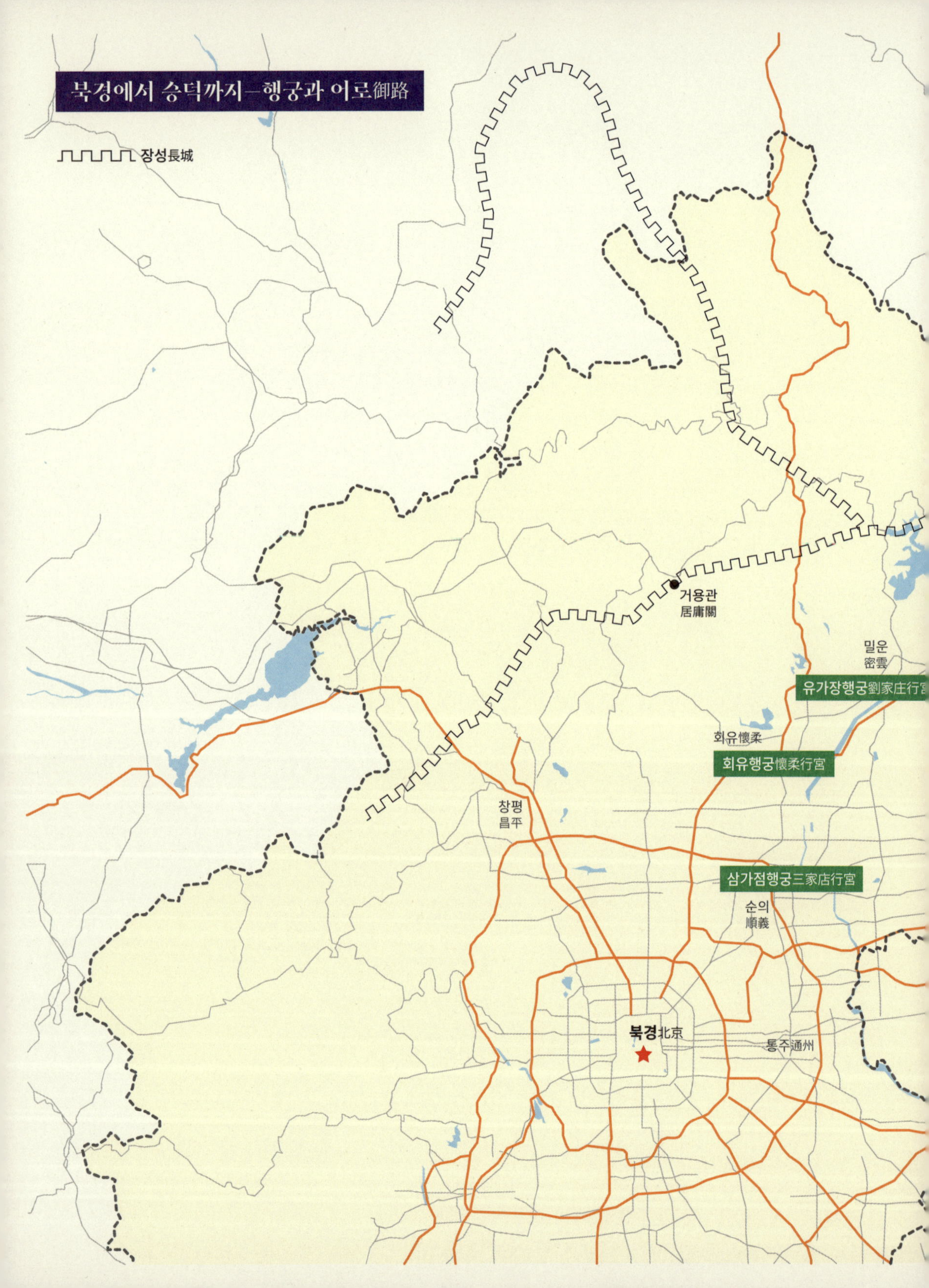

북경에서 승덕까지—행궁과 어로御路
장성長城
거용관
居庸關
밀운
密雲
유가장행궁劉家庄行宮
회유懷柔
회유행궁懷柔行宮
창평
昌平
삼가점행궁三家店行宮
순의
順義
북경北京
통주通州

난평
灤平
객라하둔행궁喀喇河屯行宮
피서산장避暑山莊
승덕承德
왕가영행궁王家營行宮
상산곡행궁常山峪行宮
양간방행궁兩間房行宮
파극십행궁巴克什行宮
고북구古北口
유림영행궁柳林營行宮
요정행궁遙亭行宮
백룡담행궁白龍潭行宮
승덕
承德
흥륭
興隆
산해관
山海關
준화
遵化
평곡
平谷
소주
薊州
삼하
三河
옥전
玉田
풍윤
豊潤
향하香河